U0406935

爱对祖国讲　情对祖国说

这是中国石油和化学工业650万员工

献给共和国改革开放40周年的一部激情壮歌

潮頭跨越

中国石油和化学工业强国梦时代报告

李寿生　主编

化学工业出版社

·北京·

图书在版编目（CIP）数据

潮头跨越：中国石油和化学工业强国梦时代报告/李寿生主编.一北京：化学工业出版社，2019.1
ISBN 978-7-122-33588-3

Ⅰ.①潮… Ⅱ.①李… Ⅲ.①报告文学-中国-当代
Ⅳ.①I25

中国版本图书馆CIP数据核字（2018）第297113号

责任编辑：赵媛媛　　装帧设计：尹琳琳
责任校对：王素芹

出版发行：化学工业出版社（北京市东城区青年湖南街13号　邮政编码100011）
印　　装：大厂聚鑫印刷有限责任公司
710mm×1000mm　1/16　印张$32^{3}/_{4}$　字数420千字　2019年1月北京第1版第1次印刷

购书咨询：010-64518888　　售后服务：010-64518899
网　　址：http://www.cip.com.cn
凡购买本书，如有缺损质量问题，本社销售中心负责调换。

定　　价：78.00元

编写组

主　　编：李寿生

副 主 编：朱建华　叶建华　潘　烽

编写人员：（按姓氏笔画排序）

马立先　王　斌　王力兵　王金星　王莲娣
方　敏　邓　颖　丛丽兵　华业英　朱宝菊
刘晶晶　刘鹏凯　李　危　李　铁　李令新
李明月　李闻芝　李慧海　吴崇艳　杨克诚
杨　雪　轩书彬　邹广庆　沙　林　张术娟
武　瑶　欧阳德辉　胡海珍　侯艳波　秦　晨
高　珊　高乾哲　黄国栋　曹济兵　章琦燕
隋　伟　蒋冲雨　路晓宇　熊向荣

跨越潮头的奔腾浪花

——写在纪念改革开放40周年的历史时刻

中国石油和化学工业联合会会长　李寿生

（一）

2018年是中国改革开放40周年。改革开放是中国经济发展中的一次重大转折，也是中国社会进程中的一座历史丰碑。

中国的石油和化学工业起步于新中国，但突飞猛进的大发展还是得益于改革开放。1949年，整个中国石油和化学工业的产值只有1.7亿元。中国民族化学工业先驱吴蕴初在他从国外回国的轮船甲板上，美貌的妻子给他提起这个数字时，他认真地对妻子说，这是一个让人害羞的数字！

改革开放初期的1978年，我国石油和化学工业仅仅完成了发展起步的任务，全行业主营业务收入仅为758.5亿元，利润总额只有169.7亿元进口，进出口贸易总额也只有21.4亿美元，整个行业还属于基础薄弱、技术落后的窘迫状态。

是改革开放给整个中国经济注入了强大活力，中国石油和化学工业也发生了翻天覆地的变化。数据是发展变化最有力的证明：

2017年，全行业主营业务收入达到13.8万亿元，是1978年的181.7倍，其中化学工业增长了173.4倍；实现利润总额达到8462亿元，是1978年的49.9倍，其中化学工业增长了97.9倍；进出口总额达到5833.7亿美元，是1978年的272.6倍，其中化学工业增长了200.6倍。40年来各项主要经济指标年均增长率都在13%以上。

改革开放以来，全行业主要产品产量持续快速增长。原油产量从1978年的1.04亿吨，快速增长并长期稳定在2亿吨上下；天然气产量从1978年的137.3亿方增长到2017年的1474.2亿方；原油加工量从0.7亿吨增长到5.7亿吨；乙烯产量从38万吨增长到1821.8万吨；烧碱产量从164万吨增长到3365.2万吨；纯碱产量从132.9万吨增长到2677.1万吨；化肥产量从869.3万吨增长到6065.2万吨；合成树脂产量从67.9万吨增长到8377.8万吨；轮胎产量从0.1亿条增长到9.3亿条。目前，我国已有10多个重点产品产量跃居世界第一位。

改革开放以来，全行业企业数量和规模不断扩大，企业竞争力不断增强。1978年，全行业共有县级以上企业5400家，其中大中型企业只有404家。规模最大的企业是吉化公司，其主营业务收入只有7.9亿元。2017年，全行业规模以上企业达到2.9万家，其中大中型企业4214家。主营业务收入最大的企业是中国石化，达到24188.7亿元。2017年中国石油和化工行业进入世界500强的企业共有16家，占中国进入世界500强企业总数的14%。其中，中国石化、中国石油在500强排名中分别位居第三和第四位。特别是在改革开放推动下，全行业所有制结构发生了根本性变化，由改革开放前国有经济的一统天下，改变为目前国有企业、民营企业和外资企业三分天下各居其一的局面。企业活力不断增强，市场公平竞争环境更加完善。

改革开放以来，我国石油和化学工业已经形成了油气勘探开发、石油炼制、石油化工、煤化工、盐化工、精细化工、生物化工、国防化工、化工新材料和化工机械等几十个行业，4万多种产品，门类齐全，品种配套，基本可以满足国民经济和人们生活需要的强大工业体系，成为国民经济一个重要的战略性支柱产业。2017年中国石油和化学工业占国民经济的比重已达到12%。

从2010年开始，中国石油和化学工业销售收入就位居世界第二位，仅次于美国。其中化学工业销售收入位居世界第一位，超过了美国。据国际化工数据统计，2015年中国化学工业销售收入占全球的38%，美国化学工业占全球的16%，德国、日本化学工业各占全球的4%，韩国、法国化学工业各占全球的3%。

经过改革开放的洗礼，经过几代石油和化工人的艰苦奋斗，顽强拼搏，中国石油和化学工业取得了从无到有、从小到大，成长为世界石油和化学工业大国的伟大成就，这是一个令世界瞩目的沧桑巨变，也是一个令全体中国人扬眉吐气的历史丰碑，更是一个令人不忘初心、继续奋斗的崭新起点。

（二）

在这个崭新的起点上，我们在“十三五”规划中提出了由石油化工大国向强国跨越的宏伟目标。这是一次雄心勃勃的攀登之旅，也是一次万众一心的超越之旅，更是一次开创未来的寻梦之旅。

什么是石油和化学工业强国？我们认为，石油和化学工业强国至少要有四个标准：一是要有一批具有自主知识产权、并占据行业技术制高点的核心技术；二是要有一批具有国际竞争优势的大型企业和企业集团；三是要有很强的跨国投资、经营和贸易的能力；四是要有一批国际一流的技术、管理人才和世界知名品牌。在这四个标准中，我们认为最重要、最核心的是培养一批具有国际竞争优势的大型企业和企业集团。

因为企业是宏观经济的基础，更是行业蓬勃发展的活力源泉。企业是强国最重要的核心竞争力，国家与国家的竞争，实质上是代表国家的企业和企业之间的竞争。有人曾经问我：在中国石油和化学工业向强国跨越的过程中，你们能培育出中国自己的杜邦和巴斯夫吗？我充满信心地告诉他“当然可以。我们不仅能够培育出中国自己的杜邦、巴斯夫，而且还不需要等待很长的时间。”

因为在中国40年改革开放的过程中，石油和化工行业已经涌现出了一批高速成长的企业，涌现出了一批行业领头羊企业，涌现出了一批技术创新领军企业，还涌现出了一批具有国际一流水平的化工园区。在这“四个一批”中，一定会涌现出具有中国特色、具有过硬竞争本领中国自己的杜邦和巴斯夫。

我们这本报告文学集，就是选择了改革开放中这“四个一批”里面的21家企业（园区）典型代表。这21家企业（园区）代表了我们行业改革开放大潮中21朵奔腾的浪花……

在这21朵浪花中，有为中国能源安全坚持在“磨刀石”特低渗透油田夺高产的长庆油田和延长石油；有为中国石油炼化行业开辟新路的惠州炼化、九江石化；有为中国高端化工新材料勇攀高峰的烟台万华、山东东岳、浙江巨化、新疆天业、金发科技；有为中国精细化工后来居上的浙江龙盛和四川福华；有为中国现代煤化工高端突破的神华、中煤；有为中国化肥行业勇闯新路的鲁西、金正大；有为中国环保产业奋力拼搏的三聚环保；有为中国企业开拓国际市场的天辰工程和青岛软控；还有像上海、大亚湾、泰兴这样瞄准世界一流标准的化工园区。这21朵奔腾的浪花，不仅反映了每一个企业拼搏突破的个性之美，而且还集中体现了行业赶超跨越的整体之美。这21朵奔腾浪花的背后，便是汹涌澎湃、勇往直前的浩瀚大海。

企业是先进生产力的代表，改革开放就是为了最大限度地解放和发展生产力。在向石油和化工强国跨越的进程中，我们仍然需要进一步全面深化改革开放，用市场经济打破计划经济的种种束缚，最大限度地焕发企业创新发展的活力，催生一大批有志向、有追求、有水平的企业家。向强国跨越的大潮，正在呼唤着中国的杜邦、巴斯夫的到来！

（三）

纪念是为了更好的继承，总结是为了更快的发展。

在人类历史发展的长河中，变是绝对的，不变是相对的。求新求变是社会发展的规律，全面深化改革也是历史发展的必然。我们今天隆重纪念，认真总结改革开放40周年的经验，就是为了全面推进新时代改革开放的新征程。

改革开放40年来，我们突破了一批体制障碍，打破了一批机制坚冰，但要建立起真正符合社会主义市场经济要求的新体制新机制，还有不少壁垒需要攻克，还有不少深层次矛盾需要解决。这是一次更加艰巨、更加细微、更加持久的改革开放，这是一次更加深入、更加复杂、更加系统的改革开放。改革的全面深化，刻不容缓；开放的全面扩大，时不我待。

党的十九大召开，标志着中国特色社会主义进入了新时代，标志着我国经济发展进入了新阶段。新时代的基本要求就是高举习近平新时代中国特色社会主义思想的旗帜，新阶段的基本特征就是由高速增长转向高质量发展。向石油和化学工业强国跨越的宏伟目标，急切地呼唤着我们，必须加快新时代全面深化改革开放的步伐，全面推进全行业高质量发展，坚持供给侧结构性改革，大力推动质量变革、效率变革和动力变革。

全面深化新时代的改革开放，全面推进全行业高质量发展，我们行业不仅面临着十分繁重的战略任务，而且面临着充满希望的勃勃生机。

全面推进全行业体制机制创新。改革开放的根本目的是为了解放和发展生产力，一切不符合市场经济要求的体制机制都必须打破。在全面深化改革的进程中，我们不仅要建立起充满活力的行业管理新体制，还要建立起高效灵活的现代企业新机制。一个充满活力、高效灵活的全新现代经济体制，将会带领我们全行业生龙活虎地跨入石油和化学工业强国的行列。

全面提升全行业科技创新能力。科技创新能力是我们向强国跨越的短板，加快组织好全行业产学研用创新平台，加快提升以企业为主体的创新能力，大力缩小全行业在技术创新“跟跑”领域的差距，努力提升在“领跑”

领域的能力，将是全行业一项紧迫的战略任务。创新能力将会成为推动全行业高质量发展的活力源泉，也会成为向强国跨越的强劲动力。

全面实现全行业绿色发展方式转变。绿水青山就是金山银山。绿色发展将会成为全行业崇高的发展理念和自觉的行动实践。全行业将会在全面深化改革中，加速构建绿色生产体系，健全行业绿色技术标准，全面、深入、持续推进废水、废气、废固工程，节能低碳、安全管理提升和化工园区绿色发展六大行动计划，石油和化学工业的绿色发展一定会走在整个工业系统的最前列，为我国绿色发展做出我们行业的新贡献。

全面把握“一带一路”国际合作新机遇。充分利用两种资源，两个市场，积极“走出去”与“一带一路”沿线国家开展更大规模、更深层次的多种合作，是新形势下对外开放的全新要求。进一步加快组织全行业资源合作类、产能合作类、节能环保合作类和生产性服务业“走出去”四大产业集群，积极构建中东、东南亚、中亚、俄罗斯和欧洲为重点的四大石油化工园区，努力开创在“一带一路”新形势下对外开放的新作为、新业绩和新局面。

全面提高企业的生机活力和市场竞争力。企业竞争力是国家竞争力的基础，企业活力是行业经济活力的源泉。在向强国跨越的进程中，我们必须要培养一批具有国际竞争力的大型企业和企业集团。要全力提高企业竞争能力，特别是要全力提高以产品竞争力、成本竞争力、效率竞争力和服务竞争力为基础的核心竞争力。必须要加快培育一批有规模、有质量、有技术水平的优势企业，加快培育一批有品牌优势的大型企业和企业集团。

实现中国石油和化学工业强国是一个宏伟的目标，全面深化改革开放是实现这个目标的根本动力。这是一次不容错过的班车，我们石化行业一定要在全面总结经验的基础上，以更大的胆略、更新的步伐、更快的速度全面推进全行业的改革开放，扎实推进全行业的质量变革、效率变革和动力变革，使全行业的发展方式早日跨入高质量发展的轨道。

我们相信，经过10～15年的艰苦努力，中国石油和化学工业的强国梦，中华民族伟大复兴的“中国梦”，一定会在我们这一代人的拼搏奋斗中辉煌实现！

目录

石油，这工业的血液，这中国庞大工厂脉管中奔涌的滚滚动能。

与日俱增的焦渴与天生的“贫血”，使得我们与石油，从来就没有达成过和解。

但你很难想象，四十年间，正是这种对峙与焦虑，坚定了一个行业的使命，并孕育出这个行业图兴图强的壮阔风景。

在原油炼制领域，中国企业拉开了一场大型化、一体化、基地化的转型变革，逐步迈上了布局优化、产品差异化和产品高端化的绿色高质量发展之路。

中海油，以创新的化“重”为“轻”的技术，在南海边的惠州，建起了年加工2200万吨重油、年产220万吨乙烯的世界级大炼化，成为中国炼化企业的一个范本。

震撼的雷声，同时在大地深处滚过。

当大庆等一批共和国早期油田，产油量日渐式微的时候；当中国这个全球第二大经济体，更加急切呼唤原油供给的时候；当世界权威能源机构警告地发出，全球石油产量净增长的大多数将来自重油、致密油、油砂等能源的供应的时候，身处西部鄂尔多斯盆地的长庆油田、延长石油，以独创的技术，在“磨刀石”一样的“低渗透”地质层，挤出了滚滚油河，一个堪比大庆油田，一个圣井不老、基业长青。

在中国石油和化学工业风云激荡的历史跨越中，石油化工人以矢志不渝的国家情怀，以及技术创新的“金钥匙”，擎起了中国能源战略的猎猎大旗，并阔步迈向石油大炼化的高地。

创新泉涌，那是石油人智慧的激荡；

血脉滔滔，那是石油人精神的呼啸。

PETROLEUM AND
CHEMICAL INDUSTRY

第一篇
召唤大地深处的动能之源

01

中国大炼化的海油创举

古有闭门即是深山一说。权当这个她是深山美人，但世界就崇拜最好的，哪怕野中阡陌的美颜，也惹来外部世界热闹的窥探。

这么一个惠州炼化，在山海湾间摇曳的椰林中娴静如斯。

2016年岁尾，中国工程院院士王基铭带着6位院士，以及国家有关部委、三大石油公司及石化科研机构的专家，一行30余人，在考察了二十多家炼化厂后，最终来到惠州炼化（下面简称惠炼）。通过近乎苛刻的考察调研，一锤定音，对惠炼做出了："中国最有活力、最具竞争力的炼厂"的评价，给这次全国石化企业大调研画上了圆满的句号。

其实，惠炼在土耳其的际遇则更富戏剧性。

国际项目管理大会的奖项（IPMA）号称是"工程界的奥斯卡"，由总部设在瑞士洛桑的全球项目管理非政府组织举办，是当今世界上最权威、最被广泛认可的项目管理奖项。评审过程有些冗长，有十项综合评价，从十个角度去分析一个项目的长短得失，非常严谨和规范。

十项评价共1000分，分为领导力、工厂优化、信息化、员工凝聚力、资源与环境、利益相关者的评价等，由来自英国、法国、美国、印度等多国的独立评估师在实地勘察后打分。

2010年秋天，这些评估师初来惠州，不苟言笑，也不接受被评者的任何招待。项目所涉及的任何方面他们都毫无遗漏地认真取证。比如他们把所有参与建造的承包商都找来，一一询问取证。不仅如此，他们还到村子里随机家访，寻找工厂对当地人生活影响的证据。当然，项目的优化、工厂的布局、工厂的现状等，他们更是不会放过的。

整个过程令惠炼总经理董孝利他们有点惴惴不安，他们从评估师脸上看到的只有审视和疑问。

终于等来了入围的通知。同时入围的还有中外十个项目——都是信心满满，志在必得者。其中有大名鼎鼎、仪态万千的上海世博会、西门子俄罗斯高速列车等。

IPMA第24届颁奖大会在土耳其伊斯坦布尔一座有300多年历史的地下宫殿举行。那天颁奖是从分奖项颁起，董孝利等在颁奖现场等来等去，听到的都是别人家的名字，最后有点失望了，以为他们是陪太子读书，没他们什么事了。几个人懈怠地准备离场，已经步出了门口，突然听到了“惠炼”拙拗的英文叫声。

怎么会在这里听到在大亚湾日夜相伴的公司的名字，这可是最后一个奖了，颁发最高金奖的时刻？

董孝利一行全愣住了。老董说在那一瞬间十年的苦干历程好像全都演了一遍，三十年的炼化梦似乎也浮现在此时。他嘴里喃喃的，脸也涨红了，眼泪一下子掉了下来。

他从不承认流了眼泪，但他承认结果真有点出乎他们意料，带给他的震动太大了。

后来他们知道，各国评估师给惠炼初评是730分，已经大大超过了该奖历史上的最高分700分，但这还没完，评估委员会似乎意犹未尽，在复评的时候好多方面又给他们进行了“加分”：领导力加分，和当地居民的关系，也就是双赢理念加分，项目优化加分……最后又加了一百多分，达831分，比有该奖以来历史上最好的项目整整多了131分。

他们什么都没有准备，连相机都没有带。在《惠炼之歌》（奥地利的作曲家用《两只老虎》的曲子为他们作了一首歌）的旋律中，董孝利脱口而出的是：感谢国家和时代，感谢十年来跟他一起胼手胝足的惠炼的老老少少……

一

三十多年来，中国海油的故事一直在中国海域发生着。

进入新世纪，位于惠州的海油炼化一枝秀出，她的模式被人效仿，她的规模效益一直亚洲最大。不管油价高低，不管原油“轻重”，她都能端出可人的金盘——人均利润持续多年位列全国业界前三。不管田野操作上还是理论总结上，她都有许多值得深挖的东西。

从当代世界范围看，美英德法等欧美国家还掌握着石化工业的核心技术，即使工业母机（现代数控机床和大型工业基础设备）做得极其精巧的日本也对这些化工强国多有服膺。但这些西方石化强国从20世纪90年代中期开始，不得不心情复杂地注视着东方国度石化业此起彼伏的热闹崛起，韩国、新加坡、沙特，一直到今天的中国。

从2000年起，中国就有点万家灯火的意味了，那一年壳牌投资了42亿美元跟中国海洋石油集团有限公司（下称中国海油）合作成立了“中海壳牌”。这在当时算是惊人的数目了，惊动了中国也撩拨了世界同行。

十几年之后的今天，在部分外资纷纷撤离中，壳牌又投54.5亿元人民币到中国，跟中国海油接续前缘，签订了中海壳牌二期的协议。

中国海油一开始是没有“下游”的，这个世界上唯一专在大海找石油的能源公司，一心一意做“上游”，在全球许多能源排行榜上如果不以量算而以质计的话总是前几名。

可惜在石油资源方面上天对中国有点“不公”，一百年前有欲盖弥彰的“中国贫油”论，五十年前经过艰苦努力好不容易把这个“论”扔到了太平洋里，可打出的油多是含酸重质油。中东的轻油如井喷，东亚的重油像泥沼，海油两大明星产油基地：中外合力建造的号称“渤海油泉”的绥中36-1和被国外誉为“世界石油工业皇冠上的那颗宝石”的南海的流花1-1，产的都是这类重质油。

在过去的年份，这种黏稠得跟502胶水一样的东西千辛万苦打了出来，要炼出正常的汽柴油很费劲，只能多去熬制沥青。但随着新的裂解技术的进步，重油的前景越来越好，甚至有着变废为宝超轻油的趋势，这对中国海油真是脱羽巨变的好时节，中国海油或许能借此建一大片下游产业，丰满羽翼，成为一个真正意义上的完整的大能源公司。

然而，世界上谁有这种炼重油的技术？唯有壳牌。

可壳牌死把着这些技术当成宝贝，不转让、不合资、不示人……

对中国海油却是个例外。

壳牌在中国海最初的大勘探中所获不多，像有的西方石油公司那样花了几个亿，十几个亿，听了个响、冒了个泡后，走人。但他们认识了中国海上

的这群人后，态度发生了180度的变化："最佳的合作伙伴，最放心的工作搭档"！这是为什么事隔十几年后，当中国海油想开辟下游找外国公司合作时，壳牌没有过多犹豫就接下了海油橄榄枝的缘由。

事情就是这样，国人有智巧，壳牌有信任，这个"天下石化第一技"就这样来到了中国海。

可是，壳牌的初次信任是有限度的，重要岗位、关键角色都是壳牌人把关，生怕出什么纰漏。海油以为能像搞定一切在南海试水的外国公司那样搞定壳牌的炼化，但他们想简单了。壳牌和海油在炼化领域的合作初期，他们对西方人文明仪态的想象全被打破，只有好莱坞电影中桀骜上司、大老板类人物夸张凌利的言行或许还有点影子。作为各占50%股份的合作伙伴，你想提出自己的想法，想掺和高层决策，想过问一下生产流程，基本没门。当时壳牌人在东方伙伴面前有一种天然的优越感和施舍感，加上西方人的那种不讲礼数的直率，真的是一点面子不给："我怎么说，你们就怎么干，其他的不用你们过问！""说了你们也不懂，最好的做法是沉默等待！"

这种情绪上的打击是海油人有史以来从未尝过的。一位当年负责财务工作的海油总部干部对笔者说："这还讲不讲道理了？我们也是股东，占50%的股份，但运营、销售、工资、财务……全都不让我们过问，甚至连表格目录都不给我们看。问急了，他们能来一句，'你闭嘴！'我一直想看一下中海壳牌的工资发放比例是多少，但就是拿不到工资表，后来找到一位在中海壳牌里工作的熟人，他好不容易私下给我弄了一份，千叮咛万嘱咐，您千万不要传出去，要不然我的饭碗就丢了！我真的一直藏着掖着这份工资表，十几年没给别人看过，现在还锁我的办公桌里。看到它我就想起我们最初受制于人的那种痛苦。"

这是改革开放以来的一次最大考验，没有办法只有祭起学习这个老数术，拜师学艺、不耻下问、温故知新、钝学累功……

中国海油内部曾经有一个“丫环精神”的说法。当年内海开放，外人初来，中国海地震勘探大耕耘。外国人牛呀，中国人也倔，有海上干了十几年的老工人想，我们是主人公，怎么能向外国资本家低头？于是外国人让怎么干偏不怎么干，故意拧着。把外国人气得只能找中国领导。领导找到老工人做思想工作，老工人埋怨自己都成了使唤丫头。领导语重心长说，今天叫你当丫环，就是为了明日咱们不当丫环……

中国海油人靠着这种忍辱负重，甘当丫环的精神，从最低处做起，一点一点地学人家，在细微处赢得外国牛人的好感和松弛，最终掌握了核心技术。当年已经有一定身份的“海上铁人”郝振山在勘探船上甘当耍抹布的甲板工、眼睛却四处搜寻蛛丝马迹的秘技的事迹代表了一大批海油人的经历。

经过了三四年的共事，壳牌终于读出了中国海油的心志品行，态度几乎是一夜改变的，这些盎格鲁撒克逊人在与人交往方面有一种一见倾心式的干脆，欺骗一次就永不交往，无意中发现的诚实，就倾其相托。这个能源帝国在远东最大的生产基地就这样一下子甩给了中国人，项目、生产、销售等过去让“外人”止步的领域，全都大撒手，最后连工资都让中国人管了。

说起工资还真有点并不如烟的往事，当时重个人隐私的西方人不让中方过问工资或许情有可原，但几十个壳牌人的工资跟我们一千个中方员工工资总和一样多，就有点太说不过去了。好在大撒手后，他们的管理人员大幅削减，欢送宴会后就告别了有棕榈树的亚热海，回到了满处郁金香的清凉地去复命。

壳牌跟中国海油在惠炼二期乙烯项目的合作，也是这种大松心式的信任的延续，在世界热钱和游资目标投向已经转移的今天，又投过来50多亿元的巨资，全部交给中方经营管理。

中国海油人是怎么干的，能让壳牌如此动容？

二

进入新世纪，中国海油要在惠州建设中国人自己的、采用最新技术的2200万吨炼油及220万吨乙烯的大炼化。

2004年7月21日，《中国海油独资建设惠州炼油项目报告》在国务院总理办公会议上征询国务委员和各部部长们的意见。与会者们大多都很熟悉中国海油，虽然海油这个下游计划出台时全国炼油产业已经出现了过剩的苗头，国务院开始严控把关，但海油的计划首先是着眼于炼化一体，本着解决国家缺少高端塑化材料的现实，在乙烯等炼化产品上发力。其次，中国海油主要消化国内自己生产的海洋重油，化“重”为“轻”，面对珠三角和长三角经济发达地区，开拓港台和东南亚广袤和成熟的市场。另外，中国海油骨子里渗透着西方公司严苛的安全环保理念，开发建设极为规范，这对中国南海珍贵而脆弱的海湾环境是一个可信的保障……

会议结束后，温家宝总理在这一份报告书上郑重签署了自己的名字。几天后，惠州炼油项目可行性报告又获得了国家发改委的正式批准。

就在国务院开会的这一天，董孝利风尘仆仆来海油报到——曾经是兄弟单位中国石化炼化公司一把手的董孝利“移情别恋”来中国海油，任惠州炼油项目筹备组副组长。

2002年，惠炼的规划很惊人：2200万吨/年炼油（一二期），更惊人的是，在中国成为制造业大国的前夜、基础化学产品还没那么紧俏时，他们就规划了220万吨/年乙烯（一二期）。要知道这个产量比当时全国乙烯总产量还要多。炼油量和乙烯产量的比例（油少烯多）也远远超出了“石化老大”中国石化，这在业界和中国海油内部都引起了很大争议，被认为是不切实际的豪赌未来。

中国海油为什么在2002年中国汽车社会还没真正到来时，就预感到传统油品（汽柴油）的消长和归路呢？放弃经济理论和技术上的猜测，这可能是一种心志上的纯粹。

现在看来，中国海油很有自知之明，知道自己的下游销售是短板，在加油站消化成品油方面暂时没法跟老大哥们比拼，何不在产业布局上弯道超车呢？

总之，有许多原因让中国海油做大乙烯。采访中，惠炼一个工程师介绍说，国家2017年才推国五（Ⅴ）排放标准（欧盟的欧五标准），或许再过几年才会推国六（Ⅵ），而惠炼一上马许多指标已经达到了国六标准，只不过隐而不发而已。只要国家有令，马上可以源源不断地产出国六。

但汽柴油的出路在哪里？汽柴油每上升一个标准，就会减少30%左右的碳氧化合物等污染，国六已做到了极致，很难再升格了——迄今为止全世界包括欧盟都没有更高级别的标准了。那国六上面是什么呢，肯定就是新能源了，这也预示着汽柴油的下坡路。

话说到此，当初的争议现在早已见分晓，国家"十三五"规划以来，以及2018以后的数年，全中国各大国企民企都在争先上大吨位的乙烯项目，也可以看出海油超前近20年的预见之高明。

说过了惠炼气魄之大，再说说惠炼用心之精。

在大亚湾畔的这个工厂，平面布局之匠心，链条衔接之精妙，无出其右。这不是几个研究人员用现成理论所能搞定的。每个工厂的人员、气候、地形、产品、交通等因素相互掺和，有着微妙的变数，只有经验丰富和有责任心的从业者才能在纷繁中理出一条最优之路，还得有胆气和魄力与领导和专家的意见相左，这样做出来的东西，与因循常规的设计相比有天壤之别。

惠炼一期二期的布局好在哪？想法创新、衔接精短、供料经济、土地集中、节约耐用，一二期充分融合，三期也遥遥欲出，建设虽有先后，但早已预留位置，以后无缝衔接，安装一气呵成……

一期还没动工，二期规划已然成形，两个方案经过多次头脑风暴，数度打碎了重新和泥烧制，你中有我，我中有你。最后紧凑到了极致：两个千万吨级的工厂使用的土地面积只相当于一般国内一个千万吨级炼厂的三分之一。

惠炼是站在一个制高点上吸取全世界的经验，欧美的就不说了，韩国的SK规模庞大，惠炼吸取了她的衔接和组合，泰国的帕提亚炼油厂当时声名鹊起，惠炼吸取了她的流程设计……

在这些基础上，中国海油提出了“三化一高”的规划目标，即清洁化、信息化、大型化、高价值。

必须有一个这样的人，他有眼光，知道一个好的炼化工厂的灵秀之处，同时要敢于坚持己见，这点很重要，世界上不知多少好的想法就是因为当事人没有再勇敢一点而消失在过往的时空中。

在“螺蛳壳里做道场”，董孝利作用非凡。惠炼一二期的设计找的是国内一家非常著名的石化设计院，老董作为惠炼一期建设的总指挥总是亲自上阵跟普通的设计员打交道，无数次地谈心、发火、沟通。

单就惠炼的平面布局，董孝利亲自参加主持的与设计院的共同研讨至少有30多次。这些有名的大设计院做过很多类似的项目，通常都是一张图纸，顶多根据地貌环境稍改一下，为自己省了很多事。但惠炼想做最优，肯定就产生了矛盾。

“那个布局总平面，设计院已经做好了，我们看了后全部推翻，包括工艺流程也推翻了，前前后后总共推翻若干次。每次看到他们失望的神情有点不忍心，但还是狠心推翻，要为中海油的百年大计负责。其实对这块土地大概怎么用，我们心里已经有谱了，必须做一个最优的集约式的大炼厂。所以必须创新，做前人没有的。比如说设计院把罐区都给设计在一个小区域里，通常都是这么做的，但是后来我们坚持，在海边填了30万平方米的海域，把罐区安排在码头旁边，这样出厂更便捷，腾出地方做生产装置。”

董孝利过去一直在中国的小炼化厂摸爬滚打，他的经历好比过河，有船最好，没船搭块木板也行，要是连浮木倒树也没有，那就只能泅水摸石头过河了。种种不如意，种种条件限制，种种因陋就简，让他长年来在夹缝中生存，他知道企业存在的历史，对各种毛病和问题有切肤之痛。他同时一直有一个遥远的期冀，一旦有机会就会爆发，比别人要强烈得多，就是建成国际一流炼厂的欲望，这是董孝利和搭档赵岩（后任惠炼总经理和二期总指挥）这些从基层干出来的领导的一个最强的动力。

他们越认真，越精细，设计院就越不愿意干。但自从见到了老董发脾气后，都有些怵了。都说老实人发脾气是可怕的，他们不知道这个老实人积存了20多年的欲望。

“谁也拗不过中海油的老董。”设计院的人都知道。

比如循环水厂设计院要设计成大型化，很气魄的长长一大排，老董说干吗要大型化，不行，循环水厂就是离哪个装置最近就放在哪，这样，管道距离最短，管径要降到最小，也不用大型化，装置用多少水就做多大。

设计污水池，设计院要把全厂水池全连通，老董说不行，重油一个污水池，轻油一个污水池，动力站一个污水池，这些水池不能串。因为如果这个重油漏了，就会串到轻油里，轻油的油串了，动力站也会被污染了，那就乱套了。

一般人没有关注过厂房砖墙厚度这个细节，东北一般都是“50”的，也就是两块砖竖着对着，中间还加上两公分的砖缝。又结实又厚重，为的是厂房足够保温，可一张图纸下来，南方也这么做，有必要吗？谁也没提过疑问，老董看出毛病，说这怎么行呢？钢结构就行了，没必要砌墙。

设计院不改的话，老董就一遍一遍找，“讨论到第三十次的时候你还是要改的。”老董给这起了一个好听的名字，“无障碍沟通”。

这个世界顶级的设计院的人从来没有遇到过这样的业主，无数次地推翻、讨论，“他们眼睛都绿了”。从院长到主任开始带着几分惊讶去看董孝利到底是什么样的人，企图与他角力，说服他的“拗脾气”。但老董的朴实、平和让他们都熄了火。老董是一个内里执着，甚至有些偏执的和蔼可亲的人。他们听过许多次他在大庆林源炼油厂的故事，如何守着一个年产不到百万吨的小厂，做着一个千万吨大炼化的梦。关键是他的想法后来证明比他们的高明得多，结果他们都折服在了这个人的人格魅力之下，把他作为了终生友谊和佩服的对象。

最后，他们共同做出了一个“超专业”的优化布局，在每次推翻的基础上都要做很多优化，优化以后再优化，扣到细节，直到完美。

惠炼集约优化到何种程度？

他们用着“全世界最小的办公楼”，指挥着四个超大石化工厂的生产运营。第一个厂子建好了用这个小办公楼，以后接二连三的厂子建起来了还是用这一个小楼。当初设计人员苦劝，说肯定不够用，董孝利说你们放心吧！结果仍然是这个小楼，仍然是最初的一百多名管理人员，再没有增加过，管理人员比例之小也创了世界纪录。

这跟中国海油提出的精益精细的做事态度，精干精粹的用人原则有关——中国海油十几年来保持10万人的规模，做着150万人的兄弟公司三分之二产量产值的业绩。

于是，中国海油在惠州有两套世界级的大炼油、两套世界级的大乙烯。这四套大型化的装置，如果是国内一般老企业的话，就是四个大工厂，每个工厂人员上万（国内500万吨炼油就算大工厂了，都是三四万人的规模），而中国海油这四个大工厂加起来还不到1万人。

惠炼声名外溢后，世界石化的顶尊——壳牌和BP（英国石油公司），以及国际咨询工程师联合会的专家们纷纷前来窥其玄窍。他们进厂区大门时还礼貌谈笑，待一爬到制高处，放眼蓝色海边的石化城的结构，神色就紧张惊讶起来："你们怎么做到的"、"怎么想出了这么好的布局"？

三

中国海油人很有意思，他们是出了名的"工科生"，谈起经验、说起成绩，往往诺诺，而忱入物之理，就正中下怀。

他们首先深入探究原油是什么。

是什么呢？过去学界一向认为石油是地球上的动植物尸体经过亿万年的沉积变质而生成的，但新发现语出惊人，认为石油天然气的核心元素烃来自地层无机物质的演化，与动植物无关。根据这派的理论，地球上的石化蕴藏可说是无穷尽，暂没匮乏之忧。

这种遥远的理论跟炼化有什么关系？其实惠炼的实践似乎证实了石油非有机来源说，他们的最重要的任务就是对付海洋含酸重质原油中的酸和硫，把业界口口声声的"劣质廉价原油"变废为宝。

其实世界上还是好东西少了点，石油这种人类好不容易找到的木材和煤炭的替代品，在地球上的分布情况的确不太令人满意，好用的轻油不知什么原因，上帝只轻洒了一点到人间，这些曾引起黑金战争的东西，在过去的一百多年间，已经被人类消耗了45%了。以后人类怕是只能多跟黏稠的重油打交道了。根据《BP2030世界能源展望》预测，到2020年，全球石油产量的净增长将全部来自重油、致密油、油砂等非常规能源的供应……

其实美国、加拿大、俄罗斯等也没有比中国好多少，尤其是委内瑞拉，顶着世界第一大石油储量国的名号，可百分之九十多都是含酸重油，他们显见得没从比沙特还丰富的油藏中获益多少，这其中有政治经济的原因，而含酸重油难挖难炼，以致这些南美人懒得搭理、不知如何侍弄恐怕也是非常重

要的原因之一。

与一些国家面对黏稠重油不太作为的态度不一样，中国海油人很珍惜自己的资源，“每一寸”油脉就像每一寸国土一样，都是不能放弃的，想尽办法（热驱、水驱、药驱……）也要把稠油挖出来——人们想不明白，中国海油是怎么做的，靠的是什么？在海上勘探开发成本就要比陆上高十倍的情况下，又面对比兄弟公司更多的稠油资源，竟然以比陆上还低的成本贡献了全国四分之一的石油天然气产量？

西方发达国家通过发达的科技手段，也能把稠油弄出来，但几乎没有一个国家愿意再花力气把它们炼成汽柴油了。比起轻油炼化，过程太复杂，耗费较高昂：重油中的重金属会迅速降低催化剂的效果，并且为了将稠油转化为燃料油，还需要加入氢，从而导致炼化成本大大增加，渣油量大，硫、氮、金属、酸等难处理组分含量高，也是炼油厂不愿多炼稠油的原因。

可是中国海油的压箱家底的就是稠油，它是家国所有，也是我们每一位百姓的资产，海油为国为民也要把这不完美的资源吃干榨净。而惠州炼化，则肩负着对付重油的重要使命。

加工海洋高酸重质原油是一个世界性的技术难题。

世界各大石油公司对这一课题进行过多年研究，但都没有完全成功过。即使壳牌的技术也是点到为止，最终还是需要中国海油独自完成。

上万大军日夜苦干，基础已平定，规划已制定，箭在弦不得不发，惠炼跃马疆场，以“产学研”模式组织国内相关科研单位和大学院校的拔尖脑力，成立了专门项目组进行攻关。谁来领衔？左推右让，还是只有老董！

时任中国海洋石油总公司总经理助理兼炼化公司总经理的董孝利，“受命于危难之际”，担纲重任。

中国海油是该项目研究和推广应用的主体，负责研究项目的总体方案和核心技术的研发，在高酸值馏分油加工技术、全流程防腐技术、电脱盐技术、污水处理技术等方面组织攻关，各个击破。

老董又发挥了他那无坚不破的磨人绝技，穿梭在全国各地，跟各单位攻关人员“软硬兼施”，效果好得不得了，文质彬彬的眼镜们碰到这个质朴幽默而又内行的领导，苦笑加欢笑。每次碰头会、总结会等，前半部基本上掩在诙谐笑语中，好像这个难题已经不是压在心头的大山了。

“我相信，就是那些技术比我们雄厚的国际大公司也不会在这么短的时间就能解决这个世界性难题的。”参战惠炼的专家发出如此感慨。“我们也是豁出去干了，各个协同单位都没有这么拼过。我想，大家都是被中国海油的人性所感化了吧。”

什么人性？

就是中国海油的纯粹、和善和奉献所化为的千丝万缕所带来的感人力量。

真的，在这个攻坚团队，不管你是中石化的，还是石油大学的，或是石化研究所的，如果你某一天，为一个难点所困惑，所有的人，都是这样，大家都凝望着你，他也是这样，眼睛随时扫射着你，你缺了某种资料和数据，他知道了以后，替你跑腿儿，给你找出线索。当你在早上第一缕阳光照到实验室的时候，疲倦地走出来，突然看见他拿着已经凉了的早点和一大摞你需要的各种资料，疲惫地坐在屋外的长沙发上。看你出来了以后，他站起来，显然，他可能一夜未眠，就为了这一个难点。他跟你一样焦心，他还是最大的干部，但这个时候他就像小孩子企盼着一个最好的玩具一样……你还能说什么？

加工1吨原油的能量消耗是衡量一个炼厂水准的非常重要的指标。惠炼在设计的时候把能量消耗设计为72千克标油每吨，这个数值已经很先进了，一般炼厂在第一次开工的时候很难达到，或许经过调整期能慢慢接近，而有的炼厂可能终生可望而不可即。但惠炼人以抠细节、求完美的精神，设计优化非常细致到位，一期项目投产的第一次开车，竟然做到了65千克标油每

吨。然后通过负荷调整，技术改造，经过第一次检修，又降到了60千克标油每吨左右。现在更做到了58千克标油每吨，而且稳定在这个数值上了。

国内一般炼厂开工时有的也设计为72千克标油每吨，但首次开工通常达不到，一般80、90千克标油每吨都很正常，然后再想办法往下降。可往下降是非常不容易的，降一两个点都不知要费多少心思去节能挖潜呢？而惠炼一出手就是别人梦寐以求的水平，然后一降再降，还能稳定在理想的状态。

惠炼在这个指标上做到了全国第一，在世界上也是一流的。

比别人更难的是，他们炼的是黏稠的重油（炼制重油的能量消耗要比中轻质油高20%以上），加工中轻质原油一般企业经过努力或许能做到65千克标油每吨，而加工高酸重油达到72千克标油每吨就非常难了。也就是说他们是带着镣铐跟人家轻装上阵的比武，还以大比分取胜。

他们在艰难中走出了一条自己的路——这种高酸重质油加工工艺和流程在全世界是独一无二的，纯属中国海油独创。

为此他们获得了国家科技进步二等奖。

四

Aspen是全世界最流行的、最权威的工程和石化工业应用软件，是美国众多科技人员攻关做出的、带有美国政府权威性的软件。该软件在我国也应用广泛，能模拟和完善几乎所有重大工程项目。但如何用得好，用得有创意，并不简单，也需大费周折。惠炼工艺能如此完善，跟这个软件应用得好很有关系。但操作人员不是想象的什么专家，就是一帮刚出学校没多久的大学生。他们刚来这个大国企也曾经像白鸟素人一样，睁着无瑕的眼睛四处张望，在以为还要擦两年机器的时候，突然被委以重任，攻关这个软件在惠炼的适用性。

当他们对所有权威都颤栗的时候，突然发现不必这样，所在的部门氛围很好，允许试错，目的就是要对软件应用进行创新，部门领导开玩笑说，“你们可以失败十次，但必须有一次成功。”

从未有人敢如此用人，部门经理对年轻人越来越胆大的要求嘴上说，好好好，但是心里别提多担心了。要知道时间等不起，这一错，多少天、多少万元就出去了，谁能担这个纲？部门经理后来对采访者悄悄说，实际我们也是豁出去了，万一出错，就自己担责呗。其实他们知道最终还是老董和赵岩他们在后头撑着。斯大林说过，谁会谴责胜利者？而惠炼人是连失败者都不会谴责的。

热门词汇“智能工厂”在国人心里是千般模样，但碰到实实在在的海油人是一定要弄出“既能吃，又好看”（毛主席语）的东西的。

惠炼一开始就要把工厂建成了一个大的信息平台，能容纳多个层面和部门的信息交汇，在全系统进行指令整合，智能信息系统覆盖了所有核心业务，智能工厂是也。

比如，炼厂的原料来自各个海域，墨西哥湾的油和中国黄海的隔着十万八千里脾性大不相同，新疆克拉玛依的和渤海湾的也是隔着调性呢……什么药剂炼什么油，过去手工调试，麻烦大了！惠炼探索出18种原油加工套餐，管理人员只需轻点鼠标，根据原油加工历史数据和各种模型评价测算，就可以形成最优的原油加工方案，再通过ORION生产调度系统做好生产作业排产即可。

生产优化后，惠炼人可以根据市场情况，用模型比对选出效益最优的原油品种，每年仅在原油采购这一项，就可以降低几千万元的成本。

“吃螃蟹”的惠炼还率先采用了当代西方的控制管理理念“先进控制”系统（APC），在延迟焦化、蜡油加氢裂化、催化重整和催化裂化4套生产装置上试用，取得了很好效果。利用APC系统，通过多变量协调控制实时调

节，降低了装置生产过程波动，使生产装置从精确控制向精优控制迈进，实现关键参数“卡边”操作，进一步提高了单位产出率，降耗增效非常显著。

一个貌似传统的行业，竟然笼络了一批年轻的技术控，是什么刺激他们用IT和智能搞石化？其实，惠炼领导没少跟他们守住“初心”谈“梦想”。用技术解决炼厂需求，在某种程度上讲就跟“肥宅”电脑游戏通关一样，必须乐趣和难度相结合。在这点上，老董不老，赵岩还年轻，最佩服他们努力想变成95后的那种心态。

仇智，20多岁小伙子，技术控中的一位，催化裂化装置外操手。这一天，与以往一样，他戴上防护镜、塞上耳塞，来到生产现场巡检，在每一个巡检点，他拿出“魔方”——智能化手持终端，将自己的工作证放在“魔方”上确认，再将巡检点数据进行上传。

“在每个巡检点，我通过手持终端上传设备振动、温度等数据，中央控制室的同事就知道我在什么时间什么地点，巡检了什么设备，设备运行情况如何。同时我也可以手持终端查看中央控制室内这台机泵所有运行数据，比如流量、压力等。”

5月，南海烈日，仇智一边查看每个装置，一边把户外防护服往下拽了拽，头盔往下压了压。汗是从皮肤里面浸出来的，瞬间就蒸发了，没有流淌。他原来是没有刺激就没情绪的小伙子，而智能炼化释放的如此魅力，开创了国内行业多个第一的这个劲爆系统，满足了他所有的梦想，也稳住了他的心，甘愿在骄阳下发掘这个智能时代的种种新奇。

石化行业最怕什么？不管多牛的老板，威风凛凛后面肯定有一个持久的担心，担心爆炸、担心暴燃、担心暴污。兄弟单位的种种事故就不说了，离出事的基层单位隔着十几层的领导也受牵连，有点冤枉。实际看看老董、赵岩他们的做法，那些领导也就不冤枉了。

老董踽踽独行，赵岩大嗓吼喊，所为所重的，就是这个安全。他们最聪明的做法就是用智能化管了安全。

惠炼通过对国内外能源企业事故统计分析发现，88%的事故是由于人的不安全行为和动作产生的。那么，如何通过信息化手段，规范人的行为，将大部分原本以经验为核心的操作变更为标准规范动作，实现多人员、多区域能够机器般地执行一个安全动作呢？

惠炼开发了一个安全生产系统，说白了一句话，就是要工业自动化来替代人实现正确的时间、正确的地点、正确的人按照正确的规范做正确的事。

仇智的巡检做的正是这件事，他手中的小机器代表着原本以人的经验为基础，以责任心为约束的传统管理方式，正转变为以专业软件系统为核心、以严格流程为约束，以智能防爆终端为控制手段的现代工业互联网安全管控新模式。

往往最被人忽视的仓储管理，在惠炼也都智能化了。仓库里的每个区块每个货架上的条形码是唯一的，远地一扫就知道还有多少货料，在几号库房，几号货架，在第几层，清楚明了，账目相符——可别小看了这一点，据专业人士透露，一般石化企业很难做到账目相符的。

在国内，惠炼的库存量掌握得最精细，滞压资金最少：二期项目，采购资金达到了189亿元，而库存物资只有5千万元，而一般的这类大型化工项目，库存起码都得有四五亿元以上。

信息化把惠炼四大工厂两套炼油、两套乙烯统在了一个大网中，网络的神经末梢连到四大厂的最细微处。比如某处设备发生故障，操作人员按检修钮，经过各种自动检修，检修工单上显示密封坏了，要领密封，信息传到仓库，仓库自动把密封送来。送货后库房里面自动显示库存数，如果到了安全线，比如原来五个密封，只剩四个了，不足以支撑下一步的工厂运营要求，系统就自动起动了采办订单，规定好在多少时间内，密封厂家把货送过来。

惠炼的信息化在繁复的石化设备丛林中犹如一条飘逸的红丝线，穿梭连

接，把千万台设备连接一体，效能超过简单相加，互相激荡升华，把惠炼变成了一台巨大的、初成雏形的智能机器人。

中海石油炼化有限责任公司董事长何忠文这样说道：“在未来，将实体工业与虚拟网络相结合的工业互联网，必将以革命性的方式促进生产力的提高，惠州石化已经在这一领域拥有先行优势。”

五

切入高端、科技创新、智能工厂……惠炼总是做得最好，秘诀是什么？说实话，中国海油的上下级关系较为轻松温和，指挥用人也没有像一些影视作品或者某些传统工厂那样高门大嗓、火药十足的令行禁止。他们是靠什么提高执行力的？

在中国海油的职场同事间，很少传出那种职场“宫斗”、闹中秘闻之类的。风气正，是许多人对中国海油的第一印象。他们身中似有芯片，好像被设计了程序，对于干事有一种自觉，“不是在现场忙，就是在去现场的路上。”在“赶项目”期间，几天几夜不回家，累了找个地方一躺，醒了爬起来再干……这在采访见闻中毫不稀奇。

给惠炼人提供芯片的人是谁，给他们设计程序的是谁？

中国海油党组成员、副总经理、中海石油炼化有限责任公司董事长陈壁曾说过，中国海油炼化板块的改革发展、生产经营、创新驱动等成绩，是在全面从严治党、发挥每位党员的坚强战斗堡垒作用的背景下做出的，党建工作给员工增添了无穷的动力。

具体做员工思想工作的是董孝利和赵岩这两位惠炼前后的总指挥，他们一位厚朴，一位爽朗，我想从他们身上发现一些什么，观来观去，世上将军亦常情，只有一点让人难以忘怀，就是与员工同吃苦，对员工长爱惜。

现在已是中年大叔模样的田文回忆自己“青葱岁月”：

“那时刚大学毕业实习，惠炼一期正在赶工。屋顶空气温度50多度，屋面温度能达到70度，我作为管理辅助者，和一群人在屋顶打混凝土，有一个人生生在我面前虚脱了，差点没下来，我彻底感受到了农民工的辛苦。那时候还很稚嫩，真的很绝望。突然看到一群人上来了，一位中年人看了我一眼说：‘你下去吧，到空调屋里休整一下。我替你一会儿。’我没有多想，也不知自己是怎么下去的。昏昏沉沉到了黄昏。这个时候才走出空调屋，蓦然看到那位中年汉子从屋顶下来，汗流浃背，看起来似乎脱了形了，我有点抱歉，他替了我多长时间？这时候很多人趋步向他，请示汇报，我才知道他是我们早已闻名的董孝利老总。”

惠炼的往事充满悠悠情愫：

曾经突然一纸命令要把指挥部搬到最前线，于是雪夜大迁徙，从北京搬往大亚湾，三千里路，几位五十多岁的“大叔”和百名小伙子在大车上同吃同住，日夜兼行。“老董吃着盒饭，还挖空心思说笑鼓动我们这些新人，挺不容易的，本来他可以坐商务舱舒舒服服一人先行的”，有人回忆。

2008年发大水惠州受灾，电没了、水也没了，整个工地一片汪洋。几位领导驾着冲锋舟在大水中救人，一天没吃饭，到了晚上，听说还有一个承包商给困在水淹的小区里了，又驾着冲锋舟到大水中寻找，人困马乏，黑灯瞎火，他们大海捞针，最后都绝望了，但就是不撤，因为他们知道这个小舟是承包商一家人最后的希望。几个小时后他们终于看到一个屋顶上有一个黑影，当他们把躺在了屋顶的承包商从水中拉出来时，舟上的人分不清脸上是泪水还是雨水了。

还有，那年除夕，员工都留守工地，入夜时分，有人思念有人感怀，忽听一片喧响，这几位领导，亲自押车送了几车农副产品来到工棚。原来，施

工人员辛苦，过年了，这些领导们不知怎么表示，想来想去，觉得只有时鲜物品，能够配着“唯有杜康”在大年夜和弟兄们道一声辛苦。于是在地旷人稀的海边到处寻农贸批发市场，可惜晚了，没货了，他们又到更偏远的农场去寻购，求人说好话，凑够了这些年货，又满头大汗地往回赶。还是有点晚了，夜都深了。大家从各自宿舍出来，看着汗流浃背、带着歉疚神情的领导和几堆年货，一时谁也没说话……

他们也都是“局级”干部，本可以不这么上心，当差拿钱，公事公办，但他们就是放不下，这就是心中有一团火的那种官……

伟大的公司，这是中国海油一直没说出来、但在无形中相当激励人们的一个潜目标。虽然有一个所谓智者说，凡是伟大的公司就离死不远了。但中国海油没有那种自傲和狂大，它的“伟大”更归于一种人性的平和与爱——爱人民，爱国家，这也是中国海油党建和政治思想工作的润物细无声之处，像春雨一样绵绵地飘落在了每一个进入公司的人们的头上。

“行遍天涯意未阑，将心到处遣人安，
也知造物有深意，故遣佳人在空谷”。

这也是惠州之恋与苏东坡情怀相通的地方，一千年前的相遇和一千年后的相遇是必然的，因为都有故土和人类的一种情怀。

那天，在伊斯坦布尔的地宫，董孝利不承认流了眼泪，其实他是一说起员工们的父母亲就要掉泪的人。

中国海油人的父母是最期盼儿郎归的父母，不管是28天的海上，还是几个月不回家的项目，远处的儿女总是只能在梦中与父母妻儿相见。董孝利最感动的事是，“我们员工实际上是连续很多春节都回不去，有很多员工家里老人病危了，也回不去，最后赶回去的时候人已经去世了。这种事情我在大会上讲过。忠孝不能两全啊，我的心里很沉重。”

他们建盖了世界上最好的炼厂，却无限愧对老去的父母。

他不知怎么感谢惠炼员工，于是坚持修建了惠州这块地界很多人向往的“惠炼家园”，就是为了青年员工能把父母接来同住。他只能做这些了。

他退休了，每天隐在这个他亲手“盖”的楼房的阳台上，看着阳光明媚的花园里，老人们带着孙辈在悠闲嬉乐，内心就有一种巨大的满足。

海油的许多人看过龙应台的《雨儿》有共鸣，该文描述，当辞官的龙应台和患有阿尔兹海默症的母亲住在一起的时候，母亲总是反复地问：“你从哪里来？怎么那么像我的女儿？”龙应台就握着母亲的手，反复给她讲事情的来龙去脉，母亲时懂时不懂。龙应台就再轻抚着母亲的头发，再给她从头讲一遍。然后母亲问她：“你是谁？怎么会对我这么友善？”每每读到这里，许多海油人便泪水模糊了。

老董在伊斯坦布尔颁奖台上掉泪是为这些老去的人们。

40多年前，董孝利走出黑龙江一个小屯子的时候，老母亲泪眼涟涟送他到大路旁，他永远记住了这个情景。这也是他总在痛惜怜惜像自己当年一样的惠炼人和他们父母的原因。

退休后，他同时做着两个梦，一个是跟父母相见的梦，一个是大炼化的梦。这时，一个梦醒了，一个梦实现了，它们全交织在惠州，这也可以说是惠州之恋吧。

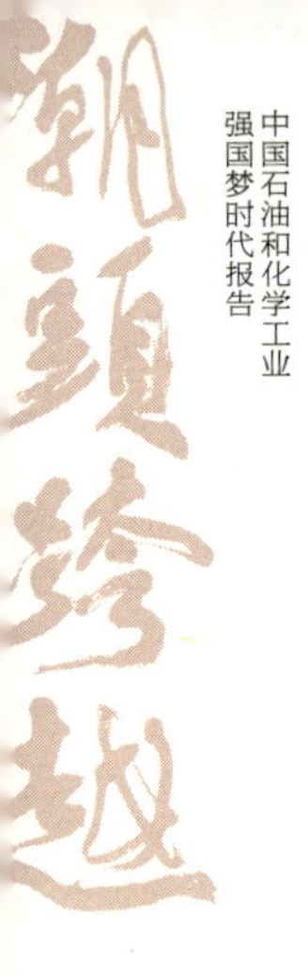

02

“磨刀石”上淌出的石油河

您是否知道？在我国西部有一个比肩东部大庆的油田。

这个油田从2013年开始年产量突破5000万吨，如今稳稳坐了我国油田产量的第一把交椅。

这个油田是在鄂尔多斯盆地的“磨刀石上闹革命，低渗透上铸丰碑。”

这个油田的多项勘探开采技术改写历史，领先世界。

这个油田的名字叫长庆。让我们走近鄂尔多斯盆地去揭开她美丽而神秘的面纱。

一

20世纪60年代，华夏上空、阴云密布、妖风狂卷。

美国封锁制裁，中苏关系恶化。

面对复杂的国际关系，毛泽东主席提出了“三线”建设大战略。

当把目光聚焦石油时，我们不得不思考：一旦东北的大庆油田遭到毁灭，我们的石油从哪里来?

这宛若一柄达摩克利斯之剑，悬挂在共和国领袖的心头。

一天，毛泽东找来地质学家李四光，问中国到底有没有石油?

李四光说，中国这么大，肯定有大油田。

从此，荒凉了千万岁月的大地被唤醒，赋闲了亿万春秋的土地神都忙碌了起来。

我为祖国献石油的心声、歌声激荡神州大地，回响大漠戈壁。

中华民族在发展过程中经历了无数的劫难和考验，但都没能压垮我们民族的脊梁，而被我们一一征服。在日寇入侵、民族危亡的时刻，中华儿女前赴后继、抛头洒血、浴血奋战，取得胜利。

在民族面临危难，西部石油大会战中，再一次爆发中华民族的深沉禀赋与深厚伟力。

共和国经济和石油干将余秋里、康世恩奉命靠前指挥。

1970年11月3日，会战指挥部正式成立。

时任兰州军区副政委的李虎将军临危受命挑起了总指挥和党委书记重担。从指挥部到指挥分部的主要负责人均由部队领导担任。好一个豪华、强大的指挥阵容。

军令如山。从指挥部发布第一号战令的那天起，一支浩浩荡荡的会战大军迅即汇聚陇东，他们中一半以上的是刚刚集体转业的军人。还有一部分是从甘肃、宁夏、四川油田选调的专家和技术工人。

受命参战的部队官兵接到出征命令后，迅速组建、迅速集结，迅速从不同的营地出发。背的还是那个背包，打的还是那个绑腿，吹的还是那把军号，穿的还是那身军装，肩上唯独缺少的是那支扛了多年的枪。在共和国需要的时刻，军人们始终冲锋陷阵，勇往直前。

长途行军，全靠双腿，近距离的要走3、5天，远距离的要走十多天，沿途没有兵站，没有宿营地。脚下是塞北的雪，扑面而来的是沙漠的风，手脸冻肿了，脚上起泡了，没有人叫苦，没有人掉队。留下了一段几万人跑步上陇东的历史佳话。

李虎这位曾经驰骋疆场的将军，在庆阳古城的“将军楼”里留下了敬业奉献、身先士卒、赤胆忠诚的美丽故事。

每个人都有一个名字，这个油田还没有来得及取个名字就集结队伍，开钻动工。

“长庆”这个名字源于会战指挥部设在一个叫“长庆桥”的地方。长庆油田也蕴含着祖国石油工业悠长的喜庆，正好与大庆油田血脉相连，称兄道弟。

从此，陇东大地，机声隆隆，地动山摇。

一批钻机在山峁沟壑间开钻，向地底深层探寻，吓得土地神魂飞魄散。

几万石油人的热情、热血温暖、感动了戈壁大漠，融化了地下精灵。

1970年9月26日，是一个值得记住的日子。这一天，地处马岭的“庆1号”井喷出黑乎乎的油柱腾空几十米！

找到油啦！陇东有油啦！附近的官兵和百姓情不自禁往黑乎乎的油柱下窜。

“庆1号”油井当日产油36.3吨，相当于当年大庆的“松基三井”日喷油10吨的三倍多。

这个数字对中国石油人和盼油急切的共和国领袖们是何等的振奋啊！

也许是冥冥中的巧合，也许是命运的安排，9月26日，正是大庆“松基三井”喷油的日子。9月26日，是中国石油工业的良辰吉日。

1971年5月，马岭地区又有5口油井相继出油，成为马岭油田开发的“先驱”，为长庆油田的发展奠定了基础。

在陇东这块黄土地上，有一个关键词不能忽略——大会战。李庄子大会战、马家滩大会战、马岭大会战、红井子大会战、安塞大会战、靖边大会战、榆林大会战、董志塬大会战、靖安大会战、苏里格大会战……

大会战是长庆人出奇制胜的法宝，每一次大会战，都是一个历史的里程碑。

1974年7月，“将军楼”里发出一道道指令，吹响了“五路会战”的进军号角。陇东油田成为甘肃省继玉门油田之后又一个石油基地。

1975年，马岭油田、红井子油田和长输管道三大战役全面展开。长庆人以拼命之勇、顽强之力，克服重重困难，三大战役终奏凯歌、士气大振。

1977年2月，会战指挥部根据石油部指示，集中优势兵力在红井子开展一场大会战。

李敬副总指挥带领60名机关干部到现场蹲点，实行面对面指挥。一时间，32台钻机，27个试油队，1000多台设备，2万多名职工在红井子摆开战场、擂响战鼓。

截至1979年底，长庆油田经过8年鏖战，在陕甘宁建成9个油田15个区块，年产原油突破100万吨。

从此，长庆油田蹚过了创业会战的大河，迈入了发展的新纪元。

长庆油田镌刻了一段历史辉煌，树立了一座历史丰碑。从四面八方集结的石油人将忠诚与奉献书写在了鄂尔多斯盆地的山水之间。

我们简略载入几则故事，让小小水珠折射太阳的光辉。

“火车就是推的”故事

人们常说“火车不是推的”，我们这里要讲一个“火车就是推的故事”。

1970年4月新疆石油局奉命组建渭北勘探大队，参加长庆石油大会战。雷新国被任命为先遣队临时负责人，带领37人担负运输机械设备的任务，为后续部队创造条件。

从克拉玛依到西安走了整整6天。到了西安火车站遇到了车皮计划紧张的困难，如按正常程序安排至少要一个月时间。急得雷新国直跺脚。

听说军用物资可以优先计划车皮后，雷新国灵机一动，到“军代处”拜见了“军代表”。

雷新国拿出了石油部签发的调令，希望能尽快安排车皮。

“军代表”回复说：“不是军用物资，不归我这里管。”

“我说军代表同志，我们有个重大机密必须向你汇报。”

“重大机密？什么重大机密？”

“这地方不便于谈，能换个安全的地方吗？只能你一个人知情。”雷新国来了个“虚张声势”。

听说是重大机密，“军代表”的神经敏感了起来。

“军代表同志，我们托运的物资器材虽然不属军用产品，可比一般军用物资保密性强。你看到了吧，中间的两台车上装的是两个中子源。”

“什么叫中子源？”“军代表”不解地问。

“中子源，是一种核能源，是制造原子弹、氢弹的原料，两个中子源，就等于两颗原子弹。一旦出现安全问题，就是天大的事故，谁也负不起这个责啊！”

“你们弄这么两个中子源来干什么？”

“军代表同志，我们钻的油井有几千米深，地下有没有石油，要靠井下爆破技术去测定，井下爆破离不开中子源，我们是在和平利用原子能。”

“军代表”听出来门道。他立即打电话给调度室，联系车辆。从电话中得知，车头在王家岭，车皮在车站的备用车道上，一时无法牵引过来。

“首长，这事难不倒我们，大庆石油会战靠的就是人抬肩扛，我们也不是泥捏的，37个人呢，拧成一股绳，拉着火车跑肯定没问题。”

“军代表”兴奋地在雷新国肩头拍了一巴掌说：“还是咱们工人有力量！太好了，我们立即行动。我找工人师傅打开闷罐车的闸门。你们推车，能把车皮推到站台上就是胜利。”

谁说火车不是推的？大家一起动手，经过两个多小时的拼搏，终于将10节平板车、3节闷罐车推到货运站台上。

连夜推车，连夜装车，连夜出发，原本计划一个月办成的事，竟然在一天之内搞定。

“跟踪爸爸”的故事

我们在长庆石油采访期间，一天晚上走进了一家书店，在与女老板的闲聊中了解到她祖籍湖南花垣县茶洞镇，名叫杨秀珍，是长庆石油二代。杨秀珍为我们动情地讲述了一个“跟踪爸爸”的故事：

“我的父亲名叫杨国荣，1968年参军入伍，1971年复员后成了长庆石油的一名石油工人。那一代石油人在‘三块石头支口锅、三顶帐篷顶个窝’的艰苦条件下，硬是在磨刀石里找出石油来。随着我们兄妹三人一个个长大，也相继被父亲从老家接了出来，我们兄妹三人在陕甘宁一人一省，又光荣地成了油二代。

小时候，父亲为了工作很少回家，在我们记忆里父亲成了一个符号。

记得有一年，我跟一个小朋友在她的门口玩，远远地看见一人背着大包小包走了过来，我们的目光随着他的脚步从左边移至右边，直至走出我的视野。

我以很不自信的口气跟小朋友说：‘我觉得这个人好像是我爸爸！’

‘那你喊吧！’

‘我不敢喊，万一不是呢？’

‘那我们跟着他，看他往哪里走，好不？’

于是，我俩就悄悄地跟踪这个人的后面，直至他进了自家的房门，我才敢开口叫爸爸。”

杨秀珍的故事，是那一代石油人为国家不顾小家的一个缩影。

“空投馒头”的故事

1971年，转业军人张志刚从酒泉出发，两天两夜到达咸阳，还没来得及活动一下麻木的腿脚，又爬上一辆大卡车，连夜赶往庆阳。下车后营长点名，分配工作，张志刚被分到会战指挥部工程团，任务是修路。

8月中旬，一场暴雨引发山洪，冲毁了道路，张志刚4人小分队来不及撤离被困在河对岸的山上，吃饭成了他们的第一大难题。

每到开饭时，炊事班的同志便隔河喊话。

仅仅一河之隔，能看到影，听到声，却无法将饭送到他们手上。炊事班的同志心里急，张志刚他们饿得急。几次泅渡过河送饭未果，只能望河兴叹。

急中生智的炊事员想了一招绝活——空投馒头。他们把馒头攥在手里扔过河去。

于是乎，白馒头在空中飞舞划出一道道漂亮的弧线。在部队练就的投弹功夫在这里派上了用场。

10多天里，两名炊事员每天来河边空投馒头，胳膊都投肿了。

10多天里，张志刚他们每天来河边拣馒头，每拣一次就感动一次。

这种送饭的方式听起来有点滑稽，可真的解决了饿肚子的问题。

通过这几个小故事，我们应当对长庆石油创业者致以崇高敬意！

二

长庆石油承载了太多的希望，山山峁峁流淌过太多的血水与汗水。

荒凉的大地却板着一副冷酷的面容，呈现出一幅“井井有油，井井不流”的图画。油井抽出的石油总是那么稀少，每日每月每年的数据总是让长庆人心寒。他们铆足了劲不断钻地打井，增加开采井数，而产量却不如人愿。

因为长庆石油人要经受上苍的考验，遭遇了低渗透、特低渗透和超低渗透世界性难题。

如果用专业名词“毫达西”反映油层渗透率，数值越低，渗透率越低。国际上把渗透率小于50毫达西的油田列为低渗透油田，而长庆70%的油气田渗透率小于1毫达西，属于特低超低渗透范畴，是国际上公认的没有开发价值的边际油田。所以长庆人把油气开发称之为“磨刀石上闹革命”。

100万吨，这个数字对一般油田而言，已经是个大油田了。但对长庆并非如此。长庆油田=100万吨，这个等式对长庆人来说是个耻辱。国家和领袖们期待长庆油田成为一个“强壮成人”，而长庆油田却像个永远长不高的“矮小侏儒”，难道这还不够让豪气冲天的长庆石油人感到耻辱吗？

路漫漫其修远兮，吾将上下而求索。

长庆人面对磨刀石一般的岩石，心头的压力比万崇千岳的黄土高原还重，比藏于鄂尔多斯盆地下的岩心还沉。

每每在中国各路油田聚集京城开会时，长庆人自觉惭愧地选择了最后的旮旯坐下，甚至不再骄傲地称自己是“长庆的”，而是被人称之为“西边的”。

西边的人和西边的油田对突飞猛进的东部、北部、南部来说，那是“荒凉”与“落后”的代名词。

长庆人经历了长期的压抑和沉闷。长庆人的这份痛苦与无奈，让黄土泥尘蒸干了水分的磨刀石也在跟着流泪。

岁月磨砺着这样的日子，这样的日子让长庆人懂得了什么叫珍惜和自尊，于是他们在寻找出路、挣扎前进。

有人感到冤屈，有人感到失望，也有人选择逃离，然而更多的人在寻求突破重围，期待发展壮大。

长庆的路在何方？

党的十一届三中全会后，改革开放的春风度过玉门关，吹进西部大地，滋润了长庆人的思维。

为了化解长庆困局，长庆油田决策者将目光投向了海外，希望借鉴全球最佳实践，运用先进外脑助力解困。

1983年，长庆油田花了大价钱请来世界著名的美国CER公司对安塞油田开发前景做一个评估。一批蓝眼睛白皮肤所谓大牌地质专家在鄂尔多斯盆地进行了一番考察之后，写下了一份几十万字的论证报告。

在论证报告中，CER公司认为无论从地质角度还是经济技术角度，安塞油田都属于边际油田，以目前的技术手段，不具备工业开采价值。

国外权威“不具备工业开采价值”的结论，让长庆人痛抵心底。

寄托着共和国领袖和全国人民厚望的长庆油田就这样偃旗息鼓了吗？好不容易发现的大油田就这样被否定了吗？

鄂尔多斯盆地阴云密布，戈壁大漠狂沙漫卷。

长庆石油人心情无比沉重。

严峻的现实告诉长庆人，要突出重围，告别耻辱，没有救世主，只有靠自己。不仅要创新技术，而且要解放思想。

需要有伽利略质疑公认权威亚里士多德自由落体定律的勇气，需要重新认识鄂尔多斯盆地。

是雄鹰，定会翱翔蓝天，搏击风云！

长庆人在行动……

三

长庆人不少是玉门油田的传人，长庆队伍的主要人员来自英雄的人民解放军转业复员官兵。他们曾经的犹豫和徘徊很快被自信和坚定所代替，即使在最艰难的岁月里也在低吟着对光明的强烈渴望。

面对世界级难题，长庆人再次祭起思想解放的大旗，提出“三个重新认识”的重要思想，重新认识鄂尔多斯盆地，重新认识“低渗透”，重新认识我们自己。

《找油的哲学》是世界石油史上一篇著名的论文。美国石油地质学家华莱士在这篇论文中指出：“归根到底，首先找到石油的地方是在人的脑海里。”华莱士认为，要不断在新的领域里找到石油，首先要解放思想。

正如华莱士所说，储量巨大的超低渗透油藏已经在长庆油田决策者的脑海里找到了。他们非常清楚，现在的鄂尔多斯盆地是由鄂尔多斯古陆形成。

36亿年以来，鄂尔多斯古陆没有发生断裂、造山和地震等重大地质变迁。也就是说，黄土和沙漠掩埋的仍然是一整块岩石。这块面积37万平方公里的岩石呈西倾单斜，就像一块斜插在地下的大石板。基岩与一层层的沉

积岩叠加起来，形成了鄂尔多斯盆地特有的河流相三角洲沉积体系。

长庆油田早期开发的侏罗系油藏属于构造型油藏，就像埋在沙滩里的土豆。而特低渗透、超低渗透的三叠系油藏属于岩性地层油藏，就像埋在地下的沙滩。在沙滩里找土豆，难！而在河道里找沙滩就容易多了。

世界上只有想不通的人，没有走不通的路。所谓门槛，过去了是门，过不去就是坎。

在长庆科研队伍中，涌现出了一批敢于质疑权威的人。正是由于他们既仰望星空，又脚踏实地的智慧和辛勤改写了美国CER公司的认证报告，还原了一个真实的鄂尔多斯盆地，为长庆油田播种了蓬勃生机，带来了新的希望。

师桂霞是一位明星级的美女，一般人不可能把野外、石油和她联系起来。她与石油事业结缘，只是因为当年大庆那个英雄的名字。那时风华正茂的她，正是奔着大庆这个名字报考了大庆石油学院的油藏专业，毕业后分配到了长庆油田，成为了一位勤奋好学、治学严谨、成果颇丰的科技权威。

她的任务是为1800平方公里的黄土地把脉，这些地方到底有没有石油？到底有没有开采价值？这些，需要她提出建议。

当这一重担压在这双娇柔肩膀时，其承担的风险和压力可想而知。

也许就是为了“我为祖国献石油”那个神圣的口号，她竟然毫不犹豫地接下了这个艰巨任务。其时正好是“十一”长假，她到档案馆借来55口旧井的勘探资料。

那天下着大雨，她的心情和天气一样沉重。

几大叠资料摊在地上反复看，反复研究，同时反复观看地底岩芯，她的思维游荡在鄂尔多斯盆地的底层深处。她向领导提出了“有油”、“可采”的建议。

仅有“有油”“可采”的定论还远远不够，如何把低渗透、特低渗透、超低渗透犹如磨刀石里面的石油挤出来，需要一套有别于传统的勘探开采理论和技术。

时代在呼唤，长庆在期待。

此时，从长庆油田科研方阵中走出了一批人。

其中有一个人在从大连到西安的火车上，把一个炉子紧紧地抱在怀里，一副舍命不舍炉子的架势。

这个人的异常举动引起了警察的注意，于是，警察对这个人的身份证和怀中的炉子进行了反复盘查。

警察问："为什么要把这么大个炉子抱在怀里？"

这个人说："这是我们做实验用的陶瓷加热炉，好不容易跑了大半个中国才从抚顺买到它，这个陶瓷加热炉不经摔，所以我坐汽车、乘火车都一直抱在怀里，这样才安全。"

弄清原委后，警察向这个人举起右手敬了一个礼，表达了深深的敬意。

这个人的名字叫张文正，是长庆油田的一位科研人员。

1982年8月，风华正茂的张文正，从浙江大学地质学专业毕业，风尘仆仆地来到长庆油田勘探开发研究院，一头扎进了低渗透地质试验工作中。复杂而神秘的地下结构，引发了张文正探索油气储藏奥秘的热情。

张文正认为：怎么认识超低渗透油藏？既要看到它储层更致密、丰度更低、压力更低、单井产量更低等不利的一面，也要看到它资源规模大、多层系叠合、稳产能力强、适合水驱开发、原油质量好等优势。

张文正几十年如一日地沉浸在这个世界里如痴如醉。他的研究与探索，使中国在石油与天然气单体烃碳同位素研究领域站在了世界前沿；他提出了鄂尔多斯盆地古生界天然气成因的新认识；在他的研究理论指导下，使长庆油田发现了子洲、靖安、苏里格等一个又一个大气田；他的研究与探索，使长庆油田逐步走出了"井井有油、井井不流"的怪圈；他的研究与探索，为自己赢得了"侯德封奖"、"孙越崎优秀青年科技奖"、国家青年自然科学基

金，被国家地矿部聘为国家级评委，被中国石油天然气集团公司命名为杰出科技工作者及首批跨世纪学术带头人。

在长庆石油有一位学者型领导，《庆1井铭》《塞1井赋》《陕参1井记》都出自他之手。他不仅浸染中国传统文化，文学功底深厚，诗词歌赋精美，而且科研成果丰厚。他的名字叫胡文瑞。

胡文瑞在处理繁重的行政事务的同时，坚持问题导向，进行课题研究，将1项国家科技进步一等奖，1项国家科技进步二等奖，3项省部级特等奖揽入怀中。主持重大工程规划和建设项目7项，荣获全国“五一劳动奖章”，当选十六大党代表和第十届人大代表，2011年12月，当选中国工程院院士。

胡文瑞先后出版了10多本著作，他的书让石油人耳熟能详：《低渗透油气田概论》《现代企业管理方法论》《宏观引导法概论》《全控网络管理论》《论老油田实施二次开发工程的必要性和可行性》《安塞特低渗油田开发实践》《鄂尔多斯盆地油气勘探开发理论与技术》，为指导长庆油田科学发展、持续发展发挥了重要作用。

《陕甘宁的太阳》一书作者、著名作家路小路说，要写长庆油田，不能不写史兴全。

因为史兴全不仅是长庆油田解放思想、突破重围的见证者，而且是理论的实践者。

史兴全有许多精彩的故事，这里暂且展示冰山一角。

1987年，史兴全接过了长庆石油勘探局的帅印，他用脚步丈量了沟沟峁峁，访谈了一线工人，请教了技术专家。得出的结论还是邓小平同志的那句话“发展才是硬道理”，拿不到油，拿不到气，半点马列主义都没有！

打一口井需要投入1000多万元巨额资金，失败了，这是多么大的经济损失？失败不起啊！长庆开发的油田，大多是“三低”油田，因受地质条件所限，要在短时间内有重大发现和突破不太可能。

夜深人静之时，史兴全在想，能不能换一种思路，能不能在天然气上做一篇大文章呢？天然气开发不但是长庆石油要做的大文章，而且是国中石油要做的大文章。

史兴全带着全新的思想，一头扎进巴音浩特沙漠腹地，开始对鄂尔多斯盆地天然气勘探情况进行考察研究，在考察研究中发现，过去“下临河、上西缘、跳龙门”，只是围着鄂尔多斯盆地的“锅边边”转，这“锅底”在哪里？如果能深探“锅底”会有奇迹出现？

1988年1月24日，“陕参1井”在人们期望的目光中开钻。

这一钻下去，既承载着新的希望，也背负着巨大风险。

钻头在艰难地往地下推进，1000米，没有希望迹象出现；2000米，没有希望迹象出现；3000米，同样没有希望迹象出现。这是长庆油田没有抵达过的深度，每向下延伸一米，就会多一分风险。

停钻，无疑是前功尽弃；不停钻，将面临巨大风险的考验。进与退，成与败就在一念之间。

有人为他担心，有人劝他撤退。他力排众议，选择的是“进”。

当钻头打到3340米的深度时，让在场的人眼睛为之一亮，这不是“针孔白云岩”吗？是，的确是！

这个发现太重要了。针孔白云岩是天然气生成的地质特征，换句话说，发现了针孔白云岩就等于发现了天然气。

钻头稍往下探不久，奇迹发生了。“陕参1井”成功放喷，犹如一道闪电，照亮了黄土高原沉睡的大地，也点燃了长庆人心中的希望。人们欢呼雀跃，奔走相告，几代石油人的梦想，终于在长城与黄河的怀抱之中升起新的曙光。

“陕参1井”的重大发现，引起了中国石油天然气总公司的极大关注，

从而拉开了盆地中部大规模天然气开发的序幕。

此后，长庆人陆续在鄂尔多斯盆地深处将点连成了线，将线连成了片，将梦想变成了现实。

“陕5井”，经压裂日获天然气无阻流量110万立方米，是鄂尔多斯盆地第一口日流量超过百万方的高产气井。

“陕参1井”是一口发现井，是一口争气井，它的成功实现了长庆油田从单纯找油向油气并举的转变，在长庆天然气勘探史上具有重要的里程碑意义。

就解决天然气市场化难题，长庆人又提出了石破天惊的设想，加大管道建设力度，开辟银川、西安、北京、上海4条管线。并且加速建设，快速完工。

让荒凉的黄土高原与繁华都市牵手联姻，将上苍给予西部的厚爱恩泽天下众生。

单腿行走的长庆石油华丽转身，变成了双腿奔跑的长庆油田。长庆油田从此开拓新途、摆脱困境、行稳致远。

师桂霞、张文正、胡文瑞、史兴全仅仅是长庆科研人员解放思想、勇于创新、不辱使命的科技进步洪流中的几朵浪花，他们的身后是推动长庆油田走出困境、跨越发展的澎湃潮流。

四

思想决定行动。

拨开了思想迷雾的长庆人像雄鹰一样开始在蓝天翱翔，在地下不断伸展，逐步迈上了跨越发展的轨道。

当我们置身于长庆发展的坐标中，发现在那延伸了40多载的纵轴上，记载着许许多多让人记住的名字和故事，可还有更多的无名英雄和他们的故事已经隐藏在历史长河中。

无论是被人们记住的，还是被时光遗忘的，都属于长庆这个英雄的团队，都属于石油工人的荣耀。

岁月成了历史，历史成了故事。

作为我国陆上油气产量增长最快的油气田和当地最具实力的中央企业，长庆油田历来受到了党和国家领导人的关注。

当历史走到今天，当长庆石油人用高科技的钻头在鄂尔多斯盆地精彩地描绘出宏伟的发展蓝图时，当亿万年前的原生生命酝酿的地火喷涌而出时，让我们沿着岁月的脚步，让思维的触角停留在2009年6月7日。

这一天对长庆油田来说具有历史意义，因为这一天长庆人在陇东迎来了时任中共中央政治局常委、国家副主席习近平。

在陇东指挥中心控制台前，习近平听取了长庆油田的发展情况汇报。他对长庆油田的历史贡献给予了充分肯定，提出了努力将长庆油田建成西部的大庆油田的殷切希望。

建成西部大庆油田，是殷殷嘱托，是殷切期待，更是美丽梦想。

建设西部大庆油田，将年产量提升到5000万吨。对于当时年产仅有3000万吨的长庆来说，每年需要增加2000万吨。此前，长庆人不曾想过，外人更不曾想过，即使有人想过，一定是偷输地想，在梦中想。

这一次，习近平将长庆人的梦唤醒了。

为落实习近平讲话精神，如何将梦想变成现实？延长石油决策者召集中层以上干部在延安闭门讨论了5天。

那次会上聚焦目标，分解任务。提出了2013年实现年产5000万吨的奋斗目标，每年必须500万吨递增。

500万吨是个什么概念？意味着每年要新增一个中型油田。

在那个黄土高原新增一个中型油田，在那个磨刀石上新增一个中型油田。世人不敢相信，长庆人相信！

有了奋斗目标和分解任务，就得有工作上的抓手，抓手在何处？5天的集思广益，5天的思维碰撞。撞击出了一个“1234”（即勘探开发一体化；向超低渗透征战、解放苏里格；技术、管理和改革3个创新；推行标准化设计、模块化建设、市场化运作、数字化管理的“四化”模式）的答卷。

延安会议，犹如春雨滋润着长庆人的心田，宛若春风激荡着长庆人的希望，很快在长庆油田落地生根。

长庆石油这艘市场海洋中的巨轮向着光明劈波斩浪、快速前行，留下一路惊艳世界的美丽风景。

随着勘探开发一体化的实施。破除和减少非必要的程序，使长庆油田既缩短了勘探周期，也加快了开发进度，资源加速向产能转化。以往一个油田从发现到开发需要5至8年，现在缩短为2至3年。苏东气田、华庆油田，都是当年探明储量、当年建成油（气）田、当年产出油气、当年见效益。

具有军人基因的长庆人习惯于使用与战争有关的名词。“向超低渗透征战”、“解放苏里格”。无疑是两颗重磅弹，无疑是两场硬仗，其分量或许只有长庆人清楚。

“向超低渗透征战”意味着长庆人要从头发丝里寻找纹路，可能吗？

同行说不可能，专家说不可能，国际权威也说不可能。然而，长庆人却说可能，而且语气如此坚定。

过去在不可能的条件下，长庆人硬是在磨刀石里找到了一个大油田。现在长庆人要在磨刀石里再挤压出一个更大油田！

要把不可能变为可能，不仅需要雄心壮志，而且离不开技术先行。

没有金刚钻，怎揽瓷器活？

于是，在长庆人提出“征服超低渗透”的同时，一个专门攻关“超低渗透”地层的技术研究院成立了。它的任务就是为把不可能的事变成可能提供技术支撑。

“嘿！你要在现场看看我们如何在‘磨刀石’做压裂作业的场景，那定会为之惊叹！”长庆一线干部和技术员们一谈起自己“征战超低渗透”经历时，无不引以为荣。

压裂现场蔚为壮观：几十台甚至上百台几千马力的空压机，或在广袤的原野上，或在万崇千岭的山窝里齐鸣时的那般震荡，那般声音，那般气势，真的太让人激动和惊愕！

“那才叫地动山摇！那才叫摄魂骇胆！”长庆人自豪地说。

结果，“征战超低渗透”获得了空前的成功。也正是这一成功，长庆油田才有了之后每年500万吨产量的增长，才让世界石油行业对中国石油人肃然起敬。

在“征战超低渗透”战役中，长庆油田主要领导披挂上阵、身先士卒。先后成立了82个科技创新团队，动员680多名技术骨干深入前线逢山开路、遇水搭桥，为各个战场提供强有力的技术保障。

一系列新技术的应用使得鄂尔多斯盆地这一冻土得以融化，为“特低渗透”、“超低渗透”油气藏的稳产高产奠定了基础。苏里格气田的8600余口气井，单井地面投资由400万元降至150万元，气田整体地面投资比开发初期下降了50%以上。油田工艺流程从三级布站简化为一级布站，减少占地60%，降低投资20%。

新世纪以来，长庆油田依靠技术创新累计节约用地30多万亩，节约资金70多亿元。

“解放苏里格”在长庆的发展史上更有传奇色彩。

“苏里格”为蒙语，是“半生不熟”的意思。传说成吉思汗大军西征到此，在肉煮到半生不熟的时候，打了一场胜仗，苏里格由此得名。如今，苏里格成为了长庆油田的一块福地。

苏里格油田是长庆油田鄂尔多斯大气田的主力气田。与她的神秘藏气都

给人一种特殊的梦幻魅力，你常常会在她的面前迷失方向。

长庆人则发誓要使得这个隐藏在大漠深处的妖艳魔神老老实实地听从调遣，造福人类。

为了实现苏里格气田工业开发，50多名技术、管理人员在毛乌素沙漠里支起10多个铁皮房子。春夏秋冬，风吹日晒，进行了整整5年的技术攻关和工业开发试验，终于征服了这个中国目前最大的特低渗透整装气田，频传捷报。今日的苏里格气田，天然气储量增量达到了3万亿立方米。

长庆人聚焦技术创新的同时，管理创新成为腾飞的一翼，在实践中可圈可点、精彩纷呈。

随着管理与技术的深度融合，当今前卫时髦的数字化已在昔日荒凉的西北大地、戈壁沙漠展示风采、呈现魅力。

当您走进苏里格气田指挥中心，可以看到身穿红色工装的值班人员轻移鼠标，分布在方圆数百公里的1400多口气井、上百座集气站的运行状态即刻显示在大屏幕上，让人一目了然。这里不但能随时掌握生产动态，收集准确数据，而且远程调度，遥控指挥。

在过去，一提到石油、天然气，人们便会联想到那寂寞的大山高高的井架，联想到巡井路上那顶风冒雨的艰难行进，联想到毒太阳下那挥汗如雨的身影。

老石油们都懂得巡井的重要，守井的辛苦，可他们却无法摆脱这些简单劳动的重负，一干就是几十年。如今不同了，数字化不但改变了传统的生产模式，而且大大解放了生产力。

指挥中心的一位负责人介绍说，数字化建设带来了三大转变：

➔ 管理模式大转变。通过视频、音频、互联网技术，指挥中心可以全天候地对井站实时监控，夜间无需人值守，过去8个人的工作现在两个人即可完成，既减轻了员工的劳动强度，又提高了工作效率。

➔ 安全模式大转变。指挥中心通过电脑对进站压力、外输流量实行监控，用声音、图像、图标等方式显示安全生产数据，出现异常情况，指挥中心和井站同时报警，大大提高了安全系数。

➔ 巡检模式大转变。实行数字化管理，生产报表自动生成，将职工从多年传统的手工计算、填写报表等烦琐枯燥的工作中解放出来。

数字化带来了新变化。值了几十年的夜班不用再值了，巡了几十年的井不用再巡了，填了几十年的报表自动生成了。说起数字化带来的新气象，一线员工们津津乐道。

除了数字的魅力外，市场化的力量、标准化的精彩、模块化效率都成为推动长庆号巨轮加速前进的动力源，每当讲起这些故事，长庆人便绘声绘色、津津有味。因为他们见证了神奇，感受了威力。

尤其值得一提的是，经孙龙德、周守为等13位院士专家组鉴定，长庆油田特低渗透致密油气勘探开发技术达到国际领先水平。

对于以技术创新为动力，深谙创新精神的长庆油田而言，其技术创新并非是高级技术人员或工程师等的“专利”，而是融入公司每一名员工心底的共识。

长庆油田面对世界级难题，历时40年，经过几十年的接力传承，长庆科研老树又开出鲜艳夺目的科技新花。

以下的科研成果读起来或许会有些艰涩，但长庆人却当作孩子一样呵护、宝贝。有的长庆人为了它从青葱小伙熬成了满头白发，有的长庆人在生命的弥留之际仍然念叨它的名字。

➔ 创新发展了陆相三角洲油气成藏理论认识和勘探技术。研究发现了10万平方公里的广覆式三角洲砂岩储集体，首次构建了

“源储压差驱动、近源充注聚集”的低压特低渗－致密油气成藏模式；创新了黄土沙漠区高精度地震含油气砂体预测与测井定量评价技术。指导发现三个新增地质储量超10亿吨大油区和一个3.5万亿方大气区。应用黄土塬复杂地表高密度二维地震观测、叠前高信噪比处理、测井约束地震速度场构造预测、频率域砂体结构识别等8项技术，预测符合率75%～80%。针对延长组中下组合复杂油水层，建立了针对性识别与纵向精细评价方法，符合率达到80%以上。建立了马五6、7含气储层的精细解释模式和成像测井图版库。

➔ 创建了特低渗油藏复杂渗流状态下有效驱替井网系统。建立了以“点线交错混合布井”及“大斜度小水量小卡距精细分层注水”为主体的注水驱替井网系统，在原无法动用储量区建成1个年产500万吨、2个年产100万吨以上的整装油田。

➔ 创立了低压低丰度致密砂岩气藏开发模式。建立了上古生界大型三角洲砂体3类空间叠置样式，明确了“甜点”分布规律，创建了6个层系3种井型立体开发模式及井网规范，形成了气井全生命周期分段产能评价方法，为年产240亿方苏里格大气田的建成提供了重要技术支撑。

➔ 自主研发了多缝压裂增产技术。创新了耐冲蚀水力喷射器等4类压裂工具及多羟基醇等5种压裂液，形成了油田定向井同层多缝、水平井拖动管柱水力喷射多段压裂和气田定向井机械封隔连续分压、水平井不动管柱水力喷射多级滑套压裂等4种技术，规模应用4万多层段，单井产量提高3倍以上，最高达到了6倍。

➔ 发明了低成本地面集输工艺和橇装集成装置。创新应用“井下节流、井间串接”为核心的气田中低压集输工艺，气井开井时率由不到70%提高到95%以上；发明的4大类30余种一体化油气橇装集成装置，气田单井地面投资降低一半以上，油田地面建设投资降低20%。

每一个生僻的名词和枯燥的数字背后，都是几代长庆人智慧和汗水的结晶，都有着动人的故事。这些名词与数字犹如一块块砖瓦构建了长庆油田的历史丰碑。

在采油现场，我们看到一边是注水井，它个头矮，像个踏实的小弟弟，使劲儿向地层里压水，将藏在石头里的滴滴原油挤出；另一边是采油树，像个威武的大哥哥，伸出钢铁的胳膊一拉一送，将地下的原油抽出来。这一压一抽的道理看起来很明白，但这种方式从构想到执行却有个十分艰难的形成过程。

我们还看到采油树的丛林。过去，一个井场就一台抽油机，摆在那儿孤独且顽强地工作着。为了保护生态和节省土地面积，长庆人在一个井场摆出数台抽油机，俗称“子母井”，现在，此技术得到充分发挥和利用，最大的井场上已经有40多口井，呈现出壮观的现代化劳动场面。

就是这一项项新技术的破茧而出。一个个新纪录创造了奇迹。长庆油田超低渗透采油气技术逐步形成和丰富，全面解决了油田从地面到地下，从钻井到采油、从投入到产出等一系列问题，使油田迎来了迅速崛起的春天。

一段激情燃烧的岁月，一份滚烫炙热的情怀，他们把历史演绎成不朽的丰碑。

我们在长庆听到许多感人故事，其中有一个全国三八红旗手刘玲玲的故事流传久远。

2000年，刘玲玲担任“女子焊工班”班长后，刻苦学习、苦练本领，严格要求，时时处处发挥着带头作用。

2005年春节假期刚完，她就和另外三名女同志一起来到了陕北吴起县的桑树坪，承接油田一座联合站的焊罐任务。

有一段管线，一面靠墙，一面临路，管沟窄得无法进行焊接。刘玲玲让两个姑娘拉着她的脚腕，她头朝下栽到沟底。天寒地冻，北风呼啸，寒风席卷着扬尘灌进她的裤子、衣服、脖子里，她却纹丝不动地手握焊枪认真焊接，出色地完成了任务。

一个小时过去了，刘玲玲被拉上来时，虽像往常一样说了声"拿下"，但她却软沓沓地倒在沟边，面色如土，虚汗直流。

2009年5月，刘玲玲转岗到了华庆油田新成立的第一个采油作业区，担任了关一增压站站长。面对一座数字化模式下的新井站，刘玲玲刻苦学习新知识，并结合数字化应用和员工队伍实际，不断创新管理方法，探索出一套"全能全岗、全岗轮换"工作法，不仅把关一增压站变成了职工温馨的小家，而且生产运行安全平稳，没有一台设备出现故障误报误修，没有一口油井出现事故停产。

2010年12月，刘玲玲所在的关一增压站被中石油集团公司命名为"刘玲玲站"，成为中国石油集团公司以个人名字命名的十大班组之一。

正是由千千万万个刘玲玲这样的长庆人，将岁月装点得绚丽多彩，让历史讲述得荡气回肠。

让我们回顾一下长庆发展历史的时空坐标，一串串安静的数字，揭示出发展规律。

第一阶段：（1970—1988年）创业。标志性的特征是历经18年，原油产量上升到100万吨，始终在100万吨上下徘徊。

第二阶段：打基础抓管理（1988—2003年）。标志性的特征是猛攻低渗透，磨刀石上闹革命，通过技术攻关，使原油产量突破1000万吨大关。

第三阶段：发展（2003—2013年）。这个阶段的标志性成果是"突破低渗透，发现苏里格，油气当量大增长"。2003年，油气产量达到1000万吨；

2007年，达到2000万吨；2009年，达到3000万吨；2010年，超越4000万吨；2013年，达到5000万吨。

第四阶段：高质量发展（2013至今）。这个阶段的标志是不断解放思想，更新理念，研发新技术，应用现代管理方法，稳定超越5000万吨，绿色发展、节能减排、循环经济取得新成果。

你会从长庆油田跨越式发展历程中发现：

➔ 实现第一个1000万吨，用了33年；

➔ 从1000万吨到2000万吨用了4年；

➔ 从2000万吨到3000万吨用了2年时间；

➔ 从3000万吨到4000万吨用了2年时间；

➔ 从4000万吨到5000万吨用了3年时间；

➔ 从2013年开始，5000万吨已经保持了5年。

在渗透越来越低，勘探开采难度越来越大的情况下，发展速度呈现加快的趋势，这不能不说是人间奇迹！

五

长庆即将进入知天命之年。

所谓天命就是知道了理想实现之艰难，不是听天由命、无所作为，而是谋事在人，理性而为。

总经理、党委书记付锁堂就长庆石油未来发展规划与班子成员进行过无数次探讨研究、思维碰撞，他们过滤了喧闹尘嚣，理清了复杂纷繁，笃定了发展根基，即资源为王。

为何资源为王？因为存量资源必然会逐渐枯竭，所有油田无一例外，包

括大庆油田。长庆油田要再保持5000万吨稳产15年，除了在存量油田精耕细作、精准管理外，必须加大力度勘探开发新资源。否则，将是天方夜谭。

资源为王，是不争的事实。

2018年8月10日，在本文即将定稿之际，《石油商报》以《中国又一个千万吨级油气生产基地即将诞生》为题发布了一个振奋人心的好消息。

在长庆油田人的眼中，陇东是长庆油田的根，凝聚着长庆人的心血和汗水，也熔铸了长庆人对陇东深厚的情意。

目前陇东地区近5万平方公里的勘探区域，长庆油田采油二厂、采油七厂、采油十厂、采油十一厂等7个采油单位和相关辅助单位，近2万人的队伍在马岭、西峰、华庆、镇北、环江、合水等16个油田、62个开发区块，擂响着勘探开发的战鼓，催动着陇东地区油气产量上千万吨的步伐。

在不到两个足球场大小的区域内，有4部钻机正在紧张施工中。这一区域目前已经完钻38口井，还有36口井需要陆续开钻进行。井场全部完工后，将达到74口井，刷新我国国内最大采油平台开发井数组合新纪录。

陇东仅仅是长庆石油37万平方公里棋盘中的一个棋子，还有更多的棋子正在布局、博弈。

7万长庆人将通过面向生产需求，解决实际问题；坚持问题导向，做好顶层设计；坚定信心决心，攻克技术难关；转变思维模式，推动科技改革；集中优势资源，夯实研究基础；发扬石油精神，推进重点工程等一系列举措保障目标实施，梦想成真。

西部不生太阳，但西部的光彩一旦喷薄而出时，照亮的不仅仅是西部，而是中国，乃至影响全世界！

03

油井圣地的常青之树

当今企业界有一种共识：企业做大不如做强，做强不如做久，又强又久才最牛。

我国有一家石化企业，犹如一棵参天大树，历经百年风雨，仍然根深叶茂、硕果累累、香飘世界。

这家企业的名字叫：陕西延长石油（集团）有限责任公司，简称延长石油。

百年延长一路奏响保护价值、挖掘价值、创新价值的凯歌，坚守发展才是硬道理的理念，通过调整结构、转型升级，不断延长历史辉煌，步入高质发展轨道，其煤油气综合利用技术领先华夏、领军世界，并且走出国门，被联合国确定为示范和推广项目，将获得联合国资金支持。

穿越百年时空，让我们走近延长石油，寻找它延长辉煌的基因。

一

造物主在神州大地少雨干燥的西北地下孕育了一个巨大的鄂尔多斯盆地。这个盆地犹如一个巨大的聚宝盆，聚集了无数宝藏、孕育着无穷梦想。

也许是上苍眷顾纯朴厚道的陕北子民，常常在盆地边缘的延长古称高奴的地方发出藏宝信息，延河岸边不时冒出油苗，盛开油花，这一现象早已被汉代历史学家班固、北魏地理学家郦道元等有识之士载入史册、留下预言。

北宋著名科学家沈括在《梦溪笔谈》中记载："鄜延境内有石油，旧说高奴县出脂水，即此也。生于水际沙石，与泉水相杂，惘惘而出。予疑其烟可用，试扫其煤以为墨，黑光如漆，松墨不及也，遂大为之，其识文为延川石液者是也，此物后必大行于世，自予始为之"。

沈括不仅首次使用了"石油"一词，而且他的预言也成了后世的事实。今日世界，石油早已大行其道，并且成为世界经济的血脉。

1905年，延长石油厂创建，成为中国陆上最早的石油企业。

1907年，钻成中国陆上第一口油井——"延一井"，从此结束了中国陆上不产石油的历史，填补了民族工业的一项空白。同年10月建成中国陆上第一个炼油房，开创了中国石油加工业的历史先河。

中国的第一代石油工人以极其简陋的劳动工具，用人力、畜力从岩层深处取出一桶桶石油，并且不断提高石油开采产量。在烟熏火燎的作坊生产出一批批石油产品，并且使产品不断丰富。

1935年，陕北大地换了人间。

刘志丹率领的陕北红军解放了延长县，接管了当时国民政府军事委员会资源委员会所属陕北油矿勘探处和陕西省所属的延长石油厂。延长石油厂在共产党的领导下加快生产汽油、煤油、蜡烛、擦枪油、凡士林等石油产品，有力地支援抗日战争和解放战争。石油成为陕甘宁边区政府的主要经济支柱之一，成为红军立足生存的经济基础。

1936年1月28日，毛泽东等中央领导同志住进了油厂工人何延年腾出的窑洞，30日视察了石油厂，了解了采油、炼油和制蜡的全过程，给油厂工人极大鼓舞。

时任工农民主政府国民经济部部长的毛泽民同志多次深入油厂视察，对油厂工作给予了大力支持。

1944年5月，毛泽东同志为功勋卓著的时任延长石油厂厂长陈振夏亲笔题词“埋头苦干”予以鼓励。

从此，“埋头苦干”成为延长石油乃至中国石油的文化基因和光荣传统，影响和激励着一代又一代石油人。

二

中国石油工业发祥地——七里村采油厂，坐落在延河岸边。这里绿水长流、群山环抱、岚气氤氲。

您是否能够想到，这个看似封闭落后的山村，60多年前却因石油吹进了对外开放的清风，卷起了引进技术的春潮。

七里村采油厂厂长寇明灵和工会主席石鹏飞为我们讲述了延长悠远的故事，带领我们参观了保留着20世纪50年代建筑风貌，由李德生院士题写的“延长油矿苏联专家招待所”旧址。

一排拱门白柱、灰砖木窗的平房，一帧帧老照片，一件件旧物件，简洁的铺盖、简陋的会议室，述说着延长石油六十年前的动人故事，见证了中苏两国人民的深厚友谊。

海内存知己，天涯若比邻。

为了支持新中国石油工业发展，20世纪50年代，苏联派出了莫西耶夫、克利罗夫、特拉菲穆克等11批专家不远万里前来七里村传授采油理论，指导开采技术，前来七里村指导的还有匈牙利等国专家。

延长石油早已吸引了我国地质和石油工作者的目光，著名地质工作者王竹泉、潘钟祥、谢家荣、杨公兆、胡伯素、周宗俊和最早的石油开拓者孙越琦、严爽、张心田、李德生等相继汇集在延水河边，七里山村。

一时间，延长圣地群贤毕至、少长咸集。此地有崇山峻岭，清流激湍，又有油花绽放、财富涌流。不同肤色，不同语言的中外专家学者在这里讨论着同一个议题，碰撞出智慧火花，如何提高延长油田的产量。

为了提高采油产量，苏联专家根据延长区域特殊地质构造，先后提出了压裂法、爆炸法、顿钻法等采油技术，当时为提高延长采油产量发挥了重要作用。

延长县属于鄂尔多斯盆地边缘地带，地面上能够见到油苗惘惘而出，是因为油层较浅，故此压力较小。

人们肯定会羡慕中东的沙特、科威特等国家的油田，地上钻个洞，石油就是喷涌而出、高产稳产。

陕北地区已探明的油田，大都低于3个毫达西甚至在1个毫达西以下，被国际采油专家界定为没有开采价值的特低或超渗透油田。延长石油人硬是在“磨刀石”上开采油石、增加产量、不断发展、创造奇迹。

中苏专家在系统分析延长油田地质资料和实地考察之后，给延长油田提出了一系列有益的建议。

后来的实践证明，专家们的建议对延长石油提高产量持续发展发挥了重要指导作用。

站在“延长油矿苏联专家招待所旧址”前，不禁使我们想道：厉害了，延长石油人！

对外开放、引进专家、外购设备、产学研联合攻关等现代时髦，60多年前不就在这远离闹市的陕北山水间践行了吗？

我们瞻仰了“中国陆上第一口油井”。由中国石油行业德高望重的老领导康世恩饱含深情挥毫泼墨题写的9个苍劲有力的大字向后人讲述着百年沧桑故事，成为教育激励后人的历史教材。

从1905年开始，特别是新中国成立以来，延长石油这个传承红色基因的中国石油工业长子承担着光荣与使命。担当着“我为祖国献石油”的崇高使命，将碧血丹心书写在沟壑山川，陕北大地。

- 1959年原油产量突破1万吨；
- 1984年原油产量突破10万吨；
- 1997年原油产量突破100万吨；
- 2007年原油产量突破1000万吨。

从这组数字可以看出，随着延长石油人激情迸发，科技水平提升和管理水平提高，延长石油的产量呈现了加速度增长。

延长石油人追梦近百年，终于在90大庆之年加入了千万吨级俱乐部。而且是在“磨刀石”上挤出的产量，不能不令人心生敬意！

雄关漫道真如铁，而今迈步从头越。

2007年，延长石油人提出要排除万难将千万吨级原油稳产20年！

这一声震天动地的承诺，已经兑现了11年。

千万吨级，对于富油油田来说可能不值一提，而对在“磨刀石”上采油的延长石油人来说没有执着的追求，没有超人的付出是不可想象的。

延长石油人的付出与奉献可圈可点、史册流芳。

延长石油传颂着许多感人的故事。

“杨疯子”（真名杨毅刚）三上南泥湾的故事早已载入史册，流传口碑。

“杨疯子”是1954年毕业于西北大学地质系的高才生，怀着我为祖国献石油的激情来到延长石油，把自己的一生献给了延长石油。

为什么叫他“杨疯子”，是因为他在一片反对声中认准南泥湾地底下有大油田，坚持上南泥湾打井采油。在遭遇两次挫折之后，最后一次是在立下“如果再打不出高产油井，我愿被开除党籍，撤销高级工程师职称，经济损失由我负责赔偿”军令状的情况下开赴的。这在当时来说，无异于“疯”子的举动，从此，杨毅刚被“杨疯子”的称呼所取代。

第三次，当钻头下探到300米，油层厚度55米，进行压裂试油时，一股原油喷涌而出，初日产量8.5吨。

杨毅刚还没有来得及报喜，喜讯就像长了翅膀一样，很快传到领导耳中，领导们纷纷赶到现场，向杨疯子表示祝贺。

此后，南泥湾钻采公司不断开钻新油井，提高原油产量，将年产50万吨原油产量保持了十多年，成为延长油田的一颗耀眼新星。

美丽的南泥湾，当年因王震将军领导三五九旅将荒漠变成米粮仓而唱响神州，如今因延长石油人令地下石油喷涌而闻名于世。

在延长石油，对石油研发疯狂痴情不仅有杨疯子，还有许多人。

七里村采油厂总工程师是一位80后，他叫孟选刚，小伙子身材魁梧，相貌堂堂，却过早谢顶。他带着帅气的沈振和美丽的寸少妮两位助手和两张布满多种色彩的“七里村采油厂勘探开发形势图”，为我们详细介绍了七里村地质结构、油层分布及采油新技术。当我们对一些专用名词不太理解时，孟选刚指着摊在地上的图纸反复解释，急得脑门冒汗。

看得出，孟选刚是一个认真、用心、执着的总工程师。

为了百年老油田保持高产稳产，采油厂科研人员不断研究新理论，推出新技术。

1971年研发成功清水压裂法。

1976年开发成功清水加沙压裂法。

1996年研发成功瓜尔胶压裂法。

2014年研发成功缝网压裂法。

孟选刚带领研发团队，翻山越岭、跋山涉水、深入一线，根据不同的地质结构，不断试验钻采技术，革新钻井方法。他们为了实现多采原油、降低成本、日思夜想、大胆实践。他们在钻井方法上不断革新、推陈出新。

在我们的印象中钻井就是垂直往地下打洞，然而在七里村采油厂，垂直打洞已经成了过去时。打斜井、打水平井已经成了新常态，水平井长度可达到800多米。

垂直井是一个点取油，斜井和水平井可成片取油，不仅可以减少打井数量，节省开采成本，而且可以增加采油产量，提高油品质量。

孟选刚团队近年来又推出了打弓形井、U形井新技术，使一批老油井不断提高产量。

据孟选刚介绍，油层越浅，打水平井难度越大，油层较深，打水平井反而容易。孟选刚团队研发的多项技术获得延长石油等上级部门奖励。

孟选刚信心满满地为我们展开了“七里村采油厂勘探开发形势图”。他指着不同颜色的区域告诉我们：在老采区精耕细作保持稳产的同时，已经在附近探明了两个更大的油田，储量面积达481.96平方公里，探明地质储量19903.57万吨，将会有序开采，保持稳产，使老厂焕发青春。

杨疯子、孟选刚等延长石油科研人员炼就了一双火眼金睛，将我们普通人看来神秘莫测的地层一览无余，因为他们掌握了地质规律，将高产稳产建

立在科学基础之上。

延长石油人向世界低渗透勘探贡献了力量和智慧。他们形成了油气运聚分析技术，油气资源分布预测技术，致密油新技术，复杂油层识别技术等系列超低渗储层开发技术。并研究形成系列模拟技术，无须“开刀”便可精准预测、评价、定位油气资源，能在复杂环境中，识别弱信号，把脉开良方。

延长石油人胸怀天下，呵护油田，提出适度温和注水开发理念，创新超低渗透油藏理论，建立复杂介质渗吸-驱替数学模型，研发出了新一代数值模拟软件，不断攀登技术高峰。

当今世界先进的采油技术都在延长油田得到运用。采油的数字化进程飞速发展，数据管理体系、网络覆盖体系、数据存储体系三大体系如同“三驾马车”在千里油区并驾驰骋。油田数据中心，配备同步软件，建成包括安全网关、核心路由、万兆交换、海量磁盘存储、安全审计、网络入侵防御、数据库审计、漏洞扫描等系统以及云计算的平台。因为油井有了千里眼、顺风耳，使决策者运筹帷幄，决胜千里由梦想变成了现实。

百年延长，基业长青。

延长石油之所以保持“磨刀石”上采油高产稳产，是因为有几代延长人的疯劲、钻劲、拼劲、傻劲。他们为了实现这一伟大的梦想，不仅开启了科技智慧，而且在灾难面前甘愿付出血汗、为保护延长价值书写忠诚。

一位身材魁梧的汉子和两个助手，冒着倾盆大雨驱车赶往地处深山的采油场。不料前面的道路被洪水冲垮，车辆无法前行。汉子让司机掉头返回，自己领着两位助手不顾个人安危蹚过激流，爬上山坡，急速赶往机井值班房，一行人的背景消失在烟雨之中……

这惊险的一幕发生在2013年夏天，这个汉子就是时任延长油田股份有限公司董事长的杨悦。

2013年盛夏，延安市遭遇特大洪灾侵袭，一时间，黄河怒吼、浊浪滔天、洪水漫路、山体滑坡、泥石横流、交通堵塞、通信中断。

延长石油井场被淹、电力中断、生产瘫痪。延长石油人经受着前所未有的严峻考验。

杨悦在得到灾情报告后及时召开紧急会议，并签发了旨在保障职工生命安全，保护延长价值的《延长油田股份有限公司防汛指挥中心一号令》，命令所有员工立即停止作业，撤离岗位，并且作为头等大事，命令各级组织层层落实，确保员工生命安全。

当时也有“这样做是不是有点太过了”、“这样做可能会影响完成全年生产任务”等不同声音。但杨悦意志笃定、义无反顾，并且亲临一线督促落实。

后来的事实证明，在这场极为罕见的洪灾中，延长油田却无一员工伤亡。如果不及时撤离员工，被洪水和泥石流冲毁掩埋的700多间机井值班房将会有多少鲜活的生命被吞噬，后果不堪设想。及时发出的《一号令》彰显了以人为本、关爱员工的企业理念。

殷殷关爱情，拳拳回报心。

肆虐的洪魔威力渐渐衰竭之后，一场抗洪救灾，恢复生产的壮丽画卷在陕北山川河岸迅速展开。

7月15日，子长县余家坪镇郝家川村山体滑塌，导致延长石油安塞至永炼输油管破裂，致使部分原油泄入余家坪河，情况十分危急。指挥中心立即组织附近9个采油厂千余职工奔赴现场救援。于是，从子长余家坪河到延川永坪川河，出现了千人手持草垫、吸油毡打捞泄油的壮观场面。

宝塔采油厂的康四元，雨鞋被锋利的石头扎破，他扔掉鞋子，挽起裤腿继续干，并风趣地说，这样干起来效率更高。

来自杏子川采油厂的许永衣服掉进了油泥，他索性脱掉衣服，只穿内衣，甩开膀子大干了起来。

经过千人3天协同作战，险情得到排除，损失降到了最小。这场大规模抢险救灾展示了延长石油人众志成城、风雨同舟的精神风貌。

抗洪救灾战斗，既有男人的刚强，也有女人的坚韧。

7月17日，暴雨如注，宝塔采油厂集输站路面积水不断上升，坚守岗位的女工们发誓决不能让积水漫进储油罐！

女工们在工段长徐麦玲的带领下众志成城在暴雨中打了一场储油罐保卫战。她们分成排水和堵水两个组协同作战。排水组奋力清除堵塞物，往外排水；堵水组快速搬运消防沙袋筑起拦水墙。她们一个个气喘吁吁、汗流浃背，雨水和汗水融合在了一起。

女工们的速度终于超过了洪水上涨的速度，3个小时后，洪水开始撤退，储油罐区终于脱离威胁。满身泥水、汗水的女工们犹如一朵朵水莲花，绽放出别样的美丽。

疾风知劲草，烈火见真金。

七里村采油厂厂长张斌、党委书记贺建宏率先提出“大灾之年不减产”的铮铮誓言，8月30日，召开“大干四个月，誓保满堂红”劳动竞赛动员会。各生产单位纷纷立下军令状，保证完成全年生产任务。机关干部、离退休职工、职工家属走进一线，贡献力量。

甘谷驿采油厂在灾后保产过程中充分发挥政治优势，激发职工潜能。党委书记郭立岗和厂长尚俊喜身先士卒，带领青年突击队奋战在急难险重第一线。道路、墙头随处可见鼓舞人心的标语口号，宣传车喇叭里播放着重建家园、确保完成全年生产任务的声音。鼓舞人心、激励士气。

2013年，延长石油经受住了严峻考验，取得了大灾之年不减产的好成绩。

更令延长石油人喜出望外的是：这一年，延长石油产量迈上新的台阶，并且成了我国西部地区第一家进入世界500强的企业。

三

打开中国地图可以看到，中华民族的母亲河在陕北画了一个半圆，犹如一双巨臂，把陕北揽在怀中，形成了五省拱一地、一河揽形胜之势。

最具代表性的资源是煤油气盐，其中煤炭资源探明储量是1606亿吨，约占全国储量的16%，为世界八大煤田之一。天然气预测储量为5万亿立方米，被称为中国陆上最大的整装天然气田。已探明石油储量约为12亿吨，已探明盐储量为1万亿吨，是全国盐储量最大的地区。

这里是西气东输的先锋气源地；这里是西煤东运的重要供给地；这里是西电东送的电源区；这里是中国西部规模聚集的化工城；这里是唯一获批的国家级能源化工基地；这里是21世纪中国经济的加油站。这里享有“中国的科威特”之美誉。

古人云：预则立，不预则废。

延长石油决策者们把调整结构、转型升级战略的目光聚焦在这个美誉富饶之地。

如何利用陕北煤油气资源优势转化为经济发展优势，把延长石油做大做强，早已在决策者运筹帷幄之中。

2005年，延长石油在制定“十一五”发展规划时，就将煤油气综合利用纳入了发展规划之中。

2007年，国际油价经历了过山车式的巨幅波动，从每桶147美元的历史高点，几个月后高台跳水跌至每桶35美元。

这一年，延长石油出现了严重亏损。

走过百年风雨历程的延长石油，又一次站在了历史的新起点，经受着市场的严峻考验。

延长石油决策者更加清醒地认识到：产品结构单一，产业链条不够完善，抵御风险能力较弱必定制约着延长石油行稳致远。

传承中华智慧和红色基因的延长石油人登临宝塔、开启智慧、整合资源、构筑梦想，提出了“煤油气综合转化利用”的发展模式，顺应全球能源化工产业、清洁高效生产和低碳循环发展的趋势。

理想因其远大而为理想，信念因其执着而为信念。

在经历反复论证和慎重思考之后，2008年延长石油正式确定“油气并重、油化并举煤油气综合发展”的产业战略，并围绕这一发展战略，布局了榆林靖边能源化工综合利用产业园区、富县煤油气综合利用园区、榆横煤化工产业园区、延安石油化工综合园区、兴化大化工等一批资源综合利用大型化工园区。

延长石油提出的煤油气资源优化配置优势互补，产业链之间横向耦合、纵向闭合，最终形成以能源、有机化工产品、合成材料为核心的能源化工、合成材料、热电一体化的循环发展新模式。

这是一盘投资超千亿的大棋，这是事关延长石油命运的发展战略。

敢为天下先的延长石油人，习惯于“会当凌绝顶，一览众山小。”他们提出的调整结构、转型升级不是随大溜赶时髦等一般意义上的调整结构、转型升级，而是要借助得天独厚的资源优势，利用世界上最先进的煤油气综合利用技术，占领全球技术高地，为再创百年辉煌奠基。

好风凭借力，送我上青云。

延长石油带有浓郁时代气息的发展战略得到陕西省充分肯定。

一位省主要领导在延长石油调研时说：“充分利用我省资源优势，形成石油、天然气、煤炭优势互补、深度转化的产业发展模式，是延长石油的优势所在、希望所在、发展所在。”

更令延长石油人喜出望外的是，这个顺应天时地利的未来发展战略还被列入国家能源“十二五”规划。

这一发展战略的实施是延长石油调整产业结构，加快转型升级、推动陕北能源化工基地建设，实现持续发展的重大举措，这一举措必将载入延长石油的光辉史册。

四

孙子曰："兵贵神速"。

延长石油迅速调兵遣将、组织力量、筹措资金、协调各方、征地布点，五大园区建设规划蓝图书写在三秦大地。

2008年，地处榆林靖边一个名不见经传的沙石峁村被揭开了神秘的面纱，当媒体以醒目的标题向世人公布：这里将投资270多亿元兴建榆林能化公司（简称榆能化），将采用14项国内外专利技术，通过资源优化配置，要素优化组合，工艺高度集成等方式，将煤油气三种资源深度转化制烯烃，有效弥补煤制甲醇碳多氢少和油气制甲醇氢多碳少不平衡制约，实现碳氢互补，变废为宝，践行吃干榨净、废水零排放理念的国家大型能源综合化工项目的消息后，沙石峁村石破天惊，涟漪世界……

榆能化是陕西省"大区域谋划、大产业构建、大集团引领、大项目推进"的重点项目，无疑是延长石油转型升级棋盘上的一个重要棋子，对其他项目发挥着示范作用，被列为延长石油转型升级"一号工程"。

2008年3月14日，时任延长石油掌舵人沈浩亲自兼任榆能化董事长。袁定雄、李大鹏、董林英、李证明等一批得力干将齐聚榆林、深入沙漠、肩挑重任参与前期筹备和项目建设。从豪华的干部阵容不难看出榆能化在延长石油天平上的分量。

年轻的建设大军从四面八方汇集到荒凉沙漠戈壁。他们为"一号工程"所吸引。他们每个人心中都有着一个色彩斑斓的美丽梦想。

许多走出校门的大学生、研究生感叹：科技人员一生难得碰上一个大工程，我们却碰上了不仅是国内大工程，而且是世界级的大工程。

他们为自己的人生选择点赞！

靖边县素有书法之乡美誉，这里扬名了不少全国知名书法家。今天的靖边，翰墨不仅飘香在宣纸和扇面之间，而且要舞动如椽之笔在毛乌素大漠书写时代华章，开创惊天伟业。

2011年6月24日，毛乌素沙漠红旗招展、人声鼎沸。在做好了前期“七通一平”之后，主体项目正式移沙定桩破土动工。

建设工地夜以继日、挑灯夜战。

呐喊声、号子声、机器轰鸣声汇成向荒漠进军的协奏曲：我们来了，我们延长石油人来了！

黄沙百战穿金甲，不破楼兰终不还。

如果你不曾到过少雨干旱的戈壁大漠，那么你就难以理解沙漠夏日骄阳酷暑，冬季冰雪严寒。沙漠戈壁对进入领地的人们会施以颜色、给予考验。

榆能化项目组的同志个个都是好样的，他们的忠诚与奉献感天动地、感人肺腑。

榆能化公司宣传干事钟国飞用手中的相机记录了工程项目的昨天和今天。从一张张不同时期的照片可以看到，万亩沙漠在季节变换中变绿，厂房烟窗经风历雨不断长高。

在沙漠深处建设现代化工程项目，其难度可想而知，但在集团公司倾力支持下，通过参战干部职工筚路蓝缕、砥砺前行、敬业奉献，工程项目如期建成。

2014年7月，第一期项目，包括180万吨/年甲醇、60万吨/甲醇制烯烃、150万吨/年渣油催化裂解、120万吨/年聚烯烃、9万吨/年MTBE、4万吨/年丁烯等主装置打通流程，试车投产，成为延长石油转型升级的典范工作。

这一项目通过技术创新，煤油气综合利用，使三种原料参与合成气制甲醇，两条路线制烯烃，三种副产气循环利用，打破了传统煤气油化工的单一模式。与传统煤制甲醇技术相比，该项目能源转化效率提高16.88%，碳资源利用率提高17.74%，单位产品综合能耗降低16.33%，水耗降低70.33%，二氧化碳减排60.38%，二氧化硫减排59.20%。

这是多么亮丽的数字啊！生态文明、绿色发展、循环利用、节能减排不正是人类孜孜以求的梦想吗？

这个梦想，已经在延长石油人手中实现。

榆能化每天都在见证神奇：乌黑的煤哥哥牵手油、气时髦女郎，钻进形状各异的塔釜管道，经过亲密拥抱、感情升华、身心融合，聚变出爱情结晶——洁白剔透的聚烯烃颗粒，实现初级资源向高端化工产品的华丽转身。

延长石油人不仅创造了“陕西速度”，而且缔造了多项大型化工项目建设、试车投产新纪录。

沉睡千万年的沙漠迎来了现代化工家族的新宠。古老与新潮相映生辉、妙趣无穷。

化学工程常识告诉我们，从试车投产到安、稳、长、满、优运行会有较长的路要走。榆能化工艺技术属于国内首创，其难度可想而知。

2015年8月，曹德全接过了榆能化帅印。曹德全身上流淌着延长石油红色基因，从延长石油基层一线锻炼成长，一步一个脚印走上了七里村采油厂厂长、炼化厂厂长岗位。七里村采油厂犹如锤炼人才的大熔炉，不仅为延长石油，而且为全国石油战线输送了成百上千的人才。

曹德全由采炼石油领域转向现代化工领域，不能不说跨度有点大。

如何将这套现代化装置运行好，是对曹德全和团队的严峻考验。延长石油集团领导在眷注着，国内行业在关注着，跨国公司在关切着。

曹德全和李伟总经理带领职工用智慧、汗水、敬业、拼搏将试车投产到

安、稳、长、满、优运行这条路一再缩短。将可歌可泣的动人故事镌刻在了钢林高塔、釜罐管线之上。

80后小伙子刘生海，2005年大学毕业后进入延长石油，2011年有幸参与了榆能化建设，并担任了烯烃中心DMTO装置助理主管。他虽然家在离公司不远的靖边，但自从装置吹扫置换、气密性试验、单机试车、装置投料生产的4个月里很少回家。装置开车后，他坚守现场，夜以继日连轴转了40多个小时，有一次，忙完手上的急活之后站在值班室墙角就睡着了。

当有人问刘生海，开车正常后你最希望的是什么？刘生海微笑作答："最希望休息两天，好好睡上一个饱觉。"

什么叫幸福？榆能化人的幸福就是好好睡个饱觉。

2011年11月，榆能化项目正如火如荼地进行着。有一个叫陈昱技术人员，放弃西安安逸的工作，毅然北上加入到了榆能化创业者行列。

有人问陈昱："西安那么好，你为什么要到这儿来受罪？"他虽笑而不答，但他心早已笃定："一定要在这里干出一番事业来！"

凭借扎实的理论功底和丰富的工作经验，陈昱经过短暂的熟悉后，就埋头加入到甲醇联合装置的建设中。作为主管设备的副经理，他从此迎来了一个接一个的挑战。从设计到采购，从施工到调试，面对前所未有的优化集成工艺路线、大型设备，陈昱带领大多为刚毕业的大学生团队啃下了一块又一块"硬骨头"，攻下了一个又一个"天王山"。

装置投产后，随着试生产运行的推进，影响甲醇联合装置满负荷运行的瓶颈问题逐步显现，落在陈昱团队肩上的担子更加沉重。

降低引风机振动、改造转化炉内衬结构及更换转化炉材质，一次又一次优化，一次又一次攻关，一系列制约甲醇达产达效的瓶颈问题逐步得到解决。那段时间，陈昱时常会在半夜醒来，带着梦中的问题跑到装置现场研究解决。

“小问题一刻不解决就会成大问题，没有什么事情比不解决问题更加严重的”，陈昱经常这样说。

2016年5月，陈昱被任命为甲醇中心经理，可这时候横亘在他面前的却是一场场只许成功不许失败的硬仗。于是，他一步一个脚印，开始各个击破。加强生产运行管理，优化生产工艺操作，大力开展技术攻关，夯实员工培训，随着一系列举措的落实，基于“碳氢互补”工艺技术的甲醇联合装置运行效率节节提升。在陈昱团队的努力下，甲醇联合装置的一个又一个难题被攻克，为装置安、稳、长、满、优运行作出了突出贡献。

烯烃生产中心经理韩华山在装置大修过程中由于过度劳累，患上了严重的疲劳性眼疾。即使在病情加重的情况下，他仍然不停地奔波在装置和塔罐之间，在腰椎间盘突出疼痛难忍时，他毅然坚守岗位，没有休一天病假。

设备守护神张宝祥、技术能手魏江浪、消防战士杨浩、绽放大漠美如山丹丹花的李迎霞等都有着美丽精彩的故事……

2016年6月，中国工程院院士金涌、舒兴田等14位全国能源化工行业权威专家在北京齐聚一堂，围绕延长石油“煤油气合成工艺综合集成优化开发及工业应用”科技成果进行评审。

“放眼全球，由延长石油研发的煤油气合成工艺及工业应用技术，都具有国际领先水平，代表了中国在煤油共炼及煤油气综合利用方面的最新突破和最高水平。”这是金涌院士对这一成果作出的评价。

在国际油价和化工产品市场价格持续低迷的境遇下，2016年和2017年榆能化累计生产各类化工产品384.48万吨，实现销售收入235.62亿元，利润21.53亿元，上缴税费26.83亿元，成为延长石油最大的效益增长点和陕西首个聚烯烃产量突破百万吨的单体能化项目。

我们进入榆能化生产车场，看到8条聚烯烃包装线有序罐装、打包、传送、入库。铁路专用线装车发运。一列列火车载着榆能化产品运往国内外市场。

随着“一带一路”的不断拓展，为榆能化产品走向世界带来了便利，越来越多的延长产品、中国元素拓展到了世界。

“目前来看，发挥榆林丰富的煤油气等资源综合优势，实现资源就地转化和高效开发，这条路是走对了。”榆能化总经理李伟说。

为进一步放大煤油气综合利用项目示范效应，榆能化项目的“姊妹篇”——榆横、榆神、富县、洛川、兴化、商洛等产业园区有序推进、蓬勃发展，最终将形成具有规模效益优势、节能减排优势和整体竞争优势的循环经济产业链，助力延长石油超越自我，再开新局。

延长石油近年来还先后建成了志丹年产20万吨LNG、兴化合成气制乙醇、魏墙煤矿等项目；年产20万吨航空煤油项目顺利投产，填补陕西航油空白。

延安煤油气资源综合利用项目于2017年底中交，2018年9月打通流程，试产产品。届时，延长石油聚烯烃产能有望进入全国第一方阵。

炼化轻烃综合利用、伴生气循环利用等项目陆续开工，新的经济增长点不断增加。

45岁的井振华是项目建设运营方、延长石油延安能源化工有限公司（简称延安能化）的工程管理部主管，熟知项目从最初破土动工到如今即将建成的每一个细节。他说：“我们的项目一天一个变化。秋季是施工的黄金期，施工人员吃、住都在工地上，争取项目早日建成投产。”

延安能化公司总经理李证明的办公室里挂着一幅项目初期的全景照。彼时，洛河东岸还是一大片刚刚推平的工地，仅仅过了一年多的时间，这里已经管廊纵横、塔炉林立，一个现代化的化工园区拔地而起。

早在设计阶段，延安煤油气资源综合利用项目就最大限度地采用符合环保要求的国际先进工艺技术，在轻油加工利用、烟气除尘脱硫、污水循环利用等多个方面为行业树立了新的标杆。其产品除了高品质的聚乙烯、聚丙烯外，还瞄准差异化市场的丁醇、2-PH和乙丙橡胶，将填补陕西省同类产品的空白。这批项目建成后，将成为延长石油和陕西省低碳循环经济、资源综合利用的示范工程。

五

一个有着百年历史的地方能源化工企业，何以频频创新领先世界的技术？

让我们一起拉直这个问号。

杨悦董事长在深情解读延长石油为何能够百年基业长青时，告诉我们，除了党建引领、红色基因；埋头苦干、乐于奉献外，离不开科学发展、开拓创新。尤其科技创新为延长石油注入了不竭的动力，成为持续发展的法宝。

从1907年到2007年的百年间，延长石油人专注于石油开采和炼制，将地下石油资源变成能源燃料为国民经济发展提供强劲动力。当调整结构、转型升级课题摆在延长石油人面前的时候，困惑和制约他们的不是资金与资源，而是人才和技术。如果不能加长人才和技术短板，调整结构和转型升级将会成为空中楼阁、黄粱美梦。

延长石油以开放的视野，宽阔的胸襟，驶向大洋蓝海，登顶世界高峰，采撷人类最美丽的智慧之花装扮三秦大地。

2018年8月，西安进入了持续高温期。延长石油集团科技与信息管理部主任王军峰挥汗在办公室的演示板上为我们讲解了榆能化14项专利技术及装置的运行原理。

这位毕业于西安石油大学的硕士生谈起专业技术如数家珍，引领我们进入神秘迷宫。

榆能化项目应用了14项专利技术，汇聚了中科院的DMTO、中石化石

科院的DCC以及国外的甲醇、聚烯烃、天然气转化等世界最前沿、最先进技术。

煤油气综合利用项目是一个复杂的系统工程，也是世界级难题，不仅需要各个子系统优化，而且需要母系统优化。

延长石油在“一号工程”——榆能化项目动工之前，联手科研院所和高等院校专家为优化母系统下足了功夫、做足了功课。他们在智能虚拟系统进行过一次次试验，一次次推演，甚至设计了突然停电、设备故障等异常情况应急处理方案，以确保将损失降到最低，并且保障安全，不污染环境。

经过王军峰主任的一番交流，使我们懂得：榆能化之花之所以如此美丽娇艳，是因为有无数科技人员的心血和汗水浇灌。

我们走近延长石油后了解到，他们科技创新硕果累累，主要得益于实施“三个合作”，借梯上楼、借船出海。

延长石油与中科院大连化物所从牵手到联姻，优良的基因结合使他们不断结晶宠儿。40多个合作项目陆续开花结果，其中延长石油集团10万吨/年合成气制乙醇工业示范项目是全球首套煤基乙醇工业化项目。2017年1月打通全流程，生产出合格的无水乙醇，纯度达到99.71%，成为震惊中外的科技示范项目。双方共建的洁净能源研究院将不断结出硕果，引领行业。

高等学府既是科研人才聚集地，也是科研成果富集殿堂。根据社会需要尽快转化科研成果是高等学府的烦恼，具有资金实力和转化科研成果需求的延长石油犹如深闺靓女抛出的绣球，赢得了一批求偶者的青睐争抢。

清华大学、复旦大学、中国科技大学等高等学府陆续与延长石油牵手联姻、战略合作。延长石油与西北大学共建了技术研究院。在合作过程中，还将参与课题的优秀博士和硕士研究生吸引到了延长团队，收获了多重效益。这一合作模式可圈可点，成为业内示范。

延长石油在与国内科研院所和高等学府合作的同时，将目光投向了世界。他们了解到，许多国外跨国公司早已成为科技创新主体，许多前沿技术产生与掌握在企业手中。

近年来，延长石油加强了同国外企业的深度合作。与丹麦托普索公司、荷兰壳牌公司建立战略合作；与德国巴斯夫公司、英国BP公司等世界顶级化工公司达成合作意向。

延长石油通过改革重组，不断整合科研资源，将陕西省石化研究院、西北化工研究院、陕西省轻工研究院等一批具有专业优势的科研院所收入科研方阵，壮大自身科研实力。

延长石油建立了陕西省1号院士专家工作站、国家博士后工作站。营造了一支2万余人的专业技术队伍，2500余人科研人员骨干。

截至2017年底，共获得国家科学技术奖8项（其中特等奖1项，1等奖1项）、省部级科学技术奖111项，拥有有效授权专利908项，其中发明专利333项。

2009年，刚创建不久的延长石油研究院面向全球招聘人才的信息进入了姜呈馥的视野。期待谋求更大发展空间她尝试着投出了一份简历。令她没有想到的是，很快她就收到了研究院送出的“橄榄枝”。

有着20年油气勘探研究经验美丽优雅的姜呈馥很快加盟了延长石油研究院。这是一个想干事干大事的团队，姜呈馥是一个能干事干成事的人。

她没有让延长失望。她担起了陆相页岩气研究和勘探开发课题重任。与海相页岩气相比，陆相页岩气地质条件复杂，没有成熟的理论和技术指导，勘探开发难度极大。面对各种难题，姜呈馥和她的团队没有望而却步，经过几年的刻苦钻研、奋力拼搏，取得累累硕果。

2014年4月，延长石油在甘泉下寺湾钻成中国第一口陆相页岩气井，并成功产气，标志着我国陆相页岩气勘探开发取得实质性突破，并成为国家级陆相页岩气示范区。2017年，由延长石油牵头完成的“863”计划“页岩气

勘探开发新技术”项目通过验收，奠定了延长石油在国内页岩气领域的领先地位。

近年来，姜呈馥牵头研发的《鄂尔多斯盆地东南部延长组长7段陆相页岩气地质特征及勘探潜力评价》《延长石油陆相页岩气地质特征及资源潜力评价》等一批成果引起国内外学术界好评。

谈到在延长石油研究院这几年的感受时，姜呈馥说：让她印象最深的是院里搭建了管理与技术两条公平公正的成长通道，技术人员只要在专业领域干得出色，收入待遇比领导还高，所以大家工作起来有动力、有奔头。

坚持事业留人、感情留人、待遇留人，也许就是延长石油吸引和留住科技人才，收获成果的制胜法宝。

延长石油在对外引进英才的同时，眼睛向内培养本企业人才，营造一个学技术、克难关、岗位成才的浓厚氛围，涌现出了一大批岗位能手、创新标兵、劳动模范。

夜已经很深了，有一个人在家里不停地雕刻萝卜、土豆，制作多种打捞模型。爱人催促了多次，仍未能让他停止手中的刻刀。

这个人名叫王海荣，是延长采油厂一名修井作业大队的工段长。修井工人被称为“油井医生”。许多油井因为钻井设备脱落，无法打捞而成为废井。

在“我为祖国献石油”使命的感召下，文化程度不高的王海荣立下壮志要成为让病入膏肓废井妙手回春的华佗。几十年来，他虚心学习，刻苦钻研。自费购买多种零部件，根据问题导向，反复实验，练就了一身过硬的修井本领。

有一次，3区22井压裂后油管断留在井下深层，抽油机无法安装，井口原油源源不断地涌出地面，漫延到老乡的地里。修井队用了不少办法都无济于事，情况紧急。此时，王海荣带着自制的一套新型卡瓦捞筒上井抢险，矿领导和采油工人都闻讯赶到现场见证神奇。

在大家疑惑的目光中，王荣海沿着井孔放入他的秘密武器，不断微调角度，慢慢落底，轻轻提起，经过两个多小时试验，终于成功地将井下落物抓出地面，重见天日，使油井化险为夷。令现场观众拍手叫绝。

据不完全统计，王海荣革新各类工具30多项，使200多口死井重获新生，创造价值达700多万元。他荣获了“全国五一劳动奖章”、“全国技术革新能手”等多种荣誉称号。

更令王海荣高兴的是，1999年，王海荣被保送到西安交通大学机械电子工程学院学习机电一体化专业。在这个从未敢想象的象牙塔里，他自我加压，刻苦学习，理论素养得以快速提升，助力他的创新成果步入一个个新境界。

姜呈馥、王海荣仅是延长石油吸引人才、培养人才、科技创新洪流中的一朵浪花。正是因为有了成千上万计的姜呈馥、王海荣，才得以助推延长石油跨越发展、硕果累累。

2016年，“延长油区千万吨大油田持续上产稳产勘探开发关键技术”获国家科技进步二等奖，成为延长石油继2013年“延长组下组合石油勘探”之后取得的第二个国家级科技大奖。自主研发能力的不断增强，让延长石油有了自己的“硬名片”。

从上游的油气勘探开发，到下游的煤气综合转化、高效利用，延长石油围绕产业链部署创新链，围绕创新链培育产业链，先后实施了30多项具有世界领先水平的前瞻性技术研发、中试与工业示范项目，成为国家认定的企业技术中心和陕西省首批创新型企业。

一项项专利，一本本证书，夯实了百年企业腾飞的跑道，点亮了延长石油成为世界强企的梦想。

2018年4月23日，中国工程院“院士专家延安行”走进延长石油，28名来自石油天然气开发、煤炭地质勘查、电网科技等领域的院士和专家教授，

积极为延长石油产业发展和转型升级会诊把脉，建言献策，引起业内瞩目。

近年来，延长石油先后建成6个科研设计机构、24个省级工程技术中心和3个中试基地。

近10年累计投入科技资金470多亿元。目前已在特低渗油气田勘探开发、资源综合利用、节能环保、精细化工等多个技术领域实现单项技术突破和系统集成创新，形成了有力的梯次接续，可持续发展科技创新实力。

人才战略和科技创新正以强劲的动力助推百年延长转型升级、开疆拓土、创造奇迹。

六

欲穷千里目，更上一层楼。

如今，延长石油按照“产业发展集群化、集群发展园区化、园区规划循环化”思路，正在全力构建符合世界发展趋势的煤油气盐综合利用、深度转化，煤油共炼、煤炭分质利用新型产业发展模式。

经过开拓创新、不懈努力，延长石油主要产品收入占比结构不断优化，2017年化工等非石油产业收入已突破30%。调整结构、转型升级已初见成效，腾飞的跑道更加夯实，在世界500强中的排位不断靠前。

延长石油致力成为令人尊敬的创新型国际能源化工公司，近十年来，历任领导人始终把结构调整、转型升级作为第一要务，咬定青山不放松，任尔东南西北风。一届接着一届干，经过不懈努力，结构调整、转型升级已经迈出了重要步伐，取得了可喜成果。

身材魁梧、思维超前、目光坚定，身上流淌着延长红色基因、谨记祖辈关爱他人、用心做事教诲的党委书记、董事长杨悦2017年成为延长石油这艘巨轮的新一代掌舵人。他十分感激党和国家对革命根据地给予了地方企业涉足发展石油产业的特殊关照，感激陕西省政府的鼎力支持，尤其是1998年和2005年的改革重组，使延长石油增强了实力，进入了发展快车道。因此，奉献社会、造福民众，是延长石油义不容辞责任和义务。

杨悦从接帅印的那一刻起，就充满着危机意识。他认为最大的危机是调整结构、转型升级还未能真正实现。他时刻担心在自己任上延缓延长石油发展，愧对百年延长。因此，他以殚精竭虑、夙夜在公、勤勉工作的精神，以功成不必在我、久久为功的胸怀，带领11万员工在保护价值、挖掘价值的同时，不断创新价值，为打造下一个百年延长奠基铺路、再创辉煌。

杨悦特别强调，进入新时期的延长石油要在产业与金融融合上发力，借助金融之翼推进延长石油腾飞。

杨悦深感责任重大，但又信心满满。他在2018年职代会上坦言：延长石油已进入结构调整、转型升级、创新发展的重要窗口期和战略机遇期。延长石油要牢固树立科学发展理念，顺应新时代新常态和行业新变革，开拓视野，扩大开放，积极融入世界主流，自主创新和引进前沿科技成果，加快推进结构调整和转型升级，实现低碳绿色高质量可持续发展，同心同德、埋头苦干开创再一个百年辉煌。

我们有理由相信，构筑了梦想，明晰了方向的延长石油将会劈波斩浪、行稳致远、延长辉煌。因为他们有着万年的基因！

新材料，乃产业变革的先导。

谁抓住了新材料，谁就抓住了产业引领的主动权。新材料，成为当今世界最热门产业之一，并上升到了国家新型产业发展战略的高度。

中国新材料产业起步晚、底子薄，以致很多产业领域受制于人、被动“挨打”。

筚路蓝缕，以启山林。中国新材料人，带着一股屈辱和愤懑上路了。

10年、20年，甚至更长时间的技术攻坚，他们打破国外待价而沽的垄断技术，终于站在了多个领域的世界之巅，这是何等气壮山河的赶超与颠覆。

你看，全球聚氨酯巨擘烟台万华，为氯碱工业换上中国“心”的东岳集团，在氟材料、氯碱材料、电子化学材料领域孜孜拓进的巨化集团，全球改性塑料老大金发科技……他们自豪地迈向材料工业的终端和高端，塑造了一座座民族品牌的丰碑。

你听，这一声声嘹亮的号角，吹出了东方满天的朝霞，中国产业的变革，中国化工新材料的蓝海，正迎来一轮壮观的朝阳。

PETROLEUM AND
CHEMICAL INDUSTRY

第二篇
吹响材料工业的嘹亮号角

01

大海：见证MDI的巅峰突破

面向大海的灵魂，从来就没有停歇过飞翔的躁动。

当改革开放的钟声响彻华夏大地，当黄海的涛声愈加汹涌地拍击着芝罘这片海湾，一个叫“烟台万华”的企业，注定将书写一个振奋民族工业的传奇。

MDI（异氰酸酯），一种广泛应用于建筑保温、轻工纺织、汽车家电、军工航天、表面材料等领域的聚氨酯高分子聚合物的重要原料，其合成工艺发明人德国化学家O. Bayer及其同事没有想到，90多年后，在世界的东方，这项技术被推向了无可企及的高峰；长期骄横地垄断这项技术的世界著名跨国公司巴斯夫、拜耳、亨斯曼和陶氏化学也没有想到，一个中国烟台的后来者，竟然在他们技术严密封锁、市场围追堵截中，一骑绝尘地成了领跑者。

光荣、梦想、自信，正在一个国家的创新之树上枝繁叶茂。

当中共中央总书记习近平亲临烟台万华，高度称赞烟台万华走出了一条“自主创新”和“国企改革”的成功之路；当中国著名化工专家、中国工程院资深院士陈冠荣兴奋地评价“这是中国石油和化学工业一项凤毛麟角的创新技术”，烟台万华这面中国石油化学工业自主创新的旗帜，已高高扬起，并令世界瞩目敬仰。

一

这是一个技术创新觉悟者遭遇的最深切的“锥心”之痛。

往事不堪回首。曾几何时，“穿皮鞋难”问题，牵动着中南海的目光。

1978年的一个静悄悄的午后，一缕阳光照射在中南海一间办公室宽大的办公桌上，时任国务院副总理的李先念目光深邃，沉思良久，终于在一份关于合成革项目的文件上写下几行批示：“应当把它作为重点建设项目，因为人们太需要了”，“望快点谈成为好”。让人格外关注的是，此合成革项目引进的三套设备折合人民币2.298亿元，加上公用工程投资，总概算4.6235亿元，相当于国家当年财政收入的4%。

李先念说的“望快点谈成为好”是指从日本引进的合成革装置，其中包括与之配套的只有20世纪60年代水准的年产1万吨的MDI装置。后来才知晓，这项协议是在对方没有召开股东会的情况下签订的，日本企业的英国大股东闻讯曾大发雷霆，但悔之晚矣。这是一项知其然而不知其所以然的交钥匙工程，日方在转让合同中就苛刻地约定：只能转让生产许可证，十年之内不能在国际市场销售产品。这意味着，除了操作知识，中方没有得到任何核心技术。

1983年8月1日，引进设备中工艺最复杂的异氰酸酯（MDI）生产线开

始投料试车。

没想到，装置建成后，运转却极不稳定，物料堵塞、泄漏频发，现场常常弥漫着刺鼻的苯胺、盐酸、氯苯、光气的味道，一个月停车三四次是“家常便饭”，每次停车最少要抢修3天，为了尽快恢复生产，MDI车间全员24小时连轴抢修。风雪肆虐中，三两个人结合成一组，相互搀扶，站在二十几米高的框架上用蒸气融化管线，往往一站就是几小时；清罐时，罐内高温难耐、物料混杂，大家举着高压水枪轮流上，出罐后脸上常常被物料烧出水泡；天气闷热时，光化装置周围异味弥漫，大家憋上一口气冲进装置抢修作业，再冲出来呼吸点新鲜空气；没有专业工具，大家用扳手、铁锹、自制螺纹和钢筋，冒着生命危险疏通管线，有一次发生爆炸，技术带头人丁建生倒在火光硝烟里……

所有这一切，皆因自己手里不掌握核心技术啊！ 10年希望求索路，漫漫长夜盼天明。装置日渐老迈，产品质量差，工艺落后，能耗高，收率低……面对困境，这支奋战的队伍渴盼着转机的到来。

可是，中国聚氨酯工业的出路究竟在哪里呢？

20世纪80年代末，国内MDI需求出现井喷式增长，国家先后批准四套技术引进MDI工程立项，均因国外公司技术封锁而搁浅。逼上梁山的万华人不得不走上面向日本的“求亲”之路，日方回复：“新技术不行，只能转让旧技术，技术软件费17亿元，最多只能扩产到1.2万吨”。天价转让费将万华拒之门外。

此后，万华人经历了5年向欧美跨国巨头寻求技术转让的艰苦谈判之路。一次次期盼，又一次次失望。一个跨国公司曾表示，只要万华能拿出中国市场调研报告，就能开启合作之门。虔诚的万华人为了能交出“老师”的作业，组织了近20人的团队，用时半年，跑遍了大江南北。“学生”交出作业，“老师”说不合格，“学生”只得推倒重来，又耗时数月重新交卷。可

"学生"苦苦等来的却是"老师"自己在中国建厂的消息。万华人等来的是被人欺骗"脱了裤子让人看"的羞辱……

这是不堪忍受的中国之痛！经过5年艰苦谈判，曾试图以中国市场换技术希望破灭，艰难而屈辱的技术引进经历让万华人发出了一句泣血呼号："真正具有市场竞争力的技术是引进不到的！技术创新能力也是买不来的！"

现实不相信眼泪，市场更不相信眼泪。刻骨铭心的阵痛之后，万华开始走上产学研联合的自主研发之路。伴随着简称为"9688工程"大幕的开启，万华的创新之帆高高扬起！夜以继日的摸索，反反复复的实践，终于让万华人从艰难的汗水和泪水中找到了技术的诀窍，闯出了自己的技术特色之路。当年庆祝MDI装置生产能力达到年产1.5万吨的鞭炮声则让整个芝罘湾沸腾……

二

当历史驶入九十年代，由于国外几家跨国巨头开始向我国倾销MDI产品，市场出现动荡，刚刚突破技术壁垒的烟台合成革总厂面临又一次生死考验。坚忍不拔的万华人，从企业改制、上市中，寻求企业发展的新动能，激发人才新活力，并为技术创新插上腾飞的翅膀。

这是1998年9月中旬一个阳光灿烂的日子。北京金融街中国证监会大楼。在山东省领导的努力促成下，时任烟台万华合成革集团董事长李建奎，与时任证监会主席周正庆、山东省副省长韩寓群、轻工总局局长陈士能"四方"晤面。李建奎得以一诉衷肠。他讲企业产品和老百姓穿鞋问题，讲国家领导人对企业的关心和希望、讲十年科技攻关路的不易、讲企业的奋争和呐喊，他讲万华产业的前景和万华人渴望发展民族工业的急迫心情，使三方领导的心为之震颤……

上市的门就这样开启了。

万华快马加鞭，建立起产权明晰、权责分明、政企分开、管理科学的现代企业制度。

1998年12月20日，烟台万华合成革集团MDI厂经过改制，组建烟台万华聚氨酯股份有限公司。新组建的上市公司成为山东省第一家建立现代企业制度的试点企业。并于2001年1月5日，登陆上海证券交易所。

现任万华董事长廖增太回忆说，改制上市是万华发展中一个非常重要的转折点和分水岭，是万华走向新征程的新起点。没有改制，没有上市，万华前程未卜。凤凰涅槃，万华又踏上了新的征程。那个时候，丁建生、廖增太等一大批烟台万华合成革集团培养的干将被派往这一新生的企业。丁建生被任命为烟台万华的总经理。于是，改革、创新激荡一池春水，企业焕发出无限活力。

国以才立，政以才治，业以才兴。

万华人深知，要想立足于世界MDI之林，技术创新是唯一出路，而技术创新的核心是人才积聚。创新驱动的实质是人才驱动，科技创新最重要、最核心、最根本的是人才问题。只有拥有一流的创新人才，才能产生一流的创新成果，才能拥有创新的主导权。于是，新生公司的新班子在1999年5月，根据国家省市的管理办法出台了万华的科技进步奖励办法。《办法》规定，科技成果实现产业化后，连续5年按净利润的15%提成科研奖金。这些在当时许多国有企业想都不敢想的改革举措，得到了万华集团领导的鼎力支持。

有了制度，实施更为重要。《办法》提出的当年，就有一笔高达92万元奖金奖励科研人员，没有人敢相信公司会真正执行——因为当时全公司400名员工一年的工资总额不足200万啊！

可是出乎所有人的预料，公司领导班子做了两个决定：第一，坚决兑现；第二，高管一分钱不拿，尽管高管都参与了技术攻关。

有一位副总工程师按照贡献应奖励21万元。财务部现金主管从银行提取了一麻袋钱——按照当时的工资标准，这袋钱，比这位副总工程师夫妻32年的工资总和还要多。当副总工程师背着一麻袋钱回到家里时，他的妻子吓坏了，立即给廖增太打电话。廖增太告诉她：这钱不仅光明正大，而且饱含着荣耀！

万华的举动，一下子就在社会上传开了，优秀的人才纷至沓来。万华“鼓励创新，宽容失败，重奖成功”的技术创新理念，让每一个技术人员为之激荡鼓舞。

在新班子的大力倡导下，以“引才、育才、借才、用才、留才”为主要内容的人才工程深入人心。

1999年初，公司聘来一名叫杨勇的博士，年薪8万。当时总经理丁建生工资1200元，副总1000元，普通员工一年的收入也就4000多元，有人甚至给杨博士起了绰号：杨八万。

华卫琦，浙江大学博士毕业，曾留学日本，被万华当作急需引进的重要人才。

为了引进华博士，公司主要领导可谓“三顾茅庐”。2000年，面对万华的盛情相邀，华卫琦抱着试试看的心理，飞赴烟台。周喆书记还亲自陪他去海边游泳，“当时感觉海水非常清爽，走在沙滩上感觉真好。”

但华博士从小在杭州长大，来烟台，就意味着要放弃原来的一切。考虑再三，他还是婉言谢绝了。

丁建生非常着急，他亲自飞往杭州。

华卫琦终于被万华的诚意打动了，并立志在万华这个平台，为中国的聚氨酯工业竭尽心力，闯出一片天地。

加盟万华的华卫琦，立即组建了以他为首的新生代科研团队，并把实验室的工艺机理性的研究和生产实践紧密结合起来，把规模、质量和安全

环保等诸多目标综合优化，创新性建立起富有万华特色的多专业一体化开发模式。

那是何等充满创新激情的岁月啊，科研人员吃住在实验室，没日没夜的苦干。几年的艰苦拼搏，使连续缩合、光气合成、光化反应、连续精馏、溶剂回收、能量集成、节能降耗、资源回用等技术难关一一得以突破。

2002年底，又将产能扩至年产10万吨，同时开发出了年产16万吨的MDI制造技术，标志着万华具备了建设大型MDI装置的能力，并在世界MDI产业布局中占有了举足轻重的地位。

技术创新，使得万华突出重围，并与外国巨头平起平坐，共切市场“蛋糕”！

当年建厂时日方的技术指导组组长，听说万华的故事后，带着怀疑专程从日本来到中国烟台。看完万华的装置后，他折服了，并由衷地感叹：“青出于蓝而胜于蓝，万华就是一个奇迹！”

三

与跨国巨头从技术到规模的博弈，正在走向纵深。

2001年，外国巨头在中国兴建年产16万吨MDI项目获批，将刚刚走出困境的万华再次被推向了市场竞争的风口浪尖。没有思考时间，万华，一个年获利能力不足5000万元、净资产6.5亿元的公司，做出了建设16万吨装置，投资25亿元的决策！

要在同外国巨头博弈中成为最终的赢家，奋起应变的万华人，唯一的出路就是在最短时间内争取获批年产16万吨MDI项目，并抢在跨国公司之前建成。

2002年4月30日，国务院批准万华16万吨建设项目立项，2003年2月

19日，国务院批准项目可行性研究报告。从2002年开始，新项目建设的问题摆在万华决策者面前。

万华诞生于烟台，发展于烟台，是否把新产能继续建设在烟台？在当时把招商引资作为发展地方经济重要政策的大环境下，万华把25亿元的项目建设到外地，感情上能否过得去？这时，山东省和烟台市的领导做出明确指示：企业适合在哪发展就在哪发展，走出去的烟台企业成功了，也是山东的成功，更是烟台的成功。在省市领导的全力支持下，项目选址工作小组跑遍了大半个中国，最终选定了靠近市场具有优良港口资源的宁波大榭岛。

谁抢占了先机，谁就能够抢先占据市场的主动权。

在这个荒岛上即将展开的万华年产16万吨工程建设，在时间上，同外国巨头在上海的年产16万吨项目几乎同时开工。这是一场同外国巨头博弈的命运之战，在杭州湾两岸，一场没有硝烟的战争正在打响。

南征宁波的年轻万华管理团队，没有让远在烟台的总部失望，他们在项目建设之初就提出“按照国际标准，实施一流管理，建设一流工程，培养一流人才”的要求。工程还未开始，筹备处就组织了各方专家，用时一年编制了400多页的《工程协调程序》，做到了工程未动，制度先行，搭建了既分工明确又通力合作的特殊的科学管理模式，这使得工程有法可依，有章可循，有力地凝聚了多方合力，成为工程快速顺利进展的“秘密武器”。

2003年8月8日，伴随着打桩机地动山摇般的巨大轰响，决定中国聚氨酯工业命运排山倒海的大决战终于开始了！

参建人员如高超的演奏家，在惊涛拍岸的大榭岛上弹奏出最最动人心魄的华美乐章。

为确保工程进度与工程质量，总指挥部成立了由业主、总包、监理三方组建的质量管理委员会。建设期间责罚分明，每周定期现场稽核，召开质量例会，形成了一个严密的质量管理团队。为向国际水平看齐，多次邀请美国

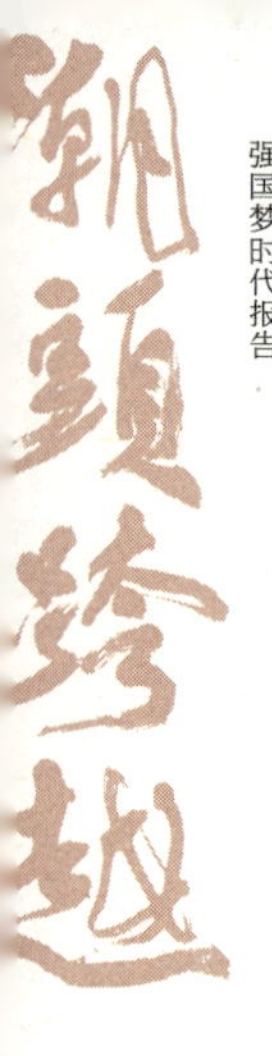

著名工程公司专家现场咨询培训，通过精确找错法、OTP的推广学习，控制和消灭工程缺陷，确保了一流的工程质量。引进美国杜邦安全管理体系，以优秀业绩获得全国首批28家“国家安全标准化一级企业”认证。

项目建设工期紧、任务重，全体参建员工为工程建设付出了辛勤的汗水。近三年的建设时间里，参建人员“5+2”，“白加黑”，一心扑在工程建设上。许多人同时参加工程设计、施工、采购和生产准备等多项工作，筹建处小楼的灯光常常通宵达旦；气温达到40多摄氏度，管道烫得像烙铁，大家依然对管线逐一进行试压、冲洗、气密、氨渗，员工们的衣衫湿了干，干了又湿；海上台风多次肆虐，工业园的施工资料、DCS设备、在建装置却得以精心保护。为了这项牵动人心的世纪工程，万华人将自己的安危置之度外。

2005年11月23日，万华宁波年产16万吨MDI装置一次投料试车成功，东港电化、万华热电、万华码头等也先后完成配套项目建设，比国外巨头上海项目提前9个月投产完工，成功抢占了竞争制高点，也标志着万华南下建设大MDI装置的战略构想完美实现，并锻造出具备自主知识产权的产业化能力和参与全球竞争的雄厚实力。

万华在MDI制造技术上取得的重大突破，达到国际领先水平，创造了中国异氰酸酯行业前无古人、国无先例的奇迹，一举使中国成为继德、美、日之外的第四个拥有该技术的国家。

2007年初，万华应用自行开发的第四代反应技术，对装置进行改造，使产能达到年产24万吨；经过装置运行优化，2008年5月初，装置产能达到年产30万吨。

2008年，在北京举行的国家科技技术奖励大会上，烟台万华“具有自主知识产权的年产20万吨大规模MDI生产技术开发及产业化”，获得2007年度国家科技进步一等奖。时任国家主席胡锦涛等国家领导人，在人民大会堂向烟台万华聚氨酯股份有限公司董事长丁建生等获奖者颁发了奖状。

振奋人心的消息，频频传来。

万华宁波工业园装置运转稳定，而且大大降低了装置能耗，比跨国公司的能耗降低了近10%，同等规模的MDI投资也比跨国公司低30%～40%，产品质量也明显提高。

业内专家对这一项目给予了高度评价：这是中国聚氨酯工业与国际巨头博弈的又一次胜利，这是中国工业自主创新的又一个成功典范。

2010年12月23日，万华宁波工程二期MDI项目及气化、硝苯等配套工程一次性开车成功，一个全球规模最大、产业链配套最合理、成本最低、质量达到国际领先水平的MDI制造基地，在万华人的手中诞生。

应该将中国聚氨酯人羞辱的历史扔进太平洋了，“中国聚氨酯速度”的又一座里程碑昂然崛起，中国聚氨酯人期盼的一个激动人心的黄金时代——中国时代真的到来了！从此，中国成为亚洲MDI生产中心。

绿色发展也是万华技术创新的根本使命。

万华宁波工业园同时获得了国家环境友好工程殊荣，这是唯一入选的化工企业。

2006年2月24日，时任浙江省委书记的习近平在视察万华宁波工业园时，做出“要不断创新，做好环保工作”的重要指示，之后万华内部开展了一个大讨论，讨论的核心主旨是，万华“敢不敢提‘零排放’理念”。当时，很多人认为这一环保目标过高，也过于超前。但最终万华坚定地提出了“零排放”的标准。

为此，万华花大力气在国内首次开发了储罐呼吸气和装置维修排气的回收技术，保证了装置在正常生产运行和检维修情况下所有的废气，都能得到集中、有效地处理，实现了废气零排放。万华开发了初期雨水和排水应急系统，确保没有任何有污染的废水排到工业园的河道中，这也是国内首创。

2008年申报国家环境友好工程奖时，浙江环保部门有人提出推荐万华，也有专家当即质疑："怎么能从化工企业里选？搞不好会白浪费一个名额！"数月后，有一群表情凝重的不速之客走进万华宁波工业园，东看看，西摸摸，一言不发走遍工厂的每一个角落。参观毕，国家环保部的一位司长抑制不住内心的激动，称赞道："这是我看到的最好的工厂，可以用三'不'来形容——看不见污水，听不着噪声，闻不到异味。这是真正的现代化高科技绿色化工园区！"

专家看门道。在这里，他们看到了一条独具特色的循环经济绿色产业链，所有废水、废料、废气都得到有效回收重新利用。这种将"三废"吃干榨净再利用的创新工艺让人叹为观止。

万华宁波工业园项目通过国家环保部专家评审，高票当选2008年环境保护最高奖——国家环境友好工程奖。

2016年5月23号，分管HSE的副总裁陈毅峰代表发展中国家企业到第二届联合国大会做主旨发言，分享了万华在创建"三不见"化工园区，以及污水处理、废气收集、废固管理等方面的独特做法，得到了大会的高度认可和一致好评。

四

掌握了技术世界话语权的万华，开始了精彩的腾跃。

2011年1月31日，一个见证历史的时刻在匈牙利首都布达佩斯到来了。万华跨出国门斥资12.6亿欧元成功并购匈牙利宝思德化学（BorsodChem，简称"BC"）签字仪式正式举行，使万华拥有了中东欧最大的异氰酸酯制造基地，在海外拥有了18万吨MDI、25万吨TDI及40万吨PVC装置，标志着中国万华向全球万华转变，实现全球战略制约与平衡迈出了坚实的一步。

路德维希、鹿特丹、安特卫普、裕廊，这些世界一流的化工园区，曾无数次激起万华人的无限憧憬，现在这个机遇终于到来了——一个世界最大的MDI王国，仿佛近在咫尺。

BC位于匈牙利的考津茨包尔齐考市。对于这场收购战，万华首先必须克服来自英国并购基金的阻力。该基金2006年以16亿欧元收购了博苏化学，起初不愿意让万华参与债务重组谈判。在中国银行、交通银行、工商银行等众多金融机构的支持下，万华开始大量买进了BC的2/3夹层债（mezzanined-ebt），从而获得了参与债务重组谈判的话语权。

尽管回到了谈判桌，但双方仍存在太多的不信任。万华买了BC公司夹层债以后，很快派人到匈牙利与中国驻匈大使馆进行沟通。第二天，匈牙利经济部的副部长就紧急约见时任中国驻匈牙利商务参赞任鸿斌。

任鸿斌回忆说："我到了他的办公室以后，才发现总理特使、经济管理专员、国家重大项目办主任、投资署的很多官员都在场，都是质询的态度，问你们中国人想干什么？"匈牙利政府官员的质疑一度让谈判陷入胶着状态。

这一年恰逢中匈建交60周年。10月，时任国家副主席的习近平到访匈牙利，改变了匈牙利政府的态度，促成了万华收购宝思德。

此后9个月的拉锯战中，实力的天平开始倾向了万华。BC大股东承担不起拖延下去公司破产的危险。经中国政府批准，在两年多的谋划和艰苦谈判后，万华以12.63亿欧元的交易总额正式收购匈牙利最大的化工公司宝思德化学96%的股权，成为中国企业目前在中东欧地区最大的投资项目，并使万华直接获得欧洲主流供应商的地位，MDI产能跻身全球前三强。

万华收购BC公司，是中国企业迄今在中东欧最大的投资项目，进一步增强了万华的全球化战略制约和平衡能力，极大地提升我国MDI产业在全球

产业链中的地位和作用，标志着中国企业的国际化，从“以劳务、产品、资本输出为手段，以引进技术、资源为目的”的传统模式，迈上“以实现全球战略为导向，以创新的资本运作模式为手段，以管理和文化输出为特征”的新台阶。

万华收购匈牙利BC公司项目，以其交易的复杂性、影响力，被《国际金融评论》（IFR）评选为“2010年度欧洲、中东、非洲地区最佳重组交易”，树立了中国化工行业海外并购的新典范。这一辉煌成就是对万华坚持技术创新的最佳回报，大大地缩短了万华的全球化进程。

2013年，习近平总书记提出了“一带一路”的国家倡议，匈牙利成为“新丝绸之路”的重要组成部分。万华乘着祖国改革开放的东风全面启航，启动了“中匈宝思德经贸合作区”，并于2016年被确认为国家级境外经贸合作区，发挥灯塔效应引领国内企业的出海发展。

收购不易，整合更难。

以丁建生为首的万华整合团队克服文化鸿沟，通过重塑核心价值观，使匈牙利员工逐步认同中国文化和万华文化，推动公司持续变革和效率提升：通过工艺技术的不断优化，不断提高MDI、TDI、PVC的产能；通过管理创新，不断激发员工活力，BC公司新增融资成本和整体财务费用大幅降低，苯胺采购费用不断下降。持续的创新，使宝思德公司的效益不断改善，从2011年亏损1.3亿欧元，到2017年全年净利润4亿欧元，全球化运营水平不断提高，逐渐树立起万华高技术产品全球供应商的良好形象，也标志着“从中国万华向全球万华转变”迈出了里程碑式的一步。

山高我为峰。

万华战略区域布局已初步搭建了国际化雏形。在国内，烟台、宁波、北京、广东、珠海的研发中心和生产基地已逐渐成型；同时将上海作为全球化商务中心，辐射海外各主要区域；在美国、荷兰、日本、印度、韩国、新加坡、巴西等十余个国家和地区均设有法人公司和办事处不断开拓国际市场、扩大出口份额；原料资源实现了全球化配置，万华成为中国唯一具有全球液化气定价推荐权的企业。随着未来几年万华美洲工业园基地的建成投产，万华将完成在亚洲、欧洲、美洲战略布局，真正完成从中国万华向全球万华转变。

新发展、新征程、新时代！

2014年万华美洲基地项目启动，2017年万华北美技术中心在美国伍德兰市正式成立并投入运营，万华的全球化战略又迈出了跨越性的一步。在新加坡举行的亚洲LPG CFR委员会闭门会议中，经过多轮投票表决，万华化学成功加入亚洲LPG CFR委员会，成为中国开展LPG进口30多年来，唯一一家加入的中国企业。这是继万华化学2016年成功进入中东CP价格委员会后，取得的又一项重大进展！这两个成员资格的获得，标志着万华在国际LPG市场上具备了与传统巨头相抗衡的实力和条件。

从烟台到宁波，从匈牙利到美国伍德兰，万华终于如愿走到了梦寐以求的全球化发展阶段，做跨国公司，跨进世界500强的梦想从来没有像今天这样靠近万华人。目前，万华在稳步推进美国项目前期工作的同时，强化全球化布局，开启海上丝绸之路的发展研究，力争在拥有21亿人口的新兴市场区域建立海外生产基地。

五

临波登澜，潮涌海天。万华人继续拓展更加辽阔的疆域。

以具有自主知识产权的核心技术为依托，以万华宁波工业园建成为标志，万华确立了世界聚氨酯行业的领先地位，实现了第一次腾飞；作为万华“三次创业，二次腾飞”的重要项目，2011年3月，万华化学工业园正式开

工建设，这也是万华由万华聚氨酯向万华化学转变的标志。

站在新起点，谋划新高度。2008年，万华为抢抓国家实施山东半岛蓝色经济区战略机遇，响应烟台市“退城进园”规划，以老厂搬迁为契机，确定了“延伸上下游产业链，多元化持续发展，做大做强做优企业，提升全球竞争实力”的发展思路，努力将其打造成石油化工、煤化工、盐化工、精细化工和化工新材料为一体的、全球最具特色和竞争优势的绿化生态化工园区。规划总投资700亿元，其中一期工程总投资300亿元，建设MDI一体化及其产业链配套项目和PO/AE一体化两大项目。

在山东省、烟台市委政府的鼎力支持下，孕育万华的胶东大地，又一次敞开宽广的胸怀，赋予万华10.6平方公里的发展空间！万华烟台工业园建设之初，烟台开发区为了园区落地配套支持一百多个亿的资金，还有拆迁、引水、排水、道路等方面的支持。3800多户居民的拆迁，半年就完成，这可以说是一个奇迹。现任万华董事长廖增太回忆当时的情景时，仍然满怀感恩激动地说：“如果没有各级政府的支持，我们的项目哪能这么顺利！”

历时三年多披星戴月、争分夺秒的建设，2014年11月7日，万华烟台工业园老厂搬迁60万吨/年异氰酸酯一体化项目全线一次投产成功，生产出合格的MDI产品。此次投产成功，标志着万华自主知识产权的、先进的第五代MDI制造技术成功产业化（单位产能投资成本及单位能耗低于竞争对手50%以上、全球首创废盐水回收技术，零排放绿色环保，产品质量世界最好），使万华MDI总产能稳居世界首位，成为全球最大的MDI供应商。

2015年8月18日，万华烟台工业园一期项目全面建成，烟台工业园PO/AE一体化项目全线一次投产成功并生产出合格产品，使得万华烟台工业园成为东亚最大的液化石油气交易中心，亚洲最大最全的聚氨酯和涂料原料基地以及全球以丙烯为原料发展下游产业规模最大的化工园区。一座寄托着中国民族聚氨酯行业期望的高科技新兴化工之城，一座具有“循环经济、高技术、高附加值”鲜明特色的一体化化学王国，在黄海之滨雄浑而立！

一期刚刚投产，万华又开始了新的征战，投入万华工业园二期建设之中。万华烟台工业园（二期工程）主要建设百万吨级的乙烯项目和自主研发的20余项高附加值的化工新材料项目，预计建设装置三十多套，计划总投资400多亿元，建成后产值达千亿元以上。全部建成投产后将大大提高烟台工业园的获利能力，并成为我国化工新材料领域产业转型升级的示范园区，届时，万华烟台工业园将成为全球技术水平最高、管理最好、最具获利能力的综合性大型化工园区。

为保障万华烟台工业园二期项目快速顺利推进，各级政府高度关注，并给予了大力支持。其中，烟台开发区始终将园区项目建设作为一号工程，提供了一系列服务和保障：短时间内完成项目用地内居民搬迁，专门新建了新水厂，配套建设道路和220kV、110kV输变电工程，在拆迁安置、基础设施配套、土地平整等方面给予全力支持。

如今，万华在化工新材料领域，已经掌握多项关键核心技术，产品已从单一的MDI扩展至聚氨酯、石化、精细化学品三大产业领域。MDI生产技术发展到最新的第六代技术，单线反应能力提高到80万吨，单位能耗全球最低、生产技术国际领先，万华产品被业内誉为“标准溶液”。同时，伴随着诸多新产业、新技术、新产品的问世，功能化学品、表面材料等诸多独立业务单元，在各自市场上不断开拓进取，实现了行业地位和盈利能力的双提升，已经成为各自领域的领先者。

技术创新，正在将万华推向荣耀的高地。万华先后获得“国家首批创新型企业”、“国家级技术创新示范企业”、“国家认定企业技术中心成就奖”、“国家高技术产业化十年成就奖”等各项大奖。2012年，在中国创新型企业百强榜中，万华位列第三。2016年入选国家九部委联合评定的“创新百强工程试点企业”。

展望未来，万华人信心百倍。在“实施百千亿战略，实现跨越式发展”的工作总方针指导下，万华将以创新驱动引领发展，抓住中国经济转型升级、泛济青烟新旧动能转换试验区的有利时机，加快提升万华聚氨酯产业集群的全球竞争优势，进入乙烯产业，扩展石化产业集群，下大气力培育高技术、高附加值的化工新材料和精细化学品产业集群，走“技术创新”和“效率领先”的道路。对公司产业格局、科研平台、管理效率等方面进行深化改革，重点打造聚氨酯、石化、精细化学品三大核心板块。“对标一流找差距，高点定位设目标，追求卓越抓落实”。万华将通过整体上市，不断提升组织效率，减少组织结构层级，同国际一流管理模式接轨，把公司建设成为真正扁平化、全球化的一流公众公司，最终在异氰酸酯甚至是更多的领域，实现产能领先、技术领先，成为真正的全球化公司。

六

绵延不绝的万华文化，成为万华技术创新的不竭动力。

“自信人生二百年，会当水击三千里”。今天的万华，凝结着无数建设者的艰辛与奉献，凝结着万华员工锲而不舍、金石可镂的信仰，也承载着党和国家的重托与期望。当历史的年轮在曲折中铿锵前行，历时四十载时光镌刻传承至今，仍磅礴不绝；万华的历史是一段在危机中不断突破、壮大的历史。走过四十载的万华，历尽磨难而愈发坚韧与强大，她如同扎根于大地的白杨，以顽强的意志不停歇地从大地吸取营养和水分，壮大自身的根须，在不断地适应与改变中茁壮成长，以抗击和迎接毫无遮挡的风霜雨雪、炎阳酷暑。这养分来自于哪里？透过万华历史的发展，可以看到那折服人心的万华文化。

万华认为，企业经营的核心在于经营人心。优良的企业文化氛围，才能真正的吸引和留住人才。万华之所以取得了现在的成就，就是因为自建厂四十年以来，培育出了优良的企业文化。万华在前二十年的发展中培育出了“特别能吃苦，特别能战斗，特别能奉献”的企业文化；20世纪90年代末至今，万华又培育了创新、务实、以人为本的文化，企业文化在万华发展的过程中发挥了核心的作用。万华以理念体系、传播体系和落地体系的深化整合形成三位一体的文化建设路径，不断增强万华核心价值观的引领作用，持续推进人才培养工程，造就了一支高文化契合度、高战略匹配度、高敬业度和高技能的员工队伍。

同时，本着人性规律、市场规律、科学规律，以“有为就有位，赛马不相马”的人才理念广招天下英才，让有品行、有思想、有担当、有激情、有胸怀、有业绩的优秀人才脱颖而出，成为万华宏伟事业的中坚力量，成为万华百战不殆的“生力军”。万华连续五届被美国著名人力资源公司评为“最佳雇主”。正如翰威特所说，这一荣誉表示万华的员工愿意留在这个企业工作、愿意宣传这家企业、愿意为这家企业奉献。这也是对万华企业文化和组织氛围的赞赏。

万华发展至今，已形成了务实创新、追求卓越、责任关怀、客户导向、感恩奉献、团队制胜的核心文化。一首《万丈光华》的司歌，凝聚着万华企业文化的内涵精髓：这是一条奔向太阳的路，一路奋发图强，一路创业艰苦，手牵手从小到大，肩并肩从无到有，辉煌中永不满足，奉献里感受着幸福；心交心英才广聚，情中情心灵归属，泪水伴着汗水流，不舍得这份火热的坚守……

万华文化已融入每一位万华人的骨血之中，跨越了国界、管理层次和文化差异，是每一个万华人的共同身份，已成万华人习惯和日常。有这样的一个真实的故事：一次，浙江省卫生厅领导和专家来万华宁波工业园做一期工程的职业卫生验收。时任宁波万华总经理廖增太陪同到焦炭库了解情况，所

有人员安全防护措施是仅佩戴了安全帽。走进焦炭库，库里干净整洁的环境，让各位领导情不自禁地直点头。过了十几秒的时间，一位名叫张玉浩的年轻员工走来对廖总说："廖总，你们没戴口罩，请您和客人立即出去。"廖总闻言，脸上掠过一丝羞愧，马上招呼各位领导走出了焦炭库。

这就是做事较真的万华人，用行动诠释着对伟大事业的敬意，用行动表达着对万华热土的眷恋……

鲲鹏展翅，梦向辽阔。

在中华民族阔步迈向伟大复兴的崭新时代，万华人怀揣"产业报国"的初心，发扬务实创新、追求卓越的精神，锲而不舍，拼搏奉献，乘风破浪歌壮志，力除自满再出发，努力实现建设伟大万华的梦想！

02

泰山：为“中国心”骄傲

到东岳集团，许多人都有一个共同的想法：看一看被称为氯碱和燃料电池“芯片”的两张离子膜，一个氯碱离子膜，一个燃料电池膜。

其实两张膜并没有什么好看，除了轻和薄外，几乎与普通的塑料薄膜没有什么差别。多年前，东岳氯碱离子膜刚刚研发成功时，一位寿光搞塑料大棚的农民，把电话打到集团办公室：“听说你们刚刚研制了一种新薄膜，什么价，开始卖了没？”

他并不知道，此膜非彼膜。东岳离子膜堪称大国重器。

中国石化联合会会长李寿生用12个字概括了东岳离子膜：

薄如蝉翼，贵比黄金，重于泰山。

东岳离子膜，一个中国氯碱工业30年受制于人历史终结的符号，一段民营企业承担国家重大难题打破国外垄断挺直民族工业脊梁的佳话，一个著名企业家和科学家联手梦想成趣的传奇，一次中国企业向世界科技高峰攀登的勇

敢探索……东岳离子膜成功研发带给我们的启示，甚至远远大于其本身价值。

问世间膜为何物？令行业爱恨交加

离子膜制碱是目前世界上最先进的制碱工艺。而离子膜被称为氯碱工业的“芯片”。走进离子膜氯碱生产厂区，听不到异声，闻不到异味，看不到烟尘，与传统的氯碱企业形成鲜明对比。

东岳研究院院长助理、氯碱离子膜技术总监王丽描述了整个制碱过程和离子膜的特殊作用：

在离子膜制碱工艺中，先把工业盐化成浓盐水，精制，进入电解车间。电解车间的核心设备是电解槽，电解槽的核心材料就是离子膜。精制浓盐水进入电解槽阳极，在电场力的作用下，钠离子作为阳离子透过离子膜进入阴极室生成氢氧化钠；氯离子作为阴离子在阳极失去电子形成氯气。

翻阅世界氯碱工业史，制碱工业大约经历了三个阶段：

第一阶段是索尔维制碱法，亦称氨碱法，用食盐、石灰石和氨为原料，制得碳酸钠和氯化钙。这一工艺发明于十九世纪六十年代，西方国家对外严格保密。中国化工先驱侯德榜以其天才的创造力揭开了这一秘密，研发出优于西方技术的侯氏制碱法，并把制碱法的全部技术和自己的实践经验写成专著《制碱》，于1932年在美国以英文出版，从此揭去了索尔维制碱法的神秘面纱，并在中国大量建厂，满足了中国对碱的需求。

第二个阶段，就是电解化学制碱时代，主要是电解石棉隔膜法制碱和电解水银法制碱。石棉隔膜制碱工艺（极少量地应用水银制碱）在中国应用了半个多世纪。

第三个阶段就是电解离子膜工艺。这是世界上迄今最先进最清洁的制碱工艺，物耗、能耗大幅度下降，并有效地解决了氯碱工业的污染问题。

恰是这一最先进的工艺，中国长期科研攻关没有成功，一直被美日企业垄断了几十年之久，成为“中国化工人心中的痛”。

原化工部副部长、石化联合会原会长李勇武接受媒体采访时这样阐述氯碱离子膜：“全氟离子膜是一个国家级难题，曾被列为化工部十大科技难题之首，从七五开始，列入三个五年计划开展攻关，没有攻下来，后来试图买外国技术，也没有成功。”

进口氯碱离子膜价格昂贵，氯碱装置每两年就要换一次膜，每次换膜费用高达数千万，难怪有人戏言“就像前些年中国电子产业为国外的芯片打工一样，整个中国氯碱工业一直在为国外的离子膜打工。”不仅如此，由于受制于人，我国政府多年来一直实行氯碱离子膜进口零关税。还不仅如此，为确保氯碱工业和相关产业的安全，国家不得不保留大约占氯碱总产能15%的石棉隔膜法制碱产能，以备不时之需。中国氯碱工业协会秘书长张文雷感叹道：“受制于人的滋味太难受了，所以给东岳离子膜科研攻关的成功怎样的溢美之词都不过分！”

2009年，随着东岳氯碱离子膜的量产和万吨氯碱装置的试用，这一历史被改写了。进口离子膜价格应声而落45%，国家发改委下文，一次性全面淘汰落后的隔膜工艺氯碱产业，据测算，产能转换后可年节电54亿度，节约标准煤216万吨，减排二氧化碳538万吨。东岳，为中国氯碱工业翻开了新的一页。

一次偶然相遇，成就一段传奇

东岳与离子膜结缘始于一个偶然。

2003年，在杭州的一次行业会议上，东岳集团前总裁刘传奇作了一个报告，介绍了东岳集团延长产业链，开发高品质聚四氟乙烯产品的相关情况。当时中国聚四氟乙烯还徘徊在低档次、小规模水平，能大规模涉足的企业并不多。听着刘传奇的报告，有一个人心潮难平。他就是上海交通大学化工学院张永明博士，如今的东岳集团离子膜项目首席科学家。当时张永明正在从事全氟离子膜研究，东岳集团要做的聚四氟乙烯的单体四氟乙烯也正是离子膜的关键原料之一。

说起与东岳和东岳人的第一次接触，张永明说："就是感觉山东人讲话很实在，掷地有声。"从那一刻起，张永明就有了到东岳干事创业的想法。

2003年7月12日，张永明怀着试试看的心情给刘传奇打电话，谈了自己想与东岳合作搞离子膜研发的想法。

令他没有想到是，第二天，东岳集团董事长张建宏就安排刘传奇总裁和分管科研的副总裁张恒赶到了上海。他们热情邀请张永明去东岳集团搞离子膜研发和产业化。张永明提出了几个条件，包括建设实验室和实验标准等。当时东岳的科研基础还不太好，张永明估计要达到自己提出的实验要求，怎么也需要几个月的时间。再次出乎意料，东岳方在一星期内打来电话，说他的要求已经全部达到。

张永明半信半疑地第一次来到东岳。当他看到东岳为他创造的科研条件，特别是与张建宏董事长一见如故，感受到张建宏那种创业激情和爱才惜才的热切，心里便认定，这就是自己的研发成果落地生根的地方了。

说起两人的第一次会面，张永明教授记忆犹新："董事长给我的见面礼很大，除了将生活安排得非常周到细致外，工作上给了我'三定大权'：项目研发用什么样的人、安排什么工作岗位和职务、给予什么样的工资待遇，完全由我决定。"2003年8月，张永明在第一次接触刘传奇短短的20多天后，便正式到东岳投入了离子膜研发。

项目论证会开成了批判会

2003年底，为使搁置多年的离子膜科研攻关重新获得国家支持，张建宏、张永明等赴京参加科技部组织的专家项目论证会。

“这哪是专业论证会啊，简直是一次对东岳不切实际的批判会。”参加这次会议的一名东岳的科研人员，后来这样评价那次会议。

一位激进的专家显然不是为论证东岳离子膜研发的可行性而来，他从离子膜的发展史讲到国家科技攻关史，从漫长的膜研发工艺线路讲到近十家国家科研单位携手做出的努力。他当着众人问张建宏董事长：“举国家之力完成不了的科技攻关项目，你一个民营企业能干得了？！”

晚上回到房间，一位参与过两个五年计划攻关组织工作的专家敲开了张建宏的房间门。他劝张建宏放弃。他说，“科学来不得感情冲动，东岳如果想在行业制造点儿轰动效应，可搞点儿别的，离子膜别碰。”

张建宏一言未发。

这次论证会，张建宏更深地了解了这个项目，更清醒地认识到了这个项目的难度和风险。但当他看到张永明自信而坚定的目光时，他心里暗暗下定了决心。这就是一个优秀企业家的非常之处，大家都说行的时候，他可能会犹豫和怀疑，大家都说不行的时候，他的欲望和激情恰恰被点燃了。

事实上，在科技创新的道路上，同样的境遇张建宏不仅遇到过一次。东岳的几次重大决策，几乎都饱受争议。与清华合作新型环保制冷剂时如此，东岳整合国内技术资源上马3000吨塑料王聚四氟乙烯时同样如此。

1999年初，在全球关注臭氧层保护的大环境下，张建宏从人民日报上看到清华大学朱明善教授在制冷剂替代品研制方面取得重大突破的消息。这让他如获至宝，暗下决心寻求与清华的合作。一个民营企业欲结亲全国著名高校，“老乡结皇亲”在当时几乎传为了笑谈。虽然那时候东岳的制冷剂产品已坐上了全国行业第一把交易，市场占有率高达30%，但毕竟是一个民营企业，清华会屈尊合作？张建宏抱着舍我其谁的坚定信念，一年往返北京10多次。他清楚地记得取得重要进展的那一次。他和总工于修源到达清华园时正好是中午，骄阳似火。于修源要联系朱教授时却被张建宏拦住了：“朱老

师年龄大了，中午他要休息，我们就在外边等等吧。”当朱老师上班，看到还没有吃午饭、满头大汗的张建宏时被感动了。他答应说服学校，带考察组去东岳考察。而第一次到东岳后的考察，使朱明善教授惊叹不已，为一个民营企业，也为张建宏致力于环保事业的目光和境界。东岳就是这样牵手清华的，也由此获利了第一个国家技术发明奖，成为全球最大的新型制冷剂生产企业。

同样的，2000年，张建宏和管理团队以敏锐的眼光捕捉到国际国内行业最前沿的科技走向，决定要上3000吨/年“塑料王”——聚四氟乙烯项目。这在当时是国内最大的生产装置，千吨以上都是引进的国外技术，而东岳要整合国内技术要干3000吨。专家论证会，几乎遭遇了与后来的离子膜论证同样的境遇，与会专家绝大部分投了反对票。一位同行企业的负责人听说这一消息后哈哈大笑，说“东岳要建3000吨的聚四氟乙烯，我还要造原子弹呢！”

壮志就是这样被点燃和激发的。张建宏一个个拜访专家与他们交心，告诉他们：“我们要坚决干这个项目，成了算大家的，不成，算我张建宏和东岳的！”2002年4月26日，经过仅仅11个月的建设，以同行三分之一的人员、三分之一的时间和三分之一的投入，东岳3000吨/年聚四氟乙烯装置一次试车成功。当时的项目总指挥张恒从车间捧着白花花的树脂，奔跑到在厂区马路边坐等的张建宏面前，眼里噙着激动的泪水。张建宏董事长从张恒手里接过那些亮晶晶的颗粒，一字一顿地对现场的人员说：“我们要记住这个日子，从今天起，中国聚四氟乙烯的国内格局变了，中国氟化工行业的格局变了！”五年后，东岳的塑料王聚四氟乙烯规模成为全球第一。

独特的企业家战略目光和之前破釜沉舟取胜的底气，使张建宏认准了氯碱离子膜项目。此战虽难，但这是在为东岳明天而战，在为国家而战！

尽管饱受质疑，但事情还是有了转机。为慎重起见，专家论证会后，科技部派出调研组，到东岳进行现场考察。2004年1月，东岳离子膜项目成为科技部年度紧急启动的两个国家“863”重大项目之一，另一个是非典疫苗研发项目。

艰难科研攻关中的企业家担当

离子膜成功后，张永明说，“离子膜成功研发和产业化的头功，不是我和我们的科研团队，应该是张建宏董事长。我这绝不是谦虚。东岳能够干成这件事，花费在科研以外的精力和时间绝对比科研本身多得多。若是没有张建宏董事长承担着巨大风险执着地坚持，若是没有张建宏董事长整合政府、社会、人才资源，扫除一切包括冷嘲热讽、恶意中伤在内的一切障碍，以及我们这些科研人员面对失败、挫折和绝望时，来自他的宽容、理解和支持，这个项目肯定成不了。”

离子膜攻关，张建宏非常清楚，此战若败，对东岳来说是伤筋动骨，甚至是危及东岳大厦根基的，除国家支持的项目研发引导资金外，东岳配套投资至少5个亿以上，而当时东岳的年销售收入只有8个亿。一位一直以来关心东岳的德高望重的老领导善意地提醒他：“建宏，你这样做值吗？”

值吗？张建宏也这样问过自己。张建宏真正的创业人生是从他穿上军装的那一刻开始的。虽然只有短短四年，但这却成了他最重要的一个人生经历，也造就了他有勇气直面所有艰难、困苦、挫折、打击、失败的顽强个性。张建宏记得，自己刚刚入伍便作为参战部队一员被闷罐车拉往海南的情形。作为预备参战部队，他同战友们一起执行命令，在自己的行装包裹上郑重写上家乡地址、父亲姓名。他知道，如果牺牲了，这个包裹会被寄到山东淄博桓台人武部，然后被送到家里，国家将给予200元的抚恤金。那一刻他意识到：自己可能再也回不了家了，当时他唯一的想法就是能回家再看一眼，抓一把家乡的土回来再浴血沙场。“当年从军守边防青春无悔，而今返乡建家园豪情万丈”——张建宏就是带着这句话从部队回到家乡的。四年的军营生活给予了张建宏强健的体魄，顽强的意志，高尚的品格。而这些都将影响他的一生。多年后，他将“对党最忠诚，永远跟党走”确定为东岳人的共同信仰，将“做最讲政治、最讲正气、最走正道的企业”作为东岳的追求，也将“建设家乡，回报社会，报效国家，报答党恩”作为东岳和自己的人生理想。因此，值还是不值，这就是最好的回答。

离子膜投资风险非常大，而让张建宏感到巨大压力的并不仅仅是经济方面，还有来自社会各界的质疑与猜测。长期以来，在中国传统文化中，“成王败寇”，成功意味着数不清的鲜花与掌声，而失败却要面对无尽的责难与质疑。而在通往成功的道路上，奋斗者的身影往往看上去既孤单又令人心酸，奋斗中的甘苦可能只有他们自己能够知道，能够消化。而对于科学，是暂时的困难还是伪科学是一个特别难甄别的问题。在整个科研团队漫长的8年离子膜科研攻关中，张建宏一直是科研团队的一员，承担的压力的确比科研人员更大。

2008年3月的一个早晨，做实验一夜未睡的张永明走进张建宏的办公室。满脸倦容、一脸绝望的张永明开口就说：“董事长，已经一个月没有任何进展了，感觉做不下去了。”张建宏的心沉至谷底，但他没有表露出来，因为他知道，自己是科研团队最后可依靠的墙。他给张永明倒了一杯水，让他慢慢说。那个上午，他们谈了很久。最后，张建宏握住张永明的手说：“你转告课题组全体成员，失败了也不怕，有我呢！”但送走张永明，张建宏坐在办公椅上，两个多小时，一动未动，午餐也没有吃。总工于修源也讲述了张建宏的一个故事。在几批料不合格后，一个晚上，两人一起来到聚合物树脂车间的试车现场。在听完技术负责人介绍完情况后，张建宏默默地走出了中试车间。“我以为他去洗手间，”于修源说，“但很长时间他都没有回来，我走去找他。发现他一个人在墙角，双手撑墙在踢墙壁。我却不敢也不忍心去劝他。可以看出来，他当时的压力有多大。”办公室的工作人员说：

“有一天中午粉碎纸的时候，可能是纸有点厚，碎纸机卡住了。当时董事长就找了一把锤子，提着碎纸机来到洗手间，把自己关到洗手间里，一点一点地砸，直到把碎纸机砸碎。当时我正在附近，董事长每砸一下，我的心里都很难受。”这件事，也发生在离子膜攻关最为困难的时候。对于家里的亲人，他不想让亲人为他担心，对于身边的同事，说出来，他怕打击大家的士气，所以他就一个人闷在心里。

张永明把母亲接到了东岳

“我妻子在上海一家医院担任领导职务，女儿在国外留学。如果不是因此过不来，我就全家一个不剩地拉到东岳来。”张永明说。他做好了破釜沉舟的准备。

但他没有想到，前面的科研之路会有漫长的8年之久。他有时开开玩笑地对张建宏董事长说：“我得感谢东岳，给我提供这个离子膜研发平台，让我为国尽忠；我妈妈就在自己身边，也能尽孝。”

事实并非如此。离子膜攻关几乎占据了张永明全部时间，没有办法回河南照顾年迈的母亲，只好把母亲接到了他工作的桓台县。他带领课题组做实验、讨论方案、组织论证，根本没有上下班的概念，经常是加班晚了就在实验室的小床上过夜，饿了吃点饼干和点心。即使回家也比较晚，母亲年龄大睡得早，两人能够在一起说话的时间并不多。和老母亲一起最多的是早晨。每当张永明离家时，老太太总是按照河南家乡风俗念叨一番“一二三、七八九，我儿出门往好处走，七钢八钢护着路，九条青龙护住身。前有青龙，后有白虎，保佑我儿平平安安……”老人就是用这种方式，在儿子科研攻关所在地的桓台县，陪伴了张永明近10年。她始终不知道，儿子把她从河南老家拉来，在这里究竟干什么；始终不知道有一次几个月没有见过儿子，是因为张永明去北京做了肺部肿瘤切除手术；始终不知道在她与儿子相守期间，他的儿子带领自己的科研团队拿下了一个世界级科技难题，获得国家技术发明奖和被称为“世界华人诺贝尔奖”的何梁何利奖，更不知道儿子所拿下这个科研项目，对氯碱工业、对国家意味着什么！也许在她心里，能经常见到儿子，能保佑儿子平安，就是她最大的心愿了。2013年，86岁的老人，就是在桓台县人民医院重症监护室离开了这个世界。

全氟离子膜从一块普通的萤石开始，到能够满足氯碱生产选择性要求的离子膜，中间要经历氢氟酸、四氟乙烯、全氟磺酸单体和树脂、全氟羧酸单体和树脂，再到全氟离子膜的过程，这需要进行几十步的复杂反应和分离过程。张永明说：“全氟离子膜全工艺生产线摆起来有几千米长。”

张永明非常感谢前辈们为离子膜攻关做出的努力，那是他所能借鉴和吸取的唯一研发滋养。国外离子膜专利，唯一的用途就是知道他们的研发路线，而这个路线必须是避开的。正如我国材料界泰斗师昌绪到东岳时所提醒的那样：“你们现在面临的一个关键问题，是知识产权问题。国外在研发这个产品时，专利已大面积COVER了，你一不留神，就会惹上国际知识产权官司，这是国外巨头打击国内创新成果的惯用手法之一。你的研发和知识产权保护，要做的是反COVER，就是和他们走不同的研发线路，建立你们的知识产权保护区域，这样你们的离子膜知识产权才安全，你的研发才真正属于自己。”师昌绪是包括钱学森在内的那批从美国归国的科学家，对知识产权保护有独到的见解。师老说这话时已84岁，身体硬朗，双腿有力，上楼梯都带响声的。4年后，他再次到东岳时，身体已经大不如前，站坐都要人扶一下。这一次来东岳，他故话重提，叮嘱在场的张建宏和张永明，一定保护好知识产权。“这个科研成果对我们国家意义特别重大，凝聚了几代人的心血。你们要搞成，还要保护好它。”

所有的路，都要自己走，而且要必须避开国外企业的“专利雷区”，另辟蹊径。

研发和产业化头绪繁杂，工作量太大，不确定性太多。一道道技术难关就像横在他面前的一座难以翻越的大山。张永明数不清自己在实验室度过了多少个不眠之夜，自己遇到了多少棘手的难题。他感到自己时常会遇到一个个难以迈过去的坎儿，自己总是在黑暗中摸索、时常碰壁。有时候助手们熬夜熬不住回去休息，他就一个人在实验室，用实验数据证实他那一瞬间灵感带来的启发。有一次，实验室着了火，他的上衣烧了好几个洞。他谁都没有告诉，当天晚上也没有回家。第二天，课题组的同事到单位看到他衣服上的洞洞，才知道前一天晚上发生了什么。

现任氯碱离子膜技术总监王丽，华东理工大学材料专业毕业生，她只是东岳离子膜项目上百人研发团队中的一员。当问起她的研发经历，她没有惊人之语，只说自己年复一年、日复一日总是在一遍遍摸索实验条件，一次次改变反应路径，一点点提高收率。她早已记不清自己做了多少次尝试，记不得实验失败了多少回。以至于最后的成功在她看来就是“水到渠成的事”。是的，唐军柯、王学军等上百人的离子膜研发团队按照张永明的思路苦苦探索，摸清了复杂反应的每一个环节。

举全省之力支持东岳离子膜产业化

东岳离子膜的成功，与国家和省市县各级党委、政府和科技部门的支持密不可分。事实上，这是一个世界级难题，是一个国家项目，需要整合一切资源进行全方位攻关。

离子膜项目科研攻关，国家、各级政府和科技部门的资源被充分调动。

北京那次争议大的专家论证会几天后，科技部派高新司材料处调研员谭可荣，由山东省科技厅高新处副处长张茂森配合，到东岳实地考察。百闻不如一见，之后科技部与山东省科技厅合力支持这一项目与两个人此次现场考察关系重大。两位业务型领导，不仅看懂了东岳离子膜全过程科研线路，也

看到东岳强大的产业平台优势，以及科研队的执着和坚韧。

国家科技部在将离子膜列为紧急启动的“863”计划之后，又先后将其列为“十一五”和“十二五”国家科技支撑计划重点项目，两个国际合作项目，支持引导资金过亿。山东省委、省政府和淄博市委、市政府给予配套支持资金1亿元。

2005年9月8日下午，省政府加快东岳离子膜项目产业化现场办公会在东岳召开。本次会议前期作了精心筹备。事前，时任山东省省长韩寓群与张建宏董事长、张永明博士进行了深入交谈，全面了解离子膜研发和产业化情况，了解东岳研发需求，提出明确支持意见。现场会当天，时任副省长王仁元率领12个省直部门来到东岳，他亲自主持会议，省市县三级党委、政府和相关职能部门60余名主要负责人参加会议。会议提出，将东岳离子膜列为山东省高新技术企业一号工程，举全省之力支持东岳离子膜项目产业化工程。之后，王仁元副省长又亲自带领省发改委、市政府和公司领导，专程到国家发改委汇报离子膜项目产业化及东岳园区建设情况。省政府在一个民营企业、为一个项目召开现场办公会，在山东历史上是空前的。淄博市委、市政府和桓台县委、县政府先后四次在东岳召开现场办公会，主要领导张建国、刘慧晏、周清利都亲临会议。离子膜研发最为关键时刻的一次会议，包括书记刘慧晏、市长周清利在内的7位市领导同时出席会议，针对东岳提出的7大问题和困难，周清利市长用了一个词：照单全收。

时任科技部部长万钢，科技部党组书记李学勇等科技部领导先后到东岳现场了解情况，现场解决问题。省市科技部门几任主要领导姜代晓、翟鲁宁、周元军、牛圣银、张旭东，桓台县历任县委、县政府主要领导和科技部门的领导全部积极整合和争取资源。

国家级难题，汇聚起了上下同欲的国家力量。

最黑暗的时候，也是孕育希望的时刻

时隔多年，王丽依然十分清楚地记得离子膜攻关最为艰难的日子。2009年9月12日，随着对讲机里传来的各项测试合格，开始投料的指令，几十双眼睛盯着DCS控制面板上跳动的数据，时间一分一分过去，30分钟后，透明的薄膜料条从挤出机的前段出来了，在场人员都雀跃了。赶快去实验机测试一下加工性能，水晶一样的透明粒子加入到膜挤出机后，出来的却是一股股的黑烟。调整工艺参数，技术组开会再次调，等待系统稳定，收料再试验，不行，再来。技术人员不眠不休，累了，女生一张保温板、男生一张报纸，找不碍事的角落里眯一会，3天过去了，终于黑烟消失，物料畅快流出。负责加工的实验人员脸上都被密封圈压出了沟壑。“快来看，怎么这么多晶点？”笑着的表情僵在脸上。怎么办？开会！加工技术人员和现场的设备人员讨论，更换螺纹原件。钳工、仪表工、现场操作工，全集团最好的技术队伍全部聚集。记录每次调整，与成膜型测评结果对应，拆装，拆装，晶点明显减少了却不能消失。9月的天气，所有科研人员盯在实验现场，不洗澡、不睡觉、闷热的车间里充斥着各种味道，心情的低落吞噬着高涨的热情。这时张永明从休息室的地板上起身把大家叫过去，讲了他以前做造纸添加剂的事儿，说灵光一现就差一点，最后搞成功了。他说：“没有经历81难，就只能拿回无字经，现在就是差这一难，再查。”

排队去卫生间洗把脸再来。再次回到现场，一个操作工说刚清理设备时发现挡料板很难清理，快拿来看看，把难清理的物料去做个测试，就是它了，最后一公里，就在一个细节，2个丝的间隙，10天的时间，走完了最后一公里。

2009年9月22日，是值得东岳人铭记的日子。这天凌晨2点，1.35米×2.65米工业规格的全氟离子膜在东岳集团成功下线。当看见离子膜缓缓走下生产线

时，现场所有人员眼里都充满了喜悦的泪水。这时候，所有的科研人员体力已经完全透支，但他们的希望和期待从未如此清晰。氯碱用全氟离子膜向产业化迈出了关键一步。

就在这一刻，张永明给张建宏发了一个短信："董事长，谢谢您陪我们一直担惊受怕了8年"。

这条短信，张建宏直到现在也没舍得删。

在东岳离子膜产业化和工程化应用期间，李克强、胡锦涛、温家宝等中央领导同志先后视察东岳，亲自观看东岳离子膜研发和生产现场，都对东岳离子膜打破国外垄断，为国家做出的贡献给予高度评价。

氯碱工业终于有了"中国心"

离子膜下线后，东岳集团对产品的性能进行了全面检测分析，同时为大规模工业化应用做准备。张永明说："2009年9月22日之后，我们在工程化、标准化过程中又解决了48个难题，其中主要是设备难题。由于国内设备制造水平影响，有的这儿不合适，有的那儿不合适，所以我们一直在改造。"

当然，国产离子膜最关键的还是要在氯碱工业装置上获得应用。2010年5月，同样经过艰苦努力将离子膜电解槽成功国产化的蓝星（北京）化工机械有限公司，同意在其设在中化集团沧州大化黄骅氯碱公司5000吨级的实验装置上试用东岳离子膜，做了"第一个吃螃蟹"的人。

当时在黄骅氯碱公司现场5000吨级装置上主持试验工作的蓝星（北京）化机公司服务总监苏克勤心里也是犯嘀咕的：此前20多年，曾有科研机构和企业为此做过不懈努力，但由于诸多原因未能工业化。这次东岳做出来的离子膜，真的就能成？苏克勤坦言，为了防止发生意外，确保实验装置和整个厂区的安全，他们做好了最坏的打算和最周全的预案。

2010年5月14日，黄骅氯碱厂采用东岳离子膜的氯碱生产装置正式开车。开车的结果，大大出乎所有人的意料。东岳离子膜在黄骅氯碱公司实验装置上一次通电成功，并且生产出合格的工业产品。从运行的结果来看，东岳离子膜与某外国公司的同类型离子膜性能相当。苏克勤长长地松了一口气，他说："开车成功的那一刻，先前的担心被巨大的开心和喜悦取代了。"

此后，东岳集团又花几个月时间，在集团内自建了一套万吨级氯碱生产装置。万吨级已经是氯碱装置的最大单套生产规模。该生产装置采用的是蓝星（北京）化机公司的离子膜电解槽和东岳集团的离子膜，实现了所有的装备、原料、技术的100%国产化。2010年6月30日晚9点48分，东岳离子膜在完全国产化的万吨级工业氯碱生产装置上一次通电成功，产出合格的工业产品。从此，中国氯碱工业30年受制于人的历史被彻底改写。

国外进口膜价格应声而落，直跌50%以上。

国家发改委下发通知全面淘汰非离子膜工艺氯碱落后产能。

永远在路上

事实上，直到2017年，东岳氯碱离子膜成功应用于整套万吨装置的7年后，离子膜在支持了中国氯碱工业用膜成本下降，解除这一领域的安全警报，以及国家氯碱工业节能减排的同时，自身仍然收益甚微。

东岳离子膜应用市场总监王学军博士说："在国产离子膜实际推向市场的过程中，由于是新生事物，推广遇到了一些实际困难，但我们以极大地热忱推动着国产化应用，同时也得到一些有民族品牌意识和国货情节的专家和企业家支持。"

徐荣一，长期工作于氯碱行业，曾先后担任上海氯碱董事长、中国氯碱工业协会理事长，见证了新中国氯碱行业的发展历史。在得知氯碱膜实现国产化后，非常兴奋地打电话感谢张永明教授，说多少年的愿望终于实现了，这是中国几代化工人几十年的夙愿。2017年，在国产氯碱膜面临推广应用困

境时，年近80岁的徐荣一老先生再一次来到东岳，主动为国产膜站台，滔滔不绝地阐述氯碱膜国产化的重要意义，要求氯碱协会支持国产膜，并呼吁氯碱厂负责人支持和积极应用国产膜。

面对国外对氯碱离子膜的绞杀和市场打压，从2010年起，东岳离子膜研发团队再次进行了6年的升级换代和市场应用技术攻关。营口市的营创三征精细化工有限公司从2011年开始就主动整台套地试用国产膜。几年来，只要新的国产膜面世，该公司技术总监张佳兴总是第一个支持并使用。2017年7月14日，整台套万吨氯碱装置用上了东岳集团最新一代国产氯碱膜DF2806，这代膜打破了东岳研发成功以来国外同行企业的围追堵截，各项运行指标达到世界先进水平。

有的企业不光积极支持国产氯碱膜的应用，而且非常主动地宣传和现场示范国产膜。2018年元旦，东岳氯碱离子膜在中国铝业山东分公司氯碱厂安装并成功开车运行，按照习惯在装置旁边悬挂了一块小牌子写上“国产氯碱膜运行中”。该厂何冠平厂长看到后安排车间主任说，重新去做一个大些的牌子，要醒目，要让参观的人从远处一眼就能注意到这里。何冠平厂长还积极接待兄弟厂家的考察者，推荐使用国产氯碱膜东岳离子膜。经过大家的努力，东岳国产离子膜现已大面积用于上海氯碱、中盐常州、苏化集团等近20家氯碱企业，各项运行指标均达到和接近国外同类产品水平。

东岳氯碱膜从2009年下线、2010年成功应用万吨氯碱装置，一直在路上。

中国石油和化学工业联合会一位领导坦言：“这类打破国外垄断的项目，产业化后的道路比研发的道路还要难。因为这个新生儿面临着国外同行企业的围剿。许多此类项目都是在产业化后被剿杀的。”

这样一个打破国外垄断，解除国家经济安全，使中国氯碱工业走上健康发展轨道的项目，直接动了国外同行的奶酪。跨国公司打压这类打破垄断项目的通用做法无非以下几种。一是知识产权剿杀。西方发达国家企业特别注重知识产权保护，正如师昌绪老人所说，形成发明后他们将全以专利的形式进行知识产权全领域覆盖。很多中国企业耗尽家底历尽艰难成功打破垄断的项目，往往会被他们的一个知识产权跨国官司给歼灭掉。二是价格战。使打破垄断项目长期处于亏损，把你给拖死。三是产品升级换代。国外巨头有着强大的研发能力，往往是市场应用一批，技术储备一批，研发一批。一旦有打破垄断的同类产品出来，其马上推出新一代产品和下一代产品，使你的产品永远处于技术落后状态，以至于难以为继。东岳氯碱离子膜遇到了国外企业后两种手段的阻击。东岳离子膜研发团队在艰苦条件下让我国离子膜实现了从无到有，又继续攀登实现了从有到优。直到2017年底，也就是成功研发的8年后，终于追上了国外同行企业。

一个项目，一位企业家和一位科学家，长达15年的坚持和坚守！

“争气膜”，“争光膜”

2009年10月17日，胡锦涛同志视察东岳。在研究院，张永明博士拿着两张膜向他汇报说：“总书记，我们研发了两张膜。一张是氯碱离子膜，我们打破了国外30多年技术封锁和垄断，所以，我们张建宏董事长说这是东岳的‘争气膜’。”张永明又拿起小试出的另一张膜说：“这里还有一张膜，是氢燃料电池膜，是东岳的‘争光膜’。这张膜，事关未来氢能源利用，特别是汽车动力革命。现在，我们已经研发成功，走在世界前边了。”胡锦涛同志面带微笑，朝张建宏董事长和张永明博士频频点头。他在离子膜生产现场发表了讲话，嘱咐东岳“努力走在世界的前列”。

被张建宏、张永明称作“争光膜”的燃料电池膜同样意义重大。全球环保形势的日益严峻和人类对环境保护意识和愿望的增强，以及煤炭能源、石油天然气能源的不可持续，太阳能、氢能、风能等新型环保能源成为人类的必然选择。

燃料电池汽车研发开始于20世纪六十年代，升温于九十年代，而近几年，形成了一股全球性的热流势不可挡，丝毫不亚于20世纪九十年代的互联网。丰田公司于2015年12月在爱知县建成了燃料电池汽车生产线，奔驰、通用、福特、现代、本田、日产、大众、宝马等其他各主要汽车公司方向一致地开发这种新能源汽车。甚至国内外部分企业已经宣布了不再生产柴汽油动能汽车的时间表。日本政府将氢能作为其国策，计划到2025年达到20万辆燃料电池车，2030年达到80万辆。在中国，全国已有近百家单位从事燃料电池及相关技术研发，上汽公司已做出燃料电池轿车，一汽、奇瑞、长城、中车公司开展研究并布局燃料电池车的发展规划；山东潍柴动力拿出500亿进行氢动能转轨，宇通、福田、中通等公司开展燃料电池客车生产。2017年12月26日，《北京市加快科技创新培育新能源智能汽车产业的指导意见》发布。同年北京市氢燃料电池发动机工程技术研究中心正式挂牌。北京市计划到2020年建成国内最大的新能源汽车研发、应用中心。2017年9月，上海市发布《上海市燃料电池汽车发展规划》，目标是成为具有国际影响力的燃料电池汽车应用城市。与此同时，武汉、苏州、广州也出台同样的规划和政策，强力推进。

在这些消息中，有一条消息更为亮眼：东岳集团实现燃料电池关键材料质子膜的生产。

一台氢燃料电池汽车，最核心的部位是氢能发动机，氢能发动机最核心的材料是氢燃料电池膜。东岳集团恰恰是掌握了这一核心材料的技术，而且据权威部门发布的消息，全球有这一技术的企业不超过10家，东岳技术位居榜单前列。

机遇青睐于有准备的人。为迎接这一天的到来，东岳已经准备了十多年。

唐军柯，中科院化学所博士毕业后2007年进入东岳研究院，成为张永明离子膜团队中的燃料电池膜研发课题组组长。他亲身经历了燃料电池膜研发和产业化的全过程。燃料电池膜与氯碱离子膜有相似之处，但工艺路线、实验参数等又完全不同。研发团队承担了国家“十一五”课题研究。

为解决清洁能源汽车的关键技术问题，戴姆勒（奔驰）和福特公司在温哥华建立了合资的AFCC公司。2012年，东岳的燃料电池膜样品性能在奔驰福特公司（AFCC）的全球筛选中胜出，双方合作进行量产氢燃料电池车的稳定性、适应性和经济性科研攻关。此后，又历时3年改进，东岳DF260膜厚度约15μm，在OCV情况下耐久性大于600小时；膜运行时间达到6000小时；在干湿循环和机械稳定性方面，循环次数都超过2万次。

2016年11月27日，东岳集团里来了几位特殊的外国人，他们是奔驰-福特（AFCC）公司燃料电池首席执行官安德鲁斯一行。他们此行目的有两个：一是将燃料电池膜成功突破6000小时寿命加速测试的证书亲手交给东岳集团董事长张建宏；二是双方签署《联合开发协议》，在清洁燃料电池汽车领域全面深化战略牵手。内容不仅包括燃料电池膜的性能和寿命提高，还将开发新的膜电极用离聚物，研究的目标是在确保现有燃料电池膜批量供膜样品基础上，合作研制下一代高性能低成本燃料电池膜和催化层。

张建宏拿到手的这张证书，意味着东岳燃料电池膜已达到全球一线顶级水平，将用于奔驰、福特的量产氢燃料电池汽车，可以说是拿到了应用于全球燃料电池汽车的“通行证”。这张“通行证”全球只有两家公司拿到了。除东岳外，另一家是美国公司。

“东岳在燃料电池膜的创新技术、产品质量、低成本运作都有着非常大的优势，我们庆幸找到了正确的合作商，很高兴与东岳公司签署联合开发协议，相信这一合作必然会取得巨大的成功。”安德鲁斯笃定地说。

张建宏说：“东岳与AFCC公司能够联合开发车用燃料电池膜对于燃料电池车的成本降低和普及有着重要的意义。东岳将确保燃料电池膜产品的质量，满足在AFCC燃料电池车上的供应。”

“燃料电池膜的竞争主要体现在性能、寿命、成本和服务方面，通过AFCC的6000小时寿命测试表明东岳燃料电池膜在性能和寿命等技术指标方面已经占领了全球制高点，接下来将拼的是成本和服务，而东岳集团拥有完全的氟化工产业链，拥有在充分的市场竞争中脱颖而出的服务能力，因此我们坚信东岳和中国将在全球燃料电池膜领域占据独特优势。”唐军柯信心满满。

目前，东岳集团DF260膜技术已经成熟并已定型量产，二代规划产能100万平方米，而且东岳集团已建成年产50吨燃料电池离子膜所需要的全氟磺酸树脂生产装置，可满足2.5万辆电动汽车的离子膜所需。东岳集团新组建的东岳未来氢能公司已正式运营，确定的8个项目计划今明两年建成投产。东岳将发挥氢燃料电池膜技术优势，全力推动这场能源革命，使氢能膜材料成为东岳未来的重大支撑和代表我国科技水平的大国重器。

离子膜，为何花落东岳

无论氯碱离子膜还是氢燃料电池膜，都是世界级技术难题。在外人看来，这样的顶级高科技项目花落东岳，确实不可思议。

东岳是一个地地道道的民营企业。起点是两台旧设备和79名农民。20世纪八十年代，当时的氟化工重点企业济南化工，第一个引进国外无水氟化氢先进生产线，原来陈旧落后的两台设备被扔进了废铁堆。这两台旧设备被当时在济南化工厂从事建筑的张建宏、刘传奇和济南化工退休干部王兆恒拉回了他们家乡桓台。这就是东岳集团的起点。东岳不占天时，在改革开放初没有国家和政府的资金、技术、人才支持；不占地利，不在资源所在地，不在大城市。不管怎么说，离子膜这样的科技难题，也轮不到东岳攻克。

但东岳恰恰赢在人和上。东岳成立之初，创始人张建宏就提出了“追求卓越，自强不息”的企业精神。这种不靠天、不靠地，一切就靠自己的精神恰恰是中华民族最为宝贵的精神财富。2008年，中组部领导到东岳调研。张建宏董事长向他汇报讲到“以价值体现价值，用财富回报财富”的人才理念时，中组部领导将这句话写在一张纸条上，装进了口袋。不久，中央组织部三人调研组来到东岳，他们蹲点调研了一周，形成了以“以价值体现价值，用财富回报财富”长篇调研报告，在中组部《组工通讯》上推出。李克强总理到东岳视察时，对东岳的人才理念给予高度评价，并给出了建议，根据李克强总理建议，修改为“以效益体现价值，用财富回报才智。”

这一人才理念，恰恰是东岳的创新活力和科技攻关能力之源。事实上，一个民营企业成败的关键是民营企业家的心胸。更直接一点，成败的分水岭就是：作为企业家，是让大家一起为你赚钱，还是搭建一个公平而阳光的干事创业平台。说得更直白一点，一名企业家有没有与人分钱分权分名的胸襟。张建宏无疑是一个干事创业的平台搭建者。总理亲自修订的东岳人才理念，内含张建宏创建企业的初心和追求：让创造价值的在这个平台上实现人生价值，让创造财富的成为财富拥有者。在这一人才理念指引下，张建宏探索出了东岳的四大人才机制：“股权期权提成加奖励”的人才激励机制，“不求所在，但求所用”的人才整合机制，“特殊人才特殊政策”的人才引进机制和“赛马而不相马”的人才选拔机制。

作为董事长，张建宏有一个一号工程，那就人才工程。张建宏成就了人才，人才也成就了东岳和张建宏的传奇人生。

离子膜课题带头人张永明初到东岳时，张建宏对张永明说：“我给你部长级生活待遇”和“三定大权”。这些迅速一一落实。而真正打动张永明的，是张建宏对科研人员的那份特殊的感情。为了让张永明安心工作，张永明的老母亲和姐姐都被接到了桓台后，是张建宏亲自安排一家人住进了最高档的小区。一次，张永明与张建宏到德国出席学术会议，不经意间，张永明发现张建宏的角色发生了变化：身为董事长的张建宏竟然成了自己的秘书和助手。吃饭的时候，都是张建宏点，把最好的让给他吃。他帮张永明拎东西，上车为张永明开门。会前，他亲自帮张永明打领带。甚至连张永明的鞋、衬衣都是张建宏买的。他当时说的一句话让张永明能记一辈子："张老师你老是丢东西，以后你找不到东西就上我这里来找，我就是你的跟班。"2007年，两个人一起参加欧盟第六框架项目验收会，由于行程发生变化急着返回国，只得换机票。当时已经没有头等舱的机票，可张建宏硬是通过各种渠道，为张永明买了一张头等舱的机票。张永明说："上飞机后，看到他安顿好我，走进经济舱的那一刻，我流泪了。有这样的领导，我们能不拼命做么？做不成功，能对得起他么？"

不仅是张永明，东岳的每一名科技人员说起企业对自己的关心、爱护时都是滔滔不绝。博士王鑫从清华大学一毕业就来到东岳，目前是绿色制冷剂研发与技术推广负责人。他的婚礼就是张建宏和公司领导一手操办的。说起企业的发展环境，他感慨地说："以我自己的体会来说，选择工作，一个要考虑企业有没有发展，有没有前途，二是你到这个企业后，能不能得到发挥，得到发展。这两方面东岳都具备了。我到东岳16年，印象最深的就是张建宏董事长的真诚，我结婚他亲自张罗，我女儿出生，他亲自出席……"现东岳研究院院长刘体健，原来在政府科技部门工作，到东岳挂职后几乎全程参与了离子膜项目的项目申报等工作。挂职结束，组织上给他安排了一个局的局长岗位，但他思来想去放不下离子膜，放不下张建宏董事长对他的那份信任，辞去公职加盟东岳。

张建宏于2012年当选第十一届全国工商联副主席；2017年，当选为中国民间商会副会长。作为一位著名的企业家，他深知重任在肩，"晚上想事情，白天干事情"，每天的工作时间都在12小时以上，每天凌晨4点到6点，对他来说，是最宝贵的时间，他把自己的思考记在一张张纸片上。同时，他又是个普通百姓，喜欢听歌，喜欢读书，喜欢打乒乓球。他有着充沛的精力和体力，每周打一次乒乓球，可以连续两个半小时打六个对手。在他喜欢的歌曲清单里，《我爱你中国》《英雄赞歌》排在最前边，在一些场合唱起来底气十足，激情澎湃。历经东岳集团2007年香港上市的惊险磨难，他把刘欢的《在路上》，唱了无数遍：那一天/我不得已上路/为不安分的心/为自尊的生存/为自我的证明/路上的辛酸/已融进我的眼睛/心灵的困境/已化作我的坚定……而2015年，一首《老阿姨》同样让他动情，他一上车，司机便默契地播放《老阿姨》。在张建宏身上，永远充满着创业的冲动，永远有使不完的劲。

在采访中，我们找到了2010年张建宏填写的一首《沁园春·虎年初夏抒怀》。这首词袒露了他的家国情怀和赤子之心：神州夏初，青满齐鲁，碧写岱宗。于马踏湖畔，是我东岳，心似海阔，势如山耸。新型制冷，氟硅材料，敢和欧美相争锋。雨清晨，望辽阔园区，欣欣向荣。二十岁月峥嵘，兴我民族工业于胸。氟硅产业，旭日高空。离子膜问世，石破天惊。追求卓越，自强不息，东岳精神力无穷。展未来，取世界东岳，尽在掌中。

离子膜，这个世界级难题，这颗氟硅材料皇冠上的明珠花落东岳，实属必然！而且，我们可以断言，迈向世界级品牌公司和千亿级氟硅园区的东岳，一定会带给我们更多的惊喜！

03

烂柯山：一个甲子的创新独白

5000年历史的中国，曾经创造出古老的文明，孕育了灿烂的文化。

走进新时代，东方巨龙发出实现“中国梦”的强音，如黄钟大吕，激荡四野，振聋发聩！

巨化集团，60年不忘初心，以无畏的探索精神和超凡的创新智慧，连续掀起了三次创业浪潮：从基础到材料、从初级到高端、从粗放到绿色、从人工到智能、从跟跑到领跑……犹如一颗辰星，在天际闪耀；又如一弦清音，融入伟大中国梦的华美乐章。

浙西衢州，人杰地灵。

烂柯山下，森林千亩，高塔耸立，机声欢歌。向里探望，巨化集团赫然其间。

此处古称千塘畈，曾是荒冢累累、血吸虫肆虐的地方，现在早已没有了苍凉与荒芜，满眼的绿意和簇簇的鲜花，与高塔管廊和谐友好，相映生辉，彰显着一代代巨化人产业报国、改革创新、绿色发展的豪迈和理想。

巨化，是一个历经整整一个甲子的大型化工企业。60年来，巨化人以持续的探索与创新，在氟材料、氯碱材料、电子化学材料三大领域拥有多个世界第一的先进技术和强大的综合实力，雄居中国，誉满全球。

为什么偏居一隅却名扬天下？又是什么造就了它的成功与辉煌？让我们撩开历史的面纱，近看这个充满神秘和魅力的企业。

1958年，刚刚完成了第一个五年计划的中国经济急需找到新的发力点。时任浙江省委第一书记的江华，在综合平衡了全省的情况之后，设想集中力量在浙西上一个年产1万吨的化肥项目，支持农业生产。

江华召集相关领导和专家进行了反复协商论证，最后咬咬牙：从原计划的年产1万吨增加到2.5万吨！这在当时是我国第一个自主建设的大型化肥厂。

旋即，巨化第一代创业者从祖国四面八方汇聚到烂柯山下、乌溪江畔的衢州千塘畈，在荒地上建起了衢州化工厂（巨化前身），不仅填补了浙江省化学工业的空白，也成了新中国第一个自我设计、自我制造、自我安装、自我试车生产的大型化工联合企业。由此，巨化完成了第一次创业，跻身我国八大化工基地之列。

90年代初，时任化工部部长的顾秀莲在考察巨化时，在充分肯定转型升级成绩的同时明确指出：巨化要出山！一语中的，内涵深刻：要跳出浙西盆地，面向全国进行产业布局；不能墨守成规，要在产业发展上瞄准更高的目标；打造高端过硬的产品，领先全国，走向世界。由此，巨化开始了二次创业。借助浙江萤石资源及巨化本身的产品配套优势，他们迅速建成了以氟化工为核心，煤化工和盐化工为支撑的我国最早、最大的氟化工基地。

进入新世纪，巨化开始波澜壮阔的第三次创业，开启了以高新技术产业为主导的新一轮产业结构调整，明确了“成为受人尊重企业”的愿景，大力培育功能性材料、电子化学材料、高端装备制造等新增长点，拓展了物流、环保等生产性服务业，以期将巨化建成一个经济效益好、资源消耗低、生态环境优、可持续发展的现代化新型企业。

历经三次创业的巨化，发生了天翻地覆的变化，创新能力和发展质量实现大幅跃升。

2017年，巨化实现销售收入266.59亿元，总资产355.69亿元。与十年前相比，分别增长了124.50%和196.63%；已在海内外设立了5个研发基地，2个国家级技术研究中心；累计取得省级以上科技成果25项，获得专利455项；主导、参与编制正式发布的各类标准240项，其中国家标准15项，部分标准达到国际先进水平。

一

20世纪80年代初，刚刚开始接受改革开放洗礼的中国化学工业，着手在各领域寻找新的发展契机，氟化工被确定为发展的重点之一。

氟化工于20世纪二三十年代在美国首创后，七十年代迅速崛起，产品广泛应用于军事、航空、石化、交通、医药等领域。我国氟化工虽然起步于50年代，但发展缓慢，多年来，只能以低廉价格输出氟化工最宝贵的矿产资源萤石，又以高昂价格进口氟产品。为扭转被动局面，化工部在1983年作出了引进国外先进技术设备、在国内建设大型氟化工基地的决定。

决定犹如在久旱的土地上播洒甘霖，急需发展的化工企业立刻投来了希冀的目光。

久旱的地方实在是太多了。山东济南、湖北武汉、辽宁阜新等地迅速做出反应，就连经济最发达的上海市也迅速向化工部提出了氟化工项目申请。

在传统化工道路上奔跑了20多年的巨化自然不会甘居人后，下定决心不仅要积极争取，而且志在必得。

巨化必得的决心和信心源于两个方面：一是当时巨化拥有的40多套生产装置中，大多投产于五六十年代，当家产品化肥、电石、氯碱等由于能耗大、工艺老、附加值低，已陆续失去竞争优势，窘态尽显，必须下决心转型发展。二是巨化发展氟化工有得天独厚的条件，不仅所处的浙江省有丰富的氟化工主要原料萤石资源，而且还有丰富的化工生产经验，以及酸、碱、氯气等氟化工生产必需的基础化学产品。

天道酬勤。最终在选址之争中，国家计委和化工部在慎重地比对了上海、武汉、济南、阜新、衢州等地的情况后，郑重地把重任交给了巨化。从此，巨化的历史翻开了新的篇章。

重任在肩的巨化冷静地选择了制冷剂为发展氟化工的切入点。

目标锁定，巨化人立即行动，陆续从日本、美国、瑞士等国家快速引进、消化、吸收氟制冷剂的生产技术。同时，加速对环境友好型绿色制冷剂的研发，以期牢牢占领市场发展先机。

1991年7月1日，巨化氟化工一期工程开工建设。两年后，巨化甲烷氯化物、无水氢氟酸、F11/12、F22等四套主装置先后建成投产。几乎同时，巨化把目光盯向氟聚合物。1993年与俄罗斯合作开发氟聚合物产品，1996年开工建设聚四氟乙烯（PTFE），1998建成投产后产品迅速占据国内40%的市场份额，并大量出口欧美市场，建成了国内最大的“塑料王”生产基地，2002年六氟丙烯（HFP）动工建设，2004年建设投产，形成了我国最大含氟材料生产基地，推进氟化工产业多元化发展。

从2005年开始，羽翼渐丰的巨化在氟制冷剂领域开始全力加速，先后实施了新型氟制冷剂、氟化学品联产、产品储运扩建等一批“短平快”的技

改扩建项目，产品技术含量、盈利水平大幅提升。

到2017年底，巨化的制冷剂装置规模和运行负荷稳居同行业前列。其中，R134a技术水平和综合竞争力雄居全球第一，混配小包装制冷剂市场占有率全球最大。同时，巨化依据自有技术在中国率先实现了第四代氟制冷剂的产业化。

厚积薄发的巨化氟化工产业得到了国内外市场的高度认可，近年来连续荣获中国制冷“北极熊奖”最高奖项——“领导品牌”奖、最具影响力制冷剂品牌等称号。

总工程师吴周安介绍说：那是一段不能忘却的记忆，巨化当时是斥巨资引进发达国家的制冷剂、甲烷氯化物、无水氢氟酸的技术，压力很大。在引进之初，巨化人便着手消化、吸收和再创新，历经十年努力终于甩掉洋拐杖，在工程技术方面不断提升优化，设备效能、技术水平和本质安全得到全面提升，并实现了资源的循环利用。

在巨化，氟聚合物是与氟制冷剂合璧生辉的又一颗璀璨明珠，这颗明珠闪耀着中俄友谊的智慧之光。与这颗明珠紧密相连的，还有一个一大长串名字的人——西特里维·德米特里·尼基甫洛维奇，巨化人都亲昵称他为“老西”。

老西是俄罗斯国家应用化学研究院下属设计院院长助理兼总工程师，是俄罗斯“国家荣誉化学家”，参加过俄罗斯所有氟化工项目的设计工作。

老西到巨化，有一段历史故事。

20世纪九十年代初，巨化的氟化工蹒跚起步，在一期项目如火如荼的建设气氛中，巨化领导层意识到，搞制冷剂只是比较初级的第一步，必须着眼未来，向高端进军。他们很快就把目光聚焦在聚四氟乙烯上。

聚四氟乙烯（PTFE）是一种性能优异的工程塑料，广泛应用于化工、机械、航天等领域，由于其优越的性能，被誉为塑料之王。

然而，向高端发展首先要有技术，由于当时国内既没有类似技术，更没有产业化的先例，所以只能谋求国际合作。在与跨国公司的合作谈判中，傲慢的杜邦、赫斯特和阿托等跨国公司，不是漫天要价，就是技术封锁，根本没有合作发展的诚意。

关键时刻，国家施以援手，1992年下半年，经浙江省和化工部牵线，巨化与俄罗斯国家应用化学研究院建立了联系。应化院的氟化学研究水平属世界先进，但由于种种原因，不少科研成果尚未进行产业化开发。

1993年，双方经过深入交流，一致同意共同组建氟化工企业，生产、销售氟塑料产品，研究开发系列新材料和新技术。次年10月，时年63岁的老西以合资项目设计组组长的身份再次来到了中国。

老西没有让双方失望，他带领由33人组成的俄方专家团在中方的配合下，仅用3个月时间就拿出了3000吨／年PTFE项目的基础设计初稿，显示了高超的技艺。

中方团队同样表现出良好的专业素养。由于引进的是俄方的中试技术，要进行千吨级工业放大，其中的产品质量稳定性不足、工程化技术不成熟等问题不断出现。经过巨化团队的艰苦努力和再创新，问题逐一得到解决。

1998年春天，经过紧锣密鼓的项目建设，巨化PTFE装置终于进入试车阶段——这是最关键也是最难熬的日子。

在装置投料48小时系统调试阶段，中俄团队日夜坚守在装置旁，饿了大家一起吃盒饭，困了喝杯咖啡提提神，倦了就用双手搓搓脸。共同的奋斗取得了良好的效果，氟聚合物开车顺利，产出合格产品，中俄合作结出了令人满意的硕果。

初战成功，给了中俄双方极大的信心。从这一年起，中俄由产业合作到研发合作，共建了“中俄氟化工联合实验室”，实现产品的高端化、多品种发展，使用领域延伸至家电、汽车、航空、新能源材料、高端建筑材料等。

2001年5月19日，中国第一家以企业为主体、市场化运作的中俄科技合作园在巨化开园运行。2005年6月30日，俄罗斯联邦驻上海总领事柯安富、俄罗斯联邦驻中国大使馆科技参赞尤里来到巨化考察时说："中国有巨化、哈尔滨、烟台三个中俄科技园，与巨化的合作成效最明显，这是因为有西特里维先生这座'桥梁'。"2011年6月18日，巨化与俄罗斯应用化学科学中心签约，分别在圣彼得堡和浙江省设立联合研发中心及实验基地。

吴周安自豪地说，巨化投产之前，进口到我国这个普通产品的价格每吨达十余万元，现在的价格不到当时一半。而且我们已经形成了系列化高档品种，这是巨化对我国民族工业的贡献！

如今的老西，老骥伏枥，志向犹存。当问及原因时，他说：我深爱着这块土地！的确，他把青春献给了祖国，把激情留在了中国。

2004年4月30日，时任浙江省委书记的习近平在省劳动模范表彰大会上为老西授奖，并亲切地握着他的手向他表示祝贺，老西成了浙江历史上第一位"洋劳模"。2015年5月8日，习近平总书记在会见俄罗斯援华专家和亲属代表时说，老西在中国工作20多年，他的敬业精神值得学习！

目前，巨化氟化工产业的规模、技术创新能力和绿色发展水平成为中国氟化工领域的标杆，系列产品行销五大洲20多个国家和地区，年上缴国家利税超过10亿元，成为国内同行公认的领跑者与风向标，国际氟化工巨头进入中国市场不容忽视的竞争对手和战略合作伙伴。

二

1998年，18岁的吴坚高中毕业后成为巨化电化厂聚偏二氯乙烯（PVDC）车间一名普通工人，这个车间生产PVDC树脂，再经过工艺加工就成为绿色PVDC膜。进厂伊始，吴坚就被领导和师傅们告知，生产绿色膜的核心技术长期被美国和日本大公司所掌控，我们一定要生产出具有我国自主知识产权的绿色膜！从此，这个理想就在吴坚年轻的心里扎下了根，成为青春的动力。

“我一进厂就参与PVDC树脂开发攻关，亲身经历了一釜釜的反复试验。PVDC树脂在吹膜过程中总是破裂，我们怀疑是原料中的黑黄点杂质影响质量，因此我们用肉眼小心翼翼地从树脂中挑出直径仅0.45毫米左右的黑黄点。没有任何辅助设备，持续工作一天后头昏眼花，一抬头，眼睛里都是飘来飘去的‘虫影’。经过反复研究，我们最终认定黑黄点杂质果然就是制约PVDC吹膜质量的因素之一，并找到了有效的解决办法。”

说起那段难忘的技术攻关历程，吴坚略显腼腆。

虽然他讷于言，但敏于行。

在担任车间单体工段长岗位上，他创造了两个最好：所负责的生产装置产能消耗等综合指标达到国内第一，在国内同行中经济运行最好；产品纯度达到99%以上，在国内同类产品中品质最好。

在车间工艺员岗位上，他提出的“降低单体生产的蒸汽耗”和“优化工艺，降低原料消耗”建议，累计为企业节省费用超过450万元……

有成就的奋斗者吴坚与巨化一起成长，荣获全国五一劳动奖章，而且还当选了党的十九大代表。

巨化的PVDC，正是由无数个吴坚共同打造的。

时间追溯到1983年。

中国包装总公司心急火燎地到各地遍访企业，想找到能够生产某种绿色包装材料的厂家。因为这种包装材料实在是太牛了，牛到按年计算包装时间而食品不变质。

他们所寻找的这种绿色包装材料的原料就是聚偏氯乙烯，即PVDC。PVDC是一种阻隔性高、韧性强、热收缩性和化学稳定性优异以及具有优良的印刷和热封性能的理想包装材料，广泛应用于食品、化工、化妆品、药品、五金机械制品、军工等领域，是有机高分子材料中综合性能最好的塑料包装材料。

带有正宗儒商血统、生性敏锐的巨化人当然不能错过这个良机。得到信息，他们立即开展了严细周密的可研工作并很快得出结果。

➔ 从市场层面看，当时全世界PVDC树脂的总生产能力约为15万吨/年，发达国家PVDC的应用领域十分广泛，其中欧美和日本PVDC市场消费量年均增长率为10％。在中国，PVDC虽然目前全部依靠进口，但随着人们生活水平的提高，中国将成为全球最大的PVDC消费增长国，未来PVDC软包装的市场容量，必将以数倍至数十倍进行骤增。

➔ 从技术层面看，由于PVDC生产技术要求高，工艺复杂，产品质量很难保持稳定，其核心技术长期被美日跨国公司所垄断。他们对外既不合作也不转让技术。

➔ 从巨化本身情况分析，发展具有高技术含量的PVDC产品，对巨化实现氯碱产业的转型，大幅提高企业效益和竞争力具有十分重要的战略意义。

目标明确后，巨化人制定了“先易后难，稳步推进，由内及外，制胜高端”的发展战略。1986年，他们起步研发，到90年代中期完全依靠自主创新建成了千吨级PVDC乳液生产装置。虽然起初的效果并不理想，但燃烧在巨化人心中的希望之火越来越旺，研发工作夜以继日，一刻不停。

十年漫漫探索，1997年，巨化的PVDC树脂开发进入了曲折徘徊期。

关键时刻，时任巨化掌门人的刘奇给大家做了前瞻性的深度分析，拨开了迷雾：

今天的氯碱行业态势已经和几年前不可同日而语，一是产能过剩引发全局性的结构调整压力，产业结构调整已经成为东部企业的主要选择；二是产业转移速度加快；三是可持续发展的压力倍增。因此，关注节能减排、推行循环经济，发展高端产品是必然趋势……

在这种大背景下，全国氯碱行业必将迎来又一次大规模的整合时代，电化厂已经没有退路。搞科技开发就要耐得住寂寞，做强做优做大PVDC产业链是巨化唯一正确的抉择！

有理有据，掷地有声。自此，巨化的PVDC再无进退之争。

辨清方向的巨化人上下同心，迅速行动：

一是优化布局和定位，发挥巨化独一无二的“氯碱到制冷剂”、“氯碱到高档材料PVDC”优势工艺线路，围绕新材料、新工艺、新用途、新需求等发展方向，着力巩固PVDC产业链竞争力，有效提升产业链的创效赢利能力。

二是发挥巨化人“二次聚合”能力以及复制和工程化能力，抢占PVDC行业发展的制高点，夺取控制权。

三是走清洁生产之路、实现可持续发展。巨化集中对PVDC装置的关键环节——单体生产工艺进行攻关，在全国率先解决原料替代，实现了清洁生产。

花开花落，又是十载。到2008年，巨化已全部掌握了PVDC树脂的核心生产技术，拥有了树脂制造的自主知识产权，一举确立了竞争优势。

2009年8月，巨化如愿以偿地接到了国内食品顶级企业——双汇集团的第一个百吨级大单。

国内市场的突破，进一步增强了巨化人的信心。

2010年，3500吨/年PVDC树脂项目建成投产；2011年，8000吨/年PVDC项目建成；2012年，万吨级PVDC项目投产……巨化开始换挡提速。到2016年1月，巨化PVDC保鲜膜、肠衣膜、MA树脂顺利通过美国FDA、欧盟EU认证，产品成功打入国际市场。2017年，巨化PVDC树脂产能和规模跃居国内第一。

特别值得礼赞的是，巨化的PVDC有着十足的技术含量，从2008年申请第一个专利开始，目前已拥有授权发明专利15项，公开阶段专利22项。

凭借着雄厚的自我创新实力，巨化在维护国家利益方面冲在了最前列。

2010年前，在巨化万吨级PVDC装置投产前，进口的PVDC每吨售价近10万元。巨化装置投产后，进口产品的价格一下子下降了70%，降价幅度超乎想象。

不甘失败的一些外国公司为抢回中国市场，于2015～2016年大举反扑。他们罔顾国际贸易规则，采取低价倾销方式，打起了价格战。巨化人临危不惧，沉着应对，经过一番有理、有力、有节的斗争，于2017年3月打赢了这场国际官司，为国家争得了利益。

三

2012年，一位不起眼的本土博士在深圳召开的全国创新创业大会上摆上了小摊，在熙熙攘攘的人群中，他就如同海上翻起的一朵浪花一样普通。他在高校潜心研究多年，特别是在电子化学材料领域成果颇丰，一些下游用户企业在同他进了短暂的交流后，草草达成合作意向便转身他向。没有人看懂博士目光中的激情，也没有真正认识到电子化学材料的真正价值。

半年后，一个偶然的机会，时任巨化股份有限公司总经理的周黎旸无意间看到了这位博士的简历，他眼前一亮，马上意识到这是一个不可多得的人才，一定要想方设法把这位博士“抢”下来。

靠着周总敏锐的直觉，巨化如愿以偿地得到了这位难得的领军人才，这位博士也找到了梦寐以求的事业平台。

巨化之所以如此看重人才，决心攻克电子化学材料这个要地，人们只要稍加了解就会释然。

电子化学材料泛指电子工业使用的专用化学品和化工材料，即电子元器件、印刷线路板、工业及消费类整机生产和包装用各种化学品及材料，具有品种多、专用性强、专业跨度大，子行业细分程度高、技术门槛高，技术密集、产品更新换代快，功能性强、附加值高、质量要求严等特点，被誉为“精细化工皇冠上的明珠”。

在巨化，电子化学材料是被列为与PTFE、PVDC比肩发展的后起之秀和希望之星。这颗新星的升起，不仅将为巨化积蓄巨大的能量，而且作为“中国芯”的重要组成部分，将在提升民族工业方面发挥极其重要的作用。

早在2010年之前，巨化就开始利用自身的产业优势，布局电子化学材料。之所以选择并精耕细耘这个领域，集团总经理周黎旸介绍，从宏观层面讲，国家信息产业安全至关重要，国有企业要有产业报国的国家责任；从经济层面讲，虽然进入的门槛高、难度大，但是一旦攻克技术难关就能取得可观的效益；再从企业的微观层面分析，巨化进入电子化学材料领域，不仅可以整合延伸现有的产业链，发挥巨化已形成的氟化工、盐化工、煤化工方面的优势，而且还能将企业化工技术的雄厚基础发挥出来。尤为关键的是，这符合巨化创新发展的大战略。

然而理想与现实之间，总是有双重的轨迹，一条平坦光明，一条曲折混沌。巨化的电子化学材料之路，同样是在充满希望中蜿蜒前行。

要想摘得这颗明珠，必闯四大难关：一是技术关，产品纯度要求高，杂质含量控制在10亿分之几以内，而且还要具有超高的质量稳定性。二是产业关，国内的相关产业链不完整，原材料、生产设备大都要从国外进口。三是人才关，高端人才基本聚集在美、日、欧的跨国企业。四是市场关，品种多、要求高、单品用量小。

但决心既下，巨化人便义无反顾。凭着执着和智慧，仅仅数年，他们便取得了赫赫战果：

在湿电子化学品领域，巨化在全国率先打造出一条完整的产业链，拥有20余种产品，建有国内独家的ppt级氢氟酸、硫酸、硝酸、盐酸、氨水、氟化铵、BOE等超纯超净生产装置，成为国内品种最多、质量档次最高的系列化电子化学品供应商。产品不仅进入中芯国际、华虹宏力、武汉新芯、华力微电子等国内企业，而且还远销中国台湾、日本、韩国等国家和地区。

在电子气体领域，建成全球一流的高纯氯气和高纯氯化氢工厂。同时，蚀刻清洗气体系列、成膜气体系列、掺杂气体系列等逐步落地实施。

巨化成功的背后，蕴含着中国智慧和国家力量。

2015年1月，巨化集团董事长胡仲明专程前往国家工信部汇报发展电子化学材料产业的建议，得到认可和支持。当年全国“两会”期间，巨化通过全国人大代表提交了《关于发展电子化学材料产业的建议》议案，希望从国家层面进行顶层设计与规划。2015年4月，在国家工信部支持下，巨化承办了“首届电子化学材料产业发展论坛”，上下游企业、科研院所齐聚一堂，共谋产业发展。

借着国家支持的东风，巨化电子化学材料产业进入弯道超车阶段，其麾下电子化学材料公司——浙江博瑞电子科技有限公司、浙江凯圣氟化学有限公司等开始集体发力。

2015年10月，浙江博瑞电子科技有限公司电子特气一期项目开工建设，2017年进入产品认证、市场拓展阶段，标志着巨化在电子特气的道路上迈出了坚实的一步。

2016年，浙江凯圣氟化学有限公司锂电池材料、ppt级电子氢氟酸和硫酸三大项目相继投产，产品品质和品种均得到进一步提升。同年10月，巨化与杉杉集团共同投资5亿元建设的锂电池电解质、电解液一体化项目开工。

2017年初，巨化携手民营企业永利集团、央企中航国际旗下盛芯基金、上海领锐创投等合作伙伴，联合收购德国汉高集团电子封装材料业务100%股权以及相关知识产权、著名商标、研发资产和海内外营销渠道。此举不仅使巨化顺利进入集成电路封装材料领域，实现在集成电路制造领域的前后端制造相关材料供应的全覆盖，还极大地丰富了产品线，完善了产业链，形成固、液、气三态结合的电子化学材料产业生态系统。

同年底，包括国家集成电路产业投资基金（简称国家大基金）和巨化在内的6家股东发起的电子化学材料平台公司正式成立，巨化与国家大基金同为第一大股东，从而标志着巨化成为中国发展集成电路产业、践行国家产业战略的国家队成员。

翻开巨化近期在电子化学材料领域的技术创新业绩单，令人拍案称赞：

➔ 成功申报国家科技部重点研发专项——“微纳电子制造用超高纯电子气体”项目；

➔ 自主设计、建成国内首套腐蚀性电子气体、含氟有机电子气体超纯净化分析系统，能够检测电子气体中浓度为十亿分之一的杂质，与国际水平相当。

➔ 研发了具有自主知识产权的电子气体超纯净化材料制备技术，所制备材料具有高纯度、高活性、高选择性、高容量、高稳定性、低成本特点，并遴选出超纯净化材料5种。

➔ 突破了难度极高的腐蚀性电子气体超纯净化技术，将氯化氢气体中的杂质水分由百万分之二降至亿分之五甚至更低，性能超过进口产品，打破了国际技术壁垒，属国内首创，将直接支撑、配套巨化电子气体产业，克服国产腐蚀性电子气体纯度不高、品质不稳的致命缺陷，占据行业技术制高点。

➔ 成功研发惰性气体超纯净化技术，气体中杂质浓度降至亿分之三以下。

……

足金足赤的创新技术，支撑着巨化在电子化学材料领域一路迅跑。

四

在2016年夏末的热浪之中，巨化的一则公告如一缕清风，吹散了炎炎暑热；又如一石入水，激起层层涟漪。

这是一则“关于公开选拔鑫巨公司核心经营团队的公告”。鑫巨公司全称为浙江鑫巨氟材料有限公司，成立于2011年，是巨化集团控股的一家新材料公司，主要从事特种高性能氟材料系列产品的研发、生产与销售，由于技术来源于中试，工业放大过程中许多问题没有得到很好解决，一直处于边生产、边技改的状态，产品质量不稳定，产量也一直没有达到设计能力。

这则公告就是要在全集团选拔人才，打开局面。与以往不同的是，这则公告中出现了“股权期权激励”的敏感内容。

孟庆文这几天一直处在兴奋状态。他2006年进入巨化，曾做过技术开发部的负责人、车间主任，是巨化氟聚合物事业部公认的一个技术高手。面对这次难得的机会，参与还是不参与？力争拿下还是仅仅参与？他找到了好友氟材料技术员杨海波商量。两人一拍即合：抓住机遇，全力以赴！

经过精心准备，在公平公正公开的竞争中，孟庆文团队最终在11个参选队中脱颖而出。为确保工作进展顺利，巨化经深思熟虑，极其慎重地又给他们增加了一个搭档名额。这样，管理和技术复合型、市场营销型、生产管理型人才呈品字形结构，互为支撑，协同发展。

上任之后，新团队立即投入紧张工作之中，跑市场、找客户、优化工艺，改进质量。经过艰苦努力，鑫巨公司当年就完成了产量计划的167%、销量计划的232%。2018年上半年，他们再接再厉，又创佳绩。不仅如此，新团队还针对市场需求，在实现产品的多品种化方面开始了研发和探索。

回忆走过的道路，孟庆文深有感触地说，虽然现在还不能纵论成败，但是可以肯定的是，巨化的新机制激活了一盘棋。

首个试点企业良好的成长性，坚定了巨化为建立创新、创业平台，建立技术和管理要素参与分配的机制，实现核心人才参与项目投资、共担风险、共享收益，激发员工创业精神和创新动力，有效突破科技成果“工程化、产业化”瓶颈，支持企业可持续发展的信心。

于是，新一轮更加科学缜密的创新生态布局开始了，“创新创业平台”在人们的期待中进入视野。

2017年的春天姗姗而来，随着春风而至的是巨化集团正式印发的创新创业平台股权和分红激励办法的通知，巨化以正式文件的形式，对“创新创业平台”进行了全面科学的诠释。

通知将创新创业平台分为项目工厂和微创公司两种形式。

项目工厂，是针对科技成果工程化向产业化对接、产品向市场化对接问题，通过项目工厂的培育和扶持使成果基本具备产业化条件。对于项目工厂，巨化给予分红激励，财务独立核算的政策。

微创公司，是针对产品基本完成市场的应用检验和认可、工程化研究基本完成的成果，通过组建公司并实施股权激励，促进项目产业化、规模化、效益化发展。微创公司可以吸引基金、战略合作单位投资，解决资金来源问题。对于微创公司，巨化给予股权激励，核心人才持股，对职务发明人进行股权奖励的政策。

在创新生态政策的引导和鼓励下。一批“小老虎”公司次第而出：

2017年，第二批“小老虎”公司开始组建。5月份，装备制造公司激光修复技术项目工厂经营负责人招聘到位。7月份，精细化工汉泰公司核心经营团队完成竞聘。

与此同时，技术中心功能制剂项目等一批项目工厂开始运行，与“小老虎”公司共同构成巨化创新生态园中一道亮丽的风景。

胡仲明董事长介绍，营造创新生态是巨化的重要发展战略之一，就是要通过协同创新、开放创新、大众创新和跨界创新四个方面的努力，构建巨化创新的全新生态，并把“强创新”作为工作方针之首，重点谋求新技术、新产品、新业态、新模式的突破，推动创新驱动向深处延展、向实处迈进。

按照这个指导思想，巨化着手营造优化创新驱动的平台和机制，努力构筑利于创新、促进创新的全新生态。

在组织架构层面，由集团科创中心负责集团科研开发工作的管理和协调，并将技术中心明确定位为科研单位，集中精力研发具有前瞻性、引领性、高端性的产品。科研项目的产业化交由各事业部的实体单位实施。

在创新平台方面，一是构建内部的创新创业平台，二是构建对外开放的创新平台。“十二五”以来，巨化与中科院宁波材料所共同组建“新型高分子材料应用技术联合研发中心”，在杭州海创园、科创园设立巨化人才基地，以利用中心城市丰富的人才、信息、技术等战略资源优势，吸引海创园区海归及高校高层次人才。

在体系建设方面，与中科院长春应化所、中科院上海有机化学所、中科院宁波材料所等五大化工和材料研究所，以及浙江大学、西安交大等高校，围绕“专精特新”，不断开辟新的合作渠道，赋予新的创新内涵。至2017年底，巨化已拥有15家高新技术企业，建成国家氟材料工程技术研究中心、国家级企业技术中心和5个省级重点企业研究院、1个省级企业研究院、1个省级氟硅新材料质检中心。在海内外已设立了5个研发基地。

在研发投入方面，围绕“四新”产业发展战略，每年提出十项重大科创项目，并与各相关单位签订重大科创项目任务书，举集团之力协同攻关，强化核心技术的研究。“十二五”时期，巨化集团开展445项研发课题，研发投入近10亿元。从2012年首次推出“十大科技创新奖”评选之后，每年对科技创新优秀人员进行重奖。仅从2015至2017年，巨化就兑现成果收益分配奖、专利奖、科技进步奖1600余万元。

创新生态的形成给巨化带来了累累硕果，“十二五”期间，巨化技术中心完成技术开发项目108项，其中小试技术62项，中试技术46项，自主研发成果产业化的有含氟新材料、新型环境友好型制冷剂、氟材料制品和高附加值氟化学品等10个项目，产生效益达2亿元以上。到2017年，巨化拥有经营管理人才1113人，专业技术人才2488人，高技能人才2259人，人才的汩汩之泉汇成巨化创新发展的滚滚洪流。

五

2014年1月26日，注定是一个载入巨化史册的日子。

这一天，自建厂之初就开始服役的第一套生产装置——电石炉正式下线，进入淘汰之列，它的退役标志着巨化将彻底退出高耗能的电石领域。50多位负责人和操作员工为这个高大魁梧的钢铁之躯行了庄重的注目礼，全厂600多名工人以努力的工作默默地为之送别。

虽然它曾功勋卓著，生产的产品曾两获国家最高质量奖——银质奖。

虽然它还老当益壮，能产生50万/年的经济效益，能耗之低在全国电石生产企业中位列前三。

“企业要可持续发展，必须谋大局、算大账，自我革命，不能等别人来

革我们的命！”这是管理层的共识，更是巨化人的心声。

其实，巨化的这种自我革命早在国家“十一五”计划期间就悄然进行了。

2009年，为了建设能耗更低的离子膜烧碱装置，巨化主动关停了隔膜碱装置，腾出了10万吨能耗；为了扩建新型氟制冷剂项目，巨化又相继淘汰了热电厂4号、5号发电机组等若干套高能耗、低产出装置。

近10年来，巨化主动淘汰了28套生产装置，腾出72万吨标煤的能耗，这可是接近巨化近一半的用能总量！

令人称道的是，巨化的“自我革命”，基本上是一场“自费革命”。淘汰的这些装置中，由于关停而取得政府补贴的只有2台机组，其余都是由巨化自掏腰包、自我消化。

如今，在那些退役高耗能生产装置的现场，一套套新上马的低能耗、高附加值的新产品生产装置正在欢畅运行。巨化起步时的当家产品——基本化工原料的生产方式也早已实现了无害化和绿色化。例如，巨化的元老——合成氨厂，如今仍在生产液氨等基础工业原料，但所采用的是巨化自主开发的水煤浆资源化利用高浓度污水提氢及制氨专利技术，年消化超高浓度污水2.5万吨，在实现污水处理无害化的同时还可节约1.5万吨标煤。

不仅这些，通过淘汰落后产能，巨化还盘活了1500多亩土地，实施了千亩“森林巨化”项目，打造出一个花园式工厂和森林化工城。

伴随着2015年5月的和风，由国家发改委节能中心组织，陶文铨、陈丙珍两位院士带队的30多位节能专家来到地处浙西的衢州，对巨化进行全面节能诊断，经过一周的巡检调查，提出了数百项节能措施和意见。巨化随即对问题进行分解，与巨化原有的节能技术、方案、办法进行有机结合并狠抓落实。

动作迅捷，成效速显。2017年，巨化的销售收入较2015年增长了30%，而用能量却从176万吨下降到169万吨（折标煤），一升一降，彰显出巨化雷厉风行的工作效率和高端绿色的发展质量。

而今，巨化的电石炉装置在整修后得以惠存，作为近现代重要史迹及代表性建筑物之一，被列入浙江省第七批省级文物保护单位名单。它作为巨化的历史性标志，记载着奋斗者的情怀，见证着巨化的发展。

在“痛下决心，壮士断腕”的同时，巨化根据自身的产业情况，创造性地提出了动静脉产业链的概念，并进行了卓有成效的实践。

动脉产业链，是指以“氯、碳、硫、氢、氟”等元素的循环利用为特色，形成的十余条纵横交错、产业梯度发展的循环经济。即从最初的电石、化肥、烧碱等高耗能的传统基础化工产业，逐步发展到以氟化工为核心产业，以氯碱、石化、煤化工、电子化学材料等多产业板块联合循环的动脉产业链。

静脉产业链则是将原料、产品、中间品、副产物、废弃物“吃干榨净”，降低生产消耗，在全产业链条上最大限度地减少用能和排放。

形成双链并将双链有机结合，这里面凝聚着巨化人的超强智慧。

早在1997年，远见卓识的巨化人就着手资源的循环利用。从那时起，巨化的每一个产品项目，在实施前都会有对应的循环经济规划，将生产中所产生的附加品纳入考虑范围，作为整体项目设计的一部分。

2007年，巨化经过十年积淀，正式着手编制自己的“十一五”循环经济发展规划；到2010年，全面实施企业转型升级，“循环运行”成为战略理念……

现在，巨化的各产业链纵向延伸、横向耦合，“动脉产业”“静脉产业”互补发展的循环经济生态体系已经形成，“资源→产品→再生资源→产品”的循环经济圈大放异彩，相比15年之前，巨化的万元工业增加值能耗足足下降了73%。

静脉产业在效力巨化所属30多家企业的同时，更是创造性地形成了对外的梯次服务态势。

从2015年起，巨化在衢州绿色产业集聚区高新园区参与投资上亿元建成了1.7千米的园区二期管廊，随着巨化中高压蒸汽、工业水、氢气、氨气等原辅料源源不断输往园区，大量的工业污水又回送巨化处理。目前，巨化每年接收园区中各类企业的工业污水达100多万吨。

除服务工业企业之外，巨化还以静脉产业为依托，对衢州市的工业固废、医疗废弃物、餐厨废弃物进行区域化、无害化和资源化处理，让废弃物变身再生资源，实现“生产、生活、生态”的平衡。预计2018年，将处理城市固废60万吨、工业固废60万吨、污水1050万吨，成了政府的好帮手、城市的清道夫、企业的好保姆。

与此同时，巨化还在环保技术创新方面不断取得进展，如将自主开发的氟材料元件成功应用于热电尾气处理，实现了从由单一环保治理到环保和节能减排综合功能的跨越；将皮革厂、造纸厂等高含氨、氮的高浓度污水回用作水煤浆原料用水，实行污水的资源化利用等。这些技术的开发和应用，实现了节能、节水、治废并举，社会效益和经济效益兼得。

管好了源头，优化了过程，巨化人在末端治理上蓄势而发，同样战绩骄人。

➔ 在废气处理上，巨化全面实施结构减排、工程减排和管理减排，燃煤发电锅炉脱硫脱硝、低氮燃烧器和除尘设施改造，实现近零排放。

➔ 在废水处理上，巨化以“五水共治”（治污水、防洪水、排涝水、保供水、抓节水）为契机，全面实施环保“三提”（提标、提质、提速）工程，外排水优于《城镇污水综合排放标准》一级B标准；完成企业污水预处理设施建设，实现高浓废水预处理目标。

➔ 在固废处理上，建成危废管理信息化监控平台，并新建了固废填埋场，实施水泥窑协同处置固废项目建设。

巨化的坚持和付出终于有了回报。到国家“十二五”规划末时，巨化的万元工业产值能耗已经比国家“十二五”规划初期下降了24.6%，与2006年末比更是下降了58.1%，走出了一条生产发展、生态文明、生活美好的“三生合一”之路。

“生态巨化”“森林巨化”也成为巨化的新名片，颠覆了人们对传统化工企业的认知。

2017年6月，《关于消耗臭氧层物质的蒙特利尔议定书》多边基金执委会委托世界银行来巨化开展ODS（消耗臭氧层物质）核查，世界银行一位60多岁的华人老专家考察后激动地说：“这一路看过来，巨化给中国化工企业争了光、长了脸！”

回顾起绿色发展的过程，巨化人斩钉截铁地说了三句话：

如果不把环保做好，企业连生存权也没有！

大型国企，要有大担当！

国家环境治理越严，对有责任感的企业越是利好，机会更多！

六

2018年7月12日，方敏像往常一样准时来到甲烷氯化物车间，这个年轻帅气的车间主任，脸上洋溢着满满的自信。近年来，他所在的车间生产装置越来越多，产量越来越大，人员越调越简，但他担心的事情却越来越少了。

问及这些变化，他指了指对面的控制操作区域坦言，这是巨化推进智能化带来的红利。在他所指的区域，几个大屏幕上，整个生产流程情况一目了然。

问及具体的内容，方敏首推APC。

APC是英文缩写，即“先进过程控制”。APC是集化学反应工程、过程优化控制、精密仪表及计算机控制于一身，实现多输入、多输出的先进控制系统，能够解决时变、非线性、大时滞等难以控制的化工过程优化问题，提高装置的操作性能，以达到节能减排降碳、提高装置整体经济效益的效果。APC与企业普遍应用的DCS控制系统并行后，五加二、白加黑，时时跟踪DCS系统运行，确保各项技术参数始终保持在最稳定、最合理、最安全的状态。

虽然解释起来略显复杂，但使用了APC，给巨化带来了实实在在的变化。

方敏介绍，当初上APC，是因为20世纪90年代初装入的生产控制系统自控率仅有56%，远远没有达到设计要求。经与原厂家外国公司进行协商，由双方共同组成工作小组，对全部147道回路进行了测试和诊断，并在此基础上进行参数调整。经过反复测试，APC前景可期，由此落户巨化。

APC投入运行之后，效果立显。例如，甲烷氯化物装置是巨化“氟拉动”的心脏，不仅给后续氟制冷剂生产提供原料，又关系到相关单位的生产负荷，处于龙头地位，经过20多年的运行，积累了数以万计的工艺数据。APC对这些数据“好中选优”，“嵌入”到生产系统中，确保了操作的稳定性和可控性。另外，APC的开停车导航系统，也是集中了装置多年的开停车数据，能有效减少操作失误。

目前，巨化氯甲烷装置的APC系统已稳定运行2年，红利源源不断：一是通过APC改造，氯甲烷装置自动化率提升到95%以上，装置运行平稳度、产出率、产品质量得到极大提高；二是节能减排降碳效益提升200％以上，每年减少蒸汽使用6370吨，折合减少碳排放约1900吨，仅节能降耗这一项每年可以实现经济效益256.7万元；三是在装置增加、产能大幅提升的基础上，操作人员未增反降，实现了“机器换人”；四是由于自动化率的大幅提升，大大降低了一线操作人员的劳动强度。

基于APC试点项目的成功，从2016年起，巨化的“一线智能化”行动全面铺开。巨化与国内外优秀服务商合作，一期投资1.2亿元，对所属12个事业部的装置实施APC改造。

方敏举例说，他现在相对的“清静”是有依据的：从用人的角度看，他们车间新增加了6套装置，产能增加了近60%，人员却减少了40%；因为上了APC这个“专家大脑”，极大地减少了人为的误操作，过去一天的装置报警声此起彼伏，现在的报警量仅为过去的二十分之一，成效惊人，反差巨大。

有人算了一笔全集团的大账：APC项目在全巨化推行实施后，装置的自动化率将提升到90％以上，每年将带来4000万元的直接经济效益，装置员工可减少35％。

2016年8月20日，时任浙江省委副书记、代省长的车俊走进巨化氯甲烷装置控制室，听到汇报后说，“巨化的信息化、智能化建设起到了实实在在的作用，值得学习和推广。”

在智能化建设方面，巨化还有一个鲜为人知的故事：早在1984年，巨化就开始高起点建设计算机中心，中心成立即立足研发，在会计电算化方面走在了全国前列。在1987年财政部主持的全国软件比武大赛上，巨化的“巨财财务软件”力压群雄，在应用型方面拔得头筹，后来名满天下的用友软件则获得了技术型冠军。

秉承在智能化方面的多年蓄势，2013年4月18日，巨化正式启动“四链”融合的智慧巨化建设。

副总经理邓建明介绍说，巨化确定了以市场为导向、以智慧物流为支撑，构建“四链”融合（供应链、生产链、价值链、管控链）的智慧巨化战略，内容包括“智慧总部、智慧营运、智慧物流、智慧金融”四大板块，开始向更高的目标跨越。

➔ 在智慧总部方面，巨化构建了企业信息门户应用平台（EIP），实现了统一的信息查询平台、流程管理平台、决策支持平台，打造协同工作、工作流程、知识分享等7大专业板块，实现了集团信息化资源的高度集成。

➔ 在智慧营运方面，巨化从2002年就开始规划建设ERP系统，作为集团信息化的核心系统，ERP全面覆盖企业的业务、管理和决策等各个层面。目前，上线核算单位数达到110家，基本实现集团全覆盖。

➔ 在智慧物流方面，衢州工业新城物流园区正式开始运作，实现了物流配载智慧运营，通过货物运输订单、配载、在途跟踪、结算评价等流程的信息智能化、全程可视化，实现危化品道路运输的源头和过程管控。2014年，巨化首创的供应链电子商务平台“中国化工云商网”一期上线，建成后，打通了物流、信息流、商务流、资金流，实现“四流”合一，为巨化、供应商以及客户提供了共享协作的供应链管理平台。截至2017年，平台在线交易额达184.24亿元，实现了阳光、公开、可追溯的竞价采购，成为巨化采购体系重塑的关键支撑。

➔ 在营销方面，实现管理制度、业务流程和交易流通监管“三统一”。巨化所有外销产品初步实现可追溯、可监控、可评估、可预警、可共享的要求和目标。

➔ 在智慧金融方面，搭建资金综合管理信息系统、财务数据管理中心两大平台，利用信息化手段强化资金集中运营管理，实现集团资金有效归集；运营财务数据管理系统，规范报表管理，加强财务分析和预算管理，提升企业财务管控效能和资金运营效率。通过这些，促进了企业从财务管理、管理财务到战略财务的管理转型。

到国家“十二五”规划末，巨化信息化应用实现了四个100%：数据备份率100%、因特网接入率100%、银企互联率100%、ERP覆盖率100%。

巨化的智慧工厂建设得到了政府及行业的认可，2015年，“巨化智慧工厂”被列入浙江省“两化融合”智能制造专项计划；2017年，巨化入选全国首批500家“两化融合”管理体系贯标试点企业，并通过工信部首次体系贯标认证，被授予全国石油和化工行业“两化融合”创新示范企业。

时光如水，岁月如歌。

从1958年起步至今，“不老、不倒、不背”的优秀基因滋养着巨化走过了整整60年。

伴随着共和国的成长，巨化在曲折中发展，在奋斗中前行。巨化人也曾迷茫和痛苦，但始终未曾放弃过产业报国的梦想。

从五湖四海汇聚到这里的巨化第一代创业者豪情满怀，自力更生、艰苦奋斗，十里化工城在浙西强势崛起，成为新中国第一个依靠自己的力量建成的大型化工联合企业。

“成为世界级先进制造业基地！”习近平总书记对巨化的指示，激励着巨化人不忘初心、牢记使命、优化产业结构、谋求格局突破、全面深化改革，不断提升企业竞争力。

在巨化成立60周年纪念大会上，党委书记、董事长胡仲明表示，巨化能走到今天，靠的是代代薪火传承的艰苦奋斗、开拓创新精神。立足当前，巨化人坚定“产业、制度、文化”三大自信，着力推动改革创新开放发展，大力实施转型升级，坚定践行绿色发展。展望未来，我们将坚持“自强、自

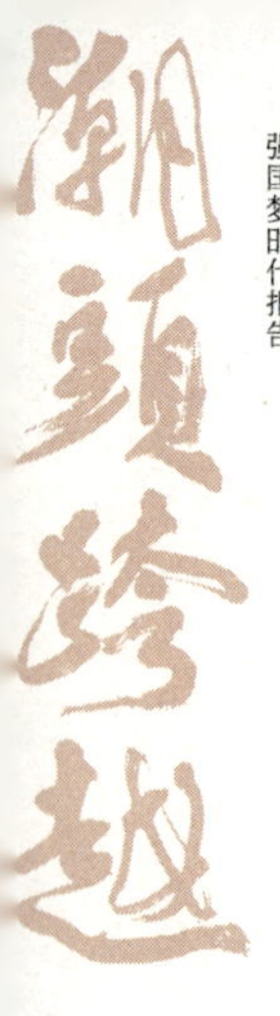

信、聚力、聚合”的新时代巨化精神，聚焦高质量、竞争力、现代化，努力打造具有全球竞争力的世界一流企业。

巨化人说这些话是有十足底气的。

与纪念大会同时，投资35亿元，包括环保型氟产品、含氟新材料、氯碱新材料、电子化工新材料、石化新材料和智慧运营中心在内的六大新材料项目举行了集中开工仪式。这批具有标志性、引领性、示范性的重大项目，是巨化聚焦高质量、竞争力、现代化的实际行动，也是巨化培育发展新动能的重要引擎。项目投产后，将对提升巨化市场话语权，助推巨化成为具有全球竞争力的世界一流企业发挥极其重要的作用。

如果说前一个甲子巨化是实现了从无到有、从小到大、从大到强的话，那么下一个甲子，巨化完全有能力在激烈的全球市场竞争中实现从并跑到领跑的壮美跨越。

04

珠江水：托起蔚蓝的飞翔

新材料，快速地改变着世界。

这个可以上溯到7000年前新石器时代陶器问世的文明拓片，在人类从未熄灭探索火把的烛照下，成为推动世界前行的一个个里程碑。

20世纪，新材料点燃了全球技术创新、产业创新，乃至工业革命的天空。

在迄今为止的98年间，全球有25个科学家，因为11个新材料原创性的发明，获得诺贝尔物理学和化学奖。2010年，英国曼彻斯特大学科学家安德烈·盖姆和康斯坦丁·诺沃肖罗夫，源于二维空间材料石墨烯的卓越贡献，获得诺贝尔物理学奖。有望广泛应用于人造卫星、飞机、汽车等领域的石墨烯新材料，将全球工业制造，带入一片巨大持久的狂欢之中。

世界经济论坛创始人兼执行主席克劳斯·施布瓦，在他的《第四次工业

革命》一书中赫然写道："无人交通、3D、高级机器人、新材料、物联网与基因工程，构成了'第四次工业革命'。"

新材料，以灼热的光芒，上升为一个国家战略性的先导产业。

起步晚、底子薄、发展慢，创新能力薄弱，制约制造强国建设的中国新材料产业，有着大梦方觉的痛彻和焦灼。

国家"十二五"、"十三五"规划纲要和《中国制造2025》都迫切地呼唤：必须进一步健全新材料产业体系，下大力气突破一批关键材料，支撑中国制造实现由大变强的历史跨越。

中共十九大召开前夕，习近平总书记在视察山西钢科碳材料有限公司时指出：新材料产业是战略性、基础性产业，也是高技术竞争的关键领域，我们要奋起直追、迎头赶上……

25年前，在改革开放的前沿阵地广州，中国恢复高考后第一批阻燃材料专业的硕士研究生，怀揣澎湃不息的产业报国梦，开始了中国新材料产业的艰辛跋涉。

25年后，由130多个博士、500多个硕士组成的研发技术团队，多项产品和技术打破国外垄断，年销售逾百万吨产品，市场覆盖全球130多个国家和地区，为全球1000多家知名企业提供专业化服务，并已摘取改性塑料全球皇冠的化工新材料帝国，巍然屹立。

广州黄埔科学城科丰路33号，金发科技股份有限公司，一个魂魄里种下使命、创新和市场种子的民营企业，一个有着充分的创新智慧和文化自信，敢于挑战世界巨头，演绎中国传奇的新材料巨擘。

滔滔珠江水，浩浩零丁洋。

镌刻着帆樯云集、丝路起点记忆的黄埔港，见证了一只大鹏，怎样在新世纪的晨光中，从这片热土起飞，飞向辽阔的蔚蓝。

一

有着延安“红色基因”，以“德以明理、学以精工”为校训的北京理工大学，1987年，迎来了恢复高考后首批阻燃专业研究生。一天，在中关村北理工图书馆，袁志敏对同学宋子明说：我查阅了所有家电、汽车材料的标准文件，制定者居然没有一个写着中国！

相同的话，袁志敏对同学李建军、张振广又说过无数次。每每说完，大家突然就安静下来。许久，袁志敏会带着一股愤怒的语气宣称：我发誓，一定要把“中国标准”写进教科书……这一年，袁志敏整整30岁。

还是这番话，让李南京和熊海涛心潮澎湃。李南京时任广东阳江一中高三化学教师，与袁志敏从初中到高中一路同学，铁得像一个人似的。李南京不顾那么多人劝阻，在那个时候扔掉教师这个“金饭碗”，就是认定“不达目的不罢休”执拗性格的袁志敏，能够成就一番事业。

1993年4月。袁志敏、宋子明、李南京、熊海涛，两个硕士、两个本科，都是化学化工专业，他们因为一个相同的志向，聚集到了广州天河科技东街，一个年代久远的住宅小区。

一个辗转过户而来的企业牌照，两万元启动资金；两间不到20平方米的房子，四张简易的办公桌，一部老式电话，一辆锈迹斑斑的嘉陵摩托车，四个风风火火的年轻人，一个叫“金发科技”的化工新材料企业，在羊城的这个春天，悄然出发。

这是一段怎样鼓满风帆的岁月啊，风不停地吹，创业的人在大地上不知疲倦地奔跑。

每天上午要骑车十几公里，到广州农药厂租赁的实验室做实验，下午则带着试验料到广州、佛山或者深圳寻访客户。如果客户认可，就马上赶回农药厂进行塑料的改性加工和生产。累了，就守着机器，迷瞪一会儿。

虽然人少，但一个人顶几个人用，效率却出奇的高。袁志敏主外，开拓市场；宋子明、李南京主内，买料、配料、出产品、物流输送。每天虽然都累得精疲力竭，但一旦回到那个20平方米的办公兼宿舍的小房子，他们的笑声立时驱散了所有的艰辛。

寻找客户的路越走越远，反馈客户产品改进的速度越来越快。从长虹到康佳到TCL，一种用于电视机背板的阻燃材料，在他们手中做成了至今仍然无人企及的奇迹：将行业普遍1:6的母料加入比，降低到1:20，使得电视机阻燃材料的制造成本，雪崩似的下挫2/3。一直称霸市场的陶氏、拜耳、三井们，挺不住了，纷纷溃退。中国彩电在爆发式增长中，价格也越来越“亲民”。

马不停蹄，他们以大客户为示范的市场战略，又向重低音炮、空调、冰箱和更广泛的家电领域进军，像一支驰骋的铁骑，在中国大地卷起了一股经久不息的“金发”狂潮，并彻底打破了美国、欧洲和日本多年的市场垄断。1997年，竞争对手陶氏，为表达对金发的敬意，特意邀请袁志敏，在美国做了10天的观光访问。

在风起云涌的岁月中，1998年，注定成了金发腾飞的基石。

当这个行业最权威的院士、专家，以及这个城市的市长，第一次为一个民营企业召开技术鉴定会，当国家相关部委为这个行业的民营企业首次颁发科技进步二等奖，当金发科技第一次获得国家火炬计划那13万元的支持资金，袁志敏曾经度过了无数个心潮难平的夜晚。

“无论你是国有，还是民营，只要你与这个国家同呼吸、共命运，只要你忠实并无愧于这个时代，你就是推动这个国家进步的一份子。”袁志敏不禁热泪纵横。

也就在这一年的早春，美国苏尔曼公司——全球著名的塑料供应商，开出6000万美元的价码收购金发。这是一个让金发科技每个股东一夜暴富的巨大诱惑。卖？不卖？金发科技空前绝后的一次董事会，整整开了七天，七天里就是这一个主题。

在会议的最后一天，袁志敏一锤定音："金发科技诞生的初衷和使命，就是为中国的材料工业而战，就是要改变中国材料工业落后的面貌。过去、现在和将来，这个初衷和使命，永远都不会变。金发科技不仅不能卖，还要勇往直前，创建'世界品牌、百年金发'！"

像一列注入了核能的火车，金发科技从此一路狂奔，与这个发愤图强的国家一道，迎来了新世纪最激荡人心的曙光。

1998年4月，金发科技4万多平方米的厂房、科研中心，在广州高塘工业区拔地而起。2004年，"金发科技"在A股上海证券交易所上市，成为国内行业第一家上市公司。2001年，上海金发成立。此后，天津金发、武汉金发、成都金发犹如雨后春笋，形成了500公里销售半径的国内布局。2005年，金发阻燃材料技术获得国家科技进步二等奖，这个产品同时获得国家火炬项目，金发科技改性塑料产能突破年产10万吨，一跃成为中国最大的改性塑料企业。

2012年，金发科技科学城总部大楼落成。世界新材料的目光，开始更多地关注黄埔龙头山下，这片创新之地的波涌浪逐。

继对四川绵阳东方工程塑料有限公司的收购之后，金发科技把目光瞄向了海外。2013年，金发科技收购印度上市公司Hydro S & S Industries Ltd，并在短短一年时间里，使这个亏损6年的公司脱胎换骨，一举扭亏，引发印度股民对中资控股公司长盛不衰的投资热情。收购至今已八年，数百名印度员工无一跳槽。中印之间和谐相处，其乐融融。2015年，美国金发成立。次年，欧洲金发在德国登陆。

一个以改性塑料为中心，以合成树脂和复合材料为两端，向世界最前沿

材料发散又循环的产品技术路线，一个全球视野的研发、生产、销售版图，构成了与巴斯夫竞相腾跃的野心。

25年，袁志敏就像一个航行的舵手，他要将这个植根于民族材料工业的“野心”，栽种在每一个金发人的心田，使得金发这艘巨轮，向着太阳升起的方向，劈波斩浪。

使命与担当、执着与定力，成为这个“野心”的内核，激荡着金发人一往无前、勇立潮头。即使在2008年的金融危机，一个季度亏损4亿多元的金发，仍然没有丝毫的退却。在这个窘迫的年份，金发在研发、技术和市场的投入，一分钱也没有削减。专注和定力，淬炼着金发创新的钢筋铁骨。每一个世界前沿性技术产品，至少都有5至10年的培育期，其间的投入少则数千万元，多则数亿元，之中包含了不少的试错成本，但金发宽容创新中的失败，并以极大的韧性，等待着一次次辉煌的诞生。

这些有着袁志敏特质的企业家精神，就像一朵朵开不败的木棉花，照耀着金发25年激流漂石的岁月……

二

你相不相信，一个博士扛着四大包四种物料，挤上人员超载、汗味刺鼻的长途双层大巴，下午三点多从广州越秀出发，沿105国道一路向北，颠簸几百公里，于凌晨五点，来到一个陌生的工厂销售公司的新产品？那个时候，博士敲开了厂门卫的门，借着一盆火，等待工厂的职工上班。

看到眼前的情景，彭根瑞怎么也不相信。

1996年12月，江西吉安一个阴雨绵绵的清晨。在江西省汽车工程塑料厂门前，双眼布满血丝的李建军，向厂长彭根瑞递上了自己的名片。彭根瑞扫了一眼，吃惊和疑窦飞上眉梢：“嗯，博士？哪有博士做销售的哟？是不是假博士呀？”但看到这么冷的天，扛着四袋物料，长途跋涉而来的李建军，心里突然涌起一股莫名的感动。

彭根瑞说：“是不是博士不要紧，关键看你的物料能否经得起检验。”没想到从9点开始试料，到11点半，四种物料就有三种一次性合格。

一个月后，这个井冈山下红军的后代，来到广州，在车陂黄洲工业区，看到了金发科技生产改性塑料的两条生产线，以及袁志敏、宋子明、张振广，才确信，李建军和张振广都是几个月前才加盟金发科技的“高知”，一个是北京矿冶研究院的“下海”博士，一个是俄罗斯门捷列夫化工学院的“海归”博士；一个负责市场营销，一个负责技术开发。

彭根瑞羞愧地对李建军说：“究竟是广州啊，果真是一班硕士、博士在创业。”于是，决定先买5吨产品。此后，与金发科技达成紧密的合作关系。后来彭根瑞自己创业建起工厂，所有的改性塑料，都来自金发，直到今天。

还是这一年的冬天，李建军风尘仆仆赶到贵州花溪，找到贵州华昌实业总公司采购部长成诗章。李建军说：“金发科技完全有能力，提供你们需要的车用改性塑料，替代进口。”成诗章想都没想，回答道：“不可能”。

成诗章知道，华昌用于汽车骨架、仪表盘等30多个部件的改性塑料，性能要求非常高，目前国内生产还是空白，只能高价从日本、美国、欧洲和韩国进口。加上进口产品需要与外贸部门长时间周旋，公司常常处于等米下锅的状态。

李建军志在必得，干脆驻扎下来，仔细了解华昌的需求，并与广州的张振广保持配方和工艺的热线沟通，同时请求为华昌的技术人员公益授课——他要用他满腹的专业知识，撬动这个客户。不足一个月，金发的产品出来了，经检测，性能与进口产品旗鼓相当，有些指标甚至优于进口产品。而华昌的技术人员的专业素质，也得到了极大的提升。从此，金发通过华昌，占领了福特、二汽等汽车改性塑料市场。

尔后，李建军又转战重庆长安、重庆庆铃、成都航天模塑，并成立西南办事处。金发科技车用改性塑料市场，渐次向全国蔓延。

战略上的运筹帷幄，使得金发科技在电视机市场风生水起之时，又新添了逐步打开的汽车市场的疆土。

当初，袁志敏将李建军和张振广两个志同道合的同学招致麾下，正是发现了汽车“以塑代钢”轻量化的趋势。而且，这个领域的国产化重任，金发科技自当肩起。

而张振广，无疑是金发科技车用改性塑料技术开发的“鼻祖”。他用紧贴市场的技术创新，构建起汽车、家电系列产品技术的基础性平台，并在聚丙烯材料、空调耐候材料研发领域贡献卓著。2017年11月16日，张振广因突发疾病在北京去世，终年53岁。远在印度的袁志敏，深夜写下催人泪下的悼词：“忆振广兄弟，我们相识在28年前，我们同窗、同房、同学。你聪明、肯学、运气好，被公派苏联留学，我们为你自豪、为你高兴。二十一年前，你学成归国，我们再次相遇北京，也许是你我的缘分，我们又成了志同道合的同事和伙伴。我们共同努力加油，为今日金发的辉煌打下了坚实的基础……”

中国新材料工业应该用如椽的大笔，写下这个门捷列夫化工学院博士、中国新材料专家的历史功绩。

张振广勇于创新又严谨的科学态度，深刻影响着金发科技的科研技术团队，并在中国车用市场呈现井喷的时代，开出了一朵朵璀璨的创新花朵。

四川大学硕士毕业的罗忠富，就是2002年从邓稼先工作过的“中国工程物理研究院”来到金发科技的。曾经与张振广同事七年，一直在车用材料领域默默耕耘，亲历了金发科技车用改性塑料技术与市场崛起的艰难与壮阔。

2008年，他与李永华、杨波、陈广强两个博士、一个硕士组成了技术组，经过近三年1000多次试验，终于攻下车用聚丙烯材料“耐划伤”难题。其中，一个核心助剂的研发就花去近两年的时间，工艺设备投入2000多万元。这个金发科技自己研发、自己生产、填补国内空白的助剂，其价格仅为进口助剂的1/3。为了检验产品的可靠性，大众汽车特别提出，要以美国的亚利桑那州做检测地，因为那里的地势起伏剧烈，气候变化很大，光线也最强烈。他们闯关夺隘，用出色的性能指标赢得了大众汽车的高度认可，将大众汽车变成了长期牢固的客户。

2009年，长安汽车公司提出了汽车材料低散发更高的要求。他与丁超、杨波两位博士，以及毕业于西南交大、四川大学的吴国锋、苏娟霞、姚程三位硕士一道，也用了差不多三年的时间，研发出一种气提剂。这种气提剂，再开国内先河，而且比进口产品的成本降低高达70%～80%。

在汽车保险杠轻量化的创新之路上，他们走得更远。

要在性能保障的前提下，把保险杠的重量降下来，就得将保险杠壁厚做薄，这就涉及材料的弯曲模量、抗冲击度强度、流动性能等指标。由他和孙刚、陈广强两位博士，陈延安、李晟、周英辉三位硕士主导的这个科研团队，通过持续近三年的研发，将4毫米厚的保险杠，做到2.5毫米甚至2.0毫米。在保持抗冲击强度的同时，其弯曲模量增加了1倍，抗冲击度增加了2.5倍。更进一步，他们又解决了由于制件变薄而产生的成型缺陷和油漆匹配问题，为客户提供模流分析、结构与模具设计。通过技术创新，引导客户使用。由此，他们占领了大众、日产、本田、福特、通用、吉利、比亚迪等汽车市场……

这是生命激荡、梦想成真的岁月，三年三年又三年，数以千计的配方，数以万计的试验，无以计数的挑灯夜战，十字路口的迷惘，拨云见日的辽阔。他们用每一天，记录着一个创新企业的成长轨迹，聆听来自这个产业愈来愈宏大的波涛……

2012年，从他们手中诞生了这项以高分子材料替代金属，由此带来显著节能、环保效应的创新成果——汽车用高性能环保聚丙烯材料，这个项目同时获得国家科技进步二等奖、广东省科技进步一等奖。

市场给予了金发热烈的拥抱，中国彻底终结对杜邦、巴斯夫、巴塞尔、

三井等跨国巨头的进口依赖，金发后来者居上，车用改性塑料，从2002年的1800吨，到2017年的54万吨，销量呈几何级数增长，现已占领30%以上的市场份额，并昂首阔步迈进奔驰、宝马、奥迪等一线汽车品牌供货商阵营。

车用改性塑料市场，仍然是一片广阔的蓝海。

在汽车更轻、更环保、更节能、更安全的创新大道上，金发正向世界迎面驶来。

三

2005年，一本叫《蓝海战略》的书，风靡全球。至今，仍然被企业界奉为宝典。身为全球顶级商学院教授和世界经济论坛会员的W.钱.金和勒妮.莫博涅在书中写道：企业要赢得明天，就必须不断地开创"蓝海"，即蕴含庞大需求的新市场空间，这就是"价值创新"的战略行动。

袁志敏敏锐地意识到，工业化后期，传统的制造业必将面临新的挑战，而新材料，正是推动产业变革的基石。但中国高端材料对外依存度依然较高，部分核心关键材料受制于人，世界著名企业集团凭借其技术研发、资金和人才等优势，不断向新材料领域拓展，在高附加值新材料产品中占据主导地位。

"时不我待，迎头赶上！"

自觉担当振兴民族新材料产业大任，以自主创新为原点，不断追求未来价值的金发人，在新世纪敲响的晨钟中，开启了全面进军世界新材料高端产品，搏击新材料深蓝市场的崭新征程。

袁志敏的目光首先瞄准了碳纤维新材料。

一天，国内著名材料科学家师昌绪院士来到金发，对袁志敏说："碳纤维堪称工业'明珠'，中国一直受制于美国、日本等工业发达国家高昂的进口产品。但要突破工艺、制造等一系列难题，恐怕需要坐很长时间的'冷板凳’。你们要有思想准备啊。”

果然，一支由博士、硕士十几人组成的研发团队，耗时14年，耗资逾4亿元，终于完成产业化。一套拥有自主研发的国际主流工艺，获得53项国家专利、25项发明专利，年产200吨的碳纤维生产线和年产万吨热塑性复合材料生产线，于2013年建成投产。

但更高性价比、更大生产规模的碳纤维工艺技术，仍然在探索的路上。金发调整了“单向突破”的战略，通过发展高附加值的中下游产品，来助推上游碳纤维的精进。

范欣愉博士就是这样进入金发视野的。

范欣愉，比利时鲁汶大学复合材料专业博士毕业后，又在美国佛罗里达州州立大学攻读了两年的博士后，于2008年回国，进入中国科学院宁波材料技术工程研究所，研究方向仍然是复合材料。作为研究员和学科带头人，虽然每年的研究经费也有近千万元，但范欣愉更看重研究成果的产业化。

2013年，在重庆长安汽车轻量化一次研讨会上，范欣愉与金发人相遇。次年，范欣愉被引进到金发科技。

范欣愉的加入，让金发碳纤维高附加值中下游产品的开发如虎添翼。一种性能可比铝合金，却比金属轻，而且具有高生产效率和高附加值的热塑性复合材料有机板，仅仅通过两年的研发，就实现了年产3000吨的生产能力。在此之前，全世界生产这种汽车门系统结构件的高性能有机板，也只有德国和沙特两家著名的高分子材料公司，并专供全球久负盛名的门系统供应商博泽公司。谁也没有预料到，中国的金发，突然杀入，在不到两年的时间里，就分走了2/3的市场。

那个时候，在德国慕尼黑的博泽总部，常常有一个操持流利的英语，专业精通得令人咋舌，性格温和的中国人，出入这座令世界汽车供应商高山仰止的高楼。这个人，就是范欣愉。

范欣愉主导的另一个产品——热塑复合材料PP蜂窝板，几乎与有机板一同诞生，并在2017年形成年产1500吨的生产规模，实现销售收入1亿元。15年前，这个PP蜂窝板课题，正是范欣愉就读鲁汶大学的博士论文。但要实现自动化生产，却是一个世界性的难题。

有一天深夜两点多，研发团队集体走出沉闷的车间，在外面的草坪上席地而坐，像往常一样展开“脑力碰撞”。负责工艺的范欣愉，突然提出改造部分设备的构想。这种改造，有可能在试车中损坏价值上千万元的主体设备。大家在理论上论证了可行性，并决定冒险一试。果然，这个方向是正确的。因物料堵塞造成的7天实验周期，一下子缩短为几个小时，直至最后实现生产的连续化。困扰将近一年，历经上百个改进方案失败的关卡，终于在一个朝霞满天的早晨，迎来了历史性突破。

一套世界上前无古人的PP蜂窝板自动化连续生产装置，就此诞生。这种重量轻、质地优、高环保的材料一经面世，很快席卷了汽车后备厢背板市场，使得长期雄踞市场的聚氨酯板、玻纤维板渐次淡出历史舞台。

范欣愉们，沉浸在创造的欢乐之中。这神启的智慧，这生命的爆发，这人生的华彩，就像那个霞光喷涌的早晨，灿烂如花……

2001年，另一支开发完全生物降解塑料的研发团队，也兴冲冲地上路了。

环境污染，是人类21世纪可持续发展面临的重大课题。塑料废弃物造成的“白色”公害，引发了全球普遍的忧虑。一种能够替代现行塑料性能，在达到一定使用寿命后，于特定的环境条件下，可以较快分解，最终转化为二氧化碳和水的完全生物降解塑料应运而生。

但产业化放大过程中的合成技术、成型加工技术，尤其是成品使用期间，如何控制“降解时间”，都是中国乃至世界性难题。

在前期探索性研究的基础上，2007年，金发科技完全生物降解塑料加速进入产业化前夜。本、硕、博连读，师从中山大学环境材料研究所所长、

“珠江学者”特聘教授孟跃中的焦建，就是这一年博士毕业后，加入到这个研发团队的。

在这个队伍逐年壮大，博士后、博士云集的年轻团队中，焦建几乎经历了从配方、车间量产到试销售全部过程。经过两年持续攻关，攻克了淀粉塑化、使用期产品功能衰减、产品稳定性、生产自动化系统等一系列难关。

2009年，焦建和同事，怀着忐忑的心情，携带第一批完全生物降解塑料袋，飞抵爱尔兰。市场反应大大出乎他们的意料。20吨产品销售一空。英国一家政府采购供应商克朗公司，根据爱尔兰超市塑料袋的标签找到他们，一开口就是年供3000吨成品。为了解决供货的及时性，他们修正了供应链环节，从供成品到供合成材料，风风火火布点威尼斯等城市，产品又迅速俏销意大利。2016年，法国政府出台“禁塑令”，金发长驱直入，成为该国欧洲以外的唯一供应商。同时，生物降解地膜也在欧洲得到推广，与欧洲著名的农机设备供应商一道，为多国提供农资产品的一站式服务。

至此，一种媲美巴斯夫同类产品，在堆肥条件下，90～120天分解为二氧化碳和水，包含完全生物降解和生物基两大类10个品号的产品族，逐渐占据了欧洲30%的市场份额，并以年产4万吨的产能位居亚洲第一、世界第二。

但国内市场的开发，却要艰难得多。

由于国内的垃圾分类和处理尚处起步阶段，国家在白色污染方面的政策法令尚待提升层级，他们只能通过一个企业的环保宣传和技术发动，引导消费，先后进入到欧尚、山姆、永旺等高中档超市。同时，与广州市城管委合作，建立了多个垃圾分类示范点，并在金发本部建起堆肥处理装置。

2013年3月，身为全国人大代表的袁志敏在“两会”期间，提交了《使用生物降解塑料，解决农田残膜污染》的提案，引起各界的广泛关注。在时任中共中央政治局委员、广东省委书记胡春华与新疆建设兵团党委书记车俊的共同推动下，他们的地膜在新疆试用取得成功，并在第二年展开了玉米、

土豆、番茄、橄榄菜等农作物10万亩地膜示范种植。农业部也行动起来，迄今已3次组织专家，对新疆等地膜种植地开展效果测评。

奇迹出现了：他们根据当地土壤和气候定制的地膜，不仅在预设期内达到了完全降解，而且因为良好的透气性，使得农作物增产达20%以上。

市场在慢慢抽芽开花。山东、吉林等地的农膜生产厂家，开始每年批量向金发购买完全生物降解农膜生产母料。

“在完全生物降解塑料市场化进程中，金发科技一直以国外反哺国内。但不管这条路多么漫长艰难，金发科技要继续坚定地走下去。这是金发科技对这个国家的责任。”袁志敏目光炯炯地说。

五年来，焦建一次次从实验室和车间出发，走遍了新疆、山东、吉林、云南每一寸金发地膜使用地。在田间地头，他与农民像亲人一样热烈交谈，他与地膜像兄弟一样嘘寒问暖。他用无悔的青春，践行着一个环境材料博士的初心，为这片母亲胸膛一样的大地，倾注满腔赤子之爱……

特种工程塑料，也是一场时间漫漫的孕育。

蔡立志看好这个细分产业的前景，并将它的量产，称为金发科技“聚合工程时代”的发端。这个“发端”，他已经期待了好多年。

2001年的一天，他在中央电视台新闻联播中，突然看见了北理工读研时住在他上铺的同学袁志敏。这是一条时任全国人大常委会委员长李鹏视察金发的新闻。蔡立志既震惊，又自豪。毕业不过十年，那个发誓要将“中国标准”写进教科书的袁志敏，果真将改性塑料做得八面生风。从北京粮食局到清华紫光，蔡立志总感到自己的人生太过安逸。于是，这一年，蔡立志南下广州，来到金发科技，成为公司销售副总经理。

其间，蔡立志见证了中国特种工程塑料，怎样历经艰难诞生，并成长为“小巨人”的。2015年，珠海万通特种工程塑料有限公司在珠海成立，蔡立志被任命为总经理。

在特种工程塑料中，有一种叫高温尼龙PA10T的产品，就是金发科技破除国外垄断和扼制，自主研发的一个民族新材料品牌。

2006年，毕业于中山大学材料专业的博士曹民，进入金发科技特种工程塑料研发团队。他一来，就受命PA10T的研发。

就在半年前，中国唯一能够工业化生产尼龙中间体己二腈的润兴化工，发生爆炸。蹒跚前行的中国尼龙产业，陷入原材料断炊的困境。

使命虔虔，号角催征。

曹民和另一个搞材料加工工程的博士姜苏俊，领衔各自的团队，义无反顾地出发了。

首先他们在原料的选择上进行了创新，其中50%采用了来自蓖麻油的环保原料。然后，他们避开传统的合成方法，自己开发出一种叫固相悬浮聚合技术，解决了因温度高、副反应多，而造成的产品纯净度不够的问题。更大挑战是，针对这一技术的专有设备的设计和制造。为了解决反应物抱团、固含量高的难题，他们在反应釜的设计上下足了功夫。三年间，他们一共进行了1000多次试验。

曹民负责的聚合工艺技术完成后，姜苏俊则负责共混改性。那个时候，聚合小试是在广州，聚合中试在四川绵阳东材公司，改性又在广州，经常长途奔袭，通宵达旦。

2009年，这个热稳定性优异，广泛应用于电子连接器、LED反射支架、电声、汽车、家电、水暖卫浴等领域的特种工程塑料，迈出了商业化的步伐，并迅速点燃了市场热情。2013年，一座全球最大、年产5000吨的PA10T聚合装置，在珠海成功投产。

这一中国首创、达到国际先进水平的《半芳香尼龙PA10T聚合新技术—固相悬浮聚合技术》，于2015年获得中国石化协会技术发明一等奖，这一产品被评为国家重点新产品。这一项目，获发明专利59件，其中含8件国外发明专利。

市场很快完成了大洗牌。一直由进口产品瓜分的中国LED支架市场，短短两三年间，就被金发科技夺走近七成。日本可乐丽、大塚，比利时索尔维、美国苏威在中国大陆的市场份额日渐减少。同样，在电子连接器市场，金发科技也成为主流材料供应商，傲然屹立。

接着，一种叫热致液晶高分子，简称TLCP，可用于生产更薄的电子连接器的特种工程塑料，亮丽登场。这个被列入国家十三五科技部的重点研发产品，被曹明、姜苏俊研发团队再次攻克，目前已实现年产3000吨的规模，跃居世界第三。

更多的惊奇在爆发。聚醚砜，广泛应用于奶瓶、食品、医药、电子、汽车等领域，被列入国家863项目，具有耐高低温的透明高分子新材料，经过八年攻关，在他们手中再次诞生。2017年，已形成年产500吨的产能。其纯度，已经超过全球顶级公司达到世界领先水平。该产品目前全部出口美国，每吨价格高达十几万元……

寂寞沉潜的时光，诉说着岩浆暗涌的力量。有多少奋起直追，就有多少崛起的辉煌。一个个蓝海，一项项首创，一顶顶桂冠，正在将金发送上中国乃至世界新材料创新的高地。

四

十里春风迎，孔雀常南飞。

25年，金发科技张开的怀抱，永远滚烫炽烈。

有一天，父亲好奇地问儿子：“你们凭借什么吸引了那么多博士硕士？”袁志敏笑吟吟地回答：“梦想与蛋糕”。

“宁要一个大蛋糕的小部分，不要一个小蛋糕的全部”——这个袁志敏的“蛋糕理论”，像一支桅杆，举起了自主创新与“中国标准”这一叶永远不落的梦想之帆。

25年前，在股份配置的设计方案中，金发科技就预留了20%，以奖励那些有特殊贡献的后来者。2005年，金发科技实施股权分置改革，拿出1690万股股权“预留”，奖励给公司核心骨干员工，使公司内部股东由股改前的25名增加到126名，一下子造就了100多个百万甚至千万“知本家”。2006年，金发科技又推出股票期权激励计划，以占总股份31850万股的十分之一的股票期权，奖励核心技术、市场和管理人员。袁志敏始终愿做一个不控股企业的董事长，而且他的股份通过若干次分派，从最初的37%降为现在的18.79%。

金发科技总经理李南京这样解读了袁志敏的“蛋糕理论”：尊重人，尊重创造，是金发科技做大做强的原点。没有尊重，就没有创造，就没有分享。没有分享，就没有做大的蛋糕。

李南京这个金发科技人才队伍的管理者，在金发科技发展历程中，始终将自己的根扎进企业庞大根系之中，与金发科技同呼吸、共命运，并以超强的学习力不断拓展自己的管理视野和境界，先后在香港中文大学、上海交大取得MBA和博士学历。在金发科技人力资源管理中，始终将“人本、创新、激励”的逻辑链贯穿于制度设计之中，使得金发科技“人力资本乃第一资本”的人才观掷地铮铮，助推金发走出了一条以市场为龙头、以技术创新为先导的自主创新之路，并创造了金发25年高科技人才和核心员工零跳槽纪录。

肥沃的土壤，造就了嘉木良材的森林。

李东，四川大学（原成都科技大学）化学工程本科、华南理工大学硕士，先后供职中石化、中化集团、美国通用电器和英国思锐克斯电器，2007年加入金发科技就牢牢扎下了根。在金发11年的历练中，从生产部长到天津金发常务副总经理，再到今天的工艺装备总监，领衔“智能制造”，李东

对金发有着无可比拟的热爱。

“这是一个永远充满创新激情，永远需要挑战自我潜能，并能在突破中获得成就感、满足感的梦幻之地。好比，它给了一把吉他，但曲谱永远必须你自己来谱，能够创造属于你的音乐。”李东这样袒露了他11年的逐梦之旅。

叶南飚，当初上海金山石化引进的第一个博士。他就这样无怨无悔地来到了金发，一干就是17年，不离不弃，从课题人到金发技术副总经理。这是一个科研人想象与现实高度契合的平台：充分的市场化机制，充分的人性化管理；让技术在市场中高歌，让创新泉水般喷涌，让梦想骏马般驰骋。

“当你融入这个氛围，你就再难走出。你将看到一个不一样的人生，就像看到布满璀璨星辰的夜空。”

这个曾经为一个用于洗衣机的改性塑料器件，做过100多万次实验的科研人，在金发科技创新的世界里，“痛并快乐着”。

……

“金发科技拥有一个无坚不摧的创新群体，我们一起奋斗，从未分开。”

经过25年深耕，今天的金发科技，已经拥有全球规模最大、产品种类最为齐全的改性塑料体系，以及进入世界前沿的合成树脂、复合材料产品族类，创建了中国改性塑料行业第一家国家级企业技术中心，组建了行业内唯一的国家工程实验室和国家重点实验室，成立了亚太地区唯一一个材料类的UL认可实验室，建立了行业内第一个院士工作站、第一个博士后科研工作站，起草国家标准、行业标准和地方标准20多项，参与起草国家、行业标准和地方标准60多项。技术和产品填补国内空白39项，多项领先世界。获得国家科技进步奖二等奖3项，省部市级科技成果奖55项，国家专利奖16件，累计申请国家发明专利2151件，PCT114件。

2017年，金发科技获得国家发改委批准，成立国家先进高分子材料产业创新中心。金发科技站上新材料这个战略新兴产业的国家平台。

站在25年崭新起点，袁志敏意气风发地勾画着金发科技创新的未来。

以“强化中间，拓展两头，技术引领，跨越发展”的战略思路，力争在2025年建成全球一流的研发、营销、制造和信息平台，实现千亿产值，成为全球化工新材料领先企业，为国家战略性材料提供保障和支撑。

强化中间：响应国家政策，深耕高分子新材料。除继续发展工程塑料和通用塑料外，大力发展特种工程塑料、全生物降解塑料、高性能碳纤维及复合材料和环保高性能再生塑料五大类新材料，实施专业多元化的发展，到2025年成为全球高分子化工新材料整体解决方案的提供商。

拓展两头：与上游供应商建立战略合作，与下游客户推进新材料整体解决方案，构建全新的网上交易沟通平台，为上游供应商和下游制造商提供包括产品设计、模拟验证、商品交易等一系列服务，通过互联网金融促进产业升级，逐步完善智能创新型产业绿色生态链，实现与供应商、客户的长期共赢。

技术引领：建设基于全球协同的“13551”研发体系（1个中央级研究院、3个区域研发中心、5个分技术中心、5个化工新材料孵化基地和1个国家先进高分子新材料产业创新中心），致力于打造超过3000人的研发军团。在国家“十三五”规划的政策支持背景下，以改性塑料研发为突破口，着力提高科技创新能力，通过对各个环节进行高质化、绿色化、智能化的技术创新，主动开展技术升级，提高资源利用效率，提升公司的整体竞争力。

一个始终高举“中国标准”、材料强国之旗的金发科技，一个进军世界500强的金发科技，一个要“成为业界备受推崇、全球最优秀的新材料企业”的金发科技，一个构筑世界品牌、百年基业的金发科技，在新时代的洪钟大吕中，将腾空而起。

九万碧空展鹏翅，十万蔚蓝卷春雷。

这盛大的梦想，这东方的荣光……

中国富煤，却贫油少气。中国怎样将富煤的优势，转变发展成现代煤化工强国?

20余年间，中国最大的两个煤炭央企神华和中煤，以开天辟地的神勇，以及填补世界空白的核心技术，在煤炭富积的鄂尔多斯盆地，不仅仅创造了属于中国的奇迹，而且还成为中国迈进世界现代煤化工强国的重要标志。

神华直接煤制油、间接煤制油、煤制烯烃三个世界级超级工程，为中国能源安全浇筑了一道巍峨的堤坝。中煤图克世界之最的大化肥项目，在能耗、绿色环保等诸多领域创造了奇迹，成为世界一流现代煤化工的示范。

“黑金”在裂变中闪耀，并获得重生。

中国煤炭人，在这个大变革、大转型的伟大时代，从一块煤出发，变身石油人、化工人和能源人。身份渐渐模糊的他们，在身后留下了现代煤化工一长串前无古人的创新足迹。

PETROLEUM AND
CHEMICAL INDUSTRY

第三篇
开启“黑金”裂变的火焰之门

01

一块煤的世界新征程

煤说：我看见了连绵乌黑的山。

神说：我看见了辽阔清澈的海。

当21世纪的曙光照临东方这片沸腾的土地，一块煤，怀揣阿波罗火种，像闪电一样奔跑。直到山的尽头，煤，消逝；海，现身。

这不是神话，而是现实。

2018年6月，当我探访神华集团鄂尔多斯、包头、宁东三座庞大的煤化城时，惊奇地看见，巨大蜿蜒的管道，从一头吃进乌黑贼亮的煤，从另一头竟然吐出水一样纯净、锦缎一样亮丽的柴油、石脑油等优质液体燃料，或者珍珠般晶莹透亮的聚丙烯“米粒”。日升月落，吞吐不息。

煤直接液化和间接液化、煤制烯烃，皆为世界超级工程。

煤山变油海，天堑成通途。

这神启的创造，这东方的奇迹！

一

煤制油开发，在世界战争和经济发展历史中，有过或灰暗或鲜亮的一页。

1913年，自德国化学家弗里德里希·柏吉斯发明煤直接液化技术，并由此获得诺贝尔化学奖后，煤制油开发可谓起伏不定、曲折漫长。

十年后，德国化学家费歇尔和托罗普希又成功开发出煤间接液化技术，简称费托技术。于是德国在1927、1934年，先后建成世界第一座年产10万吨、年产7万吨的煤炭直接液化和间接液化工厂。截至二战爆发，德国共投产十几套煤制油装置，油品年生产能力达到423万吨，为德国法西斯提供了2/3的航空燃料，50%的汽车和装甲车用油。

德国法西斯投降后，一位盟军的将军站在德国鲁尔区煤制油工厂的废墟上沉重地说："假如它的产量再提高一点，质量再可靠一点，这场战争的结局是否改写，也未可知。"

中东石油大发现和大开发，一度让油价跌得惨不忍睹，这使得受制于大投入、高成本的煤制油开发，几近"停摆"。唯有南非，因政治因素，贸易禁运，又无天然油资源，逼迫其走"自力更生"的道路，尤其在费托技术开发上取得许多突破，至1982年，南非建成了多个相当规模的煤间接液化装置。

中东战争，导致油价暴涨，从而引发了世界石油能源危机。煤制油开发再度走向前台。德国、美国、日本等工业发达国家，相继诞生第二代煤炭直接液化工艺……

由于"富煤、少气、贫油"的国情，中国的石油焦虑，从建国初期开始，一直未曾缓解。从李四光到王进喜，中国一直决绝地向"贫油国"宣战。及至"七五"规划，中国将石油补充更切实地转向煤炭。煤直接液化被列为国家科技攻关项目。

但能源安全，以更汹涌的速度扑面而来。

1993年，中国从石油出口国变身石油进口国，而且对外依赖度越来越高。至目前，进口石油超过消耗总量的67%。其中运送80%进口石油的大型油轮，必经“海上生命线”——马六甲海峡。

1996年，时任中共中央总书记的江泽民，视察了隶属煤炭部的煤炭科学研究总院，特别听取了一直在煤制油领域孜孜探索，并曾上书中央开启煤制油战略之门、时年35岁的舒歌平博士的汇报。及至后来每一任总书记，都将中国能源安全的目光，热切殷殷地投向了煤，以及像煤一样“藏蓄阳和意最深”的煤制油人。

饱含中国创新的煤制油、煤制烯烃的三大超级工程，由此拉开帷幕。

“但愿苍生俱饱暖，不辞辛苦出山林。”

一块煤就是这样觉醒，并背负一个国家的使命，迈上新征程的。

二

这注定是一项惊天动地的伟业。

在这个国家大变革和这个民族复兴的伟大时代，几乎每一个中国人，都在浩浩荡荡的时代潮流中，发出了惊心动魄的呐喊。

从鸡西煤矿出发，一路煤炭部副部长、国家计委常务副主任，以及神华集团——这个共和国煤炭工业的集大成者的掌门人叶青，以对煤炭特有的情愫、国家能源安全的敏锐和拳拳的报国之心，挑起了中国煤制油的大梁。

智慧通透、办事果敢的叶青，只做两件事情：拍板和选人。

叶青相中的煤制油主帅便是张玉卓。

张玉卓与煤炭有着解不开的情缘。煤科院硕士毕业后，考入北京钢铁学院就读博士。之后，在英国南安普顿大学做博士后，再后，受邀美国南诺伊大学，从事采矿与环境工程研究。为报效祖国，又回到了煤科院，于1999年被任命为院长。

好像一次验证，那个时候，中组部恰巧首开央企高管全球招聘新举，神华集团上报了两个空缺，其中一个就是煤制油工程技术副总经理。叶青几番动员，皆被一心沉醉在自己科研世界里的张玉卓婉拒。但凡被看上的才俊，叶青都不会轻言罢手。何况煤制油这个国家重点工程，正求贤若渴呢。叶青一次次发动“组织攻势”，直到张玉卓难为情的被迫“就范”。

张玉卓究竟非同凡响，以博广和精深的专业识见，征服了著名经济学家吴敬琏等一般高级考官，成绩命中“状元”。

叶青得意地笑了。

叶青了解这个心有大抱负、年仅39岁的年轻学者，一旦“负重”，必成大器。

果真，尚未到任的张玉卓，就像一只陀螺，高速旋转起来。他想都没想，就叩开了煤科院化工研究所副所长舒歌平的门。

在煤科院，张玉卓太熟悉这个学术精湛、性情洒脱的下属，并认定煤制油的首席科学家，非舒歌平莫属。

“走，跟我去神华，把煤制油搞成一个大产业。”

舒歌平同样想也没想，痛快地答应：“好啊！”

舒歌平知道，神华的煤制油项目已箭在弦上。这可是他梦寐以求的事情啊。

大约在1997年，煤科院分别与德、日、美公司签署了合作协议，针对中国煤的特性，展开煤直接液化的工程研究。搞到后面，就仅剩技术相对成熟的美国碳氢公司一家。神华集团采用了美国碳氢公司的工艺包立项，并于2001年3月获得国务院批准。厂址选定内蒙古鄂尔多斯伊金霍洛旗。

可是接下来的故事，却出乎所有人的意外。

舒歌平上任神华煤制油项目研究中心主任不久，就发现美国公司标定的油收率高达66%。他知道神华煤惰性很高，日本公司提出的油收率仅为51% ～ 53%。美国公司的指标叫人难以信服。同时，他还发现美国公司的工艺包存在技术欠缺，很难保障设备长期稳定运行。

日常生活大大咧咧、科学研究一丝不苟的舒歌平，差不多惊出了一身冷汗。他立即起草了两份质疑报告，交给了张玉卓。一转身，就奔煤科院的实验室而去。

这一去就是八九个月。严谨的舒歌平要用实证数据说话。

这虽然是一台投煤仅为120公斤的煤直接液化装置，但却能检验工艺包的技术指标。一旦开起来，就得不停地运转。无以计数的“白加黑”，舒歌平面对这台轰鸣着的装置，时常感觉自己就像一只斗志昂扬的困兽。

装置又沉寂下来了，实验数据总不能再现。美国公司的工艺包存在严重欠缺。

也就在这一时刻，一条更适合神华煤特性的直接液化工艺路线，在舒歌平的反复推敲中，新鲜出炉。

更大的惊喜还在发生。由舒歌平领衔、历经差不多十年攻关、煤直接液化的核心技术之一——“863”催化剂即将成功。

从买技术到自己创新——颠覆已成定局。

历史突然间调转了头。

该“摊牌”了。中国人要自己搞。美国公司承认了自己工艺包的缺陷，不过酸酸地扔下一句：“你们自己搞，一切风险你们自己担。”

当张玉卓、舒歌平正式向神华党组汇报这一重大转折时，董事长叶青沉吟了许久，然后以十分严峻的口吻说：“你们是科学家，我尊重你们，由神华自己来搞令人振奋。但只许成功，不许失败。否则，我们对不起国家！”

接着，叶青又交代：“在搞的过程中，还是先戴着美国公司的‘帽子’。”

这是一个尊重科学、尊重创新，又有着不凡政治智慧的拍板。

张玉卓和舒歌平尚未痛快淋漓体验一种征服的自豪感，泰山般的压力，倏忽漫过心头。

百万吨级，这个世界上前无古人的首套工程，我们究竟能走多远？

神华高层拍板会刚刚开过，舒歌平又一头扎进了煤科院的实验室。张玉卓也像着了魔似的，平常总不由自主地跑到实验室，和舒歌平及其团队一起，添煤料、记数据，把自己弄得像从煤巷道里爬出来似的。

且试且改，日夜不停。整整300天，11次完整的实验，神华人自创的煤直接液化工艺，小试获得成功。

这一期间，“863”催化剂的应用实验也传来捷报。其用量仅为国外催化剂的1/4，油收率却比国外催化剂提高了4% ～ 5%。而且，这种催化剂的原料国内供应充足，制造工艺简单，价格便宜。

2004年6月，由中国石油和化学工业联合会、中国煤炭协会联合组成的专家组鉴定：具有自主知识产权的“神华煤直接液化工艺”，达到国际先进水平。

神华高层，很是振奋。

搞中试，2个亿。后来，又追加到了4个亿！

时任上海市市长的韩正捕捉到这一信息后，伸出了热情的手：土地免费；上海欢迎你。

韩正深知煤制油对中国的意义，这么大的工程，对上海经济的拉动不可小觑。

2004年7月，舒歌平及其团队移师上海。一个占地150亩、每天吃煤6吨的中试装置，不久拔地而起。

但这么大的装置，就相当于一个小型工厂了，管理就是一个问题。这个时候，在茫茫人海中，张玉卓一下子就相中了辽阳石化厂厂长张继明。

坐在相当规模的石化企业管理岗位上的张继明，不为所动。张玉卓想起两年前叶青“攻陷”他本人的情景，于是软磨硬泡，最终激起了张继明闯出“中国煤制油一片新天地”的斗志。然后，请叶青出马“拿人”。

叶青一点儿也没迟疑，当即给中石油董事长打电话："张继明这个人，在我这里用处更大啊。你给也得给，不给也得给。”“老资格”的叶青，在煤制油“抢人”用人这件事上，一点儿都不含糊，时常还有点“横”，但谁都拿他没办法。

被叶青亲自要来的张继明，当然不是一个普通的人物。在石化行业，堪称公认的管理和技术精英，在管理和技术创新中，硕果累累。

事实将证明，支撑起这一百万吨级、中国煤制油开创性的工程，乃至做成神华煤制油事业板块，张继明成为不可或缺的一个关键人物。后来张玉卓晋升神华集团董事长，张继明即被提拔为神华集团主管煤制油的副总裁。当然这是后话。

授命实验总指挥的张继明，立即带领30多人的团队赶赴上海，与舒歌平一道，踏上了神华煤制油中试的漫漫征程。

事情的进展却比预想悲观。

2004年，中试装置仅运转一次，时间18天。2005年，最长运转还是18天。2006年，运转100天，但也没有达到设计的效果。

焦躁在大家心里积聚。

接棒叶青的新任神华董事长陈必亭，每个月至少要到上海巡视一次。这一天，陈必亭指着不远处的黄浦江，对张玉卓、舒歌平、张继明幽幽地说：“中试搞不成功，我陪你们一起跳下去。”

其时，远在1700多公里外的鄂尔多斯草原，数千人的队伍，马达和机械撞击的巨大轰鸣声，将占地3000多亩的荒漠，变成了一片灼热的工地。100多亿的投资，已经砸进去了。

2007年11月27日，时任中共中央总书记的胡锦涛，视察了建设正酣的鄂尔多斯煤制油现场。胡锦涛无限期待地说："煤直接液化项目，是保障国家能源安全一个重要的战略举措，你们要高质量、高水平把项目建设好……"

千钧重压，向死而生！

时常夜不成眠、两眼充血的舒歌平，集合起所有人的智慧，决定将整个实验系统进行全面改造，设备重新布局，并废除所有的U型管道，最大限度顺应物料畅通。对不同煤种，不同温度、压力和催化剂，进行全方位实验冲刺……

2008年的春天，来得有点晚，但她带着汹涌的、蓬勃的、傲视一切的春潮，铺天盖地倾覆而来。在清脆的汽笛声中，上海迎来了这个春天最壮观的日出。

神华自主创新的煤直接液化工艺中试，取得圆满成功！

仅仅10个月后，鄂尔多斯草原那座期盼已久的塔林，进入试车状态。

此间，有两个事件应该以浓重的笔墨，写入中国煤制油的史册。

2008年5月1日，42对年轻煤制油人的集体婚礼，在高耸的装置和蓝天白云下举行。张玉卓、张继明等一一到场。

在令人沉醉的婚礼进行曲中，张玉卓发表了如此铿锵的婚礼祝词："你们勇敢地接过老一辈神华人手中的接力棒，自觉担负起建设神华、发展神华的重任。你们将书写无愧于时代的华美篇章。你们的幸福与中国煤制油大业同在！"

立时，温俊刚、谢永春这对年轻人泪花盈目。是啊，我们就是为中国的煤制油而来。

温俊刚忘不了大三时，神华人在他就读的河北工业大学招聘时撩人的两句话："煤可以直接制成油哦"；"要是想去，就来北京找我啊"。这两句话击

碎了他计划了很久的“考研”梦。一年后，他揣着小鹿般的心情，直接来到北京安定门西滨河畔那幢大厦寻找“组织”。“在一片荒原上创造奇迹”，这正是他心中的梦想。他就这样爱上了鄂尔多斯这片荒原。天津工业大学毕业的女朋友谢永春，不久也追随而来。一个为了爱情，一个为了理想，他们殊途同归。

侯艳波、张术娟是后来的一对。他们走出了一条从草原到城市再到草原、大学生村官到神华员工的曲折之路。接到大学通知书的时候，他们在赤峰农村的村口，长舒了一口气：别了，我贫穷闭塞的故土。爱情开始在梦寐以求的城市放飞。毕业后，张术娟考进武汉华农读研，侯艳波就考武汉近郊的大学生村官陪读。扎根武汉，差不多已成定局。这个时候，中组部和神华联合启动大学生村官就业和创业的“双六工程”，神华煤制油，就像天上掉下来的一块磁铁，牢牢地吸住了侯艳波。侯艳波突然像变了一个人似的，执拗地考入了神华鄂尔多斯公司。这一去，九头牛也拉不回来。现在该轮到张术娟辗转腾挪了——硕士毕业后，先是考上了鄂尔多斯的大学生村官，两年后，正好神华招人，再考入神华鄂尔多斯公司。神奇的“煤制油”，让这对“劳燕”重聚高原。现在，这对被星光和梦想照耀的文科高材生，正用手中深情的笔，书写着这个中国煤制油工程开天辟地的历史……

哦，还是让我们回到另一个事件的叙述——

2008年秋，中南海第三会议室，根据时任国务院总理温家宝的指示，时任国务院副总理的张德江主持召开了神华煤制油首次开车指导协调会。与会成员有神华高层张玉卓，神华煤制油化工公司董事长吴秀章、首席科学家舒歌平，中科院和工程院专家，工信部、国家能源局、内蒙古、上海的负责人。工信部李毅中部长出任组长，成立专家、安全、物资保障三个小组。张德江要求三个小组第二天就出发，确保煤制油首次开车万无一失。

有多么高的规格，就有多么浓的期盼。

中南海的眼睛，紧盯着中国煤制油这一历史时刻的来临。

2008年12月30日14时46分，随着总指挥张继明一声令下，乌黑的煤瞬间被吞没，70多万米管道、4700多套设备组成的庞大装置，连同脚下的莽莽高原，开始震颤……

约16个小时，装置全线打通，煤基沥青顺利成型；约24个小时，晶亮的柴油和石脑油汩汩淌出。

张玉卓、吴秀章、舒歌平、张继明……所有在场的人，禁不住热泪纵横。

此刻，朔风止步，草木屏息，太阳高悬，鄂尔多斯草原辽阔无边……

一项“中国创造”的伟大奇迹就此诞生。至此，中国成为世界上唯一掌握百万吨级煤直接液化关键技术的国家。

经过303小时连续稳定运行，2009年1月12日凌晨5时许，在完成所有预定试车任务后，工厂按计划停车。

凡是过往，皆为序章。

神华人深知，一套工业化生产放大1000倍的首创技术工艺，成功并非一蹴而就，探索还将持续下去。围绕稳定、长周期运行的技术改造，以及设备的国产化就此展开。2009、2010的两年间，仅完成工艺改造上千项，设备国产化攻关上百项，装置稳定运行的周期在大幅度延长。2011年，工厂商业化营运正式开始。

2012年，张继明调任神华煤制油板块董事长，张传江成为鄂尔多斯公司的接棒者。

张传江来自荆门石化，是神华煤制油最早大规模招聘来的管理型人才。先后在北京神华总部项目策划组、上海中试装置建设和开车有过历练。2006年，被派往鄂尔多斯，负责工厂的经营管理，成为张继明的“左膀右臂”。

张传江接替张继明后，市场的考验尤为激烈。

2014年，正值工艺完善和设备国产化替代如火如荼，国际油价一连却

“十三跌”，工厂效益持续走低，员工降薪，“煤制油”濒临生死边缘。

具有丰富市场管理经验的张传江，提出了以提高运行效率、提高管理水平、提高竞争能力、提高发展潜力为核心要素的“第二次创业”。两三年间，实施降本措施400多条，年增效2.3亿。同时，从中石油炼油厂购进一套催化重整装置，利旧改造，深加工煤制油产品石脑油，新产品年获利2亿多元。

企稳的经营形势像一根定海神针，使得煤制油技术工艺的提升，迈入风和日丽的“精进期”。

“结焦”和“磨损”，这两个影响运行周期和设备寿命的世界难题，就是在这一时段，被最终突破的。

而这一时段的技术攻关，在舒歌平的统领下，呈现出三个明显的特点：一是最接“地气”的生产中心的深度参与；二是材料与设备的国产化方向；三是对接大数据分析手段，以及最新的技术和材料。

为“结焦”提供科学的解决办法，他们与隶属神华的北京低碳清洁能源研究所合作，建立计算机数据模型，通过大数据计算，探求结焦的具体原因。在此基础上，又一起制作了设备模型，通过模拟物料，测试其运行状态和沉积规律。从而精准地确立了最核心部件反应器内构件的改造方向。

为解决“磨损”问题，他们先后试用了德国、日本、加拿大——世界上阀芯制造“最牛”的三家公司的产品，一个阀芯动辄200多万元人民币，但面对气液固三相介质160公斤以上的压差，阀芯最长失效时间不过72小时。于是，他们先后与国内6家公司合作，共同开发，并整合航天和核工业技术，阀芯失效时间从150小时突破到2700小时。而每个阀芯的价格仅为50万～60万元人民币。

在创新突破中，公司的生产中心——后来成立以中心经理命名的创新工作室，成了熠熠闪光的部门。他们走向这里，用智慧、汗水，拨旺创新的篝火，创造了一个个奇迹。

张传江的继任者王建立，在张继明任总经理时，就曾经几次主动请缨，要求到生产中心一展身手。后来，他如愿以偿。

王建立，2003年来自于中石化天津大港，在鄂尔多斯公司，从环保储运生产中心经理开始，一步步扎实干到了总经理的位置。一个深谙技术、甚至迷恋技术的管理者；一个为解决“结焦”堵塞，“三过家门而不入”的神华精神传承者；一个在煤制油技术工艺完善、后期新产品市场开发，以及将鄂尔多斯公司带向美好未来，最富创新激情的火炬接力者。

在煤直接液化项目进入消缺改造和优化操作阶段，王建立和同事抛开原先由外国人制定的生产操作方法，大胆创新，直接用未经固液分离的煤液化半成品含固污油，进入生产系统组织开工，取得成功，并完全颠覆了国外的操作理念。

为了高标准树立煤直接制油样板工程，做到工业废水“零排放”，王建立和同事创新性提出“核心引进+国产配套”的技术设备引进模式，彻底地解决了煤直接液化产生的盐水处理回用，仅以几千万的成本做成了2亿元的事情。

被舒歌平称为“小铁人”的安亮，2004年从辽阳石化而来，在国内加氢裂化生产操作领域堪称“资深元老”。在鄂尔多斯公司，曾经创新性改写了当初由外国专家制定的操作守则。在煤粉流量控制中，一项小小的技改，迸发出大大的能量。与团队一道，通过创新性增设过滤器、冲油导管等设备，为解决“结焦”创造了条件。这个有着幽默天性、始终笑对生活、创新点子常现的“技术大拿”，以7项个人技术专利、内蒙古自治区五一劳动奖章，垫高了一个煤制油人的自豪。

乔元，煤直接液化生产中心现任经理，技术创新工作室现在以他的名字命名，毕业于西北大学。为了神奇的煤制油，放弃了当公务员的机会，成为同班同学的一个“另类”。他用迄今为止13年煤制油技术工艺的学习探索，以及“全国优秀共青团员”的荣誉勋章，成为煤制油青年科技队伍的楷模。

凤凰涅槃，浴火重生。于今，煤液化装置连续稳定运行已破420天，远超310天的设计值；综合能源转化率高达57%以上；设备国产化率达98.4%；产品在航天、军工等领域全面开花；生产流程废水“零排放”，并实现了生产用水的煤矿疏矸水替代；开发了亚洲第一套10万吨/年的全流程捕捉和封存二氧化碳技术，累计注入30万吨，成为减排和改善气候环境的国家名片；获国家专利213项，并在美国、俄罗斯、欧洲等9个国家和地区获发明授权。商业化运营的七年间，至2016年，生产各类油品580余万吨，实现营收327亿元，累计利税62.3亿元。因为对煤制油的特殊贡献，张玉卓当选中国工程院院士，张继明、舒歌平获得世界煤制油大奖。在2012年全国两院院士大会上，胡锦涛、温家宝对鄂尔多斯煤制油给予了高度评价，称之为“重大的科技成果”；2017年，煤直接液化技术获得国家科技进步一等奖……

神华煤直接液化创新技术，像一颗冉冉升起的新星，璀璨夺目，光耀东方。

三

被叶青几个月前从中石油吉林燃料乙醇公司“挖”来的岳国，怎么也睡不着了。虽然北京的这个初秋，刚刚下过一场小雨，天气凉爽宜人。

在神华煤制油副总经理这个位置，岳国每天都会接到来自上海中试的海量信息，舒歌平、张继明们夜以继日的苦战，仿佛就在眼前。他问自己，这是“坐镇总部”——尽管这就是他的职责，还是“作壁上观”？在神华煤直接液化“激情燃烧的岁月”，他感觉自己“闲”得太不厚道。

磨合中几乎所有关键设备和技术的攻关。

为解决MTO装置长周期运转堵塞问题，他们开发了一种溶剂，对易堵塞的系统进行连续在线清洗，并对夹带在工艺气中被水洗下来的催化剂进行分离，圆满地解决了此难题。

MTO装置部分关键设备选型偏小，如再生器能力不够，对此他们组织攻关，开发出富氧再生技术，使得MTO装置生产运行达到了设计能力。

制约满负荷长周期生产的另一个瓶颈，就是气化炉的核心部件烧嘴，使用寿命太短。原GE设计制造的烧嘴达不到60天的设计寿命，平均约37天，最短的仅10多天，造成高额的维修费用和停工损失。为此他们联合科研院所、制造商，开展烧嘴国产化研发，使得烧嘴寿命延长到75天，而且国产烧嘴价格仅为进口的40%。

针对汽提系统冷凝液对换热器、管线、机泵、阀门的腐蚀问题，他们又展开了材料攻关，将过去的金属材质换热器改为非金属材质，彻底解决了腐蚀问题。

……

现任神华包头煤化工公司总经理的贾润安，是将煤制烯烃装置推向“长满优”生产的创新型管理者。

2004年，煤制烯烃项目筹备，岳国从大庆石化要走五个人，其中就有大庆石化裂解车间主任闫国春和合成氨车间主任贾润安。2011年，包头煤制烯烃项目刚刚进入商业化营运，贾润安又与闫国春一起共赴神华榆林煤化工，差不多就是“克隆”另外一个包头煤制烯烃项目。

2016年，有着两套相同装置建设经验的贾润安回到包头煤化工，自然就有了“八千里路云和月”的体悟。

在他的手上，通过技术创新和管理挖潜，使得煤制烯烃装置，抵达全年满负荷生产。而且，在环保治理上频频亮剑。把含高COD的废水集中处

理，引到气化磨煤系统，做废物无害化处理，从而使COD的总量降低。又将污水处理装置所产生的活性污泥，送至气化装置，污泥中的碳氢化合物通过高温燃烧，产生的合成气再用于生产甲醇。从而实现了危废资源化利用，并探索出一条最有效的活性污泥自主处置新途径，在国内同行中属于首创。

“所有这一切，都将在神华第三代煤制烯烃技术上得到体现。”

贾润安盼望着二期包头煤制烯烃项目尽早落地……

一树繁花，尽显春天生机。

2017年，神华包头煤制烯烃获得国家科技进步一等奖。中国石油和化学工业联合会给予了这样的评价：开创了石油替代制取低碳烯烃的新途径，奠定了我国在世界煤基烯烃工业化产业中的国际领先地位，为我国煤制烯烃产业提供了示范，对推进低碳经济发展、减轻和缓解石油对外依存的压力，保障国家能源战略具有重要意义。

神华包头煤制烯烃的示范，引发了一个产业的勃兴。

目前全国煤制烯烃工厂建成投产20多家，十几家在建或进入前期准备，预计2020年，至少40家煤制烯烃工厂将建成，总计贡献的烯烃产能约2400万吨，大约节省4000万吨原油。

当现任神华煤制油板块总经理闫国春，告诉我这一串数据的时候，他的脸上充溢着掩饰不住的自豪。

四

这是一个规模更加宏大的煤制油项目。它以550亿元的投资预算，年产400万吨油品，煤间接液化的技术路线，托举起中国能源安全战略的重任，以及“再造一个宁夏”一号工程的热切期待。

巍巍贺兰山，滚滚黄河水。

当历史选择神华宁煤人的时候，处在陕甘宁蒙能源化工“金三角”中心地带的宁东煤化工基地——一片25平方公里亘古寂寥的荒原，睁开了星星一样翘盼的眼睛。

从“卖炭翁”到“卖油翁”，寄予了神华宁煤人15年的梦想。

早在2003年，神华宁煤就拉开了与南非沙索公司——当时世界上拥有最成熟的费托合成技术和唯一大型商业化运营的煤间接液化工厂商谈的序幕。

但高达25亿美元的技术转让费用，以及土地等优惠政策的附加条件，像一座无法逾越的大山，使得双方的谈判陷入旷日持久的拉锯战。

国家能源局局长张国宝，几次差点愤怒地拍了桌子。

可是，没有核心技术，你只能变成挨宰的“羔羊”。

神华宁煤人头上就是悬着这样一把“刀”，开始了艰苦卓绝的技术探索。

投资40亿元，当时世界上仅有的两套之一，年产25万吨煤基甲醇项目，被神华宁煤人誉为人才与技术培养的“黄埔一期”。

毕业于南开大学物理化学专业的焦洪桥，刚刚从“中氮”调入神华宁煤，立即加入了这场技术“零起步”的鏖战。

从首钢购进的“二手”设备，采用的是德士古水煤浆气化废锅流程技术。因为煤种和技术因素未能投产，这套进口设备，已在首钢“沉睡”了15年。

“在恢复性设计和时常跳闸的开车中，可谓步步惊心。”现任神华宁煤副总工程师的焦洪桥，回忆当初的情景仍然充满了惊惧。

但正是这种历险式的探索，使得神华宁煤人，在暗黑的巷道，找到了光明的出口。

2007年4月13日，时任中共中央总书记的胡锦涛，视察了宁东煤化工基地和25万吨甲醇项目。胡锦涛鼓励说：要坚持提高自主创新能力，又好又快建设宁东煤化工基地，实现资源优势向经济优势转化。

胡锦涛的鞭策化作了巨大的动能。2008年8月，世界上单体规模最大的煤基甲醇项目，在神华宁煤成功运营。

信心就像沙枣树根一样，越扎越深。决策层引领神华宁煤人，在煤化工这片荒原，开始加速奔跑。

既年产60万吨甲醇项目、年产6万吨聚甲醛项目之后，又向年产50万吨煤基烯烃、年产50万吨甲醇制烯烃项目发起攻击。于是，德国鲁奇的甲醇制丙烯（MTP）和西门子干煤粉气化（GSP）技术，与神华宁煤人不期而遇。

挑起项目建设重任的姚敏，此刻是战战兢兢、如履薄冰。招揽人才是当务之急。于是，他变身成这个世界最勤勉、最有号召力的“伯乐”，带领5个人，满世界地疯跑。1000多个来自石化、化工企业和大学、研究所的有志之士，聚拢到了这个曾经创造了200年灿烂西夏文明的莽莽荒原。姚敏说：“在这里，我们神华宁煤人将用当代智慧孕育中国煤化工一片崭新的文明之光。”

毕业于中南大学，在科研一线奋斗了20年的教授级高工罗春桃，是姚敏“三顾茅庐”恭迎而来的“重量级”人才。刚进企业，罗春桃就被委以神华宁煤煤化工研发中心主任和生产部长的重任。这时，研发中心刚刚成立，罗春桃这个只身“女司令”便一边接课题，一边拉队伍。不过两三年，以硕士、博士为主体构建的70多人的年轻科研团队，已是兵强马壮。

这是使命齐天、青春无敌的岁月。

从租赁宁夏大学的实验室，到改造车间、搭建简易实验室，再到投资2.7亿元、建成“高大上”的神华宁煤实验大楼，在罗春桃“立足装置、面向市场、聚合科技、自主创新”的理念引领下，一批应用型技术人才，百炼成钢——诞生了煤样分析专家杨磊，国产MTP催化剂专家张堃，聚合物改性研究的领军人物田广华，领衔开发6个牌号聚丙烯新产品、为企业带来1.7亿元经济效益的全国优秀科技工作者袁炜，国产甲醇制丙烯催化剂专家团队、全国五一巾帼标兵——雍晓静及其研发二部，立足装置搞研究、面向市场调结构的聚烯烃产品研发团队，开发出具有自主知识产权的“神宁炉”干煤粉加压气化技术的井云环及其研发一部……

250多项专利，140多项发明专利，将神华宁煤渐次送上了技术话语中心。

故事在项目的实施中展开了。

年产50万吨煤基烯烃项目，是西门子干煤粉气化（GSP）技术和鲁奇甲醇制丙烯（MTP）技术首次在全球的工业化应用。在建设期和试车期，双方在包括设计理念、炉子选形、工程化技术等诸多方面存在严重分歧，一方要改造，一方不允许。坚持己见的神华宁煤人，只得选择德国人下班后施工。第二天，德国人发现后，恼了。于是，双方交锋开始。

西门子专家耶立什愤怒地说：“你们擅自改造，后果自负。我们明天回国！”

焦洪桥怒怼道：“好，那就请回，以后再也不用来了。我们会对自己的项目高度负责！”

双方僵持不下。耶立什气咻咻地请示德国总部。

因神华宁煤的执意坚持，迫使对方召开了论证会，最终同意神华宁煤的改造方案。经过四次、持续一年的大型改造，西门子干煤粉气化（GSP）技术包已是面目全非。

其中的烧嘴设备，最为致命，它的要价高达100多万欧元，试车的时候，技术人员一连五天六夜蹲伏在框架上，却总是点不着火。偶尔点着，很快又熄灭。身为项目总指挥的姚敏，为此专门成立了“保枪（烧嘴）队”，

姚敏亲任队长。项目总工程师黄斌，为采集相关数据，研究其机理，每天工作十几个小时。有一次，在现场竟然站着睡着了。为彻底解决烧嘴问题，神华宁煤决定联合航天所、中船重工711所，自主开发。经过一年多的攻关，终于攻克了烧嘴难关。国产化后，烧嘴成效提高了5～10倍，但价格仅200多万人民币。

耶立什不知道，甚至可以说是技术颠覆性的革命，正在这里破晓。一个具有神华宁煤自主知识产权、煤种适应性宽泛、性能卓越的“神宁炉”，即将横空出世，并将终结西门子干煤粉气化（GSP）技术的中国市场。

鲁奇的情形仿若西门子。

在开车过程中，反应器超温100多度，情况危急。焦洪桥立即与鲁奇专家伊斯特万、马丁交涉，提出了改进办法。但德国人既傲慢又固执，起先怎么也不同意，在连夜与总部电话请示后，才勉强答应按照神华宁煤的方式来开车。一试，灵验得很，温度果真回到了预控范围。趁势，神华宁煤技术团队又在除油、除甲钠离子等方面进行工艺改造，一一解决了鲁奇的设计缺陷。

伊斯特万、马丁终于低下了骄傲的头，对焦洪桥说：“你们创新性改造，的确富有成效，弥补了我们设计的不足。”

由此双方达成协议：神华宁煤将分享鲁奇MTP在全世界范围15%技术转让利润。

……

这是一场漫长却充满民族自尊与斗志的蓄势，她滚烫的熔岩携带沉沉的怒吼在奔突，她迫切地等待着一次震天撼地的喷发。

当2010年，中国的中科合成油公司，在内蒙古伊泰建成年16万吨煤炭间接液化生产线，产出合格产品的消息传来时；当神华宁煤结束十年谈判苦旅，毅然向着中科合成转身时；当2013年9月，国家发改委正式核准400万吨煤间接液化项目，强调项目必须承载重大技术、装备及材料自主创新和国产化任务，并且建成示范项目时，神华宁煤人周身的血液已经沸腾。

这是超出我们想象力的一场大会战。

1万多台设备，26万吨钢结构，相当于银川到广州的距离——2586公里的管道，相当于中国高铁运营里程——2.5万公里的电缆，3万多名参战人员在夏天高温38℃、冬天零下26℃，用“吃三睡五干十六”的作息诀，将5年的建设期压缩到3年零3个月。

这是中南海高度关注的一个示范工程。

2016年7月19日，下午四时塞上的太阳依然炽烈。习近平总书记风尘仆仆来到400万吨煤间接液化施工现场，亲切看望正在烈日下苦战的建设者。他不断向地面上、塔吊上、管廊上、大罐上的施工人员挥手致意。习近平停驻了脚步，深情地注视海潮般激荡的人群，拿起话筒，充满感情地说：“社会主义是干出来的。就是靠着工人阶级的拼搏精神，埋头苦干、真抓实干，我们才能实现一个又一个的伟大目标，取得一个又一个的丰硕成果。”[1]

总书记的讲话朴实而充满力量。现场许多人，留下了感动的泪水。

犹如总攻前的大集结和大动员，号角激荡在每一个建设者心中。

一年前走马上任神华宁煤董事长的邵俊杰，牢记总书记的重托，排除低油价带来的煤制油前景质疑，把好项目建设质量关、安全关，全力推进项目进程。

2016年12月21日，神华煤间接液化项目油品A线一次试车成功，打通全流程，产出合格油品。2017年12月17日，实现满负荷运转，圆满完成“达产”目标，并实现了煤炭的清洁高效转化。神华宁煤人向总书记交出了一份圆满答卷。

这也是技术创新获得重大突破的一个国家实验场。

---

[1] 摘自《人民日报》2016年9月19日02版。

神华煤间接液化项目，共承担了包括中科合成油费托合成及油品加工成套技术、日投煤2200吨干煤粉气化技术等37项国家重大技术、装备及材料国产化任务，装备国产化率达到98.5%，加快终结了进口技术和装备制造产品的暴利时代，真正实现了技术“逆袭”。

正是依托煤制油项目建设，一大批国内企业在合力攻关过程中共同成长，与西门子、三菱重工、壳牌等知名企业同台竞技，使中国制造扬眉吐气。

杭州杭氧集团公司为神宁煤制油项目研发试用的10万标方级大型空分成套设备，1小时生产氧气可充满14座北京奥运“水立方”，已经成为目前世界上最大的单机容量制氧装置，杭氧公司因此一跃成为世界空分强企。宁夏吴忠仪表公司为煤制油气化装置研制的调节阀，使用寿命延长了两三倍，价格不到国外知名品牌的一半。P91钢管原来从美德日进口，每吨15万元，1年多才能交货。北方重工集团承担“超级P91高端钢管技术攻关”，价格下降了70%，交货期仅90天。苏州安特威阀门公司依据干煤粉装置的特殊需求，研发出全球第一台双盘阀，使用寿命高出德国产品的一倍，一举成名……

2016年9月23日，注定是值得铭记的一天。这一天，在大洋彼岸的美国德克萨斯州，神华宁煤副总经理姚敏与美国顶峰集团签署了“神宁炉”气化技术许可合同。“神宁炉”，这个获得国家发明金奖的“神器”，带着神华宁煤从技术引进迈向技术输出，以及中国煤化工大型装备走出国门的荣耀，登陆美国市场。

更多的神华宁煤品牌在孕育：500吨半废锅、日投煤4000吨的“神宁炉”、烧嘴二代、更高效的煤制油催化剂……正在突破的前夜。肩负技术创新、转化的“神耀科技”挂牌营运。

“我们正在建设一个以煤为基础，以煤化工为龙头，面向市场、面向世界、面向未来的技术创新型‘新神宁’。”邵俊杰信心满满地说。

五

神华煤制油、煤制烯烃超级工程，已引起世界广泛关注。

美国陶氏CEO利伟称赞道：“中国发展现代煤化工，是对世界石油化学工业原料多元化的重大贡献”。

德国巴斯夫CEO博凯慈评论称：“中国发展现代煤化工，是符合中国国情的必然选择。”

日本通产省的相关研究，更是将中国的现代煤化工作为日本未来十年发展面临的三个挑战之一。

中国石油和化学工业联合会会长李寿生高度肯定说：“中国现代煤化工之所以拥有今天的地位，神华集团做了卓越的贡献。”

一块煤，就这样踏上了崭新的征程。

煤说：我看见了浩瀚无垠的大海。

神说：我看见了奔流不息的火焰。

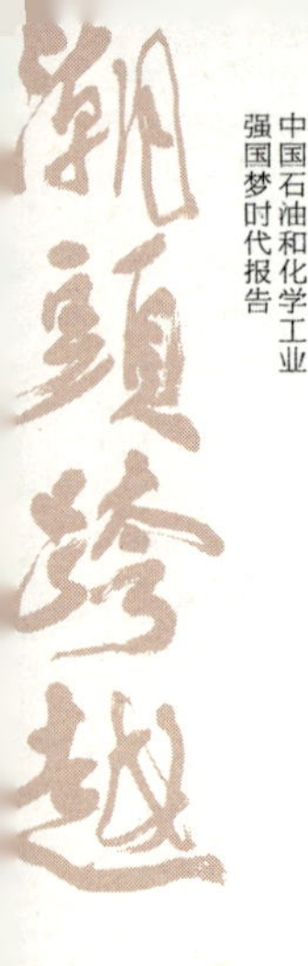

02

图克煤化工的铿锵脉动

300多年前的法国科学家伊莱尔·罗埃尔恐怕无法想到，他发现的一种叫作尿素的神奇物质会风靡全球；200多年前，首次合成尿素的德国科学家弗里德希·维勒也无法想到，尿素这种肥料会在东方文明古国——中华大地上绽放异彩。

当然，就连怀揣产业报国夙愿、亲手创办了中国第一家化肥企业的一代巨匠范旭东先生恐怕也想不到，短短几十年的光景，中国产的尿素就从无到有，从小到大，跃居全球生产量、消费量、出口量三个第一。

而令当代人也想不到的是，有一个叫中煤的企业后来居上，在图克这个地方，用了不到3年的时间，建成了中国单厂最大的尿素装置，并以工艺最优、工期最短、成本最低、废水零排放的赫赫业绩，谱写出一曲荡气回肠、献给庄稼的赞歌。

2017年是中煤集团剑指化肥的第8个年头。这一年，中煤集团麾下的中煤鄂尔多斯能源化工有限公司（简称，鄂能化）生产尿素190多万吨，蝉联中国尿素成本最低的生产企业，利润较上年大幅增长，创造了中国化肥史上的一个新的业绩。

这个业绩使一向谨慎的中煤集团董事长兼党委书记李延江的目光中蕴含起笑意，也使得全国化肥企业对这位后来者刮目相看，充满敬意。

在中煤集团年终总结会上，李延江表示：在煤化工领域，中煤走出了一条传统产业不传统发展的路子。但我们不能故步自封，要在新起点上创造新的辉煌。

对于鄂能化前后两任总经理李晓东和韩雪冬而言，这是鼓励，更是鞭策。几年来，他们率队在沙漠中披星戴月，砥砺奋进，携手缔造了“图克模式”，把年产100万吨合成氨、175万吨尿素这个庞然大物，打造成了引领行业发展的一个示范性标志。

此时，他们默契相视，更感责任重大。当年决策前后的情景历历在目，记忆犹新：

在图克大化肥项目上马之前，中煤集团仅有少数几个煤化工企业，既不多，也不大，更不强，属于典型的“一煤独大”，面临着产品结构单一、主业发展不平衡等发展难题。随着煤炭黄金十年渐逝，问题更加突显。面对严峻形势，中煤集团迅速确定了“立足煤、延伸煤、超越煤”的发展战略。

之所以挥师煤化工领域，中煤集团有着三大自信：首先是资源自信，中煤集团拥有充足的煤炭资源，可以保证为自身煤化工项目稳定供煤，具备了降低煤化工产品成本的先决条件；其次是人才自信，在内部，已经培养了一批经验丰富的管理和专业技术人才队伍，在外部，中煤集团广招天下英才，将来自国内多个知名煤化工企业的优秀人才收至麾下；其三是实力自信，在煤炭黄金十年中，中煤集团积累了相对充裕的资金，可以为发展煤化工产业

提供资金保障。

经过慎重考虑，中煤集团选择了在陕蒙基地落子，建设烯烃、化肥、甲醇等一系列煤化工项目。化肥排在首位。

之所以选择化肥，中煤自有妙算：一是尿素虽是传统支农产品，但工艺成熟度高，装置可靠性强，市场需求稳定；二是将煤炭转化为化肥，可以有效提高能源综合利用水平，保证转化效率以及产品产量和质量；三是采取新技术和新工艺上马超常规模的大化肥，可以实现后发制人，领先于市场；四是这样做不仅符合国家的能源政策，而且对于石化行业实现新旧动能转换，淘汰化肥落后产能，具有深远意义。

经过多方论证，中煤的决策者最终把目光锁定在内蒙古鄂尔多斯市乌审旗图克工业园区。旋即，占地127公顷，设计年产200万吨合成氨、350万吨尿素，总投资200亿元的图克大化肥项目花落毛乌素沙漠。

这一决策，注定了千里荒原将成为沸腾的沃土；李晓东和韩雪冬他们，将在这里成就一个为庄稼献礼的梦想和伟业。

一

2009年8月，地处毛乌素沙漠腹地的内蒙古鄂尔多斯市乌审旗图克镇，迎来了一批风尘仆仆的外乡人，他们是前来察看场地的中煤先头部队。图克大化肥项目，在这个气爽风清的季节悄无声息地拉开了序幕。

"图克"蒙语意为"旗帜"，这个沙漠小镇，总人口不足千人，是典型的鄂尔多斯牧民区。当时，小镇上还没有大型工业，当地牧民大多还过着较为原始的生活。

"非知之艰，行之维艰。"如何将蓝图落地，在这片荒漠中建起一个规模庞大的现代化工厂，中煤集团面临难关。

虽然有各种不同的阅历和见识，但在选将出征方面，搞煤炭出身的中煤集团领导班子的意见竟然出奇的一致。就是这个一致的意见，成就了图克大化肥的不世之功。这个意见其实只有短短8个字——让专业人干专业事！

于是，宁秋实、曹正强、樊宏原、韩雪冬、张保太……一个个身经百战的战将名单渐次进入视野。最后，领导层把目光聚焦在一个人身上：李晓东，山西晋城人，做过化工企业领导、当过环保官员，专业扎实、经验丰富、作风硬朗、胆识过人。

就是他了！经过充分酝酿，时任中煤集团董事长吴耀文和总经理王安拍板定音。

2010年8月，李晓东出任项目总指挥。与此同时，生产、运营、技术等主要岗位领导绝大多数由有化工阅历的人担纲。

当年初冬，李晓东来到了图克大化肥建设现场，上级给了他的团队33个月的工期。面对他的，是一片一望无际、沙丘连绵的荒漠，在此处建设如此规模的大型装置，再加上内蒙古地区存在着入冬早、有效施工时间比内地至少要短两个月的不利条件，这个工期，在国内是先例，在国际上亦是绝无仅有，几乎是一个难以完成的任务。

李晓东有着西北人的精细和豪情，也有一个更为显著的优点，那就是不惧艰难，勇于争先。此时，他没有迟疑，而是立即排兵布阵，开始行动。

后发先至，必须有超强的力量、技能、耐力和速度。

在一头扎进毛乌素，历经风餐露宿的一番深入调研后，这个专业的领导班子很快祭出连环三招。

第一招，招兵买马，组建专业队伍。一是从集团内部抽调部分技术过硬、经验丰富的煤化工专业人才；二是从国内享有煤化工人才摇篮之称的化肥企业引进一批熟悉煤化工工艺流程，具有丰富煤化工项目建设和管理经验

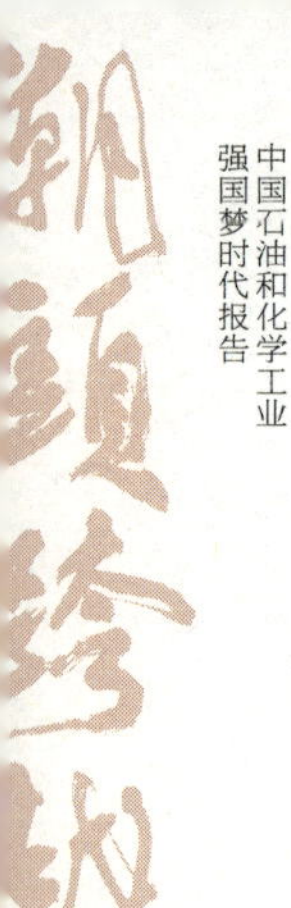

的高端人才和技术骨干。同时，对新入职员工进行工艺和设备操作知识培训，到山化、金新、龙化、海南富岛等大型企业跟班实习作业，回厂后到施工一线参与厂内设备、仪表安装，全面掌握工艺设备性能。

第二招，因地制宜，调整设计方案。在已形成初步技术方案的基础上，他们一边组织有针对性的系统学习，通过查阅文献、请进来交流、走出去考察等多种方式，对目前国际、国内煤化工技术的发展水平进行充分了解、消化和吸收。一边对目前国际、国内煤化工设备装备制造水平、自控水平进行充分调研，充分听取各专业专家、设计院、装备制造商的意见建议，最终提出了将项目由原计划的三套30～52合成氨/尿素优化为两套50～80合成氨/尿素装置的建议。

第三招，确立了“五湖四海，就事论事”的企业文化和“一体化”的融合管理模式。鄂能化的各级管理人员，有国内比较知名的煤化工企业的管理骨干、技术骨干，还有中煤集团内部调配的干部职工，每个人的身上不仅带着原单位企业文化的烙印，而且还个性鲜明。“五湖四海、就事论事”，就是提倡大家互相欣赏、互相尊重、互相理解，不论是“山人”，还是“龙人”，只要来到了鄂能化，就是鄂能化人。

所谓“一体化”，就是“一竿子插到底”，实行建设、生产和运营一体化管理，前期谁定方案，建设就由谁来落实，运行也靠谁来管理，使基建和生产高度衔接。为避免项目建设、试生产两张皮，本着简洁、高效、连贯的思路，成立了以项目组为纽带的决策层、管理层、执行层的管理框架。

围绕这个理念，工程建设期的管理部门就是将来生产期的生产管理部门，项目组的人员从各管理部门和车间选派，管理部门侧重管理，抓全局，项目组具体实施，从前到后贯通一致，强调谁定方案，谁来落实，将来谁组织生产，明确了职责，落实了责任。

三招出手，犹似三足扛鼎，牢牢地打实了图克大化肥建设项目的基础。

从无到有的路注定崎岖坎坷。最早来到图克现场的人们，对此有着深刻的理解，尤其是刚踏入这片荒漠之时，春秋，风沙大的睁不开眼，夏天，烈日炙烤着建设者的脸，地表温度能达到了50℃，植被稀少，避无可避。冬天，白毛风一刮起来，温度最低能降到零下30℃，冰冷的寒风仿佛能扯破你的衣裤，像锥子一样钻进你的骨头缝里。

面对如此艰苦的环境，建设者们没有退缩。在征途上，不断有新员工加入，也有个别员工因无法忍受环境的枯燥和单调而选择离开，但这条路终于在顽强不屈的鄂能化人及参与建设的人们脚下不断固化、延伸、拓宽、成型。

图克大化肥项目除3000多台机械设备外，电仪设备多达16000多台，管道长达320公里，各种管件名目繁多，开车是重大课题。为此，领导班子提出了“单机试车要早、吹扫气密要严、联动试车要全、投料试车要稳、试车方案要优、试车费用要低”的目标，制定了涵盖整个试车的技术标准、操作标准和管理标准，用高标准对每项工作进行落实、监督、检查、考核。同时，学习、借鉴、集成国内外优秀化工企业好的做法，不断完善、创新自己的标准，力求能在行业中起到引领示范的作用。通过工作标准的实施，技术人员熟知每个工号的技术要求和操作要领，熟知每根管线和每个阀门的安装，积极发现及时处理问题，一次次化解矛盾。

在具体实施过程中，他们通过三查四定、开车条件确认，从工艺流程和设备功能角度出发，对照每张图纸检查工艺每个环节细节，查漏项，查缺陷，查未完工程量，定任务、定人员、定时间、定措施，确保把隐患消除在试车以前，装置不带病试车。在单机、联动、投料试车前，都专门制定了开车确认表，持表排查，逐项打钩确认，重点查安全措施是否到位，工艺、设备、仪表条件是否具备等。

与此同时，为了确保试车万无一失，他们特别邀请中石化院士、氮肥行业专家30余人进行了开车前的隐患排查，共查出隐患108项，合理化建议95项，并彻底整改完成。

经过长达2年多的艰苦努力，项目进行试车阶段。关键时刻，李晓东等领导班子成员再次冲到最前列，带领技术攻坚队伍分区包片，按照“一事一方案”，沿着试车流程，一项一项排查，一个一个梳理，为解决一项关键难题，他们甚至可以几天几夜不睡觉，直到找到解决方案。

一个团队的强大执行力，体现在这种人人为企、主动作为的细节上。凭借着全体职工的顽强拼搏，试车环节被逐个打通。2013年的最后一天，图克大化肥点燃了第一台气化炉的火炬，成为鄂能化辞旧迎新的生命之火。次日，气化炉点火成功。

2014年2月1日，大年初二，是一个鄂能化人永远难以忘记的日子。这一天，图克大化肥项目一期工程终于打通全部生产流程，即将产出产品。人们闻讯而来，提前围在尿素车间里，怀着仪式般的虔诚紧张地等待着。

当第一批化肥从流水线流出的时候，现场沸腾了，人们抑制不住兴奋，捧着热乎乎的化肥，在车间里又蹦又跳，空气中漾满了喜悦。

化验员强捺住怦怦的心跳，捧着刚刚出炉、还热乎乎的尿素就往化验室跑，一个步骤一个步骤认真分析：水分，合格；缩二脲，合格；亚甲基二脲，合格；总氮，合格；粒度，完美！

化验结果不出意料——品质达到国优标准！

对于鄂能化人而言，这是他们收到的最贵重的春节礼物，从一无所有的荒野，到拔地而起的装置，再到顺利产出了合格尿素，他们创造了在国内外同行业中装置规模最大、建设时间最短、投资控制最好、投产效率最高、原始开车连续运行周期最长的优秀业绩！

欢喜雀跃中，人们看到了高大魁梧的李晓东浓眉下虎目中的湿润。

在场的人说，这一天，毛乌素的云朵格外温柔，沙漠出奇宁静。

二

煤化工最重要的设备首推气化炉，气化效果直接影响着后面的变换、合成等工序的运行，甚至决定着企业的命运。又因其涉及面广，技术复杂，种类较多，选型难、运行难使得化工人无不对其趋之若鹜又谨慎有加。

中煤集团以煤炭起家，在鄂能化使用什么气化炉这个核心装置的选择上自然是慎之又慎。

“首先要选得准，其次要开起来，关键的关键要实现安稳长满优运行。而鄂能化，因为考虑到了自己的实际情况，并没有选择当时最为成熟的炉型，而是盯上了出道不久、名气不大的BGL，这也注定了我们要走一条崎岖之路……”

韩雪冬用东北人诙谐睿智的语言，把人们带回了那段充满激情的难忘岁月。

当时国内主流的炉型有壳牌炉、GE-德士古炉、鲁奇炉、GSP炉、四喷嘴炉、清华炉、航天炉等，有些是粉煤加压气化法，有些是水煤浆法，各有千秋，各有局限。相对而言，BGL炉则只能算作是一个小兄弟。

之所以选择BGL炉，主要是因为当地的煤种和煤质。

鄂尔多斯地区煤种具有低灰熔点、高挥发分、含油高的特点，采用BGL碎煤加压气化技术，在把煤转化为尿素产品的同时，可以将煤中的油分和挥发分分离，从而产生附加值较高的天然气和中油、石脑油等副产品，奠定低成本的先天优势。此外，用BGL炉还具备单位体积气化强度高、水蒸气消耗低、废水排放少等特点，经济效益和环保优势十分明显。

虽然BGL气化炉优势明显，但也有不少隐忧。对于国内煤化工产业而言，BGL气化技术较新，当时仅有两家企业应用BGL气化炉，而且运行情

况也不理想。

在项目建设前期，鄂能化人针对行业内同类装置的应用情况做了大量的前期调研工作，并与工艺包商及EPC责任商有针对性地对技术、设备和操作等问题进行了深入研讨。最终结论是：就鄂能化来说，选择其他炉型，眼前容易掌握，但后患无解；选择BGL炉，眼前比较困难，未来一片光明。

于是，GBL气化炉在鄂能化成为主角。

炉型选定后，如何开好成为首要问题。对此，鄂能化的战术对策十分清晰：第一步，在自我探索的同时，请来外国专家指导开车；第二步，因鄂能化的气化炉届时未到运行状态，派人与外国专家同往兄弟企业帮助开车，在解决其运行问题的同时积累经验；第三步，经过实战磨砺的鄂能化人回过身来，与外国专家及同行企业专家联手解决鄂能化的问题。

虽然战术对头，鄂能化还是把BGL气化炉当成了“真老虎”，组织了以韩雪冬和副总经理张保太为牵头人，崔书明、刘育军、崔伟兵、施峰、宋文健、毕勇等一批“牛人”参与的BGL气化技术攻关小组，决心将BGL气化炉这个煤化工行业的“难点”变成“亮点”。

BGL炉让攻关小组尽耗心智。仅是耐火砖使用周期不长、联锁顺控和数据设置的操作复杂、入炉煤粉率过高、气化炉下渣口堵塞、搅拌器漏水等十余项制约气化炉“安稳长满优”的难题就令他们着实手忙脚乱了一阵子。

从2014年到2016年，随着对BGL气化炉运行规律认识的不断深化，鄂能化人最终掌握了停运气化炉搅拌器后仍保持气化炉正常运行的工艺技术，使因搅拌器漏水而导致气化炉停炉的次数从2014年的32次降到了2017年的0次，停炉总次数也由52次缩减为16次。

气化炉冷备开车是一大技术难点，然而技术之难也催生了技术攻关小组的得意之作。

以往，BGL气化炉在停炉之后需要挖炉，经重新加煤后才能再次开车。虽然此方法开车安全风险较低，但费时费工，影响生产。

为解决这个难题，攻关小组一连多天守在气化车间，研究气化炉的工作原理，观察其运转规律。经过细致观察，他们发现在停车之前调整气化炉及渣池内的状况，停车后人干预通畅渣口，也能达到和加煤开车一样的前期条件。

为此，攻关小组将气化炉运行情况细心地总结成为一张规律表，然后再由车间技术人员有针对性地对气化炉整个升温过程及投蒸氧节奏进行调整……

有一次，冷备开车本来已经成功了，但仅仅过了半小时，下渣口就忽然堵塞，导致开车最终归于失败。攻关小组擦干汗水，甩掉沮丧，立即进行细致分析，找出了问题是出于排渣时间过短，炉内尚有炉渣未能完全熔化，开车后有大块炉渣脱落导致下渣口堵塞。为此，攻关小组制定了延长炉渣熔化时间、加大排渣频率等针对性措施，并逐渐练就了能根据炉渣色泽以及炉渣内是否有黑块来判断炉内炉渣是否已完全熔化的“特殊本领”，最终实现了短期停炉后在不挖炉的情况下冷备开车的重大技术突破。之后，该技术在鄂能化运用得更加纯熟，2017年，5号气化炉创造出运行201天、冷备28天再开车的新纪录。

在气化炉原设计中，需要在原料煤中加入助溶剂，以保证渣池中液态渣的良好流动状态，稳定气化炉工况。通过反复实践，攻关小组提出了一个新设想：“我们厂周围原料煤分布广、灰分多样，能不能通过调整煤种配比达到和助溶剂一样的效果？”

设想一经提出，气化车间立即紧锣密鼓开始探索。首先是将各个煤矿的煤灰中二氧化硅、三氧化二铁等物质进行含量分析。其次是查找三相图，并计算出了各煤灰黏度及流动温度。第三是尝试进行各种不同的配比，计算出各配比后的煤灰黏度及流动温度，从中找到一个最优的配比。最终，他们按照最优的配比进行了36小时试烧，从视频中观察到渣的流动性较好，炉子的工况较为稳定，于是这种办法马上推广运用到了所有气化炉中。

2014年11月份，鄂能化各气化炉全部停止了助溶剂的使用，原料煤按照全新配比进行上煤。仅此一项技术革新，每年就可节省资金近千万元。

汗水伴随着收获，原本在中国有些"水土不服"的BGL气化炉运行逐渐适应了"中国口味"，运行效率不断提升，运行周期不断延长，单炉运行纪录从2014年的137天提高到了2017年的239天，刷新了国内BGL气化炉运行周期的最高纪录。

德国专家闻讯，亲自赶到图克化肥现场进行观摩。当看到升腾的火焰演绎出千变万化，当听到澎湃的能量在管道中奔涌时，这些专家叹服了。他们由衷地竖起大拇指，敬佩地说："中国技术工人，了不起！"

支撑鄂能化发展的，是来自五湖四海的800多名钢铁战士。他们创造了无数可歌可泣的业绩，尤其是与气化相关的故事。随手撷来，倍感动人。

曲秀清是出自气化车间的女汉子，创业之初，她和爱人一起来到图克化肥，成为第一批突击队员，负责编写BGL气化炉标准化操作规程。为了保证规程严格符合气化炉特性，她也记不清改写了多少次，孩子快出生了还坚守在岗位上。直到临产前她才回到婆家，一边等着生产，一边编写规程。18万字的操作规程是和婴儿一起诞生的。当护士将刚出生的婴儿抱给她时，她让婆婆把厚厚的一摞操作规程放在面前，看着这对独特的"双胞胎"，曲秀清露出欣慰的笑容。

谈及这些往事，曲秀清爽朗地笑了起来，摆着手说："不提这些了，在图克化肥，这样的故事天天都在发生。"

笑声是那么爽朗，声音是那么清脆，充满着达观、豪迈和对图克大化肥的拳拳深情。

三

发源于国家“十三五”规划的环保风暴，刮倒了违规企业，警醒了落后企业，激励了优秀企业。

一向在绿色环保方面超前发展的鄂能化在风暴中昂然屹立，愈发亮丽多姿，成为行业的标杆和楷模。

2017年岁尾，伴随着初冬的旭日，来自全国煤化工及相关领域的近200位领导和专家到访鄂能化。他们是参加中国煤化工提标改造技术交流会的代表，按照会议安排，部分代表要到图克大化肥现场进行一次参观交流，没想到，参加交流的代表比原定的名额几乎翻了一番，足足挤满了4辆大轿车。原因只有一个：图克大化肥有吸引他们的魅力宝贝——“高酚氨废水零排放技术”。

在现场，大家看到的，不仅是废水的完全处理，就连最让煤化工人头痛的杂盐，也已实现了全面治理。

感慨之余，人们不禁要问，是什么让鄂能化实现了真正意义上的废水零排放？

答案是：除了舍得投入、善于思考、强于攻关之外，还需要有持久的恒心与耐力。

早在2010年，身为总工程师的韩雪冬一到鄂能化，就将自己多年形成的废水处理技术理念进行了梳理和深化，提出了建设一条先将水进行预处理，再通过纺织印染行业的大分子脱色技术、精细化工物料分离技术、海水淡化技术对水进行脱色、分盐、浓缩，最后利用药品结晶技术对混盐结晶这样一条多种技术“嫁接”，从而形成鄂能化“废水零排放”工艺路线的思路，在根本上解决废水的问题。思路一经提出，引起广泛共鸣，并得到决策层的

支持。

在这种思路影响下，韩雪冬牵头成立了包括张学懿、刘育军、王奉军、崔伟兵、宋文健、周志远、江成广、张洪伟、明国堂等水处理技术人才在内的水处理技术攻关组，着手建立起了废水无害化处理和废水资源化与减量化两大子系统。

在废水无害化处理的子系统中，鄂能化与华南理工大学联合开发了气化炉废水酚氨回收技术；与哈尔滨工业大学合作开发了污水EBA多级生化处理技术，将厌氧和好氧完美结合，将内循环变成了外循环，在好氧方面使用了回廊式、推流式和蒸笼技术等，由于菌株培育合理，增加了生物载活量和生物的活力，废水COD降解率达到了95%以上。整个工艺理论计算非常精密，每个单元的去除率留有保安系数，高酚氨废水零排放技术走在了全国前列。

同时，鄂能化还建设了厂内应急污水事故池、消防事故池和厂外蒸发塘，将蒸发塘内高盐水通过泵站回收至厂区消防事故池，进而回收至污水处理系统，从而实现了污水处理装置、厂内事故池和厂外蒸发塘“三环锁水”，实现了废水无害化无外排处理。

在废水资源化与减量化子系统中，他们通过采取循环利用、分级利用等措施，尽可能将煤化工废水（地表水浓盐水）重新回用到生产中，做到水资源的分质与分级利用，提高了水资源的利用效率。

值得一提的是在混盐蒸发结晶系统调试开车阶段的技术攻关。由于新技术、新工艺不完善，系统运行很不稳定，经常出现因一效、二效加热室换热列管结垢导致系统无法出盐而被迫进行清洗、母液反吹管线堵等问题，致使结晶系统经常停车清洗。

为解决这个难题，水处理技术攻关组深入车间，与车间经理、技术人员、厂方人员一起讨论，针对每项问题制定技术改造方案，然后针对技术改造方案的实施效果一遍遍地改了再试，试了再改，先后制定了进行出料泵入口管改造、原料泵与母液反吹管线阀门保持三分之一开度、二效分离室气相管增加喷淋装置等方法，有效控制了结晶系统停车清洗频率，最终保证了废水零排放系统的长期稳定运行。

随着废水处理工作的深入，矿井水综合利用也取得进展。矿井水的综合利用来自于两个方面的需求：一是鄂能化生产需要大量用水，面临着水源匮乏的难题；二是在鄂能化周边分布着很多矿井，这些矿井在开采过程中产生的大量矿井水因含有有害物质而被禁止随意排放，面临着无处可排的困境。经过反复论证和实验，攻关小组最终确定分两步解决问题的双赢方法。

第一步是矿井水深度处理环节。高盐矿井水以井下处理厂为起点，经抽取汇聚管道输送至图克人工湖界区的矿井水处理装置，并在此处通过“核桃壳过滤”、“多介质过滤”、“活性炭过滤”三级预处理及“超滤”、“反渗透”工艺去除油类污染物和无机盐、低分子有机物，由此得到煤化工可用的原水，从而替换原来的巴图湾水库水源。

第二步是废水“零排放”环节。将反渗透浓水与原系统中的地表水浓盐水分别在不同“零排放”环保系统中进行处理，采用石灰软化、离子交换去除水中硬度、通过高效反渗透进一步浓缩等处理工艺，去除浓盐成分，回收蒸馏水，最终实现高盐矿井废水循环利用和无害化“零排放”处理。

经过艰苦努力，大量含有有害重金属元素的矿井水实现了无污染处理，化肥生产也获得了大量生产用水。据统计，以鄂能化2017年生产用水861万吨计算，“零排放”系统每小时可回收用水约600吨，全年累计节约水费5000余万元，“既要绿水青山，又要金山银山”在鄂能化成为现实。

在干净利落地“收拾”废水的同时，鄂能化开始了分盐攻关。

当初，在鄂能化厂区内堆放着大量的反渗透浓水（高盐废水）处理后生成的混盐结晶（杂盐）。随着杂盐的不断堆积，鄂能化不仅面临着环保惩罚的风险，还必须为此支付不菲的处理和存放成本。

技术攻关小组聚焦目标，枕戈待旦，与科研院所、技术公司共同对浓盐水分离进行了实验室小试和现场中试，根据实验结果，反复与技术公司针对浓盐水降解COD和脱色、脱硅和分盐、蒸发结晶等各个关键环节开展联合攻关，进一步完善工艺指标，研究制定出整体工艺方案。在技术最终定型前，专业人员再次对初步设计进行认真审核，并将审核意见提交设计院进行了修改完善。

经过反复对比尝试，技术攻关小组于2017年成功开发出了液态分盐技术，确定了超滤膜+纳滤膜的分离方案，能够在液态情况下析出一价二价盐。该技术克服了固态分盐工艺流程较长、能耗高等弊端，分离并能够产出工业级的硫酸钠和氯化钠，实现了对高盐废水中氯化钠和硫酸钠的液态分离和资源化利用，成为国内高盐废水液态分盐技术的开拓者。为解决煤化工行业“混盐”处理难题提供了有效路径，填补了国内纳滤分盐和热法分盐相结合的工艺技术空白。

最终，鄂能化成功开发出了煤化工和矿井水浓盐水分盐结晶装置，创造性建立了“高盐矿井水回收、煤化工废水处理、浓盐水分质结晶”三维一体零排放废水循环处理系统，完成了高盐矿井水的回收和煤化工废水的处理，并实现了对浓盐废水的分离和资源化利用。

目前，图克大化肥废水零排放系统通过气化废水预处理、多级生化处理、中水回用、浓盐水蒸发浓缩与膜分离结晶4个主要环节，实现了矿井水、地表水两种水质的全部回用，废水无一滴外排，每年的废水回收利用量约1200万吨。

先进的工艺技术还有效地保证了鄂能化公司废水处理成本低廉：污水单位处理成本不到2元/吨，矿井水综合利用项目处理成本不到10元/吨，在全国煤化工行业废水处理成本方面一直保持在最低水平。回收的工业盐也达到了国家相关工业产品标准要求。其中，硫酸钠纯度控制在99%以上，达到Ⅰ类一等品要求；氯化钠纯度也达到了98.5%以上。

一路披荆斩棘的鄂能化终于在国内率先实现了煤化工生产废水零排放，并由此荣获2017年中国企业社会责任“绿色环保奖”。

亲自参与鄂能化废水零排放治理攻关的全国环保专家、哈尔滨工业大学教授韩洪军评价说：目前，鄂能化的高酚氨废水零排放技术处于国内领先水平，是高酚氨废水零排放技术应用时间唯一超过4年的企业。

回忆起肩负绿色发展责任的初衷。韩雪冬说：“我们是中央企业，发展绿色煤化工不仅是因为这项工作直接关系到我们企业的生存和发展，更是因为环保工作是我们肩上不可推辞的责任和使命，中煤鄂能化将一如既往地履行绿色发展的社会责任，是我们对这片土地的一个郑重承诺。”

四

在2018年中国石化联合会与麦肯锡公司共同编写的《开创下一个未来》一书中，专家预计，几乎所有的石化企业通过提高管理水平都能够减少5%的成本。如此计算，石化行业的利润会接近翻番，相当于在不增加资源消耗、污染和人工的前提下，再造一个石化行业。

由此可见，科学精细的管理对于石化企业有着至关重要的价值。当然，这也正是鄂能化的一大亮点，自创建以来，他们一直牢牢地将成本控制在行业最低的水平上。

来到鄂能化的人会发现，他们的管理并不是泛泛而为，其优秀的管理基因，早在项目构思之初，便已流入企业的血脉之中。

早在图克大化肥项目前期筹备时，中煤集团就提出了“后发先至，事先算赢”的理念，奠定了低成本的先天优势：一是把工厂建在了“坑口”上。

选择了煤质好、存量大的呼吉尔特矿区，此地距离图克工业园区和原料产地很近，运费显著降低，为降低原料成本奠定了良好基础。二是通过规模优势摊薄了成本。选择了国内单体最大的50/80合成氨尿素装置，跻身国内4家产能100万吨以上大颗粒尿素生产企业之列，年转化煤炭近300万吨，庞大的规模优势有效摊薄了吨产品成本。三是工艺优势。在工艺选型上，采用了BGL碎煤加压气化技术，美国KBR技术、尿素的改进型CO_2汽提法工艺及荷兰荷丰公司的流化床大颗粒造粒工艺等先进技术，不仅可以保证产品质量产量，还能够产生出附加值丰富的副产品，从而在工艺上确立了降本增效的先天优势。

在鄂能化层面，首任掌门人李晓东在上任之初就提出了项目建设的三个目标："高质量、高速度、高效益。"为此，他精心设计管理体系，制定了"目标任务明确、职能责任到人、制度执行到位、监督考核保证"的二十四字方针，依此编制了项目WBS分解图，严格落实安全、质量、进度责任制，施行"一事一方案，三定五落实"，规范管理体系，保证了项目建设稳步推进。

正当鄂能化在沙漠中顽强破土、强干丰枝之时，一场突如其来的风暴潮席卷了中国氮肥行业的丛林。

2016年，中国氮肥行业迎来了艰难的一年。这一年，随着国内煤炭及天然气价格上涨，生产成本涨速超过产品价格增速，一批化肥企业受此冲击陆续停车或减产。根据国家统计局的数据显示：2016年，氮肥行业亏损面达到了一半以上，大多数氮肥企业亏损或者在亏损边缘挣扎，不断传出有企业倒下的消息。

那一年，鄂能化日子也很不好过，相比2015年减利明显，产品库存居高不下，全年平均月库存在20万吨以上，仓库里堆满了卖不出去的化肥。

生死关头，鄂能化人咬紧牙关，瘦身健体，强筋壮骨，不仅撑过了2016年，还出人意料地实现了盈利。

是什么使得鄂能化面临如此危局仍能站稳脚跟并实现盈利？血脉中的优秀基因——科学和精细的管理带来的成本优势起了关键作用。

其实，在本次风暴潮到来之前，在建设期向运营期过渡时，鄂能化的管理就曾经面临过严峻的形势：

首先是管理体系还够不完善，企业原有的制度多侧重于建设阶段，生产阶段的制度和操作规程大而全，过于宽泛，针对性不强，员工不容易掌握和落实，管理效率和管理质量并不突出；

其次是建成后的图克大化肥项目规模大，项目设备装置多，给管理造成了更大的复杂性。据统计，当时图克大化肥项目前后流程所属主要七大装置区机械设备多达3478台套，电仪设备多达16167台套，整个系统安全管控压力极大，一个地方出问题，整体都可能受到影响。如何能让数百名员工围绕着“安稳长满优”的工作目标做好相互配合，协调衔接，最终实现安全稳定生产，生产出优质的产品，是困扰主要领导的一大难题。管理工作因而变得烦琐而令人疲惫不堪。

开车后不久的一天，李晓东在班子内部会议上谈及管理体系中存在的缺陷时，感到压力很大。他意识到，管理体系必须需要更多反思和尽快提升。为此，他和领导班子成员商议，决定把制度优化工作作为加强各项基础管理的切入点，围绕生产运营调整和重塑管理模式。

在2014年的一次大会上，李晓东正式提出了这个想法。

“我们要组织对已有的管理制度及工艺、安全、设备三大操作规程进行精简、优化，统一大家思想，理清制度优化思路，要让每个岗位的员工对自己应该掌握的内容记得住、会操作，要通过制度，让每一名员工都养成自觉性。这样一来，每个人都清楚自己该做哪些事，并且知道该怎么去做，大家

都能做到位了，公司的工作自然就做好了，我们管理人员负担也减轻了。”

说到最后，他斩钉截铁地说：“我们必须抓好管理基础，否则天天忙忙碌碌当救火队长，长此以往，事情做不好，人也累坏了，企业也垮了。虽然这项管理优化工作需投入很大的时间和精力，但我认为磨刀不误砍柴工，利用一两年时间把基础搞好了，对所有员工，对整个企业都是一笔宝贵财富，具有深远意义。再难，我们也要搞下去！”

面对新的问题和挑战，鄂能化人选择了迎难而上，拿出了刮骨疗毒、剜疮割肉的勇气，开始了管理体系重塑，打响了一场破茧化蝶、凤凰浴火的攻坚战。

管理体制的革新得到了中煤集团的认同和支持，集团总经理彭毅多次来到鄂能化，听取生产经营情况的汇报，帮助鄂能化寻找管理症结，指导鄂能化进一步建立健全管理制度，优化管理体系，并密切关注着鄂能化管理体系优化后的实施效果。

一次次的南下北上，一个个的不眠之夜，鄂能化组织管理人员到多家行业内先进企业学习、对标，回来后集体研究、审议、商讨、定稿、试行……最终，鄂能化根据自身的实际，建立起了以KPI考核为抓手，职责清晰、动作标准、管控严格、考核精密的一整套精细化管理体系。

管理体系建立之后，一切都顺了起来：任务导向、目标导向使员工更注重工作的规范性和实效性，做事求实、求真、求结果成了该公司干部职工的共同准则；工作标准化模式的建立，使得工人们知道了干什么、怎么干、干到什么程度，自主积极性也被调动了起来。

随着时间的推移，管理的长期效应也逐渐显现：生产运营安全稳定，尿素产量逐年提升，年年都是“安稳长满优”，中煤牌尿素也凭借着质优价廉逐步打开了产品销路，不仅能在国内用肥大户东北等地大展身手，也逐步打开了国际市场。开车投产一个月后，第一批12000吨“中煤”大颗粒尿素就搭乘“纳迪姆”号货船，从秦皇岛港出口到智利。这是“中煤”尿素拿到的第一张国外订单。

此后，质优价廉的“中煤”尿素在国际上逐渐打出了品牌、赢得了声誉。受到了中农公司、亚美洛巴等知名经销商的青睐。汽笛声中，巴西、哥伦比亚、厄瓜多尔、秘鲁、美国的订单源源而来。

在2016年的风暴潮面前，鄂能化不仅没有倒下，反而获得了更大的发展，在形势好转后的2017年，功底扎实的鄂能化立即显出英雄本色，实现了大踏步前进，利润比上年足足增长了14倍！

饥饿，是人类悲剧的三大根源之一，也是人类历史上最惨痛的记忆。

诺奖得主莫言在作品《饥饿年代，我的那些凶恶吃相》中写道：“我回想三十多年的吃的经历，感到自己跟一头猪、一条狗没什么区别，一直哼哼着，转着圈儿，拱点东西，填这个无底洞。为吃我浪费了最多的智慧……”

国际植物营养研究所总裁特里·罗伯茨博士在10年前通过实验后得出结论，当今世界粮食产量的40%～60%归功于化肥的使用。中国农业大学王兴仁教授的研究结果与此相近，并进而计算出在我国目前条件下，除去其他收益，仅在增产方面，化肥与粮食的比例为1:7.5。也就是说，1公斤化肥就可以平均增产7.5公斤粮食，以此估算，鄂能化年产190万吨化肥，光增产粮食就高达1400多万吨！

如此巨大的业绩并没有让中煤人满足，因为他们有更加高远的理想和追求。

当2018年的春风夹杂着乍暖还寒的凉意吹进毛乌素沙漠的时候，在鄂能化的中心会议室里新增了一张图纸。每次开会之前，韩雪冬都会叫上班子成员，围在这张宝贝一样的图前进行一番热议。不管遇到什么郁闷和烦恼，只要在这张图旁一站，大家的情绪就会在不知不觉中高涨起来。

这张神奇的宝图，就是鄂能化即将建设的二期工程——100万吨甲醇技术改造项目设计规划图。

为充分发挥鄂能化周边煤、水、电、土地等资源优势，管理优势和先期投入的设施优势，避免单一产品结构带来的经营风险，中煤集团将原设计二期100万吨/年合成氨、175万吨/年尿素项目变更为合成气制100万吨/年甲醇项目。该项目建成之后，甲醇产品将通过管道输送至40公里以外的鄂能化兄弟公司——中煤蒙大，解决其生产烯烃原料不足问题。同时，鄂能化借助产品结构调整，形成甲醇、尿素互补销售，从而实现了主产品多元化，最大程度提升企业经济效益，牢牢把握市场主动权。

这是中煤集团审时度势，高屋建瓴的重大决策。集团总经理彭毅指出，按照集团的发展战略，鄂能化二期工程要以建设精品工程、阳光工程、争创国家级、行业级优质工程为目标，力求早开工、早投产、即投产、即稳定、即达标、即盈利，成为中煤集团蒙陕基地发展的一个新引擎。

中国工程院院士、中煤集团原总经理王安闻讯亦甚欣慰。他仿佛看到，由他们一代决策者力主创建的鄂能化，已经成长为风华正茂的青年才俊，在千里荒原纵横捭阖、开疆拓土。

按照集团的发展战略，鄂能化迅速确定了“以肥养化，肥化并举”的方针，即用甲醇项目的“化”更好地补齐自身尿素项目的“肥”，着力改善目前公司主产品还较为单一的短板和不足，更好地实现多元化、高端化、差异化发展。

与此同时，另一张新的、更大的蓝图已经绘就：

➔ 近期，将立足技改和创新，充分挖掘现有尿素装置潜能，优化运行指标，尽最大可能提高现有装置效率。同时，积极推进100万吨/年甲醇技改项目建设，并着手推动实施6万吨/年三聚氰胺项目、

30万吨/年中小颗粒尿素及增值尿素联产项目、1万吨/年粗酚精制项目等项目。努力实现尿素产品的多元化，提高非肥化工产品比重，降低市场风险，提高经济效益，实现肥化并举、两翼齐飞。

➔ 远期，拟将利用中煤鄂能化良好的发展条件，适当扩建甲醇装置规模，在煤制甲醇产业基础上，重点推动乙烯下游超高分子量聚乙烯等产品；并在丙烯下游结合自身合成氨产品优势发展丙烯和氨深加工产品丙烯腈等高端化新材料。拉长产业链，增加附加值，实现与周边煤制烯烃产品的差异化发展，为企业进一步做强、做优、做大夯实基础。

……

狂风依旧在寂静的沙漠中吟唱，那一面面飘扬的“中煤蓝”旗帜，仿佛是一株株扎根在毛乌素中起舞的沙柳，又像是那含笑而立、迎风招展的格桑花，在这片荒原上顽强地生根、发芽、茁壮成长。

在黑与白的变奏曲中，一袋袋、一吨吨的中煤牌化肥源源不断地走出荒原，奔赴全国、漂洋出海，承载着鄂能化人的深情，撒向希望的田野。

天地之间，都有她的影子。

精细化工与我们的生活息息相关。她以技术密集和高附加值，堪称化工皇冠上的一颗明珠。

40年间，在中国精细化工做大做强的梦想中，一直伴随着多元化、精细化和高端化的产业努力。尤其是近20年，国际市场的激烈竞争和绿色发展的要求倒逼着这个产业的技术创新，加快了产业的转型升级，使得这个产业焕发出无限生机。

沧海横流，方显英雄本色。

于是，世界分散染料老大浙江龙盛，后起之秀、草甘膦世界老二福华集团，横跨石化、环保、绿色能源领域的净化综合方案供应商三聚环保，戈壁滩上创新崛起的新疆天业等一批典型企业，横空出世。

他们不仅占到了一个细分领域的世界高处，而且用创新的绿色的高质量的发展实践，正在改变“有化必污”，甚至“谈化色变”的偏见，并将社会责任的旗帜高高扬起。

你可以身处十万大山围困的某个僻静之地，但你不能没有瞭望星空的梦想，你不能没有心怀苍生的使命，如果你怀抱梦想和使命，一直奔跑不息，请你相信，有一天，梦想总会照进现实。

我们有充分理由，以行业的名义，向龙盛、福华、三聚环保和新疆天业等行业领军企业，献上我们崇高的敬礼。

PETROLEUM AND
CHEMICAL INDUSTRY

第四篇

驰骋精细化工的丹心梦想

01

点亮人间的七彩春天

这是一片清醒且躁动的土地。

向北约70公里，就是覆卮山冰川遗址。那条气势磅礴的滚滚石河，仿佛还散发着300万年前地壳运动的灼热。

向东约40公里，就是大禹陵。大禹的目光，一刻也不曾离开这大河奔涌的江山。钱塘江和曹娥江，挽起无数的支流，咆哮向海，造就了中国沿海落差最大、涌潮最凶悍的海湾。

耸立于这片土地之上的称山，相传乃越王勾践称炭锻剑之处。每当夜幕降临，隐隐约约的铁锤击打之声，灌注巨大的愤懑，仿佛在岩石间撞击、回荡。

一条“浙东唐诗之路”自天姥山逶迤南来，在绍虞之地荟萃，有多少灿烂的华章，像星星一样闪耀。耕读相传，文脉浩荡，朱元璋打马驻足，倾听琅琅读书之声，钦赐“有道之墟”。

当历史演进到20世纪后半叶，早春的雷声，震撼了这片蓄积太久的土地。

一个可以追溯到北京山顶洞人的红色项链、长沙马王堆缤纷的丝绸，古老又年轻的染料产业，在“美复活”的中国大地，在世界级轻纺城的柯桥之侧，高擎技术创新的旗帜，并以一个中国民营企业的名义，迅速崛起。

中国，上虞，道墟，龙盛。

这春天的使者，这春天的出发之地，这春天汹涌的源泉。

一

历史选择了阮水龙。

这个出身寒微，初中被迫辍学，小小年纪闯荡上海，并有过合作社会计和粮管所经历，最终又折回土地耕种的道墟农民，在1970年6月13日，这个紫气东来的早晨，迎来了命运重大的转折。

这一天，他人生过早的磨难所迸发出的超越一个普通农民的智慧和韧性精神，以及在公社领导心中积淀的“头脑灵活、见多识广”和“顶得上、打得胜”的口碑，在“上虞县浬海公社微生物农药厂”（注：上虞县今为上虞市，下同）厂长这顶崭新的桂冠上，显得凝重又华光四射。

有人惊怵，有人嘲讽。一群“泥腿子”，四间破烂不堪的平房，风雨飘摇的政治气候，梧桐枝上当真还能飞出“金凤凰”？

也许只有时年35岁的阮水龙知道，一个能够装得下他的梦想的庞大工厂，正在他人生的地平线上隐隐浮现——那就是多年后，他亲手托举起的，令世界染料业为之侧目的分散染料帝国——龙盛集团。

在现实和梦想之间，攀登者的天空却时常涌现遮天蔽日的乌云和烁烁的闪电。

整整九年，在土法上马的研制中，在经费时常掣肘的运行中，在时不时泛起的“搞资本主义”的责难甚至批判中，艰难地诞生了“920”植物生长刺激素、“5406”抗生菌肥、井岗霉素、酒精酵母、中曲发酵饲料等多种微生物农药和发酵饲料。

可是经济收益，却令人唏嘘——九年累计产值仅有11.52万元。如果将亏损的资金和各种借资、补助算进去，结存仅3.81元。

一部分人纷纷逃离，像一支溃退的小小军队。阮水龙陷进了巨大的愧疚和反思之中。

那个清晨，他再次从紧邻称山的家出发，来到越王庙勾践的塑像前，思绪不由自主地飞翔起来。“十年生聚，十年教训”，越王最终收复了越国的河山。

此刻，一只鹰噗地飞离树梢，一声啸叫响彻山林，阮水龙心头一震。

转产染料助剂!

当阮水龙作出这个重大决策之前，已经从一个远方亲戚不经意说出的一个信息中，捕捉到了商机，并在一番调研分析中，看见了一片令他惊喜的大海。

更大的狂喜，点燃了1979年3月的这个春天。

刚刚落幕的十一届三中全会，有如春雨，洒向了焦渴的华夏大地。

此刻，44岁的阮水龙怀揣东拼西凑的200元钱，风一样登上了甬沪列车。他将直奔上海第一绸缎炼染厂，请求他做厂长的表兄邵关福，支持他准备上马的CPU树脂项目。厂长、总工、技术人员，一双双被阮水龙创业激情打动的眼睛，一双双伸出的热情扶持的滚烫的手掌。

1979年7月，当第一锅CPU树脂生产出来的时候，为尽快赶到第一个客户苏州绸缎炼染厂，也为将有限的资金用在刀刃上，阮水龙竟挑着100多斤的两桶树脂，赶渡船，挤火车。当汗水湿透的他，站在苏州绸缎炼染厂门前时，在场的人无不为之动容。这个厂从此成为龙盛长期稳定的客户。这个故事，以及龙盛办公楼悬挂的四行大字“人生在世，事业为重；一息尚存，绝不松劲”，一起成了支撑龙盛这座染料帝国的精神底座……

从此，时间以浓重的笔墨，为这个叫龙盛的企业，书写着一个从曲折蹒跚迈向通天大道的族谱：

从“上虞县浬海公社微生物农药厂”到“上虞县浬海公社纺织印染助剂厂”，再到“上虞县助剂总厂”、“浙江省助剂总厂”、浙江龙盛集团，从国内称雄到国外建厂及至并购国际巨头……

二

一切皆有传承，一切皆有方向。

为了龙盛事业，阮水龙一直将热切的目光，投向他引以自豪的二儿子阮伟祥。

1965年出生的阮伟祥，有着非凡的读书和创造天赋，从中学到大学一路名校，并在父亲阮水龙的鞭策中，不断地迈向他人生的高地。

各怀人生梦想的父子，终于这样展开了一场对话。

1992年7月，阮伟祥携妻从上海匆匆赶回道墟，看望病倒的父亲。一向身体结实、风风火火的父亲，看上去虚弱、苍老了许多。打着点滴的父亲平静地说：“父亲老了，你回来吧……”瞬间，泪水涌上来，模糊了阮伟祥的眼眶。

阮伟祥知道，他的人生走到了十字路口。复旦化学专业研究生毕业后留校任教，他的科研一路风生水起。他想寻找一个更大的科研平台，并与医科大学毕业的妻子一道，考过了托福，正准备移居美国。

经过几个月的思考，他回复父亲：“我最大的兴趣是科研，不是管理”。

父亲也马上且坚定地回复他："龙盛的前景无可限量。这里就是你的舞台。"

既然拗不过年迈的父亲，那就改变自己的人生方向。

1993年1月1日，阮伟祥辞去复旦讲师的工作，带着"改变一个行业"的期望，义无反顾地走上了龙盛总工程师的岗位。

不久，一次市场上的"滑铁卢"，深深震撼了阮家父子。

1993年的初秋，千年商都，改革开放的前沿阵地，中国走出去、世界走进来的窗口广交会，阮水龙怀揣巨大的兴奋，携着龙盛的产品"宁馨儿"奔赴羊城。阮水龙想，这是龙盛首次大手笔斥资3000万元，建成的分散染料工厂的新产品，而且在国内，已经一炮打响，收获国际大单，应如探囊取物。可严酷的事实，却给了阮水龙当头棒喝。仅有的一个美籍华人买家，在仔细检查样品后，又取消了那张10吨的订单。他生硬地扔下一句话："你们的产品技术含量不够！"说完，留给阮水龙一个冰冷的背影。

更多的冰冷在堆积。

此间，长三角一带的国有染料大厂，得知龙盛3000万元的染料项目投产，纷纷来厂考察。轻蔑的表情，毫不遮掩地浮上了这些染料大户的脸。有人直接了断地说："你们的技术根底太浅啊，和我们国有大厂比较，差距还大着呢……"

知耻而后勇，龙盛须图强。

像一团火从胸膛里喷出，阮水龙大声疾呼：龙盛渴望科技！龙盛渴望人才！

这一声呐喊，穿过龙盛20多年风雨兼程的历史，至今仍雄浑有力。以人为本，任人唯贤，"用经济的手段促进经济发展"，"科技人才就是龙盛的'菩萨'"。有着神祇一样的崇敬与礼遇的人才观，召唤着五湖四海的化工学子纷至沓来，投身到龙盛这片沸腾的热土……

时不我待。阮伟祥一头扎进了实验室。当莫大的科研兴趣，与不可推卸的责任两厢结合，势必产生神奇的创造力，也势必锻造出更加开阔的胸怀。

龙盛的分散剂MF的技术改造项目，就是这样攻克的。不过半年的时间，阮伟祥就独自解决了原来存在的钙镁离子含量高、成本高、质量不稳定等技术难题，使MF的生产成本大幅下降，产品的合格率由原来的98％提高到100％，每年增收节支达450多万元。更重要的是，从根本上确保了下一道染料产品的质量。同年，该产品荣获国家星火科技二等奖和浙江省星火科技一等奖。

像一叶鼓满风的帆，阮伟祥总是在实验室、车间默默穿梭，或者偶尔赴国外旋风似地考察，用72个小时完成对美国三个州的飞翔。那些聚合、分离，繁复的化学反应和工艺，甚至已习惯性地在他脑中盘桓。不久，阮伟祥又独立研制成功国内首创、国际领先的染料中间体项目MA，在提高染料品位、降低消耗的同时，大大缩短了染料系列产品生产周期。

更多的有着龙盛创新痕迹的技术成果，在龙盛一浪高过一浪的人才积聚中，百花绽放。

凭借对国外先进企业一桶产品的反复分析实验，实现了分散染料原料的国产化，大大降低了硫酸的用量。同时，扩散剂配套技术、分散杂环系列染料重氮化技术、活性染料膜处理技术等一批工艺诞生。

至1998年，龙盛已成为全球分散染料的“单打冠军”。而这一切，迅速垫高了这个全球“单打冠军”的技术根基。

富有戏剧性的是，时隔几年后，还是羊城的秋天，还是广交会，还是那个美籍华人染料商。在人头攒动的龙盛展台前，他那么执着、那么诚恳、那么歉疚地说：“从今天开始，我非常愿意成为龙盛的长期牢固的客户。我的第一个订单，100吨。”

出口的门，就这样被更多的海外经销商打开。

但堪称染料业最清醒的洞悉者阮水龙、阮伟祥父子，在龙盛起起伏伏的发展进程中，早就练就了一种困难须咬牙、得意须思危的精神品质。

在他们看来，以龙盛为代表的中国染料业，经过20世纪90年代的学习、模仿和创新，在品种的多样化、丰富性和生产规模上实现了突围。但资源的利用、污染的处理、绿色产品的开发、工艺技术的集成、自动化生产等诸多领域，才刚刚起步。

“龙盛要肩负起这个探索的责任，龙盛要逾越这一座座大山。”

父子同心，父子有着相同的使命担当。

三

历史在2003年，翻开了崭新的一页。

这一年二月，江南的早春已经潜入绿意点点的柳枝。时任浙江省委书记、省人大常委会主任的习近平，冒着细密的小雨，兴致勃勃莅临龙盛考察。面对这个规模、环保已经走在前列的全球分散染料龙头，习近平提到化工企业必须坚定不移地走生态环保之路，坚决杜绝污染，同时鼓励企业，条件成熟的话可以实施“走出去”战略，努力做有国际影响力的品牌。

习近平的激励就像一道喷涌的光，照耀着这个余寒将消的早春，也照耀着阮水龙、阮伟祥父子和全体龙盛人阔步迈向未来的征程。

一场以绿色生态为背景，比肩甚至超越国际染料巨头的科技创新之旅，在龙盛拉开大幕……

这是一个震动行业的创举。

“浙江龙盛”首开国内染料业企业上市先河，刚刚在上海交易所挂牌上市，就将募集来的1.43亿资金，投向了染料重要的中间体间苯二胺项目，一个中国染料行业从未逾越的能耗高、收率低、品质差、污染大，广受诟病的

“老大难”项目。

阮伟祥如此兴奋地披挂上阵了，全权主持了这个项目。10年前，28岁的他才踏进龙盛不久，就渴望做这样一个项目——一个全行业最难解决、最有社会效益和经济收益，而且最需要全面创新的项目。这是一个科技工作者埋藏在心底的英雄主义精神。

1993年，他就是凭着对这个项目充满激情的描绘，在杭州的招聘会上，吸引了来自四川大学化学系有机合成专业的两位品学兼优的毕业生何旭斌、欧其。共同的抱负和兴趣，使得他们十年谨记初心，秣马厉兵，等待实现这个极富挑战的夙愿。

阮伟祥系统勾画了项目的技术工艺，并组建了100人的年轻科技团队，协同作战。一场旷日持久、愈挫愈勇、永不言败的马拉松战役打响了。

项目负责人何旭斌，后来的全国五一劳动奖章获得者，龙盛股份公司技术副总，龙盛研究院院长。一个有着浓厚爱国情结和化工情结的义乌人，酷爱长跑，身体壮实。铭记着落后就要挨打的民族教训，他在大学就发誓，要用自己的知识，努力改变国家在化工领域的落后面貌。间苯二胺，就是他大显身手的一个项目。在长达20个月的项目攻关和建设中，他常常通宵达旦地工作。尤其项目进入试车阶段的几个月，在车间控制室地板上，偶尔可以铺一张塑料泡沫板当床，大多时间他都是在凳子上眯眯眼，平均每天睡眠两个小时。多学科扎实的技术知识，使得他对每一个流程单元遇到的难题，都能很快提出建设性的解决方案。身先士卒的精神，也激励着整个团队快马加鞭。在试车期间，精馏塔顶的仪表异常，需要马上登上78米高的塔顶处置，因为天气寒冷，又下着小雨，车间工人不肯上塔，何旭斌只好自己爬上去处理。后来，车间工人和仪表工也主动跟上来了。从那以后，上高塔指令一下，大家都能快速执行，很多人都练就了这样快速攀爬的本事，78米的高塔，一个来回只需5分钟时间。

欧其，来自重庆大足，与何旭斌是同班同学。现任全国人大代表，龙盛研究院副院长，分散染料技术负责人，教授级高工。敏感、细腻，酷爱化学实验科学，崇尚将复杂的事情简单化，这是欧其的性格、志趣和技术创新理念。在间二苯胺项目中，作为何旭斌的副手，出色地完成了他负责的小试和生产试车。尤其在催化加氢绿色合成关键技术的突破上，贡献卓越。

朱敬鑫，浙江工业大学精细化工专业硕士，龙盛研究院工程部部长，龙盛劳模，一个脸上永远充满笑意、天性乐观的人。间苯二胺加氢项目组长。在几个月夜以继日的奋战中，"死磕"工艺自控流程编程，最后将16步流程缩短为7步。在连续生产线的物理流动性模拟中，创造性地以砂子代替催化剂，既确保了模拟的有效性，也节省了模拟的经济成本……

2015年，一条连续化、自动化、清洁化、年产18000吨的间苯二胺生产线，在中国诞生。该工艺以"连续硝化，连续催化加氢，高效精馏分离，废硫酸、硝化尾气和水资源化利用，生产余热回收综合利用"为特征，突破了苯二胺高效分离的关键技术难题，在生产间苯二胺的同时，将原被废弃的邻、对二硝基苯转化为邻、对苯二胺产品，其生产效率是传统间歇装置的7～10倍，硫酸用量减少了25%，污染物排放比传统工艺降低95%以上。

环保问题解决了，但经济效益却远远没有达到预期。

这时，董事会开始发难："这个中间体投入5000万才见到1000万的效益，而染料投资1000万可以获得5000万的利润。间苯二胺这个项目，试车半年多，生产成本比人家销售价高2000元/吨。那么，你们搞清洁生产的意义究竟何在？"

阮伟祥用科学精神，抵抗着巨大的压力。他深知，这是一套有着超前意义的装置。环保的提前规划，将在时间的推移中显现无可比拟的竞争优势。

即便是暂时的亏损，也要挺住。

他将这份压力传导给了技术团队。因为他笃信，技术创新和技术优化，就是一座越挖越深的金矿。

“6个月，每吨成本必须降低2000元！”阮伟祥咬定了这个目标。

项目负责人何旭斌沉默良久，用破釜沉舟的语气说：“好，6个月，2000元。如果做不到，我就从这个78米高的精馏塔上跳下去！”所有攻关人员心中顿生一种悲壮。

何旭斌立即组织团队，把每一条管道、每一个阀门仔细梳理一遍，不放过每一个细微处的改良优化。这样的精耕细作，产生了出乎意料的协同效果，不到6个月，每吨成本居然下降了6000元。并在2007年，该项目开始大规模盈利。

乘胜追击，他们不停地将技改推向更高的境界，以致与相同工艺流程装置比较，成本降出20%以上。

好消息接踵而至。

2009年至2012年，该项目及其苯系化合物连续硝化工艺开发及产业化，获中国石化协会科技进步二等奖，芳香胺系列产品连续硝化、连续加氢集成技术被列入行业重点支撑技术目录，同时获得浙江省优秀工业新产品和新技术二等奖。

因龙盛间苯二胺显著的环保优势和成本优势，极大地抑制了国内同行的市场空间，并于2014年，将主要国际竞争对手杜邦的间苯二胺装置“逼停”，双方签下5年的战略合作协议。龙盛间苯二胺产品市场占有率达到70%以上，稳居全球榜首。

一顶桂冠，满目荆棘。峥嵘岁月中，有多少往事在泪水中沉浮。无暇顾及的热恋；新婚燕尔的匆匆别离；只能在电话里问候一下的年迈父母；偶然回家，倒头便睡，5岁的儿子想叫一声爸爸，又不忍叫的泪崩场面……100个

科技人，就有100个可歌可泣的故事。他们用热烈、痴迷，失败中的站立，人性中迸发的神性光芒，奏响了一曲中国染料业科技创新的凯歌。

四

“天行健，君子以自强不息；地势坤，君子以厚德载物。”

当中国的环保风暴愈刮愈烈的时候，处于风暴中心的染料业，呈现出集体性转移、溃退和动荡。一直在技术创新领域默默耕耘的龙盛，以强烈的社会和行业责任，再次上演了一幕逆风飞扬的精彩话剧。

2010年3月末，北京，环保部环保核查专家培训班。何旭斌的心情，有着无法形容的沉重。会上报告的许多环保否决性的条款，似乎每一条都指向了染料产业。

会议结束，他就迫不及待地赶回了龙盛。然后，将自己关进办公室，整整三天，足不出户。

一个大胆的方案形成了。以颠覆行业的源头治理思路，通过工艺流程创新、工艺装备优化、生产过程源头减排、末端高效治理、资源再生回用、废弃物资源化，最终达到近“零排放”的目标。实质上，就是对龙盛整个分散染料系统，实现工艺流程再造，以期达到升级换代。

这个庞大的升级改造工程，概算达3.65亿元，工期至少需要14个月。

在4月下旬前往苏北连云港考察的路上，何旭斌向已经接过龙盛权杖的阮伟祥董事长，正式提交了项目方案。逾97个小时的陈述汇报，让阮伟祥最终痛下决心：“就地改造，再造龙盛！”

此间，环保稽查风暴席卷全国。浙江相对更加严苛。一些具有相当规模的染料企业，纷纷向苏北甚至大西北转移。几年后，在腾格里沙漠深处发生了严重的化工污染事件，并被习近平总书记严厉批示。

这时，龙盛也有异乎寻常的杂音。

早在2008年，国家环保总局已明确将染料的中和渣，列入了危险固废。由于染料的污水处理成本极高，国内普遍采用石灰中和废水脱盐，产生了大量的废渣。而这些废渣，一旦作为危险固废处理，石灰中和工艺的成本优势将荡然无存。

在“固废”的环保缓冲期间，龙盛已主动提前将产量大幅下调，同时将目光移向源头，对分散染料的技术工艺开始重新研究梳理，每年环保治理费用超过2亿，且随着环保标准的提高，这个数字还在不停地扩大。

现在要将整个装置彻底停下来技术升级，最终达到“零排放”，这是国内任何一家染料企业想都不敢想的事情。这个升级改造能靠谱吗？同行，甚至环保部门一并投来了怀疑的目光。

企业内部也是暗流涌动。

以目前龙盛仍然领先行业的工艺，与其改造，还不如直接搬迁，很快就能启动生产。这对“以产”和“以销”考核的部门来说，有着最直接的利益瓜葛。冷讽热嘲，反对甚至暗中阻挠的力量时常浮现。在改造过程中，连开个动火证也被一再拖延。

何旭斌顾不得去理会这些。他立下了“不成功便成仁”的军令状，带领技术团队，再次踏上了崎岖的征程。

陶建国，华东理工大学轻工技术与工程专业硕士，龙盛中间体事业部总工程师，龙盛研究院研发部部长。浙江省151人才工程第三层次培养对象、上虞专业技术拔尖人才。在这一项目中，主要负责分散染料合成过程产生的酸性废水资源化利用制备硫酸铵技术的开发。在半年多的时间里，他对每个产品的每股废水进行跟踪分析，对每股废水进行不同工艺的实验评估。通过

优化获得最佳的处理工艺，突破了废水中有机物的除杂关键技术，以及回收水循环利用技术的开发。

孟明，华东理工大学工程硕士，高级工程师，龙盛劳模，浙江省151人才工程第三层次培养人员，上虞经济技术开发区优秀科技人才。在这一项目中，他主要负责工程设计。在酸性母液的中和、MVR浓缩工艺过程中，设计了一套低成本、高效率、连续化的工程化技术，全面解决酸性母液水循环回用成本高的难题。

杨伟军，毕业于北京石油化工学院化学工程与工艺专业，龙盛劳模。MVR废水处理项目负责人。前后经过近5个月的攻关，通过采用新材料，解决了回收蒸气产生的管道变形问题，以及固液分离产生的管道破裂、堵塞问题。

……

无论巨细，无以计算的创新支点，形成了6个循环。这6个循环，通过节水减排、高效洗涤、MVR浓缩、稀酸资源化回收等系列措施，并再造工艺流程，使得原来每吨染料产生90～120吨酸性的废水，接近“零排放”，废水废渣和COD减排量达到95%以上。在酸性废水治理上，也采用了区别于传统的石灰中和工艺，避免了大量硫酸钙废渣的产生。而采用氨中和得到硫酸铵溶液，经过活性炭脱色净化，以及废活性炭渣再生、焚烧处理，接近“吃干榨尽”。而净化后的含硫酸铵溶液，采用高效MVR蒸发浓缩技术进行浓缩结晶分离，成为硫酸铵产品，直接出售。

龙盛的这个技术工艺，解决了困扰行业多年可持续发展的废水、废渣治理的瓶颈，运行不久，就被国家工信部树为清洁生产示范项目。

14个月，406个日日夜夜，何旭斌用瘦去15斤体重的代价，排除一切干扰的定力，带领的技术团队在一朵朵创新之花的摇曳生辉中，迎来了龙盛及中国分散染料传统工艺装置的凤凰涅槃，率先在这个行业举起绿色可持续发展的大旗，自豪地迈向“美丽中国”的广阔原野。

五

有多少沉潜的火光，就有多少爆发的能量。

龙盛这个200多人的科技团队，用一个又一个自主创新的突破，改变着企业的内在质地，也引领着一个行业的发展方向。

间苯二酚，一个国内传统工艺始终无法在收率、质量和环保上获得显著进展，长期主要依靠进口的精细化工中间体，在龙盛孜孜不倦的科技创新中，彻底改变了市场格局。

龙盛以自己的间苯二胺为上游，延伸到间苯二酚生产领域。在8年的研发、投产、技改、扩产、再技改、再扩产中，从年产3000吨、纯度99%，每吨亏损1000元起步，一直做到年产4万吨，每吨成本下降7000元，纯度提高到99.99%，使得INDSPEC等国际大公司退出市场，龙盛一跃为全球龙头老大，并成为龙盛经济效益的一个重要增长极。

毕业于天津理工大学化学工程与工艺专业、上虞区科技优秀人才、龙盛劳模张桂香，就是项目攻关团队的项目经理，爬高钻管，寒来暑往，亲历并见证了这只绿色、“零排放”产品成长为一个“小巨人”的历史。

应用龙盛自主开发的连续化水解、萃取、精制等工艺，在效率、收率、质量、能耗、污染等关键环节，实现了关键技术和关键设备的突破。

针对水解过程产生的酸性废水，应用开发了MVR蒸发浓缩结晶技术，酸性废水回用，单位废水处理能耗降低80%以上。固废通过颗粒碳处理，再焚烧，热能回收。酸性废水成套高效处理技术在其他中间体及染料废水治理

中，也得到推广应用，不仅拓宽了合成工艺优化的途径，也大大提升了化工废水治理水平。

后续基于连续化生产流程、DCS控制、危化工艺紧急停车系统，又创新性建立了生产过程的信息集成和管理平台。

在这段长路漫漫的创新旅程中，张桂香曾用两年多的探索，解决了反应釜的工艺控制问题，并提出了品质分级的创新性工艺思路。他用一个青年科技工作者的勤勉、善思、力行，为这个技术集成工艺增添了一抹异样的光彩……

龙盛还原物的清洁工艺开发，又是一个深刻影响中国分散染料生产的壮举。

还原物是生产分散染料的重要原料，所生产的分散染料，占总量的60%以上。但国内还原物传统生产工艺能耗高、污染大、收率低、质量差，每吨还原物硫酸单耗为5～6吨，产生的铁泥污渣为3吨左右。其污染治理被业界称为“沉疴宿疾”。腾格里沙漠的污染事件，就是采用这种生产工艺所致。

“环保和绿色发展，是这个时代赋予我们的使命”，龙盛擎起科技创新之剑，再次刺向了这个行业的冥顽之疾。

龙盛依托自己拥有的硝化、催化加氢生产芳香胺的核心技术，经过近两年的攻关，开发出新型酰化反应强化技术、高效连续硝化工艺、连续液相加氢工艺、稀硫酸资源化利用技术，形成还原物清洁生产集成技术，并建成年产1万吨科技部支撑的工业化示范项目。

毕业于天津理工大学化学工程与工艺专业的杨日升，作为项目经理，用自己火热的胸膛，拥抱了这场激荡人心的技术变革。一个间歇到连续的技术突破，就使得硫酸的用量减少了30%以上。通过压滤机的梯度洗涤工艺开发，不但大大减少了洗涤用水，而且实现了水资源的循环利用，真正实现了零排放。通过反应器的设备和工艺革新，使得反应速度提升5倍以上。这些数字的飞跃，带给一个科技人的，是一次次心灵的震撼，以及对创新的更加迷恋。

丁益梁，毕业于浙江工业大学化学工程与工艺专业，2000年就加入龙盛的科技研发团队，经历过龙盛大大小小的技术攻关战役，一个善于理性思维科学推断的人。在还原物清洁生产的集成技术创新中，通过工艺路线的改建，连续化生产和自动化控制，他用将近6个月的时间，高达26稿的设计探索，重点攻克了含醋酸废水的技术控制方案。那些摞起来超过一米的图纸，那些数以万计的管道线路，搭建起一把攀向成功的悬梯……

一个个颠覆性的创新，将龙盛引入了发展的佳境。

今天的龙盛科技工业园，已经成为自主创新最富集、染料产业集群和芳香胺中间体生产最完整的循环经济载体。龙盛以染料产业为起点，构建起一个以染料等精细化工产品为龙头、硫化工艺为支持的物质和能量共生网络——“染料—中间体—硫酸—减水剂”循环经济一体化产业生态园，每年副产物回收及资源综合利用创造价值1亿元以上，余热回收及有效利用年节能折标煤2万吨以上，成为国内精细化工循环经济的典范。

270余项发明专利，16个国家标准，33个行业标准，100多个自主知识产权的高新技术产品，8个国家火炬计划项目，26个科技进步奖，中国第一个染料国际索引号，获得欧美等61个国家互认的全球领先的技术检查实验室，行业首个国家级企业技术中心，院士和博士后工作站，科技投入占销售收入的3%以上，覆盖基础研究、技术和产品开发、产业化实施、技术服务的完整创新链……

在中国染料业，一座巍峨的山峰，正在隆起。

六

“太阳初出光赫赫，千山万山如火发。”

经过20多年的技术蓄势，中国染料业先锋企业的世界话语权，迎来了一次壮观的日出。

2010年2月，新加坡，龙盛与印度Kiri合资公司董事会召开前夕。

Kiri公司董事长Manish Kiri一脸愁云惨雾地对阮伟祥说：“我被收购德司达的事，弄得进退两难啊。”

阮伟祥心跳加速。一年多来，德司达的收购动态，一直是他关注的头等大事。

倒在2008年金融危机的全球化工巨头德司达，令世界染料大亨们夜不能寐。刚刚提交破产申请，Kiri、科莱恩、Atul等闻风而动，争先恐后提交了意向收购报价。但直到破产保护期结束，仍未有一家与清算委员会达成协议。

此间，龙盛也接到过清算委员会的意向收购邀请，阮伟祥权衡许久，最终还是确立了静观其变、伺机而动的战略。

Kiri好像志在必得，迅即成立了新加坡Kiri公司作为收购主体，并物色美国并购基金商，寻求金融资本合作。

不料，就在前几天，承诺联手收购的那家美国基金公司临阵退场，将Kiri推到了悬崖边缘。若履约，本该美国基金公司出资1亿欧元的收购与运营资金，没有了着落；若违约，1000多万欧元的中介费用与定金打了水漂。

Kiri骑虎难下，又心有不甘。

德司达在全球染料界的地位举足轻重。德司达的技术、品牌、市场网络皆为世界一流，而且产品占到全球20%～30%的市场份额。

得德司达者，得天下。

阮伟祥洞若观火。感觉一个历史性的时刻正在来临。

他试探性地对Manish Kiri说："如果您不介意，我们可以联手把它吃掉。"

"这正是我的期盼！"立时，Manish Kiri的目光飞扬起来。

"不过，截止时间仅有两天。如果您在两天之内能拿出2200万欧元，任何条件都可以谈。"Manish Kiri迫切地说。

出乎预料的划算交易。

此前，阮伟祥反复测算过收购成本。而且按照现在的局面，中途介入的龙盛，绝对居于谈判的话语权方。

阮伟祥当场拍板："好，我们一言为定！"

龙盛作为一家上市公司，这笔收购触及重大资产重组，必须通过中国证监会的审批和国内外的反垄断审查。这一切，在2天里完成，完全不可能。

阮伟祥突然想到了"可转债"，这是个短时间解决问题的合适方案，省却了短时间不可企及的诸多审批程序，而且合法合规。

协议很快达成。龙盛以香港设立的全资子公司桦盛有限公司的名义，与新加坡Kiri公司、印度Kiri公司签订了《股份认购及股东协议》与《可转换债券认购协议》。

两个《协议》的核心内容为：桦盛出资2200万欧元认购新加坡Kiri向桦盛定向发行的可转换债券，债券有效转股期为5年，桦盛在有效期内随时可一次性或分步实施转股，全部转股后桦盛持股比例将达到62.4%。桦盛这笔2200万欧元可转换债券，定向用于收购德司达的资产。新加坡Kiri设立两名联席董事长，由桦盛董事长阮伟祥与印度Kiri董事长Manish Kiri共同担任，设5名董事，龙盛占3名。

收购行动快速展开。

眼前，最要紧的事就是筹措收购资金。龙盛在境外公司的账上，尚有1000多万欧元余款，但只是第一笔应付资金的一半。于是，阮伟祥开始不停地给境外客户、代理、朋友打电话。长期的信用积累，以及龙盛强大的实业保障，另一半外汇半天就筹齐了。

2010年11月，龙盛主导的新加坡Kiri完成收购，德司达100%的全球资产尽入新加坡Kiri囊中。

但这仅仅是完成了对德司达资产的收购。真正让德司达起死回生，还有很长的路要走。

2010年10月，何旭斌、欧其抵达德国汉堡。此间，德司达leverkusen工厂提交了一种叫Levafix的含氟活性染料改造项目方案。通过考察发现，这个改造项目设计工艺传统，产生的废水量大，设备全部进口，整体费用高。于是，他们否定了原来的方案，决定重新开发清洁生产工艺路线，并在保证产品质量和生产效率的前提下，全部采用中国制造的设备。

这时，双方的交锋开始了。德司达全球生产主管Gerald说："看来，你们是来找麻烦的。"负责项目建设的Peter甚至不屑地说："你们的工艺和设备，信得过吗？"设备工程师Guenter是一位70多岁的老工程师，工作严谨，性格耿直，但做事比较刻板，一般他认定的事，如果龙盛提出修改异议，经常会让他暴跳如雷。

尽管拍板权在龙盛，但何旭斌、欧其还是试图说服对方。他们开始逐条工艺、逐个设备剖析，指出其弊端，并提出解决之道。不可辩驳的专业技术，让德国人的信任慢慢累积。

当项目进入冲刺阶段，TFT车间冷热油流程却有几处配管迟迟不能定好方案，德司达对拜耳老图纸中的几处流程的解释，相互矛盾。何旭斌和欧其每天反复看图、思考、讨论，结合德国同事的零星信息，终于把矛盾的地方打通了。当他们把想法和Guenter沟通，这位老工程师这次终于不再说“No”，反而高兴地说：“太好了，就照你们的思路去做。”

2011年，龙盛派出了一个技术团队前往德国汉堡，将这个项目全部搬迁至印度的Lonsen-Kiri工厂，龙盛负责全面设计、建设、设备采购。2013年建成投产后，所有生产指标都达到了预期。

2012至2013年，在欧其主持下，龙盛又对德司达印尼工厂分散染料合成及后加工进行了“大手术”，将合成部分转移到了龙盛，再将后加工改建升级，大幅度提高了生产效率，使得印尼厂的经济效益实现了飞跃。

技术交锋还在向纵深挺进。

德司达被收购前，汉堡工厂的Clemens博士和Hoppe博士花了2年时间研发了一种深蓝活性染料新产品，但始终没有做成合格产品。几十吨废品，一直堆在仓库。

欧其接到这个项目后，仅用4个月，就取得成功，并把原先几十吨废品，全部加工成了合格产品。这让德司达人惊讶不已。为此，德司达全球供应链管理总监Walter博士专程来到中国，带着用这种深蓝活性染料做的小饰品，对欧其和龙盛表达了敬意。

在长达3年的对德司达生产体系的全面改造过程中，龙盛植入了大量独有的生产技术工艺，以及中国制造的设备，大幅降低了改造成本，同时大幅度提升了德司达产品市场竞争力。

2012年，德司达扭亏为盈。同年12月26日，龙盛顺利完成债转股，合计持有德司达集团62.43%的股权，全面完成对德司达的收购。2014～2017年，德司达每年净利润都在1亿美元左右。

至此，一桩震动全球染料业的收购案，在龙盛创新的收购模式和技术再造中，取得完胜。

世界染料界称，这是既20世纪60年代西欧染料业全面超越美国的第一

次转折，20世纪90年代发生染料业大重组，诞生了三分天下的德国德司达、瑞士汽巴精化和科莱恩的第二次转折之后的第三次转折，标志中国染料企业登上了世界染料舞台的中心。

七

在全球制高点，“百年龙盛”呼之欲出。

以打造世界级特殊化学品生产服务商为目标，以“绿色、循环、可持续”为指针，建设“全球运营中心”、“全球创新中心”、“全球控制中心”和全球行业领先水平的高端智能绿色制造业平台，引领行业生产模式变革，重整行业生态，成为全球染料工业4.0的先行者和领导者……

2018年4月初，当我从绿意葱茏的龙盛科技园出发，穿过道墟水彩画一样的乡村，登临紧邻上虞的覆卮山最高峰，我看见了一个汹涌、广大的春天。那缤纷的铺天盖地的色彩，像十万奔马，浩浩荡荡、恣意汪洋，向谷地、山坡和无边的大地漫卷。

我看见了春天矫健无比的身影，我听见了春天生机勃勃的心跳……

02

洒满大地的拳拳之爱

一座梵音袅袅的大山，一尊圣光隐隐的大佛，一条三江汇流的大河，孕育了这片智性、仁性、慈悲与生机勃勃的土地。即便十万起伏的山峦，也无法阻挡她喷薄而出的光辉。

十年前，一个叫张华的四川乐山人，怀着泽被大地、福佑中华的仁厚之心，从有着小西湖美誉的乐山五通桥出发，以火焰般熊熊燃烧的创新激情，从年产1000吨到12万吨，把除草剂草甘膦做成了亚洲第一、全球第二的规模，并将产品销往127个国家和地区。

善心播广，万物生辉。春风携着岷江的欢腾，越过山冈、河流和海洋，吹向辽阔的大地。丰收的喜悦，在黄皮肤、白皮肤、黑皮肤的脸上荡漾。

一个后来者居上的传奇，在世界农化的大舞台精彩上演。

一

在与草甘膦结缘之前，张华的人生有过几次重大的转折。

1987年，由于经营不善，家里欠下了17000多元债务。彼时，22岁的张华正从事他喜爱的教师职业，教书育人是他最初的梦想。但诚信是金的立世原则、作为家里长子的责任，让他毅然选择了辞职。

乐山地区酿酒的历史，可以上溯到东汉。张华几经试水后，在家乡乐山沙湾区——我国新诗奠基人、文化名流郭沫若的故乡，创办起自己的第一个工厂——碧泉酒厂。勤勉善谋、广结善缘的张华，秉承了父亲的从商基因，渐次展露出不凡的经商才能，短短的几年间，居然将酒厂的年销售额做到了上千万元。家里的债务，自然早就还清了，同时也积累了一大笔创业的原始资本。

在飞扬激荡的商业壮志中，人生浩阔的梦想与福泽桑梓的愿望，变成了张华再出发的动力。

沙湾，九分山丘一分坝，穿境而过的大渡河上，建有多座大型梯级水电站，虽富矿富林富水，但库区移民生活艰辛。

张华决定转型造纸，让库区移民通过种竹致富。

1999年，一个以竹为原料的造纸厂——金福纸品有限公司，在沙湾福禄镇诞生。从几千吨到1万吨，再到5万吨、10万吨，张华的造纸厂越做越大，包括库区移民在内的远近山民，也逐渐摆脱贫困，过上了富裕的生活。

当企业带动周边的人富裕起来之后，“产业报国”的激情在张华胸中激荡，立志要打造值得骄傲的民族品牌。

2002年年末，长期为金福纸品厂提供烧碱原料的五通桥烧碱厂倒闭。张华心里一动：如果买下这个厂，造纸所用的烧碱便可自给自足。况且，五通桥乃千年盐都，也是四川重要的化工生产基地，这里有着丰富的盐卤、磷、煤、水、电等资源。抗战时期，民族化学工业之父范旭东，为避战乱，曾将他的永利化学公司碱厂，从天津迁至五通桥。

吃掉五通桥的烧碱厂，并由此叩开化工这扇大门。

张华感觉，一个盛大的梦想，正在隐隐浮现。

张华立即赶往成都，请求中国成达工程公司（原化八院）的专家实地调研，出具专业的咨询报告。专家的报告提供了科学的佐证。2003年4月，张华买断这个年产1.5万吨的五通桥烧碱厂，并接收了全部下岗职工。

刚刚使一个破败凋敝的厂起死回生，又传来一个生产草甘膦和敌敌畏产品，名叫乐山青碱双收氯精农化科技有限公司倒闭，即将拍卖的消息。

朋友鼓励张华："拿下它，你就可以进入草甘膦的生产领域，开启农业化工之旅。"

省里的农化专家也向张华描绘了一幅美好画卷："粮食增产离不开草甘膦。在中国乃至世界，草甘膦的增长速度很快。而且以五通桥的资源禀赋，将草甘膦做大做强也不成问题。"

专家的报告，令张华心潮澎湃。

大地，粮食，谁知盘中餐、粒粒皆辛苦的古训，农民面朝黄土、背负青天的起伏身影，袁隆平穷究杂交水稻、耄耋之年仍孜孜不倦的感人故事，一直为扶贫、脱贫而战的国家行动，甚至常常被饥饿折磨着的非洲人民……张华忽然感觉这是一个天降重任的机遇，这个机遇以一个叫"草甘膦"除草剂产品的名义，将他与广袤的大地联系起来，与这个地球上无数的饥饿的胃、菜色的面孔联系起来，与他高扬的梦想的帆联系起来。

服务全球农业的梦想在张华的心中升腾，在广袤的大地生长！

张华以舍我其谁的勇气和果敢，开始进军草甘膦产业。那时，谁也没有

预料到，世界农化的历史，将就此翻开崭新的一页。

2004年12月，张华拍下乐山青碱双收氯精公司，接收了所有下岗职工，并赎回了青岛化工厂在这个企业所占的60%股权。尽管在竞拍中，横生出推荐人变身竞标人，以及高达2000多万元的隐形债务，张华的义无反顾和当地政府的全力支持，使得问题一一化解。

不久，一份年产7万吨，后来又调整为年产12万吨草甘膦的规划悄悄出笼了。此时，中国草甘膦生产企业才区区十几家，最大厂家浙江新安化工的年产能不过3万吨。这个规划，除了几个对张华知之甚深的人之外，没有一个不认为他是在说大话，吹牛！

2006年早春，当毗邻岷江的一片滩涂，响起轰隆隆的打桩之声，张华站在近处的一座山头上说："在这里，我要建起中国最大的草甘膦生产基地！"在场的人不置可否，以为这是痴人说梦呢。

但有两个人，却深信不疑。

一个叫杨国华，原先是烧碱厂主管技术的副厂长，福华买断烧碱厂后，他被任命为总工。此后四年，杨国华震撼地亲历了一个烧碱厂，怎样获得了新生。他悬浮的心安定下来，并在心里刻下了一句话：这将是一个创造传奇的企业。

另一个叫任成湘，刚刚从空军某部防化兵正团转业，加入福华。任成湘是经过大风大浪的军人，可谓历人无数、世事洞悉。在他的眼里，张华就是一个有谋有勇的"将军"，追随这样的人，肯定有着不可限量的未来。"铁了心"的任成湘，沉进福华，以一个军人的精气神，一路拼搏，从福华通达农药科技有限公司的生产部长、总调度长，草甘膦、氯碱事业部主任，做到了福华通达副总经理。

张华的梦想，以一种神奇的力量在传递，在生根发芽。

谁也想不到，张华以这样的方式，解决了项目建设最初的资金问题——

将年产7万吨草甘膦的商业报告，以及进入草甘膦行业宏愿善行的“初心”，发布到互联网上。不久，居然引起软银赛富、纽发姆、香港新世界等国际投资巨头的关注。当他们来到乐山，站在岷江之畔这片马达轰鸣的工地，他们的眼睛亮了。一座即将拔地而起的化工城，一个“可靠的、值得信赖的人”。有人甚至直接了断地说：“投资项目，就是投资可信赖的人”。6400万美元的巨额资金，就这样托付给了这个被激情、梦想激荡，仁慈满怀，不到四十岁的企业家。

更多的目光，开始投向福华。

其间，电子科技大学计算机专业硕士毕业的郑春，刚被农行四川省行派往乐山分行，任副行长。到任乐山不久，郑春就发现了这个引进外资的化工企业，发展速度罕见，甚至有一种锐不可当的势头。智慧、理性、独到的眼光，一样不缺的郑春，开始悄悄研究福华。“这是一个把产品当成事业来经营的企业”，这个本质的发现，让郑春产生了离职的想法。回到省行后，提拔为处长、仕途一片光明的郑春，却出乎所有人的意料，坚决地递交了辞职报告，这是2008年。从福华集团副总裁做到现今的总裁，十年间，郑春竭尽全力为福华破解资金瓶颈，使得福华项目建设、并购、曾经的香港准上市，以及福华的国际化一路顺风顺水，并被张华高度评价为“最有奉献精神的职业经理人”。

神奇，正在将福华推向产业的高处。

市场的波诡云谲，佐证了一个企业家敏锐的嗅觉和精准的判断。草甘膦市场价格在2006年到2013年的8年间，经过了一段低至每吨17000元，高至每吨120000元波峰浪谷的起伏。其间，正是福华草甘膦一期年产1万吨项目动工，到年产12万吨，并跃居亚洲第一、世界第二的扩能期。每个价格低谷期，却是张华逆向大肆扩产的项目建设期。每一次决策，都给福华带来了不小的震动。乃至，在年产5万吨扩能项目决策会时，董事长张华为了做通高管的工作，特意每人赠送一袋海鲜产品向大家“示好”。2012年，张华做出最后一个年产5万吨草甘膦项目的决定时，正是草甘膦价格跌入最低谷的时候，当时很多人都强烈反对这一决策，甚至有一位高管辞职离开了公司。大家的不理解和反对并没有让张华打退堂鼓。而市场一次又一次验证了张华独到、敏锐的战略眼光。令人称奇的是，张华以扩能的准确鼓点，踏准了市场价格的波动节奏。每一次扩能后，都遇到了一波大涨的行情。这使得张华扩能的决心更加坚定。

在采访中，我问张华：“这一次次砸进去几亿、十几亿，甚至几十亿，你的自信从哪儿来？”张华从容地笑答：“战略眼光”。

而张华的战略眼光，来自于蓄力和蓄势。

如饥似渴的学习和全世界数十个国家的考察行走，抬高了张华的视野，丰富了张华决策的智慧。工作之余，张华从不放弃任何一个学习的机会，他是清华大学、北京大学、北京师范大学的常客，从金融、管理到哲学、心理学、美学，丰富的见识和独特的商业敏锐，使得他的决策宏阔、高屋建瓴，又常常具有超前性。

青云宏志，风雷激荡。福华人在张华引领下，以梦想为马，以创新为魂，不断攻城略地，在草甘膦产业拓荒的岁月，也创建了一座巍峨的精神高原。

晏加一，张华收购五通桥烧碱厂时任命的副总经理。在草甘膦扩产初期，项目的主要推进者，尤其在安评、环评、验收等工作中，可谓呕心沥血。2008年，晏加一因病回家休养，直至病逝前，还在病床上牵挂福华通达新办公楼的建设。出殡的那一天，张华泪如雨下，带领福华数百名员工，出动50多台车辆，为晏加一送行，并在新落成的办公楼设灵堂祭奠三日。至今，福华通达办公楼还有一间专为晏加一设立的办公室，一部号码为3353228的座机……

二

绿水青山，是张华对这个世界最初也是最本真的印象。环保的绿色基因，仿佛天然被植入到了张华及其福华的骨髓。这绿色的基因，催发了一个农化企业的绿色革命和蝶变，使得五通桥的山依旧翠绿，水依旧纯净。

郭丰收老汉，农闲的时候，一直在岷江和茫溪河沿岸打鱼。尤其是岷江和茫溪河交汇的地方，那里捕到的鱼，味道特别鲜美。两河交汇处的上游，正是生产草甘膦的福华。起初，老汉担心化工厂建起后，河水被污染，河里的鱼变少了，即使捕到，也不能吃。后来，他发现，他的担心纯属多余，河水清澈，他捕到的鱼依旧细嫩味美。鱼捕得多了，常被那些大饭店争相抢购。

但老汉不知道，福华厂区门前一个日夜跳动数据的电子屏，就连着生产装置的排水口，那就是环保局的实时监控装置。电子屏显示的每一项指标，都远远低于国家排放标准。老汉也不知道，厂区内，设有一个开阔的人工饲养池，池中就是生产装置排出的水，几百条五彩斑斓的观赏鱼，或闲庭悠游，或腾跃逐食，一派生机勃勃的景象。老汉更不知道，这十年间，在岷江分割的东西两面，福华以90多亿元的代价，托举起的A区、B区两个紧密联系的循环经济绿色化工园区，所发生的巨大内在裂变……

裂变，就是在环保的高度自觉、自主技术产权的呼唤，以及行业制高点的抢夺中，闯出的一条坎坷艰辛的自我提升之路。

福华最初年产1万吨的草甘膦项目环评报告，就涉及了工艺路线和制造装备的知识产权，如果没有自主创新，就必定导致侵权。改造合成釜，是福华通达技术总工杨国华带领技术人员，创新的第一次试水。

以硫酸干燥法回收二甲酯氯甲烷工艺，又是一个专利壁垒。如果购买这个工艺，需要高额的费用。而且，这个方法最终也有废硫酸产生，很难处

理，整个工艺能耗和水耗都很高。

张华立即率领福华通达总经理王蕾、总工杨国华赶赴省城，问计于国内草甘膦专家、四川省化工研究院总工田永仁和成达公司副总工程师卿光明。两位专家不约而同地说："跟着别人走，永远不能超越。自己干！"

在两位专家的指导下，福华开始展开一种叫变压吸附的工艺技术攻关。不料，仅仅小试就做了四年。难点是吸附材料的选择和改性，压力、温度、材料寿命和吸附效果，几十种材料就做了上千次实验。中试又做了半年多，装置就花掉370多万元。开始的攻关团队仅仅4人，后来发展到20多人，差不多集中了两代技术人的合力。

杨奇、郭双方，就是工业化生产时加入团队的新生代技术人员。长夜漫漫，他们亲历了福华人自主创新的艰难与坚韧，他们也见证了福华对于创新挫折的宽容与鼓励。他们从前辈手中，接过这精神的火炬，使得每一次实验都燃烧着探知的激情。

因为氯甲烷易爆，为了精确把控压力和温度，他们不分昼夜，开发出程序控制阀，并一一将技术措施做到安全无虞。

从回收率83%提升到95%，已经远远超过了行业顶尖水平，但所有的人都没有就此满足，他们继续将剩下的5%通过二次变压吸附，送到压缩机前端，再次液化和回收，及至2016年，差不多使氯甲烷回收做到了极致——高达99.8%。这项行业首创工艺技术，使得福华每年获益3600万元。

就在氯甲烷回收攻关尚处材料摸索的前夜，2009年，由农业部、工业部等九部委联合下发了深刻影响草甘膦行业发展的1158号文。文件称，2012年起，将禁止使用10%草甘膦水剂。多年来，这种被农民直接兑水施用的母液水剂，含有大量的污染物，其中的有机磷和盐，对土壤的伤害最大。母液的处理，当时在国内，仅有新安化工的焚烧法，并且申请了专利，技术转让费高达2000多万元。

张华敏锐地意识到，中国的绿色发展已经迈向纵深，草甘膦产业也不例外。草甘膦母液水剂的四年过渡期，就是更严苛环保风暴来临的一个重要信号。张华有一种时不我待的紧迫感。

至今所有的技术人员，都清晰地记得那个礼拜天几近通宵达旦的会议。针对草甘膦母液的处理，张华说，无害化处理是没有效益的办法，但这种处理浪费了资源。于是，他提出，将副产物变废为宝，即循环利用、深度开发，将母液吃干榨尽的思路。这一思路，正是四年后，福华循环经济园区B区框架的一个雏形。

“福华必须通过技术创新，闯出一条环保的新路！”

巨大的振奋，撞击着每一个人的心脏。

一个技术上刚刚起步的草甘膦企业，就这样无惧无畏地阔步上路了……

2009年的冬天，对于杨国华、阮冬冬、杨吉来说，尤其寒冷漫长。

为了处理草甘膦母液，他们曾经尝试过高温氧化的办法，但反应带来的大量的磷膏和恶臭气体，使得他们望而却步。继而，他们展开了与沈阳化工研究院的合作。

千里迢迢，他们将母液运过去，租赁对方的中试装置做实验。装置建在户外，零下20多度的气温，冻得手脚麻木冰凉，他们只得绕着装置，不停地跑动。

奇迹，就是在那个曙光初现的早晨发生的。三双眼睛，在那一刻同时注视着那一撮白色的晶体，像刚刚飘落的雪粒——一种叫磷酸氢二钠的物质，从草甘膦母液中析出。这就意味着，他们从草甘膦母液中提取磷的实验，取得重大突破。

杨国华马上掏出手机，向张华报告喜讯。两个人的声音，在那个腊梅花绽放清香的早晨，颤栗不已。

但他们知道，这仅仅是中试，提高磷的收率，以及产业化，还有许多挑战。

先是一种叫三乙胺的物质，因为含量偏高，接连几个星期，损害了价值几十万元的换热器。又因为水的硬度过大，造成结垢。针对这些问题，他们从换热器的选材和母液的温度控制上下功夫，同时通过改工业用水为蒸汽冷凝水，来解决三乙胺和结垢问题。后来，又对催化剂进行了长时间的改进。

在历经三年的曲折探索中，先后有40多人加入到这个技术团队。每一个人都几乎经历了失败、奋起，再失败、再奋起的心路历程。有两位硕士，中途离场了。

而更多的人，是怀抱梦想的坚守。

50多岁的通达副总工程师姜永红，在试车过程中，与年轻的技术人员一道，连续五天蹲守在装置旁，寸步不离。这个曾经以全县第一名的成绩考入四川大学化学制药专业的高材生，曾经为一个产品在实验室一呆十几个小时，导致昏迷住院的“化工迷”，自2007年加入福华，就一直以一种忘我的科学精神，或参与或主导了福华接近一半的技术工艺创新。他在草甘膦二期项目开车中，为指导操作人员，曾经一连十多个小时骑在反应釜上，被福华人传为佳话。在草铵膦的试生产中，由于每天超长时间的工作，半年内体重下降了足足10公斤。他用智慧、痴迷和奉献，赤诚地践行着一个科技工作者“创新改变世界”的理念。

2014年11月的一天，一个改写中国草甘膦行业的喜讯，从福华传出：福华通过完全自主开发的工艺，使母液中96%以上的磷实现了转化。而转化生成的磷酸氢二钠成品，一年就有13万吨。

这一年12月的一天，北京安徽大厦，中国草甘膦技术创新交流大会。杨国华这个从福华成长起来的高级工程师、乐山首批“工匠”，登上了草甘膦产业最高的讲坛。福华草甘膦母液回收磷的创新成果，立时引发了暴风骤雨般的掌声。与会的世界草甘膦老大——美国孟山都的代表迟疑了许久才回过神来，无限感慨地说：“想不到，这个难题竟被一个行业后来者破解……”

全球草甘膦产业，开始将期待的目光投向远在中国西南腹地的福华。

而更多锁在“抽屉”里的成果在福华释放，更多的产学研合作在福华展开，更多的工艺技术在福华突破。

福华与四川大学蒋文伟教授及其团队合作，解决了亚磷酸二甲酯成本、消耗居高不下的积弊。率先在全行业开发出全卤制离子膜烧碱技术，并于2009年建成年产20万吨烧碱项目。通过反应釜、冷凝器等设备的工艺创新，大大提高了三氯化磷的产量，从而满足了草甘膦的满产生产……

2012年，一个占地900亩，围绕草甘膦生产的资源循环利用和深度开发的绿色环保产业园B区正式动工。先后有年产12万吨双氧水、年产6万吨多聚甲醛、年产5万吨甲缩醛精馏、3万立方米/天园区污水处理厂、年产4万吨甘氨酸、年产3万吨五钠、年产6千吨草铵膦、20万千瓦热电联产等项目建成投产。

随着技术创新和新项目的投产，福华的体量快速壮大。张华开始更深入地思考，怎样将福华的大梦想嫁接在每一个福华人的心中，又怎样使得创新成为每一个福华人的源头活水。于是，一种分享价值观统领下的分享文化及其“再提升・再突破”的“两再”制度设计，掀开了福华技术创新的新篇章，助推福华完成了从跟跑、并跑，到领跑的三级跳。

对福华事业充满激情、视野开阔、敏于学习的福华通达总经理王蕾，将福华的分享文化和“两再”制度设计理念，不断推向新的境界。

“赚钱是为更好的反哺。而福华首先要反哺的，就是自己的员工。”

100多个骨干分享股份的员工持股平台正式运营。每年少则600多万、多则2000多万元的项目创新奖励，让福华草甘膦工艺技术永远走在改进提升的路上，每年的专利数量持续创出新高。投入1000多万元的员工学历、职称考试和专业培训，使得福华成为行业人才养育的摇篮。薪资每年增加1200元的福华荣誉员工评选机制，激荡一池春水，数百名荣誉员工已成为福

华先进生产力的代表……

80后唐建军是福华技术创新中杀出的一匹黑马。

2013年至2015年间，因为第二代“膜+湿式氧化”工艺，在开车中的反复挫败，设备更换造成的损失上亿元，草甘膦母液氧化车间主任一连五任前赴后继。年仅34岁的唐建军受命于危难之时。他向项目攻关团队提出了“湿式氧化+高温氧化+膜”的处理思路，并在催化剂剂量和操作规程上严格把关，短短几个月就解决了设备损坏问题，并使得母液转化率提高到90%多，产生效益一亿余元。

唐建军的“胃口”越来越大。2016年，他又向总经理王蕾主动请缨，要拿下草甘膦连续水解这个困扰行业20多年的难题。当时很多人不敢参加这个攻关团队，认为唐建军说大话、吹牛皮。因为这个课题，好多草甘膦生产企业搞了多年，都是攻而不克。但唐建军偏不信邪，在他的坚持下，杨奇、吴伦飞、郭双方成立核心研发团队，经过一年多时间的攻关，引入了DCS自动化控制，果真实现了进出料的连续化。这个成果带来了巨大的效益，使得车间人工节省60%以上，设备节省300万元以上，产能提高50%。随即，唐建军又与研发团队一道，攻克了连续化精馏。这些工艺技术，以福华的名义，一一填补了行业的空白。

福华也为唐建军搭建起了更大的平台。短短的两年多时间里，唐建军从环保部长兼氧化车间主任，一路擢升至福华通达副总经理。

李舟与福华B区那个铁门紧闭、进出严苛、价值高端的实验和生产单元紧密相关。这些福华自主开发的崭新产品，多数一吨市场价高达二三十万元，独创的工艺技术堪称福华乃至行业的“秘密武器”。

四川大学化学专业硕士毕业的李舟，2015年6月，从四川省化工研究设计院研发中心主任的位置，被猎头公司“猎”到了福华。开发一种叫麦草畏的除草剂，是李舟面临的第一个考验。李舟带领三个博士、六个硕士，仅仅用一年时间，就实现了小试和中试。他们科学地选择了合成路线和高效催化剂，攻克了同分异构体的分离技术，成功做出了中间体，并获得了比国外产品低出至少25%的成本优势。年产2万吨麦草畏，现已进入工程设计。据估算，项目建成后，每年实现销售额20多亿元，利税高达8亿～10亿元。目前，这个项目共计申请了19项国家发明专利，已获得国家专利授权6项。

第二个考验是草铵膦。该产品的重要中间体甲基二氯化磷是技术核心。李舟领衔的研发团队要做的就是把这一技术进行工业化设计。又是整整一年的时间，他们攻克了废渣、搅拌器、石油醚含量高、磷化、氰胺化、水解、提粉等一系列工业化生产的难题，并于2016年12月建成年产3000吨草铵膦装置……

这是怎样如火如荼的岁月啊，两年多时间里，李舟把幼小的孩子扔给了成都的妻子，自己则一头扎进五通桥福华的实验室或车间。相距100多公里，经常一个月也回不了一次家。科研团队里的美籍华人王心泰博士，每三个月因为护照到期要回一次美国，就像一只辛勤的飞来飞去的候鸟。曾就职于中科院有机所的王文硕士、毕业于四川大学的吴狄峰博士，更像两尾忘我的鱼，遨游于科研之海……

时间给予了执着奋斗者一个沉甸甸的秋天。

经过三代技术摸索和创新，福华草甘膦母液资源化利用和深度开发，成为全国最先进、效益最突出的技术集成企业，其中磷的回收率达到99.5%，氯化钠的回收率达到95%以上。这个包含30多项国家专利的技术集成，荣获四川省科技进步奖，获得四川省重点流域总磷污染源防控技术研究项目支持，同时被评为中国石油和化工行业环境保护与清洁生产重点支撑技术，工业和信息化部工业清洁生产示范项目，福华通达成为全国草甘膦行业里第一家获此殊荣的企业。

福华以草甘膦为中心，形成了包括磷酸氢二钠、三聚磷酸钠、氯甲烷、液碱、双氧水、乌洛托品、甲缩醛、氯化铵等10余种副产物。

张华提出的“打造垂直一体化循环产业链”，以资源的高效利用和循环利用为核心，将物质流动方式由传统的“资源—产品—废弃物”单向线性模式，转变为“资源—产品—废弃物—再生资源”闭合循环模式。仅仅环保技术，每年可为公司增收近6亿元，降低成本3.46亿元。2015年，全球草甘膦市场价格低迷，很多草甘膦企业连连亏损，而福华却通过循环经济发展模式，利用多样的副产物，依然保持昂扬的发展势头。

2017年12月，220名四川大学化工系的莘莘学子来到福华的绿色化工科普基地——农化循环产业园，近距离感受“化工让生活更美好”的动人旋律。

春天驻足福华，遍布厂区的树，青翠欲滴；一群鸟追逐另一群鸟，嬉戏在大片的草坪上；一簇簇三角梅，开得格外灿烂妖娆。

三

激情在奔涌，梦想在驰骋。

2016年，福华新春团拜会。当张华发出“进军全球农化领域第一军团，做服务全球农业的世界级企业！”新十年动员令时，济济一堂的股东、合作伙伴和福华员工，报以了雷鸣般的掌声。

张华知道，这是发自肺腑的赞许。

在追梦的路上，他和福华人将曾经的“痴心妄想”，变成了现实。而今天，所有人都笃信，新十年梦想的火炬，必将再次照耀福华。

唐齐就是一个高擎火炬的人。

唐齐不曾料想，不到三年的福华经历，远远胜过他华西医科大学药剂学硕士毕业后，12年职业生涯的总和。

张华给了这个乐观向上、永远富于创新激情的年轻人梦想遨游的平台。福华制剂研发总监、福华创新实验室主任的头衔，以及由博士、硕士组成的40多人的研发团队，扬起了唐齐搏击深海的人生风帆。

两个替代欧洲禁用的牛脂胺草甘膦助剂的FV1817、FE921A，一个用于草铵膦的FE1109助剂。三个产品，皆为原发性世界首创，而且生物可降解，完全属于环保产品。于是，唐齐及其团队与世界顶级公司、国内名校合作的故事展开了。

FV1817选择了一种化妆品级的原材料，须从玉米和植物油里提取，于是福华向日本花王株式会社伸出了橄榄枝。当花王的铃木忠幸、田村辰仙一行考察了福华五通桥生产基地和成都总部，花王借助福华进到农药领域的愿望变得分外强烈。一份原材料供应的协议很快达成。

FE921A的原材料来自德国赢创公司，与赢创的深入合作也将就此展开。而三个产品的配方，采用了美国陶氏化学高通量实验室的机器人筛选，从近7000个配方中最终选出了11个。接着又采用了比利时索尔维，以及巴西沃图化工在圣保罗和美国休斯敦的实验室做模块化实验。

在产品生物检测和表征方面，福华又先后携手中国农业大学杜凤沛教授、中国植物保护科学研究院首席科学家黄启良教授，以及哈佛和长江学者、南开大学席真教授及其团队。

在产品加工和试用中，福华与中国最大的除草剂生产基地安徽华星和国家农药示范基地蒲江开展合作。

这个投资一亿元研发经费，其中的一种产品甚至可以像化妆品一样直接涂在脸上，相同的成本，却在药效上提高至少30%，完全生物降解，并且具有超低温和超高温环境适应性，便于快速灌装的三支助剂产品，就此面世。

2018年3月8日，上海，第19届中国国际农用化学品及植保展览会。福华亮相的FV1817、FE921A、FE1109三个产品，立刻成为展览会的焦点。人头攒动的福华展台，引来所有黑眼睛、蓝眼睛石破天惊般的目光……

35岁的唐齐，像孩子一样喜极而泣。

他将与赢创合作中，由赢创颁发的一个金光闪闪的奖杯，捧给了妻子，和妻子怀中仍在蹒跚学步的儿子。近三年来，这个不着家的“空中飞人”，这个扎进实验室就不知今夕何夕的科研“疯子”，用一座奖杯表达了自己的愧疚之情……

一亿元投资，三支高效原创产品，撬开了曾经紧闭的世界顶级农化研发公司的技术之门，一个个被唤醒的大学与科研部门的“抽屉技术”，快速成长的福华研发团队……张华整合国内国际资源，走向全球的步伐正在加快。

福华主动与科研院校开展紧密合作，致力打造一个兼容并包、快速反应、水平先进的科研平台。先后与四川大学、四川农业大学联合组建“四川省草甘膦清洁生产工程技术研究中心”，与南方科技大学工程创新中心（北京）建立了福华工作站，与中国农业大学理学院建立了农药减量化中心，与四川大学在大数据应用及智能工厂建设上展开合作，与中科院成都分院等12家校企建立研发联盟……

以纽发姆等国际投资巨头的注资为发端，福华徐徐拉开了国际化大幕。福华产品先后在95个国家注册登记。与此同时，福华在美国、巴西、南非、俄罗斯、澳大利亚等17个国家建立分支机构，招募外籍员工，聘用国际化视野的高级专业人才；与陶氏、先正达、纽发姆、富美实等一批国际农化巨头建立长期友好合作关系；将技术创新中心移师成都，将营销中心推向国际大都市上海；每个季度与国际一流研发机构科学家的头脑风暴；并购与上市已露出黎明前的曙光。

唐煌，就是福华迈向国际化的一个代表性人物。

唐煌，美国休斯敦大学化学博士，美国康奈尔大学博士后，师从诺贝尔奖获得者R.Hoffmann教授。历任阿克苏诺贝尔项目经理、磷化学品事业部亚太区商务经理，以色列化工亚太区技术总监。2008年，以色列化工曾开出高价收购福华，被福华拒绝。那个时候，唐煌正在以色列化工供职，并在动议收购期间深入研究过福华。2016年，当唐煌受邀加盟福华，他看见了一个创造行业奇迹、远远出乎他意料的福华。这个奇迹犹如一股神秘力量，引导他走入福华。2017年，唐煌任张华特别顾问，2018年任福华战略发展部总监。唐煌正在为福华新区规划、磷产业链落地，以及福华向国际化纵深拓进，不辞辛劳地奔走……

2017年5月27日，在云雾缥缈、佛音萦绕的峨眉山金顶，张华与世界农化研发实力顶尖企业——德国赢创工业集团正式确立了“福赢”合作模式。两个月后，赢创工业集团大中华区总裁、北亚地区负责人Claas Klasen先生来到乐山，与张华一道，确立了“福赢团队”研发载体，以及在表面活性剂、制剂、阻燃剂、土壤修复以及人才交流等22个方面合作事项。9月下旬，在德国埃森，双方正式签署实验室合作协议。这是德国赢创史上首次向外开放自身的实验室资源。

张华的“世界农化航母”正在驶向深海。

一个承载“成为世界级现代农业综合方案提供者”为愿景；一个以“服务全球农业，创造美好生活”为使命；一个从农化出发，包含特殊化学品及其新材料、作物保护、种子及生命科学、特色消费品；一个与乐山“一总部三基地”工业规划相适应，其中的精细化工基地以福华为中心，产城融合；一个中国西部的未来的路德维希港；一个注重原创，实现集装式生产，全球渠道，品牌共享；一个意欲在五年内实现100亿美元销售额、进入全球农化前六的福华，以占地4500亩之巨的新建设区破土动工，吹响了福华迈向新时代的嘹亮的号角。

意气风发、豪情满怀的福华，正在成为四川的一张靓丽名片。

2016年12月9日，“2016中国石油和化学工业联合会外资委员会大会暨跨国石化企业可持续发展高层对话会”在乐山召开。被中国石油和化学工业联合会会长李寿生高度评价为“产品有特色、创新有平台、模式有优势、发展有目标”的福华经验，引发了与会14家全球500强、30多家跨国巨头巨大的探知热情。在这个寒意扑面的冬天，他们来到了福华五通桥生产基地，崇敬的目光在庞大的装置和管廊之间流动。这个中国西部的农化企业，像一道闪耀的神奇的光，照耀着朝向东方开启的每一颗心灵。

四川，曾经孕育了三星堆文明、金沙文明，诞生了利众生、利千秋的世界最伟大的水利工程都江堰。在江河浩荡、草木枯荣的文明更迭中，一只薄如蝉翼、普照天空和大地的太阳鸟，以飞翔的姿势，永远诗意地述说着传承的血脉。

当历史演进到21世纪的今天，一片充溢着绿色环保、爱与慈悲的四叶草，像一只绿色的神鸟一样，被福华人虔诚地放飞。她柔和、执着飞翔的光芒，抚过大地的植物，并让我们的心灵充满朝晖般的温暖。

福华之光，泽被大地。

03

净化云天的绿色情怀

2017年夏季的北京格外晴朗。

6月11日，在位于北京海淀区北部朗丽兹西山花园酒店，雄跨石化、环保、绿色能源三大领域的行业巨擘三聚环保股份有限公司（简称三聚）正在庆祝20岁的生日。

三聚人完全有理由好好地庆贺一下。从1997年到2017年，三聚环保历经20年的风雨洗礼，从一个蹒跚学步的幼儿，已经成长为一个风华正茂、朝气蓬勃的青年。

➔ 公司资产规模从10万元，发展到几百万元、几千万元，再到今天的几百亿元。

➔ 员工人数从最初的3人，增加到后来的30人、300人，再到现在的3000多人。

➔ 产品从单一脱硫剂扩大到脱硫净化剂、脱硫催化剂、特种净化剂、特种催化剂材料及催化剂等四大系列100多个品种。

➔ 业务模式也由简单的生产和销售扩展到全方位的技术服务，成为全球知名、国内综合实力最强的能源净化产品、技术、工程和一体化综合解决方案的供应商。

徐徐的山风，青翠的松林，给人以清凉和惬意，而全球石化行业的迅猛发展和急速增长的市场需求，犹如战鼓般催动着三聚人不忘初心，跨越前行。因此，在庆祝会上，共同缔造了三聚传奇的双掌门董事长刘雷和总裁林科都是充满激情而不乏冷静。自从1999年两人“一见钟情”携手合作以来，战胜过无数艰难险阻和惊涛骇浪，达成了令人震惊的共识度。

所以在庆祝会上，他们仍然保持了英雄本色，所见略同。

一方面，他们明确表示：“为什么20年了才过第一个生日，是因为20年来我们一直行走在创业、创新和追求梦想的路上，从来都没有停歇过、没有停顿过，匆匆前行中我们甚至忘了自己的生日。”

另一方面，他们冷静分析：“在技术进步日新月异的时代，一家高科技企业要生存要发展，必须有自己的核心产品和技术。作为一家科研人员创办的环保企业，三聚环保一直以来都保持着以技术引领发展的核心优势，不断创新，不断突破自我，敢于走别人没有走过的路，敢于做别人做不成的事。如今，这种永不言败、勇于探索的创新精神已经植根于每一位三聚员工的骨血中，而且变得越来越强大。是这种精神将三聚环保带上了悬浮床加氢、铁基催化净化材料、低压合成氨钌基催化剂工业化应用等领域的世界巅峰，让我们成了细分行业领跑者！”

展望未来发展，他们更是振衣而起：“今后我们务必要保持和发扬永不言败、勇于探索的创新精神，支撑三聚不断地聚力、聚人、聚财，从一个巅峰走向另一个巅峰！”显示出企业家的超级智慧和豪迈情怀。

一

1987年，一个不起眼的退伍军人约了5个朋友，在深圳创办了一个名叫华为的公司，“华为”意为中华有作为。这个人的名字叫任正非。

10年之后，一个发起人数仅有3人的公司在北京创立，起名“三聚”。聚乃三人同立，三聚乃是一生二、二生三、三生万物之意，领头人名叫林科。

虽然两个公司相隔10年，但当时面临的环境都是波云诡谲。

他们不同的是，一个因生活所迫创业，一个是不甘现状下海；相同的是，他们都是主动求变，挑战自我，各自创办了一个卓越的公司。华为在电信业傲视全球，三聚环保的绿色能源名扬四海。

1987年，清秀帅气的林科从北京钢铁学院热能工程专业毕业，分配到令人称羡的著名国企首钢。然而，实习期过后，当林科看着办公桌对面自己的师傅，一位勤勤恳恳、几十年如一日辛苦工作了一辈子的工程师，想象着自己未来的职业生涯也会天天重复波澜不惊的工作，再也坐不住了。第二天，他毫不犹豫地递交了辞职申请，开始了寻梦之旅。

林科的父母是50年代毕业的知识分子，在儿子身上寄予了美好的期望，给儿子取名为“林科”，是希望他能够以科技报效国家。因此，在林科心里，科技报国的责任心和使命感一直激荡于心。

离开首钢后，林科边努力读书，边寻找发展良机。

时间跨入1997年，生性酷爱鼓捣技术的林科一次在和锦西炼油厂的一位同志聊技术时，听到了“污水汽提氨精制过程中脱硫，由于液氨中含有大量的硫化氢，现有的脱硫剂不仅脱硫效果差还有大量的固废产生，是让人十

分头痛的难题”的信息。

林科意识到这也许是一个机会。他立即向北京大学化学系研究结构化学的专家刘振义教授请教，刘教授建议他可以用亚铁盐做一些合成实验试试。目标很快得到认定。

初夏的北京，绿树如盖，一家只有3名员工的化工公司在北京海淀区工商局注册。三人聚在一起办事业，名字就是它了！三聚公司由此诞生。

三聚主打的第一个产品就是脱硫剂。脱硫剂是一种广泛应用于油气开采、石油炼化、煤化工等行业脱除硫化氢和二氧化硫的化学制剂。当时由于我国生产脱硫剂技术落后，脱硫剂硫容低、效果差，市场上常规铁系脱硫剂理论硫容仅为30%，工业产品实际硫容不到15%，而且再生成本高昂，使用后只能作为工业废弃物被抛弃。我国因此而产生的固体脱硫废剂每年多达几十万吨，不仅造成资源浪费，也给环境带来了严重污染。而如果从国外进口高效脱硫材料，价格昂贵、成本高，一般炼化企业难以承受。

认定了方向的林科从北京郊区昌平县（今昌平区，下同）桃峪口村的亲戚那里借来一个生产洗涤剂的农家小院作为试验基地，开始了艰难的攻关。经过艰苦摸索，合格的脱硫剂终于研发成功，用于实验时，不仅反应速度非常快，硫容非常高，达到60%！当时市场上最好的脱硫剂的硫容理论值也只有30%。

喜出望外的林科立刻把样品送到北京大学进行检测。结果表明，这是一种名叫铁酸钙的新材料。铁酸钙是一种混合物，遇水后形成了无定型羟基氧化铁，这种无定型晶体结构具有较大的比表面积，具有数目众多孔径非常小的孔隙。这种结构对硫化氢有很强的吸附和氧化作用，具有极高脱硫活性。三聚人给这种新型的脱硫剂命名为JX-I脱硫剂。经查新检索，JX-I脱硫剂及其制备方法以及其活性组分用于脱硫属均世界首创。

1997年初秋，三聚与中国石化锦西炼油总厂正式签订了JX-1用于污水汽提氨精制系统脱硫化氢的工业应用实验协议。这是三聚公司的第一笔产品销售合同。由于脱硫效果好，1998年JX-1脱硫剂获得了中国石化集团公司年度科技进步奖，产品也在中石化系统内迅速推开，锦州、辽化、燕山和镇海等石化公司纷纷向三聚订购这种新型脱硫材料。

正当三聚借此一炮走红，订单纷至沓来，开始为干不完的订单发愁时。一家日后与三聚同台唱戏的重要角色——北京海淀科技发展有限公司宣告成立，这是北京市海淀区国有资产投资经营有限公司的子公司，掌门人是刘雷。

资本与科技具有先天的姻缘，这在刘雷和林科身上得到了完美的体现。1999年，刘、林实现了历史性的会面。一个有资本急于寻找好技术，一个有好技术苦于缺少发展资金。成长于部队环境的刘雷具有军人的锐利、刚毅和果断，话虽不多，但掷地有声；林科精于研发，善于分析和表达。双方一见如故，共鸣强烈。

为加深了解，林科特别邀请刘雷来到北京郊区昌平县桃峪口村一个废弃的铸造厂，这是三聚当时的生产基地。生产用的加热炉和混碾机是自己设计的，粉碎原料用的是农民用来碾药的药碾子，散落的铁泥把院子染成了一片红色，条件简陋，环境艰苦。但在这里生产出来的产品却受到了中石化这样的大国企的青睐，工人们加班加点生产，产品仍是供不应求，这令刘雷十分震撼。

而更让刘雷心动的还是林科带领的一帮年轻人身上那股子不惧挑战、永不言败、勇于创新的精神和干劲。这让他深深地感受到了这家只有十几个人的小公司蕴藏着的无穷能量。于是他果断决定：给三聚投资，为他们提供科研和生产急需的资金，让这帮年轻人身上的热情与能量尽情挥洒出来。

2000年6月，三聚进行了增资扩股，引入大股东——北京海淀科技发展有限公司，注册资本增至3000万元，公司更名为北京三聚环保新材料有限

公司，刘雷任董事长和法定代表人，林科任总裁。

作为大股东，海淀科技对林科的领导团队充分信任，在不遗余力予以支持的同时，从不干涉三聚的生产经营，刘雷重点抓战略管理，提出富有前瞻性的超常规发展思路。而林科团队最擅长的就是勇于攻坚克难，敢于啃硬骨头，用技术创新解决行业痛点。两家公司、两个当家人的牵手可谓是珠联璧合，相得益彰。

有了资本的推动力，三聚环保技术创新的步伐也更加坚实有力，新产品、新技术的开发能力和产业转化能力不断提升，技术创新的核心驱动力迅速凸显。

2001年5月，三聚环保在北京市石龙工业开发区新建的生产基地竣工，企业的固体净化剂、催化剂的年产能力由原来的200吨一跃到了1000吨。

2001年7月，三聚公司总部和研发中心迁入生产基地综合办公楼，形成了开发能力极强的科研力量。在这里，刘振义教授带领的研发团队在原有铁酸钙的基础上，陆续开发出无定型羟基氧化铁、特种磁性氧化铁两大类新型的铁基材料。在世界范围内，三大铁基材料的专利几乎全都来自于三聚环保的研发团队，包括了合成工艺和各种应用技术。

2001年12月，三聚环保的销售业绩突破500万元，是2000年的3倍。

2002年2月，三聚环保又开始向新的技术制高点发起冲击，他们与大庆石化研究院合作，接下生产百吨气相醛加氢催化剂的订单。

2003年，三聚环保再次迎来了难得的发展机遇。借沈阳催化剂厂改制之机，三聚环保出资收购了这家有着几十年发展历史的老国企，整合其拥有的生产基础、技术人才和销售渠道，大踏步地进入到空间更加广阔的催化剂领域。

2005年底，公司销售业绩首次突破1亿元。

2007年11月，公司完成股份制改造，由“北京三聚环保新材料有限公司”变更为“北京三聚环保新材料股份有限公司”；

2008年，公司荣获了国家高新技术企业证书；

2009年，公司荣登中关村TOP100榜，成为中关村优秀创新企业之一；

2010年4月27日，三聚环保在深圳证券交易所创业板成功挂牌上市，募集资金8亿元。

从2000～2010年，三聚形成了完整的研发体系，创新技术成果层出不穷：脱硫净化剂、脱硫催化剂、其他净化剂、特种催化材料及催化剂等四大类近百个品种逐一推出，如朵朵浪花，欢跳于碧海之间；又如粒粒珍珠，镶嵌在祖国大地。

一路携手走来，每每谈起海淀国投和海淀科技对三聚环保的支持，林科的感激之情总是溢于言表：“如果没有大股东的鼎力支持，三聚环保的发展不会如此之快，前进的道路也不会如此顺畅。正是海淀国投搭建的这个产融投资平台为三聚解除了资金之困与后顾之忧，让我们可以撸起袖子加油干、大胆干！”

对于搭档刘雷，林科深有感触地说：“十几年来，我们从来没吵过架，没拌过嘴，就像是相濡以沫、同呼吸、共命运的好朋友一样。这是三聚环保得以健康、稳定、快速发展的重要保证。”

二

2014年的中国告别了连续30多年的高速增长，进入一个“新常态”。国家在不再追求GDP硬性指标的同时，前所未有地加大了环保力度。

这一年，受房地产行业遇冷、宏观经济下行影响，国内钢铁价格持续探底，为钢铁行业配套的焦化产业遭遇了寒冬。让焦化行业感到压力的不仅仅是严重过剩的产能，同时也还有环保部门日趋严格的大气污染物排放要求。

因为从2015年1月1日起，我国将开始实施《炼焦化学工业污染物排放标准》，这是有史以来最为严苛的标准。

国家这样做也是不得已而为之。在此标准实施前，按照全国每年4亿吨焦炭产量计算，我国炼焦企业的焦炉烟气中二氧化硫和氮氧化物的排放量分别达到每年15万～30万吨和50万～80万吨的惊人数字！

当时，国内燃煤电厂采用的高温脱硝—余热回收—湿法脱硫—湿电除尘的工艺路线已经十分成熟，有人想到拿来主义，但由于燃煤电厂与焦化两个行当间差异较大并不适用，其他一些技术路线也存在能耗高、投资大、效率低等缺陷。如果不能有效处理焦炉烟气中的二氧化硫和氮氧化物，焦化企业就将面临降负荷生产甚至是限期停产的命运。

关键时刻，三聚拍案而起，其全资子公司——北京宝聚能源科技有限公司担当重任。

宝聚科技接过战书，首先开始研究有效的解决方案。经过一番调研和攻关，他们根据焦化行业烟气特点确立了“干法脱硫—低温脱硝—余热回收”工艺路线。与传统方法相比，这个工艺路线具有两大优势：一是干法脱硫基本不存在温降，这样就能够尽可能多地回收余热，余热回收后的烟气直接排入原烟囱，因此烟囱热备不需要再单独加换热器，减少项目投资和运行费用；二是先脱硫后脱硝，可以减少二氧化硫对脱硝的影响，更好地发挥脱硝催化剂的作用，减少脱硝催化剂用量，延长了使用寿命，脱硝后生成氮气和水不会对大气环境产生不利的影响。

6月的黄河明珠乌海，草长莺飞。经过千辛万苦，2016年6月29日，由宝聚科技为焦化行业量身打造的世界首套干法脱硫—低温脱硝—余热回收一体化（DDSN）焦化烟气处理装置，终于在内蒙古美方能源有限公司建成投产，打通了全流程。

美方能源位于乌海市乌达经济开发区内，是内蒙古的大型焦化企业，建有两套焦化装置，产能240万吨。改造前其焦化装置烟囱排放的烟气中二氧化硫含量约200mg/Nm^3，氮氧化物含量约1000mg/Nm^3，远远超出国家标准。

2016年9月份，美方能源的两期烟气净化项目全部完成，二氧化硫和氮氧化物排放不仅达到了乌海地区的环保要求，而且也满足国标中特殊地区的要求，二氧化硫排放降至30mg/Nm^{3}以下，氮氧化物含量降到150mg/Nm^{3}以下。与此同时，经过脱硫脱硝的烟气温度与装置入口相比温降不到15℃，可以回收数量可观的蒸汽，实现了环保与节能的有机结合，大大减轻了企业运行成本。

口碑就是最好的广告，宝聚科技DDSN技术在内蒙古美方项目上大获成功的消息不胫而走，受到政府、行业和企业的高度认可和一致好评。此后一年多的时间里，这项技术迅速在炼焦行业推开，截至2017年底，全国已经有24套DDSN装置建成投产，涉及焦炭产能2300万吨，烟气处理能力达到470万立方米/小时，每年减排二氧化硫3800吨，减排氮氧化物1.5万吨。

为了让更多的行业、企业从这项技术中受益，在DDSN项目取得成功后，宝聚科技又在探索水泥、碳素、工业硅冶炼、石油催化裂化、玻璃等领域的烟气处理新技术。为了祖国的蓝天，宝聚科技再启征程。

与此同时，生性不安现状的三聚人，将目光投向了大洋彼岸——那个叫美利坚的国家。因为在这里发现了一个影响全球能源走向的物质——页岩气。

页岩气是指赋存于以富有机质页岩为主的储集岩系中的非常规天然气。1981年，美国人乔治·米切尔看中了得克萨斯州一种名叫“巴尼特”的页岩，试图进行液体压力开采，从中取得页岩气。经过几十年探索，到2011年，美国页岩气革命如火如荼，产量大幅增长，达到1378亿立方米，是2000年的12.5倍。这给天然气脱硫带来了巨大的市场空间。

身怀绝技的三聚人毅然闯入美国市场，经过3年多的市场开拓，2014年

10月28日，三聚环保的第一套页岩油伴生气脱硫装置在美国南部得克萨斯州的Eagle Ford油田建成投产。

“首次试运行时，我没有经验，而且是远在数千公里以外的美国，心中忐忑不安。”三聚环保海外业务负责人韩珏至今对美国第一套脱硫装置开车时的情形记忆犹新。

韩珏留学日本，曾在三菱电机株式会社居住环境研究开发中心做研究员，之后加盟三聚环保负责海外业务，虽然有扎实的功底和丰富的阅历，但操作这种重大项目心里还是不免有些紧张。

装置开车后，一开始运行得很好，可是没多久装置就穿透了，韩珏一下子慌了神。当时国内已经是深夜两三点钟，他拨通了林科的电话，讲述了现场的情况。电话那头，林科听完后只说了3个字“不可能！”语气坚定不容置疑。这3个字马上让韩珏镇定下来，按照林科的提示，他们很快就找到原因排除了故障。

想不到的是，第二天早上，现场的人又打来电话“出口检测结果又超标了。”韩珏再次打电话向林科告急，林科告诉他说：“你们要坚信自己的技术，脱硫就是个很简单的过程，你们根据自己的经验大胆去做，出了任何问题我来负责，你们只要把现场的事实和问题如实地告诉我，让我有一个正确的判断，其余的你们不用多想。”

林科这番话就像定海神针再次给韩珏吃了一颗定心丸。到现场后，他们迅速对装置进行了调整，生产很快恢复了正常，这一次平稳的运行足足坚持了一年半。

首套脱硫装置在美国建成投产，打开了三聚走向国际市场的大门，这对三聚而言具有里程碑式的意义。凭借装置优异的脱硫效果，三聚在美国的油气行业获得了良好的口碑，之后的3年，三聚人一鼓作气，又在美国的Eagle Ford和Permian两大油气田投运了17套干法脱硫装置。

在美国，油气田目前采用最多的脱硫方法是三嗪湿法脱硫。这种技术工艺复杂、运行成本高，同时还需要配套发电机、防结块设备以及储液罐，既要补充新液，又要处理废液，而且三嗪脱硫剂有臭味，会给工作人员带来许多麻烦和不便，气压不稳时，脱硫效果也受影响。

三聚开发的干法脱硫技术采用的是国际领先的核心产品——无定型羟基氧化铁，设备运行时硫容稳定在45%以上，比三嗪高出2～3倍。而且工艺设计简便，设备操作简单，设备运行稳定，现场不需要动设备，无需人值守。由于脱硫剂是固体的，废剂无需特殊处理，可以直接填埋，不增加环境负担，综合成本比三嗪法低20%～30%，毛利率达到30%以上。

脱硫业务之所以能在美国站稳脚跟，另一个重要的因素是三聚采取了适合美国市场的商业模式——提供一站式脱硫服务，而非传统的剂种销售或技术转让，其盈利模式是以依照脱硫数量的多少来收取服务费。具体说就是三聚的脱硫设备是撬装模块，安装简单，运输方便，一口井采完了，设备可以直接拉走，非常适合美国油气开采流动性强的特点。

2017年下半年开始，随着国际油气市场回暖，美国的油气田开发再次活跃，三聚也迎来了脱硫业务的春天。

为更好地开展海外业务，三聚全资子公司三聚香港在2017年6月收购了巨涛海洋石油服务有限公司已发行股份的39.47%，成为巨涛控股股东。巨涛是我国首家成功打入国际市场的油气海底装备制造商，具有非常强的设备制造能力，而且在海上油气领域与国际油气装备巨头建立了良好的合作关系。双方的携手大大提升了三聚的设备制造能力，为其开拓海外业务注入了新活力。

韩珏预计，2018年至少会有数千吨的脱硫剂和50～100套的脱硫设备销往美国。他们还计划在美国建设单套年脱硫量达到300吨规模的湿法脱硫装置。这些项目做下来，将大大提升三聚海外业务的规模效益和盈利能力。

扬帆出海的三聚环保正在太平洋上刮起一股强劲的东方之风。

三

在脱硫技术取得突破性进展后，在技术创新方面始终保持饥饿感的三聚人雷达般搜寻着浩瀚的科技之海中的每一个重要领域。这次，他们盯上的是一项炼油领域的国际前沿技术——悬浮床加氢技术。

悬浮床加氢技术是指重劣质渣油在高温高压和催化剂的作用下，在悬浮床反应器里通过气液固三相传质反应，实现渣油的高转化率和高油品收率。由于这种工艺技术特点，使得它在重油加工领域中，具有比其他技术更强的裂化和加氢能力，良好的市场前景使其倍受关注，但因其技术复杂，开发难度大，所以又令人望而却步。

市场分析表明，进入21世纪，世界上的优质石油资源变得稀少起来，重油和劣质油比例越来越大。而重油催化裂化、延迟焦化等常规的重油加工技术显得力不从心。世界炼油工业面临着巨大的挑战。

在中国，这个挑战就更为严峻，除了原料重质化和劣质化，中国原油进口依赖度不断上升，2017年达到67%，国际油气市场每一次的风吹草动都会牵动中国能源战略安全的神经。炼油工业亟需新的重大技术突破，中国能源安全更少不了创新技术来保驾护航。

受其影响，悬浮床加氢工业化技术受到国际炼油领域广泛关注，尤其是意大利Eni公司，英国BP，美国KBR、UOP公司等多家国际大型炼化公司以及世界一流的科研机构都投入大量的人力、物力和财力，想方设法要攻克这项技术，但由于技术的复杂性，所有的尝试都是无果而终。国内也曾建起一套万吨级/年的工业试验装置，一次开车后就没有再往前推进。

其实，早在2010年三聚环保成功登录创业板之后，善于洞悉产业未来发展趋势的林科就瞄上了这项技术。他十分清楚，一个公司要保持持续发展的源动力就需要不断地推出新的迭代技术。而触动林科萌发研发悬浮床加氢技术念头的，是在煤化工领域鼎鼎大名的专家任相坤。

任相坤曾任神华煤液化研究中心主任、神华煤制油研究中心有限公司董事长，中国神华煤制油公司副总经理、神华煤制油化工研究院副院长。2009年，任相坤作为专家组成员参加了中华环保联合会组织的对三聚环保的高硫容可循环新型脱硫材料及其脱硫技术的专家论证。

早在西北化工研究院担任副院长时，任相坤对三聚环保就有所耳闻，在脱硫剂、催化剂产品方面，三聚环保与西北院属于同行。作为国家科技部高技术研究发展计划“863”能源领域专家和清洁煤主题专家组召集人，凭借着长期从事煤制油、煤化工领域科研与工程化方面的经验积累，他初步断定三聚环保开发的新型脱硫材料是个好东西。直觉告诉他，这个新材料的应用范围绝不仅限于脱硫，其真正的价值潜力还远远没有被挖掘出来。

为了证实这一判断，论证会后三聚环保立刻安排人对新型脱硫材料用于悬浮床加氢技术的试验，并获得了一套完整的实验数据。实验结果佐证了最初的推断，这个材料在悬浮床加氢技术上作用不可小觑！

任相坤找到林科，告诉他：“国内外悬浮床方面的技术研发机构一直都在为寻找一种新型高效的加氢催化剂在努力，三聚研发的新材料让大家看到了曙光，这个材料是一个难得的且性能优异的催化剂原料，经过一些改性提升将有不俗的表现。”从此，林科坚定了攻克悬浮床技术的想法，三聚环保开始了系统研发部署。

但做出攻关悬浮床技术的决定并非一帆风顺，林科已经记不清他请教咨询过多少人。在他记忆里，如果有100个人，那么，这100个人毫无例外都会把头摇得像拨浪鼓一样。所有人给他的回应只有一个字：NO！

林科说：“这里面既有朋友真诚的好言相劝，也有一些人对我们的不屑。毕竟，悬浮床技术对于炼油工业来讲是一个庞大的、高难度的系统技术，同时风险也很大！且不说投资，仅技术难度之大、系统之复杂，就不是一般人敢碰的。国内外多家顶尖的专业研发机构和大型石油公司都在这项技术上栽了跟头，你们一个‘小字辈’的公司能有多大本事？想开发这个技术，不太不可能吧。”

“别人说我们搞科研是不撞南墙不回头，我们三聚环保偏不信这个邪，既撞了南墙，就要把南墙撞一个窟窿，窟窿那边一定是个新天地！”

勇者就是勇者，超乎常规，一往无前。不管风吹雨打，胜似闲庭漫步。

2011年，一个行业熟悉的名字出现在三聚环保的高管团队中——任相坤正式加盟，满怀信心开启一段新的人生旅程。

任相坤来到三聚环保后，不为传统思维所动，立即着手完善公司的科研体系，开始搭建以煤基碳材料、悬浮床加工工艺和催化剂为核心的研发平台，为三聚环保煤化工技术和悬浮床加氢技术的开发做准备。

在他的力荐下，三聚环保不惜重资，购买各类实验设备，其中从日本购进的一台用于悬浮床技术的研究开发的实验设备就斥资400多万元。当时，公司里许多人不理解：“花几百万买台实验设备简直就是在瞎折腾！”

“科研人员就是爱折腾。”面对一些人的质疑，他这样解释。在他的概念里，“折腾”二字实际上就是勇于探索、敢于创新、不因循守旧的代名词，是一个优秀的科研人员必备的素养。而系统的基础研究体系的建设更是不可或缺，这些看似花钱的业务，其实是未来挣钱的基础。在他的主持下，三聚环保用几年时间在北京、沈阳、福州三地建立起了完善的科研体系，为煤基碳材料、煤化工技术、悬浮床加氢技术的开发的建设奠定了坚实的基础。

任相坤找到了国内做化肥催化剂最具实力的科研机构——由中国工程院院士、我国杰出的化肥催化剂工程技术专家、福州大学教授魏可镁领衔的研发团队。并提出了大学与企业资本结合和深度合作的创新模式，得到三聚环保刘雷董事长的大力支持，并亲临福州敲定合作。2012年5月，三聚环保与福州大学成立了福建三聚福大化肥催化剂国家工程研究中心有限公司，专门开展化工、环保各类催化剂工艺、材料及相关技术研发成果转让和服务工作。魏院士带领工程研究中心的研发团队成员，进行了大量的催化剂的基础理论研究，特别是团队几十年来在催化机理上的研究成果给三聚环保的技术开发工作增添了深厚的技术底蕴。

与此同时，三聚环保还与德国、美国、日本等国的悬浮床技术的各路专家进行广泛的交流与合作，他们的工艺技术开发和催化剂研究等关键技术，在解决管道的结焦、堵塞以及阀门磨损等关键工程问题上给予三聚环保很多技术支持。

时间飞逝。今天，当我们翻开三聚环保悬浮床技术开发的时间表，会发现与所有重大关键技术的突破一样，悬浮床加氢技术的开发过程同样充满了艰辛与痛苦，其扎扎实实的足迹能给世人许多启示。

从2009年起，三聚环保就开始了相关技术的储备工作，在催化剂、工程技术、关键工艺、核心设备的研发和设计等各个关键环节上，都进行了完善的布局和系统的攻关。

2009年7月，三聚环保的研发团队正式开始进行脱硫新材料用于悬浮床加氢的研究；

2011年3月，三聚与日本知名煤化工技术公司签订煤基碳材料和煤焦油悬浮床加氢合作开发协议；

2011年6月，三聚向国际知识产权局提交了重质油加氢工艺和催化剂的发明专利；

2012年1月，三聚与魏可镁院士领衔的三聚福大化肥催化剂国家工程研究中心合作开展催化剂的机理与反应动力学的研究；

2012年3月，悬浮床高压反应釜与第一套连续评价装置交付使用；

2013年8月，三聚与日本产总研国立研究机构联合开展重质油悬浮床加氢技术原料评价合作；

2014年12月，国内第一个20万吨/年中低温焦油悬浮床加氢技术工艺包完成；

2015年12月，三聚环保不同原料的悬浮床加氢技术工艺包基础数据库形成；

……

四

正当三聚环保的研发团队一路披荆斩棘、艰难跋涉之时，随着又一个名角的出场，让悬浮床由一朵浪花变成了汹涌的巨涛。

这个人叫李林，是林科多年的好友。

2013年仲夏，李林冒着酷暑应邀到林科家中做客。他时任北京华石联合能源科技发展有限公司的总经理。从催化裂化到加氢裂化再到沸腾床加氢，从工艺包开发到工程设计，从生产实践到工厂技术管理，他弓马娴熟，几乎无所不通。

这次会面，两人从下午一直聊到第二天凌晨，十几个小时他们谈论的话题只有一个，就是悬浮床。

此后，这样的彻夜长谈有过十几次，时间延续了半年之久，思想碰撞出的火花，已经变成了烈焰，在两个人心中熊熊燃烧。

2013年的一个冬夜，又是一次十几个小时的促膝长谈。林科在满是烟蒂的烟灰缸中捻灭了最后一根烟，用衬衫的袖口轻轻揩了揩被烟雾模糊了的双眼，目光炯炯，右手的拳头重重地落在茶几上："干悬浮床！"

54岁创立力帆集团而名扬天下的尹明善说，所有的事情都是从无路到有路，胆识胆识，先有胆后有识；而对于三聚环保的林科来讲，同样是胆前识后，胆识俱备。在悬浮床技术的开发上，林科做出了一个石破天惊的决定：以个人身份出资支持悬浮床项目前期开发！这可是一个亿元级投入的事业。在外人看来，这是林科破釜沉舟、背水一战的疯子行为。其实，一直盯着科技制高点的林科绝不是一时兴起，他坚信能够看到技术突破的曙光。

从此，李林带领工程研发团队查询了国外几乎所有悬浮床加氢的技术资料。经过逐一分析、总结梳理、反复论证，他终于发现了悬浮床在工业化方面一系列需要突破与改进的关键技术问题之所在，这里面既有反应器结焦、阻塞的问题，也有催化剂分离的问题，还有如何避免飞温、如何制定预案防止重大事故发生的问题。

更难克服的是，各个技术问题之间错综复杂的关系，按照之前的思路，在提高转化率的同时，结焦的风险就加大了；而要防止结焦，又会损失转化率，矛盾突出，疑云重重。

李林必须通盘考虑各个因素之间相互关联性，用综合思维来全面考量、统筹兼顾，不能顾此失彼，只攻其一点而不及其余。这正是他在几十年来工作中总结出来的人生精华与创新法宝，丰富的工艺开发、工程设计和生产管理等工作经历，让他形成了一套综合思考的习惯，练就了一种独有的高屋建瓴、集成创新、解决复杂问题的能力。在其他人看来是山穷水尽的穷途末路，他看到的却是柳暗花明的勃勃生机。

当把所有影响悬浮床长周期稳定运行的问题都分析清楚后，李林创新性地提出了4项重油悬浮床加氢概念。

一是把催化裂化过程引入悬浮床，使之在达到相同裂化转化率的条件下，最大限度地降低反应温度，以达到最大限度减少热裂化和结焦。而没有沿用德国专家提出的单纯依靠高温热裂解提高转化率的思路。

二是强化悬浮床反应器的扩散性能，最大限度发挥催化剂的加氢功能。

三是开发独特的悬浮床反应器，创造出高速内循环，使反应达到最高效率。

四是优化催化剂配伍性能和物理性能，使之在发挥应有作用的基础上最大限度减少磨损、减少沉积结焦，保证装置长周期运行。

概念提出后，李林带领研发团队，从顶层设计出发，运用了大量现代高科技理念研发出关键的工艺包，将重质原料按照不同设计路线进行各种数据模拟和流程模拟，设计了十几个方案，在悬浮床难点问题上融合嫁接了其他行业先进成熟的理论和技术，在设计中逐一攻克了那些国际大公司没有解决的问题。

反应器的研发是悬浮床加氢工艺能否成功的重中之重。为了攻下这个堡垒，李林没少花心思，日复一日地思考、计算、推演。

一次，在家里做饭时，他目不转睛地盯着锅里翻滚着的小米粥陷入沉思。在他脑海里，眼前煮的小米粥就好似日夜思考的悬浮床反应器。他观察到“煮粥时火不能太大也不太小，恰好在某一段火候时锅内的小米粥翻滚最好，小米粥既不瀑锅也不扒底糊锅。是呀，我们要开发的反应器不就是要产生良好的内循环，既要反应充分又保证不结焦嘛。如果把这种理念带入到悬浮床反应器的开发中来，再用科学的理论计算出在反应温度、反应压力、物料流动速率、催化剂粒径等与反应器结构匹配设计，就能够达到内部循环流体场最佳的运行状态。”

经过艰辛努力，李林团队在攻克了十几个设计难题后，终于开发出了催化剂浓度和活性可控的全新的反应器，并形成了反应器内部循环流理论，使反应器功能发生了根本改变，取得了多项重要专利。

反应器的问题解决后，催化剂对阀门的磨损问题又摆到了李林的面前。在悬浮床工艺中有一个巨大的能量释放区块，就是热高分到热低分的高含固降压阀系统。通俗地讲，它就是一股有着200kg/cm^{2}高压的高温泥浆在几毫米的距离内压力瞬间降到10kg/cm^{2}的一个过程，其冲击力和磨蚀力可想而知，一般材料的管线和阀门在这种条件下最多运行几十个小时就会被磨穿。如果发生工业物料泄漏的话，生产现场瞬间就可能发生重大火灾，很难施救。这是悬浮床技术最为关键和最容易出问题的地方，也是最难攻克的地方。

李林分析出催化剂设计的关键解决路径后，研发团队花费了整整一年的时间，做了大量的管线柔性和应力分析计算，研究了包括优化催化剂形状和管道形状，创造性地开发了耐磨管材和阀门链接形式，成功解决了高能量含固体催化剂流体的磨损问题。与此同时，他们还与三聚福大化肥催化剂国家工程研究中心一起，从分子结构开始研发悬浮床加氢催化剂及其配方，把催化剂对重质原料裂化、加氢、防结焦三大功能发挥到极致。

在回顾总结攻克这一难关的成功经验时，李林用了一个字“狠”来形容自己。这一个“狠”字高度概括了他作为一个有抱负的科技工作者追求理想的坚定信念和精神，其中既有咬定青山不放松的坚韧，也有不达目标不罢休的执着，还有心无旁骛的专注与毫不留情的自我否定。

2016年4月15日上午，在位于河南鹤壁的超级悬浮床工业示范装置平稳运行50多天后，三聚环保在北京北辰洲际酒店举行了新闻发布会，正式对外发布了悬浮床工业示范装置一次开车成功并实现平稳运行的消息。

在发布会现场，作为技术的开发者和总负责人，李林告诉大家，目前悬浮床技术的自主知识产权多达100项，已申请专利23项，其中22件为发明专利，已获授权发明专利达到12项。

超级悬浮床工业示范装置一次开车成功是中国人一项伟大的创举，它不仅书写了中国炼油工业的辉煌，同时也创造了世界炼油工业的历史，让中国人一举站上了世界重油加工业的巅峰。而且，三聚环保研发的MCT悬浮床加氢技术，在大返混比悬浮床反应器里通过气液固三相的高效传质反应，实现了渣油的高转化率和高轻油收率，具有比其他技术更强的裂化和加氢能力。

这一创举对中国的能源工业具有举足轻重的战略价值：

我国每年原油表观消费量接近6亿吨，其中进口原油接近4亿吨，进口依存度超过了67%。而如果将来有一天，悬浮床技术得以大规模工业化推广，同样加工1吨原油，轻油收率可以提高10%以上，若以我国每年加工6亿吨原油计算，就可以增加6000万吨的轻油产量，这也就意味着，完全依靠我们自己技术力量，增加了3个大庆油田的石油资源量。

五

2015年4月12日，付兴国第一次到林科家做客。当时，他的身份是中国石油化工研究院副总工程师。

那一天的谈话，从上午10:00持续到下午6:00。林科花了7个多小时，滔滔不绝地向付兴国介绍了三聚公司的发展历程、核心技术、创新理念以及未来的战略设想。

付兴国研究生毕业后就在大国企工作，20多年一直在基层做研究工作，从实验员、课题组长做起，当过研究所所长、研究院院长，集团公司高级技术专家，重大科技专项负责人，国家863项目负责人。无论是做技术开发，还是做管理工作，他一直没有离开过科研开发一线，但对于三聚环保采取的技术创新模式和商业模式他还是第一次接触，与之前他所熟悉的技术开发和推广应用模式完全是两个路数。

午饭时间，林科亲自下厨做了一顿炸酱面招待付兴国。林科是公司里出了名的美食家，对厨艺研究颇深，炸酱面更是他的拿手好戏，从酱料的选材到炸酱时油温的控制，从面的软硬到面条出锅时间的把握，所有的细节和过程都是那么讲究和精细。

付兴国站在厨房门口，一边兴致勃勃地看林科娴熟地炸酱、煮面，一边听着他口若悬河地讲着三聚环保的创业史，一边在脑子里思考：在三聚环保这个舞台上，我有什么样的机会？我又可以做些什么？

5天后，完全被林科所打动的付兴国见到了董事长刘雷。刘雷的表达直截了当："我们求贤若渴，只要你愿意来，我们将为你提供一切可能的条件，你想做什么，想怎么做，我都会支持，让你的才能得到充分施展。"

8天后的5月30日，付兴国向原单位提交了辞呈。从此，央企少了一名专家型领导，三聚增加了一个专业高手。

加盟三聚环保后，付兴国如鱼得水，在完成了技术发展趋势的调研和费托产品后续市场开发的前期工作后，一项对公司甚至行业未来发展产生重大影响的新项目落到他的肩上。

2015年12月14日，三聚环保董事会对外发布《五年发展战略规划纲要（2016—2020年）》公告，在公司业务发展重点中赫然写上了"攻克生物质规模化高效转化关键技术并推进产业化"一行大字，并将秸秆生产碳基肥料作为首发的突破点。

在公司确立了目标和路径后，付兴国立即行动起来。他通过各种各样的途径收集了大量的资料和线索，又结合了三聚环保联盟企业拥有合成氨资源优势，最后将目光锁定在南京农业大学教授、国家高等学校土壤学重点学科带头人、农业资源与生态环境研究所所长潘根兴团队研发的生物质炭肥项目上。

根据农业部及国土资源部提供的资料显示，我国农作物秸秆年产生量9亿吨，由于技术的局限性，大部分的秸秆成为用途不大但必须处理掉的废弃物，不仅造成了巨大浪费，而且无组织焚烧还带来了严重的空气污染。而作为农业大国，我国的土壤退化问题也十分严重，18亿亩耕地中，退化面积超过40%，国家粮食安全与农作物产品品质面临严峻挑战。

而潘根兴团队开发的重金属土壤改良技术不仅可以解决秸秆焚烧带来的

环境污染问题，同时还可以将秸秆从土壤中携带出来的有机质和营养元素重新还田，改良土壤品质，减少药肥用量，提高农作物的产量和品质，是一项集环境效益、经济效益和社会效益于一体的技术，具有广阔的市场空间。

2016年1月19日晚，付兴国率队冒着严寒专程到南京农业大学拜访潘根兴教授。他们一见如故，一直聊到深夜。

回到房间已经是20日凌晨，付兴国依然难以入眠，他敏锐地意识到，潘教授的土壤改良技术将是三聚环保绿色发展战略的一个主要突破口。他立即拨通了刘雷和林科的电话，向他们做了简单汇报，征得两位老总首肯后，他立即打开电脑起草合作协议。1:00他将协议电邮给了潘教授。1:30潘教授回复："早上7:00在酒店大堂见面，签协议。"

3月22日，三聚环保与南京农业大学联合成立的北京三聚环保新材料股份有限公司——南京农业大学生物质绿色工程技术中心揭牌。双方在生物质炭肥技术、土壤改良技术的研发与成果转化上的全面合作进入实质性阶段。

到2016年底，三聚环保用9个月的时间完成秸秆炭化还田—土壤改良技术的工艺集成优化与设备的模块化制造，具备了全面布局生物质项目的技术与工程能力。

与此同时，三聚环保还在全国布局了第一批的6个示范项目。

2017年，三聚环保开始以奔跑的速度推进生物质综合利用项目，一年时间里，董事长刘雷亲自带队从黑龙江到云南，从吉林到新疆，跑遍了祖国的大江南北。

2017年8月16日，农作物秸秆炭化还田—土壤改良技术开发与应用项目通过了中国石油和化学工业联合会组织的科技成果鉴定。鉴定组专家给出结论：这项技术在秸秆炭化工艺、生物质炭复合肥制备技术、工业化规模方面处于国际领先水平。

8月27日，三聚环保再次在北辰洲际酒店召开新闻发布会，对外宣布将依托农作物秸秆炭化还田—土壤改良技术全面进军生态农业。此后的几个月，寻求合作者纷至沓来，应接不暇。

三聚环保设计的产业布局与发展次第，同时破解了生物质综合利用难与生物质能源化工品经济性差的两大魔咒。产业链设计之完美、项目布局之精妙，体现了三聚环保领导团队过人的智慧与胆识，令人赞叹不已！

2017年，三聚环保投资数千万元在18个省区的325块试验田中对18种农作物进行了大田作物实验。当数百页的实验报告送到刘雷手里的时候，平日不太喜形于色的他激动万分，捧着报告的手居然有些颤抖。这份激动不仅仅来自于项目本身的成功，还来自于千千万万的中国农民朴实灿烂的笑脸。他仿佛看到了三聚炭肥带来的新希望。在他的眼里，这些农民对粮食丰收与幸福生活的渴望正在"一根小秸秆的产业故事"中变成现实。

当年10月，在北京召开的县域发展与脱贫攻坚论坛上，刘雷对产业扶贫进行了全面解读：三聚环保生物质项目一直坚持"源自农业、反哺农田、惠及农民"的理念，建立起了富有特色的"金融+产业"的扶贫模式，创立了金融—技术—市场相结合的新型商业运营模式和绿色农业产业体系，把一家一户的传统经营模式变成综合性的农业工业化集约化发展模式，引导农户土地入股、联户经营、劳务就业和参与企业发展，项目运营收益按股东形式回补农民，并建立起了从秸秆收集、造粒、炭化、造肥、种植、土壤改良、特色有机农产品与深加工的产业体系，实现土地增产、农民增收、消除污染、改善环境、促进县域经济发展的目标。最后，他满怀信心的预计，到2018年底，随着数十个项目的建成开工，将有数十万农民从中受益！

他的预言正在成为现实。从2016年初到2018年初，短短两年时间，在三聚环保的精心布局下，一根小小秸秆居然在全国范围内搅起了一场绿色生态农业的革命。截至2018年2月底，三聚环保已经与22个省（市、自治区）的300多个县签署了战略合作协议，成立了149家合作公司，50多个项目开

工建设，6个项目已建成投产。

“三聚环保已经开启了从黑色能源向绿色能源转型的新征程。生物质炭肥项目的落地，只是一个起点，是未来清洁能源项目的一个前奏。大幕已经拉开，我们已经看到了绿色的可再生清洁生物质能源大规模的替代黑色化石能源的曙光。不久的将来，天蓝水清地沃人善的美好画卷将在我们这一代人的手中变为现实。”始终征战在最前沿的林科对未来充满豪情。

时至今日，越来越多的中国公司成为全球同行中的翘楚，在它们的前面已经看不到领跑者，正如海尔的张瑞敏所言，我们已经大到在全世界找不到对标的公司了。这意味着，中国企业必须具备领跑和自我突破的能力，必须在没有石头的水中学会前行和畅游。

如今的三聚环保，已经强大到令人刮目相看，但他们的征程似乎才刚刚开始。

从催化剂到脱硫剂，从国内到国外，从悬浮床加氢实现重油轻质化，到发展绿色能源，把小秸秆干成大事业，创造性地实现一二三产业的有机结合，三聚环保每走一步都瞄准了制高点技术，每项技术都具有十足的含金量……

20多年来，三聚环保不断聚众人之力、汇百家之长，在创新发展的路上披荆斩棘，攻坚克难，向国内外领先技术发起一次又一次的冲击，攻下了一个又一个技术堡垒，走出了一条从跟跑到并跑直到领跑的康庄之路。

三聚环保的成功并不偶然。支撑三聚环保发展的，是一个完备的科研体系。为确保始终走在行业前沿，三聚环保在企业内部建起了强大的研发团队，形成科学完善的自主研发平台，目前拥有3个国家级的科研平台、2工程化科研平台、3个自主研发平台和1个甲级工程研究院，涉及石油化工、现代煤化工、催化剂、净化剂与生物质高效利用等多个不同的领域。这些研发平台之间，创新资源可以跨领域、无障碍地有效对接，实现科研资源的高效利用。

与此同时，三聚环保还与国内外的高校、科研机构和知名企业建立了广泛的交流合作关系，形成了“内引外联”的技术开发创新模式。他们与中科院大连化物所、中科院兰州化物所、清华大学、中石化石化科学研究院及抚顺石化研究院、中石油石化科学研究院、南京农业大学、南京林业大学、北京化工大学以及美国西南研究院、法国石油研究院等都建立了战略合作关系，在日本和德国还有专家支持团队。

这种跨行业、跨领域合作的技术融合是三聚环保能在像悬浮床加氢这样重大工业化技术上取得突破性进展最主要的原因。

当然，化解发展痛点，单靠技术创新远远不够，还必须有创新的战略和商业模式，因为“如果你知道自己要往哪个方向走，抵达目的地就会容易很多”。所以，三聚环保提出了“以市场为先导，以技术为核心，以金融为手段，以资本为纽带”的共赢共享发展理念，推动传统焦化、煤化工、石油化工向低碳环保转型。目前，与三聚环保建立紧密合作关系的联盟企业多达四五十家，在三聚环保的带动与支持下，这些企业同样也实现了脱胎换骨，跨入了绿色、清洁、低碳、高效发展的新阶段。

未来，三聚环保依据强大的创新系统，技术的破壁能力、颠覆能力将在更多的领域中持续展现，催化出更加科学高效的产业模式，闪烁出更加耀眼的智慧之光，必将在全球化工领域留下浓墨重彩的中国画卷。

04

光耀天山的化工传奇

2016年12月11日，庄严雄伟的人民大会堂华灯璀璨、音乐欢快、群英荟萃。第四届中国工业大奖颁奖典礼在这里隆重举行。

一位身材适中、皮肤白皙、举止优雅的年轻女子一袭红衣走上了领奖台，从领导手中接过了一枚沉甸甸的奖牌，“中国工业大奖”是经国务院批准设立的我国工业领域的最高奖项，被誉为中国工业的“奥斯卡”，代表我国工业发展最高水平。同台领奖的有中国运载火箭技术研究院、中国空间技术研究院、中国探月工程探测器系统和大连船舶重工集团有限公司的航母工程等13家企业和9个项目。

这位美丽女性的出现，吸引了全场关注的目光。她就是新疆天业（集团）有限公司（下面简称天业）党委书记、董事长宋晓玲。

天业是本届全国石化行业唯一、新疆建设兵团首家获此殊荣的企业。

天业为何能获此殊荣？

让我们走近天山脚下去揭开她迷人的面纱。

一

新疆，是一块洒满阳光的宝地，在占我国1/6国土面积的土地上，充满了无数传说，书写着斑斓沧桑，闪耀着智慧光芒，孕育了无尽宝藏。这方土地辽远广阔，犹如搏动的心脏跳动着亿万年的脉搏，源远流长、史册流芳。

外敌觊觎新疆历史久远并且从未歇息，他们企图将这块神圣的领土从祖国怀抱分裂出去。

捍卫领土，屯田戍边在我国有着悠久的历史，汉唐三国均留下了许多动人故事。这些故事随着时间的推移成为烟云。纵观历代屯田戍边都属一代而终，其效果难以长久。

斗转星移、时序更新。当时代的脚步进入二十世纪四十年代，华夏大地换了人间。

“生在井冈山，长在南泥湾，转战数万里，屯垦在天山。”这是王震将军对新疆兵团发展史的生动概括。十万大军在这里开始了屯田戍边生涯，把南泥湾精神在这里弘扬光大。

天山南北、戈壁大漠，十万将士铸剑为犁、筚路蓝缕、胼手胝足，献了青春献子孙，献了子孙献终身。一改历代屯田戍边一代而终的沿袭，蹚出一条旷古烁今的新路。

打开新疆的地图可以看到，新疆兵团主要分布在两大沙漠周边和边境沿线，在绿洲的最外围，沙漠的最前沿，风口的最顶端，水源的最末处。因为兵团人“军”的属性，“兵”的意识和不与民争利的理念从未改变。

兵团人在解决了温饱后，将目光投向了工业。

他们发挥资源优势，在国家支持下筹划建设了“八一糖厂”、“八一毛纺厂”、“八一棉纱厂”等体现军人属性的由“八”字命名的一批企业。在遇

到建设资金不足时，军人的奉献激情再次爆发。他们将一年两套军装变成一年一套，一套军装还取消了口袋和领子，为早日建成工厂添砖加瓦，奉献赤诚。

这些“八”字号企业曾经有过辉煌。进入20世纪八十年代，改革开放的春风度过了玉门关，撞击着“八”字号企业。由于设备陈旧、技术落后、产品附加值低，“八”字号企业逐渐陷入了困境。自治区和兵团尽最大努力注入资金、技术改造，但仍然无力回天，未能逃脱破产倒闭的命运。

新疆在期待着，兵团在呼唤着，在新一轮的现代工业竞争中重塑辉煌。

1996年，一个与水相关的企业——新疆天业横空出世，经过20多年的砥砺奋进，以超百倍的速度高质量发展。多项科研成果不仅国内领先，而且独步天下。天业旗下聚集了15000多名职工，产品销往世界一百多个国家和地区，即使在石化行业低迷周期的背景下，工业产值从1996年成立时的1.58亿增长到2017年的400多亿，占石河子市工业总产值的20%以上。

从以上经济数据可以看出，天业是一家在市场竞争中快速发展的企业，但它又不是一般的企业。它又何尝不是一支屯城戍边的部队，履行着维稳戍边的责任。

天业党委副书记、武装部部长夏月星是一位身材高大，国字脸、浓剑眉，眉宇间书写着庄严的兵团二代。他领着我们参观了公司高炮营、战备和抗震救灾物资储备库。其先进程度和管理水平与正规部队不相上下。对天业武装部的参观，令我们肃然起敬。

据天业党委宣传部副部长轩书彬介绍：“每年新入职员工的第一课就是国防教育和军事训练，考试和训练成绩不达标者必须补考，补考不合格者不予接收。”

天业的党员干部积极履行民族团结、维护稳定职责，每位党员干部要与一户少数民族群众结对帮扶，并且每年要深入到帮扶家庭同吃同住同劳动同学习一段时间。

天业以及兵团的千万家企业屯垦戍边初心不改，使命担当不变。当祖国需要的时候，只需上级一声命令，他们将会重新拿起战斗的武器，开赴战场，捍卫祖国。他们无愧于边疆稳定、祖国安宁的定海神针、安全岛屿，让敌人胆战心惊！

祖国的安宁，边疆的稳定，幸福的生活，除了要感谢人民军队外，还应当向兵团企业职工致敬！

许多专家学习研究了天业现象之后，不约而同地认为，军垦基因也许是新疆天业在激烈的市场竞争中能够快速健康发展的第一秘籍。

因为基因决定着生命体的健康与寿命。

二

历史是最好的教科书，也是最好的清醒剂。

新疆远离海洋，气候干燥。据大数据统计结果显示，新疆年均降水量约为150毫米左右，而年均蒸发量高达2000多毫米，这是何等的不对称啊！

植物在呼唤：水！牛羊在呼唤：水！人类在呼唤：水！水，是激活新疆、发展新疆、繁荣新疆的一把金钥匙。

节水、绿化早已成为新疆和兵团发展工农业的明智选择和优先方向。

新疆天业初期领导和职工大都出身于团场（兵团下属单位），有着从事农业生产的经历，对土地有着深深的眷恋。有些领导在农场种地时，就尝试过用钢管钻孔和葵花秆掏空打洞滴灌棉花、大豆，并且取得了一定的成效。

1996年，新疆天业集团宣告成立，初始资本为濒临倒闭的玻璃厂和石河子化工厂。主要产品为农用薄膜，所需的PVC（聚氯乙烯）原料从内地采购，产品再销往内地。从此与化工结下不解之缘。

当年天业的决策者以超前的眼光牵住了企业发展的“牛鼻子”，转动“化育天工”一块神奇魔方，将目光投向膜下滴灌节水农业，认定节水农业将为天业发展提供无限空间。

与新疆有5个小时时差的地方有一个叫以色列的国家，土地禀赋与新疆相似，干燥少雨、沙漠化严重。以色列人通过科技创新，研发了世界上最先进的膜下滴灌技术和设备。他们早已抢滩中国市场，但遭遇了水土不服，少有成效。主要原因是动辄几十万元的设备和每亩一年2000多元的滴灌带难以进入平民百姓的田间地头，农民只能望而兴叹。

天业人看准了这个天赐良机，把研发方向定在了将贵族滴灌产品变为农民用得起的平民滴灌产品。

他们花了几十万元从德国引进了一台滴灌生产设备样机，组织科研人员吸收、消化、再创新。

冬去春来，花谢花开，他们将试验展开在车间厂房、田间地头，在青春和汗水的浇灌下，逐渐向目标接近。

绳锯木断，水滴石穿。

天业终于在1997年底，研发生产出价格为以色列产品1/8的滴灌设备和1/10的滴灌带。天业推行的滴灌带一次性使用后可以旧换新循环再利用，使成本更低。针对新疆沙地盐碱严重的情况，他们相继研发了边缝迷宫式、压力补偿式、内嵌式等多种品牌规格产品，深受市场青睐。

天业生产的适合新疆水土的膜下滴灌节水产品，给兵团和新疆维吾尔自治区带来了惊喜，各级领导对这一新生事物给予了热情拥抱和政策支持。

要使农民接受新生事物，加速节水产品的推广刻不容缓。天业人采取了断臂求生的策略，组织了500多人的推广队伍，深入天山南北，手把手地教农民操作设备、耕地播种、配制肥料、覆盖地膜，直至出苗收获。

天业人用热血和汗水融化大地的坚冰，用科技和事实更新农民的观念。

有个名叫吐尔洪江的维吾尔族年轻销售员，吃住在田间地头，手把手地教农民安装节水设备、铺设滴灌带，一个月跑破了四双鞋，磨掉了脚趾甲。他的忠诚勤奋得到了加倍回报。在稻穗压低枝头的时候，吐尔洪江收获了一位汉族姑娘的芳心。姑娘的父亲原本是一位对膜下滴灌新技术抱有怀疑的老职工，在事实面前，不但心悦诚服地接受了天业的节水灌溉设备，也接受了天业的维吾尔族女婿。老汉逢人就夸天业的产品和自己的女婿。

许多持观望态度的农民看到邻居使用天业滴灌产品而减轻劳动强度、增加产量、提高收入时，羡慕不已。一传十，十传百，天业节水农业成了农民种植棉花、大豆、小麦、番茄、瓜果等作物的依赖。

在新疆有一种说法，农民离开了膜下滴灌就不会种地。使用膜下滴灌产品能产生节水70%，节省土地5%，增加产量20% ～ 30%的良好效果。这等好事，谁都没有拒绝的理由。

天业的节水农业在业界产生了轰动效应，前来考察的官员接踵而至，前来学习参观的企业纷至沓来。

原国务院副总理李岚清来到天业视察，对天业膜下滴灌在棉花、大豆、小麦等旱作物上取得的成绩给予了高度评价。而这位爱好音乐的副总理，习惯于用跳跃性的思维提出问题。他对天业领导说："膜下滴灌如果能在水稻上应用，那将功德无量啊！"

这一发问，打开了天业领导的思维闸门和想象空间。挑战前无古人的事业，正是天业人的特性。

满眼生机促转化，天工人巧日争新。

天业人立即开题立项，调集农科所科技人员，聘请国内著名专家，发起了水稻旱作，膜下滴灌颠覆历史的课题攻关。

如果你告诉别人：我准备在沙漠上种水稻，可能十个有九个会说你是不是疯了？我国6000多年以来水稻生长在水中，所以称之为水稻。

天业这批“疯人”硬是在天山脚下干起了这桩“疯事”。

这项开天辟地的攻关项目仍然落在了取得棉花、大豆、小麦、番茄等旱作物膜下滴灌成功的农科所年轻人肩上。

同为华中农业大学毕业的陈伊峰和胡成成是小两口，他们被天业的事业所吸引，放弃了报考公务员的机会，一头扎进了天业农科所，研究膜下滴灌，点亮人生梦想。他们年近30，本应到了生儿育女的年龄，却因为工作一再推迟。

农科所的20多位年轻人在水稻专家的指导下，2004年拉开了攻关水稻旱作的大幕。

这是一项前无古人的事业，前面的挫折和风险不可预知。

水稻旱作，标新立异。其实际难度比想象的还要大得多。

天业人经过6年的刻苦攻关，不断解放思想，不断遭受挫折，不断优化品种，不断扩大试种面积。

天道酬勤，大地有情。

2010年，终于迎来了稻穗低垂，颗粒饱满的丰收景象。天业领导和项目组成员露出了灿烂的笑容。

经专家组鉴定，收获了亩产739公斤高产。专家组给出了节水60%，打破了水稻水作的传统种植方式，为水稻节水高效生产探索出一条新途径，具有良好的经济和社会效益，推广应用前景广阔的结论。

6年，终于化茧成蝶。

6年，在历史的长河中仅是一瞬间。

6年，陈伊锋、胡成成等天业人的酸甜苦辣、身心煎熬是山界之外的人是难以理解的。

天业人的智慧与汗水一不小心带来了一场农业革命，改变了几千年传承的水稻种植模式，为中国乃至世界农业发展树立起一座丰碑。

6年后，天业人品味到了他们淌下的泪水是甜的。

随着水稻旱作堡垒的攻破，天业膜下滴灌节水技术走出了兵团，走出了新疆，走出了中国，走向了世界。天业的膜下滴灌技术和产品已经惠泽29个省、市、区和17个国家的7000多万亩土地。目前，膜下滴灌水稻的亩产最高记录已刷新至836.9公斤。

天业的膜下滴灌节水技术震惊了世界，改变了世界节水农业的格局。

连以色列的企业也慕名前来向天业伸出合作橄榄枝。当有些国家的企业前去以色列购买滴灌设备时，以色列人会主动介绍他们到中国新疆来，并且告诉客户：新疆天山脚下有个天业集团，他们的技术和产品更适合你们。

美丽的石河子因天业而变得更加美丽、充满生机。

兵团农场职工以前的马灯、胶鞋、铁锹被轿车、皮鞋、遥控器所取代。

天业的膜下滴灌正在改变着人的思想观念、人生轨迹和人际生态。

当你打听一下石河子的房价，你会感到吃惊。那里的房价与内地二线城市相当。

石河子的市民发现，城市里突然出现了许多既像城里人，又像乡下人的陌生人，尤其是在一些新建小区里，几乎成了这群人的天下。种田致富的乡下人成了石河子市购房的主力军，改变着房地产市场的供需关系，影响着房价上涨。

兵团的王继彬因天业的膜下滴灌技术致富，先后在石河子市购买了四套住房，为每个儿子每人购买了一套。年过七旬的王老汉每到农闲时，就到城里孩子家里享受天伦之乐。

古老的玛纳斯河也因农业用水的大幅减少，青春焕发、流域延长、生态优化、一路欢歌。

2005年，“全国节约型社会成就展”在北京国际展览馆举办，天业作为新疆唯一企业代表参展。

按照主办方的事先安排，时任总书记胡锦涛参观时，每家准备3分钟介绍。

那天，胡锦涛在有关领导陪同下，兴致勃勃地来到了天业集团展厅。他听完3分钟介绍后仍不肯离去，对天业取得的惊人成就给予了充分肯定。就有关膜下滴灌节水农业技术和推广问题与天业集团领导进行了深入交流并对今后的发展提出了殷切希望。

天业人记录了整个过程，胡锦涛一行在天业展厅驻足长达23分钟，足见党和国家领导人对节水农业的高度重视。

辽阔的新疆大地，到处彰显着化工元素、讲述着化工故事。塑料水管埋藏在地下，塑料薄膜覆盖着大地，塑料滴灌带滋润着沙漠，营养着作物，孕育着绿色。新疆人感恩化工，膜拜化工，因为化工为他们创造了美好生活。

天业人转动化工魔方，创新一项滴灌技术，引发了一场农业革命，不仅造福中国，而且惠泽世界。

十多年来，天业人积极参与政府援建项目，将膜下滴灌节水农业推广到了塔吉克斯坦、巴基斯坦、蒙古国、贝宁、多哥、安哥拉、津巴布韦等17个国家，让五星红旗在世界高高飘扬。

2017年，黄、白、黑不同肤色的人涌向了石河子，市民们不禁发问，哪来这么多老外，他们来干吗？

原来这些老外是来参加第十五届国际膜下滴灌节水农业培训班的学员。

掌握了膜下滴灌节水看家本领的天业人每年都要在石河子举办一次国际农业节水滴灌技术培训班。经天业培训的海外学员已达300多名，这些学成归来的学员活跃在世界各地推广应用天业技术，讲述天业故事。

天业膜下滴灌节水农业，已经成了一张惠泽世界的“中国名片”。

三

起初，天业生产塑料薄膜的原料主要从内地购买，昂贵的运费拉升了产品成本，迫使天业寻找他途。

石河子拥有200公里圈的资源优势。丰富的煤炭、盐巴、石头为发展氯碱工业提供了良好条件。

天业膜下滴灌产业迅速发展之后，对生产管道、薄膜的原料PVC需求大幅增加。原有的年产6000吨PVC远远满足不了日益增长的需求。天业决策者在一片质疑声中筹划新建20万吨PVC装置。

天业决策者新建年产20万吨PVC大装置的决策是否存在风险？他们将如何化解？

快速发展的中国，近20年来，PVC生产企业在全国各地如雨后春笋般应运而生。

PVC在具有优良品性的同时，也存在难以克服的不足，即在生产过程产生的电石渣很难处理。

电石渣主要成分为氢氧化钙，具有强碱性，含水时会污染地下水源，干燥时会随风飘扬伤害人体和庄稼，是令人毛骨悚然的污染源。

多数PVC生产企业采取填埋方式处理电石渣，此种方式只能适应小规模企业，对于大规模生产企业则存在困难。因电石渣造成污染和灾难的案例屡见不鲜。

如何处理电石渣是一道世界级难题。

随着我国环保约束的强化，一道道出自京城的红头禁令让化工行业协会领导忧心如焚，让氯碱企业风声鹤唳。

中国氯碱行业到了生死攸关的关头。这道坎如果过不去，许多企业将关

门歇业。中国PVC对外依存度将会大大提高，大量的银子将会流入外国企业的腰包。

6000吨PVC装置堆积的4万多吨电石渣像一座大山，压得天业领导和职工喘不过气来。

恩格斯说：社会一旦有技术上的需要，这种需要就会比十所大学更能够把科学推向前进。

2002年，时任天业化工厂副厂长的宋晓玲主动请缨，带领熊新阳、李朝阳等团队成员走上了攻克世界难题的前沿阵地。

望着天业不断长高的电石渣大山，宋晓玲知道自己肩头的担子有多重，压力有多大。

一天，宋晓玲突发奇想，生产水泥需要氧化钙，电石渣主要成分是氢氧化钙，很容易变成氧化钙，电石渣能不能当作水泥原料呢？然而，全部用电石渣作原料生产水泥在全国还没有成功先例。

宋晓玲带着她的“奇思妙想”踏上了学习、取经和试验之路，她带领团队先后走访了天山、屯河、石河子南山等水泥厂。在征得石河子南山水泥厂领导同意后，在原有石灰石制水泥传统工艺中，先后进行了添加电石渣5%、10%、20%的试验，结果表明可生产同等质量水泥。当她提出继续提高添加比例时，未能得到厂家允许，然而添加20%电石渣并不是宋晓玲的终极目标。

当宋晓玲从合肥建材设计院一位教授那里得知，江西有一家水泥厂用50%的电石渣替代石灰石的水泥生产线不久前已试车投产的消息时，让她兴奋不已。她和几位助手不顾旅途疲劳坐火车、乘公交，搭蹦蹦车马不停蹄直奔江西乐平维尼纶厂。

纯朴好客的江西人热情接待了来自新疆的客人，毫无保留地敞开心扉，打开厂门，安排了参观交流。

江西乐平之行，使宋晓玲受到了新启迪，激荡出新思路，找到了突破点。

且将新火试新茶，诗酒趁年华。

宋晓玲满怀希望回到了天业，之后又通过学习国内外水泥工艺资料，经过上百次的试验，不断调整炉型、原料结构及添加剂配比。终于找到并完善了能够以100%电石渣为原料的水泥生产工艺。她的团队向集团领导提交了近万字的《电石渣制水泥项目建议书》。为天业水泥厂的立项奠定了科学基础。

2005年12月16日，是一个值得纪念的日子。国内乃至全世界第一条100%以电石渣为原料的年产35万吨水泥生产线在天业建成投产。试验结果显示品质优良，3天后强度为32.5级，28天后可达42.5级，属于高品质水泥。

天业电石渣水泥生产线的投产，成功地解决了几十年来困扰电石法生产PVC的难题，完成了一场传统工艺的革命。

天业的实践证明：世界上没有废物，只有放错地方的资源。年产35万吨水泥装置每年实现综合经济效益达5000多万元。

消除了氯碱工业瓶颈之后的天业，跨入了发展的快车道，PVC和水泥项目不断兴建扩产，经济规模迅速扩大，经济效益不断提高。当之无愧地坐上了全国氯碱工业第一把交椅。

截至2018年，天业拥有年产140万吨PVC、100万吨离子膜烧碱、245万吨电石、180万千瓦热电、400万吨水泥生产能力。

天业的几十套装置犹如一颗颗珍珠，串成了两个产业共生循环经济产业链。

一个是：资源（煤炭、石灰、原盐）—发电—电石—PVC—滴灌膜—节水农业—食品加工—现代农业。

另一个是：电石渣、粉煤灰等工业废渣—水泥、制砖—建筑—房地产。

将珍珠串成了项链并进入豪华商场，挂在了贵夫人的脖子上，熠熠生辉、身份倍增。

天业电石渣制水泥技术的突破和成果实施拯救了一个行业。同时也给政

府主管部门、行业协会和氯碱企业带来了福音。天业的成功实践引导了政府主管部门产业政策调整。

2012年天业干法乙炔配套电石渣新型干法水泥装置被国家工信部列为全国60个循环经济典型案例之一，由此将氯碱行业由限制发展转为鼓励发展，为氯碱行业带来了生机与活力。

中国石化联合会李勇武和李寿生两任会长对天业的科技创新和行业贡献都给予了充分肯定。全国氯碱行业循环经济会议多次在天业召开。天业的实践经验与创新成果迅速在全国氯碱企业推广，为行业和国家做出了巨大贡献。

天业所走的路，不正是新时代所大力倡导的生态文明、绿色发展、循环经济、高质量发展之路吗?

四

在天业，我们听到曾任公司的人力资源总监张宝民被罚的故事。

受罚的原因是天业电厂项目需要招收1000名大学生，人力资源部门未能如期完成任务。

天业人都知道，同时担任集团纪委书记的张宝民被称为领导的“大秘”和“高参”，不少管理制度出自他之手，领导真的会罚他吗，不过是作作秀而已吧。

这次大家猜错了，对张宝民的处罚确实动了真格，每月只给张宝民发900元生活费，半年后完成了任务才补发了工资。

因为在天业集团，凡是与人才有关的事情是不能耽误的事情。

事业成败，关键在人。

天业之所以能够勇立潮头、引领行业、独步天下，是因为他们以博大的胸怀，聚天下英才为我所用。

几届天业领航人，以美丽的天山为背景，描绘了一幅人才战略“富春山”图，丰富多彩、美轮美奂。

这里既是吸引人才的洼地，又是输出人才的摇篮。

这里既重视本土人才培养，又注重天下英才吸引。

这里既是青年学子的乐园，又是银发长者的归宿。

这里既是顶尖人才的沙龙，又是能工巧匠的擂台。

这是既是男人成就事业的平台，又是女人展现风采的舞台。

……

有一次，中组部一行人前来石河子市巡视，在市领导陪同下来到天业集团，当一位女巡视员看见接待她的党委书记兼董事长吴彬和总经理宋晓玲两位都是穿着时尚、年轻美丽的女性时，一脸庄严的大姐立马转换成笑容可掬。走上前拉着吴彬和宋晓玲合影留念，并朝着一堆男士笑称：“谁说女子不如男！”引得全场哄堂大笑。

一家大型企业两位主要领导同为女性，不仅在军垦企业，而且在全国企业界也极为罕见。

吴彬和宋晓玲同为年轻女性，都是兵团二代，都是参加工作后培养的化工博士后，她俩出生在同年同月，都是从基层一步一个脚印走上领导岗位，都为天业发展立下汗马功劳，都得到了上级领导好评和职工的尊敬。并且她们配合默契、亲如姐妹。

总之，她俩有太多的相同，作为一种“巾帼现象”值得人们研究。

2016年10月16日，吴彬晋升为兵团某师副政委、铁门关市常务副市长，2018年挑起了兵团某师党委书记、政委、铁门关市委书记重担。吴彬将会在未来的岁月中将天业文化和精神传播得更深更远。

20年来，天业集团先后为兵团和新疆输送了一批优秀技术人才和领导干部，他们在讲述天业故事的同时，也在时刻关心着天业的发展，为天业发展

献计献策、倾力支持。

这是否可以称作为："人才红利"？

我们在天业采访时，结识了来自中国科学院大连化物所的李世英和中国科学院山西煤化所的李学宽，他们同属援疆干部。

山西煤化所在煤化工领域研究水平国内一流，大连化物所在煤化工领域的研究成果世界领先。

李世英和李学宽分别担任着天业集团副总经理和总工程师要职。

长相帅气，说话幽默的李世英告诉我们，他来到新疆的年头都赶上抗日战争的时间了。8年来与天业人处出了感情，天业领导一再挽留舍不得他走，他自己也丢不下手头的工作。别看他头发乌黑，那是为了给天业争脸面而制造的一种假象，其实这几年把头发全熬白了。

新疆与大连，天宽地远，8年的离别该有多少思念、牵挂和泪水？这不是常人能够做到的。能够吸引李世英能够一而再，再而三的留下，一定是崇高理想和人间真情。

李世英以他独特的角色，奔走于北京、辽宁、大连、科研院所、高等院校之间，架起了天业与科研界的桥梁。他以东北人天生的口才讲好天业故事，争取多方支持，为天业科技发展、项目建设作出了突出贡献。

李世英收获了"辽宁援疆先进个人"，"最美兵团人"等众多殊荣。

身材魁梧、性格开朗的李学宽第一次援疆是在2013年，2018年又开启了第二次援疆历程。他是我国石油和煤化工领域的知名专家。他的到来，使得天业集团与国内外科研机构尤其是山西煤化所的合作更加紧密。

在谈到为何第二次来到天业时，李学宽说：天业的事业和天业人的奉献精神深深地感染着我。人家宋晓玲一个女同志没日没夜全身心地赴在工作上，当她提出让我留下时，我还有什么理由不留下呢？

宋晓玲说："李学宽老师不仅视野开阔、学识丰富、观念前卫，而且最大的优点是坚守知识分子的初心，敢讲真话，难能可贵。天业在战略方向上不允许有失误，一旦发生方向性错误将会带来灭顶之灾。天业20多年来之所以没有出现战略失误，就是因为有一批像李学宽一样的专家学者指导我们。”

无须赘言，李学宽这位援疆总工的地位和作用已经跃然纸上。

在十户滩工业园，我们见到了74岁的卫时俊前辈。卫老精神矍铄、心态阳光、步履轻盈，黝黑的脸庞留下了安全帽带浅色印痕。

卫老老家在江苏泰州，15岁时加入援疆队伍，一路勤奋好学、敬业奉献，曾走上八一糖厂副厂长岗位，并且成了热电站技术和管理专家。

加入天业集团后，在几期热电站项目建设过程中治服了外国专家的傲慢，维护了天业利益。并且通过盘活二手设备，为天业节省了巨额资金。自备热电厂成功投运后，低廉的电价，为天业在市场竞争赢得了筹码。

卫老对天业感情深厚，退休后多次拒绝民企高薪聘用，坚持在天业发挥余热、再立新功。

有一次，卫老在工地摔断几根肋骨，只到医院拍片检查，开了几粒止痛药，并告诉身边的徒弟，谁也不许走漏消息。他把病休条锁进了抽屉，照样在施工现场忙碌，解决各种疑难问题。

卫老的一言一行都在践行着他的信仰与梦想。他在笔记本扉页上工整地书写着：

一个人靠什么在单位立足?

忠诚、敬业、积极、负责、效率、结果、沟通、团队、进取、低调、成本、感恩。时刻维护单位利益，琢磨为单位创造价值；把任务完成得超出预期……

这些与其说是卫老的座右铭，又何尝不是企业员工的培训教材呢?

我们与卫老的交流被助手打断，工地上有紧急任务需要卫老指导处理。

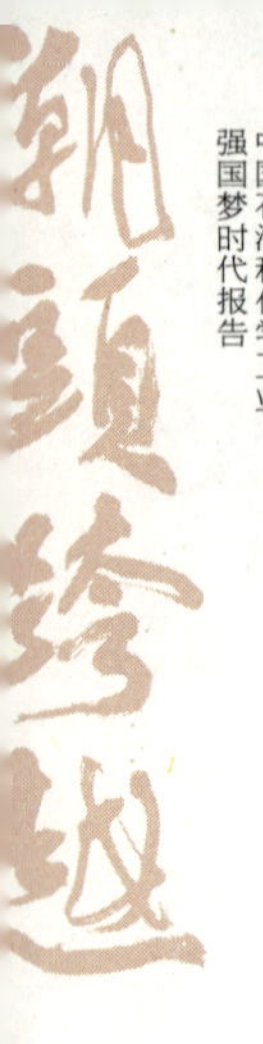

我们终止了与卫老的交流，卫老感人的故事还有许多许多，期待着他从容时慢慢述说。

在许多企业流行按照年龄切线退居二线和退休的当下，天业却飘动着一道“银发”风景，享受着“银发”红利。

石河子市前计划委员会主任吴磊、水利专家何林望、中国工程院院士山仑、中国工程院院士李佩成、农业栽培专家吴恩忍、中国科学和工程两院院士石元春等专家都在“两站三中心”平台应邀担任天业集团顾问。这些国内顶级专家学者为天山脚下的伟业所吸引，为天业的战略定位、创新发展奉献着智慧与汗水。

老家四川，处事严谨、善于思考的杨震，原是石河子市国家经济技术开发区大有前途的一位公务员。一次偶然的挂职机会被天业的事业所吸引，他毅然加入了天业集团。几年后挑起了纪委书记、宣传部部长重任，带领团队将纪委和宣传工作搞得有声有色，多次受到上级部门表彰好评。

我劝天公重抖擞，不拘一格降人才。

陈赞从新疆机电职业技术学院毕业，招进天业电厂当上了一名维修电工。

一天，他看到企业内部规定，“凡在国家、自治区、兵团职业技能比赛中获得前三名者，不论以前级别是什么，企业将按参加比赛所获得的工种级别聘其相应级别，享受相应工资待遇。”看完这条规定后，小伙子为之一振。从此努力钻研理论知识，苦练电工维修本领。

机会总是青睐有准备的人。

2008年，陈赞被推荐参加了“2008年兵团维修电工职业技能比赛”，在高手如林的较量中，陈赞一路过关斩将，夺得维修电工组第一名。捧回了兵团授予的“兵团技术能手”和“高级技师证书”。

更让陈赞惊喜的是，自己工资单上的2500元基本工资，竟然变成了4000多元，与电厂厂长的工资相当。

走完这一步，陈赞只用了一年半时间，他以为这是梦境，却是现实。

天业把企业岗位分为三大类，即管理岗、技术岗和操作岗，各有各的职业生涯规划，各走各的上升通道。

厂长工资=总工程师工资=高级技师工资。

只要奋斗，每个天业人都可以出彩，都可以实现自己的梦想。

当人人争当人才的时候，这样的企业不兴旺都难，没有不创造奇迹的理由。

这就是天业集团的人才战略“富春山”图！

五

天业人为什么能够创新一项又一项颠覆传统、拯救行业的新技术，其中的秘籍是什么？这无疑是人们关注的问题。

与天业集团总经理周军的一席畅谈，使我们解开了一些谜底。

身材适中、短发精干、目光深沉、满脸坚毅的周军，兵团二代，毕业于新疆大学化工学院，1997年进入天业集团，曾在天业化工厂任技术员、调度员、技术开发办主任、厂长助理。2006年，天业集团成立化工研究院后他担任院长，从此与科研结下不解之缘。即使在2014年担任集团公司副总经理、2018年担任总经理后仍兼任研究院院长，主持科研创新工作。

春风如贵客，一到便繁华。

天业科研工作除了利用“两站三中心”平台、产学研合作等做法外，其科技创新理念与机制富有新意、作用巨大、可圈可点。

天业先后与中科院大连化物所、清华大学、华东理工大学、石河子大学等数十所高等院所达成合作关系。形成“以技术为纽带，以项目为载体，企业牵头，优势互补，共同攻关”的产学研用模式，解决了一系列企业技术瓶

颈和发展难题。

天业践行“宽容失败、鼓励创新”文化理念，集团公司及研究院领导对科研项目只定大方向，充分授权研发项目组，日常实验方案不用向上级领导汇报，可以在干成后再汇报。这种科研管理机制，有利于科研人员集中精力潜心从事科研工作，减少繁文缛节的请示汇报，减轻心理负担，提高研发效率。

勇于质疑是科研人员的优秀品质。勇于质疑是天业的科研文化。天业的许多科研成果就是在对传统观念和理论的质疑中产生的，一次次将不可能变为可能。

由于宋晓玲勇于质疑水泥原料中为什么只能添加20%电石渣而不能使用100%电石渣？于是便有了100%电石渣原料生产水泥的新工艺，从而拯救了电石法PVC行业。

电石法生产PVC旧的矛盾缓解了，新的矛盾又出现了。

由于在传统PVC生产过程中需要大量使用含汞（又称为水银）量较高的氯化汞催化剂。汞资源有限和汞污染危害又一次将PVC产业带入危局困境。

天业人以敏锐的眼光观察到了这一危机，并迅速开启了化危机为机遇的行动。

2007年，周军带领科研团队向电石法PVC传统高汞生产工艺提出了挑战。他们的研发思路是先易后难，先低汞后无汞。主攻任务是在不断降低汞含量的同时保证PVC产品质量不下降。

他们将实验室当作了前沿阵地，像军人一样枕戈待旦、冲锋陷阵。他们放弃了双休日、节假日，启动了“吃三睡五工作十六”的模式。他们和时间赛跑，争取早日将红旗插上敌人的城楼。

研究人员反复做着减少汞含量对生产过程反应速率和产品品质影响的试

验；反复观察不同压力、温度、添加剂品种、占比对合成反应的变化。试验结果有时让他们欣喜，有时让他们沮丧。周军则稳坐中军帐，镇定自若，充满信心，给团队带来春天般的气息。

第九届汞全球污染物国际会议于2009年在我国贵阳召开，来自46个国家和地区的450名学者及国内200多名专家参加会议，与会代表共同探讨全球汞污染预防、控制及解决对策。

中国作为负责任的大国，非常重视汞污染防治工作，积极行动，采取措施，减少汞产品使用。在老百姓的身边发生了感觉得到的变化，如长期使用的汞体温计被酒精体温计取而代之，各类汞灯也基本上从市场上消失。

外表看似美丽动人，却悄悄给环境带来危害的水银逐渐淡出了人们的视线。

与此同时，有一道难题，摆在了政府决策者面前，使他们左右为难。

由于中国是全世界乙炔法PVC产品生产第一大国，大量使用含汞量较高的氯化汞催化剂，因此国际组织将一顶“汞污染大国”的帽子戴在了中国头上，压得中国人不敢抬头。

政府官员为之犯愁，氯碱企业为之着急。

天业则早已开始了行动，调集精兵强将与国内著名科研院所合作潜心攻关，他们以实际行动为行业解困，为国家分忧。

水滴石穿、天道酬勤。

截至2010年，项目组科研人员在实验室里度过了3个春秋，实验数据积累了一摞又一摞，可称之为云数据。终于取得可喜的成绩。他们的结论是：使用低汞催化剂也可生产优质PVC产品，并得到工业化证实，效果良好。

当天业将低汞技术生产PVC的消息公之于世后，又一次石破天惊！

一石激起千重浪……

既有为之高兴者，也有提出质疑者。

国家环保部闻听消息后，犹如久旱的禾苗将逢甘霖一样兴奋。他们迅速派出专家组带着先进的汞检测仪器飞抵天业实地检测。检测结果让专家们喜出望外：催化剂含汞量仅有传统工艺的1/4，并且在封闭的环境下运行，汞蒸气挥发微乎其微。

随即，由国家工信部、中国石化联合会、中国氯碱工业协会相继在天业集团召开现场会，充分肯定天业的创新成果，要求在全国氯碱企业大力推广低汞催化剂工艺。国家环保部下发文件，氯碱企业在2015年前必须全面推广使用低汞技术，并进一步强化环保硬约束。

2012年天业率先在行业内首个实现百万吨PVC装置低汞化应用，比国家环保部要求时间期限提前了3年，为整个行业的绿色可持续发展树立了典范和标杆。

天业低汞技术的研发成功，为中国政府增加了谈判筹码。

周军作为政府代表团中唯一来自企业的成员奔赴五大洲多个国家介绍中国防治汞污染的做法和经验。他的发言受到国际组织和有关国家的赞赏，对中国政府的工作给予充分肯定，新疆天业的名字再次在世界唱响。

国际社会和相关组织普遍认可中国低汞技术，将中国低汞技术生产PVC列入可接受范围。承认中国是用汞大国，而不是汞污染大国。

这顶沉重的不光彩的帽子终于甩进了太平洋，顿时让中国人感到了轻松。

天业再一次拯救了氯碱行业，为调整结构，转型升级赢得了时间。

欲穷千里目，更上一层楼。

低汞技术只是一种改良，无汞技术才是一场革命，才是最终目标。

无汞催化剂是解决电石法PVC行业汞污染的必经之路，是电石法PVC可持续发展的根本之道，也是目前亟待解决的世界性难题。几年前，天业研究院就联合清华大学、南开大学、天津大学、大连化物所及国际著名研究机构所进行联合攻关。

他们已在贵金属、类贵金属、复合贱金属等方面形成了自主知识产权的固相非汞催化及配套的新型反应器与工艺技术，建成了国内第一套无汞工业化实验装置。2010年，该技术被列入国家“国际合作项目”，2012年成套工艺技术列入国家“863”计划项目，2015年该技术持续被列为“十三五”国家科技重大专项课题，目前，研发成果已走出实验室，迈向工业化。

人们期待着又一次石破天惊！

人们常说：技术是一层窗户纸，一旦捅破，谁都会。

而问题在于只有极少人会想到并有能力捅破这层窗户纸。

哥伦布是一位经验丰富的航海家。他不仅发现了新大陆，而且证实地球是圆的。因此他成了国王的座上宾，收获了无数荣誉和财富。让一些人产生了羡慕嫉妒恨，决心要找机会羞辱哥伦布。

在一次宴会上，一帮人一唱一和不断地损毁羞辱哥伦布。忍无可忍的哥伦布站起身来，从桌子上拿起一个煮熟的鸡蛋，向在场的人说，谁能把这枚鸡蛋竖起来？

大家都呆住了，心想，尖尖的鸡蛋怎么可能竖起来呢？

只见哥伦布把鸡蛋往桌上用力一竖，鸡蛋发出轻轻的破裂声后，稳稳地站在了桌子上。

他说：你们现在都会把鸡蛋竖起来，可是这么简单的事在我之前你们却做不到，而我却比你们先做到了。

这个故事也许给我们带来很多启迪，也将有利于我们对天业技术创新进行解读。

20多年来，天业集团先后承担省级以上各类科研项目50余项，先后3次获得国家科技进步二等奖，拥有专利289项，其中6项专利荣获中国专利奖，主持或参与制定各类国家和行业标准38项。科研创新硕果累累。

天业集团技术创新、理念创新的故事还有许多许多，他们还将继续书写更加精彩的创新故事。

六

日有所思，夜有所梦。

2016年的一个冬夜，宋晓玲做了一个很长的梦，睡梦中想的都是白日苦思冥想的天业未来发展战略。

第二天一上班，宋晓玲便带着助手驱车直奔65公里外的某兵团地界十户滩。她在北风呼啸、高低起伏的沙丘上画了一个圈，并告诉助手们，咱们投资700亿的化工园区就在这里落户！

随行的轩书彬拍下了宋晓玲划圈的珍贵照片。

宋晓玲说，2016年10月14日，当天业集团帅印交到自己手上时，才知道了其中的分量。

天业的未来之路该怎样走？

父亲的聪慧、母亲的厚道、婆婆的宽容铸就了宋晓玲外柔内刚、争强好胜、宽容大度、近悦远来的生命基因。

对历史的最好学习和借鉴就是成为历史大潮的一朵浪花。

宋晓玲就天业未来发展规划多次与周军、夏月星、安志明、关刚、杨震、薛松、石斌、李彤、张立、操斌等班子成员进行过单独交流和多次专题讨论，同时邀请行业知名专家把脉献策。大家从不同角度献出了许多良策，使指向逐步清晰。

宋晓玲提出了“奋起再次创业，打造千亿天业”的奋斗目标。

苏东坡说：古之立大事者，不惟有超世之才，亦必有坚忍不拔之志。

要实现这个奋斗目标，必须跳出城区，所选产品原料要有资源优势，产品属于高品质高附加值，产品销售要与“一带一路”相衔接。园区地址要考虑优化环境人进沙退。园区发展要以绿色环保为前置，产品之间要横向耦合、纵向闭环、循环利用，三废实现零排放。

宋晓玲视野开阔、胆大心细。常常对规划蓝图和工艺流程图提出质疑，把所有的变量进行推演，并且思考出现最坏情况时应如何应对。缜密从容，也许是女性的特质所在。

为伊消得人憔悴，衣带渐宽终不悔。

天业集团再次创业的发展规划，正好与兵团园区建设合拍，很快获得了上级部门批准，并被邀请首批入驻。

孙子兵法说：“兵之情主速，乘人之不及，由不虞之道，攻其所不戒也。”

素有军人作风的天业人在规划获批之前静若处子，一旦获批则动若脱兔。

商场如战场，兵贵神速。一旦拖延，将会错失良机，项目建成投产之日，就是亏损之时。这样的案例比比皆是。

宋晓玲深谙此理。

2017年冰雪未化之时就调集先头部队进驻荒无人烟的古尔班通古特沙漠边缘的十户滩，向着沉睡万年的沙丘高喊：我们来啦！天业人来啦！我们将在这里再创伟业！

天山雪花大如席，纷纷吹落十户滩。冰天雪地、寒风怒吼，上苍给天业人板起严酷的面孔，来了个下马威。

对于经历了九九八十一难诸神护卫的天业人来说，冰雪严寒岂能阻挡前

行的步履。

石河子市对兵团十户滩新材料工业园及天业项目极为关注，八师石河子市党委副书记、八师师长、石河子市市长钟永毅亲自担任十户滩新材料工业园区建设指挥部总指挥。在天业临建房设有办公室，经常现场办公，协调各方、化解难题。

在多方的协调支持下十户滩新材料工业园区建设进入快车道。

2018年5月，我们看到，昔日荒凉的沙漠，如今机器轰鸣、红旗招展、沙山移位、道路延伸，设备陆续到位，厂房不断长高……

天业项目建设总指挥宋晓玲将园区当作自己的孩子一样呵护，付出了真挚的爱与深深的情，她经常来到十户滩看望职工、鼓劲加油、协调各方、输送温暖。

2018年5月，参与天业多个项目建设的副总经理张立受命驻扎十户滩，担任常务副总指挥，加强项目领导。

张立豪情满怀，将这副重担当作人生的又一次考验，决心全力以赴向领导交出满意答卷。

200多名建设者在一片沙漠上书写着传奇，留下了许多感人的故事。

李明、王发友、安杰爱人临产都顾不上陪同，当领导知道后，派车把他们送到医院产房，第二天，他们又回到了工作岗位。

为解决工地临时用电，副总指挥黄宗秋带领大伙拉电缆，身先士卒抢着把最重的一段往自己肩上扛，掉进沙坑里，爬起来继续前行。

安环总监王朔认真细致，每天早出晚归，工作井然有序，为保项目安全、职工平安付出了太多太多。

天业人都在为着心中的梦想而顽强拼搏。

这是一个美丽宏伟的梦。

十户滩工业园将会成为煤化工—石油化工－盐化工－化纤产业融合发

展、循环发展、绿色发展的示范园区。

100万吨/年合成气制乙二醇一期工程；60万吨/年合成气制乙二醇项目一期工程将于2019年10月建成投产。还有40多个项目，30多种化工新材料产品，将陆续建成投产。预计到2030年，园区项目全部建成时年销售收入将超过1000亿元，年利税总额超过140亿元。

好风凭借力，送我上青云。

“一带一路”为天业发展带来了难得的发展机遇。与内地路途遥远的新疆，华丽转身之后却成了“一带一路”通向亚欧的桥头堡。

2015年5月22日，新疆第一列开往欧洲的列车满载的就是天业的化工产品。这条快捷便利的铁路将为天业产品走向国际市场如虎添翼。

美丽的天山甘露滋润着石河子辽阔的土地，天业人在天山脚下创造着惊天伟业。

我们相信，进入新时代的天业人向着新的目标将会脚步更快，身姿更美！

在中国，一提到粮食，我们的心中，就会涌起无法排解的紧张，甚至恐惧。即便是在五谷丰登、食物多元化的今天，中国也不曾一刻放松对粮食安全的警惕。袁隆平耄耋之年，仍然行走在田间地头的身影，就像中国粮食安全的一个隐喻，挥之不去。

所有这一切，都嵌入到了中国化肥人的心灵。但坚守种在心灵的使命何其艰难。

在产能过剩、同质化和低水平竞争的行业煎熬中，一批清醒而睿智的化肥人，以战略创新和技术创新为利器，在逆境中闯出了一条传统行业不传统发展的新路子。

鲁西集团以“坚持化肥、走出化肥”，走出了一条蝶变之路；金正大则纵向深入，从复合肥到缓控释肥，从中国走向世界，并站上缓控释肥世界之巅。四条产业链扛鼎的鲁西集团，与“只做化肥”的金正大，以不同的战略智慧，成为中国化肥企业由大向强跨越的两个标本。

怀抱苍生，“初心”不改的坚持者，一次次，在夏收开镰的麦田里；在秋天汹涌的稻浪中，吟唱这样的诗句：“为什么我的眼里常含泪水？因为我对这片土地爱得深沉……”

PETROLEUM AND
CHEMICAL INDUSTRY

第 五 篇
谱写中国化肥的壮阔新篇

01

坚持中的蝶变之路

张金成抖落一身疲惫，精神抖擞地出现在山东聊城的鲁西集团化工园区。他刚刚参加“一带一路”中国化工走出去——中东考察活动归来，这次出访考察阿曼的杜库姆开发区和伊朗的洽拉哈尔化工园区的收获让他感到格外兴奋。他敏锐地意识到，国家的“一带一路”倡议将会给企业的发展带来重大机遇。对此，他要跟领导成员们进行认真充分的分享和分析。

此时，他站在赵牛河畔，注视着沐浴在金色阳光下由全体鲁西人共同打造的独具特色、生机勃勃的七平方公里的智慧化工园区，情不自禁从内心升腾出油然的豪气。这豪气来自于忠诚、专业、自信的员工队伍；来自于适用、先进、持续的七标一体的管理体系；来自于理性、稳健、积极的战略思想；来自于基本形成的煤化工、盐化工、煤盐和石油化工相结合、化工装备制造四大循环发展的产业链，来自于初具规模的国内领先的智慧化工园区；更来自于他们始终保持并发扬的“奋斗、自强、团结、进取”

的小氮肥精神和积极践行“坚持化肥，走出化肥”的发展思想以及取得的一系列骄人业绩。

仰望眼前园区上那片湛蓝的天空，仿佛看到鲁西集团犹如一只展翅的雄鹰，又像一只浴火的凤凰，冲天而起，向着“创鲁西品牌、做百年企业”的目标奋飞、翱翔。

或许，鲁西集团下一个春天的故事，将从今天开始孕育。

一

因聊河而得名的山东聊城是一座具有6000年独具特色的文化古城，这里人杰地灵，群英荟萃，曾孕育出优秀的大汶口文化，是商代名相伊尹躬耕处，国学泰斗傅斯年诞生地……黄河与京杭大运河在这里交汇欢歌，历史与未来在这里激情对话，聊城人数千年来流淌着不息的拼搏奋进的智慧和精神。

这种智慧和精神，随着1976年那个伟大的历史转折再次得到充分的体现。

1976年，全国百废待兴，山东聊城作为全国主要粮棉产地，每亩耕地只有20公斤化肥的供应，远远满足不了农业生产的需要。各县市的化肥申请如小山一般压在聊城地区（今聊城市，下同）革委会牟玉田书记的心头。几经斟酌，地委领导终下决心：由地区化工局副局长杭伯达带领全区八大县市携同相关企业共建鲁西化肥厂，解决农民用肥难！由此奏响了鲁西化肥史上一曲曲壮丽的乐章。

如今讲起那段艰苦会战历程，许多已年逾古稀的建设者感慨万分：“想想那些日子真是又苦又乐啊！大荒野地的，渴饮机井水，饥啃凉窝头，几十吨的大设备，没吊车，大伙儿手拉肩扛却都兴奋得不得了……”

1978年，鲁西化肥厂在如火如荼的建厂初期，就从聊城各地精选了一批青年工人作为开车主力，派往泰安楼德化肥厂和鲁南化肥厂等进行培训学习。谁也没有料到，就在这群青年人当中产生了日后鼎鼎大名的鲁西骨干，包括后来担任鲁西集团董事长的张金成以及总经理焦延滨。

作为当时进厂的下乡知青，张金成对那段历史还记忆犹新：“当时师傅操作我就默默地学。后来一次师傅有事儿离开，我监盘时看到一台铜氨液泵发生抽空故障，情况紧急，我自个儿就把泵平稳倒过来了，师傅回来后很惊异！其实对于新生事物都不要看得那么神秘，只要有心学，弄懂原理，问题就会迎刃而解。”焦延滨说起那段学习也充满感情：“那时候我们学习可比现在苦得多，大热天的在露天的树底下，搬个凳子就考试！弄不懂的就缠着老师问半天，直到问懂搞清为止。这就奠定了我们回去后的顺利开车。”后来，张金成、焦延滨等人正是凭着这种勤钻研、善学习、敢打敢拼敢突破的精神，随着企业的发展大潮开始崭露头角并逐渐脱颖而出，成为日后引领鲁西集团不断发展的中流砥柱。

也正是凭着这种精神，第一代鲁西人开展了近3年的艰苦会战，1979年秋天，一座年产万吨合成氨的化肥厂建成投产！

鲁西化肥厂的投运为聊城地区解决了用肥难的燃眉之急。然而好事多磨，20世纪80年代中期，随着国门的逐渐打开，大批进口化肥汹涌而至，把刚刚投产的鲁西化肥厂这叶小舟一下子推入国际竞争的骇浪之中。

当时，全国三分之二的小氮肥企业被迫停产。是随波逐流，任其浮沉？还是迎难而上，重整河山？从不服输的鲁西人选择了后者。

以胡太祥为首的企业领导班子经过缜密的分析，顶住种种压力，在底子薄，人员少的情况下毅然四处募集资金上马了二系1.5万吨的合成氨装置，在众多的小氮肥企业中脱颖而出。

1989年2月份，冰雪初融，春寒料峭，以王志刚为厂长、赵永堂为副厂长的第七届领导班子走马上任。作为曾经挽救过濒临倒闭的硫酸厂的王志刚，首次组织制定并实施了以《职工操作规范》《管理干部规范》《领导干部规范》三大规范为主要内容的规范化管理，引入“能者上、平者让、庸者下”干部竞争机制，奠定了集团规范化管理基础。军人出身，有着丰富化肥生产经验的赵永堂，在以技术技改擅长的副厂长白晓林的密切配合下，以其迅速、果断的风格大力推进企业生产稳定、挖潜改造、工艺革新和新产品开发，使企业管理发生了巨大改善，为后续上马尿素工程奠定了更加坚实的基础。

靠着自力更生、艰苦奋斗，鲁西化肥厂搏风击浪逐渐变大。到1992年，鲁西化肥厂的合成氨产量达3.4万吨，碳铵产量达13万吨。这在当时，是一个了不起的数字。同时，鲁西化肥厂在政府的支持下，开始大规模的兼并重组，先后兼并了东阿化肥厂、山西襄垣化肥厂、聊城供销社商场等多家濒临倒闭的单位。同年，成立了以鲁西化肥厂为核心的集团公司，鲁西由此开始走上了集团化发展之路。

二

了解化肥的人清楚，碳铵是中国特殊时期的产物，是一种初级产品，尿素那才是货真价实的硬货。早在1988年，鲁西人已经开始惦记尿素，一边关注和争取政策，一边下大力气对原有设备进行平衡改造，提高合成氨生产能力，为争取尿素项目做好技术准备。

1992年的春天，改革开放的总设计师邓小平来到深圳，在全面考察了这座充满生机和活力的魅力城市后，他把深邃睿智的目光投向更高更远，发出了“发展才是硬道理”的强烈呐喊。

东方风来满眼春！同年5月份，鲁西化肥厂被国务院生产办公室正式批准新上一套年产4万吨水溶液全循环法尿素装置。当年底，鲁西人满怀激动在寒风中举行了一期尿素工程奠基仪式。

1993年元月，赵永堂接过帅旗，在白晓林、焦延滨、张金成等领导成员的积极配合下，带领企业走向了化肥发展的快车道。

尿素是化肥之王，在当时的条件下争取到尿素项目十分不易，鲁西人对此格外珍视，也格外用心。在尿素建设期间，涌现出许多可歌可泣的故事，高荣增就是其中典型的一位。

高荣增是当时鲁西化肥厂一名供应科科员。1994年5月，正值鲁西首期尿素建设末期，经当时所有项目建设者矢志不移拼搏努力，尿素项目即将竣工之际，因预订河北某厂的一高压阀门没到货，全厂上下陷入焦急等待之中。高荣增当时就急了："咳！与其在这儿干等还不如我们到厂家去拿！"说完他连夜只身坐车辗转上千里硬是把阀门背回厂里，确保了整个项目的顺利开车。

高荣增同志回厂后感觉身体不适到医院检查发现已至胰腺癌晚期。就在他弥留之际，还向探望的同事一再询问："尿素出来了吗？让我一定要看看咱自己生产的尿素！"1994年5月24日，厂领导第一时间派人把刚下线的还热乎乎的尿素，送到高荣增病床前，他用颤抖的手紧紧攥着……眼角溢出幸福的泪花。此后不久，他含笑辞世，那颗颗晶莹的尿素中永远镌刻下他永恒的微笑。

1996年，鲁西人再接再厉，全面展开4万吨合成氨翻番工程建设，二期尿素系统开车成功；1997年，第三套尿素系统开车成功，完成了20万吨合成氨33万吨尿素的技改工程，完美的"三级跳"不仅使鲁西成功晋级，而且还一举摘掉了小化肥的帽子，充分展示出鲁西人超强的抗压能力和创造能力。

集团成立了，尿素扩产成功了，大产出注定要大投入！随之而来是资金问题如何解决，路在何方？敏锐的鲁西人目光如炬，盯向资本市场。

自1990年底上交所开市以来，整个20世纪90年代，企业股票上市在全国如火如荼。由于额度制的限制，僧多粥少，上市之路拥挤不堪。鲁西人把吃苦耐劳、敢打硬仗的精神又带进上市攻坚战中……有心人做过统计，那辆上市专用车一年半时间行程近20万公里，平均每天400多公里！

1998年5月，满脸洋溢着兴奋和喜悦的赵永堂在深圳证券交易所大厅，敲响了000830股票正式发行的大钟，那浑厚而悠远的钟声也更加鼓起鲁西人奋进的斗志。在如此短时间内完成公司股份制改造并成功上市，在全国尚属首家，鲁西人再次向世人展示出鲁西速度。

三

前进的征途没有永远的一帆风顺，逆风逆水往往是考验人的试金石。

2001年是中国加入WTO全面融入全球化的关键一年，对中国的化肥工业既是机遇也是挑战。短期内，整个化肥行业受到进口化肥的冲击，国内市场压力较大，低迷的市场背后隐藏着危机。

此时的鲁西集团的战线以聊城为主导辐射东至平阴、西至宁夏；行业涉及化肥、化工、机械、商贸等，企业在做大优势尽显的同时，也带来了管理成本和难度的增加。管理的问题日渐突显，在市场波涛的汹涌冲击下，企业效益严重下滑，步履维艰。负重前行的鲁西人在思考做大表象下的企业发展内核——如何做强？怎样才能使鲁西这艘联合战舰真正驶向深海呢？

时代的潮流将张金成推向了前台，张金成以敢于改革，善于改革，做事大刀阔斧、干净利落著称。他曾用8年时间，将当时已经停产只空剩外壳和破旧设备的东阿化肥厂迅速恢复生产，先后建设并投运了两套尿素装置，此时，正呈现出氮肥、磷肥、复混肥多肥并发的欣欣向荣局面，成为当时鲁西集团巨舰核心动力的重要部分。

所有人都把眼神的焦点投射到这位新任掌门人身上，目光中有期待，有信任，也有怀疑、观望和担忧。许多从前的老同事暗暗替他捏了一把汗，暗中提醒他："这副担子可不好挑啊！三把火烧不好可要烧着自己啊！"张金成微笑面对，以他特有的风格烧起了三把火……

第一把火是组织机构和人事改革。把集团干部机构全部推倒重来，施行干部聘用竞争上岗制。此举顿时在集团干部职工中间引发极大震动，光处级干部就直接淘汰5人，都是他原来的老同事、老朋友。此时，所有人的眼神都亮了，都明显感到："新任董事长要动真格的了！"

随后，"拖欠工人工资的企业不是好企业，厂长也不是好厂长，任何企业都不能随意拖欠职工工资"，张金成以斩钉截铁的誓言，燃烧起了职工们内心滚滚涌动的激情，也催生了处于停产状态的5个所属企业迅速恢复生产。

第二把火就是管理变革。现任党委副书记蔡英强颇有感触地说："这一切都得益于董事长提出'集团利益高于一切'的经营理念！当时各企业由于历史原因，各自为战，管理混乱，本着对各企业一视同仁、平等对待、责权利明晰的原则，集团在人员、资金、资产、管理等方面实施一体化运行。原来比较好的企业在集团的大环境里保持了良好的发展势头，原来差一些的企业在集团帮助下得到迅速发展，全集团的运行质量得到明显改善。比如在采购方面把摊开的巴掌收笼成拳，集团通过统一运作和各企业自主采购有机结合，磷矿石从个体小矿向国营定点大矿转移，在连续三年煤炭供应非常紧张形势下，没有因煤炭不足导致停产或限产，集团整体优势得到充分体现"。说到这里，一向矜持的蔡英强自豪中禁不住笑了："还有一条我印象太深刻了，'永不对外担保'的财务理念是董事长在班子会上当着大家的面发誓提出来的，成为任何人都不能突破的铁律，使运作风险降到最低，也牢牢抓住了稳健发展的牛鼻子。"

与此同时，鲁西集团力推销售变革，打破同行赊欠陈俗，推出"不赊不欠、产销平衡、争取好价格"的销售策略。此规一出，大部分销售人员，甚至个别领导也强烈反对："价格压得再低，也争不过人家赊销啊！这样一来要产生多大的库存！""任尔东西南北风，我自岿然不动"，张金成顶着极大的压力，奔着不换思想就换人的坚决劲儿，把蔡英强和姜吉涛两人派往第五、四化肥厂任厂长，力推"不赊不欠"政策。

现任副总姜吉涛谈及此事感慨万分，他抬起微胖的脸庞仰天感喟："那时是真难啊！肥料堆成山，生产调度每天的主要任务不是生产而是为肥料找存放地儿！我们能做到的就是千方百计不折不扣的推行不赊不欠。经过不断地经营调整，坚持不懈的努力，最终突破困境，半年内企业的现金流就活了起来。如果说'不赊不欠'是给企业止血，那么大力度清欠就是为企业输血。正是同时发挥止血和造血功能，才彻底摆脱了我们多年销售被动局面。"

不破不立，善于取舍。2003年，鲁西人又一口气解除八家冗杂企业与集团公司的关联，轻装上阵集中精力发展主导产业，开始了它更深更远的航行。

第三把火便是点亮培训之火。一提培训，张金成总是忘不了他第一次参加培训时的情景："王志刚厂长到企业后抓管理、抓规范，尤其是抓干部培训。那时我第一次听到企业管理和目标管理尤其是管理思维的概念，感到非常好奇，也受到很大启发。历时两个月的培训，每次学习都有很大的收获，这是集团发展过程中最早成规模的干部培训。"对此，我们采访了当时时任鲁西人事科科长如今已是集团副总的张金林，谈起那段岁月如今他还记忆犹新："是啊！从那时起我们就开始组织培训，探索校企合作模式，先是和地区劳动局联办尿素培训班，而后是联合聊城大学、青岛科技大学乃至聊城化工局办起化工班。从集团全员历时一年的标准化管理推行培训，到2005年中高层培训、后期的基层管理干部培训、全员的分期分批封闭式综合培训和后备干部培训等，形成了完善的培训文化。可以说正是有了这些持续不断的培训才成就了我们这支日趋优秀强大的鲁西团队。"

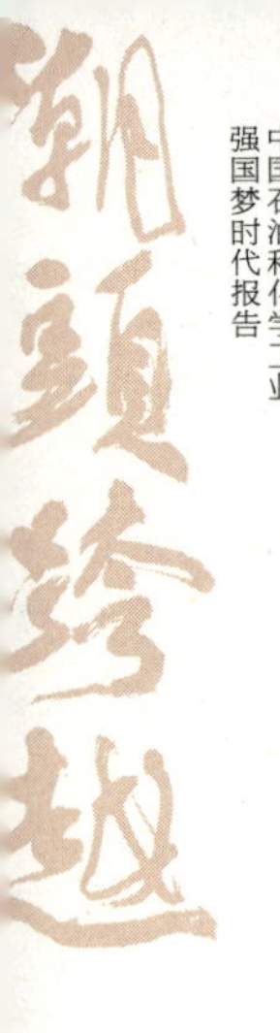

三年小成，也正是通过三把火的彻底整顿，到2003年，鲁西集团一举登上了全国化肥行业产销第一的宝座，并一发不可收，连续6年稳居全国化肥行业产销量第一。正是这三把火汇聚成鲁西的希望之光，照亮了前进的方向。

四

鲜花和掌声出现的地方，往往潜藏着危机。一路高歌猛进的鲁西集团也遇到了许多同行企业快速发展中所遇到的同类瓶颈问题：离城区较近，对城镇居民威胁系数大，企业分散难于管理，化肥产业本小利薄，发展空间不大。如何确保职工、周边人民和企业生命财产的安全？如何突破发展瓶颈开拓出更大的发展空间？这一系列的问题使敏感而睿智的鲁西掌舵人从社会担当和企业发展双向考虑破解窘境之道。

带着困惑，带着求索，带着基于本土发展的思考，鲁西的决策团队开始北上南下，漂洋出海，四处比对参考，寻求突破之路。

荷兰切梅洛特化工园区、比利时安特卫普化工区、德国路德维希港、美国白兰地酒河畔的杜邦中央实验站、上海化工园区、大亚湾化工园区都留下鲁西人孜孜以求的身影。随着考察的深入，一条崭新的发展思路在他们的头脑里渐渐清晰起来——坚持化肥，走出化肥！保持并利用化肥优势，大胆向化工领域拓展。坚持化肥却不墨守成规，稳中求进，走精细化、差异化发展之路。走出化肥不是丢掉化肥，而是要尽可能有效地利用现有的化肥基础，包括装置、产品、人才、技术、管理、文化等向高端化学品和新材料进军。

像是事先约好的一样，鲁西人的战略再次与国家的要求不谋而合，从2004年起，国家开始加大宏观调控，按照“大企业领办工业园”的总体构想，鲁西人踏上了风风火火建设工业园的征途。

想起那时的情景，所有当时参与园区建设的鲁西人都念念不忘集团提出的共同理念："多赚钱，少花钱，集中全力建设鲁西化工工业园。"谈起往事，当时负责工业园建设的焦延滨动情地回忆道："我当时一来到工业园，看到的是满眼的荒地，飞扬的尘土，说句实话，一开始心里也打怵，企业把这么大的项目交给咱，干不好咋办？压力特大。但那种情况下你不干谁干？要干就必须干出个样！"说到这儿，焦总微笑着感触道："那时，餐厅还未建起，厂路还未铺实，我们一拨拨人无论是干部还是工人都交替着灰头土脸去板房搭起的伙房就餐，蹲在地上，手捧着饭碗就地吃饭，尘沙刮进碗里虽然有些牙碜，饭菜却很香甜。现在我走在工业园里确实有些自豪，看见建成的一切，里面凝结着我们的汗水和心血，能不高兴吗？！"快人快语、雷厉风行的行事风格，洋溢着鲁西精神和特有的活力。

正是凭着这种百折不挠，奋勇拼搏的精神和毅力，到2008年，鲁西先后在赵牛河两岸方圆两平方公里的土地上完成了年产36万吨氨醇、50万吨尿素，烧碱、氯化苄、热电联产等项目的投产与运行，由此奠定了煤化工、盐化工乃至此后各种鲁西产业链条的坚实基础。

五

当暴风雨来得更猛烈的时候，海燕像黑色的闪电，依旧在高傲地飞翔。

2008年，全球遭遇了罕见的金融风暴，在全球金融危机下，中国的经济增长受到波及，大批企业倒闭，许多企业开始收缩资金，呈现观望之态。

鲁西怎样度过这场席卷全球的经济危机？实现涅槃重生？

"与其坐以待毙，不如奋勇出击，狭路相逢勇者胜！"鲁西的决策者再次展示出胆量、魄力、眼光和睿智。他们敏锐地看到国家对经济刺激投资的有利形势，做出了一个与世人"背道而驰"的决策，在大多数企业处于观望

等待、甚至恐慌的时候，鲁西人却加快了发展步伐，毅然投身于项目建设的洪流之中。

经过慎重考察，2009年10月11日，鲁西化工园西区建设正式启动，从此，鲁西集团驶入了快速发展的航道。

到2011年，西区先后上马了甲胺/二甲基甲酰胺、甲烷氯化物、有机硅等十几个项目，这一系列产品逐级消化又顺次延伸，从而形成了盐化工、硅化工、氟化工相互连接又各自伸展的产业链循化发展模式，开启了走出化肥的新篇章。

说起那一连串项目开车的盛景，现任副总王富兴颇有感喟地说：“那时，工业园第一期尿素项目初建，工业园刚刚兴起，到处都是空地，简陋的厂房，高耸的塔釜，旋舞的吊车，繁忙的人群，到处透露出勃勃的生机。我那时是开车总指挥，为了一个个项目的开车，人人争先恐后，边研究边干，边干边探索，一个个项目建设争相开花，再累也是值得的！”就这样，在园丁们辛勤的工作和精心打理下，鲁西工业园建设逐渐形成东西争艳、花开满园并且愈开愈美之势。

西区硕果连连，东区也毫不逊色。其中在煤化工产业链上，除已有的尿素、甲醇外，三聚氰胺、甲酸、硝基复合肥等各种新型化工化肥产品也逐渐顺利建成投产，成为循环经济发展的范例。

不仅如此，还有许多老树开新花，在技术上取得一连串的重大突破，走在了世界的前列，尤其园区新建的二期年产50万吨尿素装置，无论是在建设原料路线和动力结构上都取得了重大突破，独创了年产8万吨氯化苄连续氯化、连续精馏工艺，甲酸产能全球领先。

谈起甲酸，装置的一位负责人自豪地说：“我们上马甲酸，第一看中的是自身的产业优势，它的生产原料恰是煤化工生产链的产品；第二看中的是它的用途广泛，素有‘工业味精’之称。难点就是我们技术不足。但是，鲁西人生就不服输，就是凭着这种不服输的信念，从2012年5月开始，我们相继自主设计建成并顺利投产运行了两套当时行业生产规模最大的单套年产10万吨甲酸装置，增强了信心。现在我们又有了新突破——自主设计并建设目前全球最大的单套年产20万吨甲酸装置近期即将投产运行。”说着他又骄傲地指着那一台台正在运行的甲酸设备：“所有的甲酸生产设备也都是集团自己制造的，其中有许多特材设备，比如锆材、钛材，当时都是第一次涉及，如今也都攻坚下来了。这些设备一直连续安全运行，这充分说明我们有过硬的设备制作能力和生产设计能力！”

从此，鲁西化工园东西两区一条条产业链犹如一条条金色的珠链，在园区中纵横逶迤，循环连接，相互关联又各自伸展，闪耀在澄澈明净的赵牛河畔，为善抓机遇的鲁西人连接成一系列发展腾飞的阶梯，彰显出鲁西人化危为机的创新精神和超强能力，印证了“理性、稳健、积极”发展战略的前瞻性和科学性。

六

永远追求创新、追求突破是鲁西人成长的基因。

当时的国内化肥发展史上，氮肥生产大都依赖焚烧块煤气化，而且普遍都是高压合成。这不仅生产成本高，而且污染排放多，环保压力大，成为一直制约着化肥行业发展的瓶颈问题。

“不行！必须走出这种困境！”不甘受困的鲁西人在强烈信念的驱使下，为挣脱这种困局又开始了多方的思考、奔走与探索。

怎样做？做到什么程度？走粉煤气化炉和低压合成氨路线！可这在当时全国都没有成型的技术，更没有现成的经验。“没有成型的技术我们就自己钻！没有现成的经验我们就自己创。要做就要做强做优！”当时参与那场项目设

计与建设的焦延滨如今想起张金成那坚毅和决绝的神情仍禁不住肃然起敬，这句话也从此成为支撑着鲁西人一路披荆斩棘一往无前的精神支柱。

目标一旦确定，决议一经形成，鲁西人便按照一贯雷厉风行的行事风格，积极组织相关人员于2009年5月始投入了轰轰烈烈的第一套完全国产化低压合成氨生产装置建设之中。

又是一番番通宵达旦的刻苦钻研！又是一轮轮没日没夜的奋力苦干！

2014年5月，鲁西30万吨合成氨、50万吨尿素项目顺利投产，在全国首创粉煤气化炉应用于合成氨生产，首创高压变低压合成技术，对国内氮肥企业拓宽原料路线，彻底摆脱对无烟块煤的依赖，转方式调结构迈出了坚实的一步，该项目同时被列入国家“十大产业调整振兴和技术改造”项目。

也是从这时起，鲁西装备公司第一次承接并成功制作大型设备——430吨重的氨合成塔、462吨重的尿素合成塔，从此标志着鲁西装备制造能力跨越上新的台阶。

当时负责这两个塔体制作的总负责人现任纪委书记王福江，回忆这些，感触颇深：“在制作衬里时我们经过深思熟虑，一改国内常用的分段包扎方式，全部采用整体包扎，避免了焊缝集中，应力集中，压力不能分散释放导致的焊缝集中开裂问题。我们采用热套法一一把它们套住，乃至每一个检漏孔都做记号，在套装过程中严格对号入座，一点也容不得闪失，只要错位一丝，整个塔就得重新制作。也是从这时起，我们有效地第一次接触到铬钼等特殊钢材，光焊接测评就做了十四个，而一般设备制作一两种测评就够了。令人欣慰的是，装置迄今已稳定运行7年，成为鲁西的标志性项目。”

其实，鲁西装备制造是伴随着园区的项目建设发展起来的，对园区的发展起到极大的推动作用，二者是相辅相成、相互促进的。目前，硝酸装置氨氧化反应器的制作在国际上处于领先水平；浆液分离罐、硝酸吸收塔等设备制作在国内同行业处于先进水平。

七

2009年，国家相关部门密集研究通过并发布了十大产业振兴规划，同时有针对性地推出了投资四万亿的“一揽子计划”，以期大幅度刺激了国内经济发展。

此时的鲁西，经过七年的苦心经营，积累了一定的园区化发展的经验和产业规模，在国家的这种大背景下，开始着力延伸煤盐化工产业链，筹划进军具有技术密集度高、研发投入高、产品附加值高、应用范围广、发展前景好的新材料产业。

2010年4月7日下午，由国家发改委联合工信部主办的“发展新兴战略性产业——新材料专题研讨会”在北京举行，鲁西集团作为生产单位列席。会上，发改委领导提出一些建设性项目，发动各相关企业积极申报。结合国家要求和自身实际，鲁西充分从自己的产业实际出发，依据园区已有的优势，慎重申领了己内酰胺项目。

虽然当时鲁西人还未充分掌握己内酰胺生产技术，而且申报后只有很短的准备时间，但这一次，鲁西这条快鱼再次显示出快的优势和效率。一个月后，国家对申报项目单位进行招标，鲁西凭借自己雄厚的原料生产基础和出众的设备制造能力，在三家招标单位中一举夺魁，获得国家项目扶持资金。

拿到项目后，鲁西人再度发挥并彰显出勤奋好学、刻苦钻研、敢打敢拼的精神。2013年7月，一期己内酰胺一次开车成功，产品质量达到国内领先水平，开车后设备运行稳定，各方面均超预期效果。而后鲁西人又靠自己的力量进行了二期扩建，攻坚克难，再获佳绩。

借此势头，鲁西人依托煤化工生产系统中丰厚的合成气为原料，一口气开发出了双氧水、多元醇等多种煤化工下游产品。

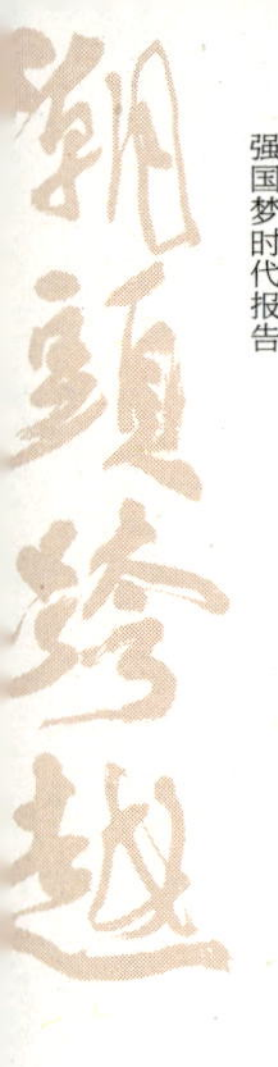

在鲁西新材料产业园中，在煤化工枝繁叶茂之际，盐化工也结出了累累硕果。利用氯甲烷为原料生产出的高氟聚合物联产新型制冷剂远销国际，有机硅畅销内外。

八

有一种召唤，化作澎湃的激情与舍我其谁的担当，向着梦想，向着更高远的目标奋进……

2010年确实令人难忘，中国在世界面前交出一份出色的答卷，中国化工更是奋力前行，总量跃居全球第一。但是，在高端化学品、新材料方面与发达国家相比，中国依旧汗颜。表现在对外贸易方面，每年的逆差达1千亿美元以上，令很多局外人不解的是，高端化学品进口花的外汇竟然远超购买原油。这是中国之痛，也是中国化工产业之殇。

在一次全国化工会议上，一位石化行业专家讲了一个故事："我在去日本考察时，日本企业送给我一副用聚碳酸酯产品做的放大镜，轻巧实用，看书时间长也不累。现在日本正做一种远视近视镜，主要材料也是聚碳酸酯"。

这位专家做过企业领导，担任过相关部委要职，现在从事行业服务和管理工作，知识渊博，视野开阔。出于对鲁西产品结构和创新实力的了解，他用询问又挑战的语气问张金成："你们鲁西能不能把眼光再放远一些，做些难度系数高的材料，突破聚碳酸酯技术，大胆拥抱终端市场，振兴民族工业？"

"行！"一贯不服输的张金成当即接过了战书。

其勇气来源于自信，来源于前期的充分准备，鲁西一直苦苦寻求在新材料领域有代表性的主导拳头产品。聚碳酸酯，轻便、透明，环保，适用范围广，前景广阔，而从生产原料到设备制作，鲁西的循环发展模式与同行企业相比具有很大的优势，正合鲁西发展之意。

雷厉风行的鲁西人立即组织力量成立了聚碳攻关团。然而，当大家对聚碳酸酯进行深入了解后，目光开始凝重起来。

聚碳酸酯在国际上通称PC，是一种高分子聚合物，在五大工程塑料中成长最快，用途极为广泛。由于其重要性，聚碳技术早在1958年起就列为我国重点攻坚项目，但由于过程长、难度大，至今依然没有取得独立的技术成果。目前，国内仅有几家拥有聚碳酸酯生产能力的企业，都属外国独资或控股企业，生产核心技术一直被国外垄断。

“我们一定尽快突破国外这一垄断霸权！让老外也看看咱的民族工业！”鲁西人下定了决心。在这种从不服输的精神带动下，鲁西开始了新一轮的拼搏。

当年参加聚碳酸酯技术攻关的孙彩虹回忆起当年的情景，充满感慨：“要说聚碳酸酯的设计研发，说起来那可真是硬着头皮往前攻！产品从立项到投产乃至扩产都是主要领导亲自主导乃至亲力亲为不断推进。在每个阶段，我们都设立专题项目攻坚组，在各相关单位专门成立了小试、中试试验站，利用集团各种淘汰的废旧设备组织各种试验，根据试验数据逐一确定工艺参数和工艺流程，编制系统的工艺包和操作规程。张金成董事长更是从不拘泥于任何惯性思维，他只要一有新想法、新思路，不管什么时候，在什么地方，都立即组织我们实施。经过反复周密实验确实不能实施的，他毫不犹豫地放弃，换一种思路从头再来。记得有一次，都到晚上十一点多了，熬了一天的我们都感到十分疲倦，可他突然想起一个新方案，他精神奕奕的马上召集我们调试。他一直盯在现场手指比画着逐一指导，直到凌晨五点多钟，试验实在开展不下去了，他才心有不甘地暂时收工。可是不到三个小时，我们还没上班，他又兴奋地给我们打电话‘小孙，快来！我又想起一种方案，我们一起试试这样通不通？’，待我们匆匆赶到时，他早已在实验室里满眼期待地等着我们。别看他年龄大，但是精力出奇的旺盛，为一个数据的确定，他经常带领我们讨论到深夜，有时争得面红耳赤是常有的事，但最后都是以实验数据为依据，只要我们说的对，会得到他由衷的赞赏。终于，最后我们有了自己完整的工艺包，有了自己的核心技术。”

时任聚碳酸酯项目开车总指挥的董宝田鼻子一皱，头一扬接过了话，“哎呀！那可不？开车时，尤其300#到500#这段系统，不是这里堵，就是那里堵，堵得那个瓷实呦！砸都砸不开！”说着这位爽直的负责人眉头微皱：“就为这，那年腊月，零下十七八度，风呼呼地刮，手都冻木了！董事长快六十岁的人了，那阵儿愣是一有空就爬到聚碳50多米高的框架上，带领我们查设备，捋管道，想办法，对每一个指标、流程、方案都逐一调试。有一次，当时我们都冻得哆哆嗦嗦的，他就拿着一段被堵的管节蹲在那儿默默地抠索着那些黏糊糊的物料皱眉思索，然后让化验人员分析。用他的话说就是‘干什么都没固定模式，只要合理只要保障安全环保，一切都能改，不要怕失败，大不了从头再来！’。就这样，通过我们一次次的改进进料方式、设备结构、工艺参数乃至开车程序，人跟设备和工艺就渐渐培养出感情摸索出脾气来了，生产慢慢就顺了，生产周期也越来越长。我们不仅取得工艺上的突破，产品质量也越来越好。”

聚碳酸酯的成功投产并生产出高质量的产品，标志着鲁西集团乃至国内新材料生产方面又实现了一个新跨越，它是我国第一家由企业自己主导、拥有自主知识产权的高性能产品，也是国内实现煤、盐和石油化工成功联姻的典范。

随着聚碳酸酯的成功建成，鲁西化工园区新材料产业链基本形成并逐渐延伸。当谈到聚碳酸酯的成功时，鲁西人都禁不住感慨地说道：“聚碳的成功绝不是偶然，因为集团的科研体系十分强大，几乎可以无坚不摧。”

现任副总经理张雷介绍说，早在1996年，集团就成立了国家级企业技术中心，之后咬定青山不放松，一路发展壮大。目前，集团拥有三个层级的科研架构：第一层级是技术中心、院士工作站、博士后工作站；第二层级是鲁西设计院、研究院和各类实验室；第三个层级是全员创新。技术中心是集团最高科研机构，统管全集团的研发工作。技术中心跟踪每个课题的实施，负责对课题进行验收、评价。同样，集团各企业也会对员工的创新情况进行评价和奖励。对外，鲁西集团和清华大学、天津大学、北京化工大学、青岛科技大学等院校建立起了密切的关系，每年都会联合进行项目研发。

张雷接着说，要统计鲁西的科研人员，虽然技术中心只有50名专职人员，但能直接调动参与研发工作的各级各类人员有2500多人！现在，企业拥有各类专利500余项，其中发明专利就有160余项，这是集体智慧的结晶。

张金成谈起这也兴趣十足："我的爱好就是技术交流，只要和下属一谈技术，就会忘了时间，忘了喝水吃饭，这真是一种享受！"正是他的这一特殊爱好，为集团的技术研发起到了至关重要的示范和引领作用。

九

一路跋涉、一路求索，在智慧光芒的照耀下，鲁西化工尽显无限风光。

鲁西化工园区用近20年的时间背起了10个企业一万多名员工的生计大事，在7平方公里的园区内建起了60余套化工生产装置，怎样才能使这么多套化工生产装置集中安全控制？一旦发生安全环保问题能够得到及时有效的管控呢？未来的10年、20年甚至30年，鲁西将如何才能实现稳健安全快速发展？鲁西人把探索的目光逐渐聚焦于智慧化工园区建设上。

从园区建设之初，园区生产的安全环保问题便一直困扰着主要管理者的心。用他们的话说就是"天天夜里，我们的床头放着对讲机、手机，一听到响就心惊肉跳，生怕出点什么事，大事儿小事儿事事惊心，不知道能不能控制？控制到什么程度？”

然而今天，鲁西的领导们终于可以从容地工作和生活了，因为从2012年至今，鲁西在生产数字化、自动化、智能化和智慧化方面做足了文章。

在集团运行指挥中心，一位负责智能化建设的负责人指着墙上大屏幕中展示的一个个生产操作画面对来访者介绍："从这里可以实时看到园区每一生产系统的生产现状，实施全园区、全天候、多方位和多维度管控，是整个园区的生产管控中枢。"接着他又指了指屏幕下面的一排排密密分布的报警装置，"这边是气体报警器，目前园区已实时监测数据近20万点，建立了4G无线宽带专网，其中有六座大气超级监测站、3D激光雷达监测器、空中巡检专用无人机等先进设施，建立大气四级网格化预警系统、外排水实施三级防控系统，实施源头控制，逐级监测的措施，各项排放指标均严于和优于国家标准，从而全面保障了园区及周边大气、水环境质量，为建设绿色生态化工园区发挥了重要作用。"介绍完这些，他自豪地说："在园区周边五公里之内，只要有任何一点大气或者外排水超标现象，园区调度立即就能发现，并自动启动各级相应的安全环保应急预案。从接到生产报警到应急预案启动展开，最多只需要5分钟的时间。"

在危化品成品装卸区，负责人指着一辆辆危化品运输车说："你们看到这些车辆了吗？我们依靠园区智能化管理平台，已经对园区所有危化品承运车辆实行定位，实现了危化品物流集约管控，所有鲁西相关的社会运输资源都已经利用物流信息平台实现自动配载，甚至每一辆车走什么路线，在哪里停驻，是否超速和疲劳驾驶都进行全程监控，确保产品运输环节不出现安全环保事故。"

据了解，截至目前，智慧化工园区平台建设已投资近10亿元，建设成以生态理念为核心，依托智慧感知网络、大数据和云计算技术，规划有"1个平台、2个中心、10+X工程"的整体架构，在此基础上开发了贯穿安全、环保、能源、安防、应急等多个管理于一体化的智慧化信息平台。

2016年10月，鲁西被中国石化联合会首批授予全国两家“中国智慧化工园区试点示范单位”之一，其中有毒有害气体环境风险预警体系成为首批通过验收的国家级试点项目。

不仅如此，鲁西依托强大的企业实力，在全国首家推行工业品电子商务平台“鲁西商城”，实现从下单支付到物流结算，园区近千万吨化工化肥产品100%线上交易。产品价格公开透明，并开展电商数据分析，年交易金额超过百亿元。在销售领域大获成功之后，鲁西又在电商平台上把单纯的产品销售延伸到了物资采购领域，与阿里巴巴、京东等电商大鳄合作，不仅大大降低了采购成本，还实现了采购工作的高效化、智能化、透明化。

智能工厂、智慧园区、电商平台从本质上优化了鲁西的供应链，为其实现由大到强，参与国际竞争奠定了坚实基础。

面对下一场十年、二十年的大戏，被山东省列入首批化工园区名单的鲁西已经做好了充分准备。

湛蓝的天空下，连绵的管架逶迤纵横，巍峨的银塔直插云霄，高耸的塔尖与素洁的白云相牵，错落有致的管线与柔美的绿柳相挽，片片宏大整齐的工业框架环绕在层层绿树红花之间，排排洁白的厂房静立在轮轮柔水碧波两侧，蓝黄绿相间镶嵌着鲁西标志的旗帜依伴着鲜艳的国旗在集团办公楼前迎风招展，见证着鲁西人抢抓机遇飞速发展的变迁。

当我们看到这样一个卓越飞腾的鲁西集团时，永远不能忘记一串串熟悉或陌生的姓名：杭伯达、刘华中、王殿芝、胡太祥、孙贺庆、王志刚、赵永堂、白晓林……他们曾在不同时期掌舵企业，为鲁西集团的一路改革发展做出不可磨灭的功绩。还有更多像高荣增一样的普通人，用智慧和汗水默默地为企业的发展和腾飞做出和正在做着辛勤的奉献。

此刻，张金成反复地比对着鲁西集团现有的产业链，为走出去寻找更佳方案，就像一位即将上阵的将军，检阅着自己的部队。

➔ 煤化工产品链：合成氨、甲醇、尿素、车用尿素、三聚氰胺、甲酸、甲酸钠、甲胺、二甲基甲酰胺、硫酸、硫氢化钠、硫酸铵、硝酸、硝铵、硝酸铵钙、尿素硝酸溶液、硝基复合肥等。

➔ 盐化工产品链：氯气、氢氧化钠、氢气、盐酸、一氯甲烷、二氯甲烷、三氯甲烷、四氯乙烯、氯化苄、氯化石蜡、氯化钙、氯磺酸、苯甲醛、苯甲醇、次氯酸钠、双氧水、聚四氟乙烯、六氟丙烯、聚全氟乙丙烯、二氟一氯甲烷、二氟甲烷、五氟乙烷、新型环保制冷剂等。

➔ 煤化工、盐化工与石油化工相结合：二甲基硅氧烷混合环体、一甲基三氯硅烷、三甲基一氯硅烷、一甲基氢二氯硅烷、低沸物、高沸物、共沸物、正丁醛、异丁醛、正丁醇、异丁醇、异辛醇、环己烯、环己烷、环己酮、环己醇、己内酰胺、尼龙6、聚碳酸酯等。

➔ 化工装备制造产业链：工程设计及总承包，一、二、三类压力容器制造，特材设备、塔器、反应器、换热器等装备制造。

鲁西化工新材料产业园四大产业链及70大类产品60余套化工装置诉说着鲁西的发展强大。眼望着这一切，他心中激荡着种种的自豪和忐忑。

在外人看来，鲁西似乎是一个意识超前，善抓机遇，坚持化肥，走出化肥的典范，但在鲁西人自己看来，围绕在他们周围的并非是鲜花和荣誉。尤其是双鬓染霜的张金成，更是充满着强烈的忧患意识。在他心里永远都是战战兢兢，如临深渊，如履薄冰。在他眼中，鲁西集团对标对象应当是世界最顶级的巴斯夫、杜邦、路德维希、安特卫普，然而这些目标虽近在咫尺，却又那么遥远，至少现在，他只能把这种想法埋在心里。

这是他掌管集团的第十八个年头，但是，当我们问起集团未来的发展战略时，一向健谈的他却一反常态，三缄其口：这个话题要留给后面的人！在我们的再三追问之下，他才语调深沉地说："最早的、曾经给鲁西带来辉煌的第一化肥厂随着国家退城进园的号召，圆满完成40年的光荣使命退出发展舞台，而我们的化工园区从起步至今已有14年，且不说创百年企业，能否坚持到40年都是个未知数。目前，集团在地域、物流、人才、资源方面都没有优势，凭借什么发展？我们的产品号称是新材料，依我看仅仅是材料而已。石化行业提出到2030年新材料和高端化学品占比要提升近5倍，鲁西能提高多少倍？"

"如果非要让我说，我只提6个字，算是一位老化工、老鲁西人的忠告：理性、稳健、积极。理性就是在企业发展过程中，作为企业的掌舵人要时刻保持清醒头脑，要时刻提醒自己，能干什么，会干什么，能干成什么。客观分析能走哪条路，应该怎么走，规划出符合企业实际的发展路径；稳健就是战术上善于给自己上紧箍咒，永不冒进，扎实走好每一步。鲁西最稳健的特征就是把安全环保当作命根子来抓，舍得大力度投资，宁愿不赚钱，也要把该干的事做到位。建立应急指挥平台，建设智慧化工园区确保集团的安全环保生命线。'经营上所有产品销售不赊欠'，'永不对外担保'，回过头来审视这些做法，应该说都是非常稳健的。积极就是朝着既定的方向和目标迅速行动，不等不靠，瞅准该干的事情积极去干，相关度越高越积极，在干的过程中能走多快走多快，决不放弃。"说到这里，他眉宇间充满着无比的坚定和自信。

这6个字不也正是鲁西集团40年发展战略实践的真实写照？永远居安思危！永远创业奋斗！永远开拓进取！这6个字是鲁西走出的一条成功发展道路的精髓，相信这种发展理念也能给其他企业带来有益的借鉴和启示。

中国化工产业已经开启由大到强的伟大实践，人们完全有理由相信，一大批像鲁西集团一样优秀的化工企业，必将共同开创下一个属于中国的广阔未来！

02

响彻田野的希望之钟

2015年9月，金色的秋天，是收获的季节。美国亚利桑那州凤凰城，蓝天白云、绿草如茵、风清气爽。

由中国金正大集团（下面简称金正大）牵头制定的《控释肥料》国际标准评审讨论会在这里举行，30多位不同肤色、操着不同语言的代表在这里汇聚，当伊朗籍秘书长宣布与会代表达成通过意见时，在场的中国代表感慨万千、喜极而泣。

这条路有些漫长，三度冬去春来，三度花落花开。

从2012年我国向国际标准化组织提出申请，到向25个成员国征求意见；从2013年正式立项，至华盛顿、米兰、马德里易地讨论，终于在凤凰城修成正果。

也许是冥冥中的巧合，崇尚凤凰，以凤凰为文化图腾的临沂金正大人将以凤凰城为起点化茧成蝶、振翅高飞、直冲云霄！

来自中国的5名代表热泪盈眶、兴奋不已。他们打开香槟，开怀庆贺！

2016年4月，国际标委正式发布由我国金正大牵头制定的《控释肥料》国际标准，填补了国际空白，极大地提升了中国肥料行业的国际话语权，是中国化肥工业史上的一个重要里程碑。

谁主导了国际产业标准制定，谁就走向了国际产业舞台中央，谁就赢得了话语权、主动权和利我权。

据不完全统计，截至2017年，国际标准化组织（ISO）共组织制定颁布了2万多个国际标准，其中95%以上由美国、德国、英国、法国、加拿大等少数发达国家主导，中国不仅少有牵头主导制定，而且参与度仅为0.7%。

发达国家凭借制定国际产业标准的种种特权，屡屡刁难、阻止、盘剥他国企业。我国企业受尽刁难和屈辱，为此付出了高昂的代价。

我国虽然是化肥生产和消费大国，但未开主导制定化肥产业国际标准之先河。

斗转星移，时代车轮驶入了2012年。

齐鲁大地上一位大汉、金正大集团公司创始人万连步以独特的视角，如猎鹰般捕捉到行业的敏感，在洞察《控释肥料》国际标准尚属空白，主导完成了国内《控释肥料》行业标准和国家标准制定，积累了经验之后，联合化肥产业国际标准化组织的中国对口单位——上海化工研究院等单位向化肥产业国际标委正式提交申请，向发达国家提出了挑战。

一石激起千重浪……

一些做惯了行业老大的西方发达国家，对来自中国金正大提出的申请，不屑一顾，甚至有些专家毫不掩饰发自骨子里的蔑视。在会议讨论时强硬质疑、傲慢对待。有的委员连申请文本都未看就提出反对意见，因为他们根本不相信，中国这个控释肥料领域的“小弟弟”怎么突然想当他们的“大哥

大”。有的委员发问：“你们国家搞控释肥料才几年？现在能不能生产控释肥料都值得怀疑，凭什么来制定国际标准？”

殊不知，时代的车轮早已在时光的隧道中滚滚向前，而他们的观念还固化在20世纪七八十年代中国化肥产业的景状。

沉舟侧畔千帆过，病树前头万木春。

一些西方国家凭借地广人稀、土地肥沃、物产丰富的优势，导致创新动能不足，在代表肥料工业前沿新潮的控缓释技术领域进步缓慢。

然而，地少人多的中国人则十分眷恋土地，敬畏农业，经历改革开放的神州大地春潮涌动、创新动能十足，发展高歌猛进。

化肥工业的世界格局迅速发生了巨大变化。

2012年，全世界控释肥料总产量约300万吨，而中国仅金正大一家，就达到了180万吨生产能力。

金正大自谋划《控释肥料》国际标准制定之后就志在必得，组织精兵强将、秣马厉兵、刻苦学习、拜师访友、精心准备，对照已颁布实施的相关国际标准精益求精，所提交的申请文本远远高于国际标准化组织的规范要求。

万连步曾深有感触地说：“为了做好国际标准，我们进行了上千个试验、分析，所采集数据都远远超过其他国家的标准，习惯于严谨的金正大人提供的标准无论内涵还是形式都无懈可击。”

中国是市场经济的后来者，中国企业在成长的道路上注定要承受更多的坎坷与阻力，需要更强的意志与毅力。

《控释肥料》国际标准征求意见、确定立项、讨论修改、初步审核的路漫漫修远。随着会议地址的转场，中国元素、中国智慧也在世界各地生根发芽、开花结果。

金正大以强大的实力、前沿的技术、丰满的数据、精心的准备逐步赢得了绝大多数委员的支持，正义的声音不断变得洪亮。但仍有少数国家心有不甘，即使螳臂难挡车轮，仍然挖空心思“下绊”使坏，甚至在审核结果的英文表述上背地里做手脚，致使标准获批延期半年。

青山遮不住，毕竟东流去。

“美国、英国、荷兰人多傲！然而他们在事实面前不得不接受咱们中国人主导制定的标准，并将这个标准参考成他们的国家标准。”上海化工研究院刘刚主任对此颇感自豪而欣慰。

2018年4月21日，国务院国资委主任肖亚庆在第二届中国企业改革发展论坛上指出：要积极参与和影响国际产业标准制定，这方面我们有了长足的进步，但是还远远不够，在产业标准制定中有无话语权、话语权大小，关系企业在国际竞争中能否赢得主动。所以我们要做最大努力，推动更多的中国产业技术标准成为全球通用标准，为未来赢得更大发展空间打下基础。

坚冰一旦融化，春潮汹涌澎湃。

继2016年《控释肥料》国际标准通过之后，由金正大主导制定的《脲醛缓释肥料》国际标准虽然经历不少曲折坎坷，但最终在2017年获得通过。

《控释肥料》和《脲醛缓释肥料》两项国际标准获得通过，从此中国化肥工业结束了被动局面，站上了全球行业高地。而金正大以自己无可撼动的实力成了肥料行业“国际游戏规则”的制定者。

金正大还有更多的肥料产业国际标准已经准备提交申请。在国际舞台上，中国声音将会更加响亮，中国元素将会更加抢眼。

人们不禁要问，横空出世不到20年的金正大，凭着什么魔力和神功，让华夏扬眉、让全球瞩目？

我们将会在齐鲁大地、孔孟故乡、沭水河畔找答案。

一

杨艳，一位身材窈窕、面带微笑、精明温情的美丽女性，与不太熟悉的客人交流时犹如少女脸颊绯红。她是8位创始人即“八仙”中唯一的女性，现以娇柔的肩膀将金正大集团监事会和工会两个主席一肩挑起。

她在深情地回忆20年前金正大创业故事时说：“当时我们创业非常艰难，没有资金，没有技术，没有人才，有的就是想做一番事业的志向。万总高瞻远瞩，有人格魅力，公司每一步转型调整都像一场赌博，风险巨大。我们都知根知底，信任他、追随他，跟着他压上了全部身家。金正大能够发展到今天，万总功不可没。”

金正大于1998年诞生于山东省临沂市临沭县沭水河畔。

这是一片神奇的点亮梦想的土地。

历史上的临沂曾经历过鲁国、齐国和楚国管辖。鲁文化的朴素、齐文化的重商、楚文化的精明在临沂这片土地上融会贯通、相得益彰。这里有着中国商品批发最早的记录。临沂陆路、水路交通发达，沂河、沭河碧水绕城、通江达海，为秦始皇东巡通道之一。清末民初，各地商贾纷至沓来，临沂城内商贸繁荣、店铺林立。

这里不仅有着独特的商贸精神，而且有着深厚的文化底蕴。这里还是王羲之、颜真卿等文化名人的故里。洗砚池至今池底黝黑、翰墨飘香，《祭侄贴》美名远播。

了解临沂的历史，有助于我们解开临沭小城为何成为世界化肥之都的谜底，有助于我们理解金正大发展的历史逻辑。

我国自古就有“民以食为天”之说。纵观历史，我国的改朝换代大多与政治腐败和民不聊生相伴而生，因此，吃饭是天大的事情，也只有解决了吃饭这个生存的根本问题之后才有社会政治的稳定和文化艺术的繁荣。

人类在20世纪五十年代之前，人口增长所需要的粮食主要以扩大耕地面积来满足，之后则是以使用化肥来满足。

联合国教科文组织认为：今后世界上一半人口要由使用化肥增产的粮食来养活。如果离开了化肥，世界将有一半人口开除球籍、无法生存！

化肥对解决我国人民吃饭问题功勋卓著。但我国化肥的使用却经历了由少到多再到由多到过剩的过程。

新中国成立时，我国的化肥产量只有6000多吨，并且品种单一。1956年成立的化工部，一半以上的人力、财力、物力用于发展化肥工业，因此，人们戏称化工部为“化肥部”。

为了解决人民的吃饭问题，动用举国体制，在华夏大地上建起了1500多家小氮肥厂，几乎县县建有化肥厂。20世纪七十年代，当开放的大门打开之后，我国向国外引进了13套大化肥装置，使我国化肥工业加速了升级转型、催生了快速发展。

进入九十年代后，我国逐步摆脱对进口化肥的依赖，普通化肥出现供大于求、产能过剩的现象。化肥过量使用带来土地面源污染、农产品品质下降、农业生产成本过高等负面效应逐步显现。

化肥结构调整、转型升级进入了历史关头。

临沭这片热土涌动着复合肥料生产与经销的春潮。

富有商贸传统的临沭大地上的复合肥厂如雨后春笋遍地生长，最多时超过百家。大部分企业生产低标号复合肥，有的盗用国外洋品牌掺杂使假、坑害农民，一时间乱象丛生、怨声载道。

身材魁梧、双目传神、年富力强的万连步不满足体制内的安逸，经受不住时代潮流的撞击，领着县食品厂的一批同事，毅然推墙下海、告别铁饭碗，走上了自主创业之路。

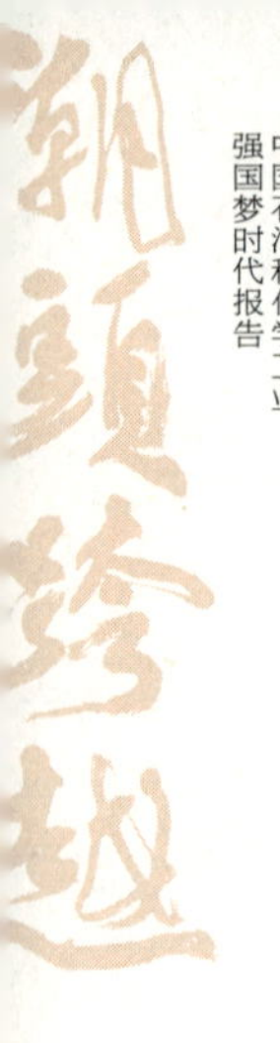

他们东拼西凑了20多万元，购买了一处原本废弃的砖瓦厂。19间破旧平房，成了金正大的初始资本。

创业之初，金正大尝试了一年再生塑料回收业务，但这远远不是万连步的创业梦想。

钟情于土地的万连步将目标锁定在当时红红火火的化肥产业。科班出身还干过农技推广和茶叶生意的万连步，对化肥心中有底、情有独钟。

其时，金正大在临沭县上百家化肥生产企业中，犹如沙堆中的一颗沙子并不起眼。只有几十个人，没有雄厚资金、先进设备，没有像样厂房，甚至没有成熟技术。

让它脱颖而出的就是创新的理念和独树一帜的产品策略。

在粗放、低端、小散的产业格局下，金正大以精准的目标定向锁定了优质复合肥，即以氮、磷、钾为常量元素添加中微量元素的优质复合肥料。

万连步的理由很简单："害人的生意不能做，要对得起农民兄弟的辛苦，给他们提供好肥料。"

生产优质复合肥，不同于把几种不同元素肥料物理搅拌，而是需要在一定温度下，对化学颗粒的水分、黏性、有效成分等进行科学控制，达到养分含量高、不易流失的效果，生产难度较高，是对化学合成能力的考验。即便购买了专利技术，没有过硬的工业制造能力，一切只能停留于空想。

毫无经验可循的金正大人立足根本，心手发力，迎难而上，咬紧牙关走上了攻坚克难的研发之路。

研发之路无比艰辛。万连步与技术人员一起，在40℃高温的车间里夜以继日地反复实验，挥发后的化学成分让他们一个个鼻腔出血，眼睛流泪、脸上灼起串串水泡……

虽然困难重重，但没有一个人退缩。

宝剑锋从磨砺出，梅花香自苦寒来。

功夫不负苦心人，在历经痛苦折磨之后，高标号复合肥料终于研制成功。

他们像有了自己的孩子一样兴奋，因为这是他们心血和汗水的结晶，是他们实现初心梦想的起步。

两个月后，第一条年产10万吨复合肥生产线顺利建成投产。

金正大坚持“诚信为本、品质取胜”的理念，过硬的品质在市场得到了验证，第二年，金正大化肥的销售量达到了14万吨，企业规模、产品销量、经济效益很快在临沭崭露头角、站稳脚跟。金正大这张名片不断擦亮。

欲穷千里目，更上一层楼。

金正大的目标，不限于小打小闹。他们要“鹰击长空，展翅飞翔。”

2002年7月，占地20万平方米，投资2亿元的金正大工业园一期破土动工，标志着金正大公司正式开始了规模化生产之路，为后期的快速发展夯实坚实基础。

二

心无旁骛报厚土，滋润田园践初心。

当时的神州大地，房地产业十分火爆，是赚钱最快的行业之一，不少知名企业趋之若鹜。

金正大在化肥行业挖得第一桶金后，有人建议万连步投资房地产等更赚钱的行业。但万连步却一口拒绝。他说：“我只做化肥，做全世界最好的化肥！”铮铮誓言掷地有声。

做世界最好的化肥，是万连步的初心和梦想。

怀揣美好的梦想，万连步走出国门、拓展视野，去看看外面精彩的世界。

一次，万连步在考察欧洲市场时，在一家大型超市看到琳琅满目、包装精美、功能多样的缓控释肥料产品，不禁大吃一惊：这些肥料的利用率高达60%以上，而国内的化肥利用率只有30%左右。

如果国内都用上这样的肥料，那么全国每年可节约一半的化肥投入量，该要节省多少资源啊，而且可以大幅减少环境污染，有助于生态文明建设。他展开了想象的翅膀并且认定：新型肥料一定是中国未来的发展方向。

拨云见日开眼界，他山之石可攻玉。

万连步激动不已，暗下决心，金正大要吹响缓控释肥料堡垒进攻的集结号。

缓控释化肥的奥秘在于通过特殊的包膜技术，控制养分释放速率，比传统化肥有效期更长，能更有效地促进植物吸收农业增产，让农民减少施肥次数。其中，控释肥比缓释肥档次更高，可以根据作物的生长周期，让养分释放的速率和时间与作物生长周期养分需求同步。有人形象比喻，给肥料装上了一个小开关，在植物需要的时候精准地调控开关，满足植物不同生命周期对肥料的需要。

手中没有金刚钻，怎能承揽瓷器活？

给化肥装上个小开关，其技术难度，无异于数学领域的哥德巴赫猜想。

西方发达国家早在20世纪60年代就研发成功了缓控释肥料新技术，对外则长期封锁，尤其对社会主义国家更加严格。

我国科研人员早已进行了自主研发，虽有一定技术突破，但科研成果一直处于实验室小试或中试阶段，未能实现工业化生产。

为了取经觅宝，万连步先后带领团队到法国、德国、荷兰等国的化肥企业学习考察。

这些化肥企业为了开拓中国肥料市场，希望与中国企业合作，表面上热情接待，而一谈及工艺技术实质性话题却讳莫如深、三缄其口，参观工厂时也只能站在红线之外举目远眺，考察参观犹如隔靴搔痒。

那次国外考察，让万连步受到了不小刺激。他深切地感悟到：核心技术靠化缘要不来，花钱也买不来。

天上永远不会掉下玫瑰，如果想要玫瑰，必须自己种植！于是，他把目光转向了国内，开始种植自己心中的玫瑰园。

有一个人，和万连步一样，一生做着缓控释化肥梦。这个人就是山东农业大学教授张民。

出生于1958年忍饥挨饿时期的张民，怀着不让中国人挨饿的志向，报考了山东农业大学土化专业。在先后获得学士、硕士后，1992年前往美国深造，1994年在美国肯塔基大学获得博士学位，后应邀在佛罗里达大学做博士后研究。1996年，祖国的眷恋和儿时的初心不断向他发出召唤，他不惜放弃美国优越的研究环境和生活条件，毅然回到自己的祖国，扎根在山东农业大学从事缓控释肥料研究。

张民教授系统深入研究了控释肥料的制作技术和控释机理，形成了具有自主知识产权的包膜控释肥生产技术体系。

为伊消得人憔悴，两鬓染霜终不悔。

张民教授这些世界前沿的科技成果却难以实现工业化生产。也许是曲高和寡，他一直在高山流水处等待一个知音。

2003年，在全国新型化肥开发研讨会上，万连步和张民两个做着同一个梦的山东大汉的两双大手握在了一起。经过一番交流后，他们相见恨晚，两颗激动纯朴的心很快融合在了一起。从此，他们的合作大幕徐徐开启，之后好戏连台。

万连步将国外缓控释肥料产品与张民实验室的产品在同一环境下施用、检测，又在南北不同纬度选择了一万亩试验田进行全方位的实地试验。精准的试验数据表明，张民教授的技术完全达到西方发达国家的同等技术水平，

有些技术指标甚至高于外国产品水平。

实验结果增添了万连步的底气与勇气，更坚定了他与张民教授合作生产中国人自主研发缓控释肥料的信心。

从实验室到工业化生产，中间有一段很长的路要走。需要不断放大实验，需要巨额资金投入，而且没有经验可循，所有的道路得自己去开辟。上马缓控释肥料工业化生产线，其风险不言而喻。

风险就是机遇，无限风光在险峰。

一天晚上，万连步夜不能寐，拉开窗帘举目远眺、深沉思考。他看到：神州大地渴望丰收，万家百姓祈求幸福。此刻他想到，这个风险我不去冒谁去冒？这个地狱我不下，谁去下？于是，他的决心更加笃定，意志更加坚定。

第二天一上班，他立马召集张晓义、杨艳、李华波、解玉洪等几个当年创业的老伙计，道出了自己的心声。他的语气比平时沉重了许多，大家听懂了这位带头人的心声。老伙计们一致支持他的想法，表示愿意追随他，押上全部身家破釜沉舟、无怨无悔，大不了失败了重头再来、咱们山东人东山再起。

万连步被老伙计们的真诚感动得热泪盈眶。他品尝到了人间真情，坚定了他调整结构转型升级的底气。

2004年11月，金正大正式签署引进山东农业大学5项缓控释肥料专利技术战略合作协议。从这一刻起，金正大拥有了国际领先水平的缓控释肥料技术。

从此，金正大踏上了缓控释化肥工业化开发生产的壮丽征程。

第一个吃螃蟹的人需要勇气与胆识。

万连步考虑过种种困难与风险，然而，实践使他品尝到了比预想更多的坎坷，承受着更大的风险。

金正大的工业化生产线在临沭大地上一字排开，吸引来了不少同行的关注围观。点赞者有之，智叟型有之。万连步心中自有笃定。

建设缓控释化肥工业化生产线，国外进行技术封锁，国内没有经验可供借鉴，几家老牌化工设计院不敢承接这个大单。

兴致勃勃的脚步还未迈开就暂停了下来。

别人不敢干，怎么办？

万连步带领技术团队迎难而上，撸起袖子自己干。

金正大决定自主设计、安装国内第一条工业化缓控释化肥生产线。

当年，唐僧经历九九八十一难才取回真经，金正大经历的磨难不亚于唐僧取经。

仅仅是一个喷头的选择，先后从多个国家采购了20多个样品，费用花了30多万元。

为了做出那一层起抑制作用又能降解的包膜，一吨又一吨的化肥原料往里面扔，一堆又一堆的废料往外面拉。几个月下来，投入的化肥原料达3000多吨，800多万元成了学费。生产线上的工人们看了心在滴血。

时间一天一天过去，万连步的压力也越来越大。他天天泡在生产线上，技术人员深夜两点走，他就陪到两点，三点走，他就陪到三点。别人都能急，可他不能急，别人都可以抱怨，他没法抱怨。1800多名员工的饭碗，在万连步心里压着。

夜已经很深了，金正大会议室的灯火通明，万连步正在组织技术人员总结工作、分析原因、寻找技术突破口。

他睁大了带着血丝的疲惫双眼，喝了口茶水清了清嗓子说："这段时间连轴转，大家都很辛苦。投料试车一直不成功，大家难免情绪低落。现在需要理清思路、分析原因、增强信心。我把最近思考的一些想法，与大伙交流交流。"

万连步接着分析道："张民教授实验室的技术是可靠的，我们不用怀疑。由于我们要将实验室数据扩大成百上千倍，设备、装置、管道、温度、原料、压力、工艺、水质都是变量，任何一个环节不合适都会影响正常生产和产品质量。我们经过几个月的试错，投入了3000多吨原料，交了这么多学费，已经将一个个错误排查了出来。当我们吸取教训，不断整改，消灭了所有错误的时候，剩下的就只有正确的道路。希望大家一鼓作气、继续努力，尽快找到这条正确的道路。穿越黎明前的黑暗，将会迎来朝霞满天。"

原本是一个低落情绪充盈会场的会议，万连步硬是拨云见日、高瞻远瞩开成了一次动员鼓劲、情绪高昂的会议。万连步不愧是一位具有大将风度的战略家、演说家！

水滴石穿，有志竟成。

2006年农历正月初八，是个好日子。中国人喜欢"八"，因为它与"发"谐音。

这一天终于传来了喜讯，万连步赌赢了！

当人们还沉浸在春节余欢中时，金正大建设的中国第一条年产30万吨缓控释肥料生产线开车成功。晶莹剔透的肥料源源不断地跳出生产车间，奔向神州大地，滋养万亩田园。

这不只是金正大的成功，更是中国化肥工业的突破。中国企业首次打破国外垄断，依靠自主创新产出了世界一流的肥料，而且生产成本只有国外的一半，将贵族肥料转身为平民肥料。

金正大人没有陶醉在成功的喜悦之中，他们胸有家国情怀，懂得机不可失。

金正大人在第一条缓控释化肥生产线建成投产之时，二期工程项目同时破土动工。当二期工程项目建成投产之时，金正大不仅拥有独创的技术、工艺，产品质量可与国外产品媲美，而且产量跃居亚洲第一。

三

习惯和善于阅读思考的万连步常常在思考齐桓公为什么能够成为春秋首霸？偏居西北一隅的秦国为何能灭亡六国、一统天下？

他在青史中找到了答案：齐桓公之所以成为春秋首霸的主要原因，是因为捐弃前嫌，重用管仲为相，治国有方。秦国之所以能够灭亡六国、一统天下的主要原因，是因为天下英才为我所用，得益于来自他国的商鞅、百里奚、范雎、蒙恬、李斯等文臣武将出谋划策、建功立业。

历史教科书，触发了万连步的灵感：金正大要想快速发展、争锋世界，必须胸怀天下、包容万物，面向全球引进人才、重用人才、激励人才。

万连步主导制定出台了一系列人才政策与机制。他交代下属，只要有人才信息，必须第一时间告诉我，一刻也不要耽误。他将引进人才列入了自己最重要日程。

他宛若当年周公“一沐三捉发，一饭三吐哺”、犹如当年刘备“三顾茅庐”请出诸葛亮。对于引进的重要人才，他都亲自交谈面试，对于特殊人才，他降低身段，亲往三顾。

栽好梧桐树，引来金凤凰。

在金正大伟大事业感召和万连步人格魅力感染之下，沭水河畔聚集了一批世界级优秀人才。

首席专家莫兰博士不远万里漂洋过海从挪威而来。

集团CEO白瑛从内蒙古而来。

首席战略官陈宏坤从北京而来。

首席企划总监华业英从北京而来。

……

临沭小城春风送暖，生机盎然，生活着不同肤色，操着不同口音的人群，构筑了一道靓丽的风景线。

近年来，金正大引进的各类职业经理人达20多名。他们在不同的岗位发挥着重要作用，为金正大注入了一股股生命的泉源，迸发出强大活力，为金正大振翅腾飞发挥了重要作用。

高鼻子蓝眼睛的莫兰博士，是一位来头不小的人物。他有着40年的肥料从业生涯，是挪威乃至世界肥料界顶级专家，他曾在挪威雅苒公司任高级技术官，他专注于新型肥料的研发和推广，在国际肥料业界有很高知名度和影响力。

至于莫兰博士为何会不远万里来到中国金正大，万连步作出了这样的解答："莫兰博士是一个有农业情怀的专家，对中国情有独钟，他感觉这是进入中国最好的时机和最好的平台。"

莫兰博士来到金正大后，解决了许多技术难题，他常常放弃节假日，一有机会就深入田间地头，亲近土地，亲热农民。他的敬业精神，令金正大人油然而生敬意。

汇集金正大旗下的各路英才有一个共同的心声：在万总手下干事特爽快、特信任。老板越是信任，我们越没有理由不努力。

沭水河畔绿茵茵，人生乐在相知心。

2017年8月22日，是硕果累累的季节。"临沭县2017年慈善助学金暨金正大集团第十二届职工子女爱心助学金发放仪式"在金正大会议室举行。临沭县100名学子和273名金正大员工子女共获得226.8万元资助。

每个人的脸上都洋溢着灿烂的微笑。他们不仅享受高考录取的喜悦，而且为得到金正大资助而高兴。他们会一辈子感恩金正大阳光雨露的滋养。

十年树木，百年树人。

为了金正大百年大计，万连步在引进全球优秀人才的同时，着眼于培养本土才俊学子并且从娃娃抓起。

十多年前，金正大与临沭县联合出台了由金正大出资的助学制度，至今已有3000余名学子受惠。助学兴教在金正大已蔚然成风，形成文化。

文化一旦形成，定是名垂青史的传承，于潜流无声处影响久远、功力无边。

我国自古就有“助学兴教，造福桑梓，善莫大焉”的传统美德。我们高兴地看到，这一传统美德今天在金正大，在临沭不断弘扬光大。

四

人们不禁要问，当年万连步的公司为何取名为金正大？金正大寓含着什么密码？

万连步告诉我们，“金”即意为金色大地，金牌品质；“正”即意为正直、诚信、责任；“大”即意为大智慧、大视野。

金正大，金色大地上儒商文化缔造与延续的一个引领新时代的标志性文化符号。金正大坚持以农为本，科技兴农，以服务于中国大农业的发展视野，撬动产业格局的价值创新，领跑中国新型肥料产业的飞速发展，书写中国种植业发展的新篇章。

金正大以独家秘籍，将一个淘汰企业最多、终端用户最朴素、竞争最激烈的行业带入了科技发展的快车道，创造了一个又一个奇迹。

今天的金正大到底有多大？

公司现在国内10个省份拥有15个生产基地，化肥品种、牌号达几百个，年生产能力700多万吨。

在海外有10个生产工厂、4个研发中心、10多个办事机构。

将2项国家科技进步二等奖、203项发明专利，3项中国专利优秀奖，3

项国家重点新产品、2件中国驰名商标等殊荣揽入怀中，筑就腾飞跑道。

2017年销售收入达到198亿元，利润10亿元。

他们是怎样发展壮大起来的？这是一个业界感兴趣的问题。金正大的策略是软硬结合、借梯上楼、融资发展。

战国时期，齐国君主在临淄创建了著名的稷下学宫，因其思想解放、学术自由而吸引了道、儒、法、名、兵、农、阴阳诸家贤士多达千人汇集临淄，孟子、荀子、淳于髡、邹衍等在稷下学宫传播学说、阐述思想、交流文化，形成了百家争鸣的生动局面，留下了流芳千古的美丽传说。

2000多年后，同样在齐鲁大地上，因新型化肥、生态文明课题吸引了莫兰、袁隆平、朱兆良、张民等国内外上千名专家学者、科研人员汇聚临沭金正大，创造了蔚为大观的科技兴企的新景象。

科技部经过严格考察，于2009年批准依托金正大筹建国家缓控释肥工程技术研究中心。以此为起点，土壤肥料资源高效利用国家工程实验室、农业部植物营养与新型肥料创制重点实验室、院士工作站、博士后科研工作站等众多国家级高端创新研发平台迎着旭日、涌动春潮陆续落户金正大。

能赢得国家级技术研究中心、重点实验室落户企业实属不易，无不是行业领军、技术大伽实力认可的体现。

万连步说："感谢国家的好政策，在科技创新领域没有身份歧视，只凭实力说话。让我们民营企业有了发展空间和报国机会。"

金正大凭借科技软实力推动产业硬实力，犹如火借风势，风助火威，如星星之火在广袤的神州大地迅速燎原。

金正大建成2万余平方米的科研大楼，200多亩现代农业示范基地。购置了各类先进研究实验仪器360余台及中试设备40余台（套）。

金正大自身拥有实力雄厚的研发团队，现有各类研发人员600余人，其中博士20多人，硕士200余人。与雅苒、加拿大加阳等世界领先肥料企业建立科研合作关系。先后与山东农业大学、中国农业大学、农业部全国农业技术推广服务中心、国家杂交水稻工程技术研究中心、上海化工研究院等国内40余家科研院校及美国佛罗里达大学、挪威生命科学大学、以色列希伯来大学等7所国际名校、美国农业部等单位建立了长期合作关系，共同致力于新型肥料的研发与推广应用。

春华秋实、天道酬勤。

广大科研人用智慧与汗水浇灌出累累硕果。一步一步迈向了世界化肥工业的高峰。

一本本专利证书，一块块荣誉奖牌，增添了乘风破浪，勇立潮头的自信底气。

有一位老人一直在做着粮食高产梦，这个人就是“世界杂交水稻之父”袁隆平。他将目标一再提高。他在努力寻找助力资源。

一天，金正大的缓控释肥料进入了他的视野。因为实现高产梦，不仅需要良种，而且需要良肥。

2008年5月23日，“志合者不以山海为远”，两个逐梦人在金正大相遇，执手而握。万连步与袁隆平两颗赤子之心融为了一体。

双方决定在超级水稻示范推广过程中使用杂交水稻新型专用缓控释肥。随后，袁隆平带领团队联合长江大学、湖南省水稻所等单位，在湖南的浏阳、临澧、隆回和江汉平原等地大面积试验。第二年的试验结果让人们喜出望外，穗粒数、实粒数、结实率均有所提高，增产效果明显。在等氮量条件下，增产幅度在12%～15%左右，在减少30%氮用量条件下仍能保持增产10%左右的效果。

诏传四海仰珠连，大地万顷盼璧合。

这是一次“良种+良肥”的完美联姻。袁隆平高兴地把这次专家、企业与基地三方协同攻关的结果评价为“科企互动、共同促进、实现双赢”。金

正大与袁隆平团队的合作收获了因风吹火的效应。

助力金正大快速成长居功至伟的当属千万股民，因为金正大是一家胸怀天下、泽惠万民的公司。

2010年9月，金正大登陆深圳交易所，成为中国缓控释肥领域第一股，募集资金15亿元。

在资本的助力下，2011年，金正大进入了高速扩张期。这一年先后在安徽长丰、河南郸城、贵州瓮安等地设立下属公司，并收购云南中正化学公司。

这一年，金正大全力推出“种肥同播”技术服务，在全国成立500多个农化服务队，配置500多台农化服务车和10000多台种肥同播机，开展行业内规模最大、覆盖最广、受益农民最多的农化服务活动。

今朝筑梦志高远，惠普神州创辉煌。

五

地处鲁南小城的金正大，早已将目光投向了世界。

“金正大国际”的巨幅标识不仅耸立在道路两旁，而且成了金正大的文化基因。

我们常听到高超棋手感言：如果只与隔壁老王下棋，赢一百场也无裨益，只有与高手过招，即使输了，也能受益。

金正大沐浴着国际风雨成长，乐于在国际舞台上与高手过招。他们一路风尘仆仆经历了跟跑、并跑到领跑的风雨历程。

从齐鲁大地横空杀出的一匹黑马，不断吸引着世界目光。

2007年，金正大获得德国复兴信贷银行全资子公司——德国投资与开发有限公司和CRF化肥投资有限公司2000万美金注资，联袂打造全球最大的缓控释肥生产基地。成为金正大资本运营国际化的发端。

对于海外融资，万连步有着自己的思考与策略。除了获得发展资金外，还可以引进发达国家的先进理念和管理制度，还可以利用国际资源借梯上楼，提升国际形象。

在国际融资之前，金正大规模较小，盈利有限，想要扩大规模力不从心。通过国际融资之后，金正大如虎添翼，菏泽基地得以顺利建成，实现了国内扩张的第一步。随着产业规模迅速扩大，企业利润也快速增长。

2006年9月26日，万连步一行应邀访问美国。

金秋的华盛顿，绿草如茵，蓝天白云，在农业部会议室里，万连步一行受到热情接待。

一向高傲的美国大员，这次收敛了傲气，展现出友好。他们进行了长达3个小时的会谈。美国农业部部长等对金正大缓控释肥料在美国的试验成果表示满意，认为金正大缓控释肥在美国有良好的市场前景，并将金正大缓控释肥料纳入美国农业部的试验推广计划。

美国向来以肥料行业老大自居，少有能入他们法眼的企业。来自中国金正大的缓控肥料能够进入美国市场实属不易，能够纳入美国农业部试验推广计划更难。

这个案例说明：金正大确实牛，有人说金正大牛，说金正大牛的人很牛！

金正大凭着自己的实力做到了，标志着金正大站在了缓控释肥料世界高地，中国人不能不引以为荣！

一盘布局世界的大棋在万连步心中经过长期酝酿后逐步成熟。他要把金正大建到世界各地，让中国元素注入五洲四海。

金正大适时成立了国际部，收集全球肥料行业信息，关注前沿科研动态，寻找海外并购机会，学习国际并购法规。国际部成为金正大国际化征程中的开路先锋。金正大还大力引进金融、法律、审计、咨询等国际中介机构

为国际化助力。

机会总是青睐有准备的人。

2016年，金正大在世界肥料领域开疆拓土、捷报频传，连续并购了德国、以色列、荷兰和西班牙四家欧洲知名化肥和农业企业。

其中出资1.1亿欧元完成收购的德国康朴公司园艺业务100%股份，成为中国化肥行业最大的一宗海外并购案，被誉为中国肥料产业的完美逆袭。

德国康朴是一家有着60年历史、老牌国际化公司，是全球知名肥料企业，欧洲最知名、最高端的家庭园艺类肥料、植保产品供应商。

在万连步看来，金正大成功并购康朴项目，标志着金正大国际化取得突破性进展。金正大将积极利用康朴的先进技术和开发能力，使金正大的技术研发能力迅速达到世界领先水平，向行业输出特种肥料技术，推动我国肥料行业技术进步与转型升级；充分利用康朴的品牌影响力和全球营销网络，迅速推动金正大控释肥、水溶肥等新型肥料走向世界，实现全面跨越，服务全球农业。

欧亚咨询公司创始人张焕平说："在中国企业海外并购大潮中，很少见到化肥企业的身影。中国化肥企业在国际化进程中常常受制于品牌和渠道。而并购国际知名企业可以在短时间内获得海外渠道和品牌，能迅速为全球扩张铺平道路。"

金正大正以博大胸怀，吸取宇宙能量，在并购海外企业的同时，在以色列、美国、德国、日本等国家建立了研发中心，加强与全世界科学家对话与合作，从思想的火花中，感知发展方向。发挥融智、融创、融才功能；在澳大利亚、挪威、以色列、德国、荷兰等地设立分支机构，不断开拓海外市场。

至此，金正大在欧洲拥有了本土化技术、品牌、团队和营销渠道，为走向世界开启了新的通道和桥梁。让五星红旗在世界各地高高飘扬。

当您进入金正大的化肥产品展示厅，会完全颠覆您对化肥的传统概念。包装一统、色彩单调、品种单一已经成为过去时，取而代之的是包装精美、色彩斑斓、赏心悦目的产品。犹如走进一家豪华超市，可以展开您的想象空间，大田的、园林的、家庭的各色肥料能满足客户差异化所需。

此时，不禁会使您感到，农业不再是“土”的标志，化肥不再是“粗”的符号。

2017年11月13日，万连步应邀出席德国波恩联合国气候大会，成为第一个站上大会论坛上的中国农化企业代表。他在会上介绍了土壤保护和减排增效的实践，并向全球推广了减肥增效理念，赢得了与会代表的热烈掌声。

2017年12月5日，万连步作为唯一的中国企业代表在美国纽约联合国总部大厦世界土壤日上发言，表示金正大将成为世界“亲土种植”联盟的积极参与者与推动者。

2017年12月18日，金正大携德国康朴发布化肥增效技术方案。从改土养地、减肥增效、科学高效种植等方面打出组合拳，全面开启“亲土种植”的新时代。这是一个崭新的时代！

这一年，万连步有点忙。一整套国际化组合拳让他日夜兼程、汗流浃背，但他觉得很爽，他的匆匆脚步行走在世界舞台，迈向初心梦想启程的地方。

金正大的产品面对千家万户，如何让千万农民转变观念，使用缓控释新型肥料，是一个严峻考验。

近年来，金正大在广告营销、品牌营销、网络营销的同时，亮出了令人叫绝的海外培训、观摩“杀手锏”，为国际化大厦奠基。

金正大组织优秀经销商、种植大户及员工参加了相约台湾，共襄未来主题活动；组织万名种植大户、农业科技带头人、优秀经销商开展了“韩国绿色农业之旅”，学习韩国绿色农业发展经验；组织农业科技带头人、优秀经销商及业务骨干赴新加坡国立大学学习现代农业发展模式；组织种植户、农

业科技带头人、优秀员工赴以色列学习先进农业技术。

……

在万连步看来，国际化不仅是金正大少数人的事，而且是相关命运共同体的事，是全体员工包括企业利益息息相关方的事。只有达成了共识，才能同频共振。

他将国际化覆盖到了经销商和种田大户，让这些一辈子在土地上耕耘没有出过远门的庄稼汉畅游世界、开拓视野、共赢金色未来。

六

《道德经》曰："天之道，利而不害。"

金正大集团质量管理部总监陈德清讲述了这样一个故事。

他老家在临沂市莒县广亮门村，弟弟陈德坤原在金正大缓控释肥料生产车间做临时工，后来陈德清动员弟弟回家卖金正大的缓控释化肥。起初弟弟畏首畏尾、瞻前顾后，因为他知道村里已有两家化肥销售商，早已占领了市场。

陈德清告诉弟弟，你只要听我安排，相信金正大的肥料一定会受到农民欢迎，生意一定会红火。弟弟果然听了哥哥的劝谏，回到老家做起了金正大化肥销售业务。

陈德清一有空就回家帮助弟弟，先在亲戚朋友家草莓、花生、葡萄地里试用，并请金正大农科院专家进行指导，结果奇妙的化肥使农民收获了希望，获得了大幅度增产，让眼见为实的乡亲们不得不心生向往。

第二年，这个村子一年400吨用肥市场，陈德坤一家占据了300多吨，其他两家老牌经销商的市场份额不足100吨。陈德坤也因结缘金正大化肥而受益致富、腰包鼓起。

陈德坤的故事说明金正大是一家利国利企利民的好公司。

人们形象地比喻，肥料是粮食的粮食。

当人在吃不饱肚子的时候，没有谁会去计较脂肪、蛋白质、维生素、碳水化合物哪种有营养，哪个更健康。

粮食作物和人一样，当土地贫瘠、缺少肥料，又企盼丰产的时候，就无法对氮、磷、钾常量元素，钙、镁、硫等中量元素和硼、锌、钼、铁、锰、铜等微量元素作出选择。

然而，时代车轮滚滚向前，文明脚步健步远行。中国特色社会主义已进入新时代，我国社会主要矛盾已成为人民日益增长的美好生活需要和不平衡不充分的发展之间的矛盾。人们不仅对粮食作物的品质有所追求，而且对土质好坏、生态文明有了更多考量及硬性约束。唯有立足绿色环保、生态文明才是企业可持续发展之根本。

青山遮不住，毕竟江流去。

2015年，农业部提出到2020年实现化肥使用量零增长目标，吹响了化肥革命的号角。党的十八大后，生态文明建设提升到党章、国策前所未有的高度。党的十九大又对生态文明建设提出了新的更高要求。

地球人口靠什么来养活，答曰：靠化肥。

被污染的土地靠什么来修复，答曰：靠新型化肥。

金正大在历史的方位中找到了坐标，在民族复兴的征程中承担起使命。

万连步已是两届全国人大代表。他从2013年当选十二届全国人大代表以来，每年都会走近农民、深入田间调查研究，准备提案、建言献策。

万连步常说：“我是一位农民，为三农尽心尽职，是我一生孜孜以求的事业与心愿。”

在2017年3月的全国人大山东代表团讨论会上，万连步带来了散发着泥土芬芳的《关于联合协作推动化肥行业供给侧改革的建议》。建议直指当前

化肥行业存在的弊端，并给出了可行性的解决方案。

2018年3月，在全国人大会上，万连步带来了关于提升耕地质量、夯实农业生产能力；关于推动农业生产性服务发展，践行乡村振兴战略等多项举措并施的创意性建议。

万连步每年提出的合理化建议都会引起高层重视，得到业界响应，为国家制定政策提供依据。

金正大在实现了由复合肥料到缓控释肥料，由国内市场到国际市场，由跟跑到领跑的本质性跨越之后，提出今后的战略重点不仅要卖世界上最好的肥料，而且要着眼于“亲土种植”，改善和提升耕地质量，为农业发展筑牢基础，激发泉源。

由于长期过量和不当使用化肥，我国耕地出现大面积碱化、盐化、板结，甚至不少土地重金属超标。对农业丰收、品质提升、人类健康埋下了严重隐患。

解铃还须系铃人。

被化肥伤害的土地，还要用化肥来修复，从源头营养，使土壤得到逐步改善。

金正大率先吹响了集结号，他们依托全系肥料产品和减肥增效解决方案，从改土养地、减肥增效、科学高效种植等方面打出了组合拳，全面开启了亲土种植新时代。

亲土种植，把土地当成亲人一样善待，多么亲切的名字。只有善待土壤，才能善报人类。

国家缓控释肥工程研究中心、土肥资源高效利用国家工程实验室、农业部植物营养与新型肥料创制重点实验室等科研机构集中了一批国内外一流专家、学者分工合作向亲土种植课题发起了冲锋。并已取得了初步成效。适应不同土质的亲土一号肥料已陆续出品面市。

亲土一号肥料不仅有缓控释功效，而且通过微生物、水溶性等功能分解、蚕食土壤中残留的钙、镁、磷等离子，激活有效养分，恢复土壤活力，促进作物丰产提质。

亲土种植是一项艰辛复杂和前景美丽的工程。金正大正在联手多方力量为之努力，久久为功。

金正大农科院自成立以来，一直专注于种植业解决方案研究。下设100个作物研究所及水肥一体化研究所、农机所、植保所、种苗所、土壤所等，每个所配有由技术人员组成的团队，深入田间地头为广大农民尤其是大型农场主和专业合作社提供一站式农业生产技术服务。

我们走访了临沭县经信委，王照科和曹传民两位科长告诉我们：金正大是一家注重安全、环保，受人尊敬的公司，他们在安全、环保上舍得投入，安全、环保制度健全，执行严格，成效显著，多次在临沭县综合评比中夺冠，树立了标杆，做出了榜样。

如何使农民富裕幸福，一直是万连步内心深处的思念与牵挂。

当前农村普遍存在劳动力老化，谁来种地的问题；农业产前、产中、产后如何衔接的问题。这两个问题，既是难题，也是改革创新的良机。分析人士认为，农业服务产业已迎来变革爆发的前夜。

“它是站在海岸遥望海中已经看得见桅杆尖头了的一只航船，它是立于高山之巅远看东方已见光芒四射喷薄欲出的一轮朝日，它是躁动于母腹中的快要成熟了的一个婴儿。”

万连步就是那个比别人早几步看到航船、朝日和婴儿的引领时代潮流的智者。

2017年7月18日，由金正大集团发起并控股，世界银行、亚洲开发银行、华夏银行等共同参与的金丰公社正式创立。作为中国首家开放性现代农业服务平台，金丰公社将打造现代农业产业链闭环，汇聚全球种植产业链战

略优质资源；为行业合作伙伴搭建平台，拟建立1000家县级农业服务机构；为5000万农民提供全方位种植服务；致力于引领中国农业迈向高品质、精益化、智慧化和可持续化的新时代。

加盟金丰公社平台的服务机构已经覆盖从种到收再到销的农业全产业链。在上游，既有世界银行集团国际金融公司，也有巴斯夫、拜耳、汉和航空等业界领先的肥料、农药、飞防、农机公司；而在下游，正大集团、阿里乡村大农业、京东农业等公司将为金丰公社搭建产销对接高效物流通道，破解农产品卖难和价低等难题，引领中国农业智能化发展，开启中国农业未来无限想象。

中国农民传统的耕种、生活方式将会因金正大而改变，农民的幸福生活将会在金丰公社得以梦想成真。

金正大将一幅“你做休闲地主，我当快乐长工”的现代农村画卷在神州大地徐徐展开！

七

一位年轻人总是抱怨自己得不到别人认可和欣赏。一天去请教禅师。禅师将他带到一堆沙子旁，顺手抓起一把沙子扔向沙堆说：“请把我刚才扔下的沙子捡起来。”年轻人一脸惊愕地说：“这怎么可能！”

禅师接着掏出一块金子扔向沙堆：“你能不能把金子捡起来？”“这当然可以！”年轻人说。禅师告诉他：“你明白了吧？如果想得到别人的认可与欣赏，你必须是一块与众不同的金子。”

这个故事正好对金正大做出了诠释。

回望临沭大地上当年肥料企业不下百家。然而，大浪淘沙、优胜劣汰，如今百分之八十以上早已淹没在历史的烟云之中。金正大却以创新为魂、和谐为本、历经坎坷、高歌猛进，引领行业技术进步，走出了临沭、走出了临沂、走出了山东、走出了中国、走向了世界，正以世界领先的植物营养专家和种植业解决方案提供商的角色走向了世界肥料行业的舞台中央！

万连步在2018年度工作会上展望：亲土种植理念将在全球启动，金丰公社业务要稳步推进，联合协作要强力推动，国际化要深入开展。全体金正大人就要有家国情怀、奋斗精神和责任担当。要弘扬企业精神，坚守核心价值，牢记初心使命。

全体金正大人一定会开创一个新时代，是金子总会发光。

川流不息、滚滚东流的沭河将见证金正大命运共同体播种田野希望，共赢金色未来！

这是一个被技术变革点燃的崭新时代。

物联网、大数据、个性化和柔性化生产、智能制造……被誉为第四次工业革命的全球浪潮，正在将这个世界带进一个星光灿烂的新时空。

世界潮流，浩浩汤汤。中国石油和化学工业，唯有勇扬征帆，才能远航。这是梦想，也是使命。

在这片簇新的领地，九江石化将智慧工厂的要件，开创性地附着到800万吨油品提质改造项目上，用扭亏为盈的经济数据，实证了智慧工厂迸发的“核能”。

青岛软控是一个更早的智能制造的探索者。他们用差不多20年的时间，从软件到硬件，从自动化到智能化，成就了中国特色的轮胎智能化全套生产装备和控制系统，成为行业标杆。

天辰工程从设计出发，做成了逐鹿海外的多元化战略发展的工程承包商，其智能制造的理念和手段，早已渗透到工程设计和管理之中。

这些中国石油化工的智慧之星，将启迪我们撩开“智能制造”的神秘面纱，鞭策我们产业升级提质的步伐，向着“梦工厂”挺进。

PETROLEUM AND
CHEMICAL INDUSTRY

第六篇
扬起智慧时代的激越征帆

01
智能工厂的前行楷模

北纬30度线贯穿着四大文明古国，是一条神秘而又神奇的纬线。这条纬线串起了神秘的百慕大三角、神奇的埃及金字塔、著名的美国密西西比河、古老的幼发拉底河、最高的珠穆朗玛峰、最深的西太平洋马里亚纳海沟、美丽的巴比伦“空中花园”、恢宏的撒哈拉大沙漠、悠远的玛雅文明遗址、传奇的庐山等一颗颗闪亮的珍珠。

不知是巧合还是冥冥注定，北纬30度这条纬线在人类历史长河中上演过无数精彩，吸引着世界目光。

今天，位于北纬30度的中国石化九江石化公司以其智能工厂建设书写着又一传奇，引起业内广泛关注。

让我们将目光投入北纬30度的九江石化，看看那里的智慧诗篇，智能工厂！

一

一百多年来，中国人为了寻找石油和发展石油工业谱写了一曲曲可歌可泣的壮丽诗篇。

这是一条充满艰辛之路，这是一条播种希望之路，这是一条民族复兴之路。

铁人王进喜喊出了“宁可少活二十年，也要拿下大油田”震慑人心的口号，喊出了炎黄子孙忠于祖国的壮志，喊出了中华民族奋发图强的心声。“铁人精神”成了石油工人乃至中华民族的精神偶像、禀赋基因。

中国自从20世纪60年代成功开发大庆油田后，北京长安街上的公交车才甩掉了车顶上的燃气包。

石油，之于一个国家，如同人的血液。然而，石油既是人类的福音，也成为世界的祸端。纵观世界近代发生的几次大规模战争，尽管借口不一，但地球人都知道其本因大多与争夺石油资源有关。

随着我国国民经济的快速发展，对石油的需求也快速增加，尤其是中国成为世界第二大经济体后，石油的对外依存度也不断提升。2010年我国石油表观消费量4.4172亿吨，进口为2.3931亿，对外依存度高达54.18%。

如何保障国家安全、加快石油工业发展和提升石油工业发展质量，是共和国决策者优先关注的重大课题。

在改革开放春天应运而生的中国石化集团公司借助水利优势，在沿江（海）布局了镇海、茂名、安庆、九江、长岭、荆门等一批炼油企业。这些炼油企业如同播洒在神州大地上的一颗颗珍珠，在我国工业星空闪闪发光、熠熠生辉。中国乃至世界对“几桶油”也格外瞩目、分外关注。

几十年来，我国石油战线干部职工艰苦奋斗、开拓创新、你追我赶、力争上游，争为祖国多贡献。他们用智慧和汗水谱写了时代新篇，创造了骄人业绩。然而，随着时代车轮的加速、改革的深化、开放的扩大和科技的进步变量的增加，企业之间的发展差距不断拉大。

沉舟侧畔千帆过，病树前头万木春。

犹如球场教练员的上级领导，时刻洞察风云、明察秋毫，适时排兵布阵、调兵遣将。

2010年7月16日。39岁的中国石化集团公司发展计划部副主任覃伟中从北京空降九江，这位年轻“运动员”在北纬30° 的九江石化承接大业。

覃伟中出生于广西玉林，毕业于清华大学，先后获高分子材料与化工专业、电子与计算机技术专业双学士；高分子材料专业硕士；化学工程与技术专业博士。他被任命为九江石化总经理，成了这艘从长江驶向海洋的巨轮掌舵人。

当他坐在由北京飞往昌北的航机上时，几天前的一幕像电影一样浮现在了他的眼前。

2010年7月12日，农历虎年六月初一，是一个阳光明媚、知了欢歌的平常日子。而对于覃伟中来说，却是一个难以忘怀的日子。

那天上午，覃伟中到办公室不久，电话铃声响起。

集团公司领导把覃伟中请进了办公室。领导起身拍了拍覃伟中的肩膀，示意他在沙发上落座。

领导脸带微笑地说道：“伟中这些年在发展计划部刻苦学习、勤奋敬业、开拓进取，得到公司上下的好评。

组织上经过慎重研究，准备将一副更重的担子交给你。”

领导接着说道：“九江石化这些年的经济效益、企业管理、发展速度都落伍掉队了。希望你去九江石化改变面貌、激发活力、加快发展，集团公司领导相信你能胜任这一职务。”

面对组织的重托，覃伟中不无担心是否能挑起这副与自己年龄相当的企业的重担，但他也知道这也是一次极好的历练机会。

覃伟中向领导表态道："感谢组织信任，一定尽力而为！"

覃伟中的回答，没有犹豫不决，没有拖泥带水，简洁利索，透露出的是使命担当，忠诚敬业。

以最快的速度交接完手头工作后，买好了单程机票，覃伟中告别了爱妻与女儿，带上妻子为他准备的充实的旅行箱便南下九江赴任，开启人生新征程。

二

地处长江之滨、庐山脚下、鄱阳湖畔，始建于1975年，投产于1980年的九江石化，对于覃伟中来说并不陌生。他在集团公司发展计划部副主任任内曾多次来到九江石化调研、考核、规划，对九江石化的地理、人文优势十分青睐，对存在的问题也有大致了解。

覃伟中这位新官上任后并没有急于烧"三把火"，而是身着工装，早出晚归，行走在生产现场、穿越在塔釜之间；在生产调度室观察视屏、到不同岗位与工人聊天。他用足迹丈量着公司角角落落，将汗水挥洒在各个岗位。

经过一段时间的考察调研、耳濡目染、抽丝剥茧，一个真实的九江石化呈现在了他的面前。

由于九江石化规模较小、长期亏损，曾被中国石化集团公司列入关停并转行列，命悬一线。

九江石化问题的严重性远远不止是规模较小、长期亏损，还有愿景模糊、观念陈旧、人心涣散、人才流失、管理落后等深层危机。

他感觉到自己肩头担子沉重，压力巨大。

风潮汹涌，自当扬帆远航；任重道远，更须戮力同心！

九江石化如何实现弯道超越、高质量发展？这一课题常常萦绕在他的脑际挥之不去。梦中想，醒来思。

清华学府专业的学养、坚持阅读前沿知识的习惯、国际平台的开阔视野、迫切改变现状的使命担当，多重激荡，多方撞击，犹如母鸡不断啄食食物自然会下蛋一样，他脑海中酝酿的思维火花不断迸发、灵感不时闪现。

多少次的火花闪现，多少次的自我否定，多少次的思索完善，使他的思考目标逐渐聚焦，思路拨云见日般慢慢清晰。

九江石化与沿江其他炼厂相比，优势不在规模。当时，九江石化的年炼油能力只有500万吨，即使扩大到1000万吨，在兄弟炼厂排行中也只能算作“小弟弟”。在“量”上不具优势的情况下，只有在“质”上出彩。

高质量发展是新时代的深切呼唤，是企业持续发展的永恒主题。一流企业必须要有一流的信息化能力作支撑，九江石化要打造一流炼化企业，实现后发先至，必须以卓越理念为引导，以绿色低碳为前置，打造智能工厂核心竞争力，整体规划、分步实施、久久为功。

一个依托800万吨油品提质改造项目同步提升信息化管理水平的思想萌芽在覃伟中脑海中不断长大、成熟。经过一番梳理、论证、完善之后，如迎春花一样，迎着初春的暖阳尽情绽放。

2010年10月的一天，信息中心主任罗敏明被覃伟中请进了办公室。

身材魁梧、言行从容的罗敏明落座后，覃伟中说：“我已了解到，罗主任是信息管理方面的专家，为九江石化信息化建设做出了重大贡献，我想请您尽快牵头组织编制一份公司《十二五信息化发展规划》。”

这是覃伟中向罗敏明下达的第一项任务。

罗敏明接受覃总的任务后，既为新任领导重视信息管理工作而感到兴奋，因为以往信息管理部门向来被边缘化，不像生产、安全那样被领导重视。而“尽快”两个字，又使自己压力不小。因为以往的信息化工作任务从来没有过像生产、安全这样紧迫。罗敏明带着矛盾的心情领回了任务，传递给了部门下属。

一个月后，罗敏明向覃伟中提交了一份按常规思路编写的《十二五信息化发展规划》。覃伟中看完这份规划后，不满之情溢于言表。覃伟中和盘托出了推动“两化”深度融合，瞄准世界一流水准，规划九江石化信息化和智能工厂建设实现扭亏为盈、弯道超越、久久为功的设想。并要求罗敏明充分借助内脑和外脑，借鉴全球最佳实践认真作好《十二五信息化发展规划》。

对于覃伟中的信息化设想，在罗敏明当时看来不啻为天方夜谭，难以实现。但这位年轻老总确实让在九江石化工作了30多年的老干部刮目相看，同时也感到了自己肩头的压力，看到了九江石化脱胎换骨的希望。

经过一番寻觅和反复比较之后，九江石化开启了与石化盈科公司合作编制《十二五信息化发展规划项目》的旅程。

看似宁静的庐山脚下，长江之滨，一场滚滚春潮正在悄然涌动，连高高耸立的塔罐都有山雨欲来风满楼的预感。

覃伟中将依托获得上级批准的800万吨油品提质改造项目同步提升信息化管理水平的想法分别与徐盛龙、敖自钰、谢道雄、蔡智、赖万寿、马新华等班子成员进行了单独交流。一朵朵思维之花在无数个不眠之夜的激烈碰撞中绚丽绽放。

经受了落后嘲弄的九江石化每一个班子成员都有着时不我待、发奋图强的强烈愿望。内心深处为这位年轻掌舵人的高瞻远瞩、雄才大略、超前思维、对症下药而心悦诚服。

“无限风光在险峰”，是毛主席在壮丽庐山写下的著名诗句，这句名诗一直激励着山下的九江石化人戮力同心、攻坚克难、勇攀高峰。

在流程制造业建设智能工厂，当时在国内没有先例。中国石化集团公

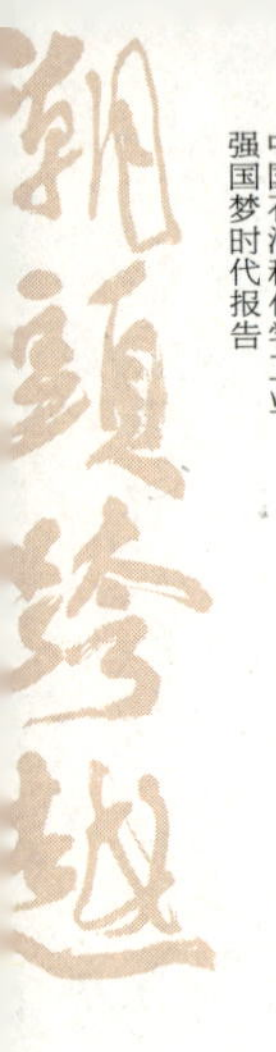

司拟在燕山、镇海、茂名、九江4家企业进行试点。九江石化却率先下棋落子。

第一个吃螃蟹的人，需要冒险的勇气和坚忍不拔的毅力。

这个决策事关成败，这个决策不能草率，这个决策既需要顶层设计，又需要得力举措。这个决策在集思广益、汲取众人智慧后，终于面世出台。

古人说："不谋全局者，不足以谋一隅；不谋大势者，不足以谋一时。"

九江石化由信息化建设到智能工厂建设的酝酿过程中逐步明确了以下基本原则和顶层设计：

智能工厂建设属于班子工程，需要全员参与，举全公司之力而为之。

➔ 建设目标，围绕核心业务，提高发展质量、提升经济效益、支撑安全环保、固化卓越基因。在"计划调度、安全环保、装置操作、能源管理、IT管控"等五个业务领域，开展具有"自动化、实时化、可视化、模型化、集成化"特征的智能化应用。提高实时感知、机理分析、模型预测、优化协同四项能力。

➔ 实施路径为，填平补齐、完善提升、智能应用"三步走"。

➔ 关键设备立足国产化，专业机构优选国内，将国之重器牢牢掌握在自己手中。

➔ 实施策略，顶层设计、整体规划，业务驱动、分工合作、有限目标、持续改进。

➔ 分工原则，主管领导分管、业务部门牵头、信息部门综合管理。

……

冰心老人说："成功的花儿，人们只惊慕她现时的美丽，然而，当初它的芽儿，浸透了奋斗的泪水，洒遍了牺牲的血雨。"

九江石化智能建设之所以能够取得惊艳行业的成功，是因为以覃伟中为首的团队深思熟虑、先谋后动、激活潜能、众志成城，从而避免了少走弯路，实现了后来居上。

三

删繁就简三秋树，标新立异二月花。

当覃伟中与班子成员和信息管理部门技术人员2011年酝酿、提出智能工厂建设构想时，在国内流程行业尚无先例，对何为智能工厂定义众说纷纭、莫衷一是。从国家工信部正式推行智能工厂示范企业晚于九江石化两三年左右时间便可得到明证。可见，九江石化智能工厂建设赢得了先机、占领了高地。

1800多年前，被誉为“世间豪杰英雄士，江左风流美丈夫”的东吴大都督周瑜身披铠甲，手持宝剑，在今日九江，古称柴桑的“周瑜点将台”上慷慨陈词、战前动员、排兵布阵、调兵遣将，联手蜀军上演了旷古烁今的赤壁之战。此役诸葛亮借来东风火烧连营，曹魏八十万大军毙命火海。曹操狼狈逃窜、败走华容、险些丧命。赤壁之战、创造了以少胜多的经典案例，奠定了三国鼎立的基础而千古流传。

1800年后的今天，英姿勃发的九江石化主帅覃伟中登上古称柴桑，今称九江的“九江石化点将台”，上演了一出排兵布阵、调兵遣将智能工厂的新时代大战。

智能工厂之战事关九江石化生存与发展，性命悠关，这是一场只许胜不许败的大战。

孙子曰：“知彼知己，百战不殆。”为了“知己”，做到心中有数，覃伟中从档案馆借来几百名中层干部和技术骨干的档案，在夜深人静

时分，对每份档案至少阅读三遍，并将这些信息储存到了脑海“芯片”中，为他在这场智能工厂大战中运筹帷幄、决胜千里、调兵遣将提供了组织保障。

覃伟中稳坐中军帐，手握令箭，陆续发出。

罗重春领衔副帅，协助主帅靠前指挥；

陈齐全负责生产运行域；

王敏执掌安全环保域；

易拥军统领设备管理域；

罗敏明担纲信息基础域；

战略盟军，由国内信息化工程建设技术一流，富有实战经验的中国石化盈科公司担当。

………

几员战将陆续从覃伟中手中接过令箭，立下了军令状。九江石化一场智能工厂建设大战正式拉开序幕。

智慧、智能、IT、网络等古老和现代元素激荡着九江石化人的脑海，弥漫于浔阳江畔的空气。

一天，在中层干部IT考试成绩公布后，一位年年荣获先进的深资中层干部羞愧难当，因为他的成绩排在了D级。这位中层干部历来勤奋敬业、吃苦耐劳、管理有方，而计算机、互联网等现代业务却习惯于依赖年轻助手，自己忽视了IT新知识的学习，因此他感到了丢人现眼。

仅有优良的种子，如果没有肥沃的土壤，难有好的收成。

九江石化的智能工厂建设是一项全员参与的事业，需要营造良好氛围，增强全员意识，普及IT知识并且先从关键少数激活。

于是便有了近千名中层干部和专业技术人员参加的IT知识大考，考试结果显示，A、B、C、D四个等级各占四分之一。

一石激起千重浪。

一场IT考试，在古老的琴湖激起了阵阵漪涟……

一场考试改变了九江石化的生态。信息管理部门由边缘走向了众人瞩目的前台，IT技术人员受到了老师般的尊重，学习IT知识成了赶超先进的时髦，智能工厂成了报纸、电视及员工口中的热词。

他山之石，可以攻玉。

九江石化在智能工厂建设之初，大力借鉴全球最佳实践，大力引进中介机构，采取走出去，请进来的策略，借全球之智为我所用。

公司派出多批次、多专业人员赴行业内先进企业学习调研；与石化盈科、埃森哲、华为公司、浙江中控、洛阳工程院等知名ICT厂商广泛交流对接；邀请业内专家来厂指导，坚持开放发展的方针，听取多方咨询建议，滚动制定修改智能工厂建设发展规划，尽量减少建设过程中的失误，让智能工厂建设在科学、理性的轨道上运行。

主帅覃伟中披挂上阵作了一次战前动员，许多中层干部对那次动员演讲记忆犹新、回味无穷。

2011年的一个莺飞草长的春天，覃伟中主持召开了一次干部大会。一百多名中层及以上干部怀抱着期待、激动的心情参加了会议。整个会场异常寂静，一声轻轻咳嗽都会传遍会场的每个角落。

这次会议主题鲜明：为什么要建设智能工厂？如何建设智能工厂？

覃伟中以其深厚的专业功底，开阔的国际视野，改变九江石化的迫切愿望，就智能工厂建设侃侃而谈了两个多时。

台上讲得条条是道，振振有词；台下听得津津有味、如沐春风。

覃伟中在讲到实施智能工厂必要性和可能性时将视野投向世界，纵览前沿，引导下属穿越长江汇入海洋，一览国际数字化、智能化、网络化的波澜风云。

必要性只有与可能性有机结合，才能成就事业。

覃伟中虽然讲的是前沿专业问题，但通俗的语言让听众心领神会、茅塞顿开。

我们以800万吨油品提质增效项目为契机，同步建设智能工厂就是在补齐木桶短板的同时扎紧桶箍，即将信息技术与自动化技术、炼化技术和现代管理技术融合；将装置安全运行与物联网融合；将HSE管理与泄漏监测同步；将各种工艺设备信息与互联网有效集成，协同工厂作业者及管理者进行业务预测、监测、诊断、优化、处理及分析决策，以实现流程行业复杂环境下生产运营的高效、安全、节能、绿色、增效和可持续发展。不仅使各个子系统优化，而且通过信息化、数字化、智能化使母系统优化，从而提高企业整体素质，全面提升经济和社会效益，实现九江石化快速发展。

覃伟中演讲结束后，会场响起了经久不息的掌声。这掌声来自普及了知识、解除了疑惑、明确了目标、增添了信心的中流砥柱们。

覃伟中的一场战前动员，犹如在熊熊燃烧的炉膛添加了一把干柴。九江石化智能工厂建设的温度预热到了每个角落，深入到了每个职工的心田。

激发了潜能的九江石化人迸发出巨大的激情，犹如万里长江劈波斩浪、高歌猛进！

四

2015年夏天的一个周日，天气炎热、知了急鸣。一位身材娇小、脸庞美丽的女子爬上了发烫的70多米高的裂解塔塔顶，和一位身材魁梧的小伙子在用圈尺测量着各个部件的长、宽和高度并在小本子上一一记下了测量数据。

他们湿透了衣衫，晒黑了脸庞，滴在铁板上的汗水瞬间被蒸发得无影无踪。为了数据准确，他们不厌其烦一次次重复，一次次校正，直到没有误差为止。

这位娇小的女子名叫李巧利，毕业于西安石油大学，儿子才1岁多。每次双休日出门，儿子都会缠着不让走，这时李巧利总是安慰小朋友，“妈妈有事出去一会就回家陪宝宝玩”，一番善意的谎言之后才得以出门。

这位魁梧的小伙子名叫王昌雷，毕业于青岛科技大学。他俩都是三维数字建模团队的成员。

智能工厂建设尤其三维数字建模无疑是天降大任，九江石化依靠自力更生来完成，注定是一项苦心志、劳筋骨的大任。

众所周知，信息化、智能化的基础是数据真实。如果数据不真实，就不可能实现智能化效果。因此，建立与真实相对应的虚拟化模型是智能工厂建设的基础。

基础不牢，地动山摇。

三维数字建模分为正向建模和逆向建模两种类型。正向建模即将工程设计的电子图纸与数据嵌入虚拟模型。逆向建模即将没有电子图纸和数据的装置重新测量数据导入虚拟模型。

因为九江石化建厂年代已久，多数装置没有或找不见电子图纸和数据，因此逆向建模任务繁重而艰巨。

九江石化曾聘请中介机构承担过两套装置的建模任务，每套装置建模费用高达100多万元，并且协调管理难度较大。剩下的40多套装置、80多个单元的建模任务是委托中介机构完成，还是自力更生自己干？九江石化领导班子进行了专题讨论。最后决定自己干。

自己干带来的好处是：不仅可以节省巨额费用，减少协调难度，而且可以锤炼队伍、学习知识、提升素质，便于建成后操控运行。

中等身材的刘平，头顶已显稀松，看上去比实际年龄要成熟许多。他原本财会专业，并非信息专业科班出身，缘起于业余爱好喜欢捣鼓电视机、电

冰箱、互联网、计算机编程，并且在公司小有名气。他做梦也没有想到协调管理三维建模项目团队的重担落在了他的肩头。

转折与重任总是容易镌刻在人生记忆深处，一旦打开闸门便会奔涌而出。

刘平为我们深情回忆了那段难忘的岁月。

40多名建模人员来自不同的管理和生产部门，工作时间是业余。他们大都是年轻人，有的孩子尚小，有的老人病重，在长达一年的时间里，这些年轻人把业余时间几乎全都投入到了建模工作。

建模不仅任务重，而且技术难度大，没有人知道怎样建模，多数人之前甚至没有听说过什么是建模。就是这样一群人，用了一年时间横下一条心干着一件不可为而为之的事情。

为了攻克技术难关，他们采取走出去、请进来的路径；采取先学教后学、碰撞思想火花的方式，化解一道道难题，攻克一道道难关，收获一个个惊喜。

南方的夏夜，临时腾出的80多平方米仓库里，挤进了30多位年轻人。不仅闷热不爽，而且蚊虫肆虐，每个人的身上都留下了不少蚊叮虫咬的痕迹，但他们没有一个人叫苦退缩。

他们每个人身上都压着任务，一个人的滞后就会影响整个项目进展。他们个个都是独当一面的精兵强将。

刘平说："那段时间我压力巨大，生怕辜负了领导的重托。爱人对我成天不着家很有意见。一个周末，爱人要我开车陪她逛商场。我说累了要休息，爱人很不情愿独自进了商场。她走后，我就进入了我的建模世界。经常晚上躺在床上都在想着第二天的工作安排，担心遗忘重要工作，立即起床记在本子上。因为建模大任，常常辗转失眠，因此头发越来越稀薄了。"

"我们团队非常争气，到2015年年底，建模团队保质保量按期完成了老装置逆向建模、新装置正向建模及附属设施建模任务。一座崭新的、与实体空间一致的虚拟九江石化已被完整地建了起来，为智能工厂建设奠定了坚实基础。”刘平无比欣慰的告诉我们。

覃伟中和其他领导都十分关心建模工作，多次在晚间走进建模团队。领导为建模团队配备了顶配笔记本电脑，夏天送来冰镇西瓜、冷饮，还奖励成绩优异者外出旅游。

一些建模团队成员回首往事，深感欣慰与自豪。尽管当初付出很多，但收获满满。因为那是人生难得的一次历练。

正像先贤庄子所言：“夏虫不可以语冰”。他们告别了“夏虫”，成了经风历雨，度过春夏秋冬的“龙人”。因为，人生自信与底气只有在历练与挫折中才能增强，不经风雨，怎能见彩虹？

这个年轻的建模团队留下了许多感人的故事。

老家山东的王昌雷，正值800万吨油品提质增效新装置开工和建模关键时期，父亲心脏病复发住进了当地医院，经过诊断，急需做心脏搭桥手术。

心脏搭桥！这在当地来说那是多大的事呀！他是唯一主事的儿子，母亲几次打来电话，用哭泣的声音催促他尽快回去陪父亲、拿主意、渡难关。王昌雷一边流着眼泪，一边跟母亲说，原谅不孝之子，实在抽不开身回到父亲身旁，但父亲治疗的事情我都会安排妥当。

起初，老父亲也心生怨气，养你这个儿子算白养了，关键时刻用不上。

王昌雷一边强忍泪水如期完成新装置开工和建模任务，一边通过手机协调，恳请亲朋好友帮助父亲顺利完成了手术。

当朴素厚道的父母了解到儿子在做一件重要的事情后，打心眼里原谅了儿子。

与三维数字建模同时进行的还有安全、工艺、设备等建模，这个过程中陈程、邹建新、管清华、晏溢等同志的动人故事流传在了九江石化人的口碑，记录在了九江石化的青史中，成为激励今天和开创未来的宝贵精神财富。

五

2018年春天，由美国挑起的美中贸易战，使得芯片成了国人关注的焦点，也对民众开展了一次芯片科普。让我们懂得，一个小小的芯片，犹如一幢高楼大厦，内部结构错综复杂、丰富多彩、技术高端。

九江石化的智能工厂建设工程使用了大量芯片，但凡目前人们能想象到的世界级制造、大数据、云计算、信息化等等前沿新名词、新技术都在工程中得到了应用。

走进九江石化生产管控中心一层大厅，就如同置身国家卫星发射中心。最先映入眼帘的是巨幕电影般的由27块55寸宽幅显示屏，不断地展示、切换着三维数字化工厂，70余套生产及辅助装置实现了全场景覆盖、海量数据实时交互。生产管理人员根据需要，可随时监控全厂各套生产及辅助装置的运行情况。

占地3160平方米、建筑面积5270平方米的生产管控中心，具有防爆抗震功能，集经营优化、生产指挥、工艺操作、运行管理、专业支持、应急保障“六位一体”功能于一身，分为中心控制区、调度指挥区、运行管理区、基础设施区、辅助功能区5个责任区，实时汇集传递生产、安全、环保、工艺、质量等信息。构成了生产状态可视化、装置操作系统化、管理控制一体化、应急指挥实时化、基础设施集成化的五大特色。

我们在炼油运行五部外操岗位见到了青年操作工曹师哲。他老家在湖北荆州，是石油二代，大学毕业后来到九江石化当上了一名操作工。

当我们请他介绍智能工厂建成后带来了哪些变化时，他告诉我们：“小时候悄悄溜进父亲的炼油岗位，父亲翻牌巡检的场景历历在目。我算是子承父业，也有幸成了一名炼油操作工，但我却手持4G巡检终端进行巡检。别看这个巡检终端个头不大，却容纳了视频回传、测振、照明、红外测温、巡检闹钟、语音对话、时钟等多种智能。我们父子两代炼油人使用的工具和效率不可同日而语。”

是的，发生在曹师哲父子两代炼油人身上的变化不正是我们伟大祖国改革开放40周年巨变的缩影吗？

炼油运行六部工艺员史长友告诉我们，智能工厂建成后，操作人员大幅精减，一个班组由以前的25人精减到现在的14人，人虽然少了，劳动强度却减轻了，工作效率提高了。

人的解放，效率的提高无疑是人类文明进步的追求。九江石化智能工厂建设做到边建设，边应用，边见成效。提质增效是智能工厂建设的初衷与根本。

九江石化智能工厂是如何提质增效的？

说起这个话题，毕业于浙江工业大学的硕士付小苏印象最深的是《提高连续重整装置的重整反应进料初馏点增产高辛烷值调和汽油》全流程优化课题。全流程优化团队通过全流程优化专业软件，模拟出不同操作工况对高辛烷值重整汽油产量及辛烷值的影响，摸索出最佳操作参数，进而建议公司逆向严格控制外购重整料和上游装置生产的重整料指标。通过该全流程优化课题每天可为公司提升20余万元经济效益。

现代市场产品价格瞬息万变。通过智能工厂建设，使优化流程、快速评价、虚拟运行，调整产品结构，增加经济效益成了可能。

毕业于山东石油大学、全流程优化团队负责人、生产经营部计划科副科长覃水为我们分享了一个案例。

2014年2月，汽柴油商品市场差价较大，97号汽油和0号普柴每吨相差1300元。全流程优化团队按照3个常规加工方案和常二线作急冷油进催化装置加工的4种方案，运用RSIM全流程优化软件，模拟测算常二线作急冷油

进催化装置汽油收率可提高2.63%，可以有效提高公司经济效益。

覃水和同事们四处搜索查阅到计划、调度、销售，甚至物资的各类相关数据，并将数据导入优化模型中进行推导测算。将RSIM模型测算的产品分布，加入到PIMS模型中，对原装置产品分布进行修正，再重新对全厂产品分布进行排产优化。

最终，根据市场需求，制订了多产汽油而不产普通柴油的生产方案。覃水将所有数据反复核对确认后，将该方案汇报公司领导，立即获批实施，当年增加经济效益8700多万元。

无中可以生有，虚拟可成现实。

九江石化人转动手中虚拟模型，手点鼠标，借助网络，带来的却是实实在在的银子，不能不让我们感叹智能工厂的神奇！

炼油全流程优化平台投入使用后，助推经济效益稳步提升，2015年生产优化案例270多个，累计增效达2.8亿元。

经过3年多的不懈努力，九江石化800万吨油品提质增效项目于2014年建成投产。回首三度冬去春来，九江石化人的智慧和汗水浇筑成了管道血脉、钢铁塔林。项目建成投产让九江石化人兴高采烈、欢天喜地。

久经严寒，倍觉太阳的温暖。

因为，800万吨油品提质增效项目之于九江石化生命攸关，项目建成投产，意味着九江石化走出困境，健步在了康庄大道！

让九江石化人高兴的还不止800万吨油品提质增效项目的建成投产，还有如虎添翼的智能工厂建设项目相伴而生、嵌入其中、融为一体，使管理效率和经济效益日渐显现。

智能工厂建设为九江石化带来了前所未有的深刻变化。

管理效率大幅提升，与2011年相比，在装置数量大量增加、炼油能力翻番的情况下，公司根据扁平化管理原则，对管理机构进行了大幅精简。员工总数减少12%，班组数量减少13%，外操室数量减少35%。

加工吨原油边际效益在沿江炼化企业排名逐年上升，2014年位列沿江企业首位，实现扭亏为盈。2017年完成销售收入412.2亿元，实现利润16.21亿元。2016年、2017年税费超过百亿元，连续两年成为江西省企业纳税榜首。

在流程型工业智能制造领域，已申报发明专利6项、软件著作权19项、国家和行业标准3项。

2017年4月，九江石化获得中国石化集团创新型企业称号；2017年8月，获得工信部第一批绿色工厂示范企业和两化融合管理体系贯标示范企业荣誉称号。

九江石化呈现出企兴人和的可喜局面。

六

2018年一个鸟语花香的春天，20多位九江市民在九江石化环保处同志的引导下进入了九江石化生产区，参观了新老装置和污水厂。

眼见为实的市民们无不对九江石化的环保点赞称好。他们表示，要将亲眼见到的真正九江石化告诉给亲友，传播给社会。

邀请市民现场监督，是九江石化主动开展的公众开放日活动。

2010年前，九江石化的环保存在问题较多，污水处理装置陈旧，三废处理不够规范，检查评比常常处于集团公司后列，害怕地方环保部门来厂检查。

炼油运行五部值班长谭飞飞说："以前，我们上了一天班，身上散发着浓烈难闻的异味，下班后，要先把工装脱在走廊才敢进屋，否则，老婆会不欢迎。我们一旦穿着工装坐上公交车，其他乘客会远离我们，投来鄙夷的目光，我们的心里不是滋味。"

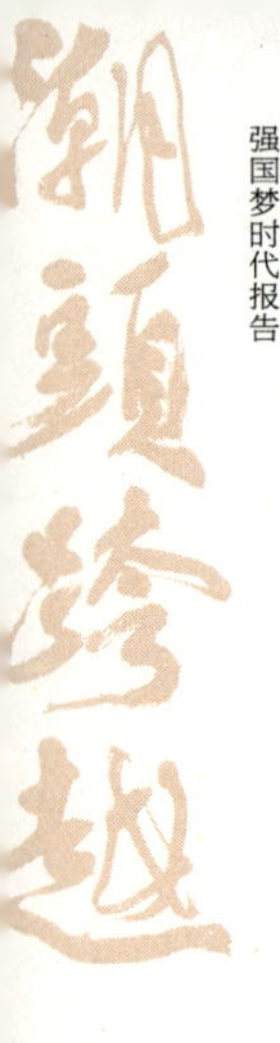

覃伟中来到九江石化后，对美丽壮观的庐山、滚滚东流的长江、有着30多年历史的工厂心存敬畏，身感神圣。当他看到工厂有时排污不达标，美丽环境受到污染时，他的心在滴血。他决心铁腕治污，宁可少赚利润，也要生态文明，绿色发展，为石化企业正名。

九江石化将绿色低碳放在与智能工厂建设同等重要的地位。借助信息化、数字化、集成化，投入巨资、大刀阔斧、改革创新上演了一出出环保好戏。

覃伟中在一次环保专题会上提出，九江石化“十二五”期间要实现产量翻番，污染减半，通过新建污水处理装置，全覆盖监测网络、实行污染“零排放”管理，厂区空气质量优于城区的目标。

这是多么铿锵有力的誓言，多么远大宏伟的目标！

当这个誓言和目标提出的时候，当时不少人为之咋舌，质疑能够实现吗？

事实胜于雄辩。

如今，那些咋舌的人，无不点赞覃伟中高瞻远瞩和脚踏实地。

2011年，由唐安中、刘斌等6名专业管理人员组成的环保团队，开赴长城内外，大江南北，考察了镇海、茂名等10多家国内环保领域一流企业，虚心求教环保项目如何规划？污水处理厂如何建设？先进技术从哪里获得？他们采集菁华、吸取教训、增添底数、树立信心。

九江石化的环保项目不是小打小闹，而是重新构建。取缔了三套陈旧的污水处理装置，根据新流程、建立新装置，实行集中处理、综合利用。并且不惜投入巨资选择了当今世界最先进的工艺技术。

我们请污水处理厂的技术专家带领我们进入微生物世界，去了解这些只能在高倍显微镜下才能看到的生命的喜怒哀乐、生老病死。

一般来说，微生物喜好吃食甲醇等低分子食物，对环状高分子食物不感兴趣。而炼油厂产生的污水主要是环状高分子物质，因此，炼油厂污水处理是一个世界级难题，一代又一代的科学家们为此付出了智慧与汗水，逐渐掌握了一些微生物世界的规律。

技术人员需要定时、精心观察微生物的生活状态，既不能让它们饥饿，也不能让它们撑着，在它们胃口不好的时候，还要投入适量的甲醇美食调节口味、改善生活。

九江石化选用的先进工艺技术，在于通过特殊装置自动清理老化微生物，及时补充新生微生物，始终保持强大的化污能力。相比传统工艺效率更高、成本更低、效果更好。

九江石化污水厂年处理能力为400万立方米，对处理后的水质每天24小时在线监测，与地方环保部门联网，全天候实时监控，接受社会监督。

环保装置已全部投用并长期运行，主要污染物排放指标COD控制在40mg/L以下、氨氮25mg/L左右，粉尘13mg/L左右。主要指标都大大低于国家和行业标准。经处理后的中水回到系统循环利用，水源用水量大大减少，生产成本大大降低，在收获绿色低碳的同时，收获了良好的经济效益。

九江石化在倾力治理污水的同时，下大力气对有毒有害气体进行了治理。

加密了有毒有害气体报警装置，厂区设置了3000多个报警器，做到不留死角全方位覆盖。为装置加装了“千里眼”和“顺风耳”，有效地筑牢了环保和安全双重屏障。

报警装置数据不仅在外操控制室显示，而且与生产管控中心总调度室联网，闭环管理，集中管控。只要出现报警器报警，外操室当班人员便会带上防毒面具第一时间赶往现场处理，总调度室也会派员到现场督察协助处理。将隐患消灭在萌芽状态。几年来，有多起环境事故得到及时处理。

司机朋友大都熟悉交通地图，通过指示可以到达想要去的地方。九江石

化通过智能工厂建设，展示了一张环保地图，通过这张地图，可以即时将环保情况、数据指标昭示天下。

这张环保图的昭示，考验的不仅是网络融合和技术芯片，而且是企业理念和使命担当。

九江石化利用信息化优势，与盈科公司合作开发在中国石化系统内率先建成了覆盖全厂范围的“环保地图”监测系统，提高了环保装置运行、管理和维护效率，实现了环保闭环管理。

通过“一张环保图”可实现环境管理的可视化，直观展示日常监测点的监测数据，还可通过报表功能对历史数据进行查询和统计。

九江石化环境监测数据还实时发送到国家、省市环保部门和集团总部，并在多个地点对外实时公开，作为中国石化开门开放办企业试点单位之一，主动接受社会监督。

2014年，九江石化向社会公开发表了首份《环境保护白皮书》，在集团公司属尚第一家。

功夫不负有心人。

九江石化的环境面貌焕然一新。

远处碧空如洗，近处荷叶田田、流水淙淙、鱼儿嬉戏、花香蝶舞。身处九江石化污水处理场观察池，与美丽的庐山、奔腾的长江相映成趣，融入自然。整个厂区犹如一幅山水画卷映入眼帘。

水务部员工为我们讲述了一个斑鸠撞墙的故事。

2016年一个鸟语花香的春天，正是斑鸠求偶发情的季节，几只斑鸠飞抵污水处理厂的水塘嬉戏，一只斑鸠突然起飞撞上一面与周边水塘浑然一体、栩栩如生的山水画墙上，斑鸠撞晕跌落水边，过了好一阵子才慢慢飞离。

一分耕耘，一分收获。九江石化在环保领域收获了累累硕果。

2014年至2017年连续4年获评集团公司环保先进单位。2017年入选工信部绿色工厂示范企业。

九江石化不仅收获了许多金杯银杯，而且赢得周边市民的良好口碑，为石化企业树立了良好形象。

2018年4月，习近平总书记视察长江时提出，要用高质量发展守护一江碧水。我们欣慰地看到，九江石化等沿江企业和人民正在积极行动，像爱护自己的眼睛一样呵护着长江。

七

2016年，一个雪花纷飞、银装素裹的日子，九江石化迎来了一位不平凡的客人。

这位客人的名字叫陈丙珍。

陈丙珍是我国工程院资深院士、清华大学博士生导师。她被誉为石化企业能源的资源系统的优化综合、化工过程非线性分析、复杂过程系统多尺度建模与优化及生物质燃料供应链优化领域导师级人物。

年过八旬的陈丙珍，身材娇小、精神矍铄，言谈举止中无不蕴藏着江南女性的优雅与睿智。

此前，覃伟中前往清华大学看望恩师，并汇报了九江石化正在开展的智能工厂建设情况，希望得到恩师支持，恳请恩师到九江石化建立院士工作站。而一向严谨的陈丙珍院士并没有立即做出答复，她需要实地考察后再作决定。

于是便有了陈丙珍院士带着她的团队伴着雪花的九江之行。

陈丙珍院士不顾年事已高、旅途疲劳，兴致勃勃地参观了生产管控中心、技术中心原油快速评价实验室、数据中心后，对九江石化在企业转型升

级和智能工厂建设方面作出的探索和取得的成绩表示高度认可。

这次考察交流，让陈丙珍院士喜出望外。当即决定在九江石化建立她的院士工作站，帮助九江石化智能工厂相关课题研究，为产学研搭建工作平台，为我国石化工业两化深度融合提供基础理论支撑。

陈丙珍院士的决定，让九江石化人兴奋不已，得到了江西省和九江市政府的热情欢迎和资金支持。九江石化在数据中心大楼提供了办公场所，创造了良好的工作条件。

陈丙珍院士工作站成立后，先后多次派出团队前往九江石化工作。他们研发的“大数据技术在催化裂化装置中应用项目”于2017年4月28日通过中国石化集团公司技术鉴定，鉴定认为技术应用水平达到国际领先水平；“服务于炼厂一体化优化的案例库构建及应用策略项目”也取得预期成果。

陈丙珍院士工作站为复杂的石化流程行业智能工厂建设提供了理论支撑，为九江石化行稳致远奠定了基础。

栽好梧桐树，引来金凤凰。

一时间，长江之滨、庐山脚下、鄱阳湖畔谈笑多院士，往来有大伽，好不热闹！

2016年九江石化还迎来了一位2015年新晋中国工程院院士、华东理工大学副校长钱锋。

吸引钱锋院士来九江石化的原因比较简单，因为九江石化能为他长期从事的化工过程物质与能量高效利用的系统运行行为智能调控和实时集成优化理论方法与技术研究提供良好的实验平台，尤其是他近年主攻的国家自然基金委员会重大项目“炼油生产过程全局优化的基础理论及关键技术项目”能够在理想的企业落地。此项目一旦取得突破，将会为我国流程行业智能工厂建设软件国产化铺平道路，可为中华民族打造国之重器。

莫愁前路无知己，天下谁人不识君。

2016年月，当钱锋院士与覃伟中的手紧紧握在一起时，钱锋院士工作站也在九江石化应声落地。

据负责院士站工作的袁健科长不完全统计，截至2018年4月，钱锋院士先后7次来到九江石化调研考察、指导研究。庞大的院士团队现场交流51次，副教授以上老师26人，285人次、1253个工作日。

陈丙珍院士和钱峰院士及团队将智慧与汗水汇成一股清泉，会水滴石穿、有志竟成。相信不久的将来新理论的种子将在九江石化这块物华天宝、人杰地灵的沃土结出累累硕果。

一花独放不是春，百花齐放春满园。

纵观世界发展史，在不同的历史发展阶段，会产生空间、产业、创新等集聚效应。九江石化的实践对中国集聚效应做出了完美的诠释。

因为九江石化芳香四溢，招蜂引蝶。

华为公司来了。

浙江中控来了。

石化盈科来了。

洛阳工程公司来了。

宁波工程公司来了。

……

这些企业都是当今中国乃至世界大名鼎鼎的业界巨头。他们都纷纷与九江石化牵手，组建联合实验室或建立战略联盟。

九江石化在智能工厂建设过程中，以“棱镜门”事件为借鉴，关键设备立足于国产化，将国之重器掌握在自己手里。当时尽管承担一定风险，但称之为智能工厂心脏的数字中心两组主机毅然选择了华为公司设备。运行实践证明，华为设备运行速度和稳定性不亚于美国思科公司水平。

九江石化与华为公司的合作不断向纵深发展。2016年6月28日，九江石化与华为公司签署“战略合作框架协议”、“智能工厂样板点参观协议”，双方高层共同为“智能制造联合实验室”“智能工厂样板点”揭牌。成为国内关注、世界瞩目的举动。

2015年7月，九江石化智能工厂建设入选国家工信部智能制造试点示范工程。

九江石化作为国家工信部和中国石化集团公司智能工厂示范企业，得到了上级领导的亲切关怀、真诚指导，对取得的成绩也给予了充分肯定。

时间的指向2015年9月10日，这是一个值得九江石化人引以为荣的日子。

国家工信部智能制造试点示范经验交流电视电话会议在北京召开，九江石化第一个发言，交流了智能工厂建设的经验。苗圩部长用洪亮的声音对九江石化的工作给予高度评价。他说：“九江石化实现了生产环境物联化、生产运营智能化、生产管理协同化、信息技术基础设施敏捷化。初步打造了一个集绿色、高效、安全和可持续发展为一体的石化智能工厂。”

九江石化智能工厂建设能得到位高权重的主管全国信息化和智能工厂试点示范的共和国部长的高度评价实属不易。

2015年11月13日，国家工信部在九江石化召开了石化行业智能制造现场经验交流会，来自中石化、中石油、中海油的140余名代表参加了会议。工信部副部长辛国斌要求石化行业认真学习九江石化的经验，加速推行石化行业“两化”融合和智能工厂建设。

近年来，前来九江石化参观学习的人员络绎不绝、纷至沓来。

有一家设计院，多年来研究三维数字建模，但从未实践，不知道如何应用。这家设计院领导参观九江石化现场后，才茅塞顿开，不禁感叹道：“原来是这样干的！”可以听得出，他不虚此行，受益匪浅。

九江石化以开放、学习的心态开展智能工厂建设，在合作、交流的过程，既示范了别人，也提升了自己。赠人玫瑰，手有余香。

老子在世间万物中，最崇尚水。因为水具有低调处下、惠泽万物、意志坚定、善于自净的美德。故此，“上善若水”历来成为人们珍爱的警句格言。

以长江为邻、鄱阳湖为伴的九江石化人，不正是“水”的真实写照吗？

八

万里长江，被炎黄子孙尊称为母亲河。历代文人骚客为长江书写了无数的美丽诗篇。

1200多年前，诗仙李白在长江边上吟诵的“孤帆远影碧空尽，唯见长江天际流。”诗句，凝固了李白与孟浩然的旷世友情，因为人们向往真诚友谊而广为流传。

1200多年后2017年4月12日，位于长江边的九江石化人上演了一场200多人自发欢送覃伟中的动人场景。重情重义的九江石化人为这位老总离开而难舍，又为这位老总晋升为中石油集团公司副总经理，将驰骋在更大的舞台而高兴。或难舍、或高兴的泪水盈眶了不少送行人的眼睛。

不少受访者告诉我们：这几年，九江石化企兴人和、成绩斐然，得到上级组织好评，向集团下属企业输送了一批正职领导干部。覃伟中成就了企业，成就了别人，也成就了自己。

人们常说，创业不易，守业更难。

覃伟中在九江石化度过了春秋七载，将一个濒临关闭破产的九江石化脱胎换骨，推向了集团公司前列，奠定了示范地位。而对于接任者王彪书记和谢道雄总经理来说，既为覃伟中的伟业而敬佩，又深感自己使命光荣，压力巨大。

50岁的王彪来自安庆石化，是一位志存高远、经验丰富、勇于开拓的石化人。谢道雄是从九江石化一步一步成长起来的既仰望星空又脚踏实地的总经理。

我们在与谢道雄总经理的交流中，深深感受到了他的低调与清醒。

他说：覃总高瞻远瞩、踏实作风、人格魅力都是我们学习的榜样。我们要加倍努力继续完善已有成果，大力推进“两化”融合，打造升级版智能工厂，但智能工厂建设永远在路上。

九江石化领导班子认为要进一步统一思想、清醒认识、消除误区、扫清障碍。只有不断培育IT文明，强化全员意识，智能工厂建设才能行稳致远。

“智能工厂建成了，是不是就不需要人了，只要机器设备就行了”、“智能工厂只会使工作越来越复杂，而不是越来越简单”、“智能工厂建设仅仅是信息部门的事，与己无关”、“智能工厂很简单，就是建设几个应用系统而已”、“智能工厂建设很难，困难重重”……

有关智能工厂建设的偏见与误区在职工中弥漫生长。如果不能纠正偏差，廓清误区，将会危害巨大。

中华民族是一个崇尚智慧，对智慧情有独钟的民族。先人所造“智”字和“慧”字无不蕴含着智慧，蕴藏着密码。“知”与“日”的组合为“智”，即要想有“智”就需要对知识日日追求、持之以恒。“慧”字则由“彗”与“心”相配。“彗”即“彗星”，被先人定义为“扫帚星”，即天天除去蒙蔽在心灵的杂念尘埃才能生“慧”。

人类已知的知识极为有限，还有更多的未知等待着我们去学习认识。另外，即使智能工厂的工具再先进，仍然有许多基础数据要靠人工获取；即使系统自动报警及时，也需要人工去处理，若人的责任心和能力不足，同样会发生事故。

无论社会怎样进步，科技怎样发达，工厂怎样智能，人永远是第一位的因素。因此，心怀家国情怀、弘扬敬业精神、培养IT文明、提高人的素质是今后的一项任重道远的重要工作。

公司党政班子提出要坚持“目标不变、力度不减、标准不降、劲头不松”原则，按照“以深化应用建设为主线，完善提升现有系统架构”的基本思路，全力推进智能工厂升级版建设。

智能工厂，犹如早春二月的一朵迎春花，将迎来百花盛开、满园春色。

我们有理由相信，九江石化，将会在春潮涌动的北纬30度谱写新时代的新篇章!

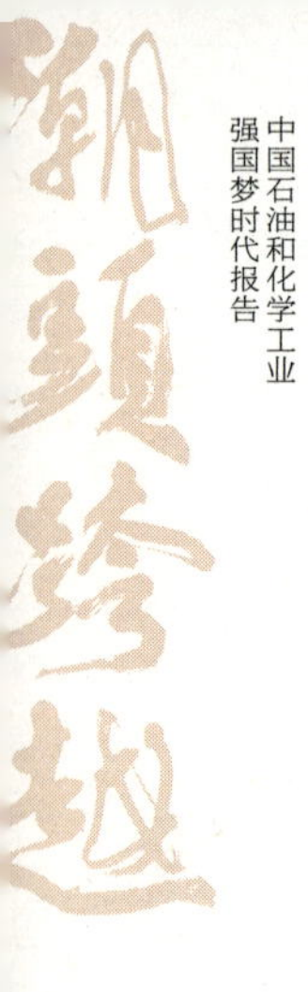

02

橡胶智造的中国坐标

他无数次地去赶海。

无数次浪涌来，他看浪的汹涌、感觉海的深邃——

无数次的搏击、无数次的奋争，他的事业竟如大海般宽广。凝视着海面，他知道，大海总会咆哮！

从幼时自制钓鱼工具，到潮起潮落间的排兵布阵，袁仲雪小小年纪便成为十里八乡有名的弄潮儿！

是经历决定事业，还是潜质孕育了梦想？

我们只能在历史的足迹中寻觅。

袁仲雪，青岛软控的掌门人。

1971年，16岁的袁仲雪中学毕业后，被安排到青岛化工学院教材组当了一名印刷工，天资聪慧、心灵手巧又善于思考的袁仲雪有了用武之地。他挤时间和工农兵学员一起上课，主动参与印刷设备的安装、调试、检修，很快就成为一个大家都喜欢的技术尖子。后又正式考上了青岛化工学院，不仅学习了管理工程专业，还进修了橡胶机械和自动化两个专业。毕业后留校工作。

1988年6月2日，学院成立科技开发公司，袁仲雪成了负责人的不二人选。之后，在没有一分钱投入的情况下，他帮助海尔建设了实验室；组织了青岛市家电基础知识培训班；成立了青岛制冷设备协会并首任会长；成立了青岛市高校技术装备服务公司；组织开发了中国最早财务软件“会和”。这些，都显示了袁仲雪异于他人的技术、市场、运营整合能力。

组建软控集团后，袁仲雪和他的软控团队，就是在这块最早接触工业文明的土地上，积极依托高校的橡胶研发智力，运用产学研合作模式，建立了科研人员合作机制，建立顺畅的成果转化渠道，打造了轮胎全生命周期产业链。作为“国家橡胶研究中心”的实际承建和运作平台，软控共承担国家、省市级科研项目50余项，获得国家科技进步二等奖1项，省部级奖励20余项；拥有专利、软件著作权等知识产权400余项；主持或参与起草国家标准21项、行业标准22项。以国家轮胎工艺与控制工程技术研究中心为平台，全面掌握了轮胎全生命周期重大装备制造技术，自主研发的多项关键技术填补了国家空白，达到国际先进水平。其中，“液体黄金”的橡胶新材料独步天下；高精度自动称量配料系统，不仅一举打破国际垄断，还让中国上千家轮胎厂彻底与手搬肩扛的落后生产方式告别；国内第一台载重胎均匀性试验机，结束了我国载重胎均匀性指标无法进行机测的历史；带有自主品牌“MESNAC软控”的信息化轮胎生产装备已在国际市场享有较高的知名度与美誉度。软控在国际橡机制造和新材料领域取得的重大突破，将带领中国橡胶业突破桎梏，驶向蔚蓝的海洋，并持续鼓帆扬波，走向世界！

一

伴随着腥咸的海风，伴随着远方的涛声，伴随着孤寂的帆影，伴随着一轮鲜红的太阳，中国轮胎橡机在软控起步！

他面对的是与发达国家巨大的差距！

就说橡机，放眼轮胎生产五大环节的主要橡机设备，此时都被国外巨头把控着。

输送与配料的密炼机上辅机系统、小料称量配料系统；半制品环节的钢丝帘布裁断机、纤维帘布裁断机、内衬层挤出压延生产线；成型环节的全钢（两鼓/三鼓）子午线轮胎成型机、半钢（两鼓/三鼓）子午线轮胎成型机；硫化环节的硫化机；检测环节的轮胎动平衡试验机、轮胎均匀性试验机、轮胎偏心度试验机、轮胎X射线检验机，中国没有一件能自己产。

此时的袁仲雪，没有盯着自己的劣势，而是放眼青岛化工学院，寻找着那属于他的世界。青岛化工学院由化学工业部筹建、被誉为中国橡胶行业的“黄埔军校”，在橡胶材料和橡机等领域拥有较强的研发和成果转化优势。国家改革开放涌发之时，化工学院鼓励在校老师创新创业的宽松政策，为产学研合作奠定了良好的基础。

更为重要的是，青岛化工学院学科设置完善，从橡胶原材料、工艺、硬件装备、智能化控制软件等各大部分，应有尽有。为此，软控对应着学院十几个优势学科，分别成立了十几个应用技术研究所，其主要研究内容覆盖了整个轮胎材料与装备制造产业链。软控虽然在单项橡机的研发制造上不及国外企业，但通过努力，在轮胎生产设备系统化方面可能会有重大突破。

更为重要的是，长期从事一线科研与教学的专家、教授，他们一生都沉浸在橡胶行业里，最大的愿望就是有朝一日看到中国橡胶业能屹立于世界之林，他们愿意为此奉献一生的精力与才华，学院有太多的科技成果需要转化，更多的科研人才憋着劲想在市场的海洋里畅游一回。

袁仲雪所做的，就是为这些被旧体制束缚多年渴望被松绑的科技人员搭建了一个施展才华的平台。

平台第一步实施的，就是轮胎全生命周期重大装备制造技术的突破。

故事首先从国内第一条轮胎制造设备之一——小料自动称量配料系统开始。

1991年的一天，上海繁华的黄埔大道上，一辆正在行驶的公交车上，乘客拥挤着，但奇怪的是有四个人的周围却是空的，乘客都躲着他们，自然形成一个空圈。这是怎么回事啊？原来，这四人从头到脚全都是黑的。

他们就是刚从轮胎厂调研出来的袁仲雪、杜军、李志华、李勇，炭黑、胶粉将他们变成了“非洲”同胞。经过对橡机市场的调查，袁仲雪一行发现，随着国内橡胶轮胎行业的起步，轮胎厂对炼胶的质量和均一性要求越来越高，密炼机上辅机系统成为大、中型轮胎厂急需的关键设备，国内没有生产能力，主要依靠进口。

一台上辅机几百万美元，即便买回设备，国外根深蒂固的技术封锁意识，也使我们想在短时间内掌握核心技术变得非常难，这极大影响了行业的快速发展。市场，为苦苦求索的软控人打开了一丝希望的缝隙，上辅机成为软控人渴望成功自主研发的第一种设备。

苦和累对创业者来说不算什么，难的是没有资金，在完成了第一套密炼机上辅机系统的设计工作后，到加工样机时面对的却是没有一分钱的窘境。“路漫漫其修远兮”，软控人把生的希望寄托在能否争取到国家科研资金上，争取科技资金扶持成为创业者的生死抉择！

总工程师杜军是和袁仲雪一起下海创业的。这位大学教授虽然是一位女性高级知识分子，却行事泼辣，敢作敢为。和她的名字一样，有军人的风范。

1993年大年初二，杜军坐不住了。尽快制造出第一台样机的强烈使命，让她忘记了一切。还处在工作兴奋状态中的她背着沉甸甸的资料赶到济南，向科技部门汇报工作，争取资金。可走到政府大楼，遇到的都是紧锁的大门。杜军这才想起这是春节，政府部门都放假休息。一位值班的同志被她的精神感动，把她领到了分管科技工作的领导的家里。

没有过节的寒暄，杜军一见领导，就迫不及待地讲我们橡胶工业的落后、讲不甘落后的奋争和中国橡胶工业的希望，省里负责科技工作的领导被感动了，破例在假期期间批了款，并叮咛杜军："你们可一定要把这件利国利民的好事做成啊……"

这是一段创业激情燃烧的岁月！

一个个奇妙的构思、一份份知识的积累、一粒粒辛勤的汗水，转化为上百个部套、上万个零件，组合着，闪烁着智慧的光芒。短短几个月，倾注了软控人全部心血和希望的上辅机，在大家的期望和努力下诞生了！

是雄鹰就要翱翔天空，是飞龙就要驰骋海洋。软控人将自己的创新成果主动投向市场，接受市场的洗礼和挑战！

荣成荣达轮胎厂成为第一家使用属于我国自己制造、拥有完全自主知识产权的上辅机的国内企业。课题组成员吃住在现场，没有桌椅板凳，就用床铺当桌子，用砖头和木板当椅子。创业的旋律在临时搭建的简陋潮湿板房里激荡，奏出一曲曲奉献和希望之歌：为了工程，张君峰的婚礼一拖再拖；被设备故障困扰了几天的杜军，当想到了解决办法，兴奋的她急于上楼时，忘记了货梯故障检修，一头冲进了空的电梯井，摔断了胳膊，昏迷不醒的她经过治疗身体刚刚恢复，又马上返回了现场。这看似一件件小事铸就了软控人今天的文化基因。

上辅机在荣成荣达轮胎厂一战成名。第一台上辅机稳定运行后，成了同行参观的"样板车间"。在现场，大家清晰地看到了两幅对比画面：一幅是浑身上下黑乎乎的工人，在灰蒙蒙的炭黑车间里手工配料，另一幅则是在整洁干净的车间里，操作人员穿着白大褂在控制室操作按钮，进行自动化生产。设备投入运行，很快通过了省级鉴定，这是国内首家通过省（部）级鉴定的双管气力输送上辅机系统。“达到90年代同类产品国际先进水平，填补了国内空白”的鉴定意见，让软控一下子站到了橡机制造的顶层，更坚定了奋斗者勇闯天涯的信心。其后，密炼机上辅机项目获得了山东省科技进步一等奖，而后又获得了国家的科技进步二等奖。

软控人一开幕就给了世人一个意外的惊喜！

之前，中国引进70多套密炼机上辅机系统，每条生产线售价100万美元左右，软控上辅机研发成功后，产品以自动化程度高，生产效率高、运行稳定、性价比高等优势替代了进口，售价仅是国外设备的三分之一，逐步替代了进口产品，被称为是“黄金产品”。

迅速走红的市场没有让软控人迷失方向。现任软控集团总裁于明进讲述了一个砸设备的故事：1993年毕业于青岛化工学院的于明进留校后，因为业余学会了CAD绘图，被广纳贤士的袁仲雪招致麾下。1997年，他被派去山东一轮胎厂指导安装上辅机。因为上辅机要和土建、配套管道、电路同步进行安装，所以现场施工质量的把控非常关键。当他看到这家企业配套的管道歪歪斜斜、线路杂乱无章、水泥面坑坑洼洼时，他感觉就像自己健康、漂亮的孩子被一块凌乱肮脏的破布包裹一样，心里非常不舒服。轻易不发火的于明进毅然决然地指挥同事把设备砸了。业主现场管理人员无法理解，他说这是我们厂的工程，安好安坏有你什么事，又不影响付你们设备款。于明进解释说：工程质量是不分甲方乙方的，影响工程质量的事，就是软控的事。

“软控执行标准太严了”厂家的同志由衷地说。对事业高度负责的精神赢得了对方的尊重，在买方市场的情况下，对方请砸了设备的于明进吃饭喝酒。

这样的故事同样发生在国外。

2004年年末，M公司为其在俄罗斯的工厂采购了一套上辅机系统。在设计方案评审通过后，现场安装成为此次合作最关键的部分。由于这是软控产品第一次进入欧洲市场，公司选派了经验相对丰富的黄圣麟、韩方升、王振峰三人前往俄罗斯进行项目安装的组织和监理。

来年2月的俄北小镇正是刮风的季节，冷飕飕的北风一阵紧似一阵地刮来。

2月16日早晨，三人早早地来到厂里，安装工程的第一步是日罐上下体的组装及焊接。

刚进门，迎面走来一位身材高大，留着浅褐色短发的中年男子，他叫Pavol，是M公司总部的代表。他微笑着提醒，2月25日之前需要焊接好一个日罐，三人连连答应着。

Pavol走后，三人便开始了日罐组装，因为合作伙伴提供的氩弧焊机太小，制约了焊接速度，仅日罐组装就用了6天时间，离当初跟Pavol约定的25日仅剩四天。无奈，三人只能去找Pavol先说明情况。

看到这种情况，Pavol开始质疑软控是否能完成任务。

“不能让客户质疑我们的能力！”三人分头行动，找合作伙伴，购买新的焊机，雇用了电焊工。第一个日罐焊接完成用了10个小时，如期在25日前完成了一个日罐的任务。但按这样的进度，完成10个日罐的焊接，需要15天，这个速度显然不行。

为了证明软控的实力，“兄弟们一块儿上呗！大不了熬几个通宵！”六天五夜过去了，到3月2日，“One, two, three, four…”，M公司代表来到现场，看着一台台安装好的日罐时，惊讶地向黄圣麟、韩方升、王振峰竖起了大拇指。他们哪里知道，这是三人持续工作了132个小时换来的。

上辅机设备奠定了软控发展的第一块基石，迈出了关键的第一步。它的成功极大地推动了中国橡机设备的国产化进程，最重要的是证明：中国人能用自己的智慧制造出国际水平的大型自动化设备！而且，由中国自主研发的大型轮胎制造关键设备从软控走出了国门。目前的上辅机系统，已经进入全球前列的各大轮胎厂，早已是世界数一数二的名牌产品。

世界橡机行业第一次有了中国坐标。

二

这是一片神奇的土地，千百年来，山的灵秀和海的深邃在这里交融。

这是一块创造、创新的沃土，改革开放以来，“青岛制造”蜚声中外。

新世纪，橡胶轮胎行业逐步复苏，轮胎企业步入了大干快上的快车道。作为制造之城的青岛，春意愈发盎然！

面对发展机遇，软控迅速做出决策：以最快的速度、高点的定位，决定研发国内没有的高端检测设备以及成型机、裁断机、压延生产线等产品。

新产品的研发是一个十分艰难的过程，动平衡试验机的研发经历了一波三折。检测设备当时是国内空白产品，2001年末，动平衡设备的图纸设计出来了，但关键技术问题并未解决。2002年4月，从日本深造归来的专家杭柏林等人承担了这个项目，并用了四个月的时间突破了关键技术。2003年，动平衡样机通过了验收和鉴定。2004年8月，软控生产出了国内第一台轮胎动平衡在线检测试验机，它的性能指标达到国际先进水平，而价格却仅为国外同类产品的1/2。设备一经推出，国内各大轮胎企业就纷纷订货，原本长期处于垄断地位的国外橡机企业迫于市场压力，产品价格迅速由300多万降为180万元。

20世纪90年代，青岛橡胶二厂曾花费7个多亿引进国外的一条轮胎生产线，从立项到投产用了3年的时间。巨大的资本和时间的投入，也在催生国产成型机的诞生。

开发研制两鼓成型机是一个复杂而巨大的系统工程，开发伊始，研制小组成员对于两鼓成型机的了解和认识都是一片空白。项目立项后，他们南到贵州，北到宁夏，跑遍了大半个中国，经过全面的市场调研后，他们确定了两鼓成型机的开发指导思想：集实用性、先进性和可靠性于一身，即三性一体。正是基于这种精确的产品定位和指导思想，软控开发研制的ZCX型全钢子午胎两鼓成型机于2002年迅速诞生。

第一次现场安装正值酷热的七月，全班人马夜以继日的奋战；到了调试阶段，又进入了九冬严寒，现场的气温太低根本不具备试车条件，大家搭起了临时帐篷，放上了几台空调，条件非常艰苦。2002年12月，第一台两鼓成型机一次性做胎成功，14条胎坯下线。

两鼓成型机研制成功后，软控人没有停留在原点上，他们将敏锐的目光投向成型机的主峰——三鼓成型机，软控团队没有屈人之下的性格。

但主帅袁仲雪的战略触角已经伸向另一个境界：在多年的创新实践中，袁仲雪深深地体会到，我国的橡机工业基础太差，如果一味地闭门造车，结果必定是揠苗助长。必须解放思想、虚心学习，引进国外一流的技术加以消化吸收，站在巨人的肩膀上才能成为巨人，才能实现弯道超车。更关键的是，也只有实施竞合战略，才能使企业实现真正意义上的“与国际接轨”，并借此进入国际高端市场，对国际市场进行全面战略渗透。

最终，软控选择实力均衡的斯洛伐克的玛达道尔（MATADOR）公司合作开发三鼓成型机。由MATADOR提供主机技术，软控则负责控制系统等其他部件的研制以及产品在国内的销售。2003年3月4日，双方签署了子午线轮胎多鼓自动成型机技术合作协议，开始进行研发。

2013年5月11日，与斯洛伐克玛达道尔公司在青岛海天大酒店举行“轮胎设备技术合作签约仪式”。斯洛伐克副总理帕沃尔•罗斯克（PavelRusk）

先生、青岛市委副书记、常务副市长崔锡柱、青岛市人大常委会副主任马论业、中国橡胶工业协会理事长鞠洪振等有关领导出席了签约仪式。

2013年9月，第一台三鼓成型机在赛轮加工成功。

成功的喜悦激荡鼓舞着每一个软控人的心，他们踌躇满志，一批批三鼓成型机成功销往国内橡胶轮胎企业。

命运仿佛和软控人开了一个天大的玩笑，通过借鉴玛达道尔的设计图纸，改良加工后的三鼓成型机，大面积出现了运行稳定性差、产量低、故障率高等问题，引发了用户强烈的不满。大量设备被退回，成堆的部套件积压在公司大院里变成了废铁。这次失败对一家新公司来说，无疑是一次巨大的打击，软控的发展遭逢一个重要的十字路口，公司上下都承受着巨大的压力。

袁仲雪非常着急。他知道，软控代表的不仅仅是自己的企业，更是代表橡机行业与国外设备争夺市场。如果成型机失败了，国外设备会借中国轮胎企业大发展的世纪机遇，一举占领中国市场，中国橡机再没有发展的机会了，一时的失去，也许就是永久的不再来。

袁仲雪更知道，技术人员现在需要的是安慰而不是埋怨。在软控文化形成的轨迹中，最强调的就是“信任”与“尊重”。“知识分子怕的就是信任、怕的就是尊重”——只有信任和尊重才能更大程度地激发人的积极性，激发创新的动力与干事创业的激情。

软控鼓励员工创新，公司为创新失败埋单。

袁仲雪安慰成型机研究所程继国等技术人员：“搞创新哪能没风险，这点失败算得了什么？你们其实是在为公司犯错误，没关系，继续大胆地去做。”于他而言，技术攻关不成可以从头再来，损失的资金可以再赚，客户的不满可以靠真诚的服务去挽回，但不畏艰难勇于创新的斗志一旦在研发团队里失去了，中国几代橡胶产业人魂牵梦绕的难题就再难解决，推动中国橡胶工业的整体技术进步的使命就再难实现！

他给技术总工打电话，要求迅速组织召开全体技术人员大会。

会上，袁仲雪语重心长地劝慰技术人员："既然是创新，就没有经验可依，就难免会犯错。但创新对于一个企业的发展至关重要，只有创新才会创造产品的高附加值，才能赢得市场，不创新就意味着会被淘汰，所以我们宁可为了创新犯错误，也绝不能因为怕出错而固守成规、畏缩不前。你们是在为公司、为整个行业试错，公司会为你们的创新失败埋单，希望你们放下包袱，继续大胆尝试！"

在软控的发展史上，袁仲雪理解、尊重、爱护科研人员是出了名的。"软控人的私事是公司最大的事"。公司应该保证员工的聪明才智用在事业上，而不是花费在一些生活琐事上。为此，公司建立了完善的后勤保障体系，如员工及亲属就医、子女上学、住房等都由公司协助解决，其目的就是使每一位员工没有后顾之忧，将全部精力用于工作，实现个人与企业的互利共赢。如今，"为创新失败者埋单"振聋发聩，各路软控精英纷纷杀向客户现场第一线。

时任成型机总工程师徐孔然等技术人员转遍全国各地轮胎厂，对已经售出的50多台成型机进行维修。工程师程继国抱着计算机整夜坐在机器旁。经过仔细揣摩，他们发现所有问题都出在基础工业太差、材料不行上。我们的三鼓成型机是按照玛塔道尔提供的图纸加工的，同样的厚度，因为我们的材料不行，不是变形就是断裂，因地制宜，设备该加厚的加厚，该加固的加固，成型机在大家的调理中逐渐变得结实耐用了。此役让软控得出一个结论：完全依赖国外的技术是绝对不可行的，必须因地制宜，及早走上引进吸收与自主创新相结合之路，制造出适合客户需求的一流设备，才能在市场上站稳脚跟。最终，软控研发出了拥有完全自主知识产权的ZCX3型三鼓成型机。该设备吸收了国际上同类成型机的优点，在软件控制方面的智能化程度甚至高于国外同类产品，价格却比国外同类产品降低了近三分之一，受到中国用户的普遍好评，几乎占到国内市场的半壁江山。

内衬层、裁断机也经受了三鼓成型机类似的锤炼。这两个设备当时是于明进负责，由于常年不能满足客户的需求，于明进团队也是大半年待在客户现场，团队的维修人员基本快跑光了，于明进把剩下的人拉到黄岛，要了六间房，不放假不休息，对每套设备逐一研究，学维修、学操作。最后，在跟客户共同探讨、共同研发的过程中，诞生了多个新产品。

期间，于明进新婚不久的妻子因丈夫市场救火没有时间陪她，只有靠学习来打发无聊的日子，最后考取了上海交大物流、生产运营博士，在软控留下了“于明进被逼无奈市场救火，新婚妻无可奈何考取博士”的佳话。

三

软控要稳稳地起航了。他要游弋大洋，带着最初的平静和安慰。

他要海纳百川，让世界智慧哺育成长。

软控人开始大规模引进国外智力帮助企业快捷实现目标。企业一方面利用国内高校科研机构的优势资源，另一方面把触角伸向国外，通过多层次、多渠道的引智体系，不断引进、吸收，推进科技创新和高新技术成果转化。

继开发出上辅机、动平衡检测试验机、两鼓成型机、三鼓成型机，使轮胎橡机自成体系后，开始向高端子午胎成型机迈进。

高端子午胎成型机是轮胎加工链条上最为亮丽的一颗明珠。软控创新之旅的第二程，是和美国百年轮胎品牌G公司的全程合作。

在这之前，公司先后通过多种途径从法国、日本、斯洛伐克等国引进了多名在橡胶机械、软件控制等领域的知名专家。2001年，公司引进法国米其林气力输送专家研究密炼机上辅机物料管道输送问题，解决了炭黑破碎率高的技术难题；2002年，公司引进斯洛伐克机械制造专家彼德•米哈雷克和

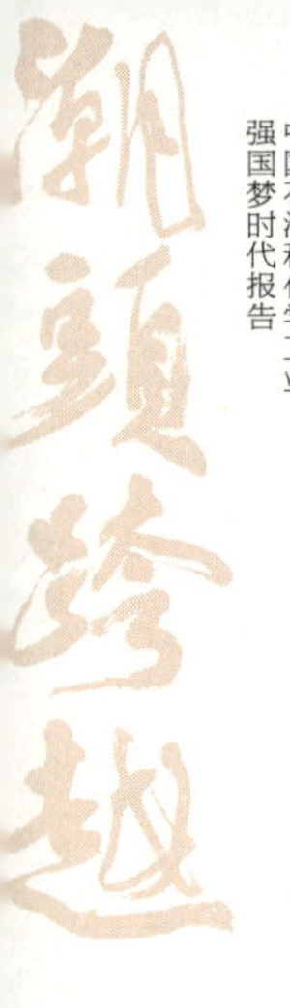

米洛斯•克瑞克；2005年，公司又引进斯洛伐克机械制造专家卡罗尔•万卡、史蒂芬•库库奇卡，对公司一些重点科研项目进行技术指导。2002年，公司在示范基地的建设中，还引进了日本轮胎制造软件专家德久薰范与橡胶原材料加工、设备管理专家牟田口力和控制系统设计专家北弘，参与公司重点项目子午胎信息化生产管理系统的研究、建设。

为推动我国子午线轮胎制造技术和装备技术的国产化进程，近几年，公司逐步搭建起引智平台，依托国家级、市级引智示范单位的品牌优势，2004年5月，公司在与斯洛伐克玛达道尔公司的合作中成功实现集团引智，在青岛合作建设"青岛软控——玛达道尔技术中心"，整体引进斯洛伐克国际一流水平的轮胎技术研发中心，使其研发人员长期在青岛的研发中心工作，提高了公司研发机构的技术水平。

通过引智，公司成功研制开发了子午胎信息化生产管理系统。该系统通过对子午胎生产配套设备进行网络化控制改造并完全实现子午胎生产管理全过程信息化。创建了轮胎追溯系统，通过建立轮胎身份证制度，将轮胎整个生命周期的各个环节加以管理和控制，并将信息自动记录，从而保证了轮胎质量关键的均性要求。

通过引智，公司还成功研发了全钢丝子午线轮胎多鼓成型自动化技术系统。该系统贯穿轮胎成型的全部生产过程和工艺质量控制过程，实现了轮胎生产成型工序的自动控制，解决了生产过程中的人为因素造成的产品质量不稳定的问题，提高了生产效率和生产质量。该系统中的成型数据分析等单元软件技术都是行业中的创新技术。经技术鉴定，该项技术达到国际领先水平。

从2012年5月，G公司第一次来软控考察交流，到2013年10月软控喜获成型机订单；从2014年9月完成厂内验收，到2015年9月30日现场验收；从最初的设计屡屡拖期、问题迟迟得不到解决，到如今班产突破169条……历经数载艰辛与努力，软控成功迈出了成型机发展的重要一步，也是软控发展史上具有战略意义的一步。

就这样，软控在引进国外先进技术的同时，不断消化吸收进行再创新，产品逐步从单一向多元化发展，形成了涵盖轮胎生产80%的重大装备，包括上辅机、小料称量系统、炼胶产品、内衬层挤出压延系统、裁断机、成型机、硫化机、检测产品等，成为全球橡机产品线最完整、信息化水平最高、科研人员队伍最大的企业。

这个项目也是软控提升内功的良好契机，“如果不跟国际高端客户对接，不可能把软控的技术、能力、水准提升到一个新高度，我们必须依托于好的产品、好的项目来做这件事。”全钢成型事业部负责人武守涛回忆说。

武守涛，这位来自内蒙古兴安盟的小伙子，大学期间就来软控勤工俭学，并由此与软控结缘。他清楚地记得，在与国际大牌轮胎公司合作的过程中，对方要求的技术条件近于苛刻，他们按照航空轮胎的稳定性要求，提出的标准就达上百页。

有一次讨论技术问题时，G公司的全球副总裁D先生在演示板上画了一个圈，在旁边重重地写了一个120。业内的人知道，这是要求在120秒内加工一个轮胎。要知道，当时世界的最快纪录是172秒，由荷兰一家企业保持。

挑战不可能，初生之犊不畏虎。武守涛、彭雪峰、李连盟、李岩强等小伙子们分析工序、一个一个环节进行优化。

现场反复观察做胎过程、找出理论上所有可能的优化项，并且与操作工进行深入细致的交流，弄清楚他们对机器操作的便利性、安全性和减轻劳动强度的合理化建议。然后理论与实际相结合，将原来一些串行的动作优化成并行以节省时间，将原来某些需要半自动的动作努力实现全自动，极限压缩等待时间，将循环时间以0.1秒为单位进行稳步优化提升，并且寻求效率和质量、安全性、稳定性之间的最佳平衡。G公司对设备稳定性要求非常严格，现场任何一个工序动作的改动都需要提交书面材料并且得到批准后方才可以

实施。每一次优化书面材料里都包含理论计算模型、程序逻辑和变量标签上所有的改动记录、对各个环节带来的影响等。为了实现目标，现场光优化的书面材料就累积了厚厚一沓。

经过半年多的攻关，软控轮胎生产全程突破了120秒，确立了新的世界纪录。事后，D先生对武守涛说，120秒，是我理论计算出的最高值，我认为是不可能实现的，你们做到了。

高端全钢成型机的成功，也鼓舞了半钢成型机研发团队，而他们的起点已经是工业4.0的时代，高度智能化的半钢成型机就成了他们当然的目标。

历史上，在半钢成型机环节最好的生产纪录是48秒，杨慧丽团队将产品单循环目标设定为40秒，这个挑战性是很大的，就像武林高手要练就上乘武功一样，最后那一两秒的突破，不仅考验这个团队的技术，更是考验他们的意志。

2017年7月25日，产品研发负责人齐思晨记得非常清楚，产品认证专家团队要来的前一天，那时的高温、高湿对设备的稳定运行非常不利，橡胶原材料对于温度和湿度非常敏感，直接导致胶流变形和黏度下降，种种不利的因素致使产品单循环时间始终在42秒徘徊。经过多次努力，效果依然不佳。很多调试人员、工艺人员、机械设计人员情绪都十分低落，目光呆滞地盯着工作研讨记录一言不发。他们最终还是“爆发”了，把本子扔在一边，“就这样吧”“已经非常快了”“咱们就这水平了”“我们的底子没人家好”，憋了许久的“心里话”喷涌而出，现场气氛一片凝重。

恰是这个时候，方显示出负责人的毅力和执着精神！

杨慧丽、齐思晨以及几个核心成员没有放弃，自己振作精神的同时，把团队成员一个个叫到会议室单独沟通，最终“做产品单项世界冠军”的责任感和使命感让大家重拾信心，在严格遵循不减少轮胎生产核心工序的原则下，进一步节省设备的衔接时间，他们决定背水一战，做最后一搏。当人被逼到极致的时候，胆子也就变大了，“发木”的脑袋也能迸发出很多新的创意。通过优化控制方式、改变判断条件，使原来只能是串行的动作，改成各个动作并行。

当团队对控制动作重新规划时果然发现了可以优化的环节：连续供料系统利用算法控制可节省2秒，卸胎动作增加连贯性可再节省1秒，最终经过了团队成员连续奋战，在晚上十二点钟的时候创造了单胎循环时间38.7秒的最好纪录！这同样是世界最高水平。

四

2012年7月6日，国家科技创新大会在北京召开。

当国家领导人得知软控的橡机研发正在赶超世界一流水平时，感到无比的欣慰。她把袁仲雪叫到身边，叮嘱说：“如果你们只做装备和软件，那永远是跟着国外的标准屁股后头跑。必须从新材料上突破，新材料是实现跨越式发展的‘核武器’”。领导的叮嘱让袁仲雪茅塞顿开，是啊，有了新材料就有新产品，有了新产品才有新工艺，有了新工艺就有新标准；根据这个新标准，再去做装备、做软件，这样就能实现世纪跨越，在短时间内超越国际橡机巨头。

2009年，鉴于软控开发了轮胎生产全系列设备的软件和硬件，国家科技部批复由软控与青岛科技大学承建国家橡胶与轮胎工程技术研究中心，对橡胶轮胎行业工艺与控制领域的重大、关键、基础、共性的技术难题进行系统化、工程化的研究开发，以提高中国橡胶工业的总体水平。

国家把唯一的橡胶行业的技术研究中心交给了软控，这是对一个企业实力的空前肯定。肩负国家、行业的使命，与经营企业是截然不同的两种思路和模式。几年来，袁仲雪从来没有站在企业一己私利的角度思考问题，

而是站在国际视野上看待行业的发展，以自己的产业发展方向引领着行业的发展。

他知道，基础产业的创新，仅凭单一生产企业来完成很难。未来中国要继续发展，必须要在基础研究上下功夫，没有基础研究，无法支撑下一轮橡胶工业的持续发展和国际化发展。中心成立以来，积累了3700多个研究人员，拥有的研究人员几乎占到全国的二分之一，形成了二十多个专业研究所，直接与学校结合，学校一个专业，就对应成立一个研究所。老师在学校里面教完课，就到研究所里面研发产品。软控的产学研搞得红红火火。这是国外百年橡机企业也不具备的条件。

如今，国家领导人为中心未来指明了方向。

青岛是中国橡胶之城。国橡中心迅速组建了橡胶新材料研发中心。王梦蛟博士率一众行业著名专家加入。王梦蛟博士，放眼中国橡胶界、世界橡胶界，能出其右者寥寥无几。王梦蛟曾任北京橡胶工业研究设计院总工程师，后获法国国家博士学位，加入美国卡伯特公司后曾担任首席科学家。在橡胶研究生涯中，王梦蛟著作颇丰，专利颇多。也正是怀着一颗报国之心，已近古稀的王梦蛟毅然回国加入国橡中心，为中国的橡胶行业效力。

有了这些专家的加入，国橡中心在橡胶新材料研发方面如虎添翼。

在加入软控前，70岁的王梦蛟教授认为他的橡胶生涯已经结束了。软控，又开启他全新的职业生涯。

他的主攻方向是橡胶新材料。

用液相混炼制备天然胶/炭黑母胶的方法最早可追溯到20世纪20年代初，在20世纪六七十年代，乳聚丁苯/黑湿法母胶开始商业化。上述液相混炼母胶中填料分散性得以改善，但是耐磨性能差，限制了它们在轮胎行业的应用。

王梦蛟说："你可以查查橡胶的补强文献，很长时间以来，人们只局限于研究填料比表面积和形态对补强的影响。从20世纪80年代初，我的研究方向一直集中在聚合物—填料以及填料与填料之间的相互作用，从而打开了另一扇门。我们发表了一系列文章讨论这些相互作用及其对填充胶动态性能、湿摩擦和磨耗的影响，这些性能与轮胎的滚动阻力、抗湿滑性能和耐磨性能相关。”

1998年，在卡博特公司工作期间，王梦蛟致力于CEC（卡博特弹性体复合材料）制造机理的研究。基于在湍流、胶体化学和聚合物填料相互作用方面的渊博知识，他阐明了利用炭黑浆液和天然胶乳制备CEC的连续液相混炼的基本原理。他解释说："因为胶乳和浆液的混合和凝聚是在50毫秒内完成的，这是它成功的根本原因。”如此高速的混合和凝聚可以限制非胶组分吸附到填料表面，保证聚合物填料良好的相互作用，从而使填充胶的耐磨性能得以提高。

但用白炭黑替代炭黑是行不通的。王梦蛟认为这是由非胶组分中某些物质的极性官能团和白炭黑表面的强相互作用造成的。他进一步解释说，虽然人们可以通过静态共沉的方法制造天然胶/白炭黑母胶和乳聚橡胶/白炭黑母胶，但是乳液中的非胶组分（比如蛋白质、表面活性剂和其他极性组分）干扰填料和聚合物偶联反应。他说，对于白炭黑填充胶来说，偶联反应是影响耐磨性能最重要的因素。

“我认为制备白炭黑母胶最好的方法是利用橡胶溶液，例如SSBR和BR溶液，因为橡胶溶液中非胶组分非常少，当白炭黑和橡胶溶液混合时，没有非胶组分的干扰。偶联反应效率很高，结果是填料聚集趋势变弱而填料聚合物相互作用变强。这是我们工作的基本理念，而且它成功了。”

其国际首创的“合成橡胶/白炭黑连续液相混炼工艺”2017年8月在北京通过科技成果鉴定；利用该生产工艺成功发明的橡胶新材料EVE胶被世界知名杂志《欧洲轮胎技术》称为“液体黄金”。传统橡胶是固体的融合，物

理炼焦，固体物理的结合。要把固体合在一起，还要结合得非常好，很均匀，不是一件容易的事情，而且污染大，粉尘、固废多。而现在研制出的是利用液体，化学式炼焦，污染就没了，并且节约了大量能耗，减少了很多的排放和污染。这种材料是化学式的结合，到了分子级别，是分子和分子的结合，是一种对橡胶原料产业颠覆性的革命。

用EVE胶造出的轮胎，经世界权威测试认证机构西班牙IDIADA认证，抗湿滑性能达到欧盟标签法规A级标准（最高等级），滚动阻力指数达到欧盟标签法规B级以上；而与采用干法混炼所生产的国际一线品牌绿胎相比，用EVE胶制备的绿胎堪称“绿胎PLUS”——抗湿滑性能提高10%以上、滚动阻力降低13%以上、耐磨性能提高30%以上，轮胎综合性能指标达到了当前世界最高水平，且是当今世界上唯一一种能同时改善滚动阻力、抗湿滑性能、耐磨性能并使各项指标均达到最佳水平的绿胎。此“液体黄金”现已完成了实验室研究和中试结果验证阶段，目前正在青岛董家口经济区依托“高性能橡胶新材料循环经济绿色一体化项目”实施产业化工作。

2016年，我国共生产乘用车2437.7万辆、商用车365.1万辆，若所配轮胎全部是用该材料制备，按乘用车使用寿命30万公里、商用车100万公里简单测算，总共可减少油耗1833.09亿升，总节省油费1.087万亿元，实现二氧化碳减排4.75亿吨；新能源汽车单次充电的续航里程可提升20%，由150～300公里提高到180～360公里。

第二个研发的革命性产品是轮胎用RFID电子标签，轮胎的“身份证”。

将一个火柴大小的黑色电子标签植入轮胎，就随时能对这条轮胎进行自动信息识别，实现基于RFID技术的轮胎全生命周期自动管理和追溯。软控股份面向轮胎行业提供的轮胎RFID标签正是物联网技术带给传统行业的一次转型升级。

软控不仅研发轮胎RFID技术，而且一搞就是十几年。为此，袁仲雪特别从国防科技大学定向培养、挖掘了两个研究生——陈海军和董兰飞，现在他俩就是软控物联网事业的带头人，他们一进软控就研发RFID芯片、RFID技术在轮胎内部的应用。现在，软控在轮胎用RFID技术的研究和应用方面全球领先，正在牵头制定四项国际标准。

RFID（射频识别）技术，具有扫描速度快、耐久性强、数据存储容量大、体积小等优点，目前已被广泛用于身份识别、资产管理、智能交通等领域；传统轮胎行业多采用“条码+胎侧信息”的管理模式，存在易污损磨损、不可删改、数据容量小、读取效率低等问题。在RFID技术与轮胎相结合则能够完美解决这些问题，并且作为MES系统的重要元素，RFID技术扮演着“轮胎身份证”的角色。软控在全球范围内率先将RFID标签应用到轮胎内部。在实现轮胎用RFID电子标签产品的基础上，软控还积极推进其RFID轮胎的产业化进程，为行业提供基于RFID电子标签产品、RFID轮胎规模化生产自动化设备、信息管理系统的RFID轮胎整体解决方案。

软控从研发产品初期，就非常重视RFID轮胎标准体系的建设，从产品、工艺、测试、编码等方面建立健全轮胎用RFID电子标签的标准化体系，主起草轮胎用RFID电子标签四项国际标准及四项行业标准。

从2011年到2014年期间，软控牵头，邀请国内外RFID技术专家进行了若干次讨论，起草标准，完成了轮胎用RFID电子标签相关4项行业标准的草案。2014年4月，软控主起草的轮胎用射频识别（RFID）电子标签、轮胎用射频识别（RFID）电子标签植入方法、轮胎用射频识别（RFID）电子标签试验方法、轮胎用射频识别（RFID）电子标签编码4项标准被列入工信部第一批行业标准制修订计划（重点），该四项标准于2016年1月正式得到国家批复，2016年7月正式实施。

2015年7月，将软控主起草的四项行业标准推向国际标准化组织（ISO），申请轮胎用RFID电子标签相关国际标准，经过为期3个月的全球投票，2015年10月份，轮胎用RFID四项标准通过ISO投票，在ISO正式立项，并成立ISO/TC31/WG10（国际标准化组织/轮胎、轮辋及气门嘴技术委员会/轮胎用RFID电子标签工作组）工作组，由来自软控的董兰飞代表中国，担任该工作组的召集人和项目负责人。目前，ISO/TC31/WG10工作组有来自中国、美国、法国、英国、德国、日本、泰国、意大利、卢森堡、韩国、澳大利亚、芬兰、加拿大等13个国家在内的，由软控及众多轮胎知名企业的六十余名相关专家共同参与起草四项国际标准。从2016年1月到现在，ISO/TC31/WG10工作组已经分别在布鲁塞尔、三亚、西雅图、马赛、罗马、东京召开了6次全球讨论会议，其中两项国际标准已经进入FDIS阶段，有望于2018年底正式发布；另外两项标准将于2019年正式发布。轮胎用RFID电子标签四项国际标准是中国轮胎行业第一个正式立项的ISO系列化国际标准，同时也是轮胎用电子产品的第一项国际标准。该四项国际标准的起草，将规范RFID技术在轮胎内部的使用，确保安全、可靠性及性能，并实现全球统一编码，会在全球范围内推动RFID技术在轮胎上的应用。

五

轮胎智能整体工厂的构架是软控多年来在橡胶行业全领域取得的丰硕成果集聚而成的。

信息化布局灵光乍现于1997年。创业初期的袁仲雪和几位同事前往银川参加某轮胎厂的子午线轮胎项目招标。轰隆轰隆的绿皮火车，载着大家一路向西。一路上，袁仲雪一直在思索，他不仅仅关注这次是否中标，还在思索一台好的轮胎设备应该具有怎样的特性，一座轮胎厂如何能够实现高效率运转，如何让千千万万的一线工人实现双手的解脱，如何将“人”的因素在错误率中剔除掉。

清晨，列车驶进了一片戈壁滩，虽没有“长河落日圆”的壮美，但朝阳给万物带来了金色的光辉，一切都显示着生机勃勃。袁仲雪内心的想法也逐渐清晰，逐渐明确起来：人的精力和能力都是有限的，想要实现工厂大规模生产，想要让工人从繁杂的工作中解脱出来，要依靠自动化、网络化的力量，要依靠软件来解决质量问题、效率问题。

在机器轰鸣的轮胎厂建设工地上，袁仲雪拿着图纸，向在场的技术人员和管理人员详细阐明了自己的信息化网络构想。殊不知，就是这样一个构想，软控的行业信息化先行者的身份就此确立，MES系统的原型就此诞生，一个长达十几年、也一直在延续的信息化之路造就了轮胎厂的“灵魂”。

软控智慧智造事业部负责人焦清国介绍，全世界只有软控的轮胎生产设备做到了全覆盖，袁仲雪20年前的阐述和设想，今天具备了全面实现的条件。MES系统迅速与橡胶装备合体，一套世界首创的面向制造企业生产执行过程的车间级管理系统诞生了。系统基于企业生产业务流程，利用物联网、自动控制、信息通讯、数据存储及软件处理等前沿技术，实现对生产过程中人员、物料、计划、工艺、质量、设备、能源等各方面管理业务的集成优化，从而提高生产效率，确保产品质量稳定，提升设备利用效率，降低生产成本，并建立可追溯的产品全生命周期体系。

2018年2月22日，在汉诺威刚刚结束的德国国际轮胎技术展会上，软控向全球展示了最新的智能技术、智能装备及轮胎智能制造整体解决方案，前来洽谈的客商络绎不绝。十年间，软控从一个籍籍无名的小企业，到现在备受瞩目的国际化智造品牌，这也是中国企业走向世界、走向高端的真实写照。

在软控具备向橡胶轮胎企业提供所需的全套生产装备及控制系统的能力后，软控由单卖信息化装备变为直接“卖工厂”：投资者若想上一个轮胎厂，软控就能在最短的时间内，为其“完美复制”出一个年生产能力30万套的新工厂。技术、资本、模式的完美结合，大幅度降低了投资（原来上一个这样规模的厂，需要七八亿元，现在只需3个亿就解决问题。），提高了效率。这样一种“整体解决方案”，软控将之命名为“交钥匙工程”。

2012年，一国际轮胎巨头到软控参观交流，当详细了解了软控为轮胎企业研发的信息化生产操作系统（MES）后，当即表示愿意出资4亿元购买全套系统。董事长袁仲雪婉拒了对方的需求，在他心中有自己的盘算，“这套系统是软控十几年的心血，首先要用来振兴中国的橡胶工业，海外企业出再多的钱，现在也不能卖。”

从2006年登陆深交所的一家生产轮胎装备的企业，到如今为国内外橡胶轮胎企业提供整体解决方案的智能化装备供应商，短短10年间，软控已位居橡胶机械行业世界第二、国内第一。纵观工业历史，软控就是近二十年中国橡胶工业发展的缩影，软控是参与者、推动者，也是引领者。

它打造了全球首个轮胎梦工厂。

我们把视觉拉到合肥，在万力集团的平台上，软控同众多供应商一起实现了轮胎行业的“梦工厂”的雏形，2016年11月9日万力集团在合肥隆重举行投产仪式，整个工厂（年产200万套卡车胎）实现全线贯通。正式投产，软控为其实现了所有关键工艺操作环节的“零人工”，自动碎胶、自动输送、自动称量、自动套装……全领域的智能化、全流程的自动化和全方位的绿色化，成为轮胎行业绿色智能制造的新标杆。

目前，整个万力合肥工厂，用工由2000多人大幅减少至670人（且含管理人员在内），原材料、半成品、胎坯、成品库四大立体库全部无人化，机器人完成所有操作；30多台AGV小车、近20台堆垛机、近百台设备之间，均实现了智能化无缝对接与连通，自动化物流系统首次实现了智能调度，不仅运输效率得到极大提升，物料质量也得到高保证；软控研发的供料架及自动递头装置，可完全替代人工，也是国内轮胎行业的首次应用；抓胶机器人的应用，可将工人从重体力劳动中解放出来，促成了炼胶环节的自动化；300千克的胶粒称可实现自动称量，误差顶多200克；RFID电子标签的应用，可实现轮胎生产全过程的识别与追溯……

2018年6月9日，上海合作组织峰会在青岛召开。软控作为青岛“智造之都”的优秀代表，被大会隆重推出。随着CCTV强大电波向世界五大洲的传播，这个已经引起世界注目的企业，再一次让世界感觉到中国创新的强大动力!

伴随着胶东半岛潮水的铿锵脉动，软控以国家重点扶持的信息化装备制造领域为科研主攻方向，立足于橡胶行业，延伸产业链，持续保持在国内同行业的领先地位，进而跻身国际信息化装备制造企业前列，并以“1/3IT、1/3实业、1/3资本运作”的架构，向着百年软控的目标稳步前进。

透视软控，我们仿佛看到青岛制造业砥砺前行的足迹!

03

化工塔林的天际辰星

当2018年的曙光初照全球的时刻，乱局中的中东刮来了一股温若春阳下的和熙之风，在土耳其首都安卡拉西北部的卡赞，这股和风足以吹去空旷和寒冷。1月15日，由中国天辰工程有限公司（TCC，下面简称中国天辰）总承包的土耳其卡赞天然碱项目在卡赞现场举行了盛大的竣工典礼。

一向以强人面目出现在国际舞台，切身感受着中国人民深情厚谊的土耳其总统埃尔多安身着正装，始终面带独有的笑容。

“TCC”这个来自中国的顶级工程公司令他十分满意，除了对TCC的杰出贡献表示感谢之外，更多的还是他对中国速度与质量的钦佩。业主单位——土耳其CINER集团董事长图尔加伊·吉内尔更是赞不绝口，高度评价了中国天辰项目建设团队的职业化水平，感谢来自中国的设计、工程、资金和技术多方面的支持。

图尔加伊·吉内尔的赞扬是发自肺腑的，因为这个全球最大和最先进的天然碱项目总投资10.3亿美元，年产纯碱250万吨，食品级小苏打20万吨，建成达产后产品将占欧洲市场的十分之一，这个项目的建成将给他的CINER集团带来了丰厚的经济效益，用行家的话说，这是“印钞机一样的项目”。

土耳其卡赞天然碱项目合同于2014年11月正式生效，2015年9月现场开工，历经两年紧张有序的工程建设期，于2017年8月29日顺利打通第一条生产线流程，产出合格产品，之后其他生产线也顺利投产，项目总工期较合同工期提前了整整5个月，产品质量优于同行业水平，充分展现了中国天辰精湛的国际总承包项目管理水平和先进的工艺技术水平。

其实，取得这样的骄人业绩并不偶然。中国天辰自进入土耳其市场以来，以过硬的技术、管理和工程质量，不仅赢得了当地政府和企业的信任，还是土耳其中资企业公认的“带头大哥”，被推举为中国在土耳其企业协会的会长单位。

在中国天辰的业绩单上，2017年的统计数字显示，其国内外项目收入比已经发生了根本性的变化，海外工程已接近全部业务收入的70%！而支撑他们海外以及全部业务的，一是一切为业主的主导思想带来的市场信誉；二是专利产品竞标、实施计划、组织机构、设计、采购、施工、开车、保运一系列的整体优化；三是拥有一支技术强、管理佳、作风硬的专业化队伍。

对于刚刚接过中国天辰帅印的袁学民来说，土耳其卡赞天然碱项目的意义还不仅仅在于这些。在他看来，更重要的是通过这个项目大大锻炼了天辰人的国际化能力——与跨国公司正面竞争、将国际顶尖公司作为分包商合作、外方员工的管理、全面优化和配置国际资源，这些海外经验与国内工程的实践相结合，将成为支撑中国天辰未来发展弥足珍贵的财富。

事实正是如此。中国天辰自20世纪80年代首次走出国门，向国际化进军至今，已走过了漫长的36个春秋，目前在海外有50个以上的工程业绩，遍布30多个国家。就在土耳其天然碱项目竣工的1个月之前，中国天辰手握的另一个重量级的业务——哈萨克斯坦天然气化工综合体项目开始动工兴建，项目合同额达18亿美元，又创出一个震惊业界新高。

一个个带有TCC品牌的国际项目如同明珠镶嵌全球，又如天际的辰星，闪烁着光焰万丈的中国智慧，彰显着一个国际化创新型工程公司的美好未来。

一

1953年，化学工业部在全中国人民的期盼中成立，面对着一穷二白的窘境，化工人确定了白手起家、产业报国的雄心壮志。共和国化工勘察设计行业娇子——中国天辰工程有限公司（原化工部第一设计院）也应运而生。65年来，中国天辰这个延续着化工部血脉的设计尖兵，肩负着国家的重托和人民的期望，在历史的进程中镌刻不凡。

它曾经致力于我国的工业体系建设，专注于化工、石油化工、电力、市政、建筑、环保等工程建设、服务及相关业务，承建了我国多个化工、石油化工和炼油项目及一大批电力、建筑、市政、环保、医药等领域的工程项目，为构筑共和国的工业体系，推进国民经济发展以及我国化工、石油化工工业整体水平的提高做出了重要贡献。

从一家从事单纯化工设计、年营业额不足几千万的国内设计院，发展到如今工程、产业、研发、贸易多个业务板块协同推进，营业收入连续7年超过百亿，业务领域涵盖油气上下游、化工石化、能源电力、矿产资源、基础设施、生物环保等多个领域，工程业绩遍及全球30多个国家和地区，拥有超过300项专有、专利技术，近百名专业化国际项目管理人才及近千名各领域专业技术人才，连续跻身世界最大国际工程承包商及最富实力国际设计公司排行榜。在这种蜕变的背后，变化的是中国天辰科学可持续发展的核心竞争力不断提高，不变的是天辰人始终如一的发展初心和奋斗品质。

如果把中国天辰的跨越式发展比作一张宏伟蓝图，那么“发展战略”就是这张蓝图的不变底色，而“创新驱动”则是绘就这张蓝图的如椽巨笔。

中国天辰董事长袁学民介绍说，中国天辰的发展可以大体分为三个阶段，从1953年成立到1984年，跨度30年，是创立起步阶段；从1985年至2005年的20年是成长阶段；2005年至今的十几年是发展阶段。

提得一提的是1973年，中国天辰从战备下放的山西娘子关边上的程家村回迁天津，当时有“十几个人，七八条枪”的悲壮，人员一分为三，只剩下一个第一设计院的牌子，光环褪却，有名无实，是靠兄弟院所的支持才勉强撑起门面。也就是从这时开始，中国天辰一边恢复业务，一边招兵买马，缓缓重整旗鼓。由于体制所限，直到80年代中期，中国天辰一直在计划经济的海洋中漂泊。

1984年初，改革开放的倡导者邓小平开启第一次南巡，听取深圳负责人汇报时，得知深圳工农业总产值比办特区时的1979年增长了10倍的消息后，目光为之一亮，大笔一挥，写下了简短而肯定的题词，这个行动让举国上下感觉到了我国政府进一步扩大改革开放的决心。

中国天辰与时代同步，从1985年开始，进入了成长阶段。就在这一年，中国天辰承接了全国第一个以设计为主体的工程总承包项目（现在统称EPC）——山东海化集团（原潍坊纯碱厂）60万吨纯碱项目，海化与唐山碱厂、连云港碱厂并称三大碱厂，是当时我国纯碱行业最大规模的企业。由于采取了总承包的建设方式，海化工程建设用时最短、花费最少、效果最好。

从这个项目开始，在国内以设计为主的总承包开始流行。海化集团项目的建设模式在国内具有里程碑的意义。

1994年，中国天辰作为全国第一家工程公司通过ISO9000认证，在质量和标准化方面打下了坚实的基础。之后，业务得以迅速扩大，承接了多个内外资项目。1995年4月，中国天辰承接了第一个直接为国外业主服务的天津诺和诺德生物酶工程；5月，承接了与千代田公司合作的第一个国外独资项目天津美孚润滑油项目；11月，中国天辰第一个从德士古水煤浆加压气化技术工艺包设计开始的上海焦化厂三联供项目顺利投产；中国天辰第一个境外总承包项目——泰国凝析油分离装置项目合同签订。1997年3月，与日本三菱重工签订出口印度尼西亚的设备采购固定价合同，是中国天辰与外商签订的第一个利用公司对外经营权直接进行设备出口的项目。由于身处从计划经济向市场经济的转型过程中，天辰人边学边看，不断为未来的发展积势蓄力。一系列境内外总承包项目的承接和圆满完成，中国天辰的国际化步伐不断加快、业务机构不断完善、管理能力显著增强、综合实力不断提高。

就在传统工程板块不断成就辉煌之时，21世纪初，突如其来的国际、国内经济疲软，导致经济下行压力加大，产业结构调整加快。工程领域，尤其是石油化工工程领域遭受经济周期波动影响巨大，化工勘察设计的寒冬突然降临。

为解决公司业务领域单一，抵御风险能力较弱的短板，并借鉴国际工程公司的成功经验，中国天辰领导人果断而及时地提出以创新技术带动工程和产业板块的发展思路，制定了“技术研发要新、工程板块要远、产业发展要快”的多元化发展战略，要求以专有技术做支撑，投资建设生产型企业，在新技术产业化方面形成新的经济增长点，从而实现以技术推动工程和产业协同发展目标。

目标确定，行动迅速。在技术研发方面，中国天辰成立了研发中心，瞄准高端产品技术，抽调精兵强将全力研发。在管理方面，全面推动项目管理精细化，完善工程项目管控，升级管理监督体系，练好内功，提高竞争力。在看家本领工程设计方面，内外兼修，国内外两个市场并行发力。

陕西榆林、宁夏宁东、内蒙古鄂尔多斯被称为中国的能源金三角，煤制油、煤制气、煤制烯烃等多个中国顶级的现代煤化工项目星罗棋布，是中国煤化工产业的重要战场，也是各路工程公司的鏖兵之处。化工行业勘察设计大师林彬彬不负众望，凭借中国天辰在煤气化项目方面的经验、业绩以及出色的技术和管理实力，代表中国天辰最终拿下了神华榆林循环经济煤炭综合利用项目（一阶段工程）煤气化装置，对于这样的大型项目，中国天辰一方面是志在必得，底气十足；另一方面也感到承载着甚巨的压力和责任。

神华榆林煤气化项目采用国外工艺包，GE水煤浆气化装置投煤量为3000吨/天，属于国内首套，在技术上存在一定的难度，且基础设计之前由国内另外一家工程公司负责。受业主委托，林彬彬组织煤化工专家团队对基础设计进行全面审查，帮助业主严格把控技术关，解决了基础设计中遇到的诸多难题，规避了技术风险，迅速对工艺包及装置布置进行了深入的研究和优化，经过反复的论证，形成了比基础设计更优的设计方案。目前，神华榆林煤气化项目正稳步推进。

紧接着，中国天辰又拿下了兖矿榆林柴油添加剂项目聚甲氧基二甲醚项目。该项目是兖矿集团第一个按EPC模式招标的大型煤化工项目，包含全国第一套半废锅流程的四喷嘴水煤浆气化装置以及全国第一套单套生产能力150万吨/年的精馏装置。在林彬彬带领下，中国天辰煤化工团队凭借其专业的、高质量的技术方案、精确的报价成功拿下了本项目全部三个标段，夯实

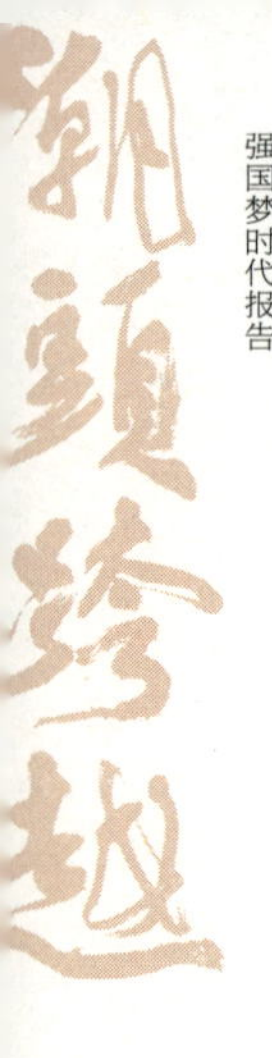

了中国天辰与兖矿EPC项目长远合作的基础，拓展了中国天辰在煤化工领域的EPC业绩，更成就了中国天辰投标史的一次大捷。

在国内市场上，中国天辰越走越快，越走越稳，一路超越，自1984年首先对山东潍坊纯碱厂60万吨/年纯碱工程进行工程总承包以来，先后完成了100多项各种规模、不同形式的工程总承包项目（管理），是全国勘察设计行业及工程公司中，完成承包项目最多，实力最强，经验最丰富的工程公司，并在“中国工程设计企业60强”和“中国承包商80强”中名列前茅，几十年来共完成工程项目千余项，其中国家重点工程数十项，多次获得工程总承包金钥匙奖和化工行业优秀工程设计一等奖。2009年“兖矿国泰年产20万吨醋酸和日处理1000吨煤新型气化炉工程”还获得新中国成立60周年百项经典暨精品工程的殊荣。积淀日渐丰厚，中国天辰在重大项目上屡建奇功。

二

2013年秋，中国国家主席习近平审时度势，以卓越的胆识和谋略，郑重向全世界提出建设“新丝绸之路经济带”和“21世纪海上丝绸之路”的合作倡议。

其实，在这条丝绸之路上，中国的先锋队伍已经进行了艰苦的拓荒。就在这一年，转战在丝绸之路一举拿下沙比克（沙特基础工业公司）项目的中国天辰高级项目经理冯玉成一直在闹心。

在外人看来，中国天辰首次拿下沙比克工程项目，实现了历史性突破；在天辰人来看，这个价值8000多万美元的变电所工程项目虽不算太大，毕竟也是打开了一个新天地，冯玉成责任重大，使命光荣。

快乐与痛往往是伴生的。冯玉成的闹心自有道理，为了拿到这个项目，中国天辰及他率领的团队对此付出很多，而接下来要干好这个项目更是困难重重，令人生畏。回忆起项目全过程，冯玉成感慨良多，感触颇深。

首先要过招标关。此类项目过去一直由国际老大ABB把持，他们占据着国际市场绝对大的份额，与之竞争无疑是虎口夺食，意味着要付出更多的努力和代价。当时，看到沙比克的招标要求时，着实把他吓了一跳：光相关询价文件就有26本，其中21本为通用要求，4本为个性化要求，1本是项目执行，每本近600页，摞起来超过半米，而且全部为英文，要求3个月完成报价。

研读要求，选择对策，完成报价，拿到项目等一系列工作完成后，他们又遇到了一道突如其来的难关，按照当地政府要求，所有工厂在开工建设前，要对地下水进行检测，抽出来的地下水必须达到相关排放标准。这在国内，项目还未建设之前，如果水源污染或不达标，跟工程设计和建设无关。天辰人没有被惯性思维所左右，而是正视问题，与业主密切配合，通过采水、送样、检测、标准协商等，终于圆满解决了问题。

真正动工建设，难关更多，要求之严，近乎或等于苛刻。

冯玉成举例说，别的不说，一个项目下来，光业务传递单就有3000多份，往来信件、会议纪要500多份，可见要求之严之细。

沙比克有一套完整的工程标准规范——SES（SABIC Engineering Standards），用于指导项目运行中的设计、采购、施工及验收。作为国际化的工程公司，中国天辰熟悉知名的国际标准。但是SES与以前接触到的美国规范、欧洲规范均不同。SES对项目运行过程中的各个细节均有要求，设备材料的采购困难重重，即使选用沙比克合格供货商、国家知名供货商，但供货商提供的设备材料的标准与SES也经常存在标准的偏离。施工过程亦如此，任何一项细小的作业，都需准备施工方案、风险评价报告、详细作业计划等，才可能得到业主的作业许可。项目运行过程中，还需遵守RC（皇家委员会）的规范要求以及HCIS（国家工业安全协会）的规范要求。在异国他乡执行项目，有着难以想象的困难。

最终，天辰人顶住难以忍受的压力，提前完成项目。

初战告捷，中国天辰获得沙比克的赞扬和信任。接着，年轻有为的杨潇康经理接过帅印。他们再接再厉，一口气又拿下沙比克的4个项目，分别为SADAF EOP项目、SAFCO变电站项目、PETROKemya丁二烯改造项目、SAFCO Ⅲ合成氨改造项目，并且越做越精，越做越好。沙比克人的目光由锐利变得柔和起来，主动把中国天辰的合作资质等级提高到C档，即可以一次承接其3.5亿美元级别的项目，相当于中国天辰第一个项目规模的4倍。

就在天辰的沙比克团队在沙特王国艰苦奋战之时，在离他们不远的伊朗国土上，另一支天辰劲旅也在沙漠的烘烤中接受考验。

伊朗盛产油气资源，是全球各大能源巨头必争之地。BP、TOTAL、SHELL等能源巨头纷纷在伊朗投资建厂，因此伊朗的工程市场环境完全与国际化工程项目接轨。

中国天辰在列强环伺中拿下了伊朗ME甲醇工程，合同额为28.5亿元人民币，建设周期为36个月，40个月实现性能考核并进入商业试运营。

倚仗丰富的国内强大的工程设计经验，中国天辰调集重兵，共克难关。ME甲醇项目从开始到收尾总共用了将近两年半的时间，其间共调集了150多名工程师参与设计（包含伊朗设计分包的30多名工程师），这对于一个占地只有64000m^{2}的工厂来说，是一个不可思议的投入。

在项目之初他们就编制了DCI并分配权重，严格把控进度计量及各类文件，ME甲醇项目DCI中共有2188个设计文件，在项目设计过程中每个文件至少需要经过审查版、批准版、施工图版三个阶段，所有文件至少需要经过6564次传递才能关闭，然而在实际项目运作过程中每个阶段往往需要经过多次传递后方可进入下一阶段，海量文件不能有任何差错。

CSA（土建建筑结构）的设计是困扰每个涉外项目的共性难题，ME甲醇项目也不例外。同时，他们还遇到了项目所在地为地震断裂带、地震设计参数的放大的问题。项目组果断决定，对于CSA采用分包的方式来解决，通过一年多的努力，历经百般曲折，最终顺利完成任务。

国际工程的重点之一是采购，要想取得收益，就要在这方面做精做细，然而伊朗人对欧美品牌的崇拜根深蒂固，其对采购、检验、运输的要求完全按照国际化项目的运作方式来要求。在采购过程中，弓马娴熟的天辰人同时闯过了业主对欧美品牌的过度崇拜、伊朗供货商的选择及管控、业主雇佣独立的第三方严格按照文件要求进行产品质量检验与管控以及全球物流等四大难关。

在施工方面，中国天辰同样秀出智慧，由于受费用、劳工配比、场地、业主要求等限制，ME甲醇项目最终采取了完全依托当地施工资源的方式开展施工，截至目前，施工进度每个月基本上可以保证5%左右，为项目的顺利执行奠定了良好的基础。

ME甲醇项目作为中国天辰第一个在伊朗开展的真正意义上的EPC项目，经过两年多的摸爬滚打，通过深耕市场、加大属地化运作等方式得以顺利推进。中国天辰的良好表现得到了伊朗石油部、伊朗教育基金会、业主的充分肯定和认可。

中东一向是地球上故事最多的区域，而地处两洋三洲五海之地、横跨亚欧两洲的土耳其近年来也是频频出镜，其丰富的地下资源吸引着全球的目光。善抓商机的中国天辰自然也不会错过这场盛宴。

在距土耳其首都安卡拉西北部30公里的卡赞镇，地下储藏着让外人羡慕的天然碱资源，土耳其知名的化工能源集团Ciner公司在详尽调研和科学评估后，决定开采这部分资源，从Ciner集团决定投资伊始，就确定了建设技术全球领先，规模全球最大的宏伟目标。土耳其卡赞天然碱项目建设规模为年产优质纯碱250万吨，食品级小苏打20万吨，同时建设一套360MW的自备电站为天然碱加工核心装置提供电力和公用工程，另外建设配套的足够数量的采矿井组。在投标过程中，中国天辰的技术方案从产品质量、能耗、单线生产能力等全面超越美国同类型公司，成功获得该项目总承包合同。2017年11月合同生效后，在两位资深项目总管王吉刚和李迎春的领导和精细化管理下，项目团队克服工期短、任务重、冬雨季周期长等不利因素，科学组织，精心策划，细致实施，使得项目实际执行工期短于合同规定工期，速度和质量都让国内外同行以及Ciner集团高层赞叹不已。该项目目前已处于全面试运行状态。

卡赞天然碱项目的成功实施，除了进行技术输出、带动中国产品走向土耳其市场外，还积极利用当地和国际资源，符合国际工程运作原则，有效践行了国家“一带一路”倡议和“走出去”的号召，扩大了中资企业在国际上的影响。

从沙特到伊朗再到土耳其，中国天辰一路凯歌，在中东地区创下了响当当的中国品牌。这次，他们把目光又瞄向了地处中亚的哈萨克斯坦。

哈萨克斯坦是世界上最大的内陆国家，有着丰富的资源和广阔的市场。

这一次，中国天辰又成功拿下了哈萨克斯坦石油化工工业公司（KPI）天然气化工综合体项目，合同额18.65亿美元，项目建设周期42个月。

“18亿美元的项目，技术不是关键性问题，考验中国天辰的是服务特殊业主的能力”，中国天辰董事长袁学民清楚地看到了项目成败的关键所在。经过一年半的前期工作后，2015年12月13日，在钓鱼台国宾馆举行的中哈企业家委员会第三次全体会议上，中国天辰的母公司中国化学与业主正式签署本项目的EPC合同。又经过近一年的合同谈判，2017年9月13日签订了合同增补协议，并正式开始实施。

对于进一步开拓国际市场，天辰人充满信心。目前，格鲁吉亚电站项目稳步推进；尼日利亚黄铜岛项目融资工作取得积极进展，基础设计工作即将正式启动，预计将再次刷新中国天辰单项合同额纪录。

为保障海外项目实施，中国天辰在已有的8个境外分支机构基础上，新成立尼日利亚、埃及、厄瓜多尔、玻利维亚、俄罗斯、缅甸、越南、格鲁吉亚等12个分支机构以及海外发展办公室。

方略确定，蓝图绘就，人们分明可以听到天辰勇士们出征前战马的嘶鸣之声。人们完全有理由相信，这支工程铁军能够在国际舞台上创造更多的业绩，描绘出更加波澜壮阔的历史画卷。

三

100多年前，一个大胡子的德国人提出了科学技术也是生产力的论断，100多年后的1988年，在全国科技大会上，一代伟人邓小平吹响了科技是第一生产力的号角。

深谙此道的中国天辰在技术支撑工程和产业发展方面独具匠心。天辰人认为，技术必须与工程和产业相结合，从而发挥工程公司在工程化方面的独有优势，这样不仅能够使科技迅速转化为现实的生产力，而且还能支持中国天辰的可持续转型发展。

在选择产业发展的突破点上，天辰人把目光坚定地聚焦于高科技含量的己内酰胺。

己内酰胺是一种重要的合成纤维单体，主要用于生产尼龙6。该产业属于国家《外商投资产业指导目录》鼓励类产业，被列为“十二五”高端石化化工产品发展重点。

中国天辰之所以格外看重己内酰胺，是基于对市场和自身情况两个方面的深入分析。

一是与世界应用对比来看，国内己内酰胺消费水平偏低，未来增长潜力巨大。国内工程塑料行业应用仅占己内酰胺消费的20%，远低于世界平均水平的38.1%。随着人们生活水平的提高和高端制造行业的发展，己内酰胺的应用将持续增加，有足够大的发展空间。

二是中国天辰掌握的环己烯法己内酰胺工艺技术，同国内主流的环己烷法生产工艺相比，在操作控制、能源利用方面有很大的提高，降低了原料和公用工程消耗，达到世界领先水平，具备明显的生产成本和环境优势。

而且，中国天辰对局部工艺技术进行了改进创新，如己内酰胺蒸发方案、硫酸铵结晶方案的改进进一步降低了蒸气的消耗；己内酰胺处理方案的改进提高了产品品质。从生产成本来看，技术改进使成本大幅降低；从环境保护来看，该工艺能耗低，产品纯度高，环境友好度高，符合环保发展清洁燃料的要求，远远领先于国内同业竞争对手；从规模来看，单线己内酰胺产能达到20万吨，为世界最大，通过后续优化提质，单线产能还能大幅提高。

综合考量，中国天辰自主开发的新型绿色己内酰胺生产技术，从源头消除了硫酸铵和有机副产物的产生，设备投资和生产成本明显降低。解决了设备腐蚀和环境污染等问题，经济效益与社会效益均十分明显。

此时，放眼国内外两个市场，己内酰胺物畅利高。更为可贵的是，中国天辰还手握两张好牌：兰花化工、鲁西化工，这两家同为年产己内酰胺十万吨的项目，均采用了中国天辰的技术和设计。中国天辰此时发力恰到好处，时机千载难逢。

最终，在综合比选自主技术水平、产品应用前景等因素后，中国天辰毅然选取了具有全套自主知识产权的己内酰胺作为公司首个技术产业化项目。

为实现“产业发展要快”的战略规划，中国天辰成立了由投资、技术人员组成的专业团队，由时任总经理的袁学民总体负责，副总经理周明生负责前期投资、选址、合作开发等工作，公司原总工程师耿玉侠、技术专家杨克俭负责技术把关，重量级人物悉数上场。

经过反复研讨和调研，在靠近产品市场与靠近原料市场的抉择之间，靠近产品市场的福建更加吸引天辰人的眼球。他们果断决策，选择了与当地国企福州耀隆化工集团公司合作，希望借助其原材料配套及当地便利的资源等条件，以最少的投资实现己内酰胺的快速投产。

2012年2月，由中国天辰和耀隆集团共同出资组建国有合资企业——福建天辰耀隆新材料有限公司，双方出资比例分别为60%和40%。天辰耀隆一期投资42亿元人民币，建设20万吨/年己内酰胺项目。

天辰耀隆公司成立伊始，厂区一片滩涂沼泽，杂草丛生，野鸟纷飞。勇于拼搏的天辰人就在这样一张白纸上绘制了宏伟的蓝图。2012年5月17日，项目开工典礼隆重举行。自此，建设方、总包方、各施工单位、监理单位展开了项目建设的大会战。一时间，几十家单位同时作业的场景格外壮观，参建人员的激情被点燃，夜以继日的大干场面感人至深。高温下，汗水湿透衣背；夜幕中，弧光烤红脸颊；风雨里，身影依然从容……可爱、可敬的建设者们用顽强的意志和永不泯灭的战斗力诉说着对这项宏伟工程满腔热血和炽热情怀。

在本项目中，中国天辰的身份比较特殊，既是控股方，又是总承包方，在项目建设中，天辰人充分利用这一优势，与合资方充分沟通、密切配合，多次组织技术人员优化各装置的工艺设计，对整个项目提出的设计优化累计达700余项，确保建成后的世界单线产能最大的己内酰胺生产线的技术经济性在同行业内更具竞争力。

一种精神，一种责任，一个目标，一条信念，支撑着天辰耀隆从无到有、从小到大、从弱到强。整个工程从签约到建设，仅用两年的时间就顺利投产，创造了投资最小、产能最大、施工时间最短的中国纪录。

2014年5月，中央政府提出“新常态”概念，认为中国的GDP增长回落是经济增长的根本性转变，要告别高增长，适应新常态，保持战略定力，接受新技术的洗礼，进行生产要素优化和结构性调整。

3个月后的8月4日，中国天辰用实际行动，回应了这个历史命题。

10时58分，天辰耀隆一期20万吨/年己内酰胺项目一次开车成功，装置运行平稳，产品己内酰胺达到优等品质量标准。至此，世界单线产能最大的己内酰胺项目生产线正式产出产品。

11时58分，取样化验，从外观、50%水溶液色度、结晶点、高锰酸钾吸收值、290nm波长吸光度、酸碱度、铁含量、环己酮肟含量等各项指标对己内酰胺产品进行分析，产品纯度远超过国内装置产品纯度，达到世界一流产品标准。

就在那天，天辰人矜持长达600天的激情瞬间得以释放。

2014年12月，全部生产装置投入使用。当今世界上单线产能最大、技术最先进、开车最稳定、最节能环保的己内酰胺项目宣告建成。

2016年8月，不知疲倦的天辰人抓住机遇，成功完成了项目扩能改造，己内酰胺产能猛增到28万吨/年。

回顾建设过程，人们发现，支撑天辰耀隆最重要的因素是他们有一支能打硬仗的队伍。

天辰耀隆公司董事长、党委书记周明生以他独有的战略眼光和开拓精神，带领企业走上了一条“源于制造，超越制造”的新型工业化发展之路。他“只有倒闭的企业，没有倒闭的行业，世界上仅剩下一家己内酰胺企业，那就是天辰耀隆！”的豪迈精神，给了全体员工必胜的信念。在他及总经理肖建新的率领下，天辰耀隆走上了超常规发展的道路。

天辰耀隆公司投产后，稳定运行，不负众望。2016年实现利润1亿元，2017年实现利润6.5亿元、营业收入44亿元、现金流入超50亿元，2018年前两个月利润超过1.5亿元。在创造良好经济效益的同时，其“产业示范基地、产品生产基地、技术验证基地、人才培训基地、开车试车基地”的战略作用日益凸显。

但是，天辰人没有小富而安。他们又将目标调整到了刷新世界纪录的新高度——即通过持续技术创新、工程优化将单线产能提升到33万吨，结合“互联网+智慧工厂”，将天辰耀隆公司二期打造成国家智慧化工厂示范基地，为世界智慧工厂标准提供中国设计，持续打造技术创新产业示范基地升级版。

与此同步，中国天辰将抓住目前难得的市场机遇，再抓紧上一套年产40万吨的己内酰胺装置，这个装置总投资约40个亿，而同期采用其他技术工艺上一个年产20万吨的项目也需要这个投资。

“人无我有，人有我优，人优我廉，人廉我转”。对于未来，天辰人充满信心。因为在己内酰胺之后，他们还将有新的技术进入市场，撑起一片新的蓝天。

四

2010年是中国“十一五”规划的最后一年，也是永载史册的辉煌之年，就在这一年，中国的GDP总量达到41万亿，超越日本成为世界第二大经济体。石化产业表现尤其抢眼，全行业主营业务收入跃居世界第二，其中化学工业更是一骑绝尘，全面超越美国，雄居全球第一。然而欣喜过后，石化企业普遍意识到，由于低端基础产品过多，从而导致中国化工

大而不强。如何破局？有识之士把理智的目光聚焦在高端化学品和新材料上面。

罗马不是一天建成的。要生产高新产品，首先要有核心技术。未雨绸缪的天辰人早在国家“十一五”规划的第一年即2006年就全面整合了公司的研发力量，成立了研发中心，开启了激情燃烧的岁月。

中国天辰成立研发中心，是基于两个方面的考虑：一是内部发展需要，二是外部市场推动。从内部看，工程公司如果没有核心技术，只能靠出劳力，搞设计，为别人打工，工程难，利润薄；二是市场在寻找能够稳定实现产业化的新技术。此时，恰逢中国天辰的母公司中国化学也要在研发上发力。于是，一个集团级的研发中心很快进入状态，入手之处自然是高端产品。

以己内酰胺为例，其生产技术的第一步是进行苯部分加氢催化剂的研发。当时，先进的苯部分加氢催化剂技术控制在发达国家的少数大公司手里。中国天辰考虑到发达国家现有的催化剂技术较好，指标完善，使用方便，虽然价格昂贵，但是能够快速投产，综合考虑之下，打算购买国外的苯加氢催化剂。

但是，外国人不仅拒绝了他们购买催化剂的提议，而且还以合同条文的形式对已售卖出的催化剂做出各种严苛的限制，进行技术垄断和信息封锁。

天辰人没有被困难吓倒，而是迎难而上，立志要研制出我国自己的苯加氢催化剂，走出一条自我创新研发之路，闯出一片属于自己的新天地。

经过详细的调研、谈判与交流，中国天辰选择与郑州大学合作进行苯部分加氢催化剂的研制。由于当时国内的苯选择性加氢催化剂研发处于刚刚起步的阶段，加上发达国家对技术和信息的封锁，没有任何成熟的技术可以借鉴，出现的一切问题都只能靠自己解决。

苯部分加氢制环己烯项目团队在技术专家杨克俭的带领下，与山东海力化工有限公司的技术人员一起，大胆假设，小心求证，没日没夜做实验，验证自己的想法，解决出现的问题。

“那时候，经常是迎着朝阳下班。”普普通通的一句话里，饱含着当时技术需求的紧迫、条件的艰苦和问题的复杂多样，也饱含着杨克俭带领的研发团队对这些困难的不屈服以及对自己创新研发能力的十足信心。

经历了一次又一次的失败，经过认真总结经验、详细探究、精细控制，最终，苯部分加氢催化剂研发团队在郑州大学技术的基础上作出重大改进，开发出了不同于国外专利的非晶态合金催化剂路线，得到了性能良好的苯加氢催化剂。

随后，这种催化剂的制备进入了中国天辰的长项：工程化放大。经过研发人员和设计人员精诚合作，他们成功将该催化剂反应体系放大到工业化级别，完成了从实验室研究到工业生产的转化。

从2010年到2012年，中国天辰一口气先后在山东海力化工有限公司（20万吨/年）、江苏海力化工有限公司（20万吨/年）和山东鲁西化工集团有限公司（10万吨/年）成功设计运行了三套己内酰胺生产装置。在此之后，中国天辰又亲自操刀，成功建设了天辰耀隆20万吨/年己内酰胺项目。苯部分加氢催化剂在各生产装置中平稳运行，成为稳产高效的重要保证。

苯加氢催化剂取得成功之后，中国天辰的技术研发团队并没有满足于已有的成绩，不断改进、完善现有的催化剂体系，扩大该催化剂组成与制备方法的研究范围，并对工业反应器的工艺参数进行优化，以提高苯转化率及环己烯选择性，从而进一步提高了苯加氢工段产品的产量和质量。

在主攻苯加氢催化剂难关的同时，天辰人剑指己内酰胺的另一项重要技术——环己酮氨肟化。

环己酮氨肟化是己内酰胺整套工艺流程的核心工序。传统的生产工艺副产物较多，污染严重，环己酮氨肟化是绿色己内酰胺成套工艺流程的核心工序，其中的关键技术环己酮氨肟化钛硅分子筛长期被国外公司垄断，研发自主知识产权的环己酮氨肟化技术是天辰人的责任和使命。

对于中国天辰研发中心来说，环己酮肟是一个陌生的化合物。无论是反应器设计，还是催化剂的核心制备技术都处于空白阶段。当时，肟化催化剂主要依赖美国进口，快速实现生产力转化的难度可想而知。

研发的环境条件无疑是艰苦的，由于当时研发中心的实验楼还尚未建成，研发团队只能蜗居在二三十平方米的小屋子里进行实验，没有空调和暖气，夏天汗流浃背，冬天瑟瑟发抖，但这并不能阻止天辰研发人员奋斗的脚步。

杨克俭亲自带领技术攻关团队，全面负责环己酮氨肟化的研发工作。每天他都会认真总结每组试验数据，仔细询问实验过程中的反应现象。实验出现问题时，每一个操作参数，每一个过程细节都经过他绞尽脑汁的思考。

不驰于空想，不骛于虚声。历经四年的艰苦研发，经过反复实验，工艺、设备、自动化等方面的技术难关一一被攻克，环己酮氨肟化反应装置在天辰耀隆拔地而起。同年，中国天辰技术研发中心完全掌握具有自主知识产权的氨肟化催化剂制备技术，100吨/年的催化剂中试装置一次性开车成功，生产出合格产品。

目前，该产品已成功应用于天辰耀隆己内酰胺生产装置上，装置运行稳定，催化剂单耗仅有0.07千克/吨产品，摆脱了肟化催化剂依赖进口的局面，极大地推动了中国天辰己内酰胺产业化进程。

1939年10月24日，处于二战阴云中的美国纽约突然由于一种神奇的袜子的出现引起轰动，这种“像蛛丝一样细，像钢丝一样强，像绢丝一样美”的袜子，其原料是一种叫尼龙的产品。尼龙后来在英语中成了“从煤、空气、水或其他物质合成的，具有耐磨性和柔韧性、类似蛋白质化学结构的所有聚酰胺的总称”。而己二腈，则是生产尼龙66的主要原料。目前，己二腈的生产工艺还掌握在美国人手中，其对我国技术封锁将近五十年，控制了己二腈就控制了中国尼龙产业。

天辰人鼓足勇气，毫不犹豫地把目标锁定在这个美利坚人引以为豪的己二腈上。

己二腈反应物涉及剧毒，微克足以致人死！面对着这样紧迫重要却又危险重重的工作，一个名叫王聪的年轻人站了出来，接下了攻关的战旗。王聪是天津大学的博士，已在天辰工作了若干年，敢闯敢干。随即，一支战场受命的精干研发团队很快组建起来。

考虑到技术的保密性，工作地点选择在一个人迹罕至、废弃许久的框架里。每天面对着枯燥的设备仪器，而且有可能拼尽一生也一无所获。但是王聪和大家一起顶住了各方面的压力。四年后，这个卧薪尝胆的团队终于发力，研制出具有自主知识产权的工艺路线，一举突破了国外的技术封锁，为国家拓展了崭新的业务领域。

研发团队的人至今还对第一次小试实验中出现的惊险插曲记忆犹新。

当时他们用一只小鸡监测密闭实验室中剧毒物的浓度。没想到装置开启不到10分钟的时间，小鸡就倒地而亡。当时很多工人都害怕了，谁也不敢进去关掉装置，但王聪毫不犹豫地就冲了进去！后来大家问他：你要是真出危险了，你家的人还怎么活呀。他回答说，顾不了那么多了，这个项目不能因为害怕就终止，作为负责人，我有这个义务冲在前面。

2011年1月，中国天辰与山东海力和天津振博联合攻关“丁二烯直接氢氰化法合成己二腈”技术，开发出了以丁二烯为主要原料直接氢氰化法合成己二腈及配套催化剂生产的成套技术。该技术以丁二烯、甲醇、氨为主要原料，通过自主开发催化剂体系，在较温和的反应条件下，利用丁二烯和氢氰酸直接合成己二腈。

2013年底，在山东海力厂区内建成了50吨/年己二腈全流程连续生产中试装置，并于2015年5月开始稳定运行。经平煤神马集团第三方化验检测，己二腈产品完全达标。同年9月，“丁二烯直接氢氰化法合成己二腈技术”通过了中国石化联合会在组织召开的科技成果鉴定会，与会专家一致认为，该成果总体技术达到国内领先水平。己二腈满足下游尼龙66盐的原料指标，达到国际同类产品先进水平。

经过不懈努力和奋斗，中国天辰的研发成果涛似连山，纷至沓来：

➔ 水合催化剂研发及工业应用。所生产的催化剂产品不仅在性能上优于市售商业剂，在工艺上具有生产流程短、成本低、后续环保处理简单等优点，而且所含杂质离子含量低，能显著降低催化剂中残留离子对己内酰胺生产设备的腐蚀，进而降低己内酰胺生产成本。

➔ 甘油法环氧氯丙烷工程化及工艺技术开发。甘油法环氧氯丙烷属于国际、国内先进的绿色生产技术，作为丙烯高温氯化法的替代技术，具有占地小、污水量少、投资省、见效快，质量较高的优点。并且，甘油法所需的设备无苛刻要求，设备在采购、运行、维修、更新、动力消耗的费用也大为降低。该工艺已成功应用于山东东营赫邦3万吨/年甘油法环氧氯丙烷项目，项目于2013年4月开始试车，5月生产出优质产品（纯度99.96%，色度10），标志着该工艺流程成功应用于工业生产。装置投产后，经过适当的调整，各项指标趋于稳定，甘油转化率稳定至90%，DCP选择性稳定至95%，创造了良好的经济效益。

➔ 在烧碱、天然碱、己内酰胺等领域，实现了我国具有自主知识产权的技术首次实现大型化和产业化的突破，并已成功推广应用，打破了外国垄断烧碱核心技术的局面，促进了我国能源工业的技术进步。共授权79项专利，其中53项发明专利。

➔ 在煤化工领域，多喷嘴对置式水煤浆气化炉在国家973、863等科技计划的支持下，历经十余年产学研联合攻关，形成了国际领先的大型高效水煤浆气化成套技术。气化的各项指标均优于引进的几套水煤浆气化炉，是我国煤气化技术进入国际行列的一个里程碑，填补了国内相关领域的空白，属于国际领先技术。2008年，多喷嘴对置式水煤浆加压气化技术一举击败美国本土技术，出口到美国市场，开创了中国化工技术成套出口欧美市场的先河。

目前，科技已经成为中国天辰的核心优势。2017年，中国天辰研发投入1.61亿元，依靠技术带动工程合同额17.7亿元，申报专利46项，获得专利授权45项，新获得专有技术认定5项。持续推进重点研发项目24项，开发出包括新一代苯加氢催化剂及肟化催化剂升级改进技术、SPA合成技术、工业污盐处理等环保技术，己二腈、环氧丙烷等新材料化工技术等大批科技创新成果。

一个创新驱动型工程公司正在国家的支持和行业的期盼中成长、壮大。

中国天辰的领导者从未被眼前的成绩所满足。翻开中国天辰的新年计划，科技创新赫然入目，是重中之重的战略：

➔ 进一步建立多元化的技术创新体系和机制。以市场为导向，通过自主研发、兼并收购、战略合作等多种形式，加强技术储备工作，为多元化发展提供技术支撑。

➔ 聚焦尼龙产业、关注环保技术，全面实施新技术开发和升级。依托产业板块，巩固公司在尼龙6市场技术领先地位，积极推动尼龙66技术工业化进程，延伸尼龙产业链。改进现有经济性不高的化工工艺，从源头开辟新型环保的绿色生产工艺，关注大幅降低成本、减少三废等研究课题，加快自主开发或合作开发具有垄断性的新型环保技术。

➔ 加强知识产权管理工作。全年申报专利不少于40项，专有技术不少于4项，适时组织新技术科技成果鉴定，完成海外专利布局调研工作，加快推进技术成果转让。

➔ 创新研发管理模式，引进先进的信息化软件，通过信息化平台实现大数据分析与共享，为研发成本核算、项目质量控制、项目保密等搭建统一、便捷、精确的大平台，逐步建成达到国内先进、国际一流的研发管理平台。进一步完善创新制度建设，完善研发物资采购制度和业绩导向的分配制度，提高研发工作效率和质量，提升研发人员的获得感。

➔ 加大推动以课题为中心的研发课题预算制度，调整公司对研发板块的奖金分配制度，使研发奖金与课题的类型、进展程度、实用效果、市场价值紧密挂钩。

搞技术出身的中国天辰董事长袁学民认真地算了一笔账：去掉国家给高新技术企业的优惠政策如税收减免、科技成本双倍扣除等因素，中国天辰的利润还能剩下多少？随之而来的是，中国天辰的核心竞争力在哪里？促进中国天辰持续发展的发力点和动力源在哪里？在他看来，中国的石化产业已经到了关键的发展时期，中国天辰的发展同样已经到了重要时刻，即将进入跨越发展阶段。要实现建立创新驱动型跨国公司的目标，必须明确以科技创新支撑产业、工程、贸易三大板块协同发展的方略，以创新不断提升企业的竞争力，构建国际一流的创新型公司。

65载栉风沐雨，65载春华秋实，65载记忆如昨，65载启示深刻。勤勉奋进的天辰人正以昂扬的斗志、豪迈的气魄，沿着新时代中国特色社会主义道路，在战略引领、创新驱动的道路上昂首阔步，踏歌前行。

化工园区之路，是现代化工资源集约、规模大型、产业集聚、绿色发展、效益领先的必由之路。70年来，路德维希、鹿特丹、安特卫普、裕廊，成为了世界优秀化工园区的典范。

建设世界一流的化工园区，是中国几代化工人的追求。面对强大对手，中国急起直追，以营造一流的招商环境和管理理念，仅仅用了20多年的探索，就建成了一批世界瞩目的高水平化工园区。

上海化工园区，汇集世界500强和行业领先企业，打造出园区“优等生俱乐部”，成为中国化工园区的示范；惠州大亚湾园区集改革开放前沿的优势，从一个小渔村，蜕变成今天的绿色石化新城；泰兴园区则以创新转型、绿色发展、能级提升为主题，在长江之畔的苏北，建成了中国精细化工园区的一个样板。

这是服务型理念、能力、责任的一个缩影；

这是企业集聚、和谐发展的一部恢宏的合唱；

这是中国石油化工产业由大变强的一曲雄浑交响。

PETROLEUM AND
CHEMICAL INDUSTRY

第七篇
弹奏世界园区的雄浑交响

01

杭州湾：一个由衷的表达

一

一切，或许是海的眷顾？

回溯历史，远在汉朝时期，大海混波掀涌，一浪一浪，拍打着岸边的芦苇。大自然的神谕，其玄妙有时不大好理会。努力去解析，终归还显肤浅。大概，为了给那些生物腾出一方生存的空间？于是，一步，两步，三步……海向后退了几步。这样，便形成了滩涂。海水一退，显露在外的慢慢干涸，便呈现出皲裂的纹理。时间一久，滩涂里荒落的芦苇便茂盛起来，各种鱼儿，在浅浅的水域里，比在广阔的大海活得还要充沛。

周边的渔民，以一摊水，一窝泥为塘，朝夕相济，捕鱼捉蟹。大海给他们勤劳和能吃苦的精神。终以日积月累踏实的劳作，换得了丰厚的回报。传说，渔民们挣来的钱，用手数不过来，唯有用尺子量。这一切，都是大海最无私的给予。

曾有人戏言，别说一个杭州湾了，整个大上海都是坐在海给腾出的一块滩地上。要不，怎么会称为“上海滩”哪！听了，让人发笑，又觉得有诗意的美感。海哪，退了几步之后，并没有走远，痴情地看着这座城市长大、崛起，以至发展成为国际大都市。这分明是大海的寄托，或者，叫作大海的好梦成真。

不能否认，大海确有它慷慨的一面。当然，也不是一开始就把富裕拱手给予杭州湾漕泾这地方。渔民们付出的代价、辛劳，是不在海边长大的人无法体验的。这是基因的奠定，也是精神的传承。原来，从古至今，这片虾游苇长的滩涂，是可以创造神话的滩涂。

一幅充满中华神韵的画卷为我们铺开——

这幅画，既有工笔，也有写意；这幅画，既是中国梦的落地生根，

也是创业者的期待遍地开花。

不是土地紧缺吗？那就向滩涂要土地。要了土地还不够，像当年的渔民那样，要金银，要效益，要富裕，要未来。

围海造地，堪称上海化工区之壮举。传说炎帝之女，游于东海，溺而不返，魂魄化作精卫鸟，衔石填海。海太远太阔，日复一日，年复一年，尚未能圆。

而今，杭州湾的漕泾，潮漫汐涌的虾游苇长，“填成”日进千万金、成为年产数百亿的世界一流化工区，只用了5年。

20世纪90年代后期，准确地说是1996年，上海化工区开始了史无前例的围海造地。

完成了围海造地只是第一步。

2001年正式全面建设，2005年主体化工项目陆续投入运营，2017年工业产值和销售收入双双破千亿，2018年继续保持稳步增长势头。22年忽闪一

瞬间。可这22年，是上海化工区的建设者们，艰苦奋战的22年。看今天的化工区，四个“最”字，几乎概括了它的全部。

- 全国集聚国际知名跨国化工企业最多；
- 循环经济水平最先进；
- 产业能级最高端；
- 安全环保管理最严格的化工园区。

数一数，连续5年蝉联中国化工园区20强之首。还被评为国家首批新型工业化示范基地、生态工业示范园区、循环经济先进单位和国家级经济技术开发区。

美丽的杭州湾，为此感到分外的骄傲！

二

张培璋坐在主席台上，频频摆动的手势，表达着他异常激动的心情。上海化工区开发建设20周年之际，已经退休颐养天年的张培璋，被请回公司，为员工进行传统教育。他讲述的，就是当年的围海造地。

作为开拓者、创业者，上海化工区发展公司第一任总经理，太多太多难忘的回忆，让他无法按捺内心的激动。那手势，牵回了围海造地的一幕幕情景。

除了机敏和睿智，还能感受到张培璋是个雷厉风行的人。可以想象，一个慢性子，做事拖沓，没有雄心，胸无大业的人，是指挥不了当年围海造地的。

“没钱是干不成事的。但给足了钱，也不一定能把事做好……”他的这句话，有哲理，有体会，有感动，有总结。

接着又说："给你个任务，发挥主观性、创造性，你就能把事情做到极致。"这句话，恰好是对他自己的一个最真实的写照。

开发区刚成立那会，张培璋从化工局长调任筹备组组长、围海工程总指挥。可见，上海市委市政府对这工程有多重视。难怪，这是几代上海化工人的一个梦。这个梦从50年代就开始做，那时的吴淞、天原等化工企业都在上海郊外。随着城市扩延，后来变成了市中心。从环境考虑，这些企业早该"乔迁"了。这个梦，波波折折做了近半个世纪，终于在这一天盼来了。

当时，张培璋面对的是这样一个情境：

1996年4月29日接受任务。
1996年9月28日围海造地投下第一块石头。
1998年4月前必须完成。

总指挥可不是好干的，肩上的担子有多重，心里的压力就有多大。说起化工，张培璋是地道的专家，他哪懂得水利？可不懂得水利就干不了围海造地。最让他没料到围海造地竟然那么多复杂的事情要做。对地理、水纹、用什么样的沙土充填，什么是栅板，什么是管涌，以及对滩涂的测试，他真的通通一无所知。

从选地开始，到办理各种程序，再到投下第一块石头，准备工作满打满算只有5个月；还有，1998年4月前必须完成，这是后墙不倒的任务。工程只有一年半！

海的胸怀是博大的！它没有愧对勤劳的创业者们艰辛的付出。

想象没有过错。创新，永远离不开想象。可要把想象变成一尊立体的雕塑能做到吗？不仅如此，还要把美好的想象在围海造地的基础上打造一个可以与世界媲美的化工园区。

是梦，不是梦。现实，可行吗？

有许多路，不逼到一定程度是走不出来的。可一旦走出来，就别有洞天。此时，张培璋的回忆又一次沉到岁月的深处。20世纪70年代，在杭州湾北岸建设石化基地又一次纳入考虑。几番酝酿，几番搁浅，决策者们在创造着条件，等待着时机。

在1995年12月出刊的一份油印《漕泾开发》简报上，有这样的记载——

11月30日上午，上海市副市长华建敏率领计委、经委和建行的领导，在上海焦化总厂听取化工局的汇报。

化工局党委书记、局长俞德雄，就上海化工的发展、60吨乙烯工程和漕泾开发做了汇报。

制约上海化工发展的“瓶颈”是什么？

与会者公认的是条块分割。

条块分割不利于向集约化转变。

通俗地解释条块分割，一句话就是不集中。比如，上海化工局系统、上海石化总厂、高桥石化公司、上海医药局系统。最形象的比喻，如一只手的五根指头，全部伸开各自为政，不能攥成拳头形成合力。我们不能怪罪历史，历史曾经给予了他们各自的辉煌！

只是，现在还没到五根指头收拢的时候。

打破条块，联手发展，势在必行！而漕泾基地的开发，为条块联手，以至于打消条块提供了一次最好的机遇。

上海，迎来新一轮化工布局大调整的机遇期。二十一世纪，注定会创造一个新的辉煌。华建敏和大家一并畅想！

最重要的是如何破解发展的“瓶颈”？华市长在听了汇报后，做出指示：打破条块，要靠一大一小两个三角，“大三角”是中石化公司、浙江、上海；“小三角”是金山、高桥、化工局。两个三角联合推进。伸开的五根指头，终于将要攥拢了。

60万乙烯工程要去抢；抓住漕泾大开发的机遇，这两件事要合在一起去做。可按“大三角”下的“小三角”，多种产权组织形式去搞。做好外引内联，深化布局。对支柱产业要重点扶持，投资要有新的探索。

对于这些繁杂的过程，张培璋是经历者，是见证者，所以，历历在目。

三

张培璋用力把第一块抛下去，等于抛下一根“定海神针”。表明围海造工地的大幕正式拉启！让人迷恋，让人向往的——杭州湾，从古至今，更多的时候以潮水的汹涌替代了它少有的温和。

刚从军工研究所回来，又跑到华东师大河口研究所。围海之前，要对6000多年的海岸线，进行一次全面的海底各种测试。如果发生7级地震，堤坝会不会漂移？这样庞大的工程，必须要经得住时间的检验。水利技术来不得半点的疏忽，要一个一个地去攻破。

围海造地的部分地段，距吴淞标高负1.5米，在波涛浪峰中构筑全长8.1公里的挡潮大堤，并一次圈围10平方公里土地。这在杭州湾乃至全国的围垦史上，绝无先例。

用什么来填充，几千万平的土到哪里取？

有人说，到长江那边去取。说得轻松。工程成本大不说，工期是问题呀。这时，张培璋的精明又一次显现。他在上海地质所对海底扫描图上发现，在要筑的堤坝对应处有两堆土。张培璋骤然一笑，有喽！天助我也！一测量，不多也不少，正好2000立方。能说这不是天意啊？能说这不是老天对几代化工人梦想的垂爱？

筹备组的28个人，日夜坚守在现场。施工人员成千上万。土工袋子用

得不计其数，吹泥机响起来就不再停下。每天还要躲开子午两次潮汛。渐渐，堤坝有了模样。工程是有档期的，这个“档期”是由大自然决定的。9月份投下石头是再合适不过的了。工程必须要在来年春节大年初三大海“拜年潮”到来之前完成前期固定。

海的性格是不可改变的，它的规律任何人都无法抗拒。唯有尊重，唯有敬畏，唯有老老实实，科学地去面对。那一波一波的声浪，是对人的问候、叮嘱与教诲。海要是愤怒起来一点情面都不讲，它可以伸出巨浪的手臂，把一台偌大的工程车瞬间塞进海底。那么，人就更渺小得不能再渺小了，一个大浪捕过，抓走几个人的生命跟玩似的。人定胜天，这话不过是一时的冲动。

转过春天，又开始新一轮施工，其节奏比从前更快了。1997年第11号台风来了！巧的是，巨大的风浪正好砸在五道隔堤的中间部位。假如是砸在别的地方，一切都将前功尽弃！惨重的损失是无法估量的。张培璋和现场的人们都吓傻了！然后又是那么的喜出望外。这，又是老天的一次眷顾。

如同一场盛况空前的战争，各方精锐部队，在同一时间吹响了集结号。上海市水利工程公司、宝冶特种工程公司、上海化工建设总公司、中石化上海金山工程公司、奉贤水利建设公司和金山水利建设总公司等单位，组成了强大的“集团军”。

构筑挡潮大堤和隔堤的“攻坚战役”高潮迭起。

上海、长江、天津三大航道局，组建起“联合舰队”，投入围堤工程的吹泥“大会战”。

金山、奉贤两地基干民兵，自觉行动，踊跃“支前”。驻沪空军指挥部、驻沪叶挺部队官兵也积极参战。建设者们，以大无畏的精神，投身到围海造地的战役之中。

整个围海造地工程，从漕泾镇张家库向东至奉贤县（今奉贤区）柘林镇。这10平方公里的垦区，就是今天的上海化工区。

杭州湾北岸一条长8.1公里拦大堤屹立在惊涛骇浪之中。

大堤内是一片广袤的土地，经过5000多名建设者1年零9个月的艰苦奋战，围海造地工程于4月底全面竣工。这是上海历史上规模最大的围海造地工程，总投资7亿元人民币，造地10平方公里，相当于两个黄浦区的土地面积。

在宽9.5米，高9米的大堤上，极目远眺，挡潮大堤宛如巨龙昂首伸向杭州湾。将10平方公里已成陆地的区域紧紧地揽在怀里。堤身内侧，或绿草茵茵，或草芽初绽；由10.3米高的钢筋水泥防潮墙、两道钢筋水泥栅栏板、两道水泥平台、抛石护脚、消浪翼和丁字坝组成的大堤斜坡，构成了立体的完整的防御体系。

四

创业者最懂得，有了地并不等于有了一切。

融资，规划，怎么办？1996年，上海化工局成立化工区发展公司，通过出售外滩房产、注入固定资产等方式，为园区最初的开发，提供了最有力的保障，建设化工项目聚集的专业园区开始行动了。

规划难，难在哪？上海化工园区是中国第一个，没有现成的规划经验可循，借用或者参考的东西完全是空白。但是，这并没有阻挡住化工区建设的步伐。

历史就这样地选择了上海！

拥有吴泾、桃浦等地方化工基地和高桥、金山等中央石化骨干的上海，产业基础好，产业链完整，全国领先。

位于杭州湾北岸的漕泾，濒海临港，交通便利，辐射面广，是建设超大型化工区的天赋宝地。

需要铭记这些时刻——

1996年，《上海化学工业区开发规划纲要》，明确了区域发展定位；1999年，《上海化学工业区总体规划》明确了产业和功能定位，随后又出台了《上海化学工业区控制性详细规划》。依靠这一系列规划文件，化工区破解了规划难题，走在了全国的前列。

还是这一年，上海市委、市政府作出重大决定，将原为市区“三废”化工，搬迁漕泾，重新定位为世界级化工区。

2001年1月6日，杭州湾北岸响起了打桩声，有望成为浦东开发开放之后，上海又一个新经济增长点的上海化工区开始兴建了。

2002年2月27日，国务院授权国家发展计划委员会对《上海化学工业区总体发展规划》作出批复。这样，上海化工区成为中国改革开放以来第一个获得国家批准的石油化工专业开发区。它标志，上海化工区的建设，正式纳入国家产业发展的战略布局。

招商，规划，谈判，接踵而来。从市区到杭州湾，每天来到现场路上要花掉3个小时。工作没几个小时就得往回返。这怎么行？时间不等人。筹备组把附近的海星宾馆租了下来。

不知是杭州湾选择了他，还是他选择了杭州湾。要么就是他迎来了一个灿烂的花期。李国华，华东理工学院毕业后，分配到南京东方化工公司。一天，看到上海焦化厂在《中国化工报》有则广告，招聘懂化工和管理的高级工程师。他知道自己有胜任的资本，于是，通过人才引进回到家乡上海。之后来又听从召唤到了化工区开发建设的新战场。

有两件事让他难忘：时任国务院副总理吴邦国听了上海年产60万吨乙烯项目汇报，他询问，现在世界上乙烯装置规模最大是多少？有人说90万吨。随后他立即拍板，那我们就要建世界最大的生产装置，提到90万吨。

还有时任市长的韩正，在化工区开发领导小组现场办公会上，深情地叮嘱，再三强调，我们化工区的开发一定要高举环境保护的大旗，就可永远立于不败之地！

阮延华欣赏李国华做事严谨。曾对他说："开发区这块你不懂，化工这块我不懂。咱们两个是互补啊！"

上海，高安路18弄10号。位于市区繁华地段的那幢小楼，留下了太多谈判的记忆。李国华带着谈判团队，为尽快落实入驻项目公司土地使用权转让合同、公用工程合资公司的合同章程等文本材料，整天忙着连轴转，最多一天要安排4个项目的会议。

由于BP公司与中石化合作的90万吨乙烯项目决定落户化工区。这样，在项目总布局上，就得把德国拜耳公司原先安排在园区西面的A地块搬到东面的F地块。

拜耳说，我们也是世界500强公司，凭什么要给BP让位置？

谈判进行得很艰难。最后，时任上海市政府副秘书长、化工区开发领导小组办公室主任黄奇帆与拜耳公司亚太区总裁坦率地交换了看法。

"你们项目现在移址到园区东侧，一是距离市区近了。二是让出西侧土地，可推动石脑油裂解项目最终决策落户化工区，为拜耳和园区用户提供基础原料。加上地处上风向，也有利于生产和生活。这是上海市政府，千方百计为你们考虑安排的。"黄奇帆的一番话，不仅得到了拜耳领导的认可，且视为关照。

接下来是土地出让价格的谈判。

拜耳给出土地开发费用是一平方米55美金。

李国华提出了分项成本汇总后为一平方米60美金。

拜耳看了所有的分类项目没有异议，只是觉得道路这块费用过高。希望李先生降下来。

李国华的报价是有根据的，根据来自于当时现实的建造成本。相互僵持，拜耳不予妥协。李国华说：“要么这样，道路这块我们不建了，给你们。花多少由你们自己承担。”这一叫板，把拜耳给叫住了。于是，双方都做出一定的让步。达成协议每一平方米57美金。

李国华说：“这个数听上去不好，加1美金到58美金。大家‘发’，项目事业永远‘发’。增加这1美金投到园区的配套上，用它建足球场、网球场、游泳馆和宾馆。我们大家都受益。”拜耳谈判的人笑了，并点头。

时间往前推移，2004年大年初五，时任中共中央政治局常委、国务院副总理黄菊回到上海。这里之所以用“回到”而没有用“来到”。因为上海是他的老家。作为“远方游子”，他深为杭州湾的今天而喝彩！当年他也曾为化工区的构想操过心，出过力。

这天黄菊是以共和国副总理的身份前来视察的。

远望，杭州湾滔滔的水面，承载物流的三座码头尽收眼底；近看，世界级化工巨子比肩林立。在化工区大厦顶楼展厅，他很兴奋，提到上海化工区建设不仅对地方经济有极大的推动，更是新时期我国石化行业调整产业结构、加快产业升级、提高综合竞争力的重要举措。

纵观发达国家的GDP，多以石化产业为倚重，因为石化产业关乎国计民生。石化可延伸的产业链较长，每1个单位的基础化工投入，可带动200个单位的相关产业。

项目巨型化、装置集中化、发展规模化，已经成为世界化工业主流。美国休斯敦、比利时安特卫普、新加坡裕廊等世界级化工区均呈现虎踞龙盘状态。相比，中国石化产业多少年一直徘徊于布局散、规模小、档次低的阶段。大型传统化工企业，即使更新设备了，通过技术改造实现新的状态，这已经感到非常满足了。

那么，要在全球经济一体化的舞台上赢得一席之地，中国必须要有吸引高新技术、生产高附加值产品、积累高产业能级的化工区。

走在这条路上的人们，来不得懈怠，来不得等候，更来不得半点的观望。

五

阮延华调到上海化工区任一把手，人们都说这人选得准。

改革开放初期，还是计划经济时代，阮延华就参与了全国最早的开发区——闵行经济技术开发区建设的领导工作；90年代初，又调任全国最大的开发区——浦东新区工作。特别在外高桥保税区，把一片芦苇荡变成了全国最大的保税区。如果说人生需要精彩，这些，足以构成了阮延华一生的华章。同事们戏称他“老开发”。后来，“老开发”变成了他的一个绰号。

多年的开发建设实践，使他成为了在全国开发区中颇具知名度的一名“开发专家”。这不，没等“老开发”卸掉一身的劳累，一副更重的担子又落在了他的肩上。毕竟是一名老党员，毕竟在这个行当干过多年，生命几近三分之二给了开发区。阮延华与开发区结下不解之缘。面对新的使命，他没有半点的犹豫。这副担子再沉，再重也得挑起来。阮延华暗暗地想着。

上海化工区以“产品链”为纽带，主动出击，开展上游、中游、下游所有关联产品项目的招商。

人说，阮延华是一个善于打开局面的人。

抓紧招商推介，通过上海国际工业博览会、厦门投资洽谈会、法兰克福学术会，以及东京、大阪、沙迦招商说明会等国内外各种渠道，向与会商人详尽介绍新兴的化工区特点是什么，优势是什么，规划理念又是什么！

与化工巨商们，面对面的洽谈。

你们需要什么？

我来为你提供什么。

之后，分别在日本、香港建立了对外窗口。

阮延华“跑步进京”被传为佳话，帮助投资方加强与国家有关部委的密切沟通，做好上报项目的催批。项目投资方对他给予了许多称赞。他懂得，在与外企交往中，唯有用信任方能拉近距离。

超常规地推进基础设施建设，营造改善园区投资最好的环境，满足项目开工条件；突破引进国外技术、资金及管理，首创开发区公用工程合资的成功范例。

一踏上起跑线，就没有停歇。

谁也没料到，2003年春天，“非典”突然袭来，这让阮延华有些措手不及。及时调整状态，把发展公司和管委会，从市区转移到园区现场，为区内企业提供“门对门、面对面”贴身服务。

阮延华说：“我们虽然离市区远了，但是离世界却近了。”整个非典期间，化工区的外商一个未撤，投入的势头不减。

化工区第一批主体化工项目、公用工程、基础设施，全面开工建设。筑巢引凤，配套先行。展现的是阮延华的前瞻与气魄。

高标准、高起点、高质量，推进区内道路、电力、通讯、河网排水系统等基础设施建设。从2000年8月到2001年底，打响了化工区基础设施建设“攻坚战”。

六

进入21世纪，世界经济格局发生了重大变化。中国，已成为全球制造业转移的首选目的地。上海抓住了有利机遇，适时提出了建设“六大产业基地”的战略构想。化工区正是其中的南部重心。

阮延华第一次来到现场，对漕泾这地方他一点都不陌生，但从来没像今天这样亲身体验过。绾起裤子，踏着没脚的泥泞、拨开齐腰的芦苇，站在浪涛拍打的漫长滩涂上，眼望水天一线的远方，他渐渐地陷入了深思。这要从他的经历说起，80年代搞开发，靠的是基础设施条件，90年代靠的是优惠政策，进入21世纪，搞新的开发区建设，到底靠什么？

其实，他最有资格回答这个问题。

班子会上，阮延华反复强调的两个字就是创新。建设这样一个世界级的现代化大工业基地，国内没有现成的经验可找，国外的成果也不能照搬照套，只有发挥综合优势，靠的就是创新，不断地创新。

他比谁都懂得，眼下招商是当务之急。有了土地，有了所有该有的一切，没有化工大商家的引入，一切等于零。

上海市委主要领导在与他调任谈话中，寄希望“打造世界一流化工区”。他把这殷殷嘱托，深深地埋在心里。

那么，什么样的化工区是世界一流呢？

阮延华起程了，14天，换了16次国际航班，从休斯敦到法兰克福，从路德维希到鹿特丹，从安特卫普再到新加坡裕廊，几乎绕地球一周，把世界一流的化工区、化工厂看个遍。

看完了，想法有了，最难的还是第一步，让世界一流的化工企业落户漕泾？然而，漕泾的海边是什么样子？那会儿的场景是，鱼虾蟹塘遍地，芦苇蒿草齐腰。

恰巧，德国拜耳公司研发中心在浦东揭牌。阮延华带着人迅速赶了过去。主动拜见大伽，磨破了嘴皮子，好歹算把拜耳亚太区总裁施德浩请到了现场。

没想到，施德浩板着脸扔下一句话，让人心凉了半截子。

“这塘里的虾你们什么时候才能吃光”？

阮延华懵了，直愣愣地看着施德浩半天。心想，就这样失之交臂？不，不能。

“我们保证3个月内填平”。阮延华急了，当场立言。

“果真能做到的话，拜耳就投资”。施德浩用那深陷的两只眼睛同样看了阮延华好一会儿。阮延华坚定的目光迸发着力量。

2个多月后，原已在泰国、新加坡买地的拜耳，看到原来的虾塘地块平整一新。立即宣布，将31亿美元的一揽子项目，全部落户上海化工区。

这第一签，竟然签下了国际大公司拜耳。

原来，这是拜耳公司138年以来，迄今最大的对外投资项目。

是啊，不屑的何止是一个施德浩！

那夜，化工区在和平饭店宴请投资商，巴斯夫亚太区总裁尼森面色严肃，非常不客气地说，“产业链高度集聚，需要高度严密的管理。这方面，你们中国人没经验，必须请国际著名管理公司”。

并且，尼森向阮延华指定了一家国际公司，管理5年，开价要2亿美元。尼森又说：“不请国际公司管理，上海化工区谈何实现规范化、国际化？”

阮延华一听，火从嗓子里往上蹿。他打心里不服！

“中国的化工区，还是由我们自己来管。”他平静地表示。

之后，相当一段时间里，一直在现场忙碌的尼森总裁，耳闻目睹了化工区的自主管理是那么游刃有余。其间，克服了重重困难，特别是在服务上，做到及时、配套，井井有条。保证了巴斯夫全球最大的聚四氢呋喃项目按时投产。

一次项目现场会上，阮延华遇到了尼森。尼森当着上百名员工和客户的面，诚诚恳恳地向阮延华道歉。握着阮延华握着手，说了声“对不起”。

栽下梧桐树，引得凤凰来。

德国拜耳来了，巴斯夫来了，英国的BP也来了，世界三大巨头，率先在上海化工区集聚成化工前沿方阵。

中石化与BP合作的90万吨乙烯项目仅用2年零9个月就全部建成，创下世界纪录；以严厉挑剔著称的全球精细化工业龙头德固赛，在化工区创造了一年投资4个项目的奇迹。

5年里，世界最大的异氰酸酯、聚四氢呋喃生产基地及中国最大的聚氯乙烯、聚碳酸酯生产基地初具雏形，东海之滨崛起了世界一流化工区！

5年里，29.4平方公里的填海拓荒，42家世界级化工企业的安营扎寨，88.6亿美元的累计引资，远远超出了最初的构想。

从一张周密完善的计划时间表上可以看到，仅用短短一年多时间，南区10平方公里，已经贯通了网状道路；北区13.4平方公里地块正在快速延伸。电力、通信、给排水设施配套到位，使化工区迅速具备了主体项目和公用工程开建的基本条件。

这个建设速度，被当时的拜耳集团CEO赞誉为“如磁悬浮列车般飞快”。

统一规划、分步实施，以石油和天然气化工为重点，发展合成新材料、精细化工等石油深加工产品，构建乙烯、异氰酸酯、聚氯乙烯及聚碳酸酯等产品系列，最终向西与上海石化连线成片后，将成为亚洲最大、最集中、水平最高的世界级石油化工生产基地。

七

无论是经历者，还是后来人，在上海化工区，说起22年的发展历程，都会获得一种共知。谈得最多的是五个“一体化”，叫得最响的是五个“一体化”，给人印象最深的是五个“一体化”，让人们引为骄傲的也是五个“一体化”。

五个“一体化”，似乎有些枯燥，可它又不失为一幅颇有气势的宏图，堪称化工区的具有创新意义上的经典之作。

创新，是高速发展的驱动器。没有五个“一体化”就没有上海化工区的今天。

五个“一体化”这部大作，顺应了世界石油化工行业发展潮流和趋势，结合了我国改革开放20多年成功做法和经验，立足化工区自身特点，集合众人智慧才学，开创性地提出。阮延华，自然是担负着主创和领衔主演的角色。

五个“一体化”开发理念主要包括以下内容：

➔ 产品项目一体化。以石油化工产品链为导向，建立上中下游企业循环链，实现整体规划、合理布局、有序建设以及资源最佳配置。在2005年，区内一期项目投资就已达到每平方公里13.8亿美元的国际先进水平。

➔ 公用辅助一体化。引入世界知名的专业配套服务企业为合作伙伴，集中建设供水、电、热、气的公用工程岛，形成园区统一配套优势。与各企业自建相比，能耗下降约30%，投资成本降低近50%。

➔ 物流传输一体化。构建海运、铁路、高速公路、公共管廊等功能互补的立体输送体系，建立便捷、高效、安全的传输网络，降低了运输成本、物料耗损和安全隐患。

➔ 生态环保一体化。运用环境无害化技术、清洁能源、清洁生产工艺及清洁设施，对废弃物进行集中处理和综合回收利用，最大幅度减少污染物产生和排放，并建立园区HSE综合管理体系，实现化工生产与生态环境的平衡和谐发展。

➔ 管理服务一体化。提供政府“一门式”办公和后勤“一条龙”服务，使来自不同国家、不同属性、不同规模的企业都能得到全面优质的服务，为其生产运营保驾护航。

上海化工区创建之初，就以“五个一体化”理念，奠定绿色化工高起点。逐步完善上、中、下游产业链，主体产业日益壮大，生产能力逐步增强。随着26个主要项目相继建成投产，形成了以乙烯为龙头，异氰酸酯、聚碳酸酯为中游，精细化工、合成材料为下游的，完整的化工原料、中间体、产品和废弃物的互供互享的产业链。

化工区集中建设热电联供、工业气体、工业水厂、污水处理厂、废物焚烧炉等公用工程体系，不仅有利于节约项目用地、提高资源利用效率，更为企业降低了投资和运营成本。赛科90万吨乙烯项目，在一体化公用工程的保障下，项目总投资控制在200亿元人民币以内，比国内同期、同等规模的其他乙烯项目减少投资接近一半。

化工区先后荣获全国首批“国家新型工业化产业示范基地”“上海市先进制造业十大品牌”“上海品牌园区”等荣誉称号。

专业集成、投资集中、资源集约、效益集聚，这一开发理念和管理模式，被国家工信部和中国石化联合会采纳，写入了2004年发布的《关于我国化工园区发展的指导意见》，树立成为全国化工园区开发建设的示范。

八

如果说，上海化工区在芦苇滩涂上建起每年可递增产值200亿元的大工业区是一部神话。那么，这部神话远没有结束，新的神话还在继续。俯瞰上海化工区的版图，酷似一只大鸟的翅膀。毫无疑问，它将以新的思维，新的理念，去创造新的神话。

目前，整个化工区拥有58家企业，其中80%为外企，是中国所有化工园区拥有外企最多的园区。

统一规划、分步实施、滚动开发，吸引世界著名跨国公司和国内大型

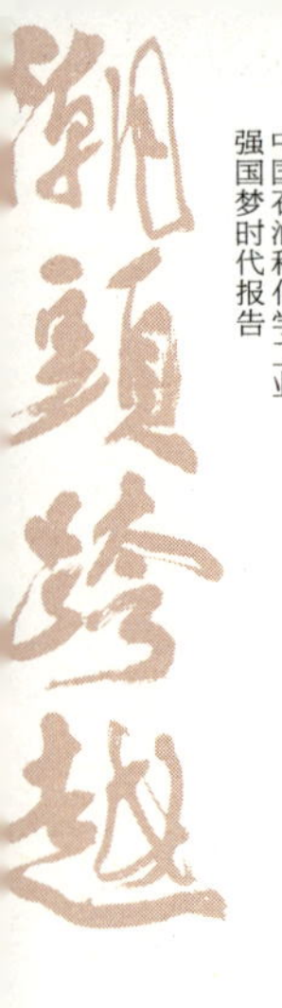

骨干企业为主体，以先进的生产技术，引进科学的管理方法，选择市场适销对路产品，逐步形成以石油化工和天然气化工为基础，整体和谐、功能完备的石油化工及其深加工基地，最终成为工艺技术达到国际先进水平、经济规模亚洲最大、管理模式世界一流、生产生态环保协调发展的绿色化工区。

2017年各项经济指标高速度、高质量增长。

销售收入和工业总产值均突破了千亿元，完成工业总产值1270.71亿元，销售收入1319.79亿元。引进项目投资6.68亿美元，完成固定资产投资37.28亿元；区内企业实现利润260.85亿元，上缴税金125.54亿元；万元产值能耗0.791吨标煤。截至2017年底，化工区累计批准项目总投资269.92亿美元，累计完成固定资产投资1380.32亿元。

到2020年，建成安全环保一流、绿色、智能、高效的具有国际竞争力的世界级化工产业基地，继续保持在全国化工园区的领先地位，成为环境友好的排头兵，绿色发展的先行者；到2025年，以国际一流标准，全球领先追求，发展成为最具国际竞争力的世界级石化基地和循环经济示范基地。

根据《上海化学工业区产业高端化发展规划研究》，园区将依托化工产业基础，面向制造业转型升级和战略性新兴产业发展需求，按照“一条主线，两大集群，多板块融合”的发展路径，大力推进园区产业升级，成为效益显著、集群发展、高端特色、开放先进的国内顶级、世界领先的创新型智慧化工园区，引领上海化学工业升级，提升制造业整体竞争实力。

“一条主线”即炼化一体化创新发展主线，“两大集群”即化工新材料和高端专用化学品两大集群，“多板块融合”涉及炼油及高端烯烃下游、高性能树脂、新能源电池材料、电子化学品等14个产业板块。园区产业链条完整，产品产业关联度达到80%；物料上中下游平衡，化工品物料产量约80%在区内消化；园区废料经过焚烧转为能量，实现回收利用。

后现代工业的标志是，灵活而个性的消费需求，将成为生产的风向标。消费主导生产，主动权在买方市场，卖方不再单纯追求产量，而是倾力打造品牌并提升产品的品位和服务。后工业时代不仅生产产品，也生产“渴望”和“需求”。

九

也许是围海造地这一壮举惊动了世界。

联合国环境署一位女官员，出于一种抵制的心理，匆匆来到中国，赶到上海，辗转到了杭州湾。

没想到的是，眼前的景象把她惊呆了。

绿带环绕，湖泊星布，湛蓝的天空，清新的空气，金盏花灿烂怒放，还有鸟儿啼叫……这是化工区？原担心杭州湾新添一个世界级污染源的女官员放心地笑了。临走时特意发出邀请，请上海化工区到联合国环境署年会上介绍经验。

一幅幅美丽的画卷，改变了人们对化工区“污染重”的传统看法。在这里，可以领略到，高塔凌空大工业豪放的美；也可以欣赏到小桥流水幽静的美。如今，上海化工区被当成了旅游景点了。有外地游客主动向旅行社提出，要到杭州湾看看上海的化工区。

化工区不仅成为上海又一个新经济增长点，而且正描绘出世界级零污染的绿色园区美景。

“少污染”不行，“零污染”才是目的。

落户化工区的企业门槛很高，高就高在，必须携带消除污染的良方。

没个好方子，休想进入。从环保的意义上说，开工至今，每天处理废水由设计时的40万吨减至2.5万吨。兴建湿地实现了废水零排放。一块湿地是防护林和河道弯段的“边角料”，栽种了芦苇、菖蒲等水生植物，用来“提取”废水中的重金属。另一块湿地中种下的是浮萍、水藻，负责“吞食”水中有机物。当所有废水完成“湿地之旅”时，水质比龙泉港的水还要干净了。

民间有句俗语：“舍不得孩子套不着狼”。上海化工区一期开发建设在环保上的投入资金高达90多亿元，占项目总投资的12.3%。被中国与欧盟环境管理合作组织列为试点生态工业园区。

任何人都可以到这里体验，在全球化工巨子比肩林立的公园内，观海临风，秀色升腾，风从茂密的香樟树顶端拂过，荡起绸一样的波纹。灿烂的红，翠嫩的绿，万千簇拥，映得人满眼生光。呼吸纤尘不染的空气，所有的浮华和嘈杂都飘向了天际。

走在广阔的街道上，总有被绿荫遮盖的感觉。化工区拥有宽250米，长7公里的防护林，比世纪公园面积还大。奇怪的是，这个生态防护林不用农药驱虫，特意“养”虫来吸引鸟来安家。这些小动物是监测环境状况的最好的观察哨。娇贵的热带植物在这里呈现一派蓊郁。利用化工企业余热为植物馆供热，对土壤要求特别高的热带植物也将测试这块化工区是否像“公园”。

不妨再现一下传统化工企业的生产场景，各踞一方，遥相两望，装置老化，跑冒滴漏，屡见不鲜。浪费资源，生产的废弃物就是废弃物。在上海化工区则不然，所谓的废弃物，不但不废也不弃，且能成为招商引资的“招牌”。产业集聚，上家的废料，成为下家的生产原料。赛科90万吨乙烯项目，牵引来了众多专“吃”废料的企业。

英国璐彩特公司，利用赛科公司乙烯装置的副产物氢氰酸生产MMA，同时回收高浓度硫酸，回供丙烯腈装置循环利用，减少了环境污染。天原烧碱项目产生的盐泥也被人抢走了，用来生产强度和耐磨性更高的人行道板……

十

2008年下半年，全球金融危机来袭，世界经济发展放缓，石化产品市场出现大幅波动，价格整体走低，区内企业不堪重负，并且直接影响了化工项目的建设进度和投资信心，上海化工区面临着开发建设以来最为严峻的经济形势。

面对艰难险阻，化工区人不谈“畏惧”，更不退缩。在时任管委会主任、发展公司总经理张耀伦的带领下，他们千方百计为园区企业解难事、办实事，抱团取暖同舟共济；主动出击为投资商提供招商全流程服务，精诚所至金石为开，努力把金融危机对企业生产和园区发展的不利影响降到最低。

2009年招商引资实现两位数增长，2010年园区销售收入、工业产值、企业利润等经济指标同比增长显著……逆势上扬，并非神话，而是化工区人又一次亲手创造的奇迹。

而后，谈“化”色变又带来一波凌厉攻势。

在时任管委会主任周敏浩的主持倡导下，以社会责任为引领，坚持以人为本，秉承人文关怀，践行责任关怀理念，探索建立共建共享机制，为园区发展营造和谐稳定环境。

产城协调发展，上海化工区再一次率先踏出了探索脚步。

现任化工区管委会党组书记、主任马静，在推动园区创新升级、高端发展上信心满满。如果说，围垦创业尽显一代化工人的风采，那么，创新和升

华则是他扛上肩头的使命。

以智能化、个性化、模块化为代表的工业4.0，作为高科技战略计划，正在引发一场全球制造业颠覆式的革命。“中国制造2025”，这一具有中国特色的工业4.0，是立国之本、兴国之器、强国之基，已经部署实施。

化工产业是上海实体经济的重要板块，上海化工区是上海化工产业的重要承载区。到国家“十三五”规划末，要把化工区建成具有国际竞争力的世界级石化基地和循环经济示范基地，园区管理就要实现更科学、更智能、更精细。

马静提出了“六最”目标：最安全，最环保，最绿色，最智能，最高效，最和谐，展现了化工区新一轮发展大格局。在每一个“最”里，又都有具体的任务和细化的指标。比如“最绿色”，是要促进单位生产总值能耗和主要产品单耗进一步下降，清洁能源使用率达到98%，绿化覆盖率提升8%。又如“最智能”，是要全面建成涵盖智能工厂、智慧服务、智慧政务的智慧园区体系。再如“最和谐”，是要把周边群众对化工区的满意度提高5%，建立完善的园区责任关怀工作规范，成为行业示范。

人们会发现，“六最”目标和五个“一体化”理念，是开发创业和砥砺发展的姊妹篇，更是历史与现实在相互呼唤中的一次跨越式契合。如一部大合唱中的上阕和下阕。

2017年4月20日，智慧园区建设正式启动。

马静与来自国家工信部、上海市经信委、中石化联合会的领导，同时把手按在启动球上。以“一基础、一中心、三重点、六应用”为核心，确立了智慧化工区的总体建设目标和路线。

一个基础：建设园区网络基础设施和云计算服务平台；

一个中心：沟通园区大数据感知网络及决策中心；

三个重点：以智慧生产、智慧政务和智慧服务为重点领域；

六大应用体系：契合“六最”目标，形成智慧安全应急、智慧绿色环保、智慧产业运营、智慧公用工程、智慧管理服务、智慧责任关怀等应用体系。

智能制造与信息技术，在业务、政务和服务领域的广泛应用，意味着工业化与信息化在这里将得到最好的融合。以大数据融合分析和智能计算为引擎，园区里将形成“一个大脑”，以数据互通互联和协同联动为目标；“一颗心脏”，以用户体验和获得感为核心；“一张脸谱”，彰显个性化管理与体验。

如同照相机，从胶卷到数码，完成了一次大嬗变。给予钢铁和管廊以灵性和思维，然后，以崭新的姿容，美妙的呐喊，呼唤着全新的管理模式。新一代网络技术，必将加快智能制造产业的成长。

未来，当你进入上海化工区时，通过人脸识别就能自动判断并推送信息；大数据决策指挥中心将根据整合的各企业信息，对险情进行预判，协同上下游企业快速响应……这一切，都将在“云端化工区”的建设发展中实现。

深度感知、全面互联、智能高效、持续卓越的世界级智慧化工园区将呈现于世界。

十一

现任发展公司总经理张淳，思考最多的是作为上海化工区开发主体的发展公司未来发展方向。

他的案头有一本《上海化学工业区发展有限公司中长期发展战略暨“十三五”发展规划》，里面有对宏观形势的预测，有对外部环境的分析，有对石化布局的思考，有对开发建设的要求，还有新一轮发展亟待探索突破的“瓶颈”。

当然，里面还有企业发展愿景、方向定位和杭州湾北岸化工产业带发展战略任务。看得让人尽可能地捺住激动。

自1996年成立，前二十年，发展公司实现了一次又一次脱胎换骨、华丽转身——

➔ 从注册资金5000万元的原上海化工控股（集团）公司全资子公司，到引进中央企业、注册资金猛增至23.7亿元的国有控股多元投资企业；

➔ 从上海化工区初期的开发建设主体，成长为专业级、高水平的土地开发商和集成服务商；

➔ 从创新开发理念与模式的探索者，提升为专业产业园区开发建设运营的品牌集团企业。

展望未来二十年公司的发展，在“立足化工区、发展化工区、服务化工区、走出化工区”的总战略下，张淳描绘了一幅“1+2+3+4+5”的蓝图——

“1”是瞄准一个目标，成为具有国际品牌价值的产业园区发展集团；

“2”是立足两个定位，一流的产业园区开发主体、领先的化工与环保产业集成服务商；

“3”是承接三大战略任务，承接化工区及杭州湾北岸化工产业带升级发展和布局优化，承接上海化工及相关产业结构调整和能级提升，承接上海绿色环保产业发展；

“4”是“2+2”业务板块，重点巩固、提升和拓展化工区招商引资、开发建设、化工产业链与环保服务两大业务板块，稳步探索、培育和布局跨地区跨业态产业园区开发、新领域新业态产业投资两大业务板块。

最后仍然回归到“5”这个数字，是将通过国际化、品牌化、集团化、资本化和专业化的五大战略举措，实现公司发展目标，推进公司的长远、持续、健康发展。

又一幅“五化”战略宏图展现在我们的眼前。

前瞻的景观，具有非凡的气魄。张淳还在思考的是，如何给“技改”和“科创”搭建一个合适的平台。工业发展作为主体，技改与科创就是它的两翼，也是化工区从优秀走向卓越的另一个新的起点。

前期工作如火如荼地开展，各个层次的学习考察调研，优化完善顶层设计和科创建设方案，探索研究扶持政策和配套措施，牵头组建联盟集聚各类创新资源……

坚持规划先行，做好园区科创基地的布局规划和形态规划；坚持以项目为中心，加大化工研发、中试、孵化、转化服务等四类项目的引智力度……

越来越近了，我们看到，以化工区为核心的“上海国际化工新材料科技创新中心”正在一步一个脚印地走来，越走越近。

十二

站在化工区大厦顶层，眺望广袤丰饶的样貌，似乎在进行一次对美学的探寻。根植中国沃土，展现世界气魄。

看纵横的道路，整齐的板块，生机勃勃。绿植荫翳，耶棕、香樟、夹竹桃、女贞子，千奇万种，绚丽多姿。有一只不知名比鸽子还大的鸟儿，总是扑展着翅膀，像检阅一样超低飞翔。吻着，嗅着，读着。我断言，它是海的信使，每天向大海做一次汇报。

采访张培璋行将结束时，他满怀感动地说道：“上海化工区——是最好的结晶，最好的成果，最好的作品。”

华凯宾馆大厅右侧墙壁上，那巨幅工艺作品格外引人驻足。这是个独具匠心的设计，一棵树上结满了“硕果”。每一只果子就是一个精美的LOGO。

上面有中国石化、华谊集团、上海石化、高桥石化、科思创、巴斯夫、亨斯迈、赢创、英威达、西萨、赛科、三菱瓦斯、三井化学、3M、杜邦、汉高、苏伊士、孚宝等60多家企业单位的LOGO，均作为一只果子长在上面。

好一棵根深、枝繁、叶茂的树！

在昔日芦苇丛生的滩涂上长起的这棵大树，正向世界展示它的高度，它的蓊郁，它的丰硕。置身于溢红流韵之中，仿佛有一种隐秘的激情，被这葳蕤的植物所撩拨。其魔力，让人流连忘返。

今日的上海化工区，依旧在海天山色与钢魂铁韵中书写传奇。

02

大亚湾，弹起绿色的和弦

2014年9月，广东正是烈日炎炎，首都北京已有些许秋意。这天下午2时许，时任中国海洋石油总公司（下面简称中海油）董事长、党组书记的王宜林正在等候一位重要的客人——时任惠州市委常委、环大亚湾新区党工委书记、大亚湾区委书记的张瑛。

此时，张瑛正和她的团队刚刚结束与壳牌（中国）有限公司高层的会面，在公司会议室里匆匆吃罢盒饭，便搭乘客车，穿梭在京城滚滚的车流里。

一路风尘仆仆，行程异常紧凑。仅仅4天的行程，她先后拜访了壳牌（中国）有限公司、沙特阿拉伯基础工业公司、GE通用电气公司、陶氏化学（中国）投资有限公司、托普索贸易（北京）有限公司、三菱化学控股管理（北京）有限公司、道达尔（中国）投资有限责任公司、LG化学（中国）投资有限公司等世界500强及化工领域领军企业，并与IBM国际商业

机器公司、普莱克斯公司、赢创德固赛（中国）投资有限公司、澳大利亚沃利帕森斯集团、德国默克集团等公司座谈，极力推介大亚湾在石化产业发展的优势。

“中海油从海上走向陆地的首个基地选择在大亚湾，未来中海油将与惠州携手共进，加快推进惠炼二期项目顺利建设，全力支持惠州打造世界级石化基地。”在中海油总公司庄重的贵宾厅里，王宜林和张瑛双手紧握在一起，目光坚定如炬。

一

夜空中俯瞰珠三角，尤为璀璨的是“火树银花不夜天”勾勒而出的大亚湾石化区。

在东经114° 60′ 20″、北纬22° 76′ 67″的坐标点上，大亚湾东联村，这个昔日宁静的小渔村，正发生着沧海桑田的巨变。

“待到南海油城起，定叫惠州更繁荣。”这是1994年2月，时任国务院总理李鹏同志考察惠州时，写下的豪迈诗句。朗朗吟哦似乎还萦绕耳边，一个开发面积20平方公里、年产值1018.1亿元的绿色石化新城，已拔地而起。

这些年，大亚湾石化区已迅速发展成为国家重点发展的七大石化产业基地之一，广东省唯此一家；2014～2017年连续4年位列“全国化工园20强”第二，并入选国家第一批绿色制造体系建设示范园区、国家循环化改造重点支持园区。

是什么让一个小渔村发生了如此深刻的“裂变”？让我们转动时光之轮，回到30年前的1988年。

当年，中国海洋石油总公司、广东省政府等作为南海石化项目发起人，力邀英荷壳牌公司参与。

为什么会选择壳牌？其实，一心想做下游炼化的中海油想得很清楚，能否顺利“上岸”的关键，是找出重油炼化的最优技术路线。而壳牌正是全世界第一个拥有重质油轻质化和 α - 烯烃高碳醇最高技术的公司。此前，他们已在荷兰海牙建成了一套年处理量为160万吨的重质油轻质化装置……当然，他们把这些技术当成宝贝，不转让、不合资、不示人……

但作为世界石油帝国的第一巨擘的壳牌，为何又偏偏绕道马六甲来到南中国海，与一个上游公司在“下游”攀缘？

其实，作为全球顶尖的石油公司，壳牌早已紧盯中国这个世界经济发展中最大的市场。况且，此前双方就开始了海上石油勘探的合作。他们曾经参与过改革开放之初的南海、渤海向外国跨国公司转让勘探区块的海上“大耕耘”，结下深厚情谊。从那时候开始，壳牌就认定中海油是“最佳的合作伙伴、最放心的工作搭档。”

正是有了这份前缘，壳牌没有过多犹豫，就接下了中海油伸出的“橄榄枝”。1989年，中国海洋石油总公司、广东省政府等与英荷壳牌顺利签署合资意向书。

中海壳牌石化项目总投资40.5亿美元，作为当时中国最大的中外合资石化项目，仅仅是选址，就是一项非常复杂的工作。纵观全球，石化产业之所以大多布局于沿海地区，一个关键因素，就在于沿海城市天然具有发展石化产业的优势。比如，沿海城市自然条件好、水资源丰富、交通运输方便，一般又临近资源地。

从项目动议那天起，壳牌公司与中国海洋石油总公司工作人员，为寻求最佳投资地，无数次往返于我国沿海上万公里的海岸线上，一次次现场勘查、一次次专家论证。他们的足迹，从我国的最北端一直延伸至最南端。

其实，在南海石化项目的选址问题上，最初，惠州并未进入决策层的视野。一开始，项目选址东莞虎门，但尚未破局，就接连遭遇缺少土地、人口

稠密等不利因素的影响。

可谓是无巧不成书。正当大伙儿为项目选址的事情苦恼着，惠州一家炼油厂的高级工程师到北京出差，偶尔听说了这一消息。说者无意，听者有心。这位工程师当即赶回惠州，第一时间向市主要领导汇报，领导班子当即拍板——“干”。

要知道，一个投资40多亿美元的“大家伙”，对于惠州来说意味着什么。

翻开惠州“经济账本”：1988年，惠州GDP仅有32亿元，三次产业比例为40.3∶26.2∶33.5，第一产业比重占主导地位，一般公共预算收入仅2.1亿元，属于典型的农业大市、经济弱市、财政穷市。

这样的一个“家底”，面对如此具有诱惑力的“大蛋糕”，又怎能不怦然心动呢？

说干就干，干就干成。很快，项目小组成立，前期筹备工作迅速展开。惠州请来专家，对全市尤其是大亚湾的地理环境、水文水质、基础设施等作了详尽的分析与研判。

短短一个月，长达100万字的惠州推介材料，就摆在了初次到访的壳牌公司客人面前。

这份厚重而翔实的“自荐材料”，让对方非常惊讶。更让对方惊讶的是，惠州交通运输便捷，公路和铁路四通八达，特别是厂址所占土地大多为河滩荒地，不占用基本良田，拆迁人口较少，周边数公里范围内人口密集区较少等，此前遇到的种种难题，在这里迎刃而解。因此，综合衡量众多因素，惠州最终成为最优的选择。

一切偶然都是必然！一位高级工程师获得项目信息，看似偶然；最终落户惠州，则在于惠州得天独厚的资源优势、交通优势和地理优势，更为重要的是，大家众志成城的信心和决心。

壳牌专家组在考察过程中，只要有什么疑问，惠州总是在第一时间，及时、准确、高效地提供权威资料。“惠州速度”给考察组留下了深刻印象，也为日后的合作打下了坚实的基础。

对于各方来说，选址还只是万里长征迈出了第一步。从签订意向书、进行前期市场调查、制定项目建议书、可行性研究谈判，到1991年7月27日，正式签署可行性研究协议，弹指间，3年多时间过去了。

由于项目投资巨大，对大家来说，都极具挑战性。中海油清楚，如果失败，就可能将中海油20年的对外合作发展的良好局面葬送掉。而对壳牌来说，这也是100多年来它在海外最大的投资项目。

谈判注定是艰苦的。由于语言上的差异，即便是一个汉字，有时在中英文互译过程中，也会产生歧义，导致双方争执半天，这是在谈判当中经常遇到的事情。

第一步总是艰难的，然而又总是富有创造性的。中海壳牌原副总裁翟鸿兴回忆说，那段时间，每天早上上班一打开电脑，都会出现同样的景观：在自己的电子邮箱里，几乎是整屏红色的E-MALL，都是还未处理过的邮件，而在下午下班前，必须全部处理完毕，让所有邮件从红色变为黑色。

好消息不断传来——

1991年1月26日，国务院批准南海石化项目建议书；同年7月27日，中国与荷兰皇家壳牌集团公司合资兴办的南海石油化工项目可行性研究协议签字仪式在北京举行；

1992年至1997年4月，中海壳牌先后提交炼油、乙烯的可行性研究报告和乙烯的补充修改报告；

1997年12月20日，国家计委以“计原材（1997）2678号”文批复，正式批准南海石化项目；

1998年2月，项目合作框架协议在荷兰海牙签署；

……

中海油与壳牌公司的谈判，也进入后期，双方更是加快了接触的频率。从2000年初到当年的8月份，双方高层除了定期见面，在位于北京的海洋石油大厦25层楼上，每两周一次的电视电话会议，在这里秘密进行。

功夫不负有心人。2000年10月28日，中海壳牌石化项目合作合同签约，惠州产业格局乃至城市定位从此被改写。就在次日的10月29日，地方合同在惠州签署。签约当天，整个惠州市区彩旗飘扬，像迎接盛大节日一样，欢呼的人们似乎已经听到工厂开工的声音。

二

事非经过不知难。

20世纪九十年代初期，惠阳及大亚湾片区房地产市场，一度极为火爆。当时，惠州市主要领导对中海壳牌石化项目所在地澳头、霞涌两镇负责人放下狠话——

“谁敢炒地皮，我就撤谁的职！”“4.3平方公里的石化项目用地，宁愿留着长荒草、放牛，一寸也不能转让！”

从项目动议，到2000年签署地方合同，这10多年当中，不管市场风云如何变幻，惠州人对于中海壳牌石化项目的笃定与坚守，从未改变。

即便是在漫长的等待中，惠州人的努力也从未停歇。为更好地承接服务好大项目，1990年，惠州市作出一项关于全市长远发展的重大决策：确立大亚湾为惠州经济发展的龙头地位，加快港口建设，为大项目提供发展的载体。

与石化产业发展息息相关的码头建设，也在第一时间提上了议事日程。1990年5月25日，惠州港深水码头实施定向爆破成功。这被称为“惠州第一炮”的移山填海工程，在我国港口建设中是第一次，它标志着惠州港的开发建设正式拉开序幕；

1991年1月27日，惠州油气码头填海造陆大爆破成功，在这次令人瞩目的定向大爆破中，抛掷松动土石436万立方米，填海造陆100万平方米，兴建粤东地区当时规模最大的油气库和油气码头；

1993年5月12日，国务院批准设立惠州大亚湾经济技术开发区；

2001年8月，石化区规划通过评审，确定石化区规划总面积为27.8平方公里；同年12月25日，惠州市人民政府唯一授权石化区开发建设的经济实体——惠州大亚湾石化工业区发展集团有限公司注册成立；

2001年11月，总投资约36亿元，装机容量为117万千瓦的广东惠州天然气（LNG）发电厂项目正式选址大亚湾；

2002年1月28日，中海壳牌石化项目场地首期村民入住安置区；

……

一切都在有条不紊、紧锣密鼓地进行。

回想起中海壳牌石化项目落户大亚湾的“初创时代”，时任惠州市常务副市长、大亚湾经济技术开发区党委书记的郑永和感慨良多，“就拿初期征地来说，项目用地4.27平方公里，实际征地面积达到7平方公里，项目周边500米范围内的土地也要征下来。”

为支持大项目建设，近8000名大亚湾人搬出了祖居地。安土重迁是中国农民的传统固有思维，移民动迁工作因涉及面广，对群众的生活影响大，从一开始起就注定是困难重重。

大亚湾区石化项目三期移民征地拆迁，涉及霞涌街道霞涌村坜下、坜下塘、坜下山三个小组，按规划需整村搬迁至西区上扬移民村。有些村民因部分回拨地未及时落实，或是对补偿标准不满而产生抵触情绪。尤其是社区还存在纯财产户，拒绝搬迁，使动迁工作一时陷入停滞状态。大亚湾区及霞涌街道逐一分析每一户对象的个人及家庭情况，奔赴纯财产户居住

地广州、东莞、河源等地，既从大局出发，又要争取村民利益。终于，最后他们也同意了搬迁。

企业也积极参与进来。中海壳牌选择了一种非常负责但是极为烦琐的方式：与搬迁的农民一同成长、和谐发展。公司积极配合大亚湾区政府成立的移民安置机构，先是公布了《环境与社会影响评价报告》和《环境与社会管理计划》，广泛征求社会各界的意见；然后在香港举行了移民安置座谈会，请国际人士建言献策。在此基础上，拿出《安置动迁行动计划》，逐一加以落实。

两个移民新村之一的东联村，干净平坦的水泥街道，整齐并排的3层半小楼，还配有幼儿园、学校、超市、餐馆、台球室等配套设施，颇像大城市的新式居民小区。尤其是在不少村民房顶上，还有个生机盎然的家庭菜园。

就是这个屋顶菜园，还有不少故事呢。原来，移民新村建好后，中海壳牌的负责人定期"家访"。一次，他们意外地发现，由于搬迁后农民原来的菜园子没了，吃菜很不方便，一些农民在路边开荒种菜。公司很快就拿出了解决方案，即无偿提供塑料盆和配置好的土壤，与政府一道，帮助农民在屋顶种菜。

比吃菜更难的是就业。为了解决这一难题，大亚湾区及霞涌街道有关负责人积极奔走于附近工厂、饭店等用人单位之间，以社区的名义介绍居民从事保洁员、厨工、门卫等工作。

中海壳牌一方面与当地政府有计划地开办各种培训班，并派出技术、管理人员帮助两个移民村成立了两家公司，尽量把洗车、安装路灯、运输等项目承包给他们。

这些困难的克服，这些特殊的经历，对惠州来说，意义非凡。"中海壳牌石化项目的深远意义，远远不止这一个项目，更重要的是它对整个产业链的拉动。”郑永和说。

2002年11月1日，中海壳牌项目破土动工。对于惠州人民来说，这是个值得铭记的日子。当日，《惠州日报》特别推出号外，对奠基典礼主要活动和项目落户情况进行了大篇幅、及时的报道，这是《惠州日报》历史上首次出版报道惠州地方新闻的号外。当晚，一份份油墨余香尚存的号外，就及时送到领导和嘉宾手中，市民更是将号外争抢一空。

2003年5月12日上午，中海壳牌石化项目核心装置乙烯裂解装置建设打下了第一桩。

大型石化项目的实施是一个复杂的系统工程，其技术难度大、流程复杂、标准严格、界面众多、协调量大等特性，决定了其对项目管理的高标准、严要求及抗风险能力的要求。建设工期整整延续了3年多。2005年12月，中海壳牌石化项目建设完工；2006年1月，产出合格的乙烯和丙烯产品，正式投产；2006年3月31日举行投产庆典；2010年5月，乙烯改扩建项目投产，乙烯产能提高到95万吨。

提及大亚湾石化产业的发展史，作为中国石化工程建设公司的返聘专家，蒋兴镛颇为感慨。退休之后来到大亚湾，担任中海壳牌石化项目建设的中方负责人，参与这个当时中国最大中外合资项目的工程建设，开启人生“第二青春”。

从一片荒草地，到如今塔罐林立，蒋兴镛见证了大亚湾石化区一步一步朝着世界级石化产业基地迈进。

“刚到大亚湾时，进出还是一条土路。”蒋兴镛回忆说。尽管当时的生活条件异常艰苦，但他依然对大亚湾十分憧憬。看着在自己的指挥下一座座高塔竖起、一条条钢管连通、一个个储罐矗立，蒋兴镛在这片热土上看到了希望：“我坚信这里未来不仅仅是一座石化城，更是一座现代化的滨海新城。”

三

一桶原油，如何完成它神奇的“大亚湾之旅”？

惠州港，随着一声声汽笛长鸣，来自沙特阿拉伯、伊拉克等中东国家的15万吨以上超大型油轮，缓缓拖靠在马鞭洲大型油轮码头。

由于看好大亚湾的港口条件，以及毗邻广州的区位优势，1994年，广州石化公司在大亚湾成立华德石化公司，并在马鞭洲建设了一座15万吨级的大型原油码头，专门用于超大型油轮油料接卸。

通过港口的输油管道，原油被输送到中海油惠州炼化分公司1200万吨/年炼油项目厂区。经过若干工序，一部分原油升华为汽油、航煤、柴油，成为交通工具的动力来源。另一部分则在这里“分道扬镳”，经过旁边的裂解装置的淬炼，完成阶段性生产任务，成为乙烯或芳烃类化合物。

对于石油来说，乙烯仅仅是石化产业展现能量的开始。通过隔墙供应，乙烯进入惠炼项目周边中下游化工企业的车间，最终成为石化深加工产品、新材料和精细化工产品，供应国内和国际市场。

这也正是大亚湾石化区始终坚持的，不断拉长“油头化尾”，做强做精做细产业链，将一桶原油“吃干榨净”。

作为第一家落户到大亚湾石化区的企业，中海壳牌为下游企业供应优质、稳定的产品，促进了大亚湾石化区的上下游一体化建设，成为拉动园区乃至惠州经济社会发展的“第一个超级引擎”。

随之，中国海洋石油总公司将炼化分公司布局于此。

长期“漂在海上”的中海油，一直把发展炼化产业作为“上岸”的重要一环，在沿海特别是两洲一湾（长江三角洲、珠江三角洲、渤海湾）布局了一些炼化企业。

2002年，惠炼就将一二期规划总规模定位在2200万吨/年炼油，这在当时来说，一个单一炼厂设计总量达到这个规模，是要冒一定风险的。但中海油看到了即将到来的汽车社会，包括汽柴油传统油品市场会迎来一轮持续增长期。

2006年11月，惠州炼化项目破土动工。按照“差异化、清洁化、信息化、高价值”的建设标准，2009年3月全部工程实现安全、优质机械竣工，同年4月一次投产成功，创造了国内单系列规模最大、开工时间最短、行业内大型炼厂一次投料试车成功的业界纪录。

惠州炼化是中海油自主建设的第一座大型炼厂，同时也是国际上第一座集中加工海洋高酸重质原油的炼厂。其“高酸重质原油全额高效加工的技术创新及工业应用”获2015年国家科技进步二等奖，是国内近年来首个获得国家科技进步奖的炼油项目。

毫不夸张地说，惠州炼化吃进去的是“粗草”，挤出来的却是“优质奶”。各项技术经济指标均达到国际先进水平，杰出表现令业界折服。

2016年11月，中国工程院院士王基铭等7名院士，以及国家有关部委、三大石油公司及石化科研机构专家，一行30余人，考察了20多家炼厂，最后一站到了惠炼。几十个专家对工厂方方面面进行了深入调研，最后的一致评价是“中国最有活力、最具竞争力的炼厂”。这一锤定音式的评价给全国石化企业大调研作了一个终评，惠炼也由此收获了国际项目管理大会（IPMA）最高金奖。

在一期全面达产的同时，2013年7月，为加快中下游产业发展，实现炼油化工一体化优势，中海油在惠州石化1200万吨/年炼油工程基础上，新建二期1000万吨/年炼油和120万吨/年乙烯工程，总投资达466亿元，成为当时全国在建规模最大的炼化一体化工程。

我们留意到，仅仅只是项目建设中的管道，就长达2800公里，钢材用

量达16万吨，多台设备创下国内乃至全球石化行业多项“第一”，多项技术为国内首次引入和应用，两万多名建设者实现10224万安全人工时……无论是体量还是技术质量等各个方面，惠州炼化二期项目都是名副其实的“石化航母”。

随着惠炼二期顺利推进，中海油与壳牌两大巨头再度牵手，壳牌集团将参与正在建设中的惠炼二期项目，进一步扩大双方在大亚湾石化项目的合作。

2016年3月22日，中国海洋石油总公司与荷兰皇家壳牌公司在京共同宣布，双方正式达成协议扩建其各持股50%组成的合资企业——位于大亚湾石化区的中海壳牌石油化工有限公司。

要知道，对于壳牌集团整体战略而言，入股惠炼二期建设，算得上“逆流而上”。

就在前不久的2016年2月15日，当荷兰皇家壳牌集团完成与英国天然气集团的合并，壳牌集团CEO范伯登在署名文章《壳牌集团：期待在华下一个百年》中如此表示：“未来3年内，我们计划出售资产，并通过减少重叠支出和勘探费用来大幅度降低成本。我们已经公布了减员计划，在目前严酷的经济环境下，减员是个艰难而不得已的决定。”

话音未落，由壳牌和中国海油各持股50%组成的合资企业中海壳牌石油化工有限公司，宣布增资重组在建的年产120万吨乙烯项目，加上已经投产的中海壳牌一期年产100万吨乙烯裂解装置，将成为亚洲最大的乙烯生产工厂之一。不仅如此，中海壳牌还决定在该项目中，新增总投资60亿元左右的项目。

惠州项目的“开源”，和全球范围的“节流”形成鲜明对比。在世界石化产业面临巨大挑战的时代背景下，惠州已经成为全球石化产业上的亮眼一环。

惠州炼化二期项目组总经理赵岩介绍，与壳牌的再度合作，有利于集约化管理。双方可借鉴一期95万吨乙烯项目成功合作经验，共同做大做强惠州化工基地，不断增强壳牌对华南地区乃至亚洲市场的控制力。与此同时，壳牌的先进管理模式，特别是安全、经营、市场营运等能力，可有效提升项目核心竞争力。

与惠炼一期相比，这一次，二期加工的是高硫中质原油。从高酸到高硫，惠州炼化坚持以技术换成本，实现差异化发展。

2017年10月2日，惠州炼化二期项目1000万吨/年炼油工程试车成功。本次试车成功的炼油工程建设包括15套炼油生产装置、配套公用工程及辅助生产设施。从当年9月16日炼油工程常减压装置引入原油，到10月2日全厂生产流程全部打通，炼油工程仅用16天就实现了所有装置及公用工程的平稳生产，产出合格产品，创下业界最佳试车纪录。

大项目“榕树效应”很快得以显现，正是在“两大引擎”的带动下，德国巴斯夫、瑞士科莱恩来了，韩国LG化学、日本三菱丽阳、普利司通来了，台湾和桐、台湾李长荣来了……全球石化行业顶尖企业纷纷落户。

特别是企业之间“隔墙供应”已成常态，园区循环经济产业链关联度高达85%。例如，中海壳牌公司有一根管道直达惠州凯美特气体公司，收集的石化废气，通过压缩、分离和净化等严格流程，最终生产出高纯度的食品级二氧化碳，可应用于饮料、食品保鲜等领域，经济效益与生态效益明显。

“我们在二氧化碳提纯技术方面拥有5个专利，可以全部回收中海壳牌排放的二氧化碳。”凯美特公司负责人说，公司目前是可口可乐在中国最大的食品饮料原料供应商，每年不仅创造过亿产值，还帮助企业减少10万吨温室气体排放。

资料显示，随着炼化二期1000万吨炼油项目投产，120万吨乙烯项目试车，大亚湾石化区炼化一体化规模将跃居全国第一。2017年，石化区实现工业总产值1018.1亿元，工业增加值302亿元，工业销售产值996.8亿元。

四

在惠州大亚湾，不仅炼化项目本身将绿色节能作为发展的“硬指标”，对低碳、绿色发展的追求已经成为整个石化区从招商引资到产能提升的自觉行动。

中海壳牌石化项目建设高峰期，有2多万人同时进场在4平方公里多的场地上施工，仅施工期间的用电量和用水量就相当于一个中等规模的城镇。在数百个作业点和两万多工人同时作业的工地上，15辆洒水车巡回作业，看不到一处尘土飞扬的施工点。

中海壳牌石化项目对绿色环保的执着与追求，深入每一个细节。最早被传播的，是中海壳牌工地上“珊瑚和鸟蛋的故事”。

2003年2月，中海壳牌在进行重件码头引堤区的建设时，发现在海上作业区域附近有两处珊瑚密集生长区。海底生态调查显示，一些健康生长的珊瑚可能受到引堤施工影响。

2003年5月到6月，中海壳牌花了70多万元，请来一个特别的搬家公司——一支拥有海洋生物专家、蛙人等专业技术人员的队伍，专门来给海底下的这400平方米的珊瑚礁搬家。大约4000余枚珊瑚陆续被移植到10公里以外的鸡心岛和芒洲岛的西海岸线，以便珊瑚继续生长。据后期监测表明，移植后的珊瑚存活率达95%。

此前，在平整土地的过程中，施工人员在一片灌木丛中的一棵树上发现了一个鸟窝，里面有几颗白鹭的鸟蛋。由于白鹭属于国家二级保护动物，为此，外方专家特意请来专业人士，研究鸟蛋孵出小鸟要多久？小鸟出生后到自己能飞走又要多久？结果，施工人员为处理这片灌木丛就花了近两个月的时间。

类似这样细腻到“煽情”的故事还有不少。比如，给靠海的一条马路安装路灯时，只在路的一侧安装了路灯，灯光只能照向内陆一方，就是为了避免灯光惊扰到沙滩上产卵的海龟。

中海壳牌项目建设期间，工地上有5个水塘，每个面积约1000平方米。原来，工地北临丘山，南临大亚湾，惠州夏季多暴雨，如果不采取防护措施，裹挟着泥沙的雨水将会顺着地势流到大亚湾，这些水塘是用来防止水土流失的一级沉淀池。在没有任何外来压力的情况下，中海壳牌自行修建了沉淀池和导流系统，使流到大亚湾的全部是清水。

“分外”的事想得这样周全，“分内”的事做得就更到位。在项目施工之前，中海壳牌就请国内两家权威机构做了严谨的《环境与社会影响评价报告》，并据此制定了《环境与社会管理计划》，请独立机构对40多项环境指标和60多项社会、健康指标进行监测。公司还把上述《报告》与《计划》和季度监测报告一同在公司的网站上（www.cnoocshell.com）发布，以便于公众的监督和问责制的实施。

如何把工业“三废”降到最低？中海壳牌的做法是：采用国际最先进的工艺，实行清洁生产和循环经济，把资源利用最大化。仅单位产品的耗水量比目前国内的石化项目低20%～25%。

为从源头上控制有害废物的产生，中海壳牌采用了13项壳牌公司的专利技术，尽可能杜绝对环境有害的副产品。

“采用世界最先进的装置和工艺包，尽可能将工业废气变废为宝，实现节能减排。”惠州市百利宏控股有限公司董事长黄少康感慨道，百利宏控股早在2003年就进驻大亚湾石化区，与石化区领头企业中海壳牌、中海油等共成长。

早在2009年，百利宏依托中海油惠州炼化项目，通过“隔墙供应”的管道，将炼油废气经燃烧、SCR脱硝、SO_2转化、WSA冷凝处理等一系列工

艺后，生产出浓硫酸，同时副产大量中压蒸汽，返供给石化园区其他企业使用，每年可减少二氧化碳排放22万吨。

生产设施与治污设施同时设计、同时施工、同时投入运营是环保部门对企业的统一要求。但是，中海壳牌公司“违反”了这一制度：他们是“生产未动、治污先行”——一个日处理能力为5000吨的临时污水处理厂早在项目投产前就已投入运行了，其任务是处理施工阶段施工现场产生的生活污水。

中海壳牌在海底铺设了一条长22公里，直至海湾入口处的30英寸废水排放管道，原因在于尽管经过处理的废水已经达到排放标准，但温度较高，有可能影响海湾水域内相对封闭的生态环境，所以要“花费不小”地将其排放到最容易扩散或被稀释的海底区域。

不懈努力换来了舒适的环境，也赢得了各界的充分肯定。在国家工业和信息化部公布的《2017年第一批绿色制造体系示范名单》中，位于大亚湾石化区的中海壳牌石油化工有限公司上榜“绿色工厂”名单，为广东省唯一上榜的石化企业。

对环境的敬畏，对绿色的坚守，还在继续。

2016年初，一家外资石化企业在考察大亚湾之后，希望在此投资一个数亿元规模的大项目，不过因为环保指标未能达标，被当地政府果断拒绝了。

这些年，大亚湾严格执行正负面清单管理，严格执行限批规定，坚持重点领域、重点行业、重点区域“三个限批”和不符合产业政策要求的项目、不符合相关规范和功能区划要求的项目、不符合节能减排环保标准和总量要求的项目“三个一律不批”。

与此同时，大亚湾编制“招商图谱”抬高门槛精准招商，完善实施由15项刚性量化指标组成的投资项目评估体系，其中安全和环保实行“一票否决”，确保引进企业的先进性，从源头减少污染源。仅2017年，大亚湾区项目否决率达15.8%，空气质量优良率达98.1%，居惠州全市首位。

为实现石化区链条化、集群化、高端化发展，构建绿色发展新格局，大亚湾区采用“大密大疏”的手法，用常年坚守的发展定力，为好项目、大项目预留发展空间。

“密”就是体现在高端产业、创新要素的大密度聚集；“疏”就是运用“留白”大疏的手法，推动涵盖生态低碳规划的“多规合一”。

环绕石化区的“绿色屏障”正在加速形成。近年来，大亚湾区先后投入约6.8亿元，建成渔人码头、红树林公园、滨海公园等32宗公园绿地项目，以及石化区东、北、西侧3条防护林带建设。目前，大亚湾区正依托红树林公园打造全长约3.9公里，总用地面积111万平方米的国家级红树林城市湿地公园，成为大亚湾的另一个“绿肺”。

五

创新发展没有休止符。

“宁可不引进项目，也绝不降低标准、引进劣质项目”。这是大亚湾区发力提升项目质量的宣言。

“即使要承担暂时的阵痛和代价，我们也要致力实现发展的良性循环。”大亚湾区主要负责人坦言，面对经济下行压力，对项目的准入门槛并无丝毫降低。

如何实现“精准招商”？大亚湾给出了自己的“路线图”和“目标书”——瞄准世界500强和行业领先企业精准招商，打造“优等生俱乐部”。

2014年，大亚湾区依据石化产业规划，结合中海壳牌提供的上游原料情况，并遴选了30宗优质项目，编制成石化区招商图谱，瞄准世界500强和行业领先企业，抬高门槛精准招商，补齐建强产业链。同时，根据国内外石化产业市场变化，已先后4次对招商图谱进行了修订及优化。

2014年8月，张瑛率队奔赴上海，考察国内石化产业园区标杆——上海石化园区，吸取其先进管理理念和经验；开启“精准招商”之路；到世界500强和行业领军企业总部，拜访高层，推介大亚湾，寻求新一轮发展商机。

在随后的9月，张瑛率队到北京，开展为期4天的调研及招商推介活动，走访世界500强及石化行业领军企业，探求大亚湾石化区可持续发展之策。

2016年，大亚湾区委、管委会主要领导带领招商小分队奔赴韩国、日本、新加坡及香港、北京、上海、深圳等发达国家与地区，开展石化专题招商活动13次，拜会了韩国可隆、LG化学、壳牌、欧德油储等世界知名化工企业及专业机构42家，共签约项目10宗。

在招商活动中，安全、绿色、环保的理念也成为大亚湾石化区打动企业的“敲门砖”。

新的机遇，在不断光顾。

2016年12月3日，在大亚湾石化区转了一圈之后，惊喜的表情写在刘科的脸上。

刘科不是政府部门的科长，而是一位全球清洁能源领域的拔尖人才。国家“千人计划”化学化工专委会主任，北京低碳清洁能源研究所副所长兼首席科学家，是他诸多身份中最知名的两个。这位最早进入全球最大石油公司埃克森工作的中国人感叹说，休斯敦、鹿特丹的石化区，进去之后都会闻到一点味道，但是大亚湾没有，这里绿化做得非常好，整体规划井井有条，非常科学。

一个半月之后，赞美声言犹在耳，新的项目在同一片土地正式动工。2017年1月15日上午，在南方冬日的细雨中，大亚湾区2017年推进重点项目系列活动暨C5/C9综合利用项目动工仪式在伊科思C5/C9分离及综合利用项目现场举行。

仪式简单，意义却不凡。对石化产业来说，能否最大程度将原油中各种物质“吃干榨尽”是实现科技含量高、资源消耗低、环境污染少，也即绿色化发展的重要尺度。作为与惠炼二期同步建设的重要配套项目，伊科思C5/C9分离及综合利用项目投产后将填补大亚湾石化区在碳5及碳9产业链上的空白。

“没有什么气味。”这是包括刘科在内的很多专家、游客经过大亚湾石化区的直接感受。大亚湾通过建设空气特征因子自动监测站和户外LED显示系统，形成石化区空气质量自动监控网络，公众可以随时了解大亚湾环境空气质量状况。

石化区不仅吸引了德国巴斯夫、瑞士科莱恩、韩国LG化学、日本三菱丽阳等十多个国家和地区的国际化工及相关工业巨子进驻，还吸引国内外创新人才汇集于此业。

2011年5月，由中山大学与大亚湾经济技术开发区管委会共建的科技创新平台中山大学惠州研究院成立，它是广东省第一批认定的新型研发机构，也是广东省唯一一家专业服务石化产业的新型研发机构。

2014年11月26日，中大惠州研究院院长纪红兵参加惠州市“人才双高计划”成果发布会，一手举着获颁的水晶纪念杯，出了会场马不停蹄地赶到广州乘坐飞机去福州，参加一个石化专业研讨会。

除了奔波广惠两地之外，国内各地飞行也早已属于常态。纪红兵的目标很清楚，他的梦想是将惠州大亚湾石化区做成全国化工的产业技术汇聚地，帮助化工科研成果实现产业化。为此，研究院在绿色精细化工方面与浙江大学开展合作，与美国康奈尔大学签署了技术二次开发的协议。对于惠州来说，他希望用石化产业带动电子、制鞋、建筑和旅游行业。为此，惠州研究院围绕石化、电子、汽车等主导产业设定了8个研究方向。

一拨又一拨的创新人才向大亚湾聚集。2014年底，带着打破进口产品垄断的梦想，国家“千人计划”专家、香港科技大学弭永利教授带着团队来到

大亚湾，创办了大亚湾艾利荣化工科技有限公司，一年多之后成功研制高纯度离子液体。

同为新加坡国立大学理学博士的叶伟平和徐俊烨夫妇放弃在世界知名药企优越的工作环境和高薪的工作，回到国内创业。“国内的药企普遍存在着生产成本高，不够绿色环保的问题，造成老百姓看病贵，也导致中国医药行业在国际上地位不高。我们应该利用自己的技术为中国医药行业做贡献。”叶伟平说。

回国之后，叶伟平夫妇考察了多地，最后选择了大亚湾，成为该区科创园孵化器的首批科技型创业企业。在工作分工上，这个“夫妻档”延续着传统的“男主外女主内”的分工。做事严谨、更具有商业头脑的叶伟平侧重市场的开发和资金的运作；而在生物酶技术方面较为突出，且较有亲和力的徐俊烨则分管公司技术和内部管理。“在大方向的问题上听他的，在技术方面那得听我的。”徐俊烨笑着说。

如今，大亚湾石化区按照“七个一体化”（产业项目一体化、公用配套一体化、物流运输一体化、安全环保一体化、消防应急一体化、管理服务一体化、智能应用一体化）发展理念，借鉴世界先进石化园区的发展模式，着力打造世界级生态型石化产业基地。目前，已基本形成碳二、碳三、碳四、碳五、芳烃等产业链，园区循环经济产业链关联度高达85%。

六

“7×24”与“100-1=0”。

在大亚湾，这一组看似玄妙、实则简单的数学算式，深刻诠释该区服务模式的创新。

“7×24”，强调的是为企业服务的“全天候”。

“100−1=0”，则是强调为企业服务的“全方位”。一个木桶，能装多少水，不是看最长的木板，而是取决于最短的那一块。一个地方的营商环境同样如此，一次虐心的经历，就可能会将一个大项目挡在门外。

为此，大亚湾区制定了关于吸引成长性新兴企业落户、推动区内企业转型升级、促进企业提升创新能力、支持企业做大做强等方面政策，还设立了总部企业落户商奖、总部企业经营贡献奖等，依靠一系列优惠政策引进企业、留住企业、壮大企业。

大亚湾全面实施首席服务官制度，每月必须到企业实地走访一次，了解园区企业经营状况，对园区企业提出的诉求进行协调。

可以说，惠炼二期项目的顺利推进，既凝聚着项目全体工作人员的心血，也得益于惠州推动项目建设的有力举措，实施首席服务官制度就是其中一项重要内容。原来，中海油惠州炼化二期项目在地块重新评估和证照办理时，原本耗时约需半年，在首席服务官协调下，依法依规的同时，办理时间缩至一个半月。

为了项目按期建设，大亚湾还实行“挂图作战”的方法，推行“五个一”（一个项目、一名领导、一支队伍、一套方案、一抓到底）工作模式，实行“每周一通报、问题即时报”，跟踪落实到每一个项目。

优质高效的政务服务让惠州清水湾生物材料有限公司执行董事温维佳备感惊喜。2016年，香港科技大学物理系教授温维佳被邀请来大亚湾实地走访，恰好当时他的实验室团队正在筹划一个项目，仅仅用了一天时间，公司落地的所有各项事宜几乎全办理好了。

2017年5月9日，大亚湾开发区举行产业项目签约仪式暨临深“1+N”创新产业集聚区投资说明会。会上共签约产业项目34宗，总投资额约122.34亿元，其中11宗项目在现场交换协议文本。

在签约仪式上，巴斯夫造纸化学品（惠州）有限公司拟在惠州大亚湾开发区现有工厂生产基础上新增投资建设改扩建工程项目，新增总投资2.6亿元。

“大亚湾越来越好的投资环境，齐全的产业配套和政府高效、贴心的服务更是无与伦比，更加增强了巴斯夫在大亚湾加大投资的信心和决心。”该公司总经理霍夫曼表示，巴斯夫将扩大丁苯胶乳和丙苯胶乳的生产销售规模，新征用地面积约1.8万平方米，为将来进一步增加投资吸引新产业入驻巴斯夫大亚湾基地的远景奠定基础。

石化区聚集众多油罐、输油管道及化工企业，向来是安全防范的重中之重。

2016年初，大亚湾启动引入第三方专业技术力量协助安全监管工作，通过购买服务的方式聘请上海一家专门从事职业安全服务的企业协助监管服务。

事实上，早在几年前，大亚湾便开始探索邀请第三方协助安全生产监管。自2011年开始，大亚湾连续五年邀请国内资深安全生产专家对区内重点企业开展安全生产专项检查，排查出一大批安全隐患，并对隐患逐一落实跟踪、治理，在一定程度上促进了企业安全管理水平的提升，防范和遏制了安全事故的发生。

服务还体现在一些惠民的细节上。2016年12月，大亚湾区政务服务中心24小时政务自助大厅正式启用，通过设置在自助大厅的首批公安出入境、公安户政、社保自助终端机，市民可全天候24小时自助办理出入境续签、制卡、查询、缴费，二代身份证补领、损坏及到期换证，社保个人信息及交易明细、余额信息查询等各项便民服务。

向海而生，因港而兴。围绕广东省委、省政府赋予的“建设世界级石化产业基地”的使命，惠州始终坚持“园区规模化、产业集群化、装置大型化、炼化一体化、产品高端化”发展理念，继续瞄准高端化发展方向，继续坚持绿色化发展理念，高质量建设世界级石化产业基地。如今，大亚湾石化区已落户项目共计79宗，总投资1678亿元，其中世界500强及行业领先企业投资项目金额占园区项目总投资近90%。

大亚湾石化区，这座从小渔村蝶变而来的产业新城，正演绎着属于自己的芳华。惠州人离心目中的休斯敦、鹿特丹之梦也越来越近了。

03

长江岸，东方安特卫普之梦

有梦想、才有未来。

古郡泰兴，江淮翘楚，西濒长江，北江淮水，东滨黄海，云涛月浪。万里长江，奔腾至此，悠然掉头南去，把大江情怀与创业激情留在身后这片热土之上。

这里，是距离成功最近梦开始的地方。

美国著名智库布鲁金斯学会发布研究报告《创新的崛起：美国创新的新地理》，全球创新城区建设成为了区域新发展的新趋势。

巴塞罗那、柏林、伦敦、麦德林、蒙特利尔、首尔、斯德哥摩尔、多伦多……当创新区在世界多个城市不断涌现之时，在滚滚奔流的万里长江之畔，有一群开发区的创新开拓者，在泰兴市委、市政府领导下，努力践行生态优先的新发展理念，紧扣创新转型、绿色发展、能级提升三大主题，紧紧围绕打造创新转型先行区、能级提升引领区、绿色发展样板区、安全环保示范区四大目标，创造了一批世界单打冠军产品，20多个国家和地区的大公司、大集团、世界500强企业在这里投资兴业，上百家国内上市公司、企业总部、民营企业巨头在这里发展。以规模企业集聚、优势产品集中、主导产业集群的具有国际竞争力的国家级精细化学品生产基地的勃发雄姿，矗立在长三角之上，用绿色发展的探索实践，驱散“谈化色变”阴霾，创出了当代中国化学工业可持续发展的绿色崛起之道。

创新先行，升级提档；面向世界，深蓝扬帆……

一个新时代惊艳世界的“春天的故事”正在悄然萌动，在长江之岸徐徐开启。

在中国化工园区的版图上，一座创新和绿色发展的巍峨的高峰，正在扬子江畔隆起。

一

新时代吹响中国改革开放新号角。

拨开历史晨雾，开发区兴则泰兴兴、开发区强则泰兴强。开发区之梦在泰兴人心中承载了一代又一代。

春雷唤醒了沉睡的土地。1992年邓小平“南巡讲话”让泰兴人终于坐不住了，以时不我待之姿态，在乘改革开放春潮成立的化工园区的土地上，吹响了加快发展的号角。

从此，在这片烟波浩渺、沧海桑田、长江泥沙冲积的土地上，涌起一道又一道开发区建设冲击波。

20世纪八十年代，伴随着乡镇企业在苏中的兴起，泰兴东西南北中处处有化工，各个乡镇甚至村都兴办了一些化工企业。建立开发区统一规划、统一布局、统一治污、统一进行发展和管理，促使环境和生态水平提升就成为泰兴经济开发区建区的历史使命。

二十七个春秋转瞬即逝。而今在叩响新时代之门时，泰兴市委市政府的决策者们反复思考着一个问题：泰兴的发展走什么路径，未来将怎样发展？

营造风清气正的政治生态、弘扬求真务实的优良作风，形成干事创业的工作氛围。“新时代新追求，新征程新作为，奋力推进泰兴经济社会发展高质量上台阶”，便是思想前瞻、善抓落实的泰兴市决策团队反复思索得出的结论。

泰兴经济开发区无疑是泰兴经济社会发展高质量上台阶的重要抓手。按照泰兴决策者们的观点，首先要坚持不懈抓项目建设，为了发展抓项目，围绕转型抓项目，聚焦富民抓项目，求真务实抓项目，通过一批重大项目的滚动开发，持续积累区域发展的后劲，推动产业的转型升级。另一方面，必须始终把绿色发展作为泰兴未来发展的主旋律。要按照习近平总书记在十九大报告中提出的绿水青山就是金山银山的思想，把金山银山建设在绿水青山之中，蕴藏在绿水青山中，把绿水青山转化为金山银山，转化为生态经济，转化为老百姓的收入。

贯彻落实泰兴市委、市政府新要求，谱写泰兴经济开发区新篇章就成为了年轻有为、勇于开拓的泰兴经济开发区党工委书记张坤和眼界开阔、作风硬朗的管委会主任吉勇及开发区管委会一班人的责任担当。面对传统产业急待向高新产业转型，创新要素集聚、创新载体建设力度急需加大的新形势、新挑战，要实现新突破，就要把“创新转型、绿色发展、能级提升”作为未来发展的突出主题，焕发泰兴经济开发区的第二次青春期和黄金期。发挥开发区的实体经济发展主阵地功能，大力发展实体经济和打造具有国际领先水平的先进制造中心的新要求，根据中国化工由大国迈向强国“有一批高水平的园区和企业、有自己的核心技术、有自己高层次的发展人才、有自己的品牌”的核心要素，把泰兴经济开发区打造成为产业发展、管理创新、人才集聚、产城融合的新高地，创新发展的示范区……

目标已经明确，号角已经吹响，弘扬开泰图兴精神，推动“二次创业”，高点定位、自加压力，全面追赶、跨越突破……

千年潮未落，风起再扬帆。泰兴经济开发区综合排名大前移、平台载体大提升、外资项目大突破、特色产业大集聚、绿色发展大崛起的新时代已经到来，泰兴经济开发区，开始了新时代动人心魄的世纪出征！

近百年来，路德维希、鹿特丹、安特卫普、裕廊，成为世界化工园区的典范，打造一流的国际营商环境，立志成为中国精细化工园区标杆，泰兴的东方安特卫普之梦能够成为现实吗？

中国在等待答案，世界也在等待答案。

二

恢宏巨幕，壮丽开启……

速度提档，结构优化，动力转换，寻找新动力，挖掘新动能……

梧桐树高凤必至，鸟语花香蝶自来。

泰兴经济开发区科学发展产业链招商、发展循环经济的世纪出征是从新浦化工开启的。

新加坡人曾宪相是从20世纪九十年代初来中国兴业的，起初在南京做房地产，自从结识了从南京化工厂下海的汪小华等技术人员，便大胆介入化工领域，在氯化苯、硝基氯苯、烧碱、苯胺、盐酸等原来“小南化”的几个产品上做文章。新浦的概念是新加坡进入浦东，谁料想，浦东没去成，却来到了泰兴。其中缘由有二，其一是泰兴园区中的一个大企业中丹集团是新浦所上项目苯胺的大用户；其二由于起步早，泰兴化工园区是当时长江沿岸定位明晰的精细化工开发区，且有化工专用码头。谈判异常艰苦，在泰兴国际

大酒店唇枪舌剑进行了整整一个星期，以政府一年补贴400万元的诚意达成投资3000万美元项目落户协议。

由于新浦化工进区，2000年左右，先是引来世界500强企业阿克苏诺贝尔，就因新浦有氯气，他用氯气做氯乙酸，两个企业一路之隔，一个管道连接，原料成本大幅下降，吸引力可想而知。而后又吸引来法国爱森絮凝剂、中国台湾联成化学等27个项目落户，形成国内最为完善的氯碱化工产业链。南京红宝丽、无锡怡达、日本的三菱瓦斯……因新浦氢气而来的大企业也多达17家，与新浦签约的就有11家。总投资68亿元人民币的南京红宝丽董事长芮敬功感叹道："红宝丽新材料一体化项目犹如一个好姑娘，一定要嫁一个好人家，泰兴经济开发区上下游配套齐全，环境优美，基础设施完善，'母亲式'服务，这才是真正的好人家，落户此地让我心安"。

3000万美金的首期投入，滚动发展至今总投资超过15亿美元总资产已达100亿元人民币，新浦在泰兴兴业尝到了甜头。如今的新浦，年销售收入超80亿元人民币，项目全部建成后销售收入将超过150亿元，利税超25亿元。总投资55亿元人民币的110万吨轻烃综合利用项目将于2018年底建成，用乙烷生产乙烯，原料异地生产是继欧洲英力士INEOS、印度信诚企业Reliance之后的世界第三家，属中国首创。圆了新浦和泰兴经济开发区十几年的产业链源头梦，使泰兴成为国内第七个拥有大乙烯的化工园区。

金燕化学（泰兴）有限公司创始人孙立平，则是园区内另一条产业链龙头企业的开创者。金燕化学是2003年进入丙烯酸领域的，那时，丙烯酸国内只有北京东方、上海华谊、沈阳蜡化和兰化集团四家大型国企拥有，且均是引进装置。孙立平组织了一支研发团队自主研发，硬是打破了国外的技术围堵，在盐城响水成功投产。2006年公司在新加坡成功上市，销售收入近50亿元人民币，迎来发展的春天。正是因为金燕丙烯酸的最大用户每年用量高达8万吨的法国爱森公司在泰兴经济开发区内，为缩短运输距离，降低成本，孙立平在走访了如皋、连云港之后，选择到泰兴投资创办丙烯酸工厂。到2014年11月，连续三套16万吨装置上马，成为全球丙烯酸行业亚军。金燕在泰兴的成功，引来广东银洋树脂等一批下游企业，成为泰兴经济开发区产业链循环经济招商引资的又一亮点。

你中有我，我中有你。产业链招商发展循环经济在泰兴开发区形成了令世人瞩目的"磁力效应"，化工产业向下游延伸，走向终端市场，同时向高附加值市场、向非化工产业及市场拓展，重点发展大健康产业、日化、新材料、化工装备再制造。向国际合作拓展，建成高标准的国际合作区。科学发展，让泰兴经济开发区面向世界，插上了腾飞的翅膀！

泰兴经济开发区是一方创业的宝地，区内一大批企业在创新转型中由小到大，由弱到强，创造奇迹。

济川药业的成功转型就是一个范例。1962年出生，军人出身的曹龙祥1998年接手资不抵债面临破产的济川药业，面对100多人吃空饷，员工发不出工资的窘迫现状，曹龙祥首先是进行体制转换人员分流，让想干事、能干事的人留在岗位上。为解决资金困难，他去一家银行等见一位行长，从下午2点站到晚上8点，终于感动对方同意到厂里考察。为开发市场，他聚集了100多名农民工在供销社职工学校封闭式培训销售一个月，从而打开了产品市场。企业逐步走上正轨之后，又借壳上市，资本运作，募集资金20个亿，开发九大产品，建立江苏省儿科产品研发基地，投巨资煤改汽、铺管道接区污水处理厂，改药渣填塘为循环经济吃干榨净，倡导"治本病"，发展中西药的同时，加快中药药妆发展，向保健发展新理念，以销售收入近100亿、利税25亿元的骄人业绩，成为中国医药行业一颗璀璨夺目的新星。

转型升级使梅兰新材料登上了与世界化工巨头同台竞技的新台阶。他们在泰兴经济开发区内建设的分散聚四氟乙烯装置，技术质量双双达到国外先进水平，收率达到了98%，国内同行业企业大多在80%左右徘徊，而美国的杜邦、韩国的大金也只能达到95%。

1953年出生的长园华盛（泰兴）锂电材料有限公司董事长沈锦良说啥没想到，他组织团队自主研发的添加剂如今站到了世界的最前端。沈锦良讲述的故事颇具戏剧性。当年他去日本购买这种添加剂产品，日本老板开出高价，称要将最好的产品留给日本，只能将差一点的卖给中国人，他不得不回国自己研制。

电解液是锂离子电池四大关键材料之一，号称锂离子电池的“血液”，是锂离子电池获得高电压、高比能等优点的保证。以傅仁俊工程师为核心的研发团队，经过四年的努力，终于使锂电池电解液国产化。但随着电池能量密度、安全密度、一致性的提高，电解液添加剂的开发成为关键。当时日本宇部、三菱化学、韩国ECOPRO几乎垄断电解液全球市场，关键的技术便是锂电解液中添加了碳酸亚乙烯酯功能添加剂。沈锦良组建了以资深化工专家唐兆云为核心的研发团队。碳酸亚乙烯酯，是一种锂离子电池新型有机成膜添加剂与过充电保护添加剂，具有良好的高低温性能与防气胀功能，可以提高电池的容量和循环寿命。但其合成工艺复杂，尤其氯气和紫外光易对人体造成伤害，特别是氯气是剧毒品，一旦操作不当就会殃及生命。为此，唐兆云查阅了大量的国内外文献，一次次向光氯化专家请教，并走访了多家紫外灯生产企业。差不多“胸有成竹”时，唐兆云这个怀揣科技兴国梦想，目光远大，有着丰富经验的科研人，便带领研发团队，就着工厂空地上临时搭建起的实验室，开始了艰苦攻关。400多个日日夜夜，他们终于突破了添加剂的关键技术，并自豪地站到锂电池电解液添加剂的世界前沿。富有戏剧性的是，当产品进入市场后，日本公司上门商谈，要求出个好价钱由他们统一经营，沈锦良微笑着回答：“我想把最好的产品卖给中国的下游客户。”在泰兴经济开发区管委会的全力支持下，办事高效雷厉风行的管委会一班人，共用了100天就将安评、环评等逾期审批手续全部办齐。这个投资10.2亿人民币的项目于2016年2月4日破土动工，2017年2月竣工，2017年6月顺利投产，创造了审批快、建设快、竣工快、投产快的“泰兴速度”。

今天的长园华盛，已成为全球最大的锂电池电解液添加剂生产企业之一，为全球50多家电解液生产商提供了创新的电子化学品、高新技术材料及服务，其主要产品碳酸亚乙烯酯和氟代碳酸乙烯酯，分别占全球市场份额的56%和71%，并获得国务院颁发的国家科学技术发明二等奖。

从跟跑到并跑到领跑。创新转型让泰兴经济开发区内众多企业成为领跑者。

作为先进制造业的半导体产业，美国等西方国家一直是这一领域的领跑者。而与之配套的硅烷气的生产制造全世界只有三家，台湾的台玻集团就是其中一家。为填补中国大陆空白，台玻集团总裁林伯实与杭州锦江集团总裁钭正钢商定，台玻出技术，锦江出资本，强强联合在泰兴经济开发区建硅烷气工厂。当总投资13亿元人民币的项目落地之时，被称为“中国硅烷泰斗”的清华大学教授张百哲亲临泰兴考察，看后兴奋不已的老教授对投资者说：“这个项目放在泰兴我放心了，开发区基础设施配套完善，环境标准高，是个高大上园区。此项目对于振兴民族工业将发挥重要作用，泰兴处在扬子江城市群的中心位置，硅烷气有200～300公里辐射范围，一定要把泰兴打造成中国硅烷气产业中心。”

德国的林德、欧德油储、美国的卡万塔、法国的苏伊士，中国的南大环保……一批世界顶级专业服务公司金凤云集泰兴经济开发区，伴随着安全质量服务能级的大幅提升，对标德国的路德维希，比利时的安特卫普，一个国际化、现代化的经济开发区正张开双臂，拥抱八方来客。

拨响新时代的琴弦，泰兴经济开发区已迈出走向世界的脚步。这东方兴业的勃兴之地，必将再一次引领世界的脚步，吸引世界的目光……

这梦开始的地方，这筑梦者奏响的宏大的春天交响曲！

三

绿色发展谱华章。

化工产业托举起泰兴的发展之兴，也衍生出泰兴发展的绿色探索。

“把碧水蓝天还给百姓，让人民群众有对环境改善的认同感和获得感”绝不是一句轻松的口号。

泰兴锦鸡染料有限公司董事长赵卫国永远不敢忘记，作为第一家进区的企业，活性染料相对是一个高污染行业，污水处理难度较大。为此，他曾夜不能寐，食不能安，无时无刻不感到重压。如何通过技术提升转型，工艺优化，从源头治理，变过去通过亚类管道烘干为原浆喷雾干燥，彻底消除污水和固体污染物，就成为他的日思夜想。乙烯酸、多乙酯和开酸介酸占到活性中间体的70%～80%，这是园区环保安全也是国家最关注的，必须下决心改造。有一天赵卫国茅塞顿开，为何不在资源循环利用上下功夫？既能提高经济效益，又能有效处理高盐度废水。于是，他投巨资开始进行大规模技术改造，将数十吨稀硫酸进行离解，形成三氧化硫；稀盐酸进行解析做成氯化，合成氯乙酸；硫酸钠通过无氧碳化，把有机物处理掉后变成无晶盐。所有资源全部利用，最小的消耗，最大的减少环境污染，做到零排放。注重环保让锦鸡走上康健之路，2017年销售收入达14亿元人民币，税收超亿元，2018年将超过22亿元人民币。

利剑高悬痛断腕，涅槃重生获先机。2008年，泰兴扬子医药化工有限公司总经理任文忠接到泰兴市环保局、经信委、经济开发区管委会联合发文，要求扬子医药2009年底前必须淘汰落后的铁粉还原工艺，否则将强制关停。

利剑高悬，要生存就必须浴火重生！任文忠找到拥有加氧新工艺的法国罗迪亚公司寻求合作，2009年3月，总投资1.8亿元人民币的新装置开始建设。天有不测风云，2010年10月5日，加氧还原一期装置试验中，由于设备故障，发生火灾爆炸，公司再次被责令全面停产。当月，泰兴市环保局又发文要求公司试点“零排放、封闭式管理”，仅此就需要再投入近300万元人民币，可谓是“雪上加霜”。尽管如此，血淋淋的惨痛教训，让任文忠他们发出泣血呼喊：“企业不消灭污染，污染必将消灭企业！”无论花多大代价，也要彻底解决环保问题。卧薪尝胆，知耻而后勇，在完善一期工程基础上，彻底淘汰老工艺的新装置又于2012年1月顺利投产。转型成功后，扬子医药某产品的生产规模已位居全球第三，法国诺华凯集团也看中了扬子医药实现了强强联合，日本、美国、意大利、欧盟、法国等国家和地区的高端客户纷纷上门合作，呈现出无限生机。尝到环保带给企业的甜头后，任文忠继续在环保上加大投入，今年又投入1.5亿元人民币，建立盐水循环经济园区，彻底解决含盐废水处理的世界级难题，实施6000吨危废焚烧项目，环保再上新台阶。

常隆农化有限公司总经理陈伯阳至今仍记得接到环境公益诉讼时的心情。常隆农化将企业的副产品盐酸卖给了第二方，由于第二方污染环境，偷排到如泰运河、古马干河，倒追出了最初的卖出方。共涉及6家企业，环保主管部门开出1.8亿元人民币的高额罚单。痛定思痛，常隆农化决定彻底改变现状，走绿色发展之路。共投入1.5亿元人民币，新上副产品资源利用装置、废水生化处理装置和废气焚烧装置。可是，因为环境公益诉讼事件，银行停贷制约企业发展。危难时刻，市委市政府主要领导亲自召集泰兴八大银行开会为常隆解套，充分彰显政府对企业爱护但不庇护的原则，如今的常隆早已走上从末端治理改进前移的本质环保之路。

在泰兴经济开发区内，更不乏自觉践行环保理念的典范企业。阿克苏诺贝尔公司进园之初，就要求土地取样封存，目的是土地出租50年到期后可以先后对比，不合格由他们负责修复。公司从欧洲派医疗专家，与泰兴人民医院对接制定医疗预案，一旦发生事故可直接入院救助。从欧洲派环保专家不远万里来到中国，对环保、安全、卫生人员进行培训。不光对自己环保负责，还对上下游客户的环保负责，考察原材料供应商，要看它的污水处理排放到哪条河，这条河里的鱼是不是正常生长……

为了圆那个梦寐以求的绿色发展梦，泰兴经济开发区统一污水处理早在1991年就开始了。1995年提出要建上档次的污水处理厂，1997年立项时想尽办法筹集资金，利用西班牙政府贷款485万美金，由中国政府工程华北设计院负责提供设备。1999年12月31日打桩，2001年4月建成。当年11月通过江苏省环保厅验收，处理能力达到3万吨/日。当时为控制排污采取了一系列措施，在企业围墙外挖深沟注入混凝土，截断企业的偷排暗管，开发区管委会在污水处理厂安排专门领导小组督查监管。从2012年开始，经济开发区进入转型发展决胜阶段，污水处理厂不断加大投入，扩大处理能力，园区不计成本，增加活性炭用量。到2017年已达到11万吨/日，全国住建系统、环保系统评比双一流，污水处理能力江苏领先。

环境保护被视为泰兴经济开发区的生命线，为确保这条生命线，全区已关停或正在实施关停的低效落后化工企业41家，建立了企业生产线保障措施、企业应急事故处理池、污水处理厂应急事故处理池、四个片区大型应急处理池四级防范保障。目前年处理危废5万～6万吨，最终可以达到处理9万吨，建设高标准的静脉产业园，所有废物都得到有效处理。按照循环经济产业园标准，企业实现小循环、企业之间中循环、园区之间大循环，实现循环经济的“零能耗”和“吃干榨净”。园区内实现管廊互联互通，企业上下游产品通过管道输出，低压、中压、高压三层管道形成全覆盖。三个供热厂、加压站，罐热公司，将所有热量集中起来，形成园区间大循环，最后余热供应老百姓安置房供暖……

这里何等先进诱人的环保生态系统啊！

在这里，安全环保常抓不懈，有着现代化的应急指挥体系、大数据分析、互联网智慧化管理，配备了国内一流的消防车及消防设备，消防队组成都是清一色的消防退伍战士，招之即来，来之能战。经济开发区党工委书记张坤亲自坐镇指挥，每月主持召开一次安全环保督查会。管委会主任吉勇高大魁梧的身影经常出现在安全环保第一线，身先士卒管理督办，解决实际问题。

倘若你走进经济开发区，目光一定会被成片的绿化带所吸引，夏天绿树如茵，春天鸟语花香，蓝天白云，清风拂面……

然而，坚持绿色发展并非一帆风顺，挫折和阵痛时刻考验着每一个环保工作者，一个突发事件成为主管环保工作的泰兴经济开发区副主任王新宇心中的“刺痛”。

2018年6月11日，生态环境部网站“中央环境督察回头看”专栏曝光泰兴市滨江污水处理有限公司“长江边违法倾倒数万吨污泥”。

紧接着，2018年6月20日，生态环境部网站“中央环境督察回头看”专栏曝光“泰州市数万吨化工废料非法填埋长江岸边”。

犹如晴空炸响两声惊雷，一向工作严谨的王新宇深感震惊，开发区党工委、管委会也面临着巨大的压力。面对历史累积问题，开发区一班人没有推卸责任，而是迎难而上迅速整改。

泰兴市滨江污水处理有限公司建于1992年，是泰兴城区和开发区唯一的污水处理厂。多年来，由于固废处置能力有限，该公司产生的生化污泥作为一般工业固废集中暂存于此次曝光的三个污泥池。虽然三个池均采取了钢筋混凝土和防渗膜等防渗漏措施，没有对周边环境产生次生影响，但该公司

确实没有及时按要求将暂存污泥进行合规处置。

拨开历史迷雾，追根溯源，20多年前的垃圾堆场埋下了隐患。

1991年，泰兴经济开发区设立。建园初期基础设施和相关配套服务尚不完善，企业和个人垃圾就近倾倒现象较为普遍。扬子医药西侧地块区域由于人工修挖长江堤坝形成占地约15亩的废沟塘，附近企业在此地倾倒生活垃圾、建筑垃圾和一些工业垃圾，逐步形成了相对固定的垃圾倾倒点。

2000年3月8日，开发区下发《关于进一步加强区内环境卫生管理的通知》，垃圾管理逐步规范。随着园区规模扩大，配套设施逐步完善，自2005年起，明确该区域禁止倾倒垃圾，同时对该地块实施土地覆盖，并栽植绿化——这是当时技术条件下，垃圾堆场处理的普遍做法。

但今非昔比，随着环保要求的提高，长埋地下的污染物今天重见天日，前人遗留积累的环境欠账，后人没能及时偿还，这也是失职啊！深深的自责萦绕心头，久久挥之不去。

必须勇于担当，马上行动，向社会、向党和人民交出一份满意的答卷。

秉持绿色发展理念的泰兴经济开发区，迅速成立处置工作领导小组，研究制定处置方案，明确职责，细化分工，从快从严、科学合理落实整改。清理污泥的工地争分夺秒昼夜施工，6台板式压滤机，10台带式压滤机，对污泥进行干化处理。在采取药剂固化、压滤脱水两种方式对污泥进行现场预处理的同时，按照标准化要求建设了12个暂存库，配套了渗漏液收集池、废气收集处理装置，全力以赴推进污泥预处理和转运暂存工作。截至2018年8月6日，污泥预处理工作全部结束，共清理污泥46017吨，3个池的清洗工作也已完成。进一步的合规处置全面启动，已初步形成600吨/日的合规处置能力，累计规范处置7000多吨，确保2018年底前完成所有暂存污泥的合规处置，生态修复方案正在抓紧编制，泰兴市委、市政府将该地块规划建设成永久性环保警示教育基地，以铭记深刻教训，警醒后人永远不要忘记。

扬子医药西侧污染地块也打响了整改战役。迅速启动应急处置程序，落实现场防护措施，科学编制综合治理方案，推进合规处置工作。2018年9月施工单位进场，2019年8月30日前，全面完成基坑污水、固废和污染土壤治理；2019年9月启动实施该地块生态修复工程；2019年12月底前，完成生态修复。

泰兴经济开发区，打赢一场彻底偿还清理历史欠账的污染源歼灭战！

坚持问题导向，举一反三，一手抓增量控制，一手抓余量削减，更加坚定绿色发展决心，净化升华理念，使得绿色高质量发展之旗高高扬起。在发展的新起点上，一场更上一层楼自我革命的环保风暴，又一次拉开了帷幕。

科学合理制定《坚决向环境污染宣战九大攻坚行动实施方案》，全力实施清废攻坚战、蓝天保卫战、碧水保卫战、净土保卫战“四大攻坚战”；系统推进环境整治和生态修复项目建设，加快长江沿线生态湿地和绿色廊道建设，引导全社会进一步增强生态环保意识；“加快还账、不欠新账”，着力补齐环境基础设施建设短板，不断提升“三废”处置能力，设立区（镇）生态环保公益基金，为生态环境保护、修复、建设提供精准支持和保障。与此同时，狠抓产业结构优化，坚决淘汰落后产能，持续推进化工产业“1133”工程、“263”专项行动，为园区高质量发展腾出发展空间和环境容量；加快产业转型升级步伐，推进产品换代、工艺优化、智能制造、绿色制造，建强一批具有支撑性、引领性的产业集群；大力提升主导产业、加快拓展战略性新兴产业，提高新材料、医药、日化、涂料涂装和高端装备制造等非化产业比重。他们将以实实在在的整改成效为发展注入“绿色动力”，既要当好整改的典型、更要当好转型的典型。

中央环保督察“回头看”进一步提升了泰兴整体的环保意识，为对全市污染源进行普查，泰兴市对近30年关闭的170多家化工企业，找到当事人和第三方机构，逐一排查原有厂区，一地一档，分类处理；过去，泰兴没有专门的生活垃圾填埋场，现在也在规划建设，同时拿出100亩土地，建设32万吨危险废物填埋区。仅在处理历史遗留环境问题上，泰兴市计划3年累计投入30亿元。2018年，泰兴市公共预算收入75亿元，这意味着泰兴市每年拿出的治理环境经费，就占公共预算收入的13.3%。本着对历史负责的态度，解决历史遗留问题，将来要经得起历史检验。要算经济账，更要算生态账，让泰兴的高质量发展，有环境压力，但没有环境负担。

环保兴，则经济兴。

泰兴经济开发区2017年化工板块企业销售增长28%，利润增长57%，税收增长38%，93个新项目，总投资596亿元。2018年上半年，泰兴经济开发区以高质量发展为统领，以“港产城一体化发展，建设现代产业园区”为主线，坚定不移抓创新转型、抓绿色发展、抓能级提升，经济运行稳中向好，项目开发量质并举，发展动能加快转换，各项工作稳步推进，迈向高质量发展起步良好，跻身全国601家化工园区“30强”，列第6名。主要经济指标完成处于历史最好时期，实现工业国税开票销售633.1亿元，同比增长19.4%；工商税收收入29.3亿元，同比增长15%。泰兴市连续17年跻身全国县域经济基本竞争力“百强县”行列，与化工产业的贡献是分不开的。上半年，泰兴市完成一般公共预算收入42.5亿元，总量列江苏全省第七、苏中第一；一般公共预算收入增幅达18.5%，在全省41个县（市）中列第一，比全省平均增幅高10.2个百分点、比全省县（市）平均增幅高10.5个百分点、比苏中县（市）平均增幅高11个百分点。

绿色实践又一次表明，绿色发展非但不会阻碍经济效益，反而会促进经济的大幅增长！泰兴经济开发区已成为递给世界的一张靓丽的绿色名片，探索出一条中国化工可持续发展的创新之路。

保护人类赖以生存的环境，只有起点，没有终点，永远在路上……

四

大鹏一日从风起，扶摇直上九万里。跨江临海新江苏正在展现新风采。

跨越争先精神薪火相传，生发万象；一座产业新城跨越崛起，就在今朝。

泰兴临近上海、南京两大都市，水陆交通便捷畅达，穿境而过的京沪、宁通、宁靖盐高速和新长高铁，连接全国公路、铁路大动脉；江阴长江大桥、泰州长江大桥、泰州至上海市轻轨拉近与上海、苏南的时空距离，24.2公里长江黄金岸线和现代化的“泰兴港”通江达海，一个立体化的交通网络使泰兴纵横捭阖的气势沟通东西南北，以自信轩昂的姿态对接国际前沿。

回顾以往，泰兴经济开发区已先后获得“中国精细化工（泰兴）开发园区”“国家火炬计划泰兴精细化与专用化学品产业基地”“全球精细化工产业集群合作基地”“中国产学研合作创新示范基地”“国家知识产权试点园区”“国家循环化改造重点支持园区”“全国产业集群区域品牌建设精细化工产业试点园区”“国家级外贸转型升级示范基地”“国家级新型工业化产业示范基地（化工新材料）”。综合实力在全国601家化工园区中排名第6位，实际利用外资多年来排名全省前列，连续三年蝉联泰州市绩效考核第一名。

“创新转型、绿色发展、能级提升”。坚定不移推动产业高端化、精细化、循环化、绿色化、国际化发展，突出规划引领，已形成氯碱精细化工、新材料、日化、医药等特色产业集群，形成了较为完善的氯乙烯、丙乙烯、环氧乙烷、环氧丙烷、苯系列等优势产业链，其中氯碱产业链在全国化工园区中最具特色，上下游配套齐全，下游产品延伸至医药、农药、化学助剂等10多个领域。突出现有产业链的纵向延伸和横向拓展相结合，重点打造“12345”，即销售额分别达到日化100亿、医药200亿、新材料300亿、氯碱

400亿、稀烃500亿五大百亿产业集群。

增强承载能力，以创建国家级经济技术开发区、国家新型工业化产业示范基地、国家智慧化工园区、国家绿色园区、国家级循环化改造试点示范园区、国家级科技成果转移转化示范园区、国家级生态文明示范园区为统领，高品质完善功能配套，加快码头专用化进程和公共管廊建设，引进世界知名产业公司共同完善园区公共基础设施配套，提高园区保障能力，降低企业运行成本，提高园区和产业的核心竞争力。建成园区综合管理平台，实施全区封闭式管理，加快实现物流、安全、环保、生产、应急等11个方面的信息化、一体化、智能化管控。积极搭建创业创新载体平台，推进服务企业、服务项目的专家咨询发展委员会，建立“开放、联合、竞争、共享”的精细化工产业研究院，组建区域性、国家级专业主题论坛，推行环境管理体系ISO14000，质量安全体系ISO9000、职业健康安全体系OHSA18000、社会责任体系SA8000建设，通过引进一批高端人才，孵化创新型企业，培育一批创新型产业集群，为推动产业转型升级提供强劲动力。

展望未来，泰兴经济开发区的目标是：力争到国家“十三五”规划期末，工业国税开票收入达到1500亿元人民币，税收超过80亿元人民币，实际利用外资累计突破50亿美元，亿元以上产业项目累计实施100个以上。努力成为具有国际影响力的沿江“标杆式”特色园区，世界级精细化工品产业基地。

产业转型先行区、项目开发区引领区、绿色发展样板区、安全环保示范区、产业创新中心、产品展示中心、化工新技术交易市场、保税物流中心，人才公寓、公共服务岛等一批各具特色的绿色建筑群将拔地而起，矗立在万里长江岸边。

“历史车轮滚滚向前，时代潮流浩浩荡荡。历史只会眷顾坚定者、奋进者、搏击者，而不会等待犹豫者、懈怠者、畏难者。”

东风吹来满眼春，新征程中谱华章。

古今文明，交相辉映，沿江风光带再现当年船港春潮，宝塔湾庆云清梵袅袅香薰，仙鹤湾翩翩画境古风神韵，龙河湾如泰运河生态昂然，龙溪河绿化走廊牧笛美景，古银杏森林公园黄叶晶莹，古镇黄桥韵味流畅，新街高效农业园四季常绿，广陵惠丰生态园红枫无限风光……这不正是美丽中国的新泰兴么？

梦在前方，路在脚下。出发，向前。“泰兴号”巨轮出海的汽笛声，正回荡在辽阔大洋浩瀚天穹之间……

后记

2018年7月，正值酷暑，我来到浙西群山中的新安江畔，在千年古镇梅城“躲进小楼成一统”进行这本书艰苦的审稿工作。

二十一篇文章长达三十多万的文字，一遍又一遍深耕细读。夜不能眠，便走出古镇边上的小旅店，登上长达近三公里的古城墙，脚下新安江、兰江、富春江三江口宽阔的水面上腾着一片轻纱般的白雾，抬头一望，才发现头顶一片闪亮的繁星，银河像一条飘逸的玉带，如此高洁、透明。这样的星空，我在北京已经很久很久没看到过了。猛然意识到，这里的空气是何等的清新，便一扫困倦，贪婪的深深吸了一口……

大概是在2017年年中，我接到中国石油和化学工业联合会李寿生会长的电话，说有要事面谈。我赶到他地处北京亚运村的办公室，一见面，他便递给我一本刚刚再版还散发着墨香的《中国化工风云录》(第一版于1996年出版)，由原来工人出版社的简装本，变为而今化学工业出版社再版的精装本，更加端庄厚重。赠书后，李寿生会长一脸庄重地告诉我，他打算再编写一本新的长篇报告文学。如果说《中国化工风云录》记述了我国化学工业从起步初创到改革开放的历程，那么这第二本书则重点展现我国石油和化学工业从大国迈向强国的画卷，作为中国石油和化学工业2018年向改革开放40周年的重点献礼作品。他脸上洋溢着兴奋之情对我说：“最近，一位世界著名咨询公司的CEO问我，你认为中国会出现巴斯夫这样的企业吗？如果有，会是谁呢？我当时没有回答他。想让他在我们即将编写的这本书中去寻找答案。”我顿时感到一股扑面而来的使命与压力，同时还感觉到他对这本书寄予的厚望。他眯着眼微笑着直视着我说：“你现在是大腕了，作为第一本书

《中国化工风云录》的写作参与者，希望你能为这第二本书出把力。”言语中透出令人感动的信任。

那次会面，勾起我对往事的无尽的回忆。编写《中国化工风云录》是在时任化工部部长顾秀莲、副部长李士忠及部党组的领导下进行的，李寿生担任主编。那时我还不到40岁，在化工部政策法规司工作。后来我从部机关到新闻媒体工作，2008年辞去《中国石油和化工》杂志社总编辑职务，成为人民日报专栏作家。作为一个“老化工”，为化工人写史立传责无旁贷，又深感责任重大，使命光荣。

黄桥会议是这本书组织编写工作的起点。根据李寿生会长的安排，依托中国化工作协组织作家队伍。感谢中国化工作协执行主席刘鹏凯尽地主之谊，对会议进行了热情周到的服务。一批当年的《中国化工风云录》的作者从祖国各地赶来参会，钱玉贵、于万夫、潘烽来了，王保林、李明月、王文辉来了……还有来自中国化工集团的叶建华，湖北宜化的陈刚等人。光阴似箭，日月如梭，二十年后再相会，当年的小青年已变成中年人，当年的中年人已成为白发苍苍的老者。许多人热烈拥抱，重叙旧情，感慨万千。许多人眼里涨满泪水。

黄桥会议堪称是这本书写作的里程碑。在黑松林的企业会议室里，李寿生会长提出写作这本书的设想，大家进行了热烈的讨论，提出了许多很好的建议。会议做出决定，组建由朱建华、叶建华、潘烽、李明月、李慧海、李铁参加的写作小组，具体实施编写业务。会议还决定，为培养化工作家队伍，由本文涉及的二十多个单位推荐本单位作者，作为第一撰稿人做好收集素材工作。编写工作就这样在黄桥烧饼的余香中满怀期待起航了。

2017年9月15日，李寿生会长在天津滨海新区主持召开座谈会，由中国石油和化学工业联合会精选的21家写作单位都赶来参会。中海油、神华、九江石化、鲁西化工、新疆天业、三聚环保、金发科技、青岛软控、天辰工

程、上海化工园区、泰兴化工园等单位派主要领导带队参会，充分显示了企业对这本书的期待。当李寿生会长征求大家意见时，现场反响热烈，参与单位纷纷表态支持，称这是业内的一件大好事，向国内外展示中国石油和化学工业成就，加速由大国向强国迈进，其意义十分重大。这让这本书的编写者信心大增。

2017年岁末，当广东惠州大亚湾笔会召开时，已经今非昔比了。来自21个单位的二十几位基层的作者都到会了，大都是年轻人，脸颊上洋溢着青春气息、欢声笑语、活力四射，颇有些兵强马壮的感觉。

在这次笔会上，李寿生会长又一次强调了这本书的编写原则，提出了期望与要求，让到会的每一位作者都深受鼓舞。我在会上还就工业报告文学写作结合以往作品介绍了写作方法。会议在完成既定程序之后，领导有事先离开了，下边的人便撒欢了。迷人的大亚湾之夜，天色蔚蓝、海浪声声，让激情满怀蓄满写作能量的年轻人越发憧憬美好未来……

为集中精力指导基层作者创作，之后我便丢开一切公务移师广州，潜心阅读企业作者给我发来的一篇又一篇文稿，每天与身在广州的李明月研讨每篇作品的内容取舍，篇章结构，而后与每一位作者沟通……

艰苦的采访写作即将开始，作家组进行了分工：围绕李寿生会长提出的顶层设计要求，全书结构由朱建华牵头，并负责上海化工园区、大亚湾园区、泰兴园区、东岳化工的作品；叶建华负责金正大、新疆天业、九江石化、延长石油；李明月负责神华集团、广东金发、浙江龙盛、四川福华；李慧海负责青岛软控、万华化学、中煤图克、长庆油田；李铁负责三聚环保、中海油、鲁西化工、天辰工程、巨化集团。

李寿生会长的声音言犹在耳：第二本书的质量要超越第一本书，给写作者平添了许多压力。

出发，向前。从庐山脚下到青岛之滨，从齐鲁大地到黄土高原，从珠江之岸到峨眉金顶，从西子湖畔到天山戈壁……作家组成员所到之处，同每一个受访单位的基层作者通力合作，艰苦采访，精心谋篇，奋笔疾书。

到2018年6月，在外奔波的作家们接到联合会通知，每人负责的作品发至联合会打印成册，李寿生会长阅后在说稿会上点评。

几天后，写作组成员齐聚北京开会，李寿生会长不辞劳苦在出差途中认真阅看了书稿，深夜十一点多回到北京，第二天一早八点准时赶到会场开会，对每个人的作品一一作了点评，提出了修改意见。距将全部书稿交出版社的最后期限还不到一个月了，我提出为了全书的整体化一，将全部内容根据细分行业划分整合，章节之间用文学语言串联，并统一重新拟定题目，得到大家的赞同。李寿生会长亲自主持将全书分为石油炼制、新材料、现代煤化工、精细化工、化肥、智能制造、化工园区七个部分，并要求抓紧完成全书顶层设计。会议还确定，序言部分由李寿生会长亲自撰写，后记的起草由朱建华来完成。

眼看就要进入8月了，我又一次南下广东与为顶层设计已经做了大量工作的李明月汇合，在潮汕大地的韩江之畔进行顶层设计最后的冲刺。

这本报告文学是集体智慧的结晶，是全体编写者与二十一家参与单位的领导及作者通力合作的结果。依据分工，各负其责，均较好地完成了任务。历史应该记住他们的名字：序言由李寿生完成，第一篇第一章由沙林、刘晶晶、李铁负责完成；第二章由李慧海、叶建华、秦晨负责完成；第三章由叶建华、黄国栋、路晓宇负责完成。第二篇第四章由李慧海、李明月、吴崇艳、邹广庆负责完成；第五章由李危、朱建华负责完成；第六章由李铁、马立先负责完成；第七章由李明月、高珊负责完成。第三篇第八章由李明月、侯艳波、张术娟、丛丽兵、王力兵负责完成；第九章由李慧海、李铁、杨克诚、王斌、武瑶、高乾哲负责完成。第四篇第十章由李明月、章琦燕负责完成；第十一章由李明月、王莲娣、蒋冲雨负责完成；第十二章由李铁、朱宝

菊、李闻芝负责完成；第十三章由叶建华、轩书彬负责完成。第五篇第十四章由胡海珍、王金星、李铁负责完成；第十五章由叶建华、华业英、杨雪负责完成。第六篇第十六章由叶建华、熊向荣、邓颖负责完成；第十七章由李慧海、李令新负责完成；第十八章由李铁、隋伟负责完成。第七篇第十九章由潘烽、方敏、朱建华负责完成；第二十章由欧阳德辉、朱建华负责完成；第二十一章由曹济兵、刘鹏凯、朱建华负责完成。潘烽为本书扉页和封底创作的诗句，也为本书增色不少，后记由朱建华执笔。

本书在编写过程中，中国化工经济发展中心做了大量组织工作。书中涉及的二十一家单位提供了热情接待和大量资料，中国石油和化学工业联合会刘国林、穆阳、郭允允等提供了大量后勤服务。化学工业出版社给予了大力支持，中国化工作家协会及《中国化工风云录》老作家温洪、钱玉贵、于万夫、陈刚等付出了大量心血，我们在这里一并表示感谢，特别感谢的是，中国著名书法家、中国文联书法家协会副秘书长潘文海先生为本书题写了书名。

当我写完这些文字的时候，已经是深夜了，透过明月高悬的夜空，我似乎看到了高山上鲜艳夺目的杜鹃，看到了长河中远云的帆影，我的脑海里流动着中国化工问鼎山海的绿色畅想，我似乎听到了新世纪中国石油和化学工业领跑世界的嘹亮号角，我耳边依然轰响着中国石油和化学工业由大国迈向强国铿锵有力、振聋发聩的脚步声……